ÜBER DEN AUTOR: Stanisław Lem, der weltweit gelesene polnische Science-fiction-Autor, wurde 1921 in Lwów geboren. In Krakau, wo er noch heute lebt, studierte er Medizin und Philosophie. Seinen ersten Roman, „Der Planet des Todes“, veröffentlichte er 1951 (dt. 1954 beim Verlag Volk und Welt, der Lem für das Ausland entdeckte). Seitdem erschienen bei uns die utopischen Romane „Gast im Weltraum“ (1955, dt. 1956), „Der Unbesiegbare“ (1964, dt. 1967), „Eden“ (1959, dt. 1971) und „Der Schnupfen“ (1976, dt. 1977). Aus dem umfangreichen Erzählwerk Lems gab Volk und Welt die beiden Auswahlbände „Test“ (1968) und „Die Jagd“ (1972) sowie die „Sterntagebücher Ijon Tichys“ heraus (dt. 1961, erweiterte Ausgabe 1973). Neben Lems Kindheitserinnerungen – „Das Hohe Schloß“ (1966, dt. 1974) – erschienen sein einziger nichtutopischer Roman „Die Irrungen des Dr. Stefan T.“ (1955, dt. 1959), ein Band Fernsehspiele – „Der getreue Roboter“ (1975) – und die geistreich essayistisch angelegten Rezensionen über noch nicht geschriebene Bücher in „Die imaginäre Größe“ (1973, dt. 1976). Lems gedanklich-philosophisches Werk „Summa technologiae“ (1964), das von zukünftigen Möglichkeiten unserer Zivilisation handelt, erschien 1980, sein Roman „Die Stimme des Herrn“ (1970) 1981.
Es folgten „Solaris“ (1961) 1983, Roman; „Das absolute Vakuum“ (1971) 1984, parodistische Buchbesprechungen; „Lokaltermin“ (1982) 1985, Roman; „Provokation“ (1980) 1985, Essay (‚Volk und Welt Spektrum‘ 198); „Der futurologische Kongreß“ (1978) 1986, Aus den Erinnerungen des Ijon Tichy; „Der Flop“ (1986) 1986, Roman; „Das Fiasko“ (1987) 1987, Roman.
1988 erschien Teil I seines Werks „Philosophie des Zufalls“ (1968). 1990 folgt „Philosophie des Zufalls“ II (1968/1983).

W0251532

Verlag
Volk und Welt
Berlin

Stanisław **LEM**

Der Unbesiegbare

Roman

Die Jagd

Erzählungen

Aus dem Polnischen von Roswitha Dietrich

Die Erzählungen des Bandes „Die Jagd“ übersetzten Roswitha Buschmann, Kurt Kelm, Barbara Antkowiak
Die Auswahl besorgte Jutta Janke

Worterklärungen am Schluß des Bandes

ISBN 3-353-00736-9
3. Auflage Broschur 1990
Der Unbesiegbare © Verlag Volk und Welt, Berlin 1976 (deutsche Übersetzung)
Die Jagd © Verlag Volk und Welt, Berlin 1972 (deutsche Übersetzung)
Originalausgabe: **Niezwyciężony**, erschienen im Wydawnictwo Ministerstwa Obrony Narodowej, Warszawa 1964. Die Erzählungen wurden folgenden Bänden entnommen: **Inwazja z Aldebarana**, Wydawnictwo literackie, Kraków 1959; **Opowieści o pilocie Pirxie**, Wydawnictwo literackie, Kraków 1968, und **Bezsenność**, Wydawnictwo literackie, Kraków 1971
L. N. 302
Printed in the German Democratic Republic
Alle Rechte für die Deutsche Demokratische Republik vorbehalten
Einbandentwurf: Klaus Krüger
Satz, Druck und Einband: DRUCKZENTRUM BERLIN · Grafischer Großbetrieb
LSV 7224
Bestell-Nr. 647 769 9

DDR 7,80 M

Der Unbesieg-bare

Roman

Der schwarze Regen

Der „Unbesiegbare“, ein Raumkreuzer der schweren Klasse, das größte Schiff über das die Flottenbasis im Sternbild der Leier verfügte, durchflog mit Photonenantrieb den äußersten Quadranten der Sterngruppe. Die dreiundachtzig Mann Besatzung schliefen im Tunnelhibernator des Zentraldecks. Die Flugstrecke war verhältnismäßig kurz, deshalb hatte man auf vollständige Hibernation verzichtet und lediglich den Tiefschlaf angewandt, bei dem die Körpertemperatur nicht unter zehn Grad absinkt. In der Steuerzentrale arbeiteten nur die Automaten. Im Fadenkreuz der Orientierungsanlage hing die Scheibe der Sonne, die nicht viel heißer war als ein gewöhnlicher roter Zwergstern. Als sie die halbe Bildschirmbreite einnahm, wurde die Annihilation unterbrochen. Eine Weile war es im ganzen Raumschiff totenstill. Die Klimaanlagen und die Rechenmaschinen arbeiteten lautlos. Die leichte Vibration hörte auf, die Begleiterscheinung des Photonenstrahls, der vordem wie ein endlos langer, in Dunkel gehüllter Degen das Raumschiff vorwärtsgestoßen hatte. Der „Unbesiegbare“ flog noch immer nahezu mit Lichtgeschwindigkeit dahin, starr, taub und scheinbar ohne Leben an Bord.

An den Steuerpulten, die im rötlichen Schein der fernen, auf dem zentralen Bildschirm sichtbaren Sonne schimmerten, blinzelten die Lämpchen einander zu. Die Magnettonbänder setzten sich in Bewegung, gemächlich krochen die programmierten Codestreifen in die Eingabe immer anderer Apparate, die Umschalter sprühten Funken, und der Strom floß mit einem Summen in die Leitungen, das niemand vernahm. Die Elektromotoren überwanden den Widerstand der Reste längst eingetrockneten Schmieröls, liefen an und wechselten von tiefem Dröhnen zu hohem Stöhnen über. Mattierte Kadmiumstäbe schoben sich aus den Hilfsreaktoren hervor, die magnetischen Pumpen preßten flüssiges Natrium in die Kühlschlangen, durch das Heck lief ein Zittern, und zugleich verriet ein schwaches Rasseln im Wandinnern – es war, als trieben dort ganze Schwärme winziger Tierchen ihr Unwesen und scharrten mit ihren Krallen am Metall –, daß sich die Reparaturautomaten auf ihre viele Kilometer lange Wanderung begeben hatten, um die Festigkeit der Gerüstverstrebungen, die Undurchlässigkeit des Raketenrumpfes und die Haltbarkeit der Schweißnähte zu überprüfen. Das ganze Schiff, voll von Geräusch und Bewegung, erwachte – nur die Besatzung schlief noch.

Schließlich schluckte der letzte Automat seinen Codestreifen und sandte Signale in die Hibernatorzentrale. In den kalten Luftstrom mischte sich Weckgas. Aus den Fußbodengittern zwischen den Kojenreihen blies ein warmer Wind. Doch die Schläfer wollten anscheinend noch immer nicht aufwachen. Einige bewegten kraftlos die Arme, Fieberphantasien und Alpträume drängten sich in die Leere ihres eisigen Schlafes. Endlich öffnete der erste die Augen. Das Schiff war darauf vorbereitet. Seit wenigen Minuten vertrieb künstliches weißes Tageslicht die Dunkelheit aus den langen Deckkorridoren, den Aufzugsschächten, den Kajüten, der Steuerzentrale, den Arbeitskabinen und den Schleusenkammern. Und während der Hibernator von Seufzen und schlaftrunkenem Stöhnen widerhallte, leitete das Schiff das erste Bremsmanöver ein, als könnte es das endgültige Erwachen der Besatzung nicht erwarten. Auf dem zentralen Bildschirm flammten die feurigen Garben der Bugdüsen auf. Eine Erschütterung zerriß plötzlich das bisher starre Gleichmaß der Lichtgeschwindigkeit. Die gewaltige Gegenkraft, die von den Bugdüsen ausging, suchte die achtzehntausend Tonnen Ruhemasse des „Unbesiegbaren", die nun sogar mit der riesigen Eigengeschwindigkeit vervielfältigt war, zu zermalmen. In den Kartenräumen schaukelten die hermetisch verpackten Karten unruhig an ihren Rollen. Hier und da bewegten sich mangelhaft befestigte Gegenstände, als wären sie lebendig. In den Kombüsen stießen klirrend Gefäße aneinander, die Lehnen der leeren Schaumgummisessel bebten, die Sicherheitsgurte und die Wandseile der Decks pendelten hin und her. Geräusche von Glas, Blech und Kunststoff vermischten sich, wie eine Welle pflanzte sich das Klopfen vom Bug bis zum Heck fort. Aus dem Hibernator drang Stimmengewirr. Nach einem kurzen Übergangsschlaf kehrten die Männer aus dem Nichts, in dem sie sieben Monate geweilt hatten, in die Wirklichkeit zurück.

Das Raumschiff verlor an Geschwindigkeit. Der in rotes Gewölk gehüllte Planet verdeckte die Sterne. Immer langsamer glitt ein Ozean vorbei, in dem sich das Sonnenlicht wie in einem gewölbtem Spiegel brach. Kraterübersät trat ein bräunlicher Kontinent hervor. Die Männer an ihren Plätzen sahen nichts davon. Tief unter ihnen, in den Titankammern des Triebwerks, dröhnte ein gedämpftes Tosen, eine riesige Last zog ihnen die Finger von den Hebeln. In den Bereich des Bremsstrahls geriet eine Wolke, glänzte weißlich auf wie bei einer Quecksilberexplosion, zerfiel und war verschwunden. Einen Augenblick schwoll das Triebwerkgeheul an. Die rötliche Scheibe in der Tiefe wurde flach: So verwandelt sich ein Planet in ein Festland. Nun hoben sich bereits sichelförmige Dünen ab, über die der Wind hinwegfegte. Lavastränge, die von einem nahe gelegenen Krater auseinanderliefen wie Radspeichen, warfen den Feuerschein aus den Raketendüsen lodernd zurück, so daß er das Sonnenlicht überstrahlte.

„Mittelachse – volle Kraft! Statischer Antrieb!"

Die Zeiger rückten träge in den nächsten Sektor der Meßskala vor, das Manöver lief reibungslos ab. Wie ein kopfstehender feuerspeiender Vulkan hing das Raumschiff eine halbe Meile hoch über der zernarbten Planetenoberfläche mit den versandeten Felsrücken.

„Mittelachse – volle Kraft! Bremst statischen Antrieb!"

Nun war bereits zu erkennen, wo der Bremsstrahl auf den Boden traf. Eine rote Sandwolke stieg dort auf. Vom Heck zuckten violette Blitze, scheinbar lautlos, denn das Donnern ging im Brüllen der Gase unter. Allmählich glich sich die Potentialdifferenz aus, die Blitze verschwanden.

Eine Trennwand ächzte. Mit einer Kopfbewegung bedeutete der Kommandant dem Ingenieur: Fremdschwingung, muß beseitigt werden. Aber keiner reagierte. Die Triebwerke heulten auf, und ohne jegliche Erschütterung, wie ein von unsichtbaren Seilen gehaltener Stahlberg senkte sich das Raumschiff.

„Mittelachse – halbe Kraft! Kleiner statischer Antrieb!"

Rauchende Sandwolken, hoch wie Meereswogen, jagten in konzentrischen Kreisen davon. Das Epizentrum, das aus geringer Entfernung von dem gebündelten Feuerstrahl getroffen wurde, rauchte nicht mehr. Der Sand war verschwunden. Aus einem roten, blasigen Spiegel hatte er sich in einen siedenden See geschmolzener Silikate verwandelt und war schließlich in einer Säule kreischender Explosionen verdampft. Das Urgestein des Planeten, nackt wie fleischloses Gebein, wurde weich.

„Reaktoren auf Leerlauf! Kalter Antrieb!"

Das leuchtende Blau des Atomfeuers erlosch. Aus den Düsen sprühte in schrägem Strahl Borwasserstoff, und mit einemmal überflutete gespenstisches Grün Wüste, Kraterwände und Wolken. Der Basaltgrund, auf dem das breite Heck des „Unbesiegbaren" aufsetzen sollte, würde nun nicht mehr schmelzen.

„Reaktoren auf Null. Mit kaltem Antrieb Landung!"

Alle Herzen schlugen schneller, die Blicke wandten sich den Instrumenten zu, schwitzende Finger krampften sich um die Hebel. Die letzten Worte bedeuteten, daß es kein Zurück gab, daß man den Fuß auf festen Boden setzen würde, und sei es auch nur auf den Sand eines öden Planeten. Immerhin war dort ein Sonnenaufgang und ein Sonnenuntergang, ein Horizont, Wolken und Wind.

„Punktlandung im Nadir!"

Anhaltendes Stöhnen füllte das Schiff: Die Turbinen preßten den Kraftstoff nach unten. Eine kegelförmige grüne Feuersäule verband es mit dem rauchenden Felsen. Ringsum verschleierten Sandwolken die Periskope der Mitteldecks. Nur auf den Radarschirmen in der Steuerzentrale erschienen und erloschen in ständigem Wechsel die Umrisse einer im Chaos des Taifuns verschwindenden Landschaft.

„Bei Bodenberührung stop!"

Das Feuer, das von dem hinabsinkenden Raketenkoloß Millimeter um Millimeter zusammengepreßt wurde, wirbelte aufsässig unter dem Heck, die grüne Hölle schoß lange Glutspritzer mitten in die zuckenden Sandwolken. Der Raum zwischen dem Heck und dem verbrannten Gestein verengte sich zu einem schmalen Spalt, einem glühenden grünen Strich.

„Null, null! Alle Triebwerke stop!"

Ein Glockenton, wie ein Schlag, der einzige Schlag eines riesigen, zerspringenden Herzens. Die Rakete stand. Der Chefingenieur hielt beide Hebel der Notstartanlage fest in den Händen, denn noch konnte der Fels nachgeben. Sie warteten, die Sekundenzeiger krochen. Der Kommandant beobachtete eine Weile das Lot, aber das Silberlämpchen zeigte nicht die geringste seitliche Abweichung an.

Sie schwiegen. Die bis zur Weißglut erhitzten Düsen zogen sich zusammen und gaben dabei charakteristische Laute von sich, die einem heiseren Stöhnen glichen. Die rötliche, mehrere hundert Meter hochgeschleuderte Staubwolke senkte sich. Der stumpfe Bug des „Unbesiegbaren" trat hervor, dann der Rumpf, von der atmosphärischen Reibung geschwärzt, in der Farbe dem alten Basaltgestein ähnlich, und der rauhe, doppelte Panzer. Noch immer ballte sich rötlicher Staub und wirbelte am Heck auf, aber das Raumschiff stand nun fest, als wäre es selbst ein Teil des Planeten geworden und als kreiste es mit ihm in träger, jahrhundertealter Bewegung unter dem violetten Himmel, an dem die hellsten, in der Nähe der roten Sonne verblassenden Sterne zu sehen waren.

„Normale Prozedur?"

Der Astrogator blickte von dem Bordbuch auf, in das er in halber Höhe das vereinbarte Landezeichen und die Uhrzeit eingetragen und daneben den Namen des Planeten gesetzt hatte: Regis III.

„Nein, Rohan. Wir beginnen mit dem dritten Grad."

Rohan suchte sein Erstaunen zu verbergen.

„Jawohl. Allerdings", fügte er mit der Vertraulichkeit hinzu, die ihm Horpach bisweilen gestattete, „möchte ich das den Leuten lieber nicht sagen."

Als hätte der Astrogator diese Worte nicht gehört, faßte er seinen Offizier unter und führte ihn an den Bildschirm wie an ein Fenster.

Der vom Landestrahl zur Seite geschleuderte Sand hatte eine Art flachen Talkessel gebildet, den lockere Dünen rahmten. Aus der Höhe von achtzehn Stockwerken sahen sie durch die dreifarbige Fläche des Elektronenwandlers, der ein getreues Abbild der Außenwelt lieferte, auf den gezackten Felsrand eines drei Meilen entfernten Kraters hinunter. Im Westen verschmolz er mit dem Horizont. Im Osten staffelten sich unter seinen Steilhängen undurchdringliche schwarze Schatten. Breite Lavaarme, deren Kämme aus dem Sand hervorragten, hatten die Farbe geronnenen Blutes. Am oberen Rand des Bildschirms leuchtete ein heller Stern am Himmel.

Der Kataklysmus, den das Eintreffen des „Unbesiegbaren" heraufbeschworen hatte, war vorüber, und der Wüstenwind, diese heftige, ständig von den Äquatorzonen zum Pol des Planeten ziehende Luftströmung, trieb bereits die ersten Sandzungen unter das Schiffsheck, als suchte sie geduldig die Wunde zu heilen, die das Düsenfeuer geschlagen hatte.

Der Astrogator schaltete das Netz der Außenmikrofone ein, und ein bösartiges, fernes Heulen und das Geräusch des an den Panzerwänden scheuernden Sandes füllte einen Augenblick lang den hohen Raum der Steuerzentrale. Dann schaltete er die Mikrofone ab, und Stille trat ein.

„So sieht das also aus", sagte er gedehnt. „Aber der ‚Kondor' ist von hier nicht zurückgekehrt, Rohan."

Rohan biß die Zähne zusammen. Er durfte sich nicht in einen Wortwechsel mit dem Kommandanten einlassen. Sie hatten viele Parsek miteinander durchflogen, aber sie hatten sich nicht anfreunden können. Vielleicht war der Altersunterschied zu groß, oder die gemeinsam bestandenen Gefahren waren zu gering. Dieser Mann, dessen Haar fast so weiß war wie der Anzug, den er trug, kannte keine Rücksichtnahme.

Nahezu hundert Männer verharrten reglos an ihren Plätzen. Nun lag die angespannte Arbeit hinter ihnen, das Näherungsmanöver, die dreihundert Stunden, die notwendig waren, um die in jedem Atom des „Unbesiegbaren" gespeicherte kinetische Energie abzubremsen, das Schiff auf die Flugbahn zu bringen und zu landen. Fast hundert Männer, die seit Monaten den Wind nicht hatten rauschen hören und die gelernt hatten, die Leere zu hassen, wie sie nur einer hassen kann, der sie kennt. Aber der Kommandant dachte gewiß nicht daran. Langsam durchquerte er die Steuerzentrale, stützte die Hand auf die wieder hochgeklappte Sessellehne und knurrte: „Wir wissen nicht, was das ist, Rohan." Und plötzlich fuhr er ihn in scharfem Ton an: „Worauf warten Sie noch?"

Rohan lief zu den Verteilerpulten und schaltete die Inneninstallation ein. In seiner Stimme schwang noch die unterdrückte Empörung, als er hervorstieß: „Alle Decks – Achtung! Landung beendet. Erdprozedur dritten Grades. Deck acht – Energoboter fertigmachen! Deck neun – Schirmreaktoren anlassen! Schutztechniker an die Plätze! Übrige Besatzung an die festgelegten Arbeitsplätze! Ende."

Während er das sagte und das grüne Auge des Verstärkers beobachtete, das je nach der Lautstärke seiner Stimme flimmerte, war ihm, als sähe er ihre verschwitzten Gesichter, die sich den Lautsprechern zuwandten und plötzlich in Verwunderung und Zorn erstarrten. Erst jetzt hatten sie begriffen, jetzt erst würden sie fluchen.

„Erdprozedur dritten Grades läuft, Astrogator", sagte er, ohne den alten Mann anzusehen. Der blickte zu ihm hinüber und verzog unvermutet die Mundwinkel zu einem Lächeln.

„Das ist doch bloß der Anfang, Rohan. Vielleicht machen wir noch lange Spaziergänge bei Sonnenuntergang, wer weiß..."

Er entnahm dem flachen Wandschränkchen ein dünnes, hohes Buch, schlug es auf, legte es auf das hebelgespickte Pult und fragte: „Haben Sie das gelesen?"

„Ja."

„Das letzte, von der siebenten Hyperrelaisstation registrierte Signal erreichte vor einem Jahr die Proximalboje im Bereich der Basis."

„Ich kann den Inhalt auswendig. ‚Landung auf Regis III beendet. Wüstenplanet vom Typ Subdelta 92. Gehen mit zweiter Prozedur in Äquatorzone des Kontinents Evana an Land.'"

„Ja, aber das war nicht das letzte Signal."

„Ich weiß, Astrogator. Vierzig Stunden später registrierte die Hyperrelaisstelle eine Impulsfolge, die gemorst schien, aber völlig zusammenhanglos war, und danach mehrmals wiederkehrende merkwürdige Laute. Haertel nannte sie ‚Kreischen von Katzen, die am Schwanz gezogen werden'!"

„Ja, ja...", sagte der Astrogator, aber er hörte offensichtlich gar nicht mehr zu. Er stand wieder vor dem Bildschirm. Dicht über dem unteren Rand des Gesichtsfeldes waren die scherenförmig ausgefahrenen Träger der Rampe zu erkennen, auf denen in gleichmäßigen Abständen, wie bei einer Parade, die Energoboter hinabglitten, dreißig Tonnen schwere Maschinen mit feuerfestem Silikonpanzer. Während sie hinunterkrochen, öffneten und hoben sich langsam ihre Hauben. Sie verließen die Rampe und sanken tief in den Sand ein, aber sie kamen gut voran und arbeiteten sich durch die Düne, die der Wind bereits um den „Unbesiegbaren" aufgeweht hatte. Nacheinander schwenkten sie rechts und links ein, und zehn Minuten später war das ganze Schiff von einer Kette metallener Schildkröten umgeben. Wenn ein Energoboter seinen Platz erreicht hatte, dann wühlte er sich gemächlich in den Sand ein, bis er darin verschwand und nur noch die glitzernden Kuppeln der Dirac-Emitoren gleich weit entfernt voneinander aus den roten Dünenhängen hervorlugten.

Der schaumgummiverkleidete Stahlfußboden der Steuerzentrale erzitterte unter den Füßen der Männer. Blitzartig durchfuhr ein kaum spürbarer Schauer ihre Körper. Einen Augenblick noch durchrieselte er ihre Kiefermuskeln, das Bild verschwamm ihnen vor den Augen. Die Erscheinung dauerte keine halbe Sekunde. Abermals trat Stille ein, die von dem fernen, aus den unteren Stockwerken heraufdringenden Summen der anlaufenden Motoren unterbrochen wurde. Die Wüste, die schwarzroten Felshalden, die träge dahinkriechenden Sandwellen nahmen auf den Bildschirmen wieder schärfere Umrisse an, und alles war wie zuvor, nur hatte sich über den „Unbesiegbaren" die unsichtbare Kuppel des Kraftfeldes gestülpt und verwehrte den Zugang zum Raumschiff.

Da erschienen plötzlich Metallkrabben mit Antennen links und rechts, die wie Mühlenflügel kreisten, und schritten die Rampe hinunter. Diese Inforoboter waren bedeutend größer als die Feldemitoren, sie hatten einen abgeplatteten Rumpf und gebogene, seitwärts gespreizte Metallstelzen. Die Gliederfüßler blieben im Sand stecken, zogen unwillig die tief einsinkenden Extremitäten daraus hervor und verteilten sich auf die Zwischenräume in der Energoboterkette. Während die Schutzmaßnahmen weiterliefen, flammten auf dem mattierten Hintergrund des Zentralpults in der Steuerzentrale die Kontrollämpchen auf, und die Zifferblätter der Impulszähler überzogen sich mit grünlichem Glanz. Es war jetzt, als starrten Dutzende großer Katzenaugen die beiden Männer an. Die Zeiger standen überall auf Null: Nichts versuchte den unsichtbaren Wall des Kraftfeldes zu durchbrechen. Nur am Energieverteilungsmesser rückte der Pfeil höher, über die roten Gigawattstriche hinaus.

„Ich gehe nach unten und esse etwas. Führen Sie den Stereotyp aus, Rohan", sagte Horpach plötzlich mit müder Stimme und riß sich von dem Bildschirm los.

„Ferngesteuert?"

„Wenn Ihnen daran liegt, können Sie jemanden hinausschicken oder selbst gehen."

Mit diesen Worten schob der Astrogator die Tür auseinander und verließ den

Raum. Einen Augenblick noch sah Rohan sein Profil im schwachen Licht des Fahrstuhls, der lautlos abwärtsglitt. Er warf einen Blick auf den Feldanzeiger. Null. Eigentlich müßte man mit der Fotogrammetrie anfangen, dachte er, den Planeten umkreisen, bis man eine vollständige Aufnahmensammlung hat. Vielleicht ließe sich auf diese Weise etwas entdecken. Denn die visuellen Beobachtungen von der Bahn aus sind nicht viel wert. Ein Kontinent ist kein Meer, und alle Beobachter an den Fernrohren zusammen sind längst kein Matrose im Krähennest. Daß die Sammlung erst in ungefähr einem Monat vollständig wäre, steht auf einem anderen Blatt.

Der Fahrstuhl kam zurück. Er stieg ein und fuhr zum sechsten Deck hinunter. Die große Plattform vor der Schleusenkammer war gedrängt voll von Menschen, die hier eigentlich nichts mehr zu schaffen hatten, zumal da sich die vier Signale, die die Hauptmahlzeit ankündigten, schon seit etwa einer Viertelstunde wiederholten. Man machte ihm Platz.

„Jordan und Blank, Sie kommen mit zum Stereotyp."

„Volle Schutzausrüstung, Navigator?"

„Nein, nur die Sauerstoffflaschen. Und einen Roboter. Am besten einen Arctan, der bleibt uns nicht in dem verfluchten Sand stecken. Und ihr, was steht ihr alle hier herum? Hat es euch den Appetit verschlagen?"

„Wir würden gern an Land gehen, Navigator."

„Wenigstens ein paar Minuten..."

Sie redeten alle durcheinander.

„Nur die Ruhe bewahren, Jungs. Ihr werdet schon noch Ausflüge machen können. Vorläufig haben wir dritten Grad."

Unlustig entfernten sie sich.

Unterdessen kam aus dem Ladeschacht ein Aufzug mit dem Roboter herauf, der selbst die stattlichsten Männer um Haupteslänge überragte. Jordan und Blank kehrten auf einem Elektrokarren zurück, sie hielten die Sauerstoffapparate bereit. Rohan hatte sich gegen das Geländer des Korridors gelehnt, der sich jetzt, da die Rakete auf Heck stand, in einen senkrechten, bis in den ersten Maschinenraum hinabreichenden Stollen verwandelt hatte. Über und unter sich spürte er die weit ausladenden Metallstockwerke, irgendwo in der Tiefe arbeiteten leise die Förderbänder, das schwache Schmatzen der hydraulischen Leitungen war zu hören, und aus dem vierzig Meter tiefen Schacht drang gleichmäßig ein Hauch kalter, gereinigter Luft aus den Klimaanlagen des Maschinenraums herauf.

Zwei Leute vom Schleusenpersonal öffneten ihnen die Tür. Rohan prüfte instinktiv, ob die Gurte saßen und die Maske anlag. Jordan und Blank traten hinter ihm ein, dann dröhnte das Stahlblech unter den schweren Schritten des Roboters. Schneidendes, anhaltendes Zischen der ins Schiffsinnere gesogenen Luft. Die Außenluke sprang auf. Die Maschinenrampe lag vier Stockwerke tiefer. Um dorthin zu gelangen, bedienten sich die Männer eines kleinen Aufzuges, der schon vorher aus dem Raketenmantel hinuntergelassen worden war. Sein Gittergeflecht reichte bis an die Dünenkämme. Der Fahrstuhlkorb war ringsum offen. Die Luft war kaum kühler als im Innern des „Unbesiegbaren". Zu viert stiegen sie ein, die Magnetbremsen lösten sich, und aus elfstöckiger Höhe glitten die Männer sanft hinab, an den einzelnen Sektionen des Schiffskörpers vorbei. Rohan musterte sie unwillkürlich. Es geschieht nicht allzuoft, daß man ein Raumschiff von außen betrachten kann – außer auf der Werft. Ganz schön mitgenommen, dachte er, als er die Risse sah, die von Meteorentreffern stammten. An manchen Stellen hatten die Panzerplatten den Glanz verloren, als wären sie von starker Säure zerfressen. Der Fahrstuhl beendete die kurze Reise und setzte weich auf einem angewehten Sandhügel auf. Sie sprangen hinaus und sanken gleich bis über die Knie ein. Nur der für Untersuchungen in verschneitem Gelände bestimmte Roboter bewegte sich mit komisch watschelnden, aber sicheren Schritten auf seinen lächerlich platten Füßen vorwärts. Rohan befahl ihm stehenzubleiben, dann musterten er und die beiden anderen die Mündungen der Heckdüsen, soweit sie von außen herankonnten.

„Die sollten wieder mal geschliffen und durchgeblasen werden. Das würde nicht schaden", sagte er.

Erst als er unter dem Heck hervorkroch, bemerkte er, welch riesigen Schatten das Raumschiff warf. Wie eine breite Straße lief er über die Dünen, auf denen das Licht der schon tiefstehenden Sonne lag. Die Gleichmäßigkeit der Sandwellen strömte eine eigenartige Ruhe aus. Auf ihrem Grunde sammelten sich blaue Schatten, rosiger Dämmerschein überzog die Grate, und dieses warme, zarte Rosa erinnerte ihn an Farben, wie er sie von früher aus Bilderbüchern kannte. So unglaublich weich war es. Langsam ließ er den Blick von Düne zu Düne wandern und fand immer neue Nuancen in diesem gelbrosa Glühen; weiter entfernt gingen sie in ein tieferes Rot über, von Sicheln schwarzer Schatten zerschnitten, bis sie schließlich dort, wo sie nackte, bedrohlich aufragende Vulkanplatten umlagerten, zu einem einzigen gelblichen Grau verschmolzen. Während er dastand und schaute, nahmen seine Leute ohne Hast, mit jahrelang gewohnten und nun rein mechanischen Bewegungen die üblichen Messungen vor, füllten Luft- und Sandproben in kleine Behälter und prüften mit einer Sonde, deren Bohrkopf der Arctan hielt, die Radioaktivität des Bodens. Rohan kümmerte sich nicht um ihr Treiben. Die Maske umschloß nur Nase und Mund; die Augen und den ganzen Kopf hatte er frei, weil er den flachen Schutzhelm abgenommen hatte. Er spürte, daß der Wind ihm ins Haar fuhr, daß sich feine Sandkörnchen auf der Gesichtshaut festsetzten und kitzelnd zwischen Plastrand und Wangen schoben. Heftige Windstöße zerrten an den Hosenbeinen seines Schutzanzugs. Die große, wie gedunsene Sonnenscheibe, in die man allenfalls eine Sekunde ungestraft blicken durfte, hing jetzt genau über der Raketenspitze. Der Wind pfiff langgezogen. Da das Kraftfeld die Bewegung der Gase nicht aufhielt, konnte Rohan beim besten Willen nicht erkennen, wo sich dessen unsichtbare Wand aus dem Sand erhob.

Das riesige Gelände, das sich vor seinem Blick auftat, lag wie ausgestorben, als hätte nie eines Menschen Fuß es betreten, als wäre dies nicht der Planet, der ein Raumschiff von der Klasse des „Unbesiegbaren“ verschlungen hatte, ein Schiff mit hundert Mann Besatzung, einen gewaltigen, erfahrenen Segler der Leere, fähig, im Bruchteil einer Sekunde Energien von Millionen Kilowatt zu entwickeln, sie in Energiefelder umzuformen, die keine Materie zu durchstoßen vermochte, sie in vernichtende Strahlen mit Sterntemperaturen zusammenzufassen, die ganze Gebirgsketten in Staub und Asche verwandeln und Meere austrocknen konnten. Und doch war der stählerne, auf der Erde gebaute Organismus, die Frucht jahrhundertelangen Blühens der Technik, hier verschollen, war auf unerklärliche Weise verschwunden, ohne Spur, ohne SOS-Rufe, als hätte er sich in dieser roten und grauen Wüstenei aufgelöst.

So sieht der ganze Kontinent aus, dachte er. Er erinnerte sich gut. Von oben hatte er die gezackten Kraterherde erblickt und die einzige wahrnehmbare Bewegung darüber: das unaufhörliche, langsame Vorbeischwimmen der Wolken, die ihre Schatten über die endlosen Dünenbänke schleiften.

„Aktivität?“ fragte er, ohne sich umzuwenden.

„Null, null zwei“, antwortete Jordan und erhob sich von den Knien. Sein Gesicht war gerötet, seine Augen glänzten. Die Maske entstellte die Stimme.

Das ist weniger als nichts, dachte er. Im übrigen wären die anderen auch nicht durch eine so grobe Nachlässigkeit umgekommen. Die automatischen Meßuhren hätten Alarm geschlagen, selbst wenn sich keiner um die Stereotypuntersuchungen gekümmert hätte.

„Atmosphäre?“

„Achtundsiebzig Prozent Stickstoff, zwei Prozent Argon, Kohlendioxyd null, vier Prozent Methan, der Rest Sauerstoff.“

„Sechzehn Prozent Sauerstoff? Bestimmt?“

„Ganz bestimmt.“

„Radioaktivität der Luft?“

„Praktisch null.“

Seltsam! Soviel Sauerstoff! Diese Mitteilung überraschte ihn. Er trat vor den Roboter hin, der ihm sofort die Kassette mit den Zahlenangaben vor die Nase hielt.

Vielleicht haben sie versucht, ohne Sauerstoffapparate auszukommen, dachte er abwegig, denn er wußte, daß es nicht so gewesen sein konnte. Manchmal geschah es allerdings, daß einer der Männer, der mehr als die anderen von Heimweh gepeinigt war, entgegen dem Befehl die Maske abnahm und einer Vergiftung erlag. Aber das konnte einem, allenfalls zwei Leuten passieren.

„Haben Sie alles?“ fragte er.

„Ja.“

„Dann gehen Sie zurück.“

„Und Sie?“

„Ich bleibe noch. Gehen Sie zurück!“ wiederholte er ungeduldig. Er wollte endlich allein sein. Blank hängte sich den Riemen, der die Behälter zusammenhielt, über die Schulter. Jordan reichte dem Roboter die Sonde, und so wateten sie schwerfällig durch den tiefen Sand. Der Arctan schlurfte wie ein verkleideter Mensch hinterdrein.

Rohan ging bis zu der äußersten Düne. Nun sah er dicht vor sich die aus dem Sand herausragende breite Öffnung des Emitors, der das schützende Kraftfeld erzeugte. Nicht um sich von dessen Existenz zu überzeugen, sondern ganz einfach aus kindlichem Mutwillen hob er eine Handvoll Sand auf und schleuderte sie von sich. Der Sand beschrieb einen Bogen in der Luft und rieselte dann, als wäre er auf eine unsichtbare gläserne Wölbung getroffen, senkrecht zu Boden. Es juckte Rohan buchstäblich in den Fingern, so große Lust hatte er, die Maske abzusetzen. Er kannte dieses Gefühl gut: Das Plastmundstück ausspucken, die Sicherheitsgurte herunterreißen, die ganze Brust mit Luft vollpumpen, sie tief in die Lungen saugen...

Ich werde rührselig, dachte er und kehrte langsam zu dem Raumschiff zurück. Der Korb des Aufzugs stand wartend, leer, die Plattform weich in die Düne gebettet, der Wind hatte bereits in den wenigen Minuten die Metallwände des Gerüstes mit einer feinen Flugsandschicht überzogen.

Gleich im Hauptkorridor des fünften Decks blickte er zum Wandinformator. Der Kommandant war in der Sternkajüte. Er fuhr hinauf.

„Kurz gesagt, ein Idyll“, faßte der Astrogator Rohans Worte zusammen. „Keine Radioaktivität, keinerlei Sporen, Bakterien, Pilze, Viren – nichts, nur dieser Sauerstoff. Auf alle Fälle müssen von den Proben Nährlösungen angesetzt werden.“

„Sie sind schon im Laboratorium. Vielleicht entwickelt sich hier das Leben auf anderen Kontinenten“, bemerkte Rohan ohne Überzeugung.

„Das bezweifle ich. Außerhalb der Äquatorzone ist die Sonneneinstrahlung schwach. Haben Sie nicht gesehen, wie dick die Polkappen sind? Ich wette, die Eisdecke dort ist wenigstens acht, wenn nicht zehn Kilometer stark. Dann kommt schon eher der Ozean in Frage, irgendwelche Tangarten, Algen. Aber warum ist das Leben aus dem Wasser nicht aufs Land gekommen?“

„Wir werden uns dieses Wasser genauer ansehen müssen“, sagte Rohan.

„Es ist noch zu früh, unsere Leute zu fragen. Aber der Planet scheint mir alt zu sein. So ein runzliges Ei hat gewiß einige Jahrmilliarden auf dem Buckel. Übrigens hat auch die Sonne ihre Glanzzeit schon eine Weile hinter sich. Das ist ja fast ein roter Zwergstern. Tja, daß an Land jegliches Leben fehlt, gibt zu denken. Eine besondere Art der Entwicklung, die Trockenheit nicht verträgt. Schön, das würde das Auftreten von Sauerstoff erklären, aber nicht den Fall ‚Kondor‘!“

„Vielleicht gibt es Lebensformen, Meereswesen, die sich im Ozean verbergen und auf seinem Grunde eine Zivilisation geschaffen haben“, mutmaßte Rohan.

Beide betrachteten die große Karte des Planeten in Mercatorprojektion. Sie war ungenau, weil sie nach den Angaben automatischer Sonden im vergangenen Jahrhundert gezeichnet worden war. Auf ihr waren lediglich die Umrisse der wichtigsten Kontinente und der Ozeane eingetragen, die Bereichlinien der

Polkappen und die größten Krater. In dem Netz der Längen- und Breitengrade sah man unter dem achten Grad nördlicher Breite einen rotgerahmten Punkt: ihre Landestelle. Der Astrogator schob ungeduldig das Papier auf dem Kartentisch beiseite.

„Das glauben Sie doch selbst nicht!" fuhr er ihn an. „Tressor ist nicht dümmer gewesen als wir. Er hätte nicht vor Meereswesen kapituliert. Unsinn! Außerdem hätten solche vernunftbegabte Wesen, wenn es sie wirklich gäbe, zuallererst das Festland in Besitz genommen. Und sei es in wassergefüllten Skaphandern. Reiner Unsinn", wiederholte er, nicht weil er Rohans Konzeption für ganz und gar unsinnig hielt, sondern weil er bereits an etwas anderes dachte.

„Wir werden eine Weile hier bleiben", schloß er dann und berührte den unteren Rand der Karte, die sich leise knisternd zusammenrollte und in einem waagerechten Fach des großen Kartenschranks verschwand. „Wir warten ab, dann werden wir ja sehen."

„Und wenn nicht?" fragte Rohan vorsichtig. „Wollen wir sie dann suchen?"

„Seien Sie doch vernünftig, Rohan! Sechs Sternjahre und so ein..." Der Astrogator suchte nach einem passenden Wort, fand es nicht und ersetzte es durch eine verächtliche Handbewegung.

„Der Planet ist so groß wie der Mars. Wie sollen wir sie da suchen? Das heißt, den ‚Kondor'?"

„Nun ja, der Boden ist eisenhaltig", gab Rohan unlustig zu. Tatsächlich wiesen die Analysen des Sandes eine beträchtliche Beimischung von Eisenoxyden auf. Die Ferroinduktionswerte waren also nicht zu gebrauchen. Rohan wußte nicht, was er noch sagen sollte, deshalb schwieg er. Im übrigen war er überzeugt, daß der Kommandant schließlich einen Ausweg finden würde. Sie würden doch nicht mit leeren Händen, ohne Ergebnis umkehren. Er betrachtete Horpachs Augenwülste mit den struppigen Brauen und wartete.

„Ehrlich gesagt, ich glaube nicht, daß diese achtundvierzig Stunden Wartezeit uns überhaupt etwas nützen, aber die Vorschriften verlangen es so", sagte der Astrogator plötzlich im Ton eines Geständnisses. „Setzen Sie sich, Rohan! Sie stehen vor mir wie das leibhaftige Gewissen. Die Regis ist der idiotischste Ort, den man sich denken kann. Der Gipfel der Sinnlosigkeit. Mir ist rätselhaft, weshalb der ‚Kondor' hierhergeschickt worden ist. Aber das soll nicht unsere Sorge sein, es ist nun mal passiert."

Horpach brach ab. Er war schlecht gelaunt, und in solchen Augenblicken wurde er meist redselig und verwickelte den anderen leicht in ein manchmal fast vertrauliches Gespräch. Das barg immer eine gewisse Gefahr in sich, weil er es jederzeit mit einer boshaften Bemerkung beenden konnte.

„Kurz, wir müssen etwas unternehmen. So oder so. Wissen Sie was? Bringen Sie doch ein paar kleine Fotosonden auf die Äquatorumlaufbahn. Aber daß sie mir auch wirklich kreisförmig und eng ist. Etwa siebzig Kilometer."

„Das ist noch im Bereich der Ionosphäre", wandte Rohan ein. „Sie verglühen nach einigen Dutzend Umkreisungen."

„Sollen sie doch verglühen! Aber vorher fotografieren sie, was möglich ist. Ich würde Ihnen sogar raten, sechzig Kilometer zu riskieren. Sie verglühen vielleicht schon bei der zehnten Umkreisung, doch nur Aufnahmen aus dieser Höhe können uns etwas nützen. Wissen Sie, wie eine Rakete aus hundert Kilometer Höhe aussieht, selbst durch das beste Teleobjektiv? Ein Stecknadelkopf ist daneben ein ganzes Bergmassiv. Lassen Sie sofort ... Rohan!"

Schon an der Tür, wandte sich der Navigator um. Der Kommandant warf das Protokoll mit den Analysenergebnissen auf den Tisch.

„Was soll das heißen? Was ist das wieder für eine Idiotie? Wer hat das geschrieben?"

„Der Automat. Was ist los?" fragte Rohan, mühsam Ruhe bewahrend, denn auch in ihm stieg der Zorn auf. Jetzt will er wohl noch herumnörgeln, dachte er und näherte sich betont langsam.

„Lesen Sie! Hier, bitte, hier!"

„Methan – vier Prozent", las Rohan laut und erstarrte unwillkürlich.

„Vier Prozent Methan, wie? Und Sauerstoff sechzehn? Wissen Sie, was das ist? Ein explosives Gemisch! Wollen Sie mir nicht erklären, warum die ganze Atmosphäre nicht explodiert ist, als wir mit Borwasserstoff gelandet sind?"

„Tatsächlich ... Das verstehe ich nicht", stammelte Rohan. Er lief an das Kontrollpult, ließ durch die Saugvorrichtung etwas Außenatmosphäre in die Geber ein, und während der Astrogator, in bedrohliches Schweigen gehüllt, in der Steuerzentrale hin und her ging, beobachtete er die Analysatoren, die emsig mit klirrenden Glasgefäßen hantierten.

„Nun, und?"

„Dasselbe. Vier Prozent Methan, sechzehn Sauerstoff", antwortete Rohan. Er begriff zwar nicht, wie das möglich war, aber er empfand eine gewisse Genugtuung, denn nun würde Horpach ihm wenigstens nichts vorwerfen können.

„Zeigen Sie schon her! Hm. Methan vier, hol's der Teufel. Schön. Die Sonden auf die Bahn, Rohan, und dann kommen Sie bitte ins kleine Labor. Wozu haben wir die Fachleute? Sollen die sich den Kopf darüber zerbrechen."

Rohan fuhr hinunter, rief zwei Raketentechniker zu sich und übermittelte ihnen den Auftrag des Astrogators. Dann kehrte er in den zweiten Stock zurück. Hier lagen die Laboratorien und die Kajüten der Fachleute. Er kam an mehreren schmalen, in das Metall gepreßten Türen vorbei, die Schilder mit Buchstaben trugen: Ch. I., Ch. Ph., Ch. T., Ch. B., und andere. Die Tür des kleinen Laboratoriums war weit geöffnet. Die monotonen Stimmen der Fachleute wurden dann und wann vom Baß des Astrogators unterbrochen. Rohan blieb auf der Schwelle stehen. Hier waren alle „Chefs" versammelt – der Ingenieur, der Biologe, der Physiker, der Arzt und alle Technologen aus dem Maschinenraum. Der Astrogator saß schweigend im äußersten Sessel unter dem Programmgeber der transportablen Rechenmaschine, und der dunkelhäutige Moderon, der die kleinen rundlichen Hände verschränkt hatte, sagte eben: „Ich bin kein Gasspezialist. Jedenfalls ist das gewiß kein gewöhnliches Methan. Die Bindungsenergie ist anders. Die Differenz beträgt zwar nur ein

Hundertstel, aber immerhin. Es reagiert mit Sauerstoff erst mit Hilfe von Katalysatoren, doch selbst dann noch schwer."

„Welchen Ursprung hat dieses Methan?" fragte Horpach. Er drehte die Daumen.

„Der Kohlenstoff ist auf jeden Fall organischen Ursprungs. Es ist nicht viel, aber es besteht kein Zweifel..."

„Sind Isotope vorhanden? Wie alt sind sie? Wie alt ist das Methan?"

„Zwei bis fünfzehn Millionen Jahre."

„Oh, wie genau!"

„Wir hatten nur dreißig Minuten Zeit. Mehr kann ich nicht sagen."

„Quastler! Wo kommt dieses Methan her?"

„Ich weiß es nicht."

Horpach blickte seine Spezialisten der Reihe nach an. Er sah aus, als würde er jeden Moment hochgehen; aber mit einemmal lächelte er.

„Meine Herren, Sie sind doch erfahrene Männer. Wir fliegen nicht erst seit gestern zusammen. Ich bitte Sie um Ihre Meinung. Was sollen wir jetzt tun? Womit beginnen?"

Da sich keiner anschickte zu antworten, sagte der Biologe Joppe, einer der wenigen, die Horpachs Jähzorn nicht fürchteten, den Blick ruhig auf den Kommandanten gerichtet: „Das ist kein gewöhnlicher Planet der Klasse Subdelta 92. Der ‚Kondor' wäre sonst nicht verschollen. Da er weder schlechtere noch bessere Fachleute an Bord hatte als wir, können wir als einziges mit Sicherheit annehmen, daß ihre Kenntnisse nicht ausreichten, die Katastrophe zu verhindern. Daraus folgt: Wir müssen die Prozedur dritten Grades beibehalten und das Festland und die Ozeane untersuchen. Ich denke, wir sollten mit den geologischen Bohrungen beginnen und uns gleichzeitig mit dem hiesigen Wasser befassen. Alles andere wären Spekulationen, und einen solchen Luxus können wir uns in unserer Lage nicht leisten."

„Schön." Horpach preßte die Kiefer aufeinander. „Die Bohrungen im Bereich des Kraftfeldes sind kein Problem. Das übernimmt Dr. Norwik." Der Chefgeologe nickte. „Was den Ozean betrifft... Wie weit ist es von hier bis ans Ufer, Rohan?"

„Ungefähr zweihundert Kilometer", antwortete der Navigator, durchaus nicht erstaunt, daß der Kommandant von seiner Anwesenheit wußte, obwohl er ihn nicht sehen konnte, denn Rohan stand einige Schritt hinter ihm an der Tür.

„Ein bißchen weit. Aber wir lassen den ‚Unbesiegbaren' jetzt in Ruhe. Sie nehmen sich so viele Leute mit, wie Sie für richtig halten, Rohan. Fitzpatrik oder noch einen Ozeanologen und sechs Energoboter aus der Reserve. Damit fahren Sie ans Ufer. Arbeiten werden Sie nur unter dem Schutzfeld. Keinerlei Vergnügungsfahrten auf dem Meer, keine Tauchversuche. Bitte gehen Sie auch mit den Automaten nicht zu großzügig um, wir haben nicht allzu viele. Klar? Dann können Sie anfangen. Ach, noch etwas: Eignet sich die hiesige Atmosphäre als Atemluft?"

Die Ärzte flüsterten miteinander.

„Im Prinzip ja", sagte Stormont schließlich in wenig überzeugendem Ton.

„Was heißt ‚im Prinzip'? Kann man atmen oder nicht?" „Ein so hoher Methananteil bleibt nicht ohne Wirkung. Im Laufe der Zeit tritt eine Sättigung des Blutes ein, und das kann gewisse leichte Störungserscheinungen im Gehirn nach sich ziehen, Betäubungen, aber erst nach einer Stunde, vielleicht auch nach mehreren Stunden."

„Genügt da nicht ein Methanabsorber?"

„Nein, Astrogator. Das heißt, es lohnt nicht, Absorber herzustellen, weil man sie zu oft wechseln müßte. Außerdem wäre der Sauerstoffgehalt trotzdem ziemlich gering. Ich jedenfalls bin für Sauerstoffapparate."

„Hm. Die anderen Herren auch?"

Witte und Eldjarn nickten.

Horpach erhob sich. „Schön. Fangen wir also an. Rohan! Was ist mit den Sonden?"

„Gleich stoßen wir sie aus. Darf ich die Bahnen kontrollieren, ehe ich aufbreche?"

„Sie dürfen."

Rohan wandte sich ab und ließ den Lärm des Laboratoriums hinter sich. Als er die Steuerzentrale erreichte, ging gerade die Sonne unter. Ihre dunkle, von fast violettem Pupurrot gesäumte Scheibe ließ unnatürlich deutlich die gezackten Konturen des Kraters am Horizont hervortreten. Der in diesem Teil der Galaxis dichtbestirnte Himmel schien ins Riesenhafte zu wachsen. Immer tiefer senkten sich die großen Sternbilder auf den Planeten herab und verschmolzen mit der in Dunkelheit getauchten Wüste. Rohan setzte sich mit der Satellitenabschußrampe am Bug in Verbindung. Eben war der Start des ersten Fotosatellitenpaars angesagt worden. Die nächsten sollten eine Stunde später abgeschossen werden. Bis zum anderen Abend würden die Tag- und Nachtaufnahmen von beiden Halbkugeln des Planeten ein genaues Bild des gesamten Äquatorgürtels vermitteln.

„Minute einunddreißig. Azimut sieben. Einstellung...", wiederholte eine angenehme Stimme im Lautsprecher. Rohan dämpfte sie mit dem Regler und schwenkte den Sessel zur Kontrolltafel herum. Er hätte das niemals zugegeben, aber das Lichterspiel beim Abschuß einer Sonde auf eine Planetenumlaufbahn bereitete ihm immer wieder Vergnügen. Zuerst flammten die Kontrollämpchen der Boosterrakete rubinrot, weiß und blau auf. Dann begann der Startautomat zu zählen. Wenn sein Ticken abbrach, durchrieselte den ganzen Schiffskörper ein schwaches Beben. Gleichzeitig erhellte Phosphorschein die Wüste auf den Bildschirmen. Mit einem verhaltenen Dröhnen, das bis in die untersten Decks drang, schoß das winzige Projektil aus der Bugrampe hervor und übergoß das Mutterschiff mit einem Flammenmeer. Der Lichtschein der Boosterrakete, die sich schnell entfernte, flatterte immer schwächer auf den Dünenhängen und erlosch schließlich. Jetzt – die Rakete war nicht mehr zu hören – wurde die ganze Armaturentafel wie von einem heftigen Fieberschauer geschüttelt. Mit hektischer Hast sprangen die länglichen ballistischen Kontrollichter aus dem Dunkel hervor, die perlmuttfarbenen Lämpchen der Fernsteuerung nickten ihnen ermutigend zu, dann erschienen, einem bunten Lichterbaum ähnlich, die Signale, die den Abwurf der ausgebrannten Raketenstufen anzeigten, und am Ende flammte über diesem in allen Regenbogenfarben schillernden Flackern ein reinweißes Viereck auf, das Zeichen dafür, daß der Satellit seine Umlaufbahn erreicht hatte. Mitten auf der glitzernden schneeweißen Fläche blinkte eine kleine graue Insel, die sich zu der Zahl 67 formte. Das war die Flughöhe.

Rohan überprüfte noch die Bahnparamter, aber Perigäum und Apogäum lagen in der Nähe der errechneten Werte. Hier hatte er nichts mehr zu tun. Er verglich die Bordzeit – die Uhr zeigte 18 Uhr – mit der jetzt geltenden Ortszeit: 23 Uhr. Er schloß kurz die Augen. Er war froh über diese Exkursion ans Meer, denn er liebte es, selbständig zu arbeiten. Er war hungrig und müde. Eine Weile überlegte er, ob nicht ein Erfrischungsdragee angebracht wäre, aber dann meinte er, das Abendbrot müsse genügen. Als er sich erhob, merkte er, wie sehr er erschöpft war, und wunderte sich darüber, und diese Verwunderung belebte ihn wieder ein wenig. Er fuhr in die Messe hinunter. Dort hatten sich seine Leute bereits versammelt: die beiden Fahrer der Luftkissenlaster, unter ihnen Jarg, den er mochte, weil er stets guter Laune war, und der Ozeanologe Fitzpatrik mit seinen beiden Kollegen Broza und Koechling. Sie waren mit dem Abendessen fertig, als Rohan erst eine heiße Suppe bestellte und dem Wandautomaten Brot und ein paar Flaschen alkoholfreies Bier entnahm. Er stellte alles auf ein Tablett und ging damit an den Tisch. Da lief ein leichtes Beben durch den Fußboden. Der „Unbesiegbare" hatte den nächsten Satelliten abgeschossen.

Der Kommandant hatte keine Nachtfahrt gestattet. Kurz vor Sonnenaufgang, um fünf Uhr Ortszeit, brachen sie auf. Die aus Sicherheitsgründen erforderliche Marschordnung, bei der man zermürbend langsam vorankam, hieß bei ihnen „Leichenzug". Energoboter eröffneten und schlossen ihn. Mit ihrem ellipsoiden Kraftfeld schützten sie alle Maschinen innerhalb des Zuges – die Allzweckfahrzeuge, die Geländewagen mit den Funkstationen und dem Radargerät, die Küche, das Lastfahrzeug mit der luftdichten Wohnbaracke, die sich automatisch selbst aufstellte, und das kleine, auf Raupenketten montierte Lasergerät für Direktbestrahlung, das sie allgemein „Ahle" nannten.

Rohan stieg mit den drei Fachleuten in den vorderen Energoboter. Das war zwar nicht bequem – sie saßen eng aneinandergedrängt –, aber sie hatten immerhin die Illusion einer einigermaßen normalen Fahrt. Die Geschwindigkeit mußte den langsamsten Maschinen des Zuges, eben den Energobotern, angepaßt werden; es war also kein reines Vergnügen. Die Raupenketten stöhnten und knirschten im Sand, die Turbomotoren sirrten wie elefantengroße Mücken, unmittelbar hinter den Sitzen brach aus dem Schutzgitter die Kühlluft hervor, und der ganze Energoboter schwankte wie eine schwere Schaluppe auf See. Bald versank die schwarze Nadel, der „Unbesiegbare", am Horizont. Eine

Zeitlang fuhren sie in den tiefen Strahlen der kalten, blutroten Sonne über die einförmige Wüste.

Allmählich trat der Sand zurück, dafür ragten schräge Felsplatten aus dem Boden, denen es auszuweichen galt. Abgesehen von dem Brummen der Motoren, verhinderten die Sauerstoffmasken eine Unterhaltung. Gewissenhaft beobachteten sie den Horizont, aber stets bot sich das gleiche Bild: übereinandergetürmte Felsen, große, bereits verwitterte Gesteinsbrocken. Schließlich senkte sich das Gelände, und auf dem Grunde eines flachen Talkessels entdeckten sie einen schmalen, halb ausgetrockneten Bach, dessen Wasser im Morgenrot funkelte. Breite Streifen runder, abgeschliffener Steine zogen sich beiderseits am Ufer hin und ließen vermuten, daß der Bach zuweilen eine beträchtliche Wassermenge führte.

Sie legten eine kurze Marschpause ein, um das Wasser zu untersuchen. Es war klar, aber ziemlich hart und enthielt Eisenoxyd und winzige Sulfidspuren.

Sie setzten die Fahrt fort, schneller als zuvor, weil die Ketten auf dem steinigen Untergrund zügig vorankamen. Westlich von ihnen erhoben sich niedrige Felsklippen. Die letzte Maschine hielt die Verbindung mit dem „Unbesiegbaren" aufrecht. Die Radarantennen drehten sich, die Radarbeobachter rückten an ihren Kopfhörern und hockten, Konzentratkörner kauend unentwegt vor den Leuchtschirmen. Manchmal sprang ein Stein, der unter einem Luftkissenfahrzeug wie von einem Wirbel erfaßt und heftig hervorgeschleudert wurde, die Kieshalde hinauf, als wäre er lebendig geworden. Dann versperrten ihnen sanft geschwungene, kahle Hügel den Weg. Ohne anzuhalten, nahmen sie ein paar Gesteinsproben auf, und Fitzpatrik schrie Rohan zu, der Kiesboden sei organischen Ursprungs.

Schließlich, als der Wasserspiegel schwarzblau vor ihnen auftauchte, fanden sie auch Kalkstein. Über die kleinen flachen Steine fuhren sie rasselnd ans Ufer hinunter. Der heiße Maschinenbrodem, das Kreischen der Raupenketten, das Brummen der Motoren – all das erstickte mit einem Schlag, als nur noch hundert Meter von ihnen entfernt das Meer lag, grünlich und scheinbar in nichts von einem irdischen Meer unterschieden. Nun mußte ein kompliziertes Manöver ausgeführt werden, weil der vorderste Energoboter ziemlich tief ins Wasser gefahren werden sollte, damit das Kraftfeld die Arbeitsgruppe schützte. Zuvor wurde die Maschine abgedichtet, dann rollte sie, von dem zweiten Energoboter gesteuert, ins Wasser, zerteilte die Wellen und sank, Luftblasen hinterlassend, in die Tiefe, so daß sie nur noch als dunkler Fleck zu erkennen war. Auf ein Funksignal der Leitstelle hin fuhr der versenkte Koloß den Dirac-Emitor bis über den Wasserspiegel aus. Als sich das Feld stabilisiert hatte und wie eine unsichtbare Halbkugel einen Teil des Wassers und des Ufers überdeckte, begannen sie die eigentlichen Untersuchungen.

Der Salzgehalt des Ozeans war etwas geringer als auf der Erde. Die Analysenergebnisse waren jedoch keinesfalls sensationell. Nach zwei Stunden wußten sie ungefähr genausoviel wie anfangs. Deshalb steuerten sie zwei Fernsehsonden aufs offene Meer hinaus und verfolgten auf den Bildschirmen ihren Weg. Aber erst als die Sonden am Horizont verschwunden waren, übermittelten die Signale die erste wesentliche Nachricht. In diesem Ozean lebten Organismen, die den Knochenfischen ähnelten. Beim Anblick der Sonden stoben sie mit unerhörter Geschwindigkeit auseinander und suchten in der Tiefe des Meeres Schutz. Die Echolote gaben die Meerestiefe an der Stelle, an der man erstmals auf die Lebewesen gestoßen war, mit 150 Metern an.

Broza bestand darauf, wenigstens einen solchen Fisch zu erbeuten. Also nahmen sie die Jagd auf. Die Sonden verfolgten die im grünen Dämmerlicht umherhuschenden Schatten und beschossen sie mit elektrischen Ladungen, aber die vermeintlichen Fische waren unerhört wendig, so daß es erst nach zahlreichen Fehlschüssen gelang, einen zu lähmen. Die Sonde packte ihn mit ihren Greifern und wurde sofort ans Ufer geholt.

Koechlin und Fitzpatrik steuerten unterdessen eine zweite Sonde. Sie sammelten Proben von Fasern, die in den tieferen Meeresschichten trieben und die sie für eine örtliche Algenart hielten. Sie schickten die Sonde schließlich ganz bis auf den Grund, in eine Tiefe von 250 Metern. Eine starke Grundströmung erschwerte die Steuerung erheblich. Die Sonde wurde von ihrem Kurs abgedrängt und kollidierte dauernd mit großen, zu Haufen angetriebenen Steinen. Endlich gelang es, einige beiseite zu wälzen. Unter dieser Decke siedelte tatsächlich, wie Koechlin richtig vermutet hatte, eine ganze Kolonie biegsamer, mit Flimmerhärchen bedeckter winziger Lebewesen.

Als beide Sonden zurückgekehrt waren, machten sich die Biologen an die Arbeit. Unterdessen war auch die Baracke aufgestellt, in der sie die leidigen Atemmasken absetzen konnten. Rohan, Jarg und die fünf anderen Männer nahmen die erste warme Mahlzeit an diesem Tage zu sich.

Bis zum Abend waren sie beschäftigt, Mineralproben zu sammeln, die Radioaktivität des Meeresbodens zu untersuchen, die Insolation zu messen und hunderterlei Arbeiten zu verrichten, die gleich mühsam waren, aber doch gewissenhaft, ja pedantisch ausgeführt werden mußten, wenn zuverlässige Ergebnisse erzielt werden sollten.

Als die Dämmerung hereinbrach, hatten sie getan, was irgend möglich war, so daß Rohan, als Horpach ihn vom „Unbesiegbaren“ aus rief, mit ruhigem Gewissen ans Mikrofon gehen konnte. Der Ozean war voller Lebewesen, jedoch mieden sie ausnahmslos die Uferzone. Der Organismus des Fisches, den sie seziert hatten, zeigte nichts Außergewöhnliches. Die Evolution auf diesem Planeten dauerte schätzungsweise bereits Hunderte Millionen Jahre. Sie hatten auch beträchtliche Mengen grüner Algen entdeckt; das erklärte die Herkunft des Sauerstoffs in der Atmosphäre. Die Aufteilung der organischen Formen in eine Pflanzen- und eine Tierwelt war typisch, desgleichen der Knochenbau der Wirbeltiere. Das einzige bei dem gefangenen Fisch ausgebildete Organ, für das die Biologen kein irdisches Gegenstück kannten, war ein besonderer Sinn, der schon bei geringen Schwankungen der magnetischen Feldstärke empfindlich reagierte.

Horpach befahl der ganzen Mannschaft, schleunigst umzukehren, und beendete das Gespräch mit der Bemerkung, es gebe Neuigkeiten: Allem Anschein nach sei es gelungen, den Landeplatz des verschollenen „Kondors" zu entdecken.

Trotz des Protests der Biologen, die behaupteten, für ihre Untersuchungen seien selbst mehrere Wochen noch zuwenig, wurde die Baracke abgerissen, die Motoren sprangen an, und die Kolonne brach in nordwestlicher Richtung auf. Rohan konnte seinen Gefährten keinerlei Einzelheiten über den „Kondor" mitteilen, denn er wußte selbst nichts Genaues. Er wollte so bald wie möglich zurück sein, da er annahm, der Kommandant werde neue Aufgaben verteilen, die vielleicht größere Erfolge versprächen. Natürlich mußte jetzt vor allem die angebliche Landestelle des „Kondors" untersucht werden. Rohan holte das Letzte aus den Maschinen heraus, und unter dem Höllenlärm der steineknackenden Raupenketten fuhren sie zurück.

Bei Eintritt der Dunkelheit schalteten sie die großen Scheinwerfer ein. Ein ungewöhnlicher, ja gefährlicher Anblick! Immer wieder entrissen die schwankenden Lichtgarben dem Dunkel unförmige, scheinbar bewegliche Riesensilhouetten, die sich dann lediglich als Felsbrocken, als letztes überdauerndes Zeugnis einer verwitterten Bergkette erwiesen. Einige Male mußten sie vor tiefen Spalten im Basalt haltmachen. Mitternacht war längst vorüber, als sie endlich den Rumpf des „Unbesiegbaren" erblickten, der in der Ferne wie ein festlich beleuchteter Metallturm schimmerte. Im ganzen Umkreis des Kraftfeldes bewegten sich Maschinenzüge; Vorräte und Kraftstoff wurden gelöscht, Menschengruppen drängten sich im grellen Schein der Jupiterlampen unter der Rampe. Schon von weitem schlug den Heimkehrenden das Geräusch des geschäftigen, an einen Ameisenhaufen erinnernden Treibens entgegen. Über den hüpfenden Lichtbündeln erhob sich schweigend, mit gleißenden Flecken gesprenkelt, der Rumpf des Raumkreuzers. Blaue Signalfeuer wurden angezündet, um die Stelle zu bezeichnen, wo der Weg in das Schutzfeld freigegeben wurde, und die Fahrzeuge rollten, mit einer dicken Schicht feinen Staubes bedeckt, nacheinander ins Innere des halbkugeligen Raumes.

Rohan war kaum aus seiner Maschine gesprungen, da rief er auch schon einen der Männer, in dem er Blank erkannte, zu sich und fragte, was mit dem „Kondor" sei. Aber der Bootsmann wußte nichts von der angeblichen Entdeckung. Rohan konnte nicht viel von ihm erfahren. Bevor die vier Satelliten in den unteren Schichten der Atmosphäre verbrannt waren, hatten sie elftausend Aufnahmen geliefert, die über Funk empfangen und bei ihrem Eintreffen auf besonders präparierte Platten in der kartographischen Kajüte übertragen worden waren. Um keine Zeit zu verlieren, beorderte Rohan den Kartographentechniker Erett zu sich und fragte ihn, während er unter der Dusche stand, nach allem, was an Bord vorgefallen war. Erett war einer von denen, die den „Kondor" auf dem empfangenen Fotostreifen gesucht hatten. Nach diesem Stahlkörnchen in den Sandmeeren hatten etwa dreißig Männer gleichzeitig Ausschau gehalten. Außer den Planetologen waren die Kartographen, die Radarbeobachter und alle Bordpiloten hinzugezogen worden. Geschlagene vierundzwanzig Stunden hatten sie abwechselnd das eintreffende Material durchgesehen und die Koordinaten jedes verdächtigen Punktes auf dem Planeten notiert. Aber die Mitteilung des Kommandanten an Rohan erwies sich als falsch. Man hatte eine außergewöhnlich hohe Felsnadel für das Raumschiff gehalten, weil der Schatten, den sie warf, einer Rakete erstaunlich ähnlich war. So blieb das Geschick des „Kondors" weiter im dunkeln.

Rohan wollte sich bei dem Kommandanten melden, aber der hatte sich bereits zur Ruhe begeben. So ging er in seine Kajüte. Obgleich er müde war, fand er lange keinen Schlaf. Als er am anderen Morgen aufstand, ließ ihm der Astrogator durch Ballmin, den Chef der Planetologen, ausrichten, er solle das gesamte Material an das Hauptlaboratorium weiterleiten. Um zehn Uhr war Rohan so hungrig – er hatte noch nicht gefrühstückt –, daß er in die kleine Messe der Radarbeobachter im zweiten Stock hinunterfuhr. Er trank gerade seinen Kaffee, da lief Erett auf ihn zu.

„Habt ihr ihn etwa?" stieß er hervor, als er das erregte Gesicht des Kartographen erblickte.

„Nein, aber wir haben etwas Größeres gefunden. Kommen Sie bitte gleich, der Astrogator erwartet Sie ..."

Rohan meinte, der verglaste Zylinder kröche buchstäblich den Aufzugsschacht hinauf. In der verdunkelten Kajüte war es still. Das Summen der Relais war zu hören, und aus dem Entwicklungsautomaten rutschten immer von neuem feuchtglänzende Aufnahmen, aber niemand achtete darauf. Zwei Techniker holten hinter einer Wandklappe eine Art Bildwerfer hervor und löschten gerade alle anderen Lampen, als Rohan die Tür öffnete. Sofort fand er zwischen den Köpfen den weißschimmernden Schopf des Astrogators heraus. Im nächsten Augenblick flimmerte die von der Decke herabgelassene Leinwand silbrig auf. In der Stille, in der man nur gespanntes Atmen vernahm, trat Rohan so dicht wie möglich an die große helle Fläche heran. Das Bild, zu allem Überfluß eine Schwarzweißaufnahme, war nicht sehr deutlich. Von kleinen, wirr verstreuten Kratern umgeben, ragte ein kahles Hochplateau auf, daß auf einer Seite steil abfiel. wie mit einem riesigen Messer abgeschnitten. Das war die Uferlinie, denn den übrigen Teil der Aufnahme füllte die gleichmäßig schwarze Fläche des Ozeans. In einiger Entfernung von dieser Steilwand lag, an zwei Stellen durch Wolkenfetzen und deren Schatten überdeckt, ein Landschaftsmosaik aus undeutlichen Gebilden. Es war nicht zu bezweifeln, daß diese eigenartige Formation mit ihren verschwommenen Umrissen nicht geologischen Ursprungs sein konnte.

Eine Stadt, dachte Rohan aufgeregt, sprach es aber nicht aus. Noch immer schwiegen sie alle. Der Techniker am Bildwerfer bemühte sich vergebens um ein schärferes Bild.

„Hat es Empfangsstörungen gegeben?" Die ruhige Stimme des Astrogators brach das allgemeine Schweigen.

„Nein", erwiderte Ballmin aus dem Dunkel. „Der Empfang war gut, aber diese

Aufnahme gehört zu den letzten des dritten Satelliten. Acht Minuten nach dem Start hat er nicht mehr auf die Signale geantwortet. Vermutlich wurde die Aufnahme mit Objektiven gemacht, die die rasch ansteigende Temperatur bereits beschädigt hatte.“

„Die Kamera war nicht weiter als 70 Kilometer vom Mittelpunkt des Objekts entfernt“, warf eine andere Stimme ein, die, wie Rohan vermutete, Malte gehörte, einem der begabtesten Planetologen.

„Ehrlich gesagt, würde ich die Entfernung auf 55 bis 60 Kilometer schätzen. Bitte, schauen Sie sich das an!“ Seine Gestalt verdeckte einen Teil der Leinwand. Er nahm eine durchsichtige, mit Kreisen versehene Schablone und legte sie an die einzelnen Krater in der zweiten Bildhälfte an.

„Sie sind eindeutig größer als auf den früheren Aufnahmen. Im übrigen ist das ohne Bedeutung“, fügte er hinzu. „So oder so ...“

Er sprach nicht zu Ende, aber alle wußten, was er sagen wollte: Bald würden sie die Schärfe der Fotografien beurteilen können, weil sie diese Gegend des Planeten selbst erkunden würden. Eine Weile betrachteten sie noch das Bild auf der Leinwand. Rohan war nun nicht mehr sicher, ob es sich um eine Stadt oder vielmehr um die Ruinen einer Stadt handelte. Daß die geometrisch gleichmäßigen Gebilde seit langem verlassen waren, schlossen sie aus den strichdünnen, gewellten Schatten der Dünen; die Dünen umflossen die komplizierten Konstruktionen, von denen manche schon fast im Sandmeer versunken waren. Eine schwarze Zickzacklinie, die sich ins Landinnere hinein verbreiterte, trennte die geometrische Ordnung der Ruinen in zwei ungleiche Teile – ein tektonischer Riß, der mehrere große „Bauten“ halbierte. Eins dieser Gebilde, offensichtlich herabgestürzt, war gewissermaßen eine Brücke, deren Ende sich auf den anderen Rand der Schlucht stützte.

„Bitte, Licht“, ertönte die Stimme des Astrogators. Als es hell wurde, sah er zur Wanduhr hinüber.

„In zwei Stunden starten wir.“

Unzufriedene Stimmen wurden laut. Am energischsten protestierten die Mitarbeiter des Chefgeologen, die bei den Probebohrungen bereits 200 Meter Tiefe im Boden erreicht hatten. Horpach gab mit einer Handbewegung zu verstehen, daß er keine Diskussion wünsche.

„Alle Maschinen kehren an Bord zurück. Bitte, stellen Sie das bisher gewonnene Material sicher. Die Sichtung der Aufnahmen und die Analysen laufen weiter. Wo ist Rohan? Ach, hier. Schön. Haben Sie gehört? In zwei Stunden sind alle an den Startplätzen.“

Das Verladen der Maschinen ging in großer Hast, aber systematisch vonstatten. Rohan blieb taub für Ballmins flehentliche Bitte um weitere fünfzehn Bohrminuten.

„Sie haben doch alle gehört, was der Kommandant gesagt hat“, rief er und trieb die Leute vom Montagetrupp, die mit großen Kränen an die ausgehobenen Gräben heranfuhren, zur Eile an. Bohrapparaturen, provisorische Drehbühnen und Kraftstoffbehälter wanderten nacheinander in die Luken. Als dann nur noch der aufgewühlte Boden von den Untersuchungen zeugte, die hier vorgenommen worden waren, schritt Rohan mit Westergarde, dem stellvertretenden Chefingenieur, vorsichtshalber noch einmal die verlassenen Arbeitsstätten ab. Dann verschwanden die Männer im Schiffsrumpf.

Jetzt erst geriet der Sand ringsum in Bewegung. Über Funk gerufen, kehrten die Energoboter in einer Reihe zurück und tauchten in dem Raumschiff unter, das die Rampe und den vertikalen Aufzugsschacht einzog. Einen Augenblick noch regte es sich nicht, dann übertönte das metallische Pfeifen der Luft, die durch die Düsen gepreßt wurde, das gleichförmige Heulen des Sturmes. Staubwolken hüllten das Heck ein. Ein zartgrüner Schimmer sickerte aus ihnen heraus und verschwamm im roten Sonnenlicht. Unter anhaltendem donnerndem Getöse, das die Wüste erzittern ließ und als vielfaches Echo von den Felswänden widerhallte, stieg das Raumschiff langsam auf und verschwand mit wachsender Geschwindigkeit am violetten Himmel. Zurück blieben ein in das Felsgestein eingebrannter Kreis, glasharte Dünen und Kondensstreifen. Viel später, als sich die letzte Spur der Rakete, weißlicher Dunst, in der Atmosphäre aufgelöst hatte, als die wandernden Sandmassen allmählich den kahlen Fels unter sich begruben und die verwaisten Ausgrabungsstätten einebneten, zog im Westen eine dunkle Wolke auf. Niedrig schob sie sich heran, wuchs, umfaßte mit ausgestrecktem, geballtem Arm den Landeplatz und blieb unbewegt darüber hängen. So verharrte sie.

Als die Sonne beinahe untergegangen war, fiel auf die Wüste ein schwarzer Regen.

In den Ruinen

An einer sorgfältig gewählten Stelle, etwa sechs Kilometer von der nördlichen Peripherie der sogenannten Stadt entfernt, setzte der „Unbesiegbare" auf. Aus der Steuerzentrale war sie recht gut zu sehen. Der Eindruck, es handele sich um künstliche Konstruktionen, war sogar stärker als beim Betrachten der Satellitenaufnahmen. Kantig, unten meist breiter als am oberen Ende und unterschiedlich hoch, erstreckten sie sich über viele Kilometer, metallisch glänzend und teilweise schwarz. Aber selbst durch das stärkste Fernrohr waren keine Einzelheiten zu erkennen. Die meisten Gebäude schienen durchlöchert wie ein Sieb.

Diesmal war das blecherne Scheppern der erkaltenden Düsen noch nicht verklungen, als das Schiff schon die Rampe und die Aufzugsvorrichtung ausfuhr und sich mit der Energoboterkette umgab. Doch damit nicht genug. Genau gegenüber der „Stadt" – vom Boden aus war sie nicht zu sehen, denn sie lag hinter niedrigen Hügeln verborgen – formierte sich im Schutz der Energiekuppel eine Gruppe von fünf Geländewagen, der sich ein fahrbarer

Antimateriewerfer zugesellte. Er war fast doppelt so groß und glich einem apokalyptischen Käfer mit bläulich schimmernden Flügeldecken.

Kommandant dieser Operativgruppe war Rohan. Er stand aufrecht im Turmluk des ersten Geländefahrzeugs und wartete darauf, daß auf Befehl von Bord der Durchgang durch das Kraftfeld freigegeben wurde. Die beiden Inforoboter auf den nächstgelegenen Hügeln schossen eine Serie grüner Leuchtzeichen mit langer Brenndauer ab, die den Weg markierten, und die zweireihige kleine Fahrzeugkolonne setzte sich in Bewegung. Rohans Wagen bildete die Spitze.

Die Motoren brummten in tiefem Baß, die Ballonreifen der Riesenfahrzeuge warfen Sandfontänen auf. Vorn, zweihundert Meter vor dem Spitzenfahrzeug, flog ein Aufklärungsroboter dicht über dem Boden dahin. Er sah aus wie ein flacher Teller mit schnell vibrierenden Fühlern, und der Luftstrom, den er erzeugte, fauchte in die Dünenkämme; es war, als hätte der vorbeifliegende Roboter dort ein unsichtbares Feuer entfacht. Die aufgewirbelte Staubwolke hing noch lange in der reglosen Luft und bezeichnete als bauschiger rötlicher Streifen die Richtung, die die Kolonne eingeschlagen hatte.

Die Maschinen warfen immer längere Schatten, es war kurz vor Sonnenuntergang. Sie wichen einem auf dem Weg liegenden, fast völlig versandeten Krater aus und erreichten zwanzig Minuten später den Saum des Ruinenfeldes.

Hier löste sich die Marschordnung auf. Drei unbemannte Fahrzeuge trennten sich von dem Zug und setzten hellblaue Lichter, zum Zeichen, daß sie das örtliche Kraftfeld geschaffen hatten. Im Schutze dieser beweglichen Kuppel rollten die beiden bemannten Maschinen vorwärts. Mit fünzig Meter Abstand folgte ihnen auf seinen gebogenen Teleskopbeinen der riesige Antimateriewerfer. Einmal, als sie etwas wie ein Gestrüpp zerrissener Metallseile oder Drähte durchquert hatten, mußten sie anhalten, weil der Werfer mit einem Bein im Sand eingesunken und in eine unsichtbare Spalte gerutscht war. Sofort sprangen zwei Arctane von Rohans Wagen und halfen dem Koloß aus der Klemme. Dann zog die Kolonne weiter.

Was sie die „Stadt“ genannt hatten, das glich in Wirklichkeit nicht im geringsten einer irdischen Siedlung. Aus dem Sand der Wanderdünen ragten in unbekannter Tiefe verwurzelte dunkle Massive mit einer stacheligen, bürstenartigen Oberfläche hervor, unähnlich allem, was dem menschlichen Auge je begegnet war. Die undefinierbaren Gebilde waren viele Stockwerke hoch. Sie hatten weder Fenster noch Türen, ja nicht einmal Wände. Manche sahen aus wie in Falten gelegte, an unendlich vielen Stellen einander durchdringende, dicht verwobene Netze mit Verdickungen an den Knotenpunkten, andere erinnerten an komplizierte Raumarabesken, wie sie übereinandergeschichtete Bienenwaben oder Siebe mit drei- oder fünfeckigen Öffnungen bilden mochten. Jedes größere Bauelement und jede sichtbare Fläche ließ eine gewisse Regelmäßigkeit erkennen, zwar nicht so einheitlich wie bei einem Kristall, aber zweifellos in einem bestimmten Rhythmus, den allerdings vielfach Spuren der

Zerstörung aufhoben. Wieder andere bestanden aus eng verwachsenen, gleichsam eckig behauenen Ästen. Die Äste verzweigten sich jedoch nicht beliebig, wie bei Bäumen und Sträuchern, sondern bildeten entweder den Teil eines Bogens oder stellten zwei entgegengesetzt gewundene Spiralen dar. Die Männer stießen aber auch auf Konstruktionen, die geneigt waren wie die Träger einer Zugbrücke. Die meist von Nord wehenden Winde hatten auf allen waagerechten Flächen und dort, wo das Gelände sanft abfiel, Flugsand angehäuft, so daß mehrere Ruinen von fern wie gedrungene Pyramiden mit abgeschnittener Spitze wirkten. In der Nähe jedoch zeigte sich, was ihre scheinbar glatte Oberfläche in Wirklichkeit war: ein System vergabelter, spitz auslaufender Stangen und Leisten, hier und da so vielfältig verschränkt, daß in diesem Gestrüpp sogar der Sand hängenblieb.

Rohan glaubte, kubische oder pyramidenähnliche Felsreste mit einer abgestorbenen und verdorrten Vegetation vor sich zu haben. Aber auch dieser Eindruck schwand, je mehr er sich näherte: Trotz des Chaos der Zerstörung trat eine Regelmäßigkeit zutage, wie sie lebenden Formen fremd ist. Es waren keine richtigen, massiven Ruinen. Durch Ritzen im Metallgestrüpp konnte man in sie hineinblicken. Aber sie waren auch nicht hohl, dieses Gestrüpp füllte sie ganz und gar aus. Über allem lag ein Hauch tödlicher Verlassenheit.

Rohan dachte an den Werfer, aber selbst Gewaltanwendung war hier sinnlos, denn es gab ja nichts, wo man hätte eindringen können. Der Sturm fegte beißende Staubwolken durch die hohen Bastionen. Das gleichmäßige Mosaik der schwarz schimmernden Öffnungen war mit Sand gefüllt, der fortwährend herabrieselte und an ihrem Fuße steile Kegel, eine Art Miniaturlawinen, bildete. Dieses unaufhörliche, trockene Geräusch begleitete sie auf der ganzen Fahrt. Die kreisenden Antennen, die Pendelrohre der eigenbeweglichen Geigerzähler, die Ultraschallmikrofone und die Strahlungsdosimeter schwiegen. Nur das Knirschen des Sandes unter den Rädern und das Aufheulen der anlaufenden Motoren war zu hören, als sie die Marschordnung änderten. Die Kolonne bog seitlich ab und verschwand bald in dem tiefen, kühlen Schatten, den die gigantischen Konstruktionen warfen, bald tauchte sie auf dem scharlachrot beleuchteten Sand wieder auf.

Schließlich gelangten sie an den tektonischen Riß. Es war eine hundert Meter breite Spalte, die einen scheinbar bodenlosen, gewiß aber außerordentlich tiefen Abgrund bildete, weil der Sand, den die Windstöße ununterbrochen in ganzen Sturzbächen von den Rändern hinabfegten, ihn noch nicht gefüllt hatte.

Sie hielten an, und Rohan schickte den fliegenden Aufklärungsroboter auf die andere Seite hinüber. Er verfolgte auf dem Bildschirm, was dessen Fernsehobjektive registrierten, aber da bot sich immer der gleiche, nur allzu bekannte Anblick. Eine Stunde später wurde der Aufklärer zurückgerufen, und als er wieder zu der Gruppe stieß, entschloß sich Rohan nach kurzer Beratung mit Ballmin und dem Physiker Gralew, die beide bei ihm in der Maschine saßen, einige Ruinen genauer anzusehen.

Anfangs versuchten sie, die Stärke der Sandschicht auf den „Straßen“ der toten „Stadt“ mit Ultraschallsonden zu messen. Das war recht mühselig. Die einzelnen Ergebnisse stimmten nicht überein, vermutlich weil der Felsgrund bei dem Erdbeben, das den großen Riß verursacht hatte, einer inneren Dekristallisierung unterlegen war. Die Sanddecke, die die gewaltige Mulde im Gelände überzog, schien sieben bis zwölf Meter dick.

Sie wandten sich ostwärts, der Meeresküste zu, und stießen nach elf Kilometer Zickzackfahrt durch die schwärzlichen Ruinen, die immer niedriger wurden und schließlich im Sand verschwanden, auf nackten Fels. Auf einer Steilwand, die so hoch war, daß die Brandung nur noch als schwaches Rauschen zu ihnen heraufdrang, hielten sie an. Ein kahler Felsgürtel, leergefegt und unnatürlich glatt, bildete die Küstenlinie und schwang sich im Norden zu einer Kette von Berggipfeln auf, die, wie im Sprung erstarrt, ins Meer stürzten.

Sie ließen die „Stadt“, jetzt eine schwarze, in rötlichem Dunst versinkende Silhouette, hinter sich. Rohan nahm Verbindung mit dem „Unbesiegbaren“ auf, übermittelte dem Astrogator die bisherigen Ergebnisse, die eigentlich gleich Null waren, und die Kolonne kehrte unter Einhaltung aller Sicherheitsvorkehrungen ins Ruineninnere zurück.

Unterwegs gab es einen kleinen Zwischenfall. Der links außen fahrende Energoboter dehnte, wohl infolge eines unbedeutenden Kursfehlers, sein Kraftfeld aus, so daß es den Rand eines überhängenden, spitzen „Gebäudes“ streifte. Der Antimateriewerfer, der mit dem Leistungsmesser des Feldes gekoppelt und für den Fall eines Angriffs auf automatische Vernichtung eingestellt war, nahm den plötzlichen Energieanstieg für ein offensichtliches Zeichen, daß jemand das Kraftfeld zu durchstoßen suchte, und beschoß die unschuldige Ruine. Der ganze obere Teil des gekrümmten „Gebäudes“ – es war hoch wie ein irdischer Wolkenkratzer – verlor die schmutziggraue Farbe und fing an zu glühen, leuchtete grell auf und ging wenige Sekunden später als kochender Metallregen nieder. Kein Tropfen davon traf die Männer in den Wagen, denn die Glutspritzer glitten an der unsichtbaren Kuppel der Energiewand ab. In dem Hitzestoß verdampften sie, bevor sie den Boden erreichten.

Die Annihilation ließ die Strahlungsintensität sprunghaft ansteigen. Die Geigerzähler gaben automatisch Alarm. Rohan fluchte und drohte, dem, der die Apparatur so programmiert habe, sämtliche Knochen zu brechen; er brauchte ziemlich lange, um die Alarmmaßnahmen rückgängig zu machen und dem „Unbesiegbaren“, der den Feuerschein bemerkt und sofort nach seiner Ursache gefragt hatte, Rede und Antwort zu stehen.

„Vorläufig wissen wir lediglich, daß es sich um Metall handelt. Wahrscheinlich Stahl mit Wolfram- und Nickelzusatz“, sagte Ballmin, der in dem allgemeinen Durcheinander die Gelegenheit genutzt und eine Spektralanalyse der Flammen vorgenommen hatte.

„Können Sie das Alter schätzen?“ fragte Rohan und wischte sich den feinen Sand von Gesicht und Händen.

Der von der Glut zusammengeschmolzene Ruinenteil blieb hinter ihnen zurück. Er hing wie ein gebrochener Flügel über dem Weg, den sie entlanggefahren waren.

„Nein. Ich kann nur sagen, daß das Zeug verteufelt alt ist. Verteufelt alt", wiederholte er.

„Wir müssen es genauer untersuchen... Und ich werde den Alten nicht erst um Erlaubnis fragen", fügte Rohan plötzlich entschlossen hinzu.

Sie hielten vor einem komplizierten Objekt, das aus mehreren zentral zusammenlaufenden Armen bestand. Von zwei Leuchtzeichen markiert, tat sich ein Spalt im Kraftfeld auf. Von nahem meinten sie, ein größes Durcheinander vor sich zu haben. Dreieckige, mit „Drahtbürsten" besetzte Platten bildeten die Gebäudefassade. Ganze Systeme baumdicker Pfeiler stützten diese Platten von innen ab. An der Oberfläche war noch eine gewisse Ordnung festzustellen, aber im Innern – die Männer versuchten mit Hilfe von Scheinwerfern einen Blick hineinzuwerfen – verzweigte sich der Stangenwald, lief von dicken Knoten aus in verschiedene Richtungen, verdichtete sich wieder – alles zusammen glich einem gigantischen Drahtgespinst aus millionenfach verschlungenen Kabeln. Sie suchten darin elektrischen Strom, Polarisationsspuren, Reste von Magnetismus und schließlich von Radioaktivität, aber vergebens.

Die grünen Lichtsignale, die den Eingang ins Feldinnere bezeichneten, flackerten unruhig. Der Wind pfiff. Luftmassen verfingen sich in dem stählernen Dickicht und orgelten unheimliche Gesänge.

„Was kann nur dieser verdammte Dschungel bedeuten?" Rohan rieb sich den Sand von der schweißnassen Haut. Er stand neben Ballmin auf dem Rücken des fliegenden Aufklärers, an dem niedrigen Geländer, einige Dutzend Meter über einer „Straße" oder vielmehr einem dünenbedeckten, dreieckigen Platz zwischen zwei zusammenstoßenden Ruinen. Tief unten waren ihre Fahrzeuge und winzig wie Figuren aus der Spielzeugschachtel die Männer, die mit gerecktem Hals zu ihnen heraufschauten.

Der Aufklärer schwebte dahin. Nun waren sie über einer unebenen, zerrissenen Fläche voller scharfer schwärzlicher Metallzacken. Sie war stellenweise von jenen Dreieckplatten zugedeckt, die jedoch nicht in einer Ebene lagen, sondern nach oben oder zur Seite gebogen waren und so den Blick in das dunkle Innere freigaben. Das Gewirr aus Zwischenwänden, Stangen und wabenförmigen Höhlungen war so dicht, daß das Sonnenlicht nicht bis auf den Grund drang und sogar die Scheinwerferstrahlen verschluckt wurden.

„Was meinen Sie, Ballmin, was kann das bedeuten?" wiederholte Rohan seine Frage. Er war wütend. Von dem dauernden Reiben hatte sich seine Stirn gerötet, die Haut schmerzte, die Augen brannten, und in wenigen Minuten sollte er die nächste Meldung an den „Unbesiegbaren" senden, aber er fand keine Worte, um zu beschreiben, was er hier angetroffen hatte.

„Ich bin kein Hellseher", entgegnete der Wissenschaftler. „Ich bin nicht einmal Archäologe. Im übrigen glaube ich, auch ein Archäologe könnte Ihnen da nicht viel sagen. Mir scheint..." Er brach ab.

„So reden Sie doch!"

„Das sieht mir nicht nach einer Wohnkonstruktion aus, nach zerstörten Behausungen irgendwelcher Wesen. Verstehen Sie? Wenn es sich überhaupt mit etwas vergleichen läßt, dann höchstens mit einer Maschine."

„Mit einer Maschine? Hm... Aber mit was für einer? Einem Informationsspeicher? Vielleicht war es eine Art Elektronenhirn?"

„Das glauben Sie doch selbst nicht", erwiderte der Planetologe lakonisch. Der Roboter schwenkte seitlich ab. Die ganze Zeit flog er so dicht über den Metallstangen dahin, die wirr zwischen den verbogenen Platten herausragten, daß er sie beinahe berührte.

„Nein. Hier gab es keinerlei Stromkreise. Oder sehen Sie etwa Schalter, Isolatoren und eine Abschirmung?"

„Vielleicht waren sie nicht feuerfest. Sie könnten zum Beispiel einem Brand zum Opfer gefallen sein. Schließlich ist es ja eine Ruine", entgegnete Rohan ohne Überzeugung.

„Vielleicht", gab Ballmin unvermutet zu.

„Was soll ich also dem Astrogator sagen?"

„Am besten übertragen Sie ihm den ganzen Kram unmittelbar über Fernsehen."

„Das ist keine Stadt gewesen...", sagte Rohan plötzlich, als faßte er in Gedanken alles zusammen, was er gesehen hatte.

„Wahrscheinlich nicht", pflichtete der Planetologe bei. „Jedenfalls nicht so eine, wie sie unserer Vorstellung entspricht. Hier haben weder Menschen noch menschenähnliche Wesen gewohnt. Dabei sind die ozeanischen Formen denen auf der Erde durchaus verwandt. Also wären solche Analogien auch auf dem Festland logisch."

„Ja. Ich zerbreche mir schon die ganze Zeit den Kopf. Keiner der Biologen will sich äußern. Was meinen Sie?" „Sie wollen nicht darüber sprechen, weil es einfach unglaublich scheint: Es sieht aus, als hätte irgend etwas das Leben nicht an Land gelassen, es gehindert, aus dem Wasser aufzusteigen."

„Eine Ursache dafür kann es allenfalls einmal gegeben haben, zum Beispiel eine Supernovaexplosion in allernächster Nähe. Sie wissen ja, die Zeta der Leier ist vor mehreren Millionen Jahren eine Nova gewesen. Vielleicht hat die harte Strahlung das Leben auf den Kontinenten ausgerottet, in den tieferen Meeresregionen aber haben die Organismen überdauert."

„Hätte es eine solche Strahlung gegeben, wie Sie sagen, dann müßten heute noch Spuren davon zu finden sein. Indessen ist die Radioaktivität des Bodens in dieser Gegend der Galaxis außergewöhnlich gering. Außerdem wäre die Evolution in den Jahrmillionen weiter vorangeschritten. Selbstverständlich wären keine Wirbeltiere da, immerhin aber primitive Formen. Haben Sie bemerkt, daß die Uferzone völlig ohne Leben ist?"

„Habe ich. Hat das wirklich so große Bedeutung?"

„Entscheidende Bedeutung. Das Leben entsteht in der Regel in den Ufernischen, später zieht es in die tieferen Meeresregionen. Hier kann es nicht anders gewesen sein. Nur muß es von irgend etwas verdrängt worden sein. Und ich glaube, dieses Etwas verwehrt ihm noch heute den Weg an Land."

„Wieso?"

„Weil die Fische sich vor den Sonden ängstigen. Auf den Planeten, die ich kenne, hatten die Tiere niemals Angst vor Apparaten. Sie haben keine Angst vor Dingen, die sie nie gesehen haben."

„Sie meinen also, sie hätten Sonden bereits gesehen?"

„Was sie gesehen haben, weiß ich nicht. Aber wozu brauchen sie den magnetischen Sinn?"

„Eine verdammte Geschichte!" brummte Rohan. Er betrachtete die zerfetzten Metallgirlanden und beugte sich über das Geländer.

Die verbogenen Enden der schwarzen Metallstäbe erzitterten im Luftstrom des Roboters. Ballmin kniff mit einer langen Zange Drähte ab, die aus einer tunnelartigen Öffnung herausragten.

„Ich will Ihnen mal was sagen", fuhr er fort. „Hier haben nicht einmal sonderlich hohe Temperaturen geherrscht, niemals, das Metall wiese sonst an der Oberfläche Oxydationsspuren auf. Also entfällt auch Ihre Feuerhypothese."

„Hier bricht jede Hypothese zusammen", knurrte Rohan. „Im übrigen sehe ich nicht ein, wie man dieses verrückte Gestrüpp mit dem Untergang des ‚Kondors' in Zusammenhang bringen kann. Das ist doch alles tot."

„Das muß es nicht immer gewesen sein."

„Vor tausend Jahren, einverstanden, aber nicht vor ein paar Jahren. Wir haben hier nichts mehr zu suchen. Kehren wir nach unten zurück."

Sie wechselten kein Wort mehr, bis der Roboter vor den grünen Signallampen aufsetzte. Rohan beauftragte die Techniker, die Fernsehkameras einzuschalten und einen Situationsbericht an den „Unbesiegbaren" zu senden.

Er zog sich mit den Wissenschaftlern in die Kabine des Leitfahrzeuges zurück. Nachdem sie Sauerstoff in den winzigen Raum geblasen hatten, aßen sie und tranken Kaffee aus Thermosflaschen dazu. Über ihnen brannte eine runde Leuchtstoffröhre. Das weiße Licht war Rohan angenehm. Er konnte den rötlichen Tag des Planeten nicht mehr ausstehen. Ballmin spuckte aus; der heimtückisch in das Mundröhrchen der Atemmaske eingedrungene Sand knirschte beim Essen zwischen den Zähnen.

„Das erinnert mich an etwas", sagte Gralew unverhofft, während er die Thermosflasche zuschraubte. Sein dichtes schwarzes Haar glänzte im Schein der Leuchtstoffröhre.

„Ich erzähle es Ihnen, aber Sie dürfen es nicht ernst nehmen."

„Wenn es Sie überhaupt an etwas erinnert, so ist das schon sehr viel", erwiderte Rohan mit vollem Mund.

„Also, was ist es?"

„Nichts Besonderes. Ich habe mal eine Geschichte gehört, eigentlich beinahe ein Märchen. Über die Bewohner der Leier..."

„Wieso Märchen? Sie haben wirklich gelebt. Achramian hat eine Monographie darüber verfaßt", bemerkte Rohan. Auf der Schalttafel hinter Gralew zuckte ein Lämpchen, das Zeichen, daß die Verbindung mit dem „Unbesiegbaren" hergestellt war.

„Ja. Payne vermutete, einigen sei es geglückt, sich zu retten. Aber ich bin ziemlich sicher, daß das nicht stimmt. Sie sind alle bei der Explosion der Nova umgekommen."

„Sechzehn Lichtjahre von hier entfernt", sagte Gralew.

„Ich kenne das Buch nicht. Aber ich habe – ich weiß nicht mehr, bei welcher Gelegenheit – gehört, daß sie versucht haben, sich in Sicherheit zu bringen. Angeblich haben sie Raumschiffe auf alle Planeten anderer Sterne in ihrer Umgebung geschickt. Sie waren schon recht gut mit der Raumschiffahrt bei annähernd Lichtgeschwindigkeit vertraut."

„Und was weiter?"

„Das ist eigentlich alles. Sechzehn Lichtjahre sind keine allzugroße Entfernung. Vielleicht ist eins ihrer Schiffe hier gelandet?"

„Sie glauben also, daß sie hier sind?"

„Ich weiß es nicht. Sie sind mir einfach eingefallen, als ich die Ruinen sah. Das könnten ja ihre Gebäude gewesen sein."

„Wie sehen sie eigentlich aus?" fragte Rohan. „Waren sie menschenähnlich?"

„Nach Achramian ja", entgegnete Ballmin. „Aber das ist nur eine Hypothese. Von ihnen ist weniger übriggeblieben als vom Pithekanthropus."

„Komisch."

„Durchaus nicht. Ihr Planet war jahrtausendelang in der Chromosphäre der Nova untergetaucht. Zeitweilig überstieg seine Oberflächentemperatur zehntausend Grad. Sogar der Grundfels der Planetenkruste machte eine vollständige Metamorphose durch. Von den Meeren blieb nicht die Spur, die ganze Planetenkugel wurde ordentlich durchgebraten. Denken Sie nur, zehntausend Jahre mitten im Novafeuer!"

„Die Bewohner der Leier hier? Weshalb sollten sie sich verborgen halten? Und wo?"

„Vielleicht sind sie ausgestorben. Verlangen Sie nicht zuviel von mir. Ich habe einfach ausgesprochen, was mir eingefallen ist."

Stille trat ein. Am Steuerpult flammte ein Alarmsignal auf. Rohan schnellte hoch und griff nach den Kopfhörern.

„Hier Rohan ... Wie? Sind Sie es? Ja! Ja! Ich höre ... Gut, wir kehren sofort um!"

Leichenblaß sagte er zu den anderen: „Gruppe zwei hat den ‚Kondor' gefunden. Dreihundert Kilometer von hier ..."

Der „Kondor“

Von weitem wirkte die Rakete wie ein schiefer Turm. Die Sandmassen rings um sie verstärkten diesen Eindruck. Da der Wind ständig von Westen blies, war der Sandwall dort bedeutend höher als im Osten. Mehrere Zugmaschinen im Umkreis waren fast ganz zugeweht, sogar der außer Gefecht gesetzte Energiewerfer, der mit offener Haube dastand, war halb verschüttet. Aber das Heck ließ die Düsenöffnungen sehen, weil es in einer frei gebliebenen Bodenmulde ruhte. Man brauchte nur eine dünne Sandschicht zu entfernen, um zu den Gegenständen zu gelangen, die an der Rampe verstreut lagen.

Am Rande des Dünenwalls hielt die Gruppe an. Die Fahrzeuge, die sie vom „Unbesiegbaren“ hergebracht hatten, umringten bereits in großem Kreis das ganze Gelände, die Strahlenbündel der Emitoren hatten sich zum Schutzfeld vereinigt. Die Männer hatten die Transportmaschinen und die Inforoboter etwa hundert Meter von der Stelle entfernt zurückgelassen, wo der Sandwall das Fundament des „Kondors“ ringförmig umschloß, und blickten nun den Dünenkamm hinunter.

Fünf Meter trennten die Rampe vom Boden, als wäre sie beim Herablassen plötzlich aufgehalten worden. Der Personenaufzug war jedoch unberührt, und die offene Tür schien zum Einsteigen einzuladen. Daneben ragten ein paar Sauerstoffflaschen aus dem Sand. Ihre Aluminiumwandungen blinkten, als hätte jemand sie erst vor wenigen Minuten liegenlassen. Ein Stück weiter schimmerte es blau in einer Düne: ein Plastbehälter, wie sich herausstellte. Außerdem fand sich in der Mulde am Fuße des Raumschiffs eine Unmenge wirr verstreuter Gegenstände: volle und leere Konservendosen, Theodoliten, Fotoapparate, Stative und Feldflaschen – manche unversehrt, andere beschädigt.

Wie haufenweise aus der Rakete geworfen, dachte Rohan und sah zu dem dunklen Loch des Personeneinstiegs hinauf. Die Luke war nicht ganz geschlossen.

Der kleine fliegende Aufklärer de Vries' war rein zufällig auf das tote Raumschiff gestoßen. De Vries hatte gar nicht versucht hineinzugelangen, sondern sofort die Basis benachrichtigt. Erst Rohans Gruppe sollte das Geheimnis um das Schwesterschiff des „Unbesiegbaren“ ergründen. Schon liefen die Techniker von ihren Maschinen herzu und schleppten Werkzeugkisten an.

Rohan bemerkte etwas Rundes am Boden. Mit der Schuhspitze scharrte er den feinen Sand weg, weil er annahm, ein kleiner Globus liege darunter, und grub noch immer nichtsahnend ein blaßgelbes gewölbtes Gebilde aus. Er fuhr zurück, beinahe hätte er laut aufgeschrien. Alle wandten sich zu ihm um. Er hatte einen Menschenschädel in der Hand.

Sie fanden dann noch andere Knochen und sogar ein ganzes Skelett im

Schutzanzug. Zwischen dem herabhängenden Unterkiefer und der oberen Zahnreihe klemmte noch das Mundstück des Sauerstoffapparates. Das Manometer war bei 46 Atmosphären stehengeblieben. Knieend drehte Jarg den Hahn der Flasche auf, und das Gas strömte zischend heraus. In der ideal trockenen Wüstenluft hatte sich an den Stahlteilen des Reduktors nicht ein bißchen Rost gebildet, so daß sich die Gewinde leicht schrauben ließen.

Der Aufzug war von innen zu bedienen, aber offensichtlich war das Netz ohne Strom, denn sie drückten vergebens auf die Knöpfe. Die vierzig Meter hohe Fahrstuhlkonstruktion zu ersteigen war recht schwierig, und Rohan schwankte, ob er nicht lieber ein paar Leute mit einer fliegenden Untertasse hinaufschicken solle, aber mittlerweile kletterten bereits zwei Techniker, durch ein Seil miteinander verbunden, nach oben. Die anderen beobachteten schweigend den Aufstieg.

Der „Kondor", ein Raumkreuzer derselben Klasse wie der „Unbesiegbare", hatte wenige Jahre früher die Werft verlassen; äußerlich waren die beiden Schiffe nicht zu unterscheiden. Die Männer schwiegen. Obgleich keiner es aussprach, hätte wohl jeder lieber die Trümmer von einer Havarie, ja selbst von einer Reaktorexplosion vorgefunden. Daß das Schiff so dastand, eingegraben in den Wüstensand und leblos auf die Seite geneigt, als hätte der Boden unter dem Druck der Heckstützen nachgegeben, mitten in einem Gewirr von Gegenständen und menschlichen Gebeinen, selbst aber scheinbar unberührt, erschütterte alle.

Die Kletterer hatten inzwischen den Einstieg erreicht, öffneten ihn mühelos und entschwanden den Blicken ihrer Gefährten. Sie blieben so lange fort, daß Rohan unruhig wurde, doch da ruckte der Fahrstuhl unverhofft einen Meter nach oben und landete wieder auf dem Sand. Zugleich tauchte im offenen Eingang die Gestalt eines Technikers auf; er winkte mit der Hand, sie könnten einsteigen.

Zu viert fuhren sie hinauf: Rohan, Ballmin, der Biologe Hagerup und Kralik, einer der Techniker. Gewohnheitsgemäß musterte Rohan den gewaltigen gewölbten Schiffskörper, der hinter dem Aufzugsgelände vorbeiglitt, und erstarrte zum ersten, aber nicht zum letzten Male an diesem Tag. Die Panzerplatten waren von einem erstaunlich harten Werkzeug angebohrt oder zerkratzt. Die Spuren waren nicht besonders tief, aber so dicht gesät, daß die ganze Außenhaut wie von Blatternarben bedeckt schien. Rohan packte Ballmin am Arm, doch der hatte die unerhörte Erscheinung schon bemerkt. Beide versuchten, die Kerben genau zu erkennen. Sie waren klein, wie mit einem spitzen Meißel geschlagen. Aber Rohan wußte, daß es keinen Meißel gab, der einer superharten Titan-Molybdän-Decke etwas hätte anhaben können. Das brachte nur eine chemische Ätzung fertig. Er gelangte jedoch nicht zu einem Ergebnis, denn der Aufstieg beendete seine kurze Fahrt, und sie betraten die Schleusenkammer.

Das Schiffsinnere war erleuchtet. Die Techniker hatten bereits das preßluftbetriebene Notstromaggregat eingeschaltet. Der sehr feine, leichte Sand bildete nur an der Schwelle, wo der Wind ihn durch den Lukenspalt hereingeweht hatte, eine etwas dickere Schicht. In den Gängen lag gar keiner. Im dritten Stock fanden die Ankömmlinge saubere, adrette und hellerleuchtete Räumlichkeiten vor. Hier und da erblickten sie einen Gegenstand – eine Sauerstoffmaske, einen Plastteller, ein Buch oder einen Teil eines Schutzanzuges. Aber so war es eben nur im dritten Stock. Weiter unten, in den kartographischen Kajüten und in den Sternkajüten, in den Messen, den Mannschaftskabinen, den Radarräumen, im Hauptverteiler, auf den Deck- und Verbindungskorridoren herrschte ein unbegreifliches Durcheinander.

Noch schlimmer sah es in der Steuerzentrale aus. Dort gab es an Uhren und Bildschirmen wohl nicht eine einzige unversehrte Scheibe. Das Glas bestand aus einer splitterfreien Masse und war offenbar erstaunlich heftigen Stößen ausgesetzt gewesen, denn es bedeckte als silbriges Pulver Tische, Sessel, ja Leitungen und Steckdosen. Wie aus einem Sack geschüttete Grütze häuften sich in der Bibliothek nebenan Mikrofilme, zum Teil auseinandergerollt und in große, glatte Knäuel verschlungen, zerfetzte Bücher, zerbrochene Zirkel, Rechenschieber, Spektralbänder neben Stößen von Camerons Großen Sternkatalogen, über die sich jemand wohl besonders hergemacht hatte, denn die dicken, steifen Folioblätter waren in wilder Raserei, zugleich aber mit unfaßbarer Geduld bündelweise herausgerissen.

Im Klubraum und im angrenzenden Vorführsaal waren die Gänge mit Kleiderhaufen und Lederstücken von den aufgeschlitzten Sesselbezügen versperrt. Mit einem Wort, es sah aus, als wäre, wie Bootsmann Terner sich ausdrückte, die Rakete von einer Herde wütender Paviane überfallen worden.

Die Männer, denen es angesichts dieser Verwüstung geradezu die Sprache verschlug, gingen von Deck zu Deck. In der kleinen Navigationskajüte lag an der Wand zusammengekrümmt der verdorrte Leichnam eines Mannes in einer Leinenhose und einem fleckigen Hemd. Jetzt bedeckte ihn eine Zeltplane, die ihm der Techniker, der als erster in dem Raum gewesen war, übergeworfen hatte. Es war eigentlich eine Mumie mit brauner, an den Knochen angetrockneter Haut.

Rohan war unter den letzten, die den „Kondor" verließen. Ihn schwindelte. Ein körperliches Übelkeitsgefühl überkam ihn, und mit aller Willenskraft unterdrückte er die immer wiederkehrenden Anfälle. Ihm war, als hätte er einen fürchterlichen, unglaublichen Traum gehabt. Die Gesichter der Männer aber gaben ihm Gewißheit, daß alles, was er gesehen hatte, Wirklichkeit war.

Sie übermittelten dem „Unbesiegbaren" kurze Funkberichte. Ein Teil des Kommandos blieb an Bord des „Kondors", um einigermaßen Ordnung zu schaffen. Zuvor aber hatte Rohan alle Räume des Schiffes sorgfältig fotografieren und eine ausführliche Beschreibung des Zustandes anfertigen lassen, in dem sie das Schiff vorgefunden hatten.

Mit Ballmin und Gaarb, einem der Biophysiker, fuhr er zurück. Lenker des Transporters war Jarg. Sein breites, sonst immer lächelndes Gesicht schien jetzt schmaler und finsterer. Die viele Tonnen schwere Maschine holperte, von

Stößen geschüttelt, die man bei der üblichen glatten Fahrweise dieses beherrschten Mannes nicht gewohnt war, über die Dünen und warf beiderseits hohe Sandfontänen auf. Ihnen voraus schob sich ein unbemannter Energoboter und schützte sie mit dem Kraftfeld. Sie schwiegen die ganze Zeit, jeder war mit den eigenen Gedanken beschäftigt.

Rohan fürchtete sich fast vor der Begegnung mit dem Astrogator, weil er nicht wußte, was er ihm eigentlich sagen sollte. Eine der schrecklichsten, völlig zusammenhanglosen, ja irrsinnigen Entdeckungen hatte er für sich behalten. Im Badezimmer des achten Stocks hatte er Seifenstücke gefunden, die eindeutig Spuren menschlicher Zähne trugen. Aber dort konnte es doch keine Hungersnot gegeben haben. Die Lager waren von unangerührten Lebensmittelvorräten überfüllt. Sogar die Milch in den Kühlräumen war noch einwandfrei.

Auf halbem Wege empfingen sie Funksignale von einem kleinen Fahrzeug mit Steuerautomat, das, eine Staubwand hinter sich, auf sie zurollte. Sie bremsten, die andere Maschine hielt ebenfalls an. Zwei Männer saßen darin: der nicht mehr ganz junge Techniker Magdow und der Neurophysiologe Sax. Rohan schaltete das Feld aus, und so konnten sie sich durch Rufe verständigen.

Nach Rohans Aufbruch war im Hibernator des „Kondors" der eingefrorene Körper eines Menschen entdeckt worden. Dieser Mann konnte vielleicht wieder zum Leben erweckt werden. Sax brachte deshalb die erforderliche Apparatur vom „Unbesiegbaren". Rohan entschloß sich, Sax zu folgen mit der Begründung, das Fahrzeug des Wissenschaftlers habe kein Schutzfeld. In Wahrheit aber war er froh, das Gespräch mit Horpach hinausschieben zu können. Sie wendeten an Ort und Stelle und jagten, Sand aufwirbelnd, zurück.

Beim „Kondor" war reges Treiben. Noch immer wurden die unterschiedlischsten Dinge aus den Dünen zutage gefördert. Abseits lagen unter weißen Tüchern in einer Reihe die Leichen. Es waren inzwischen mehr als zwanzig geworden. Die Rampe funktionierte, sogar der Reaktor für Bodenbetrieb lieferte bereits Strom.

Von weitem hatte man sie an der Staubwolke erkannt und ihnen den Durchgang in das Kraftfeld geöffnet. Ein Arzt, der kleine Dr. Nygren, war schon zur Stelle, aber ohne Assistenten wollte er den Mann aus dem Hibernator nicht untersuchen.

Rohan machte von seinem Recht Gebrauch – er vertrat hier immerhin den Kommandanten – und ging mit den beiden Ärzten an Bord. Die zertrümmerten Apparaturen, die beim erstenmal die Tür des Hibernators versperrt hatten, waren beiseite geräumt worden. Die Zeiger standen auf siebzehn Grad unter Null. Die beiden Ärzte verständigten sich mit Blicken, aber Rohan wußte genug von der Hibernation, um zu verstehen, daß die Temperatur für einen reversiblen Tod zu hoch, für einen hypothermischen Schlaf hingegen zu niedrig war. Es sah nicht aus, als wäre der Mann im Hibernator für ein Überdauern unter geeigneten Bedingungen vorgesehen gewesen. Er war wohl vielmehr durch Zufall dort hineingeraten, ebenso unbegreiflich und widersinnig, wie alles andere an Bord des „Kondors“ geschehen war. Und wirklich, als sie, bereits in den thermostatischen Skaphandern, das Handrad aufgedreht und die schwere Klappe angehoben hatten, sahen sie auf dem Fußboden ausgestreckt, mit dem Gesicht nach unten, den Körper eines nur mit Unterwäsche bekleideten Mannes. Rohan half den Ärzten, ihn zu einem kleinen gepolsterten Tisch hinüberzutragen, über dem drei Leuchten hingen, die schattenfreies Licht gaben. Es war kein Operationstisch, sondern eine Art Liege für kleine Eingriffe, wie sie bisweilen im Hibernator vorgenommen wurden.

Rohan hatte Angst, das Gesicht des Mannes zu erblicken, denn er hatte viele Besatzungsmitglieder des „Kondors“ gekannt.

Aber dieser Mann war ihm fremd. Wären die Glieder nicht eiskalt und steif gewesen, so hätte man meinen können, der Gefundene schlafe. Die Lider waren geschlossen. In dem trockenen, hermetisch abgedichteten Raum hatte die Haut nicht einmal die natürliche Farbe eingebüßt, sondern war lediglich bleich. Aber das Gewebe darunter wimmelte von mikroskopisch kleinen Eiskristallen. Wieder verständigten sich die beiden Ärzte wortlos, durch Blicke. Dann machten sie ihre Instrumente fertig.

Rohan ließ sich auf einer der leeren, frischbezogenen Ruhestätten nieder, die zwei lange Reihen bildeten. Im Hibernator war die ursprüngliche, tadellose Ordnung erhalten. Ein paarmal klirrten die Instrumente, die Ärzte flüsterten, schließlich trat Sax von dem Tisch zurück und sagte: „Nichts mehr zu machen.“

„Also tot“, stieß Rohan hervor. Es war weniger eine Frage als eine Schlußfolgerung, die einzig mögliche, die er aus den Worten des Arztes ziehen konnte.

Nygren hatte unterdessen die Klimaanlage eingeschaltet. Wenig später drang ein warmer Luftstrom in den Raum. Rohan erhob sich, um hinauszugehen, da sah er, daß Sax an den Tisch zurückkehrte. Der Arzt nahm eine kleine schwarze Tasche vom Boden auf, öffnete sie, und nun kam jener Apparat zum Vorschein, von dem Rohan schon so oft gehört hatte, der aber bisher in seinem Beisein nie benutzt worden war. Mit ruhigen, fast pedantischen Bewegungen entwirrte Sax die Leitungsstränge, an deren Enden flache Elektroden hingen. Er legte sechs Stück an den Schädel des Toten und befestigte sie mit einem elastischen Band. Dann hockte er nieder und zog drei Paar Kopfhörer aus der Tasche. Er setzte selbst ein Paar auf und drehte, noch immer vornübergebeugt, an den Knöpfen des Apparates, der in einer Hülle stak. Die Augen hatte er geschlossen, sein Gesicht wirkte nun völlig konzentriert. Plötzlich runzelte er die Stirn, beugte sich noch tiefer, hielt den Knopf an und riß sich gleich darauf die Kopfhörer herunter.

„Kollege Nygren ...“, sagte er mit sonderbarer Stimme.

Der kleine Doktor nahm ihm die Kopfhörer ab.

„Was ist?“ flüsterte Rohan mit bebenden Lippen.

Der Apparat wurde, zumindest in der Bordsprache, „Gräberabklopfer“ genannt. Bei einem Verstorbenen, bei dem der Tod erst kurz zuvor eingetreten oder der noch nicht verwest war, wie dieser Leichnam infolge der niedrigen

Temperatur, konnte man „das Gehirn abhorchen“, oder, genauer, den letzten Inhalt des Bewußtseins ermitteln.

Der Apparat sandte elektrische Impulse ins Schädelinnere; sie suchten sich den Weg des geringsten Widerstandes, das heißt, sie liefen an den Nervenfasern entlang, die in der präagonalen Phase eine funktionelle Einheit bildeten.

Die Ergebnisse waren nie sicher, aber es hieß, auf diese Weise sei es mehrmals gelungen, außerordentlich bedeutsame Informationen zu erhalten. In solchen Fällen wie gerade jetzt, da soviel daran lag, zumindest ein wenig das Geheimnis um die Tragödie des „Kondors“ zu lüften, war die Anwendung des „Gräberabklopfers“ dringend geboten.

Rohan hatte schon geahnt, daß der Neurologe überhaupt nicht mit der Wiederbelebung des Mannes gerechnet hatte, und war eigentlich nur gekommen, um zu hören, was ihnen dessen Gehirn entdecken würde. Reglos stand er da und spürte Trockenheit im Mund und ein dumpfes Herzklopfen, als Sax ihm das zweite Kopfhörerpaar reichte. Wäre diese Geste nicht so einfach und natürlich gewesen, er hätte nicht gewagt, die Hörer aufzusetzen. Aber er tat es unter dem ruhigen Blick von Sax’ dunklen Augen, der, auf ein Knie gestützt, vor dem Apparat hockte und mit sparsamen Bewegungen den Verstärkerknopf drehte.

Anfangs hörte er nichts, nur das Rauschen des Stroms, und er war im Grunde erleichtert, weil er nichts hören wollte. Es wäre ihm angenehmer gewesen – obwohl er sich dessen nicht bewußt war –, wenn das Hirn des unbekannten Mannes stumm geblieben wäre. Sax richtete sich auf und rückte ihm die Hörer an den Ohren zurecht. In dem Licht, das auf die weiße Kajütenwand fiel, sah Rohan etwas hindurchschimmern: ein graues, wie von Asche verschleiertes und in unbestimmter Ferne schwebendes Bild. Unwillkürlich preßte er die Lider aufeinander, und da war, was er eben erblickt hatte, fast deutlich zu erkennen. Es sah aus wie ein Gang im Schiffsinnern mit Rohren, die an der Decke entlangführten. Der Gang war in seiner ganzen Breite von menschlichen Leibern versperrt. Sie schienen sich zu bewegen, aber es war das Bild, das zitterte und hin und her wogte. Die Menschen waren halb nackt, Kleiderreste hingen in Fetzen an ihnen herab, und ihre unnatürlich weiße Haut schien mit dunklen Sprenkeln oder einer Art Ausschlag bedeckt. Vielleicht war es auch nur eine zufällige Begleiterscheinung, denn von solchen schwarzen Pünktchen wimmelte es ebenfalls auf dem Fußboden und an den Wänden. Das ganze Bild schwankte wie eine unscharfe, durch eine starke Schicht fließenden Wassers aufgenommene Fotografie, dehnte sich aus, zog sich weiter zusammen und wogte. Von Entsetzen geschüttelt, riß Rohan die Augen auf. Das Bild verblaßte und verschwand fast ganz, nur ein Schatten war noch in dem hellerleuchteten Raum.

Sax drehte von neuem an dem Apparat, und Rohan vernahm wie aus seinem Innern ein schwaches Flüstern: „... ala ... ama ... lala ... ala ... ma ... mama ...“ Sonst nichts. In dem Kopfhörer mauzte es plötzlich, fiepte und krähte in hohen Tönen, die sich wie ein irrsinniger Schluckauf oder ein wildes, entsetzliches Hohngelächter immerzu wiederholten. Aber das war nur der Verstärkerstrom. Die Heterodinlampe erzeugte einfach zu schwache Schwingungen.

Sax rollte die Leitungsdrähte zusammen und stopfte sie in die Tasche. Nygren nahm ein Laken und warf es über Körper und Gesicht des Toten. Dessen Mund war bisher geschlossen gewesen und hatte sich jetzt leicht geöffnet, wohl unter der Wärmeeinwirkung (im Hibernator war es inzwischen fast heiß geworden – Rohan zumindest rann der Schweiß über den Rücken), und das Gesicht hatte einen ungeheuer erstaunten Ausdruck angenommen. So verschwand er unter dem weißen Tuch.

„Sagt doch was... Warum sagt ihr denn nichts?" stieß Rohan hervor.

Sax zog die Riemen an der Apparathülle fest, erhob sich und trat einen Schritt an ihn heran. „Beherrschen Sie sich, Navigator!"

Rohan kniff die Augen zusammen und ballte die Fäuste – doch vergebens. Wie üblich in solchen Augenblicken, erwachte in ihm der Jähzorn, den zu bändigen ihm besonders schwerfiel.

„Verzeihung", stammelte er. „Aber was bedeutet das nun?"

Sax knöpfte den Skaphander auf, der zu Boden glitt, und von seiner Stattlichkeit war nichts mehr vorhanden. Er war wieder der hagere, gebeugte Mann mit den schmalen Schultern und den feinnervigen Händen.

„Ich weiß nicht mehr als Sie", antwortete er. „Vielleicht sogar weniger."

Rohan begriff nichts mehr, aber er klammerte sich an Sax' letzte Worte.

„Wieso? Warum weniger?"

„Weil ich nicht hier war. Ich habe außer diesem Leichnam nichts gesehen. Sie sind doch heute morgen hier gewesen. Sagt Ihnen dieses Bild nichts?"

„Nein. Die... die haben sich bewegt. Ob sie da noch gelebt haben? Was war das nur an ihnen? Diese Flecke?"

„Sie haben sich nicht bewegt. Das war eine Täuschung. Die Engramme werden wie eine Fotografie festgehalten. Manchmal ist es ein Übereinander von mehreren Bildern. In diesem Fall war es das nicht."

„Aber die Flecke? Sind sie auch eine Täuschung?"

„Ich weiß nicht. Alles ist möglich. Aber ich glaube es nicht. Was meinen Sie, Nygren?"

Der kleine Arzt hatte sich schon aus seinem Skaphander gepellt.

„Ich weiß nicht", antwortete er. „Vielleicht war es auch kein Artefakt. An der Decke waren keine, nicht wahr?"

„Solche Flecke? Nein. Nur an den Leichen und auf dem Fußboden. Und ein paar an den Wänden..."

„Wenn das die zweite Projektion gewesen wäre, dann hätten sie wohl das ganze Bild bedeckt", meinte Nygren.

„Aber das ist nicht sicher. Bei solchen Engrammen hängt zuviel vom Zufall ab."

„Und die Stimme? Dieses... Gestammel?" forschte Rohan verzweifelt.

„Ein Wort war deutlich zu verstehen: Mama. Haben Sie es gehört?"

„Ja. Aber da war noch etwas. ‚Ala . . . lala'. Das wiederholte sich unablässig."

„Ja, weil ich die ganze Hinterhauptlappenrinde abgesucht habe", brummte Sax. „Das heißt die ganze Gegend des akustischen Gedächtnisses", erklärte er Rohan.

„Das war das Ungewöhnliche."

„Diese Wörter?"

„Nein, die nicht. Ein Sterbender kann an alles mögliche denken. Wenn er an seine Mutter gedacht hätte, dann wäre das durchaus normal. Aber sein Hörbereich ist leer. Verstehen Sie?"

„Nein, keine Ahnung. Wieso leer?"

„Meistens ist die Untersuchung der Hinterhauptlappen ergebnislos", erläuterte Nygren. „Dort sind zu viele Engramme, zu viele gespeicherte Wörter. Das ist so, als wollten Sie hundert Bücher auf einmal lesen. Ein Chaos entsteht. Aber er" – er warf einen Blick auf die längliche Gestalt unter dem weißen Laken – „hatte dort gar nichts. Keine Wörter, nur die paar Silben."

„Ja, stimmt. Ich habe vom sensorischen Sprachzentrum bis zum Sulcus Rolandi alles abgesucht", sagte Sax.

„Deswegen sind die Silben immer wiedergekehrt. Es waren die einzigen phonematischen Strukturen, die erhalten geblieben sind."

„Und der Rest, die anderen?"

„Sind nicht da." Sax hob, als hätte er die Geduld verloren, den schweren Apparat so heftig vom Boden auf, daß der Ledergriff knirschte. „Sie sind nicht da, und fertig. Fragen Sie mich bitte nicht, was damit geschehen ist. Dieser Mann hat das ganze akustische Gedächtnis verloren."

„Und das Bild?"

„Das ist etwas anderes. Das hat er gesehen. Er brauchte nicht einmal zu verstehen, was er sah. Ein Fotoapparat versteht auch nichts und hält doch fest, worauf man ihn richtet. Übrigens weiß ich nicht, ob er es verstanden hat oder nicht."

„Würden Sie mir helfen, Herr Kollege?" Die beiden Ärzte gingen mit den Apparaten hinaus, die Tür fiel hinter ihnen zu.

Rohan war allein. Da packte ihn eine solche Verzweiflung, daß er an den Tisch trat, das Laken beiseite schleuderte, dem Toten das Hemd aufknöpfte, das bereits aufgetaut und weich geworden war, und aufmerksam die Brust untersuchte. Er zitterte bei der Berührung, denn sogar die Haut war geschmeidig geworden. Mit dem Auftauen des Gewebes war eine Muskelerschlaffung eingetreten. Der bis dahin unnatürlich angehobene Kopf war kraftlos hinuntergesunken, als schliefe der Mann wirklich. Rohan suchte an dem toten Körper Spuren einer rätselhaften Epidemie, einer Vergiftung oder Insektenstiche, aber er fand nichts. Zwei Finger der linken Hand spreizten sich, so daß eine kleine, leicht geöffnete Wunde zu sehen war, die zu bluten begann. Die roten Tropfen fielen auf den weißen Schaumgummibezug des Tisches. Das war zuviel für Rohan. Ohne auch nur das Tuch wieder über den Toten zu decken, stürzte er aus der Kajüte, stieß die Leute draußen zur Seite und lief dem Hauptausgang zu, als wäre jemand hinter ihm her. An der Schleusenkammer hielt Jarg ihn an, half ihm, den Sauerstoffapparat umzuschnallen und steckte ihm sogar das Mundstück zwischen die Lippen.

„Nichts gefunden, Navigator?"

„Nein, Jarg. Nichts. Nichts!"

Er merkte nicht, mit wem er im Fahrstuhl war. Draußen heulten die Motoren. Der Sturm war stärker geworden, Sandwolken fegten vorbei und prasselten auf die rauhe, unebene Oberfläche des Schiffskörpers, die Rohan ganz und gar vergessen hatte. Er ging ans Heck, reckte sich auf die Zehenspitzen und tastete das dicke Metall ab. Der Panzer fühlte sich an wie Gestein, verwittertes, altes Gestein, mit harten Knötchen übersät. Zwischen den Transportern erblickte er die hohe Gestalt des Ingenieurs Ganong, versuchte aber gar nicht erst, ihn zu fragen, was er über dieses Phänomen dachte. Der Ingenieur wußte ebensoviel wie er selbst, das heißt nichts. Gar nichts.

In dem größten Transporter fuhr er mit einem Dutzend Leuten zurück. Er saß in einer Ecke der Kabine und hörte ihre Stimmen wie von fern. Bootsmann Terner sprach von Vergiftung, wurde aber überschrien.

„Vergiftung? Womit? Alle Filter sind in ausgezeichnetem Zustand, die Wasservorräte unangerührt, die Sauerstoffbehälter voll, Lebensmittel im Überfluß..."

„Habt ihr gesehen, wie der aussah, den wir in der kleinen Navigationskajüte gefunden haben?" fragte Blank. „Ich habe ihn gekannt... Doch ich hätte ihn nicht wiedererkannt, wenn er nicht wie immer einen Siegelring getragen hätte."

Keiner antwortete. In der Basis begab sich Rohan unverzüglich zu Horpach. Der wußte schon Bescheid durch die Fernsehübertragung und die Berichte der Gruppe, die früher zurückgekommen war und einige hundert Fotos mitgebracht hatte. Rohan fühlte sich unwillkürlich erleichtert, daß er dem Kommandanten nicht zu schildern brauchte, was er gesehen hatte.

Der Astrogator musterte ihn aufmerksam und stand vom Tisch auf, wo eine von Fotokopien bedeckte Geländekarte lag. Sie waren allein in der großen Navigationskajüte.

„Nehmen Sie sich zusammen, Rohan", sagte er. „Ich verstehe, wie Ihnen zumute ist, aber wir brauchen vor allem Vernunft. Und Beherrschung. Wir müssen dieser verrückten Geschichte auf den Grund kommen."

„Sie verfügten über alle Schutzvorrichtungen: Energoboter, Lasergeräte und Teilchenwerfer. Der große Antimat steht unmittelbar bei dem Raumschiff. Alles, was wir auch haben", sagte Rohan mit tonloser Stimme. Er ließ sich in einen Sessel fallen. „Entschuldigen Sie."

Der Astrogator entnahm einem Wandschränkchen eine Flasche Kognak.

„Ein altes Hausmittel, manchmal kann man's gebrauchen. Trinken Sie, Rohan. Das hat man früher angewandt, auf den Schlachtfeldern..."

Schweigend schluckte Rohan die scharfe Flüssigkeit hinunter.

„Ich habe die Zähler aller Energieaggregate überprüft", sagte er in vorwurfsvollem Ton. „Die Besatzung ist keinesfalls angegriffen worden. Sie

haben nicht einmal einen Schuß abgefeuert. Sie sind einfach, einfach ..."
„Verrückt geworden", half der Astrogator gelassen nach. „Wenn wir doch wenigstens das genau wüßten! Aber wie wäre das möglich gewesen?"
„Haben Sie das Bordbuch gesehen?"
„Nein. Gaarb hatte es mitgenommen. Haben Sie es hier?"
„Ja. Nach dem Landedatum gibt es nur vier Eintragungen. Sie betreffen die Ruinen, die Sie untersucht haben, und ... die Fliegen."
„Was für Fliegen?"
„Das weiß ich nicht. Wörtlich heißt es dort ..."
Er nahm das aufgeschlagene Buch vom Tisch.
„‚Keinerlei Lebenszeichen an Land. Zusammensetzung der Atmosphäre ...' Das sind die Analysenergebnisse. Aber hier, sehen Sie: ‚Um 18 Uhr 40 geriet die zweite Raupenpatrouille auf dem Rückweg von den Ruinen in einen örtlichen Sandsturm mit starker Aktivität atmosphärischer Entladungen. Trotz Störungen Funkverbindung hergestellt. Die Patrouille meldet eine erhebliche Menge winziger Fliegen am ...'"
Der Astrogator legte das Buch beiseite.
„Und weiter? Warum lesen Sie nicht zu Ende?"
„Das ist ja das Ende. Hier bricht die letzte Eintragung ab."
„Weiter steht da nichts?"
„Den Rest sehen Sie sich am besten selbst an."
Er schob Rohan das Buch hinüber. Das Blatt war mit unleserlichen Krakeln bedeckt. Mit weit aufgerissenen Augen starrte Rohan das Liniengewirr an.
„Das hier sieht aus wie ein B", sagte er leise.
„Ja. Und das hier wie ein G. Ein großes G. Als hätte ein kleines Kind geschrieben. Meinen Sie nicht auch?"
Rohan schwieg, das leere Glas in der Hand, das wegzustellen er vergessen hatte. Er dachte an die Ambitionen, die er noch kurz zuvor gehabt hatte, an seinen Traum, selbst Kommandant des „Unbesiegbaren" zu sein. Nun war er dankbar, daß er nicht über das weitere Schicksal der Expedition zu entscheiden hatte.
„Bitte, rufen Sie die Leiter der Spezialistengruppen zusammen. Rohan, wachen Sie auf!"
„Verzeihen Sie. Eine Beratung, Astrogator?"
„Ja. Alle sollen in die Bibliothek kommen."
Eine Viertelstunde später saßen sie bereits in dem großen quadratischen Saal, hinter dessen bunt emaillierten Wänden Bücher und Mikrofilme untergebracht waren. Am wenigsten erträglich war wohl die unheimliche Ähnlichkeit zwischen den Räumen im „Kondor" und im „Unbesiegbaren". Es waren ja Schwesterschiffe. Aber Rohan vermochte nicht – gleichgültig, in welche Ecke er blickte –, die Bilder des Wahnsinns zu verdrängen, die sich ihm ins Hirn gefressen hatten.
Jeder hatte hier seinen Stammplatz. Der Biologe, der Arzt, der Planetologe, die Elektroniker und die Nachrichtentechniker, die Kybernetiker und die

Physiker saßen im Halbkreis in ihren Sesseln. Diese neunzehn Männer bildeten das strategische Hirn des Raumschiffes. Der Astrogator stand allein unter der halb heruntergelassenen weißen Leinwand.

„Kennen alle Anwesenden die Lage an Bord des ‚Kondors'?"

Als Antwort ertönte zustimmendes Murmeln.

„Bis jetzt haben die Suchtrupps im Umkreis des ‚Kondors' neunundzwanzig Tote gefunden und auf dem Schiff selbst vierunddreißig, darunter einen, der sich durch Einfrieren im Hibernator ausgezeichnet gehalten hat. Dr. Nygren, der gerade von dort kommt, wird uns berichten..."

„Da gibt es nicht viel zu berichten", sagte der kleine Doktor und erhob sich. Langsam ging er auf den Astrogator zu. Er war einen ganzen Kopf kleiner.

„Unter den Leichen sind neun mumifizierte Körper. Außer dem, von dem der Kommandant gesprochen hat und der gesondert untersucht wird. Eigentlich sind es aus dem Sand gegrabene Skelette oder Skelettreste. Die Mumifikation hat im Schiffsinnern stattgefunden, wo günstige Bedingungen dafür vorhanden waren: geringe Luftfeuchtigkeit, so gut wie keine Fäulnisbakterien und keine allzu hohe Temperatur. Die Körper, die im Freien waren, sind der Verwesung anheimgefallen, die sich in Regenzeiten beschleunigt, weil hier der Sand einen beträchtlichen Prozentsatz an Eisenoxyden und Eisensulfiden enthält, die mit schwachen Säuren reagieren... Aber diese Einzelheiten sind, glaube ich, unwesentlich. Sollte eine genaue Erläuterung der auftretenden Reaktionen erwünscht sein, so müßte man die Kollegen Chemiker damit beauftragen. Jedenfalls war außerhalb des Schiffes eine Mumifikation unmöglich, zumal da hier obendrein das Wasser und die darin gelösten Substanzen und der Sand eine Reihe von Jahren hindurch eingewirkt haben. So ist auch die blankpolierte Oberfläche der Gebeine zu erklären."

„Entschuldigen Sie, Doktor", unterbrach ihn der Astrogator. „Das wichtigste ist im Augenblick die Todesursache dieser Leute."

„Es gibt keinerlei Anzeichen für einen gewaltsamen Tod, zumindest nicht an den guterhaltenen Leichen", antwortete der Arzt sofort. Er blickte keinen an, es war, als beobachtete er etwas Unsichtbares in seiner hochgehobenen Hand. „Allem Anschein nach sind sie eines natürlichen Todes gestorben."

„Das heißt?"

„Ohne äußere Einwirkung. Manche einzeln aufgefundenen Arm- und Beinknochen weisen Brüche auf, aber die können späteren Datums sein. Um das festzustellen, sind längere Untersuchungen erforderlich. Bei denen, die bekleidet waren, sind weder Epidermis noch Knochengerüst beschädigt. Keinerlei Verletzungen, von ein paar Kratzwunden abgesehen, die ganz gewiß nicht Todesursache gewesen sein können."

„Wie sind sie also umgekommen?"

„Ich weiß es nicht. Man könnte meinen, sie seien verhungert oder verdurstet..."

„Die Wasser- und Lebensmittelvorräte sind nicht aufgebraucht", warf Gaarb von seinem Platz aus ein.

„Ich weiß."

Einen Augenblick lang schwiegen alle.

„Mumifikation bedeutet in erster Linie vollständige Entwässerung des Körpers", erläuterte Nygren. Noch immer blickte er keinen der Anwesenden an. „Die Fettgewebe unterliegen zwar Veränderungen, aber sie gehen nicht verloren. Diese Leute hatten faktisch keine. Gerade so, als hätten sie lange Zeit gehungert."

„Aber bei dem im Hibernator war das nicht so", bemerkte Rohan, der hinter der letzten Sesselreihe stand. „Das stimmt. Er ist wahrscheinlich erfroren. Mir ist unerklärlich, wie er in den Hibernator geraten ist. Vielleicht ist er einfach eingeschlafen, während die Temperatur absank."

„Besteht die Möglichkeit einer Massenvergiftung?" fragte Horpach.

„Nein."

„Aber, Doktor, Sie können doch nicht so kategorisch ..." „Das kann ich sehr wohl", erwiderte der Arzt. „Eine Vergiftung unter planetaren Bedingungen ist nur über die Lunge denkbar, durch eingeatmete Gase, über die Speiseröhre oder die Haut. Eine der guterhaltenen Leichen trug einen Sauerstoffapparat. Der Sauerstoffbehälter war gefüllt und hätte für mehrere Stunden gereicht."

Stimmt, dachte Rohan. Er erinnerte sich an diesen Mann, an die Haut, die den Schädel umspannte, die bräunlichen Flecken auf den Backenknochen, an die Augenhöhlen, aus denen der Sand rieselte.

„Die Leute können nichts Giftiges gegessen haben, weil es hier überhaupt nichts Eßbares gibt. Das heißt an Land. Und zum Fang im Ozean sind sie nicht ausgezogen. Die Katastrophe ist kurz nach der Landung eingetreten. Sie hatten erst einen einzigen Erkundungstrupp ins Innere der Ruinen geschickt. Das war alles. Aber ich sehe da eben McMinn. Sind Sie fertig, Kollege McMinn?"

„Ja", antwortete der Biochemiker an der Tür.

Alle Köpfe flogen herum. Er bahnte sich einen Weg durch die Sesselreihen und blieb neben Nygren stehen. Er hatte noch die lange Laborschürze umgebunden.

„Haben Sie die Analysen?"

„Ja."

„Dr. McMinn hat den Körper des Mannes untersucht, der im Hibernator gefunden wurde", erklärte Nygren. „Vielleicht sagen Sie uns gleich, was Sie festgestellt haben."

„Nichts", erwiderte McMinn. Er hatte so helles Haar, daß man nicht wußte, ob es blond oder grau war, und ebenso helle Augen. Sogar die Lider waren mit Sommersprossen bedeckt. Doch in diesem Augenblick reizte dieses grobe Pferdegesicht niemanden zum Lachen.

„Keinerlei organische oder anorganische Gifte. Alle enzymatischen Gewebegruppen normals. Das Blut ohne Abweichung von der Norm. Im Magen Reste von verdautem Zwieback und Konzentrat."

„Wie ist er also umgekommen?" fragte Horpach. Er war immer noch ruhig.

„Er ist einfach erfroren", antwortete McMinn und bemerkte erst jetzt, daß er noch die Schürze umgebunden hatte. Er knöpfte die Träger ab und warf die Schürze neben sich über einen leeren Sessel. Der glatte Stoff rutschte ab und fiel auf den Boden.

„Welcher Meinung sind Sie also, meine Herren?“ Der Astrogator ließ nicht locker.

„Gar keiner“, antwortete McMinn. „Ich kann nur sagen, daß diese Leute keiner Vergiftung erlegen sind.“

„Vielleicht einer rasch zerfallenden radioaktiven Substanz? Oder harter Strahlung?“

„Harte Strahlung in tödlichen Dosen hinterläßt Spuren: Schädigung der Kapillarwände, Petechien, Veränderungen im Blutbild. Solche Veränderungen liegen nicht vor. Es gibt auch keine radioaktive Substanz, die bei tödlicher Dosis innerhalb von acht Jahren spurlos verschwindet. Die Radioaktivität ist hier niedriger als auf der Erde. Diese Leute sind nicht mit irgendeiner Form von Strahlung in Berührung gekommen. Dafür kann ich garantieren.“

„Aber etwas muß sie doch getötet haben«, sagte der Planetologe Ballmin mit erhobener Stimme.

McMinn schwieg. Nygren flüsterte ihm etwas zu. Der Biochemiker nickte und ging durch die Sesselreihen hinaus. Dann stieg auch Nygren vom Podium und setzte sich auf seinen Platz.

„Das sieht ja traurig aus“, meinte der Astrogator. „Jedenfalls brauchen wir von den Biologen keine Hilfe zu erwarten. Möchte einer der Herren sich äußern?“

„Ja, ich.“ Der Atomphysiker Sarner erhob sich.

„Die Erklärung für den Untergang des ‚Kondors‘ liegt in ihm selbst begründet“, sagte er und sah alle der Reihe nach mit seinen weitsichtigen Vogelaugen an. Neben dem schwarzen Haar wirkte seine Iris fast weiß. „Das heißt, es gibt eine Erklärung, wir sehen sie im Moment nur noch nicht. Das Durcheinander in den Kajüten, die unangerührten Vorräte, Zustand und Lage der Toten, die beschädigten Einrichtungen – all das hat etwas zu bedeuten.“

„Wenn Sie nicht mehr zu sagen haben“, warf Gaarb ärgerlich ein.

„Immer langsam. Wir tappen im dunkeln, müssen einen Weg suchen. Vorläufig wissen wir nur sehr wenig. Ich habe den Eindruck, uns fehlt der Mut, gewisse Dinge, die wir an Bord des ‚Kondors‘ gesehen haben, beim Namen zu nennen. Deshalb klammern wir uns so hartnäckig an die Hypothese einer Vergiftung und eines dadurch hervorgerufenen Massenwahnsinns. Wir müssen jedoch in unserem eigenen Interesse und mit Rücksicht auf die Leute vom ‚Kondor‘ den Tatsachen unerschrocken ins Auge sehen. Ich bitte Sie, vielmehr, ich fordere kategorisch, daß jeder von uns sofort ausspricht, was ihn an Bord des Schiffes am meisten schockiert hat, was er vielleicht noch niemandem anvertraut hat, was er eigentlich lieber vergessen wollte.“

Sarner setzte sich. Rohan überwand sich und erzählte von den Seifenstükken, die er im Baderaum bemerkt hatte.

Danach stand Gralew auf. Unter den Stößen der zerrissenen Landkarten und der zerfetzten Bücher sei das ganze Deck voll vertrockneter Exkremente gewesen.

Ein anderer sprach von einer Konservendose, die Spuren von Zähnen zeigte, als hätte jemand versucht, das Blech zu durchbeißen. Gaarb war am meisten von den Krakeleien im Bordbuch und der Notiz über die »Fliegen« erschüttert. Damit ließ er es jedoch nicht bewenden.

„Nehmen wir an, aus dem tektonischen Graben in der ‚Stadt' ist eine Welle Giftgas gedrungen, die der Wind zur Rakete getragen hat. Wenn aus Unvorsichtigkeit die Luke nicht richtig geschlossen war ..."

„Nur die Außenluke war nicht richtig geschlossen, Kollege Gaarb. Davon zeugt der Sand in der Schleusenkammer. Die Innenluke war zu."

„Die können sie später zugemacht haben, als sie bereits die Wirkung des Gases zu spüren begannen."

„Das ist unmöglich, Gaarb. Wenn die Außenluke geöffnet ist, bekommen Sie die Innenluke nicht auf. Sie öffnen sich nie zusammen, dadurch ist jede Unvorsichtigkeit oder Nachlässigkeit ausgeschlossen."

„Aber in einem gibt es für mich keinen Zweifel: Es muß plötzlich geschehen sein. Massenwahnsinn – ich behaupte gar nicht, daß auf dem Flug im All keine Psychosefälle auftreten können, aber doch niemals auf einem Planeten, obendrein buchstäblich wenige Stunden nach der Landung. Ein Massenwahnsinn, der die ganze Besatzung erfaßt hat, kann nur die Folge einer Vergiftung gewesen sein ..."

„Oder der Infantilität", bemerkte Sarner.

„Wie? Was reden Sie da?" Gaarb war verblüfft. „Soll das ein Scherz sein?"

„In einer solchen Situation scherze ich nicht. Ich habe Infantilität gesagt, weil es bisher niemand anders gesagt hat, trotz der Kritzeleien im Bordbuch, trotz der zerfetzten Sternalmanache, der mühsam gemalten Buchstaben. Das haben Sie doch alle gesehen, nicht wahr?"

„Aber was heißt das?" fragte Nygren. „Soll das eine Krankheit sein?"

„Nein. Es ist wohl keine, nicht wahr, Doktor?"

„Ganz bestimmt nicht."

Wieder trat Schweigen ein. Der Astrogator zögerte.

„Das kann uns auf eine falsche Fährte bringen. Die Ergebnisse nekroskopischer Untersuchungen sind immer unsicher. Aber im Augenblick weiß ich nicht, was uns sonst drohen könnte. Dr. Sax ..."

Der Neurophysiologe schilderte das Bild, das sie im Gehirn des im Hibernator Erfrorenen vorgefunden hatten, und erwähnte auch die Silben im akustischen Gedächtnis des Toten. Das löste einen regelrechten Sturm von Fragen aus. Auch Rohan geriet in ihr Kreuzfeuer, weil er bei dem Experiment zugegen gewesen war. Aber sie kamen nicht zu einem Schluß.

„Bei diesen Flecken denkt man unwillkürlich an die ‚Fliegen'", sagte Gaarb. „Moment mal, vielleicht waren die Todesursachen unterschiedlich. Sagen wir, die Besatzung wurde von giftigen Insekten angefallen. Kleine Stiche lassen sich schließlich auf der mumifizierten Haut nicht feststellen. Und der, den wir im Hibernator gefunden haben, hat sich ganz einfach vor diesen Insekten retten wollen, um dem Schicksal seiner Gefährten zu entgehen ... und ist erfroren."

„Und warum trat bei ihm vor dem Tode eine Amnesie ein?"

„Ein Gedächtnisverlust? Ist das mit Sicherheit festgestellt worden?"

„Soweit man sich überhaupt auf die Ergebnisse der nekroskopischen Untersuchung verlassen kann."

„Aber was sagen Sie zu der Insektenhypothese?"

„Zu dieser Frage mag sich Lauda äußern."

Lauda war der Chefpaläobiologe des Raumschiffs. Er stand auf und wartete, bis sich alle beruhigt hatten.

„Es ist kein Zufall, daß wir nicht über die sogenannten Fliegen gesprochen haben. Wer sich auch nur ein bißchen in der Biologie auskennt, der weiß, daß außerhalb eines bestimmten Biotops, das heißt einer übergeordneten Einheit, die sich aus dem Milieu und allen darin auftretenden Arten zusammensetzt, keinerlei Organismen leben können. So ist es im ganzen bisher erforschten Kosmos. Das Leben erzeugt entweder eine riesige Formenvielfalt, oder es entsteht überhaupt nicht. Insekten konnten also nicht entstehen, ohne daß sich gleichzeitig Pflanzen auf dem Lande, andere symmetrische, wirbellose Organismen und so weiter entwickelten. Ich will Ihnen keinen Vortrag über die allgemeine Evolutionstheorie halten, ich denke, es genügt, wenn ich Ihnen versichere, daß es unmöglich ist. Hier gibt es weder giftige Fliegen noch andere Gliederflüßler wie Hautflügler oder Spinnentiere. Es gibt auch keinerlei verwandte Formen."

„Wie können Sie dessen so sicher sein?" warf Ballmin ein.

„Wenn Sie mein Schüler wären, Ballmin, so wären Sie jetzt nicht an Bord dieses Raumschiffes, weil Sie bei mir die Prüfung nicht bestanden hätten", sagte der Paläobiologe ungerührt, und die Anwesenden lächelten unwillkürlich. „Ich weiß nicht, wie es bei Ihnen mit der Planetologie bestellt ist, aber in Evolutionsbiologie hätten Sie ‚ungenügend' bekommen!"

„Typische Fachsimpelei. Ist das nicht schade um die Zeit?" flüsterte jemand Rohan von hinten zu. Rohan wandte sich um und blickte in das braungebrannte breite Gesicht Jargs, der ihm verständnisinnig zuzwinkerte.

„Vielleicht sind es keine Insekten einheimischen Ursprungs", beharrte Ballmin. „Vielleicht sind sie eingeschleppt worden ..."

„Woher aber?"

„Von den Planeten der Nova."

Jetzt redeten alle auf einmal. Es dauerte eine ganze Weile, bevor es gelang, sie zu beschwichtigen.

„Kollegen!" sagte Sarner. „Ich weiß, woher Ballmins Gedanke stammt. Von Dr. Gralew."

„Nun ja, ich bestreite nicht, daß ich der Urheber bin", gestand der Physiker.

„Ausgezeichnet. Nehmen wir also an, wir könnten uns den Luxus wahrscheinlich klingender Hypothesen nicht mehr leisten und brauchten ganz verrückte. Gut, meinetwegen. Meine Herren Biologen! Nehmen wir an, ein

Raumschiff von einem Planeten der Nova hat die dortigen Insekten hierhergebracht. Hätten sie sich den örtlichen Bedingungen anpassen können?"

„Natürlich, wenn es schon eine verrückte Hypothese sein soll", gab Lauda von seinem Platz aus zu. „Aber auch die muß für alles eine Erklärung liefern."

„Das heißt?"

„Das heißt, sie muß erklären, was den Außenpanzer des ‚Kondors' zerfressen hat, und zwar so, daß das Schiff, wie mir die Ingenieure sagen, gar nicht flugtauglich ist, bevor es generalüberholt wird. Glauben Sie denn, irgendwelche Insekten hätten sich so angepaßt, daß sie eine Molybdänlegierung konsumieren? Das ist eine der härtesten Substanzen im ganzen Kosmos. Ingenieur Petersen, was kann einen solchen Panzer zerstören?"

„Wenn er richtig gehärtet ist, eigentlich nichts", antwortete der stellvertretende Chefingenieur. „Man kann ihn mit Diamanten ein wenig anbohren, aber dazu brauchte man eine Tonne Bohrköpfe und tausend Stunden Zeit. Dann schon eher mit Säuren. Aber mit anorganischen. Sie müßten bei einer Temperatur von wenigstens zweitausend Grad und bei entsprechenden Katalysatoren einwirken."

„Und was hat Ihrer Meinung nach den Panzer des ‚Kondors' zerfressen?"

„Keine Ahnung. Wenn er in einem Säurebad gelegen hätte, und zwar bei der geeigneten Temperatur, dann sähe er nicht anders aus. Aber wie das hier geschehen ist, ohne Lichtbogen-Plasmabrenner und Katalysatoren, kann ich mir nicht vorstellen."

„Da haben Sie Ihre Fliegen, Kollege Ballmin", sagte Lauda und setzte sich.

„Ich glaube, es hat keinen Sinn, weiterzudiskutieren", bemerkte der Astrogator, der bis dahin geschwiegen hatte. „Vielleicht war es noch zu früh dafür. Uns bleibt nichts anderes übrig, als die Untersuchungen fortzuführen. Wir teilen uns in drei Gruppen. Eine befaßt sich mit den Ruinen, eine mit dem ‚Kondor', und eine macht ein paar Abstecher ins Innere der Westwüste. Das ist das Maximum unserer Möglichkeiten, denn ich kann nicht mehr als vierzehn Energoboter aus dem Permimeter nehmen, selbst wenn einige Maschinen des ‚Kondors' in Betrieb genommen werden. Wir haben nach wie vor dritte Alarmstufe."

Der Erste

Schwelende, schlüpfrige Schwärze umfing ihn. Er drohte zu ersticken. Verzweifelt rang er mit den immateriellen Schlingen, die ihn fesselten, wollte sie von sich abschütteln, aber versank nur immer tiefer. Der Schrei blieb ihm in der geschwollenen Kehle stecken. Vergebens suchte er nach einer Waffe. Er war nackt. Ein letztes Mal spannte er alle Kräfte an, um zu schreien. Ohrenbetäubender Lärm riß ihn aus dem Schlaf. Rohan sprang benommen aus seiner

Koje. Er wußte nur soviel, daß er von Dunkelheit umgeben war und daß unablässig das Alarmsignal klingelte. Das war kein Traum mehr. Er schaltete Licht an, schlüpfte in den Skaphander und rannte hinaus. In allen Stockwerken drängten sich die Leute vor dem Fahrstuhl. Nur das anhaltende Läuten der Signale war zu hören. Von den Wänden leuchtete in roter Schrift das Wort Alarm. Er lief in die Steuerzentrale. Der Astrogator stand in normaler Tageskleidung vor dem großen Bildschirm. „Ich habe den Alarm schon abgeblasen", sagte er ruhig. „Es ist nur Regen, Rohan, schauen Sie mal. Ein schöner Anblick."

Wirklich sprühten auf dem Bildschirm, auf dem die obere Hälfte des nächtlichen Himmels zu sehen war, unzählige Funken von Entladungen. Die Regentropfen, die aus großer Höhe herabfielen, prallten auf die unsichtbare Schutzhülle des Kraftfeldes, die den „Unbesiegbaren" wie eine riesige Schüssel bedeckte, verwandelten sich augenblicklich in mikroskopisch kleine feurige Explosionen und tauchten die ganze Landschaft in flimmerndes Licht, ähnlich einem hundertfach verstärkten Nordlicht.

„Die Automaten hätten besser programmiert werden müssen", sagte Rohan mit schwacher Stimme. Er war nun hellwach, der Schlaf war ihm vergangen. „Ich muß Terner sagen, daß er die Annihilation nicht einschalten soll. Sonst jagt uns jede Handvoll Sand, die der Wind anweht, mitten in der Nacht hoch."

„Nehmen wir an, es war ein Probealarm, eine Art Manöver", entgegnete der Astrogator, der unverhofft guter Laune zu sein schien. „Jetzt ist es vier Uhr. Sie können wieder in Ihre Kabine gehen, Rohan."

„Ich habe, ehrlich gesagt, keine Lust dazu. Und Sie?"

„Ich habe ausgeschlafen. Mir genügen vier Stunden. Nach sechzehn Jahren Weltraum ist von dem alten Schlafrhythmus, wie er auf der Erde war, nichts übriggeblieben. Rohan, ich mache mir Gedanken über die maximale Sicherheit der Forschungsgruppen. Es ist ziemlich umständlich, überall Energoboter mitzuschleppen und ein Schutzfeld zu entfalten. Was meinen Sie?"

„Man könnte den Leuten eigene Emitoren mitgeben. Aber damit ist es auch nicht getan. Wenn man von einer Schutzblase umgeben ist, kann man nichts anfassen... Sie wissen, wie das ist. Und wenn man den Radius des Kraftfeldes zu sehr verkürzt, dann kann man sich eine Verbrennung zuziehen. Ich habe das schon erlebt."

„Ich habe sogar daran gedacht, keinen an Land zu lassen und mit Hilfe von ferngesteuerten Robotern zu arbeiten", gestand der Astrogator. „Allerdings ginge das nur für ein paar Stunden oder für einen Tag. Aber ich glaube, wir werden länger hierbleiben."

„Was gedenken Sie also zu tun?"

„Jede Forschungsgruppe erhält eine Ausgangsbasis, die durch ein Kraftfeld geschützt ist. Aber die einzelnen Mitglieder müssen über eine gewisse Bewegungsfreiheit verfügen, sonst kommen wir vor lauter Schutzmaßnahmen nicht zu einem Ergebnis. Unter einer Bedingung: Jeder hat bei Arbeiten außerhalb des Kraftfeldes einen abgeschützten Mann hinter sich, der ihn ständig beobachtet. Keinen aus den Augen verlieren – das ist oberster Grundsatz auf Regis III."

„Welcher Gruppe teilen Sie mich zu?"

„Möchten Sie beim ‚Kondor' arbeiten? Wie ich sehe, nicht. Gut. Bleiben die Stadt oder die Wüste. Sie dürfen wählen."

„Ich wähle die Stadt, Astrogator. Ich glaube noch immer, daß das Geheimnis dort verborgen ist."

„Möglich. Sie nehmen also morgen – nein, es ist ja schon heute, draußen dämmert es bereits – Ihre Gruppe von gestern. Ich gebe Ihnen einige Arctane mit. Ein paar Handlaser wären auch nicht verkehrt. Ich habe nämlich den Eindruck, daß es aus geringer Entfernung wirkt."

„Was eigentlich?"

„Wenn ich das wüßte ... Ach so, eine Küche nehmen Sie auch mit, damit Sie völlig unabhängig sind und notfalls ohne Proviantzufuhr vom Raumschiff arbeiten können."

Die rote, kaum wärmende Sonne war über das Firmament gerollt. Die Schatten der grotesken Bauten wurden länger und verschmolzen miteinander. Der Wind wehte die Wanderdünen zwischen den Metallpyramiden von einer Stelle zur anderen. Vom Dach eines schweren Geländefahrzeugs aus beobachtete Rohan durch das Fernrohr Gralew und Chen, die sich außerhalb des Schutzfeldes am Fuße einer schwärzlichen „Honigwabe" zu schaffen machten. Der Riemen, an dem sein Handlichtwerfer hing, schnitt in den Nacken ein. Ohne die beiden Männer aus den Augen zu lassen, schob er ihn so weit wie möglich nach hinten. Der Plasmabrenner in Chens Hand funkelte wie ein winziger, aber sprühender Brillant. Aus dem Wageninnern drang das Rufzeichen zu ihm, das sich in gleichmäßigen Abständen wiederholte, aber er wandte nicht ein einziges Mal den Kopf. Er hörte den Fahrer antworten.

„Navigator! Befehl des Kommandanten! Wir sollen sofort zurück!" schrie Jarg aufgeregt und steckte den Kopf durch das Turmluk.

„Zurück? Warum?"

„Das weiß ich auch nicht. Sie senden dauernd das Rückkehrsignal und schon viermal EV."

„EV? O je, ich bin ganz steif! Dann müssen wir uns aber beeilen. Geben Sie mir das Mikrofon und holen Sie die Blinkfeuer heraus."

Zehn Minuten später waren alle Leute aus der Außenzone bereits in den Fahrzeugen. Rohan trieb seine kleine Kolonne zu der höchsten Geschwindigkeit an, die in dem hügeligen Gelände möglich war. Blank, der jetzt bei ihm als Funker arbeitete, reichte ihm plötzlich die Kopfhörer. Rohan stieg in den stählernen Leib des Fahrzeugs, wo es nach heißem Plast roch, und hörte beim Surren des Ventilators, dessen Luftzug ihm die Haare durcheinanderwehte, die Funksprüche mit, die zwischen Gallaghers Gruppe in der Westwüste und dem „Unbesiegbaren" gewechselt wurden.

Ein Gewitter schien heraufzuziehen. Schon seit dem Morgen hatten die

Barometer niedrigen Luftdruck angezeigt, aber erst jetzt krochen flache dunkelblaue Wolken über den Horizont hoch. Oben war der Himmel klar. An atmosphärischen Störungen mangelte es wahrlich nicht – es knisterte dermaßen in den Kopfhörern, daß nur Morseverbindung möglich war. Rohan fing eine Gruppe verschlüsselter Signale auf. Er hatte sich zu spät eingeschaltet und wußte nicht, worum es ging. Er verstand lediglich, daß auch Gallaghers Gruppe mit Höchstgeschwindigkeit zurückkehrte, daß an Bord des Raumschiffes Alarmbereitschaft befohlen war und alle Ärzte an ihre Plätze beordert worden waren.

„Alarmbereitschaft für die Ärzte", sagte er zu Ballmin und Gralew, die ihn erwartungsvoll ansahen. „Ein Unfall, aber sicherlich nichts Ernsthaftes. Vielleicht hat es einen Erdrutsch gegeben, und jemand ist verschüttet worden."

Er sagte das, weil bekannt war, daß Gallaghers Leute an einer bei der Geländeerkundung bestimmten Stelle geologische Ausgrabungen vornehmen sollten. Im Grunde aber glaubte er selbst nicht, daß es sich um einen gewöhnlichen Arbeitsunfall handelte.

Knapp sechs Kilometer waren sie vom Raumschiff entfernt, aber die andere Gruppe war offensichtlich viel früher zurückgerufen worden, denn als sie die steile schwarze Silhouette des „Unbesiegbaren" erblickten, überquerten sie ganz frische, von Raupenfahrzeugen stammende Spuren, die sich bei diesem Wind keine halbe Stunde gehalten hätten.

Sie näherten sich der Grenze des Außenfeldes und riefen die Steuerzentrale, die ihnen den Durchgang öffnen sollte. Sie mußten erstaunlich lange auf Antwort warten. Endlich leuchteten die üblichen blauen Signale auf, und sie fuhren in die Schutzzone ein. Die Gruppe vom „Kondor" war schon da. Also war sie es gewesen, die vor ihnen hereingeholt worden war, und nicht Gallaghers Geologen. Neben der Rampe und in der Einfahrt standen Raupenfahrzeuge im Wege, Menschen liefen planlos durcheinander, bis an die Knie im Sand einsinkend. Automaten blinkten mit Scheinwerfern.

Es dämmerte bereits. Zunächst fand sich Rohan in diesem Wirrwarr nicht zurecht. Plötzlich stürzte aus der Höhe ein greller Lichtstrahl herab. Der große Scheinwerfer verwandelte die Rakete in einen riesigen Leuchtturm. Der Scheinwerfer hatte weit hinten in der Wüste eine Lichterkolonne aufgespürt, die hin und her tanzte, als wäre eine ganze Kriegsflotte im Anzug. Wieder flammten die Leuchtfeuer des Kraftfeldes auf, und es öffnete sich. Die Maschinen standen noch nicht, da sprangen Gallaghers Männer schon in den Sand. Von der Rampe rollte ein zweiter Scheinwerfer heran, und durch das dichte Spalier der abgestellten Maschinen schritt eine Gruppe von Leuten mit einer Trage, auf der jemand lag.

Als sie an Rohan vorbeikamen, stieß er seine Vordermänner zur Seite und erstarrte. Im ersten Moment glaubte er wirklich an einen Unfall, aber dem Mann auf der Trage waren Arme und Beine gefesselt.

Er wand sich so, daß die Stricke ächzten, mit denen er gebunden war, und gab dabei mit weit aufgerissenem Mund furchtbare winselnde Laute von sich.

Die Gruppe war den Lichtkegeln der Scheinwerfer gefolgt und entfernte sich immer weiter, aber das menschenunähnliche Jaulen, unvergleichbar allem, was er jemals gehört hatte, drang noch immer zu ihm, der jetzt im Dunkeln stand. Der weiße Fleck mit den Gestalten darin wurde kleiner, glitt die Rampe hinauf und verschwand in dem schwarz gähnenden Loch der Ladeluke. Rohan erkundigte sich, was denn vorgefallen sei, aber in seiner Nähe waren nur Leute von der „Kondorgruppe", die genauso wenig wußten wie er.

Eine ganze Weile verging, bevor er so weit zu sich gekommen war, daß er einigermaßen Ordnung schaffen konnte. Die Maschinenkolonne setzte sich wieder in Bewegung und zog lärmend die Rampe hinauf, am Fahrstuhl flammten die Lichter auf, die Schar derer, die unten warteten, wurde kleiner. Als einer der letzten fuhr Rohan mit den schwerbeladenen Arctanen hinauf, deren unerschütterliche Ruhe ihm als besonders gehässiger Spott erschien. Im Schiffsinnern war das anhaltende Klingeln der Informatoren und der Telefone zu hören, an den Wänden leuchteten noch immer die Alarmsignale für die Ärzte, doch bald darauf erloschen sie. Die Gänge leerten sich. Ein Teil der Besatzung fuhr in die Messe hinunter. Er hörte Gespräche auf dem Gang und hallende Schritte. Ein verspäteter Arctan strebte stampfend der Roboterabteilung zu. Schließlich hatten sich alle zerstreut. Er aber blieb wie gelähmt zurück, als hätte er keine Hoffnung mehr, das Geschehene jemals zu begreifen, und als wäre er plötzlich zu der Erkenntnis gelangt, daß es für all das keine Erklärung gab und niemals geben würde.

„Rohan!"

Gaarb stand vor ihm. Der Anruf rüttelte ihn wach. Er zuckte zusammen.

„Ach Sie, Doktor? Haben Sie es auch gesehen? Wer war das?"

„Kertelen."

„Was? Unmöglich!"

„Ich habe ihn fast bis zuletzt gesehen."

„Bis zuletzt?"

„Ich war mit ihm zusammen", sagte Gaarb mit unnatürlich ruhiger Stimme. Rohan sah die Ganglampen in seinen Brillengläsern funkeln.

„Bei der Expeditionsgruppe in der Wüste?" stieß er hervor.

„Ja."

„Und was ist mit ihm?"

„Gallagher hatte die Stelle dort nach seismographischen Sondierungen ausgesucht. Wir gerieten in ein Labyrinth von engen, gewundenen Schluchten", sagte Gaarb schleppend, als spräche er zu sich selbst und wollte sich noch einmal den genauen Ablauf der Ereignisse vergegenwärtigen. „Dort ist weiches, ausgespültes Felsgestein organischen Ursprungs, voller Grotten und Höhlen. Die Raupenfahrzeuge mußten wir draußen lassen ... Wir gingen dicht hintereinander. Elf Mann. Die Ferrometer zeigten größere Eisenmengen an. Die suchten wir. Kertelen meinte, dort seien irgendwo Maschinen verborgen ..."

„Ja, mir hat er auch so was gesagt. Und dann?"

„In einer Höhle fand er dicht unter der Schlammschicht – dort gibt es sogar Stalaktiten und Stalakmiten – etwas wie einen Automaten.“

„Tatsächlich?“

„Nein, nicht, was Sie denken. Es war ein Wrack, nicht einmal verrostet – das muß eine nichtrostende Legierung sein –, aber korrodiert, halb verbrannt, eben nur Trümmer.“

„Vielleicht sind noch andere...“

„Aber dieser Automat ist wenigstens 300000 Jahre alt!“

„Woher wollen Sie das wissen?“

„An der Oberfläche hat sich Kalkstein abgesetzt von dem Wasser, das von den Stalaktiten am Felsengewölbe heruntergetropft und verdunstet ist. Gallagher selbst hat anhand der Verdunstungsgeschwindigkeit, der Niederschlagsbildung und der Niederschlagsmenge berechnet, daß 300000 Jahre der bescheidenste Näherungswert sind. Wissen Sie übrigens, wie dieser Automat aussieht? Beinahe wie die Ruinen!“

„Also ist es gar kein Automat!“

„Nein. Er muß sich fortbewegt haben, aber nicht auf zwei Beinen. Auch nicht wie eine Krabbe. Wir hatten übrigens keine Zeit das zu untersuchen, weil gleich darauf...“

„Was war gleich darauf?“

„In gewissen Zeitabständen hatte ich die Leute gezählt. Ich war im Kraftfeld und sollte sie beobachten, Sie wissen schon. Aber sie alle hatten ja Masken auf, wie das so ist, alle sind dadurch einander ähnlich, die Schutzanzüge waren auch nicht mehr bunt, sondern mit Lehm beschmiert. Auf einmal fehlte einer. Ich rief alle zusammen, und wir machten uns auf die Suche. Kertelen hatte sich sehr über seinen Fund gefreut und war weitergepirscht... Ich dachte, er hätte sich bloß in eine Abzweigung der Schlucht verlaufen. Sie ist voller Nebenwege, die aber alle kurz, flach und ausgezeichnet beleuchtet sind. Plötzlich bog er um eine Ecke. Bereits in diesem Zustand. Nygren war bei uns. Er glaubte, es sei ein Hitzschlag...“

„Was ist nun wirklich mit ihm?“

„Er ist bewußtlos. Obwohl auch nicht richtig. Er kann gehen, sich bewegen, nur ist es unmöglich, Kontakt mit ihm aufzunehmen. Zudem hat er die Sprache verloren. Haben Sie seine Stimme gehört?“

„Ja.“

„Jetzt scheint er ein bißchen matt geworden zu sein. Vorher war es noch schlimmer. Er hat keinen von uns erkannt. Das war im ersten Moment das furchtbarste. ‚Kertelen, wo stecken Sie denn?‘ rief ich ihn an, doch er ging wie taub an mir vorbei, zwischen uns hindurch und die Schlucht hinauf, aber in einer Haltung, auf eine Weise, daß es uns allen kalt den Rücken hinunterlief. Einfach wie ausgewechselt. Er reagierte nicht auf unser Rufen, also mußten wir ihn einfangen. Was sich da alles abgespielt hat... Kurz und gut, wir mußten ihn fesseln, sonst hätten wir ihn nicht mitbringen können.“

„Und was sagen die Ärzte?“

„Die reden wie üblich lateinisch, aber sonst wissen sie auch nichts. Nygren ist mit Sax beim Kommandanten, dort können Sie nachfragen."

Gaarb ging mit schweren Schritten davon, den Kopf wie immer zur Seite geneigt. Rohan stieg in den Aufzug und fuhr nach oben in den Steuerraum. Er fand ihn leer, als er aber an den kartographischen Kajüten vorbeikam, hörte er durch den Türspalt Sax' Stimme. Er trat ein.

„Anscheinend völliger Gedächtnisschwund. So sieht es zumindest aus", sagte der Neurophysiologe. Er stand mit dem Rücken zu Rohan und betrachtete eine Röntgenaufnahme, die er in der Hand hielt. Am Schreibtisch saß der Astrogator vor dem aufgeschlagenen Bordbuch. Seine Hand lag auf einem der mit zusammengerollten Sternkarten vollgestopften Regale. Schweigend hörte er Sax zu, der bedächtig die Aufnahme in einen Umschlag steckte.

„Amnesie, aber ein Sonderfall. Nicht nur, daß er nicht mehr weiß, wer er ist, er hat auch die Sprache verloren, die Fähigkeit zu schreiben und zu lesen eingebüßt. Eigentlich ist das sogar mehr als Amnesie. Es ist völliger Verfall, Zerstörung der Persönlichkeit. Außer den primitiven Reflexen ist nichts übriggeblieben. Er ist imstande, zu gehen und zu essen, aber nur, wenn ihm das Essen in den Mund gesteckt wird. Er nimmt es an, aber..."

„Hört und sieht er?"

„Ja, gewiß. Aber er begreift nicht, was er sieht. Er kann Menschen nicht von Gegenständen unterscheiden."

„Und die Reflexe?"

„Normal. Es ist eine zentrale Sache."

„Eine zentrale?"

„Ja, eine Sache des Gehirns. Anscheinend sind alle Spuren des Gedächtnisses mit einem Schlage völlig gelöscht worden."

„Dann war dieser Mann vom ‚Kondor' also auch..."

„Ja. Jetzt bin ich sicher. Das war das gleiche."

„Ich habe so etwas ein einziges Mal gesehen", sagte der Astrogator leise, fast flüsternd. Er blickte zu Rohan hinüber, nahm aber nicht Notiz von ihm. „Das war im Raum."

„Ach, ich weiß! Daß mir das nicht gleich eingefallen ist!" stieß der Neurophysiologe mit hoher Stimme hervor. „Amnesie durch magnetischen Schock, nicht wahr?"

„Ja."

„Ein solcher Fall ist mir noch nicht begegnet. Ich kenne diese Krankheit nur aus der Theorie. So was ist doch vor langer Zeit vorgekommen, wenn starke Magnetfelder mit hoher Geschwindigkeit durchflogen wurden?"

„Ja. Das heißt unter spezifischen Bedingungen. Die Feldstärke ist weit weniger von Bedeutung als der Gradient und die Heftigkeit der Veränderung. Treten im Raum große Gradienten auf – und mitunter gibt es ganz hübsche Sprünge –, dann stellen die Meßuhren sie auf Entfernung fest. Früher war das nicht möglich..."

„Stimmt", pflichtete der Arzt bei. „Das ist wahr. Ammerhatten hat solche

Versuche an Affen und Katzen vorgenommen. Er setzte sie der Wirkung riesiger Magnetfelder aus, bis sie das Gedächtnis verloren..."

„Ja, das hat schließlich etwas mit der Beantwortung elektrischer Reize durch das Gehirn zu tun."

„Aber in diesem Fall haben wir außer Gaarbs Bericht die Aussagen seiner Leute", überlegte Sax laut. „Gewaltige Magnetfelder, das müssen doch wohl Hunderttausende Gauß sein?"

„Das reicht nicht. Dazu sind Millionen nötig", sagte der Astrogator schroff. Erst jetzt traf sein Blick auf Rohan.

„Kommen Sie herein und schließen Sie die Tür!"

„Millionen? Würden die Bordapparaturen ein solches Feld nicht ausfindig machen?"

„Soweit sie dazu imstande sind", entgegnete Horpach. „Wenn es auf sehr kleinem Raum konzentriert wäre – wenn es, sagen wir, den Umfang dieses Globus hätte und von außen abgeschirmt wäre..."

„Kurz gesagt, wenn Kertelen den Kopf zwischen die Pole eines gigantischen Elektromagneten gesteckt hätte...?"

„Auch das genügt noch nicht. Das Feld muß in einer bestimmten Frequenz oszillieren."

„Aber dort gab es weder Magneten noch eine Maschine, außer diesen verrosteten Trümmern. Nichts, nur ausgewaschene Schluchten, Kies und Sand..."

„Und Höhlen", fügte Horpach ruhig, fast gleichgültig hinzu.

„Und Höhlen. Glauben Sie, daß ihn jemand in eine solche Höhle gezogen hat und daß dort ein Magnet ist? Nein, das ist doch..."

„Und wie erklären Sie es sich?" fragte der Kommandant, als wäre er des Gesprächs überdrüssig.

Der Arzt schwieg.

Um drei Uhr vierzig nachts gellten die Alarmsignale durch alle Stockwerke des „Unbesiegbaren". Die Männer fuhren aus dem Schlaf hoch und eilten, kräftig fluchend und sich unterwegs fertig anziehend, an ihre Plätze. Fünf Minuten nach dem ersten Schnarren der Klingeln war Rohan im Steuerraum. Der Astrogator war noch nicht da. Rohan lief an den großen Bildschirm. Die schwarze Nacht wurde im Osten von unzähligen weißen Blitzen erhellt. Es sah aus, als griffe ein von einem Radianten ausgehender Meteoritenschwarm die Rakete an. Er blickte auf die Feldkontrolluhren. Die Automaten hatte er selbst programmiert, also konnten sie nicht auf Regen oder Sandstürme reagieren. Aus der Wüste, die in der Dunkelheit nicht zu erkennen war, sauste es heran und zerstob zu Feuerregen. Die Entladungen fanden an der Feldoberfläche statt. Die geheimnisvollen Geschosse prallten ab und flogen auf einer parabelförmigen Bahn als Flammen zurück, deren Schein zusehends verblaßte, oder sie glitten an der Wölbung des Kraftfeldes entlang. Die Dünenkämme tauchten für Augenblicke aus der Finsternis und versanken wieder darin, die Zeiger schlugen träge aus – das System der Dirac-Emitoren hatte eine verhältnismäßig geringe Leistung gebraucht, um die rätselhafte Bombardierung abzuwehren. Rohan hörte bereits die Schritte des Kommandanten hinter sich, als er zu der Spektrometeranlage hinüberblickte.

„Nickel, Eisen, Mangan, Beryllium, Titan", las der Astrogator von der hellerleuchteten Skala ab und blieb neben ihm stehen. „Ich gäbe viel darum, wenn ich mit eigenen Augen sehen könnte, was das eigentlich ist."

„Ein Regen aus Metallteilchen", sagte Rohan gedehnt. „Den Entladungen nach zu urteilen sind sie ziemlich klein."

„Ich würde sie mir gern von nahem anschauen", brummte der Kommandant. „Was meinen Sie, sollen wir es riskieren?"

„Das Feld auszuschalten?"

„Ja. Für den Bruchteil einer Sekunde. Einige wenige werden in die Schutzzone gelangen, die anderen stoßen wir zurück, indem wir das Feld wieder einschalten."

Eine ganze Weile antwortete Rohan nicht.

„Nun, man könnte ja...", sagte er schließlich zögernd. Aber noch ehe der Kommandant ans Steuerpult getreten war, erlosch das Flackern ebenso plötzlich, wie es aufgeleuchtet war, und eine Dunkelheit brach herein, wie sie nur mondlose Planeten kennen, die weitab von den zentralen Sternanhäufungen der Galaxis kreisen.

„Pech gehabt", brummte Horpach. Die Hand am Hauptschalter, stand er eine Zeitlang da, dann nickte er Rohan flüchtig zu und verließ den Raum. Die Entwarnungssignale gellten durch alle Stockwerke.

Rohan seufzte, warf noch einen Blick auf die Bildschirme, auf denen jetzt schwarze Dunkelheit lag, und ging schlafen.

Die Wolke

Sie gewöhnten sich bereits an den Planeten, an sein stets gleichbleibendes Wüstengesicht mit den verschwindend kleinen Schatten der unnatürlich hellen Wolken, die immer auseinanderzufließen schienen und zwischen denen auch tagsüber die lichtstarken Sterne hindurchschimmerten, an den knirschenden Sand, der unter den Rädern und den Fußsohlen auswich, an die träge rote Sonne, deren Strahlen den Körper unvergleichlich zarter berührten als die der irdischen, so daß man, wenn man ihr den Rücken zuwandte, statt der Wärme nur ihre stumme Anwesenheit spürte.

Morgens zogen die Arbeitsgruppen aus, jede in ihre Richtung, die Energoboter verschwanden, wie plumpe Kähne schaukelnd, zwischen den Dünen; die Staubwolke legte sich, und die beim „Unbesiegbaren" zurückbleibenden Männer rätselten, was es wohl zu essen geben werde, unterhielten sich über das, was der Bootsmann der Radarbeobachter zu seinem Kollegen von den

Nachrichtentechnikern gesagt hatte, oder versuchten, sich an den Namen des Kurspiloten zu erinnern, der sechs Jahre zuvor bei einem Unfall auf dem Navigationssatelliten Terra 5 ein Bein verloren hatte. So schwatzend, vertrieben sie sich die Zeit, saßen auf leeren Kanistern unter der Rakete, deren Schatten wie der Zeiger einer gigantischen Sonnenuhr kreiste und zugleich immer länger wurde, bis er an den Ring der Energoboter stieß. Da erhoben sie sich und hielten Ausschau nach den anderen.

Diese kehrten erschöpft und hungrig zurück, und mit einemmal erlosch die Spannkraft, die die Arbeit in den Metalltrümmern der „Stadt" ihnen verliehen hatte, ja selbst die »Kondorgruppe" brachte schon nach einer Woche keine sensationellen Neuigkeiten mehr mit, die darin bestanden hatten, daß sie eine der geborgenen Leichen hatte identifizieren können. Und die Funde, die in den ersten Tagen noch Wahrzeichen des Grauens gewesen waren, wurden sorgsam verpackt – wie sollte man die gewissenhafte Einlagerung aller unversehrten menschlichen Überreste in hermetisch verschlossenen Behältern, die ins tiefste Innere des Raumschiffes wanderten, sonst bezeichnen? – und verschwanden. Da bemächtigte sich der Männer, die noch immer den Sand rings um das Heck des „Kondors" absuchten und die Innenräume durchstöberten, an Stelle der Erleichterung, die man vielleicht hätte erwarten können, eine solche Langeweile, daß sie sich, als hätten sie vergessen, was der ehemaligen Besatzung zugestoßen war, auf das Sammeln von allerlei lächerlichem Kram verlegten, der seine nicht mehr feststellbaren Eigentümer überlebt hatte. So brachten sie keine Dokumente, die das Geheimnis hätten lüften können, aber nicht zu finden waren, sondern eine alte Mundharmonika oder ein chinesisches Geschicklichkeitsspiel mit, und diese Gegenstände kamen, des schaurigen Dunkels ihrer Herkunft bereits entledigt, in Umlauf und wurden gemeinsames Eigentum der Besatzung.

Rohan hätte es niemals für möglich gehalten, doch er benahm sich bereits nach einer Woche ebenso wie die anderen. Und nur manchmal, wenn er allein war, fragte er sich, wozu er eigentlich hier sei, und dann spürte er, daß ihre ganze Arbeit, die emsige Geschäftigkeit, der komplizierte Ablauf der Forschungsarbeiten, Durchleuchtungen, Probeentnahmen, Gesteinsbohrungen, erschwert durch die dritte Alarmstufe, durch das Öffnen und Schließen der Kraftfelder, durch die Laserwaffen mit ihren genau berechneten Feuerbereichen, durch die dauernde optische Kontrolle, die ständigen Berechnungen und die Mehrkanalverbindung – daß all das ein einziger großer Selbstbetrug war, daß sie im Grunde nur auf ein neues Ereignis, ein neues Unglück warteten und lediglich taten, als wäre es nicht so.

Anfangs drängten sich die Leute morgens vor dem Lazarett des „Unbesiegbaren", um Neues über Kertelen zu erfahren. Er schien ihnen nicht so sehr das Opfer eines geheimnisvollen Überfalls, als vielmehr ein menschenunähnliches Wesen, ein Ungeheuer, das sich von ihnen allen unterschied, gerade als glaubten sie an phantastische Märchen und wären überzeugt, unbekannte, feindliche Mächte des Planeten hätten einen Menschen, einen von ihnen, in ein Monstrum zu verwandeln vermocht. In Wirklichkeit war er jedoch nur ein Krüppel. Im übrigen stellte sich heraus, daß sein Verstand, unbenutzt wie der eines Neugeborenen und ebenso leer, die Kenntnisse, die ihm die Ärzte vermittelten, aufnahm, und allmählich lernte er sprechen, genau wie ein kleines Kind. Aus dem Lazarett drang nun nicht mehr jenes jeglichem menschlichen Laut unähnliche Winseln, dieses sinnlose Säuglingsgreinen, das so furchtbar gewesen war, weil die Kehle eines erwachsenen Mannes es ausgestoßen hatte. Eine Woche später formte Kertelen die ersten Silben und erkannte bereits die Ärzte, obwohl er ihre Namen nicht aussprechen konnte.

Mit Beginn der zweiten Woche ließ das Interesse an ihm merklich nach, vor allem, als die Ärzte erklärten, er werde über die Umstände des Unfalls nichts sagen können, selbst dann nicht, wenn er in den Normalzustand zurückkehren oder vielmehr seine sonderbare, aber notwendige Geisteserziehung erfolgreich beenden sollte.

Die Arbeiten wurden indes fortgeführt. „Stadtpläne" und Details über die Konstruktion der „Strauchpyramiden" häuften sich, obwohl ihre Bestimmung nach wie vor dunkel blieb. Da der Astrogator der Ansicht war, weitere Untersuchungen des „Kondors" brächten nichts ein, wurden sie abgebrochen. Das Raumschiff selbst mußte aufgegeben werden, weil die Reparatur der Außenhaut die Möglichkeiten der Ingenieure überstieg, zumal da viel dringlichere Arbeiten zu erledigen waren. So schafften sie nur eine große Anzahl Energoboter, Transporter, Geländefahrzeuge und Apparaturen zum „Unbesiegbaren", das Wrack hingegen, das das Schiff nach einer so gründlichen Räumung geworden war, machten sie dicht und trösteten sich damit, daß sie selbst oder eine der nächsten Expeditionen den Kreuzer auf jeden Fall in seinen Mutterhafen zurückbringen würden. Darauf setzte Horpach die „Kondorgruppe" im Norden ein. Unter dem Kommando Regnars schloß sie sich Gallaghers Gruppe an. Rohan selbst war jetzt Hauptkoordinator aller Forschungsarbeiten und verließ die nähere Umgebung des „Unbesiegbaren" jeweils nur kurze Zeit, und auch das nicht jeden Tag.

In einem von unterirdischen Quellen unterspülten Schluchtensystem machten die beiden Gruppen eigenartige Funde. Die Tonablagerungen waren schichtweise von einer rötlich-schwarzen Substanz durchzogen, die weder geologischen noch planetaren Ursprungs war. Die Spezialisten konnten nicht viel dazu sagen. Es sah aus, als hätten sich an der Oberfläche der alten Basaltplatte, der Bodenschicht der Rinde, Jahrmillionen zuvor eine Unmenge Metallteilchen, möglicherweise einfach metallähnliche Splitter, abgelagert – die Hypothese tauchte auf, in der Atmosphäre der Regis sei ein riesiger Eisen-Nickel-Meteor explodiert und habe sich mit Feuerkatarakten in das uralte Gestein eingeschmolzen –, die einer allmählichen Oxidation unterlegen, chemische Verbindungen eingegangen waren und sich schließlich in die schwarzbraunen, stellenweise pupurroten Ablagerungen verwandelt hatten.

Die Schürfarbeiten waren bisher lediglich in einen Teil der Gesteinsschichten vorgedrungen, deren komplizierte geologische Struktur sogar einen erfahrenen Planetologen verwirren konnte. Als man Schächte bis hinunter auf den mehr als eine Milliarde Jahre alten Basaltgrund getrieben hatte, stellte sich heraus, daß das darüberliegende Gestein trotz der weit fortgeschrittenen Rekristallisation Kohle organischen Ursprungs enthielt. Anfangs glaubten die Wissenschaftler, das sei einstmal der Meeresboden gewesen. Doch dann entdeckten sie in den echten Steinkohleschichten Abdrücke zahlreicher Pflanzenarten, die nur auf dem Festland existiert haben konnten. Allmählich gewannen sie einen genaueren Überblick über die damals lebenden Kontinentalformen des Planeten. Nun war bekannt, daß dreihundert Millionen Jahre zuvor primitive Reptilien seine Urwälder bewohnt hatten. Triumphierend brachten sie die Reste der Wirbelsäule und der Hornkiefer eines solchen Tieres mit. Die Besatzung war weniger begeistert. Die Evolution an Land hatte sich, wie es schien, zweimal vollzogen. Der erste Untergang der lebenden Welt fiel in eine ungefähr hundert Millionen Jahre zurückliegende Epoche. Damals war es zu einem Massensterben von Pflanzen und Tieren gekommen, dessen Ursache wahrscheinlich eine nahe Nova-Explosion gewesen war. Das Leben war nach diesem Niedergang jedoch wiedererstanden und in neuen Formen erblüht. Allerdings ließen weder Anzahl noch Zustand der geborgenen Überreste eine genauere Klassifizierung zu. Der Planet hatte niemals säugetierähnliche Formen hervorgebracht. Nach weiteren neunzig Millionen Jahren hatte abermals, doch diesmal weit von ihm entfernt, eine Sterneruption stattgefunden. Ihre Spuren waren in Gestalt von Isotopen festzustellen. Den berechneten Näherungswerten nach war die Intensität der harten Strahlung an der Oberfläche nicht stark genug gewesen, so gewaltige Verluste hervorzurufen. Um so weniger war zu begreifen, daß von da an Pflanzen- und Tierreste in den jüngeren Gesteinsschichten immer seltener wurden. Dafür fanden sie jenen gepreßten „Ton", Antimonsulfide, Molybdän- und Eisenoxyde, Nickel-, Kobalt- und Titansalze in immer größeren Mengen.

Die sechs bis acht Millionen Jahre alten und verhältnismäßig flach liegenden metallhaltigen Schichten hatten stellenweise starke Zentren, aber diese Radioaktivität war, an dem Bestehen des Planeten gemessen, recht kurzlebig. Irgend etwas schien in jener Zeit eine Reihe heftiger, aber nur örtlicher Kernreaktionen ausgelöst zu haben, deren Produkte sich in den „metallhaltigen Tonschichten" abgelagert hatten. Neben der Hypothese vom „radioaktiven Eisenmeteor" wurden andere, höchst phantastische Vermutungen geäußert, die die seltsamen Zentren „radioaktiver Hitze" mit dem Untergang des Planetensystems der Leier und der Vernichtung seiner Zivilisation in Verbindung brachten.

Man nahm daher an, daß während der Besiedlungsversuche der Regis III atomare Auseinandersetzungen zwischen den aus dem bedrohten System entsandten Raumschiffen stattgefunden hatten. Aber das erklärte wieder nicht die Ausmaße der merkwürdigen metallhaltigen Schichten, die man bei Probebohrungen auch in anderen, weiter entfernten Gebieten entdeckt hatte. Immerhin drängte sich mit aller Macht ein ebenso rätselhaftes wie einleuchtendes Bild auf: Das Leben auf dem Festland des Planeten war in demselben Jahrmillionen umfassenden Zeitraum ausgestorben, in dem die metallhaltigen Ablagerungen entstanden waren. Die Radioaktivität konnte nicht die Ursache für die Vernichtung der lebenden Formen gewesen sein: Man hatte die allgemeine Strahlungsmenge in Kernexplosionsäquivalente umgerechnet. Sie betrug zwanzig bis dreißig Megatonnen; auf Hunderte von Jahrtausenden verteilt, vermochten solche Explosionen – wenn es überhaupt Atomexplosionen und nicht andere Kernreaktionen waren – die Evolution biologischer Formen natürlich nicht ernstlich zu gefährden.

Da die Wissenschaftler einen Zusammenhang zwischen jenen Ablagerungen und den Ruinen der „Stadt" vermuteten, bestanden sie darauf, die Forschungsarbeiten fortzuführen. Das war mit mannigfaltigen Schwierigkeiten verbunden, denn das Schürfen erforderte erhebliche Abraumarbeiten. Der einzige Ausweg waren unterirdische Stollen, allerdings genossen die Leute unter Tage dann nicht mehr den Schutz der Kraftfelder. Da wurden in einer Tiefe von gut zwanzig Metern in einer mit Eisenoxyden stark angereicherten Schicht verrostete Metallteile von höchst eigenartiger Gestalt entdeckt, die aussahen wie Überbleibsel von korrodierten, verrotteten Elementen mikroskopisch kleiner Mechanismen – das gab den Ausschlag, daß trotz allem weitergearbeitet wurde.

Am neunzehnten Tag nach der Landung ballten sich über der Gegend, in der die Fördergruppen arbeiteten, dicke, dunkle Wolkenmassen, wie man sie auf dem Planeten bis dahin nicht gesehen hatte. Gegen Mittag ging ein Gewitter nieder, das an Stärke der elektrischen Entladungen jedes Gewitter auf der Erde übertraf. Himmel und Felsen verschmolzen im Durcheinander unablässig zuckender Blitze. Die Bäche schwollen an, stürzten die gewundenen Felsschluchten hinunter und überfluteten die Abraumstrecken. Die Männer mußten sie schleunigst verlassen, sie fanden mit den Automaten unter der Kuppel des großen Kraftfeldes Schutz, in das kilometerlange Blitze einschlugen. Das Gewitter zog allmählich nach Westen und bedeckte als schwarze, blitzdurchfurchte Wand den ganzen Horizont über dem Ozean. Auf dem Rückweg zum „Unbesiegbaren" entdeckten die Schürfgruppen im Sand eine beträchtliche Menge winziger schwarzer Metalltropfen. Sie hielten sie für die berüchtigten „Fliegen", lasen sie sorgfältig auf und nahmen sie mit ins Raumschiff, wo sie das Interesse der Wissenschaftler erregten; aber davon, daß sie Überreste von Insekten seien, konnte nicht die Rede sein. Wieder fand eine Beratung von Spezialisten statt, die mehrmals in hitzige Kontroversen überging. Zu guter Letzt beschlossen sie, eine Expedition nach Nordosten zu schicken, über das Gebiet des Schluchtenlabyrinths und der Eisenoxydlagerstätten hinaus, denn an den Raupenketten der „Kondor"-Fahrzeuge waren geringe Spuren interessanter Minerale festgestellt worden, wie man sie auf dem bislang untersuchten Gelände nicht gefunden hatte.

Am anderen Tage stiegen 22 Männer in die Fahrzeuge, und als die Vorräte an Sauerstoff, Lebensmitteln und Kerntreibstoff verstaut waren, setzte sich die mit Energobotern, dem Schreitwerfer vom „Kondor“, mit Transportern und Robotern, darunter zwölf Arctanen, mit automatischen Baggern und Bohrmaschinen vorzüglich ausgerüstete Kolonne unter Regnars Kommando in Bewegung. Die Funk- und Fernsehverbindung mit dieser Gruppe bestand bis zu dem Augenblick, da die gewölbte Oberfläche des Planeten die Anwendung der Ultrakurzwellen ausschloß. Da schoß der „Unbesiegbare“ eine automatische Fernsehsonde auf eine stationäre Umlaufbahn, die den Empfang ermöglichte. Den ganzen Tag war die Kolonne unterwegs, in der Nacht umgab sie sich, sobald sie die kreisförmige Wehrstellung eingenommen hatte, mit dem Kraftfeld und setzte tags darauf ihren Weg fort. Gegen Mittag teilte Regnar Rohan mit, er wolle am Fuße fast völlig versandeter Ruinen in einem kleinen flachen Krater haltmachen, um sie näher zu untersuchen. Eine Stunde später verschlechterte sich der Funkempfang infolge starker statischer Störungen. Die Nachrichtentechniker wechselten auf eine andere Wellenlänge über, die besser zu empfangen war. Bald darauf, als die Donnerschläge des nach Osten, also in Fahrtrichtung der Expedition, abziehenden Gewitters leiser wurden, brach der Empfang plötzlich ab. Dem Verlust der Verbindung waren einige immer stärkere Fadings vorausgegangen. Das sonderbarste aber war, daß sich zugleich der Fernsehempfang verschlechterte, der doch vom Zustand der Ionosphäre unabhängig war, da er von einem Satelliten außerhalb der Atmosphäre getragen wurde. Um ein Uhr blieb die Verbindung ganz aus. Kein Techniker, ja nicht einmal die zu Hilfe gerufenen Physiker konnten sich diese Erscheinung erklären. Es war, als hätte sich irgendwo in der Wüste eine Metallwand herabgesenkt, die die 170 Kilometer entfernte Gruppe vom „Unbesiegbaren“ abschnitt.

Rohan war die ganze Zeit hindurch dem Astrogator nicht von der Seite gewichen und bemerkte dessen Unruhe. Er selbst hielt sie anfangs für unbegründet. Er meinte, die Gewitterfront, die doch genau in Richtung der Expedition abgezogen war, habe vielleicht bestimmte Abschirmungseigenschaften. Die Physiker jedoch bezweifelten, daß eine so dicke Schicht ionisierter Luft entstehen könnte. Als das Gewitter vorüber war und es nicht gelang, die Verbindung wiederherzustellen, entsandte Horpach, der auf seine pausenlosen Rufzeichen keine Antwort erhielt, gegen sechs Uhr zwei Aufklärungsflugzeuge vom Typ fliegender Untertassen.

Das eine flog etliche hundert Meter hoch über der Wüste, das andere stieg bis zu einer Höhe von vier Kilometern auf und diente dem ersten als Fernsehübertragungsstation. Rohan, der Astrogator, Gralew und ein Dutzend andere – unter ihnen Ballmin und Sax – standen vor dem größten Bildschirm in der Steuerzentrale und verfolgten unmittelbar, was im Gesichtsfeld des Piloten der ersten Maschine geschah. Hinter dem Schluchtenlabyrinth, über dem tiefer Schatten lag, dehnte sich die Wüste mit ihren endlosen Dünenketten, jetzt von schwarzen Streifen überzogen, denn es war kurz vor Sonnenuntergang. In dieses schräge Licht getaucht, das der Landschaft ein besonderes trauriges Aussehen verlieh, glitten unter der in geringer Höhe fliegenden Maschine dann und wann kleine bis an den Rand mit Sand gefüllte Krater vorbei. Manche waren nur dank dem zentralen Kegel eines seit Jahrhunderten erloschenen Vulkans sichtbar. Das Gelände stieg allmählich an und wurde immer abwechslungsreicher. Unter den Sandhügeln traten hohe Felsgürtel zutage, die ein ganzes System sonderbar gezackter Gebirgsketten bildeten. Einsame Felsnadeln erinnerten an die Rümpfe zerschmetterter Raumschiffe oder an riesenhafte Gestalten. Klüfte, von kegelförmig zulaufenden Geröllhalden ausgefüllt, zerschnitten in scharfen Linien die Hänge. Schließlich verschwand der Sand vollends und machte einer Wildnis aus schroff abfallenden Felsen und Schutthalden Platz. Da und dort wanden sich tektonische Risse in der Planetenrinde, die von fern wie Flüsse wirkten. Die Landschaft wurde mondähnlich, zugleich verschlechterte sich erstmals der Fernsehempfang; das äußerte sich in Schwankungen und in unterbrochener Bildsynchronisation. Auch die Anweisung, die Emissionsstärke zu erhöhen, nützte auf die Dauer nichts.

Die bisher weißliche Färbung der Felsen ging in immer dunklere Schattierungen über. Die hochaufgetürmten Felsgrate, die aus dem Gesichtsfeld rückten, waren bräunlich und von metallisch giftigem Glanz. Hier und da waren samtschwarze Flecken zu bemerken, als wucherte dort auf dem nackten Gestein dichtes, aber totes Gestrüpp. Da meldete sich die Sprechanlage der ersten Maschine, die bis dahin geschwiegen hatte. Der Pilot schrie, er höre die automatischen Positionssender, mit denen das Spitzenfahrzeug der Expedition ausgerüstet war. Die in der Steuerzentrale versammelten Männer vernahmen jedoch nur die schwache und gewissermaßen schwindende Stimme, mit der er Regnars Gruppe rief. Die Sonne stand schon ganz tief. In ihrem blutroten Licht tauchte vor der Maschine eine schwarze Wand auf. Wolkenähnlich übereinandergeschichtet, reichte sie von der Felsoberfläche tausend Meter hoch. Alles was sich hinter ihr befand, war unsichtbar. Hätte diese knäuelförmige, teils tintenblau gefärbte, teils in violettem Rot metallisch schimmernde schwarze Zusammenballung nicht langsam und rhythmisch auf und ab gewogt, so hätte man sie für eine ungewöhnliche Gebirgsformation halten können. Unter den horizontal auftreffenden Sonnenstrahlen öffneten sich darin Höhlen, in denen es plötzlich unbegreiflich aufblitzte, als wirbelten in wütendem Tanz Schwärme glitzernder schwarzer Eisenkristalle durcheinander. Im ersten Moment glaubten die Männer vor dem großen Bildschirm, die Wolke schöbe sich auf die ihr entgegenfliegende Maschine zu, aber das war eine Täuschung. Lediglich die fliegende Untertasse näherte sich mit gleichbleibender Geschwindigkeit dem sonderbaren Hindernis.

„FU-4 an Bodenstation. Soll ich über die Wolke gehen? Bitte kommen", ertönte die gedämpfte Stimme des Piloten.

Den Bruchteil einer Sekunde später antwortete der Astrogator: „Erster Kommandant an FU-4. Vor Wolke stop!"

„FU-4 an Bodenstation. Ich stoppe", bestätigte der Pilot sofort, und Rohan schien es, daß seine Stimme erleichtert geklungen hatte. Nur noch wenige hundert Meter trennten die Maschine von dem ungewöhnlichen Gebilde, das nach beiden Seiten zurückwich und auseinanderging, als reichte es bis an den Horizont. Jetzt füllte die Fläche des gigantischen, wie aus Kohle entstandenen, undenkbaren, weil vertikalen Meeres fast den ganzen Bildschirm aus. Die Maschine bewegte sich nicht mehr darauf zu. Doch plötzlich, ehe überhaupt jemand eines Wortes fähig war, schossen aus der schwerfällig wogenden Masse lange, auseinanderlaufende Blitze und verdunkelten das Bild, das gleich darauf in sich zusammenfiel, noch einmal aufflackerte, von den Linien schwacher Entladungen zerrissen wurde und verschwand.

„FU-4, FU-4", rief der Funker.

„Hier FU-8", meldete sich plötzlich der Pilot der zweiten Maschine, die bisher der ersten nur als Übertragungsstation gedient hatte.

„FU-8 an Bodenstation. Soll ich auf Bild schalten? Bitte kommen!"

„Bodenstation an FU-8. Sendet Bild!"

Der Leuchtschirm bedeckte sich mit wild durcheinanderwirbelnden schwarzen Strömungen. Es war dasselbe Bild, aber aus vier Kilometer Höhe aufgenommen. Da war zu sehen, daß die Wolke als durchgehende lange Bank an dem aufragenden Berggürtel ruhte, als wollte sie den Zugang dorthin verwehren. Ihre Oberfläche bewegte sich träge wie ein starrer, steifer Brei, und von der ersten Maschine, die die Substanz wenig zuvor verschlungen hatte, konnten sie nicht die Spur entdecken.

„Bodenstation an FU-8. Hören Sie FU-4? Bitte kommen."

„FU-8 an Bodenstation. Höre nichts. Gehe auf Interferenzwellen. Achtung, FU-4, hier FU-8, bitte melden, FU-4, FU-4!" vernahmen sie die Stimme des Piloten. „FU-4 antwortet nicht. Gehe auf Infrarotwellen. Achtung, FU-4! Hier FU-8, bitte melden! FU-4 antwortet nicht. Versuche die Wolke mit Radar zu sondieren."

In der verdunkelten Steuerzentrale war nicht einmal das Atmen der Männer zu hören. Alle waren starr vor Erwartung. Das Bild auf dem Schirm, das jetzt keiner beachtete, veränderte sich nicht. Über der schwarzen Wolke ragte der Felsenkamm auf, eine Insel in einem Tintenmeer. Hoch am Himmel erloschen goldgetränkte Federwolken. Die Sonnenscheibe berührte bereits den Horizont. In wenigen Minuten würde die Dämmerung hereinbrechen.

„FU-8 an Bodenstation", ertönte die Stimme des Piloten, die sich in den paar Sekunden seit der letzten Meldung völlig verwandelt zu haben schien. „Radar zeigt rein metallenes Hindernis an. Bitte kommen!"

„Bodenstation an FU-8. Radarbild auf Telebild umschalten! Bitte kommen!"

Der Bildschirm wurde dunkel, erlosch, glomm kurz auf in fahlblauem Licht, färbte sich dann grün und war von unzähligen funkensprühenden Entladungen übersät.

„Die Wolke ist aus Eisen", sagte oder vielmehr seufzte einer hinter Rohan.

„Jazon!" schrie der Astrogator. „Ist Jazon hier?"

„Jawohl." Der Kernphysiker schob sich zwischen den Männern hindurch.

„Kann ich das erhitzen?" fragte der Astrogator ruhig und zeigte auf den Bildschirm. Alle hatten ihn verstanden. Jazon zögerte. „FU-4 müßte gewarnt werden, damit er die Schutzhülle maximal ausdehnt."

„Unsinn, Jazon! Ich habe keine Verbindung."

„Bis 4000 Grad ... Ohne großes Risiko."

„Danke! Blaar, das Mikrofon! Erster Kommandant an FU-8! Laser fertigmachen! Ziel Wolke! Kleine Kraft, bis zu einem Billierg im Epizentrum! Dauerfeuer längs des Azimuts!"

„FU-8. Dauerfeuer bis zu einem Billierg", antwortete sofort die Stimme des Piloten. Eine Sekunde lang geschah nichts. Dann blitzte etwas auf, und die zentrale, den unteren Teil des Bildschirms ausfüllende Wolke änderte ihre Farbe. Anfangs sah es aus, als wollte sie zerfließen, dann wurde sie rot und begann zu sieden. Eine Art Trichter mit glühenden Wänden entstand, in den alle angrenzenden Wolkenfetzen, wie von einem Sog angezogen, hineingerissen wurden. Diese Bewegung brach plötzlich ab. Die Wolke bildete einen riesigen Ring und gab durch diese Öffnung den Blick auf wirre Felsgruppen frei. Nur in der Luft flog noch feiner, schwarzer, ascheähnlicher Staub.

„Erster Kommandant an FU-8. Auf maximale Feuerkraft heruntergehen!"

Der Pilot wiederholte den Befehl. Die Wolke versuchte, das entstandene Loch zu stopfen, und umgab es mit einem unruhig züngelnden Wall. Doch wenn ihre vortastenden Arme von der flammenden Glut erfaßt wurden, dann zog sie sie jedesmal wieder ein. All das dauerte einige Minuten. Die Situation wurde immer brenzliger. Der Astrogator wagte nicht, die Wolke mit voller Kraft des Strahlenwerfers zu beschießen, weil irgendwo in ihr das zweite Flugzeug war. Rohan ahnte, worauf Horpach rechnete: Er hoffte, die Maschine würde durch die freigelegte Lücke herausgelangen. Aber nach wie vor war nichts von ihr zu sehen. FU-8 schwebte jetzt fast reglos und durchbohrte mit blendenden Laserbündeln die brodelnden Ränder des schwarzen Ringes. Der Himmel war noch ziemlich hell, doch über die Felsen unten krochen immer dichtere Schatten. Die Sonne ging unter.

Mit einemmal zuckte die zunehmende Dunkelheit im Tal in unheimlichem Lichtschein auf. Schmutzigrot wie ein Vulkanschlund unter einer Explosionswolke deckte sie mit bebendem Mantel das ganze Bild zu.

Jetzt waren nur noch dunkle Schatten zu sehen, die miteinander verschmolzen und in deren Mitte das Feuer brodelte und fauchte. Die Wolkensubstanz, woraus sie auch immer bestehen mochte, war zum Angriff auf das vermißte Flugzeug übergegangen und verbrannte in fürchterlicher Glut an seiner Schutzhülle.

Rohan blickte den Astrogator an, auf dessen erstarrtem, ausdruckslosem Gesicht sich der schwankende Widerschein der Feuerlohe spiegelte. Das schwarze Brodeln und das darin tobende, nur zeitweilig in Flammenbündeln zusammengeraffte Feuer nahmen die Mitte des Bildschirms ein. In der Ferne hob sich ein Bergriese ab, ganz in dem kalten Purpur der in diesem Augenblick unsagbar irdisch wirkenden letzten Sonnenstrahlen. Um so weniger glaubhaft war das Schauspiel, das sich in der Wolke abspielte.

Rohan wartete. Die Miene des Astrogators sagte nichts, aber er mußte eine Entscheidung treffen: entweder der oberen Maschine befehlen, der anderen zu Hilfe zu eilen, oder sie ihrem Schicksal überlassen und den Aufklärer beauftragen, nach Nordosten weiterzufliegen.

Plötzlich geschah etwas Unerhörtes. Entweder hatte der Pilot der unteren, von der Wolke eingeschlossenen Maschine den Kopf verloren, oder an Bord war eine Havarie eingetreten – jedenfalls durchfuhr ein Blitz das schwarze Gebrodel, die Einschlagstelle leuchtete blendendhell auf, und ringsum stoben lange Streifen der von der Explosion zerfetzten Wolke davon. Die Druckwelle war so heftig, daß das ganze Bild schwankte und die Sprünge mitmachte, die der Luftwirbel der FU-8 aufzwang. Dann kehrte das Schwarz zurück und wurde immer dichter. Nur dieses Schwarz war da, sonst nichts.

Der Astrogator beugte sich vor und sagte etwas zu dem Funker am Mikrofon. Er sprach so leise, daß Rohan seine Worte nicht verstand. Aber der Funker wiederholte sie augenblicklich. Er schrie beinahe.

„Antiprotonen fertigmachen! Volle Kraft! Ziel Wolke! Dauerfeuer!"

Der Pilot wiederholte den Befehl. Da rief einer der Techniker, die den Seitenschirm beobachteten, auf dem alles, was hinter der Maschine vorging, zu sehen war: „Achtung, FU-8! Höher! Höher! Höher!"

Aus dem bisher freien Raum im Westen raste mit Orkangeschwindigkeit eine schwarze Wirbelwolke heran. Eben war sie noch Seitenfront der Wolkenwand gewesen, hatte sich nun aber von ihr getrennt und stieg steil nach oben, Ausläufer hinter sich herziehend, die durch die heftige Bewegung abgespalten waren. Der Pilot, der diese Erscheinung den Bruchteil einer Sekunde vor der Warnung bemerkt hatte, riß die Maschine senkrecht hoch, doch die Wolke verfolgte ihn und spie schwarze Säulen in den Himmel. Er nahm eine nach der anderen unter Beschuß. Ein schwarzes Knäuel in der Nähe wurde frontal getroffen, teilte sich und wurde dunkler. Plötzlich bebte das ganze Bild.

Als ein Teil der Wolkenwand bereits in die Zone der Radiowellen geraten war und die Verbindung zwischen Maschine und Bodenstation schlechter wurde, gebrauchte der Pilot wahrscheinlich zum erstenmal den Antimateriewerfer. Schlagartig verwandelte sich die ganze Atmosphäre des Planeten in ein einziges Feuermeer. Der Purpurschein der untergegangenen Sonne war wie weggeblasen, durch die gezackten Störungslinien schimmerte noch einige Augenblicke die Wolke mit ihren aufsteigenden Rauchsäulen, die auseinanderquollen und sich weiß färbten, als eine zweite Explosion von noch furchtbareren Ausmaßen ihre glühenden Feuerstürze über das in Gas- und Rauchschwaden versinkende Felsenchaos ergoß. Aber das war das letzte, was sie zu sehen bekamen, denn schon in der nächsten Sekunde löste sich das Bild, von Entladungsfunken übersprüht, auf und verschwand. Nur der leere, helle Bildschirm flimmerte noch und beleuchtete die leichenblassen Gesichter der ringsum versammelten Männer.

Horpach beauftragte die Funker, die beiden Maschinen zu rufen, und ging mit Rohan, Jazon und den anderen in die angrenzende Navigationskajüte.

„Was ist Ihrer Ansicht nach diese Wolke?“ fragte er ohne Einleitung.

„Sie besteht aus Metallteilchen. Eine Art ferngesteuerte Emulsion mit einem einheitlichen Zentrum“, antwortete Jazon.

„Gaarb?“

„Ich bin derselben Meinung.“

„Haben Sie Vorschläge? Nichts? Um so besser. Welcher Superkopter ist in besserem Zustand, unserer oder der vom ‚Kondor‘, Chefingenieur?“

„Beide sind in Ordnung, Astrogator. Aber ich würde unseren vorziehen.“

„Ausgezeichnet. Rohan, Sie wollten, wenn ich mich nicht irre, außerhalb des Schutzschirms arbeiten. Sie werden Gelegenheit dazu haben. Sie bekommen achtzehn Leute, doppelte Automatenbestückung, Schwingungskreislaser und Antiprotone. Haben wir sonst noch was?“

Keiner antwortete.

„Nun ja, vorläufig hat man nichts Vollkommeneres erfunden als die Antimaterie ... Sie starten 4 Uhr 31, das heißt bei Sonnenaufgang, und versuchen, den Krater im Nordosten aufzufinden, den Regnar in seiner letzten Meldung erwähnt hat. Dort landen Sie bei offenem Kraftfeld. Unterwegs beschießen Sie bitte alles auf maximale Distanz. Halten Sie sich nicht mit Warten, Beobachten und Experimentieren auf! Und sparen Sie nicht mit Schußenergie. Sollten Sie die Verbindung mit mir verlieren, dann machen Sie ruhig weiter. Wenn Sie den Krater gefunden haben, landen Sie, aber vorsichtig, damit Sie nicht über den Leuten niedergehen. Ich nehme an, sie sind irgendwo in dieser Gegend ...“ Er zeigte auf die Geländekarte, die die ganze Wand bedeckte. „Hier, in dem rotgestrichelten Gebiet. Das ist nur eine Skizze, aber etwas Besseres habe ich nicht.“

„Was soll ich nach der Landung tun, Astrogator? Soll ich sie suchen?“

„Das überlasse ich Ihnen. Nur eins beachten Sie, bitte: In 50 Kilometer Entfernung von dieser Stelle dürfen Sie keinerlei Ziele mehr beschießen, weil dort vielleicht unsere Leute sind.“

„Keine Bodenziele?“

„Überhaupt keine. Bis hierhin“ – der Astrogator unterteilte mit einer Handbewegung das Gebiet auf der Karte – „dürfen Sie Ihre Vernichtungsmittel im Angriff einsetzen. Hinter dieser Linie dürfen Sie sich nur mit dem Kraftfeld verteidigen. Jazon, wieviel hält das Feld eines Superkopters aus?“

„Ein paar Millionen Atmosphären je Quadratzentimeter.“

„Was heißt ein paar? Was soll ich damit anfangen? Wieviel, habe ich gefragt. Fünf Millionen? Zwanzig?“

Horpach sagte all das völlig gelassen, und gerade diese Gelassenheit des Kommandanten war an Bord am meisten gefürchtet.

Jazon räusperte sich. „Das Feld ist mit zweieinhalb getestet worden.“

„Das hört sich schon anders an. Haben Sie das mitbekommen, Rohan? Wenn die Wolkenwand Sie bis an diese Grenze drückt, dann rücken Sie aus. Am besten nach oben. Im übrigen kann ich Ihnen ohnehin nicht alles vorweg sagen..." Er blickte auf die Uhr. „Acht Stunden nach dem Start lasse ich Sie über alle Wellenbereiche rufen. Sollte das erfolglos sein, dann versuchen wir, entweder über trojanische Satelliten oder optisch Verbindung aufzunehmen. Wir lasern in Morsealphabet. Ich habe noch nicht gehört, daß das nicht geklappt hätte. Aber wir müssen mehr einkalkulieren, als wir bisher gehört haben. Wenn auch die Laser nicht ausreichen, dann starten Sie drei Stunden später und kommen zurück. Wenn ich nicht da bin..."

„Sie wollen starten?"

„Unterbrechen Sie mich nicht, Rohan! Nein, das habe ich nicht vor, aber es hängt ja nicht alles von uns ab. Sollte ich nicht mehr hier sein, so begeben Sie sich bitte auf Planetenumlaufbahn. Haben Sie das mit einem Superkopter schon mal gemacht?"

„Jawohl. Zweimal im Delta der Leier."

„Gut. Sie wissen also, daß es ein bißchen kompliziert, aber durchaus möglich ist. Die Umlaufbahn muß stationär sein. Die genauen Daten gibt Ihnen Stroem vor dem Start. Auf der Umlaufbahn warten Sie 36 Stunden auf mich. Melde ich mich in dieser Zeit nicht, so kehren Sie auf den Planeten zurück. Sie fliegen zum ‚Kondor' und versuchen, ihn in Betrieb zu setzen. Ich weiß, wie das klingt, aber Ihnen wird nichts anderes übrigbleiben. Wenn Sie dieses Kunststück fertiggebracht haben, kehren Sie mit dem ‚Kondor' auf die Erde zurück und erstatten dort Bericht. Noch Fragen?"

„Ja. Darf ich Kontakt mit diesen ... mit dem Zentrum aufnehmen, das die Wolke steuert, wenn es mir gelingt, es ausfindig zu machen?"

„Auch das überlasse ich Ihnen. Jedenfalls muß das Risiko in vernünftigen Grenzen bleiben. Ich weiß natürlich gar nichts, aber ich glaube, dieses Dispositionszentrum ist nicht auf der Oberfläche des Planeten. Im übrigen scheint es mir fraglich, daß es existiert..."

„Wie meinen Sie das?"

„Wir hören doch über Funk das ganze elektromagnetische Spektrum ab. Wenn jemand diese Wolke mit Hilfe von Strahlen steuerte, so würden wir entsprechende Signale registrieren."

„Das Zentrum kann in der Wolke gesteckt haben."

„Mag sein. Ich weiß es nicht. Jazon, ist es möglich, daß es eine Art von Fernverbindung gibt, die unabhängig ist von elektromagnetischen Wellen?"

„Nein, das gibt es nicht – wenn Sie nach meiner Meinung fragen."

„Wonach sollte ich sonst fragen?"

„Was ich weiß, das ist nicht gleichbedeutend mit dem, was existiert oder existieren könnte. Wir kennen keine solche Art. Das ist alles."

„Telepathie...", bemerkte einer im Hintergrund.

„Dazu habe ich nichts zu sagen", entgegnete Jazon trocken. „Jedenfalls ist im erforschten Teil des Kosmos nichts dergleichen entdeckt worden."

„Meine Herren, wir können unsere Zeit nicht mit nutzlosen Diskussionen vergeuden. Holen Sie Ihre Leute zusammen, Rohan, und bereiten Sie den

Superkopter vor. Die ekliptischen Bahnangaben erhalten Sie in einer Stunde von Stroem. Kollege Stroem, bitte, berechnen Sie eine konstante Umlaufbahn mit 5000 Apogäum."

„Jawohl, Astrogator."

Der Astrogator öffnete einen Spalt breit die Tür der Steuerzentrale.

„Wie steht's, Terner? Nichts?"

„Nichts, Astrogator. Das heißt Knackgeräusche. Eine Menge statischer Störungen, sonst nichts."

„Keine Spur von Emissionspektrum?"

„Keine Spur."

Das bedeutet, daß keine der beiden Maschinen noch Waffen benutzt, daß sie aufgehört haben zu kämpfen, dachte Rohan. Wenn sie die Aktion mit Laserfeuer oder auch nur mit Induktionswerfern fortsetzten, dann würden die Meßgeräte des „Unbesiegbaren" das auf eine Entfernung von etlichen hundert Kilometern feststellen.

Rohan war zu sehr von der dramatischen Situation gefesselt, als daß ihn der Auftrag des Astrogators beunruhigt hätte. Im übrigen hätte er gar keine Zeit dazu gehabt. In dieser Nacht tat er kein Auge zu. Alle Einrichtungen des Superkopters waren zu überprüfen, zusätzliche Tonnen Treibstoff mußten getankt, Vorräte und Waffen mußten verladen werden, so daß sie mit Mühe und Not zur festgesetzten Stunde fertig wurden. Und die siebzig Tonnen schwere, zweistöckige Maschine hob sich, Sandwolken aufwirbelnd, in die Luft und flog pfeilgerade nach Nordosten, als der Rand der roten Sonnenscheibe eben am Horizont auftauchte. Gleich nach dem Start stieg Rohan auf fünfzehn Kilometer Höhe. Im Bereich der Stratosphäre konnte er Höchstgeschwindigkeit entwickeln, außerdem war er dort weniger in Gefahr, der schwarzen Wolke zu begegnen. Das nahm er zumindest an.

Vielleicht hatte er recht, vielleicht war es aber auch nur ein glücklicher Zufall – jedenfalls setzten sie ein knappe Stunde später in der schrägen Sonne über einem versandeten Krater, dessen Boden noch im Morgendämmer lag, zur Landung an. Bevor die nach unten ausbrechenden heißen Gassäulen Sandfontänen hochschleuderten, alarmierten die Bildoperateure die Navigationskabine mit der Meldung, etwas Verdächtiges im nördlichen Kraterteil entdeckt zu haben. Die schwere Flugmaschine hielt an, leicht zitternd wie auf einer unsichtbaren gespannten Feder, und aus fünfhundert Meter Höhe wurde die Stelle einer eingehenden Betrachtung unterzogen.

Der Bildschirm des Vergrößerers zeigte auf graubraunem Hintergrund winzige Rechtecke, die sich in geometrischer Anordnung um ein größeres, stahlgraues Rechteck gruppierten. Rohan erkannte gleichzeitig mit Gaarb und Ballmin, die neben ihm am Steuer saßen, die Fahrzeuge von Regnars Expedition.

Ohne zu zögern und unter Beachtung aller Vorsichtsmaßregeln landeten sie nicht weit davon entfernt. Die Teleskopbeine des Superkopters arbeiteten noch und knickten gleichmäßig ein, als das Fallreep bereits hinabgelassen wurde und zwei mit einem beweglichen Kraftfeld abgeschirmte Aufklärungsmaschinen ausgesandt wurden. Das Kraterinnere ähnelte einer flachen Schüssel mit schartigen Rändern. Eine schwarzbraune Lavakruste bedeckte den zentralen Vulkankegel.

Um die anderthalb Kilometer zurückzulegen – so viel betrug ungefähr die Entfernung –, brauchten die Aufklärungsfahrzeuge wenige Minuten. Die Funkverbindung war ausgezeichnet. Rohan sprach mit Gaarb, der in dem ersten Transporter war.

„Die Steigung hört auf, gleich werden wir sie sehen", sagte Gaarb einige Male, und plötzlich schrie er: „Da sind sie! Ich sehe sie!" Ruhiger fügte er hinzu: „Anscheinend alles in Ordnung. Eins, zwei, drei, vier – alle Maschinen sind da. Aber warum stehen sie in der Sonne?"

„Und die Leute? Sehen Sie die Leute?" erkundigte sich Rohan, der mit zusammengekniffenen Augen vor dem Mikrofon saß.

„Ja. Etwas bewegt sich dort ... zwei Männer. Da, noch einer ... und einer liegt im Schatten ... Ich sehe sie, Rohan!"

Seine Stimme entfernte sich. Rohan hörte ihn etwas zu seinem Fahrer sagen. Dann ertönte ein dumpfes Echo vom Abschuß einer Rauchrakete. Gaarbs Stimme war wieder da.

„Das war zur Begrüßung. Der Rauch wurde ein bißchen in ihre Richtung geweht. Gleich wird er sich verteilen. Jarg, was ist dort? Was ist los? He, ihr da!"

Sein Schrei füllte auf einmal die ganze Kabine und brach ab. Rohan vernahm Motorengeräusch, das immer schwächer wurde und bald darauf verstummte, dann waren Laufschritte zu hören, undeutliche, durch die Entfernung gedämpfte Rufe, ein Aufschrei, ein zweiter, schließlich trat Stille ein.

„Hallo, Gaarb! Gaarb!" wiederholte er mit starren Lippen. Die Schritte im Sand näherten sich, der Lautsprecher knarrte.

„Rohan!" Gaarbs Stimme klang fremd, er keuchte. „Rohan! Dasselbe wie bei Kertelen! Sie sind nicht bei Sinnen, sie erkennen uns nicht, sie sprechen nicht ... Rohan, hören Sie mich?"

„Ich höre. Sind alle so?"

„Es sieht so aus. Ich weiß es noch nicht. Jarg und Terner gehen von einem zum andern ..."

„Was denn, und das Feld?"

„Das Feld ist ausgeschaltet. Es ist nicht da. Ich weiß nicht. Offenbar haben sie es ausgeschaltet."

„Kampfspuren?"

„Nein, nichts. Die Fahrzeuge stehen da, alle heil, unbeschädigt. Und die Männer liegen oder sitzen herum, man kann sie rütteln, soviel man ... Was? Was ist dort los?"

An Rohans Ohr schlug ein verzerrter Laut, der von gedehntem Winseln unterbrochen wurde. Er biß die Zähne zusammen, aber er vermochte ein Gefühl der Übelkeit, das ihm in die Eingeweide schnitt, nicht zu überwinden.

„Allmächtiger Himmel, das ist Gralew!" schrie Gaarb entsetzt auf. „Gralew! Mensch! Erkennen Sie mich nicht?"

Sein Atem füllte, verstärkt, die ganze Kabine.

„Er auch...", stieß er keuchend hervor. Dann schwieg er einen Augenblick, als wollte er Kräfte sammeln.

„Rohan, ich weiß nicht, ob wir allein damit fertig werden... Die müssen alle hier weg. Schicken Sie uns mehr Leute her."

„Sofort."

Eine Stunde später hielt der grauenvolle Zug unter dem Metallrumpf des Superkopters. Von den zweiundzwanzig Leuten, die mit der Expedition aufgebrochen waren, hatten sie nur achtzehn gefunden. Das Schicksal der übrigen vier war unbekannt. Die meisten hatten sich gutwillig, ohne Widerstand zu leisten, wegführen lassen. Aber bei fünf hatte man Gewalt anwenden müssen, weil sie nicht von der Stelle weichen wollten. Fünf Tragen kamen in ein improvisiertes Lazarett auf dem Unterdeck des Superkopters, und die dreizehn Männer, die mit ihren maskenhaft starren Gesichtern einen furchtbaren Anblick boten, wurden in einen gesonderten Raum gebracht, wo sie sich widerspruchslos in die Kojen betten ließen. Man mußte ihnen Kleider und Schuhe ausziehen, denn sie waren hilflos wie Neugeborene. Rohan stand als stummer Augenzeuge im Gang zwischen den Bettreihen und stellte fest, daß die meisten ihre passive Ruhe beibehielten, jene aber, die mit Gewalt hergeführt werden mußten, mit unheimlicher Stimme jammerten und greinten.

Er ließ alle unter der Obhut des Arztes und schickte den gesamten verfügbaren Maschinenpark auf die Suche nach den Verschollenen. Er hatte jetzt viele Wagen, weil er die verlassenen Maschinen in Gang gebracht und mit eigenen Leuten besetzt hatte. Eben hatte er die letzte Gruppe abgefertigt, da rief ihn der Informator in die Kabine: Sie hatten Verbindung mit dem „Unbesiegbaren".

Er wunderte sich nicht einmal, daß es geglückt war. Er war überhaupt nicht mehr in der Lage, sich über etwas zu wundern. Mit knappen Worten berichtete er Horpach.

„Wer fehlt?" wollte der Astrogator wissen.

„Regnar selbst, Bennigsen, Korotko und Mead. Was ist mit den Flugzeugen?" fragte Rohan seinerseits.

„Ich habe keine Nachricht."

„Und die Wolke?"

„Ich habe heute morgen eine Dreierpatrouille ausgesandt. Vor einer Stunde ist sie zurückgekommen. Dort ist keine Spur von der Wolke zu sehen."

„Nichts? Gar nichts?"

„Nichts."

„Auch nicht die Flugzeuge?"

„Nichts."

Laudas Hypothese

Dr. Lauda klopfte an die Kabinentür des Astrogators. Als er eintrat, sah er ihn etwas in eine fotogrammetrische Karte einzeichnen.

„Was gibt's?" fragte Horpach, ohne den Kopf zu heben.

„Ich wollte Ihnen etwas sagen."

„Eilt es? In fünfzehn Minuten starten wir."

„Ich weiß nicht. Wie es scheint, begreifen wir allmählich, was hier vorgeht", sagte Lauda.

Der Astrogator legte die Zirkel aus der Hand. Ihre Blicke trafen sich. Der Biologe war nicht jünger als der Kommandant, merkwürdig, daß man ihm noch erlaubte zu fliegen. Offensichtlich war ihm besonders daran gelegen. Er glich mehr einem alten Mechaniker als einem Wissenschaftler.

„Wie scheint es, Doktor? Ich höre."

„Im Ozean ist Leben vorhanden", antwortete der Biologe. „Im Ozean ist Leben, und auf dem Festland nicht."

„Wieso? Auf dem Festland hat es auch Leben gegeben, Ballmin hat doch Spuren gefunden."

„Ja, aber sie sind mehr als fünf Millionen Jahre alt. Später wurde alles, was auf dem Festland lebte, ausgerottet. Was ich sage, Astrogator, klingt phantastisch, und ich habe eigentlich so gut wie keine Beweise, aber ... es war so: Stellen Sie sich vor, daß einstmals, eben vor Jahrmillionen, hier eine Rakete aus einem anderen System gelandet ist, vielleicht aus den Regionen einer Nova."

Er sprach jetzt schneller, aber ruhig.

„Wir wissen, daß vor der Explosion der Zeta der Leier vernunftbegabte Wesen den sechsten Planeten des Systems bewohnt haben. Sie hatten eine hochentwickelte technische Zivilisation. Nehmen wir an, ein Aufklärer der Leierbewohner ist hier gelandet, und es hat ein Havarie gegeben oder ein anderes Unglück, dem die ganze Besatzung zum Opfer gefallen ist – sagen wir, eine Reaktorexplosion, eine Kettenreaktion ... Jedenfalls hatte das Wrack, als es auf der Regis aufsetzte, nicht ein einziges lebendes Wesen mehr an Bord. Unversehrt waren nur die Automaten. Nicht solche wie unsere, keine menschenähnlichen. Die Leierbewohner waren wahrscheinlich auch nicht menschenähnlich. Die Automaten blieben also unversehrt und verließen das Schiff. Es waren hochspezialisierte homöostatische Mechanismen, fähig, unter den schwierigsten Bedingungen zu überdauern. Sie hatten jetzt niemanden mehr über sich, der ihnen hätte befehlen können. Die Automaten, die in ihrer geistigen Struktur den Leierbewohnern am nächsten standen, versuchten vielleicht, das Schiff zu reparieren, obwohl das in dieser Situation sinnlos war. Aber Sie wissen ja, wie das ist. Ein Reparaturroboter wird stets alles reparieren, was zu seinem Aufgabenbereich gehört, ganz gleich, ob es von Nutzen ist oder nicht. Dann gewannen jedoch die anderen Automaten die Oberhand. Sie machten sich von den anderen unabhängig. Vielleicht versuchte die einheimische Fauna, sie anzugreifen. Hier lebten echsenähnliche Reptilien, es gab also auch Raubtiere, und bestimmte Raubtiere greifen alles an, was sich bewegt. Die Automaten nahmen den Kampf mit ihnen auf und besiegten sie. Für diesen Kampf mußten sie gewappnet sein. Sie wandelten sich also, um sich so gut wie möglich den planetaren Bedingungen anzupassen. Wesentlich war dabei meines Erachtens, daß diese Automaten imstande waren, je nach Bedarf andere Automaten zu produzieren. Sagen wir also, für die Bekämpfung fliegender Echsen wurden Flugmaschinen gebraucht. Natürlich kenne ich keinerlei konkrete Einzelheiten, ich stelle mir nur eine ähnliche Situation unter den Bedingungen der natürlichen Evolution vor. Vielleicht gab es hier gar keine Flugechsen, sondern unterirdisch lebende Wühlreptilien. Ich weiß es nicht. Jedenfalls paßten sich die Mechanismen auf dem Festland im Laufe der Zeit den Bedingungen ausgezeichnet an, und es gelang ihnen, alle Formen des Lebens auf dem Planeten zu besiegen. Das pflanzliche übrigens auch."

„Die pflanzlichen auch? Wie erklären Sie sich das?"

„Ich weiß nicht recht. Ich könnte mehrere Hypothesen aufstellen, aber ich will es lieber nicht tun. Im übrigen habe ich das Wichtigste noch nicht erwähnt. Im Laufe ihres Bestehens auf dem Planeten, Hunderte Generationen später, hörten die nachfolgenden Mechanismen auf, jenen ähnlich zu sein, von denen sie ausgegangen waren, das heißt den Produkten der Leierzivilisation. Verstehen Sie? Damit begann also eine tote Evolution, eine Evolution von Maschinen. Denn was ist schließlich das oberste Prinzip des Homöostats? Unter veränderlichen Bedingungen überdauern, sogar unter den feindlichsten und schwierigsten. Den weiteren Formen dieser Evolution von Metallsystemen, die sich selbst organisierten, drohte die Hauptgefahr keineswegs von der einheimischen Tier- und Pflanzenwelt. Sie waren gezwungen, zu Energie- und Rohstoffquellen zu gelangen, um Ersatzteile und Nachfolgeorganismen produzieren zu können. Auf der Suche nach Erzen entwickelten sie folglich eine Art Bergbau. Ihre Vorfahren, die mit jenem hypothetischen Raumschiff hergekommen waren, hatten zweifellos ursprünglich Strahlungsenergieantrieb. Aber auf der Regis gibt es keine radioaktiven Elemente. Daher war ihnen die Energiequelle verschlossen, und sie mußten sich eine andere suchen. Dabei ist wohl eine akute Energiekrise entstanden, und so ist dann, glaube ich, ein Kampf zwischen den Mechanismen ausgebrochen. Ganz einfach ein Kampf um das Überdauern, ums Dasein. Auf ihm beruht schließlich die Evolution. Auf der Selektion. Die intellektuell hochstehenden, vielleicht aber wegen ihrer Ausmaße, die wieder bedeutende Energien erforderten, zum Überdauern ungeeigneten Mechanismen waren der Konkurrenz der weniger entwickelten, dafür aber sparsameren und produktiveren nicht gewachsen..."

„Halt! Das klingt zwar alles recht phantastisch, doch das soll uns nicht stören. Aber in der Evolution, im Evolutionsspiel siegt doch immer das Wesen mit dem höher entwickelten Nervensystem, nicht war? In diesem Fall war das Nervensystem durch ein, sagen wir, elektronisches System ersetzt, aber das Prinzip bleibt das gleiche."

„Das stimmt, Astrogator. Aber nur für gleichartige, auf dem Planeten natürlich entstandene Organismen, nicht für solche, die aus anderen Systemen gekommen sind."

„Das verstehe ich nicht."

„Ganz einfach. Die biochemischen Voraussetzungen für das Funktionieren von Organismen waren und sind auf der Erde fast immer die gleichen. Algen, Amöben, Pflanzen, niedere und höhere Tiere – sie alle sind aus beinahe identischen Zellen aufgebaut, haben fast denselben Stoffwechsel – Eiweiß –, und von diesem gemeinsamen Ausgangspunkt aus wird das, wovon Sie gesprochen haben, ein Unterscheidungsmerkmal. Es ist nicht das einzige, aber immerhin eins der wichtigsten. Doch hier war es anders. Von den Mechanismen, die auf der Regis gelandet waren, bezogen die hochentwickelten ihre Energie aus eigenen radioaktiven Vorräten; die einfacheren Einrichtungen, kleine Reparatursysteme, hatten vielleicht etwas wie Batterien, die sich mit Hilfe der Sonnenenergie aufluden. So waren sie den anderen gegenüber beträchtlich im Vorteil."

„Aber die höherstehenden können sie ja gerade der Sonnenbatterien beraubt haben. Übrigens – wohin soll unsere ganze Diskutiererei führen? Vielleicht lohnt es gar nicht, darüber zu sprechen. Was, Lauda?"

„Doch, doch. Das ist wesentlich, Astrogator, ein sehr wichtiger Punkt, weil meiner Ansicht nach hier eine tote Evolution von sehr eigenartigem Charakter stattgefunden hat, hervorgerufen durch zufällig entstandene, außergewöhnliche Bedingungen. Ich sehe das, kurz gesagt, so: In dieser Evolution haben sich erstens die Systeme durchgesetzt, die es in der Miniaturisierung am weitesten gebracht, und zweitens jene, die sich an einem bestimmten Ort angesiedelt hatten. Die ersten waren der Anfang der sogenannten schwarzen Wolken. Ich halte sie für sehr kleine Pseudoinsekten, die sich nach Bedarf, gewissermaßen im gemeinsamen Interesse, zu übergeordneten Systemen verbinden können, eben in Gestalt von Wolken. So verlief die Evolution der beweglichen Mechanismen. Die ortsgebundenen hingegen waren Ausgangspunkt für diese sonderbare Metallvegetation, aus der die Ruinen der sogenannten Städte bestehen ..."

„Ihrer Meinung nach sind es also keine Städte?"

„Nein, natürlich nicht. Es sind lediglich große Ansammlungen seßhaft gewordener Mechanismen, toter Gebilde, die imstande sind, sich zu vermehren und mit besonderen Organen – ich vermute, mit den kleinen dreieckigen Platten – Sonnenenergie zu speichern."

„Sie meinen also, daß diese ‚Stadt' noch immer vegetiert?"

„Nein. Ich habe den Eindruck, diese ‚Stadt' oder vielmehr der Metallwald ist aus einem uns unbekannten Grund in dem Kampf ums Dasein unterlegen und jetzt nur noch verrosteter Schrott. Nur eine Form hat überlebt: die das ganze Festland beherrschenden beweglichen Systeme."

„Warum?"

„Das weiß ich nicht. Ich habe zahlreiche Berechnungen angestellt. Vielleicht ist die Sonne der Regis III in den letzten drei Millionen Jahren rascher als zuvor erkaltet, so daß die großen ortsgebundenen ‚Organismen' keine ausreichende Energiezufuhr mehr hatten. Aber das sind nur Vermutungen."

„Nehmen wir an, es ist so, wie Sie sagen. Glauben Sie, daß diese ‚Wolken' an der Oberfläche oder im Innern des Planeten eine Steuerzentrale haben?"

„Ich glaube nicht, daß so etwas existiert. Vielleicht werden diese Mikroorganismen, wenn sie sich auf bestimmte Weise miteinander verbinden, selbst eine solche Zentrale, eine Art totes Gehirn. Getrennt zu leben mag für sie günstiger sein. Sie bilden lockere Schwärme und können dadurch dauernd im Sonnenlicht sein oder auch Gewitterwolken nacheilen, denn es ist nicht ausgeschlossen, daß sie den atmosphärischen Entladungen Energie entnehmen. Aber in Augenblicken der Gefahr oder, umfassender gesagt, einer plötzlichen, ihre Existenz bedrohenden Veränderung verbinden sie sich..."

„Diese Reaktion muß aber doch von etwas ausgelöst werden. Wo ist übrigens während des ‚Schwärmens' das unerhört komplizierte Gedächtnis, das sich an das ganze System erinnert? Ein Elektronengehirn ist doch klüger als alle seine Elemente, Lauda. Sollten die Elemente so schlau sein, nach der Demontage von selbst wieder auf die richtigen Plätze zu springen? Als erstes müßte ein Plan des ganzen Hirns entstehen..."

„Nicht unbedingt. Es genügt, daß jedes Element behält, mit welchem anderen es unmittelbar verbunden war. Sagen wir, Element Nummer eins soll sich an den Außenflächen mit sechs anderen verbinden, deren jedes dasselbe von sich weiß. So kann die im einzelnen Element enthaltene Informationsmenge verschwindend gering sein, und nur ein bestimmter Auslöser, ein bestimmtes Signal: Achtung! Gefahr! ist erforderlich, damit alles in die richtige Konfiguration tritt und sofort das ‚Hirn' entsteht. Doch das ist nur als primitives Schema dargestellt, Astrogator. Ich nehme an, die Sache ist komplizierter, schon allein, weil solche Elemente sicherlich häufig vernichtet werden, ohne daß sich das auf die Funktionstüchtigkeit des großen Ganzen auswirken darf."

„Gut. Wir haben keine Zeit, länger Einzelheiten zu erörtern. Ergeben sich aus Ihrer Hypothese konkrete Schlußfolgerungen für uns?"

„In gewissem Sinne ja, aber negative. Millionen Jahre ‚Maschinenevolution' und diese Erscheinung, der der Mensch in der Galaxis bisher nicht begegnet ist. Bitte, beachten Sie das Hauptproblem. Alle uns bekannten Maschinen sind nicht für sich selbst da, sondern um jemandem zu dienen. So ist also vom menschlichen Standpunkt aus die Existenz des sich vermehrenden Metallgestrüpps auf der Regis oder der Eisenwolken sinnlos, allerdings könnte man zum Beispiel die Kakteen in der irdischen Wüste ebenso als sinnlos bezeichnen. Der Kern der Sache liegt darin, daß sie sich im Kampf gegen Lebewesen ausgezeichnet angepaßt haben. Ich habe den Eindruck, daß sie nur in den ersten Phasen dieses Kampfes getötet haben, als es hier auf dem Festland von Leben wimmelte. Dann erwies sich der Energieverbrauch beim Töten als unökonomisch. Deshalb griffen sie zu anderen Methoden, denen sowohl die Katastrophe des ‚Kondors' als auch der Fall Kertelen und schließlich die Vernichtung von Regnars Gruppe zuzuschreiben sind."

„Und was sind das für Methoden?"

„Worauf sie zurückzuführen sind, weiß ich nicht genau. Ich kann nur meine eigene Meinung äußern: Bei Kertelen handelt es sich um Vernichtung fast der gesamten, im menschlichen Hirn enthaltenen Information. Das trifft sicherlich auch bei Tieren zu. Derart verstümmelte Lebewesen müssen natürlich umkommen. Das ist zugleich einfacher, rascher und ökonomischer als Töten ... Meine Schlußfolgerung daraus ist leider pessimistisch. Vielleicht ist das noch sehr gelinde ausgedrückt. Wir sind in einer unvergleichlich schlimmeren Lage als sie, und zwar aus mehreren Gründen. Zunächst läßt sich ein Lebewesen bedeutend leichter vernichten als ein Mechanismus oder eine technische Einrichtung. Darüber hinaus haben sie sich unter Bedingungen entwickelt, die sie zwangen, gegen Lebewesen und gegen ihre ‚Metallbrüder', vernunftbegabte Automaten, gleichzeitig zu kämpfen. Sie haben also einen Zweifrontenkrieg geführt, haben jegliche Adaptionsmechanismen lebender Systeme sowie jedes Intelligenzsymptom bei vernunftbegabten Maschinen bekämpft. Das Ergebnis dieses jahrmillionenlangen Ringens ist zweifellos eine ungewöhnliche Universalität und Perfektion in den Vernichtungsmethoden gewesen. Ich fürchte, wir müßten, um sie zu besiegen, eigentlich alle vernichten, und das ist so gut wie unmöglich."

„Meinen Sie?"

„Ja. Das heißt, selbstverständlich könnte man bei geeigneter Konzentration der Mittel den ganzen Planeten vernichten, aber das ist schließlich nicht unsere Aufgabe, ganz davon abgesehen, daß unsere Kräfte dafür nicht ausreichen. Die Situation ist, wie ich sehe, tatsächlich einmalig in ihrer Art. Intellektuell sind wir ihnen überlegen. Die Mechanismen sind keineswegs eine geistige Macht, sie haben sich nur ausgezeichnet auf die Bedingungen des Planeten eingestellt, darauf, alles, was vernunftbegabt ist, und alles, was lebt, zu vernichten. Sie selbst hingegen sind tot. Deshalb kann das, was für sie noch harmlos ist, für uns bereits den Tod bedeuten."

„Aber woher nehmen Sie die Gewißheit, daß sie keinen Verstand haben?"

„Ich könnte mich um eine Antwort drücken, Unkenntnis vorschützen, aber ich sage Ihnen, wenn ich mir überhaupt einer Sache sicher bin, dann gerade dieser. Warum sie keine intellektuelle Macht darstellen? Ach! Wenn sie Verstand hätten, dann wären sie längst mit uns fertig geworden. Gehen Sie mal in Gedanken alle Ereignisse auf der Regis seit unserer Landung durch – Sie werden feststellen, daß sie keinen strategischen Plan haben. Sie greifen immer nur von Fall zu Fall an."

„Hm ... Die Art, in der sie die Verbindung zwischen Regnar und uns unterbrochen haben, und der Angriff auf unsere Aufklärer ..."

„Aber sie tun doch nur, was sie bereits vor Jahrtausenden getan haben. Die höheren Automaten, die von ihnen vernichtet wurden, haben sich doch zweifellos auch über Radiowellen untereinander verständigt. Diesen Informationsaustausch zu verhindern, die Verbindung zu zerrütten, war eine ihrer ersten Aufgaben. Die Lösung drängte sich geradezu von selbst auf, denn in der Welt ist wohl nichts besser als Abschirmungsmittel geeignet als eine Metallwolke. Und jetzt? Was ist zu tun? Wir müssen uns und unsere Automaten und Maschinen, ohne die wir nichts wären, schützen. Während sie völlige Manövrierfähigkeit haben. Sie verfügen an Ort und Stelle über faktisch unerschöpfliche Reproduktionsquellen, sie können sich vermehren, wenn wir einen Teil von ihnen vernichten, und bei alldem können ihnen lebensgefährdende Mittel gar nichts anhaben. Unsere stärkste Macht, der Beschuß mit Antimaterie, ist also unerläßlich. Doch damit können wir nicht alle vernichten. Haben Sie bemerkt, wie sie reagieren, wenn sie getroffen werden? Sie zerfallen einfach. Überdies müssen wir uns immer unter dem Schutzfeld aufhalten, und das schränkt unsere strategischen Möglichkeiten ein. Sie hingegen können sich nach Belieben verkleinern, von einem Ort an den anderen bewegen ... Und wenn wir sie auf diesem Kontinent schlagen, dann verziehen sie sich auf einen anderen. Und sie alle zu vernichten ist schließlich nicht unser Anliegen. Ich meine, wir sollten abfliegen."

„Ach, so ist es."

„Ja, so ist es. Da wir nun einmal gewiß apsychische Gebilde einer toten Evolution als Gegner haben, können wir das Problem nicht nach Kategorien von Rache und Vergeltung für den ‚Kondor' und das Schicksal seiner Besatzung lösen. Das wäre so, als wollte man den Ozean verprügeln, weil er ein Schiff mit Mann und Maus verschlungen hat."

„An dem, was Sie sagen, wäre vieles logisch, wenn es sich wirklich so verhielte", sagte Horpach und erhob sich. Er stützte sich mit beiden Händen auf die mit Zeichnungen bedeckte Karte. „Aber es ist ja nur eine Hypothese, und mit Hypothesen können wir nicht zurückkehren. Wir brauchen Gewißheit. Nicht Rache, sondern Gewißheit. Eine exakte Diagnose, Ermittlung von Fakten. Wenn wir die ermittelt haben, wenn ich in den Containern des ‚Unbesiegbaren' Proben von dieser ... dieser fliegenden Maschinenfaune habe – sofern sie wirklich existiert –, dann werde ich selbstverständlich ebenfalls der Auffassung sein, daß wir hier nichts mehr zu suchen haben. Dann ist es Sache der Erdstation, unser weiteres Verhalten zu bestimmen. Nebenbei gesagt, es gibt keine Garantie, daß diese Gebilde auf dem Planeten bleiben, vielleicht entwickeln sie sich und gefährden schließlich die Raumschiffahrt in diesem Bereich der Galaxis."

„Wenn das geschehen sollte, dann frühestens in einigen hunderttausend oder vielmehr Millionen Jahren. Ich fürchte, Astrogator, Sie lassen sich noch immer von der Vorstellung leiten, daß wir einem denkenden Gegner gegenüberstehen. Was einst nur Werkzeug vernunftbegabter Wesen war, das hat sich nach deren Verschwinden selbständig gemacht und ist im Laufe von Jahrmillionen eigentlich Teil der Naturgewalten des Planeten geworden. Das Leben ist im Ozean geblieben, weil die ‚Maschinenevolution' dort nicht hinreicht und andererseits diesen Lebensformen den Zutritt zum Festland verwehrt. So sind der mäßige Sauerstoffgehalt in der Atmosphäre – er wird von den Meeresalgen ausgeschieden – und die Oberflächengestaltung der Kontinente zu erklären. Der Planet ist eine Wüste, da diese Systeme nichts aufbauen, da sie keine Zivilisation haben, keinerlei Werte schaffen, da sie nichts haben als sich selbst. Deshalb sollten wir sie als Naturgewalt betrachten. Auch die Natur bringt weder Bewertungen noch Werte hervor. Diese Gebilde ruhen einfach in sich, sie existieren und verhalten sich so, wie sie sich verhalten, um weiterzuexistieren..."

„Wie erklären Sie sich die Vernichtung der Flugzeuge? Sie waren doch im Schutz des Kraftfeldes."

„Ein Kraftfeld kann durch ein anderes Kraftfeld zermalmt werden. Im übrigen – wenn man im Bruchteil einer Sekunde das gesamte im Hirn eines Menschen enthaltene Gedächtnis auslöschen will, so muß man in diesem Moment rings um seinen Kopf ein so starkes Magnetfeld erzeugen, Astrogator, wie es selbst uns mit den Mitteln, über die wir hier an Bord verfügen, schwerfallen würde. Dafür wären gigantische Umspanner, Transformatoren und Elektromagneten erforderlich."

„Und Sie meinen, daß die all das haben?"

„Aber nein! Sie haben überhaupt nichts. Sie sind ganz einfach Bausteine, aus denen jeweils das entsteht, was gerade notwendig ist. Trifft das Signal ‚Gefahr' ein, so heißt das: Da ist etwas aufgetaucht. Sie nehmen es durch Veränderungen wahr, die eintreten, zum Beispiel durch die Veränderung des elektrostatischen Feldes. Und gleich setzt sich der fliegende Schwarm zu diesem ‚Wolkenhirn' zusammen, und sein kollektives Gedächtnis erwacht: Aha, solche Wesen waren schon mal da, man verfuhr mit ihnen so und so und vernichtete sie... Und sie wiederholen ihr Verhalten von damals."

„Gut", sagte Horpach, der eine geraume Weile dem alten Biologen nicht mehr zugehört hatte. „Ich verschiebe den Start. Wir berufen jetzt eine Versammlung ein, obwohl ich das lieber nicht täte, weil es wieder auf einen Riesendisput hinausläuft. Die Wissenschaftler werden sich ereifern, aber ich weiß mir keinen anderen Rat. In einer halben Stunde in der Hauptbibliothek, Dr. Lauda."

„Sollten sie mich überzeugen, daß ich mich irre, dann wird es einen wahrhaft zufriedenen Menschen mehr an Bord geben", sagte Dr. Lauda ruhig und verließ die Kajüte so leise, wie er gekommen war. Horpach richtete sich auf, trat an den Wandinformator, drückte die Taste der Innenlautsprecheranlage und rief alle Wissenschaftler zusammen.

Wie sich herausstellte, hegten die meisten Spezialisten ähnliche Vermutungen wie Lauda; er war nur der erste gewesen, der sie so bestimmt ausgesprochen hatte. Meinungsverschiedenheiten entbrannten lediglich um das Problem, ob die ‚Wolke' psychisch oder apsychisch sei. Die Kybernetiker neigten zu der Ansicht, sie sei ein denkendes System mit der Fähigkeit, strategisch vorzugehen. Lauda wurde scharf angegriffen; Horpach war sich bewußt, daß die

Ursache dieser leidenschaftlichen Kontroversen weniger in Laudas Hypothese zu suchen war als vielmehr darin, daß er sie zuerst mit dem Kommandanten statt mit seinen Kollegen durchgesprochen hatte. Trotz aller Bindungen zur Besatzung bildeten die Wissenschaftler an Bord eine Art „Staat im Staate" und richteten sich nach einem gewissen ungeschriebenen Verhaltenskodex.

Chefkybernetiker Kronotos fragte Lauda, wie die „Wolke" wohl gelernt haben sollte, Menschen anzugreifen, obwohl sie keinen Intellekt habe.

„Ganz einfach", antwortete der Biologe. „Sie hat Jahrmillionen hindurch nichts anderes getan. Ich denke an den Kampf gegen die urtümlichen Bewohner der Regis. Das waren Tiere mit zentralem Nervensystem. Sie hat gelernt, sie genauso anzugreifen, wie ein Erdeninsekt sein Opfer angreift, und tut das mit derselben Präzision, mit der eine Wespe ihr Gift in die Nervenstränge eines Heupferdchens oder eines Maikäfers spritzt. Das ist kein Intellekt, das ist Instinkt."

„Aber woher wußte sie, wie Flugzeuge anzugreifen sind? Mit Flugzeugen war sie doch vorher nicht in Berührung gekommen."

„Das können wir nicht wissen, Herr Kollege. Sie kämpfte, wie ich Ihnen schon gesagt habe, an zwei Fronten. Gegen die lebenden Bewohner der Regis und gegen die toten, das heißt gegen andere Automaten. Diese Automaten haben notgedrungen die unterschiedlichsten Arten von Energie für Verteidigung und Angriff eingesetzt."

„Aber wenn es unter ihnen keine Flugautomaten gegeben hat..."

„Ich kann mir denken, worum es Dr. Lauda geht", bemerkte der Stellvertretende Chefkybernetiker Saurahan. „Diese riesigen Automaten, diese Makroautomaten, hatten miteinander Verbindung, um gemeinsam zu operieren, und waren am leichtesten durch Isolierung zu vernichten, durch Zersplitterung. Am besten war ihnen dadurch beizukommen, daß man die Nachrichtenübermittlung blockierte..."

„Es handelt sich gar nicht darum, ob sich die einzelnen Verhaltensweisen der ‚Wolke' ohne Intellekthypothese erklären lassen oder nicht", entgegnete Kronotos, „denn wir brauchen die scharfe Occamsche Trennung nicht zu beachten. Zumindest jetzt ist es nicht unsere Aufgabe, eine Hypothese zu suchen, die mit sparsamsten Mitteln über alles Aufschluß gibt, sondern eine, die uns ein Maximum an Sicherheit bei unseren weiteren Aktionen gewährleistet. Deshalb sollten wir lieber annehmen, daß die ‚Wolke' durchaus über einen bestimmten Grad von Intelligenz verfügt, das ist klüger. Wir würden dann bedachtsamer zu Werke gehen. Wenn wir hingegen mit Lauda meinten, die ‚Wolke' habe keinen Intellekt, und sie hätte ihn in Wirklichkeit doch, dann könnten wir für diesen Irrtum leicht einen erschreckend hohen Preis zahlen müssen... Ich spreche jetzt nicht als Theoretiker, sondern vor allem als Stratege."

„Ich weiß nicht, wen Sie bezwingen wollen, mich oder die ‚Wolke'", entgegnete Lauda ruhig. „ich bin nicht gegen Vorsicht, aber die ‚Wolke' hat nur so viel Intellekt wie ein Insekt, ja eigentlich nicht mal wie ein einzelnes Insekt, sondern, sagen wir, wie ein Ameisenhaufen. Wäre es anders, so lebten wir doch längst nicht mehr.“

„Beweise!“

„Wir waren für sie nicht der erste Gegner der Gattung Mensch. Sie hatte schon mit ihr zu tun. Ich mache darauf aufmerksam, daß vor uns der ‚Kondor‘ hier war. Na, und um ins Kraftfeld einzudringen, brauchten sich die mikroskopisch kleinen ‚Fliegen‘ lediglich durch den Sand zu graben. Das Feld reicht nur bis an seine Oberfläche. Sie kannten die Kraftfelder des ‚Kondors‘, also hätten sie sich auch die Angriffsmethode aneignen können. Das haben sie aber nicht getan. Die ‚Wolke‘ ist also ohne Intellekt, oder sie handelt rein instinktiv.“

Kronotos wollte nicht aufgeben, aber da schritt Horpach ein und schlug vor, die Diskussion aufzuschieben. Er bat um konkrete Vorschläge auf Grund der Zusammenhänge, die nun als sehr wahrscheinlich anzusehen seien.

Nygren fragte, ob man die Leute nicht mit Metallhelmen ausrüsten könne, die die Wirkung eines Magnetfeldes aufhöben. Die Physiker meinten jedoch, das sei zwecklos, denn ein kräftiges Feld erzeuge in dem Metall Wirbelströme, die den Helm stark erhitzten. Und wenn er dann zu heiß sei, bleibe nichts übrig, als ihn vom Kopf zu reißen. Die Wirkung könne man sich ausmalen.

Unterdessen war es Nacht geworden. In einer Ecke des Raumes unterhielt sich Horpach mit Lauda und den Ärzten. Die Kybernetiker bildeten eine andere Gruppe.

„Es ist immerhin ungewöhnlich, daß die Wesen mit der höheren Intelligenz, die Makroautomaten, nicht gesiegt haben“, sagte einer. „Das wäre die Ausnahme, die die Regel bestätigt, daß nämlich die Evolution in Richtung der Komplizierung, der Vervollkommnung der Homöostase verläuft, der Information und ihrer Nutzung.“

„Diese Automaten hatten keine Chance, eben weil sie von Anfang an so hochentwickelt und so kompliziert waren“, widersprach Saurahan. „Begreifen Sie doch, sie waren hochspezialisiert und für die Zusammenarbeit mit ihren Konstrukteuren, den Leierbewohnern, bestimmt. Als es die nicht mehr gab, waren sie gewissermaßen verstümmelt, ihres Kopfes beraubt. Die Formen hingegen, aus denen die heutigen ‚Fliegen‘ entstanden sind – ich behaupte keineswegs, daß sie schon damals existierten; ich halte das sogar für ausgeschlossen, sie müssen bedeutend später entstanden sein –, diese Formen waren verhältnismäßig primitiv, deshalb standen ihnen viele Entwicklungsmöglichkeiten offen.“

„Vielleicht hat ein noch wesentlicherer Faktor eine Rolle dabei gespielt“, warf Dr. Sax ein, der zu ihnen getreten war. „Wir haben es mit Mechanismen zu tun, und Mechanismen weisen niemals Regenerationstendenzen auf wie ein lebendes Wesen, ja überhaupt lebendes Gewebe, das sich nach einer Verletzung selbständig erneuert. Selbst wenn ein Makroautomat imstande wäre, einen anderen zu reparieren, brauchte er dazu Werkzeuge, einen ganzen Maschinenpark. Folglich genügte es, sie von ihren Werkzeugen zu trennen, um sie außer Gefecht zu setzen. So sind sie fast wehrlos den fliegenden Geschöpfen zum Opfer gefallen, denen es weit weniger ausmachte, beschädigt zu werden."

„Sehr interessant", sagte Saurahan plötzlich. „Daraus folgt, daß man Automaten, damit sie wirklich universell sind, ganz anders bauen muß, als wir es tun: Man muß von kleinen Elementarbausteinen ausgehen, von Pseudozellen, die einander ersetzen können."

„Das ist gar nicht so neu", entgegnete Sax lächelnd, „denn lebende Formen entwickeln sich eben auf diese Weise, und nicht von ungefähr. Deswegen besteht auch die ‚Wolke' gewiß nicht rein zufällig aus solchen austauschbaren Elementen. Es ist eine Frage des Materials: Ein beschädigter Makroautomat benötigt Teile, die nur eine hochentwickelte Industrie zu erzeugen vermag. Ein System hingegen, das sich aus ein paar Kristallen, Thermistoren oder anderen einfachen Elementen zusammensetzt, kann ohne weitere Folgen zerstört werden, weil es sofort durch eins von den Milliarden ähnlicher Systeme ersetzt wird."

Horpach sah, daß von ihnen nicht viel zu erwarten war und verließ die Versammelten; sie bemerkten es kaum, so sehr waren sie in die Diskussion vertieft. Er ging in die Steuerzentrale, um Rohans Truppe von der Hypothese der „toten Evolution" zu unterrichten. Es war bereits dunkel, als der „Unbesiegbare" Verbindung mit dem Superkopter im Krater bekam. Am Mikrofon meldete sich Gaarb.

„Ich habe hier nur sieben Leute", sagte er, „unter ihnen zwei Ärzte bei den Verunglückten. Die anderen schlafen, außer dem Funker, der neben mir sitzt. Ja, wir haben vollständigen Feldschutz. Aber Rohan ist noch nicht zurück."

„Noch nicht zurück? Und wann ist er aufgebrochen?"

„Gegen 18 Uhr. Er hat sechs Maschinen mitgenommen und die ganze übrige Mannschaft. Wir haben vereinbart, daß er nach Sonnenuntergang zurückkommt. Die Sonne ist vor zehn Minuten untergegangen."

„Haben Sie Funkverbindung mit ihm?"

„Die ist seit einer Stunde unterbrochen."

„Gaarb! Warum haben Sie mich nicht sofort verständigt?"

„Weil Rohan angekündigt hat, daß die Verbindung eine Zeitlang abreißen würde. Sie wollten in eine der tiefen Schluchten vordringen, wissen Sie. Die Hänge sind dort mit diesem Sauzeug aus Metall bewachsen. Das reflektiert so stark, daß nicht die Spur von einem Signal zu kriegen ist."

„Bitte, verständigen Sie mich unverzüglich, wenn Rohan wieder da ist. Er wird sich dafür zu verantworten haben. So können wir im Handumdrehen alle unsere Leute verlieren."

Der Astrogator hatte noch nicht ausgeredet, als Gaarbs Aufschrei ihn unterbrach: „Sie sind da, Astrogator! Ich sehe Lichter, sie kommen den Hang herauf, das ist Rohan. Eins, zwei, nein, nur eine Maschine ... Gleich werden wir mehr wissen."

„Ich warte."

Als Gaarb das Scheinwerferlicht erblickte, das flach über den Boden wischte, bald Lichtgarben über das Lager schleuderte, bald hinter Bodenwellen verschwand, ergriff er eine Leuchtpistole und schoß zweimal. Der Erfolg war großartig – alle wurden aus dem Schlaf gerissen und sprangen auf die Beine. Unterdessen beschrieb die Maschine einen Bogen, der wachhabende Funker der Zentrale öffnete einen Durchlaß in der Wand des Kraftfeldes, und über den mit blauen Blinkfeuern abgesteckten Geländestreifen rollte ein staubbedecktes Raupenfahrzeug herein und bremste vor der Düne, auf der der Superkopter stand. Zu seinem Entsetzen erkannte Gaarb in der kleinen Maschine die Drei-Mann-Aufklärungsamphibie, den Funkwagen der Gruppe. Im Licht der eilig ausgerichteten Scheinwerfer lief er mit den anderen dem Ankömmling entgegen. Noch ehe der Wagen richtig hielt, sprang ein Mann in zerfetztem Skaphander heraus. Sein Gesicht war von Dreck und Blut so verkrustet, daß Gaarb ihn erst erkannte, als er zu sprechen anfing.

„Gaarb", stöhnte der Mann und faßte den Wissenschaftler an den Schultern, und die Beine sackten unter ihm zusammen. Die anderen Männer sprangen herbei, stützten ihn und fragten aufgeregt: „Was ist geschehen? Wo sind die anderen?"

„Sie... sind... nicht mehr... Keiner...", hauchte Rohan und sank ihnen ohnmächtig in die Arme.

Gegen Mitternacht gelang es den Ärzten, ihn zu Bewußtsein zu bringen. Er lag unter dem Aluminiumschutz der Baracke im Sauerstoffzelt und erzählte, was Gaarb eine halbe Stunde später dem „Unbesiegbaren" telegrafierte.

Rohans Gruppe

Die Kolonne, die Rohan geleitet hatte, bestand aus zwei großen Energobotern, vier Raupenfahrzeugen und einem kleinen Schwimmwagen. In ihm saßen Rohan selbst, der Fahrer Jarg und Bootsmann Terner. Sie hielten die Reihenfolge ein, die das Reglement der dritten Gefahrenstufe vorschrieb. Allen voran rollte ein unbemannter Energoboter, Rohans Aufklärungsamphibie folgte ihm, dann kamen die vier Geländefahrzeuge, mit je zwei Leuten besetzt, und der zweite Energoboter bildete den Schluß der Kolonne. Beide Energoboter schützten die ganze Gruppe durch die Kraftfeldhülle.

Rohan hatte sich zu diesem Abstecher entschlossen, weil es ihnen gelungen war, mit Hilfe von „Elektrohunden" – Olfaktometern – in dem Krater Spuren der vier verschollenen Männer aus Regnars Gruppe zu entdecken. Ohne Zweifel würden sie, wenn sie nicht gefunden wurden, hilfloser als Kinder in dem Felsenlabyrinth umherirren und verhungern oder verdursten.

Sie legten die ersten Kilometer nach den Angaben ihrer Meßgeräte zurück. Am Eingang einer der vielen breiten, in dieser Gegend flachen Schluchten, an denen ihr Weg sie vorbeiführte, entdeckten sie im Schlamm eines versiegenden

Baches deutliche Fußspuren. Drei Fußabdrücke erkannten sie, da sie sich in dem weichen Grund, der im Laufe des Tages nur wenig eingetrocknet war, ausgezeichnet erhalten hatten. Ein vierter Abdruck war da, aber er war sehr undeutlich: Das Wasser, das sacht zwischen den Steinen dahinrieselte, hatte ihn bereits verwischt. Diese Spuren waren charakteristisch und ließen darauf schließen, daß sie von dem schweren Schuhwerk der Männer aus Regnars Gruppe stammten und ins Innere der Schlucht führten. Etwas weiter entfernt verloren sie sich auf den Felsen, doch das beeinflußte Rohan nicht, denn er sah, daß die Hänge abschüssiger wurden, je tiefer sie in die Schlucht eindrangen. Es war also sehr unwahrscheinlich, daß die amnesiegelähmten Flüchtlinge sie zu erklimmen vermocht hatten. Rohan rechnete damit, daß er sie bald in der Schlucht, die wegen der zahlreichen scharfen Biegungen nicht zu überblicken war, finden würde. Nach kurzer Beratung setzte die Kolonne ihren Weg fort, bis sie an eine Stelle gelangte, an der zu beiden Seiten hangaufwärts merkwürdige dichte Metallsträucher wuchsen, gedrungene, pinselförmige, ein bis anderthalb Meter hohe Gebilde. Sie sprossen aus den mit schwärzlichem Tonschlamm gefüllten Spalten im nackten Gestein. Anfänglich traten sie vereinzelt auf, später als dichtes Gestrüpp, das wie eine rostige, bürstenähnliche Matte beide Abhänge der Schlucht fast bis auf die Talsohle bedeckte. In der Tiefe sickerte zwischen großen Felsbrocken unsichtbar eine Wasserader.

Hier und da starrten zwischen den „Sträuchern" Höhlen. Aus manchen rieselten dünne Rinnsale, andere waren anscheinend trocken oder ausgetrocknet. Rohans Leute versuchten, einen Blick in einige der Höhlen zu werfen, deren Ausgänge nicht hoch lagen, und leuchteten mit Scheinwerfern hinein. In einer Grotte fanden sie eine beträchtliche Menge winziger dreieckiger Kristalle, zum Teil von dem Wasser überschwemmt, das vom Felsgewölbe herabtropfte. Rohan steckte sich eine Handvoll in die Tasche. Sie fuhren etwa einen halben Kilometer schluchteinwärts; das Gelände stieg zusehends an. Bisher hatten sich die Raupenketten der Fahrzeuge bei der Steigung vorzüglich bewährt, und als die Männer an zwei Stellen wieder Fußspuren im eingetrockneten Schlamm am Bachufer entdeckten, waren sie überzeugt, auf der richtigen Fährte zu sein. Hinter einer Biegung verschlechterte sich die Funkverbindung, die bislang mit dem Superkopter aufrechterhalten worden war, beträchtlich, und Rohan schrieb das der abschirmenden Wirkung des Metallgestrüpps zu. Beiderseits der oben zwanzig Meter und an der Sohle ungefähr zwölf Meter breiten Schlucht ragten manchmal fast vertikale Felswände auf, wie mit einem steifen schwarzen Pelz von der drahtigen Sträuchermasse bedeckt. Die Sträucher waren so zahlreich, daß sie ein einziges, bis zu den Gipfeln des Berggürtels hinaufreichendes Dickicht bildeten.

Die Fahrzeugkavalkade durchquerte zwei breite Felsentore. Das beanspruchte ziemlich viel Zeit, denn die Techniker mußten sehr genau den Radius des Feldes verringern, um nicht an die Felsen zu stoßen, die verwittert und bröckelig waren. Jedes Anstoßen des Energiefeldes an einen Felsenpfeiler konnte also eine ganze Steinlawine auslösen. Sie bangten natürlich nicht um sich, sondern um die Vermißten, die der Steinschlag, wenn sie in der Nähe waren, verletzen oder töten konnte.

Etwa eine Stunde war seit der Unterbrechung der Funkverbindung vergangen, als auf dem Bildschirm der Magnetometer dicht an dicht Blitze aufflammten. Anscheinend funktionierten die Peilgeräte nicht, denn als sie die Richtung ablesen wollten, aus der die Impulse kamen, zeigten sie alle Himmelsrichtungen auf einmal an. Erst mit Hilfe der Amperemeter und der Polarisatoren konnte festgestellt werden, daß das Gesträuch an den Wänden der Schlucht die Schwankungen des Magnetfeldes verursachte. Nun erst wurden die Männer gewahr, daß dieses Gestrüpp anders aussah als in dem Teil der Schlucht, den sie bereits hinter sich hatten: Es schimmerte nicht rostrot wie dort, und die Sträucher, aus denen es bestand, waren höher, größer und gewissermaßen schwärzer, weil an ihren Drähten oder Zweigen sonderbare Verdickungen klebten. Rohan ließ sie nicht näher untersuchen, weil er nicht riskieren wollte, das Schutzfeld zu öffnen.

Sie fuhren nun etwas schneller weiter, und die Impulsmesser und die Magnetometer meldeten eine immer andere Aktivität. Blickte man in die Höhe, so sah man hier und da über der Fläche des schwärzlichen Dickichts die Luft zittern, als wäre sie hoch erhitzt, und hinter dem zweiten Felsentor bemerkten sie, daß über dem Strauchwerk leichte Wölkchen aufstiegen, die an abziehenden Rauch erinnerten. Doch das war so hoch oben auf dem Hang, daß selbst mit dem Fernglas nicht auszumachen war, was sie wirklich darstellten. Jarg allerdings, der Augen hatte wie ein Luchs, behauptete, diese Rauchwölkchen sähen aus wie ein Schwarm kleiner Insekten.

Rohan wurde allmählich unruhig, die Fahrt dauerte bereits länger, als er sich vorgenommen hatte, und noch immer war das Ende des Schluchtenlabyrinths nicht abzusehen. Dafür kamen sie jetzt zügiger voran, weil die Steinanhäufungen auf dem Bachgrund aufhörten. Der Bach selbst war tief unter dem Geröll versteckt und fast ganz verschwunden, und nur wenn die Maschinen stoppten, war das leise Glucksen des unsichtbaren Wassers zu hören.

Hinter der nächsten Biegung tauchte ein Felsentor auf, das enger als die vorigen war. Bei den Messungen stellten die Techniker fest, daß man es nicht mit eingeschaltetem Kraftfeld passieren konnte. Bekanntlich kann ein solches Feld nicht beliebige Ausmaße annehmen, sondern es ist stets die Variante eines Umdrehungskörpers, also einer Kugel, eines Ellipsoids oder eines Hyperboloids. Bisher war es ihnen geglückt, sich durch die Verengungen der Schlucht hindurchzuzwängen, indem sie das Kraftfeld zur Form eines abgeplatteten, selbstverständlich unsichtbaren Stratosphärenballons zusammenpreßten.

Jetzt aber würde kein Manöver helfen. Rohan beriet sich mit dem Physiker Tomman und den beiden Feldtechnikern. Sie beschlossen, eine kurze, überdies nur teilweise Abschaltung des Kraftfeldes zu wagen. Als erster sollte der unbemannte Energoboter mit ausgeschaltetem Feldemitor die Enge durchfahren und gleich hinter dem Felsentor den Emitor wieder einschalten, um vorn einen einwandfreien Schutz in Form eines gewölbten Schildes zu bieten. Die Leute in den vier großen Maschinen und in Rohans kleinem Aufklärungsfahrzeug würden bei der Durchquerung des Felsentors nur oben ohne Deckung sein. Der Energoboter am Ende der Kolonne sollte seinen Schild mit dem des ersten gleich hinter dem Paß verbinden und so das zusammenhängende Kraftfeld wiederherstellen.

Alles verlief genau nach Plan, und das letzte Raupenfahrzeug fuhr gerade zwischen Felssäulen hindurch, als eine sonderbare Erschütterung die Luft zerriß – kein Laut, sondern eine Erschütterung, als wäre irgendwo in der Nähe ein Felsblock herabgestürzt. Die stoppligen Wände der Schlucht begannen zu dampfen, eine schwarze Wolke kroch aus ihnen hervor und stürzte sich mit irrsinniger Geschwindigkeit auf die Kolonne.

Rohan hatte die großen Transporter vor seiner Amphibie hindurchgelassen und wartete nun darauf, daß der letzte vorbeifuhr; da sah er plötzlich aus den Hängen der Schlucht schwarze Schwaden hervorbrechen und einen riesigen Feuerschein an der Spitze des Zuges, wo der vordere Energoboter, der bereits außerhalb des Felsentores war, das Feld eingeschaltet hatte, an dem die angreifenden Wolkenballen verbrannten. Doch ein großer Teil erhob sich auch über die Flammen und fiel über alle Maschinen zugleich her.

Er schrie Jarg zu, sofort den hinteren Energoboter einzuschalten und dessen Feld mit dem vorderen zu verbinden, denn in dieser Situation war die Gefahr eines Bergrutschs bedeutungslos. Jarg versuchte es, aber das Feld ließ sich nicht einschalten. Wahrscheinlich waren – wie später der Chefingenieur feststellte – die Elektronenröhren der Apparatur überhitzt. Hätte der Techniker einige Sekunden länger Stromimpulse auf sie einwirken lassen, so wäre das Feld zweifellos „angegangen“, aber Jarg verlor den Kopf und sprang, statt den Versuch zu wiederholen, aus dem Fahrzeug. Rohan bekam ihn noch am Skaphander zu packen, aber Jarg riß sich los, wahnsinnig vor Entsetzen, und flüchtete schluchtabwärts. Als Rohan selbst an die Apparatur stürzte, war es bereits zu spät.

Die Männer, die in den Geländefahrzeugen überrascht worden waren, sprangen hinus und liefen in alle Richtungen, kaum zu erkennen in den wallenden Wolkenschwaden. Es war ein so unwahrscheinlicher Anblick, daß Rohan nichts mehr unternahm. Das wäre im übrigen auch unmöglich gewesen, weil er, hätte er das Feld eingeschaltet, sie alle umgebracht hätte, denn sie kletterten sogar die Hänge hinauf, als suchten sie Zuflucht in dem Metalldickicht. Er stand jetzt reglos in der verlassenen Maschine und wartete nur darauf, daß ihn das gleiche Geschick ereilte.

Hinter ihm feuerte Terner, der sich mit dem Oberkörper aus seinem Schützenluk lehnte, mit Kompressionslasern, aber das war sinnlos, denn der größte Teil der Wolke war schon ganz nahe. Nicht mehr als sechzig Meter trennten Rohan von den anderen. In diesem Umkreis warfen und wälzten sich die Unglücklichen auf dem Boden, wie von den schwarzen Flammen erfaßt.

Sie schrien sicherlich, aber ihr Schreien ging wie jeder andere Laut in dem anhaltenden, tiefen Dröhnen der Wolke unter – so auch das Getöse des vorderen Energoboters, an dessen Kraftfeld fortwährend in zuckender Glut Myriaden angreifender Teilchen verbrannten.

Noch immer stand Rohan da, halb aus seinem Amphibienfahrzeug herausragend, und machte keine Anstalten, in Deckung zu gehen. Das war nicht Mut der Verzweiflung, wie er später selbst sagte, sondern er kam einfach nicht auf diesen Gedanken, er dachte gar nicht.

Das Bild, das er nicht vergessen konnte – die Leute unter der schwarzen Lawine –, wandelte sich plötzlich erstaunlich. Die Opfer hörten auf, sich auf den Steinen zu wälzen, zu fliehen und in das Drahtgestrüpp zu kriechen. Sie blieben stehen oder setzten sich hin, und die Wolke, die sich in zahlreiche Trichter aufgeteilt hatte, bildete über jedem der Männer eine Art örtlichen Strudel, umschwirrte den Körper oder auch nur den Kopf, streifte ihn kurz und wich dann aufgewühlt und tosend immer höher die Wände der Schlucht hinauf, bis sie das Licht des Abendhimmels verdeckte, kroch dann mit verebbendem Rauschen zwischen die Felsen, versank in dem schwarzen Dschungel und war verschwunden. Und nur die winzigen schwarzen Punkte, die hier und da zwischen den reglosen Gestalten verstreut lagen, zeugten von dem, was wenige Augenblicke zuvor tatsächlich geschehen war.

Rohan konnte noch immer nicht glauben, daß er verschont geblieben war, und er begriff nicht, welchem Umstand er seine Rettung zu verdanken hatte. Mit dem Blick suchte er Terner. Aber das Schützenluk war leer, der Bootsmann war wohl hinausgesprungen – unerklärlich, wann und wie. Rohan sah ihn ein wenig abseits mit den Laserwerfern liegen, deren Kolben er nach wie vor an sich preßte; er starrte mit toten Augen vor sich hin. Rohan stieg aus und lief von einem zum anderen. Sie erkannten ihn nicht. Keiner sagte ein Wort. Die meisten machten einen ruhigen Eindruck; sie lagen oder saßen auf den Steinen, und zwei oder drei standen auf, gingen zu den Fahrzeugen hin und tasteten wie Blinde langsam und mit ungelenken Fingern die Wandungen ab.

Rohan beobachtete, daß Jargs Freund Genlis, ein ausgezeichneter Funker, wie einer, der zum erstenmal in seinem Leben eine Maschine sieht, mit halboffenem Mund den Klappengriff an einem Transporter zu bewegen versuchte.

Im nächsten Augenblick sollte Rohan erfahren, was das runde Brandloch in einer der Trennwände in der Steuerzentrale des „Kondors" zu bedeuten hatte. Als er niederkniete, um Dr. Ballmin an den Schultern zu packen und verzweifelt zu rütteln, als wäre er überzeugt, daß es ihm auf diese Weise gelänge, ihn zu Bewußtsein zu bringen, schlug unmittelbar neben seinem Kopf knallend eine violette Stichflamme hoch. Einer der etwas weiter entfernt sitzenden Männer hatte seinen Weyr-Werfer aus der Schutzhülle gezogen und versehentlich auf den Auslöser gedrückt. Rohan rief ihn an, aber der Mann beachtete ihn gar nicht. Vielleicht hatte ihm der Lichtstrahl gefallen wie einem kleinen Kind ein Feuerwerk, denn er schoß nun wie wild um sich und verbrauchte das ganze Atommagazin des Werfers, so daß die Luft vor Hitze zischte und Rohan, der zu Boden gestürzt war, sich zwischen die Steine verkriechen mußte. Da hörte er heftiges Stampfen und sah Jarg atemlos, mit schweißglänzendem Gesicht, aus einer Biegung hervorlaufen. Er rannte geradenwegs auf den Wahnsinnigen zu, der sich damit vergnügte, den Weyr-Werfer abzufeuern. „Halt! Deckung! Deckung!" schrie Rohan aus Leibeskräften, doch ehe Jarg verwirrt stehenblieb, traf eine furchtbare Entladung seinen linken Arm. Rohan erblickte sein Gesicht, als die abgerissene Schulter hochgeschleudert wurde und das Blut aus der entsetzlichen Wunde spritzte. Der Schütze schien das gar nicht zu bemerken, und Jarg sah maßlos erstaunt erst auf den blutenden Stumpf, dann auf den abgefetzten Arm, wankte und sank zu Boden.

Der Mann mit dem Weyr-Werder stand auf. Rohan beobachtete, daß der unablässige Feuerstrahl aus dem erhitzten Werfer nach Kieselerde riechende Funken aus den Steinen schlug. Der Mann taumelte vorwärts. Er bewegte sich wie ein Säugling, der eine Spielzeugklapper in den Händen hält. Die Flamme durchzuckte die Luft zwischen zwei nebeneinander sitzenden Männern; sie schlossen vor dem blendenden Strahl nicht einmal die Augen. Noch eine Sekunde, und einer von ihnen würde die ganze Ladung ins Gesicht bekommen.

Rohan riß den eigenen Weyr aus der Hülle – es war eine reine Reflexhandlung – und schoß ein einziges Mal. Der Mann schlug sich mit beiden Armen heftig an die Brust, seine Waffe knallte auf die Steine, und er selbst stürzte mit dem Gesicht darauf.

Da fuhr Rohan hoch. Die Dämmerung brach herein. So rasch wie möglich mußten alle abtransportiert werden. Er hatte nur seinen kleinen Amphibienwagen, und als er ein Geländefahrzeug startfertig machen wollte, stellte sich heraus, daß zwei von ihnen an der schmalsten Stelle des Felsentors zusammengestoßen waren und nur mit Hilfe eines Kranes hätten getrennt werden können. So blieb nur der hintere Energoboter, der höchstens fünf Leute aufnehmen konnte, und er hatte neun – lebende, die nicht bei Sinnen waren. Er hielt es für das beste, alle zusammenzuholen, sie zu fesseln, damit sie weder flüchten noch sich etwas antun konnten, zu ihrem vorläufigen Schutz die Felder der beiden Energoboter einzuschalten und selbst Hilfe herbeizuschaffen. Er gedachte keinen mitzunehmen, weil sein kleiner Wagen völlig wehrlos war und er im Falle eines Angriffs lieber nur die eigene Haut riskieren wollte.

Es war bereits stockfinster, als er mit seiner unheimlichen Arbeit fertig war. Die Männer hatten sich ohne jeden Widerstand fesseln lassen. Er steuerte den hinteren Energoboter zurück, um mit seinem Amphibienfahrzeug freie Bahn zu haben, stellte die beiden Emitoren auf, schaltete von von weitem das Schutzfeld ein, ließ alle Gefesselten in seinem Bereich und machte sich auf den Weg.

So war am siebenundzwanzigsten Tag nach der Landung schon fast die halbe Besatzung des „Unbesiegbaren" außer Gefecht gesetzt.

Die Niederlage

Wie jede wahre Geschichte, so klang auch Rohans Erzählung merkwürdig und ungereimt. Warum hatte die Wolke weder ihn noch Jarg angegriffen? Warum hatte sie Terner nicht angerührt, bevor er das Amphibienfahrzeug verließ? Warum war Jarg erst geflohen und dann zurückgekommen? Diese Frage war verhältnismäßig leicht zu beantworten. Er war sicherlich umgekehrt, als die panische Angst von ihm gewichen war und ihm bewußt wurde, daß er ungefähr fünfzig Kilometer vom Raumschiff entfernt war und es mit dem vorhandenen Sauerstoffvorrat zu Fuß nicht erreichen würde.

Die anderen Fragen blieben Rätsel, deren Lösung für alle Leben oder Tod bedeuten konnte. Aber Überlegungen und Hypothesen mußten zurücktreten vor der Notwendigkeit zu handeln.

Horpach erfuhr nach Mitternacht von der Katastrophe der Rohan-Gruppe; eine halbe Stunde später startete er. Einen Raumkreuzer an eine nur zweihundert Kilometer entfernte Stelle zu fliegen, ist eine undankbare Aufgabe. Das Schiff muß die ganze Zeit hindurch senkrecht über dem Antriebsfeuer mit verhältnismäßig geringer Geschwindigkeit gesteuert werden und verbraucht so übermäßig viel Treibstoff. Da die Triebwerke hierfür nicht eingerichtet waren, mußten ständig die Elektroautomaten eingesetzt werden; trotzdem schwebte der Stahlkoloß leicht schaukelnd durch die Nacht, wie von sanft wogenden Wellen getragen. Für einen Beobachter auf der Regis III wäre das sicherlich ein ungewöhnlicher Anblick gewesen: diese im Schein der ausgestoßenen Flammen kaum sichtbare Silhouette, die sich wie auf einer Feuersäule durch die Finsternis schob.

Kurs zu halten war auch keine Kleinigkeit. Man mußte über die Atmosphäre steigen und dann wieder mit dem Heck voran in sie eintauchen.

All das beanspruchte die volle Aufmerksamkeit des Astrogators, zumal da der gesuchte Krater unter einem dünnen Wolkenschleier verborgen lag. Schließlich setzte der „Unbesiegbare" noch vor Tagesanbruch im Krater auf, zwei Kilometer von Regnars alter Station entfernt. Superkopter, Maschinen und Baracken wurden sofort im Kraftfeldbereich des Kreuzers aufgestellt, und ein gutausgerüsteter Bergungstrupp hatte gegen Mittag alle Überlebenden von Rohans Gruppe eingeholt. Sie waren zwar gesund, aber geistesabwesend. Zwei Räume mußten zusätzlich als Lazarett eingerichtet werden, weil im eigentlichen Bordlazarett kein Platz mehr frei war. Nun erst machten sich die Wissenschaftler daran, dem Geheimnis auf den Grund zu gehen, dem Rohan seine Rettung zu verdanken hatte und das – wäre nicht der tragische Zwischenfall mit dem Werfer in der Hand eines Wahnsinnigen gewesen – auch Jarg gerettet hätte.

Es war unbegreiflich, denn beide hatten sich weder in Ausrüstung und Kleidung noch im Aussehen von den anderen unterschieden. Und daß sie mit

Terner zu dritt in dem kleinen Geländefahrzeug gewesen waren, durfte wohl ebensowenig von Bedeutung gewesen sein.

Gleichzeitig stand Horpach vor der unangenehmen Entscheidung, was weiter zu tun sei. Eins war klar: Er konnte mit Tatsachen zur Flottenbasis zurückkehren, die die Heimkehr rechtfertigten und das tragische Ende des „Kondors" aufhellten. Was die Wissenschaftler am meisten beschäftigte – die metallenen Pseudoinsekten, ihre Symbiose mit den „Maschinenpflanzen", die auf dem Gestein wucherten, und schließlich die Frage nach dem „Psychismus" der Wolke (es war ja nicht einmal bekannt, ob nur eine oder mehrere Wolken existierten und ob sich alle kleineren Wolken zu einem geschlossenen System verbinden konnten) –, all das zusammen hätte ihn nicht bewegt, auch nur eine Stunde länger auf Regis III zu bleiben, wenn nicht noch immer vier Männer von Regnars Gruppe, unter ihnen Regnar selbst, gefehlt hätten.

Die Spuren der Vermißten hatten Rohans Gruppe in die Schlucht geführt. Zweifellos würden die Wehrlosen dort umkommen, selbst wenn die leblosen Bewohner der Regis sie unbehelligt lassen sollten. Deshalb mußte die ganze Umgebung abgesucht werden, weil die Verunglückten jeder Fähigkeit vernunftgelenkten Handelns beraubt und allein auf die Hilfe des „Unbesiegbaren" angewiesen waren.

Das einzige, was einigermaßen feststand, war der Umkreis, auf den sich die Suchaktion erstrecken mußte, weil sich die Männer auf ihren Irrwegen durch die Grotten und Schluchten nicht mehr als einige Dutzend Kilometer von dem Krater hatten entfernen können. Sie hatten nur noch wenig Sauerstoff in den Apparaten, doch die Ärzte versicherten, es sei nicht lebensgefährlich, die Atmosphäre des Planeten zu atmen, und bei dem Zustand der Leute hatte eine Benommenheit, die durch im Blut gelöstes Methan hervorgerufen wurde, natürlich keine ernste Bedeutung.

Das Gelände, das für die Suchaktion in Frage kam, war nicht allzu ausgedehnt, aber ausgesprochen schwierig und unübersichtlich. Alle Winkel und Spalten, Grotten und Höhlen durchzukämmen würde selbst unter günstigen Voraussetzungen Wochen dauern. Unter den Felsschichten der gewundenen Schluchten und der Täler lag, nur an manchen Stellen mit ihnen verbunden, ein zweites System unterirdischer, vom Wasser ausgespülter Gänge und Grotten verborgen. Es war durchaus möglich, daß die Verschollenen sich in einem dieser Verstecke aufhielten, außerdem war kaum damit zu rechnen, sie alle an einem Ort zu finden. Des Gedächtnisses beraubt, waren sie hilfloser als Kinder, denn die wären zumindest zusammengeblieben. Obendrein war diese Gegend als Niststelle der schwarzen Wolke bekannt. Die riesigen Anlagen des „Unbesiegbaren" und seine technische Ausrüstung waren bei der Suchaktion nicht recht zu gebrauchen. Der sicherste Schutz, das Kraftfeld, ließ sich in den unterirdischen Gewölben des Planeten überhaupt nicht einsetzen. Also gab es nur die Wahl zwischen sofortiger Umkehr – das wäre gleichbedeutend gewesen mit dem Todesurteil für die Verschollenen – und Aufnahme der riskanten Suchaktion. Eine echte Chance lag dabei auch nur in den nächsten Tagen, bestenfalls der nächsten Woche. Horpach war sich bewußt, daß die Männer später nicht mehr lebend geborgen werden konnten.

Tags darauf rief der Astrogator in aller Frühe die Spezialisten zusammen, erläuterte ihnen die Lage und erklärte, er zähle auf ihre Hilfe. Sie waren im Besitz einer Handvoll jener „Metallinsekten", die Rohan in der Jackentasche mitgebracht hatte. Fast vierundzwanzig Stunden hatte man damit zugebracht, sie zu untersuchen. Horpach wollte wissen, ob es möglich sei, diese Gebilde unschädlich zu machen. Überdies tauchte wieder die Frage auf, weshalb Jarg und Rohan von dem Zugriff der „Wolke" verschont geblieben waren.

Die „Kriegsgefangenen" nahmen während der Beratung einen Ehrenplatz ein: in einem geschlossenen Glasgefäß mitten auf dem Tisch. Es waren nur noch etwa zwanzig Stück, die anderen waren bei den Untersuchungen zerstört worden. Diese Gebilde von genau symmetrischer Dreiteilung erinnerten in der Form an den Buchstaben Y. Sie hatten drei spitz auslaufende, in einer zentralen Verdickung verankerte Flügel. Bei direkter Beleuchtung sahen sie kohlschwarz aus, bei reflektiertem Licht aber schillerten sie bläulich und olivgrün wie der Hinterleib mancher irdischer Insekten, der sich wie der Rosettenschliff eines Brillanten aus winzigen Flächen zusammensetzt. Ihr Inneres wies immer dieselbe, allerdings mikroskopisch kleine Konstruktion auf. Ihre Elemente, hundertmal kleiner als ein Sandkörnchen, bildeten eine Art autonomes Nervensystem, in dem voneinander teilweise unabhängige Stränge zu unterscheiden waren.

Der kleinere, die Arme des Buchstaben Y bildende Teil stellte ein Steuersystem für die Bewegung des „Insekts" dar, das in der mikrokristallinen Struktur der Arme eine Art universellen Akkumulator und zugleich Energieumwandler besaß. Je nachdem, wie die Mikrokristalle zusammengepreßt wurden, erzeugten sie ein elektrisches oder ein magnetisches Feld oder aber veränderliche Kraftfelder, die den Mittelteil auf eine verhältnismäßig hohe Temperatur bringen konnten, so daß die gespeicherte Wärme in einer Richtung nach außen strömte. Die schubähnliche Luftbewegung, die dadurch hervorgerufen wurde, ermöglichte es ihnen, beliebig aufzusteigen, wobei die einzelnen winzigen Kristalle mehr flatterten als flogen und – zumindest bei den Versuchen im Labor – unfähig waren, ihren Flug genau zu steuern. Verbanden sie sich hingegen durch Verkettung der Flügelenden miteinander, so entstanden Aggregate mit um so besseren aerodynamischen Eigenschaften, je größer die Anzahl war.

Jedes Kristall verband sich mit drei anderen; außerdem konnte sich sein Arm mit dem Mittelteil eines anderen verbinden und so einen vielschichtigen Bau der sich auf diese Weise vergrößernden Systeme ermöglichen. Die einzelnen Kristalle brauchten sich dabei nicht zu berühren, eine Annäherung der Flügelspitzen genügte, durch das erzeugte Magnetfeld das ganze Gebilde im Gleichgewicht zu halten. Ballte sich eine bestimmte Menge von „Insekten" zusammen, so wies das Aggregat zahlreiche Gesetzmäßigkeiten auf. Wenn es durch äußere Reize „aufgestachelt“ wurde, dann konnte es seine Bewegungsrichtung, seine Form und Gestalt und die Häufigkeit der inneren Impulse ändern, und nach dieser Änderung kehrten sich die Vorzeichen des Feldes um, so daß sich die Metallkristalle nicht mehr anzogen, sondern trennten und einem individuellen Zerfall unterlagen.

Außer dem Steuersystem für diese Bewegung trug jedes schwarze Kristall ein zweites Verbindungssystem in sich oder, besser gesagt, ein Bruchstück davon, anscheinend den Teil eines größeren Ganzen. Dieses übergeordnete Ganze, das wohl erst bei der Vereinigung einer riesigen Menge von Elementen entstand, war der eigentliche Antriebsmotor für die Aktionen der Wolke. Hier waren die Wissenschaftler mit ihrer Weisheit allerdings am Ende. Sie wußten nichts über die Wachstumsmöglichkeiten dieser Leitsysteme, und das Problem ihres „Intellekts“ blieb völlig im dunkeln. Kronotos nahm an, daß sich um so mehr Elemente zu einer großen Einheit zusammenschlossen, je schwieriger die Aufgabe war, die sie zu lösen hatten. Das klang ziemlich einleuchtend, aber weder den Kybernetikern noch den Spezialisten für Informationstheorie war eine damit vergleichbare Konstruktion bekannt, das heißt ein beliebig wucherndes „Gehirn“, das seine Ausmaße dem Umfang seiner Absichten anpaßt.

Einige der Gebilde, die Rohan mitgebracht hatte, waren beschädigt. Andere jedoch zeigten typische Reaktionen. Das einzelne Kristall konnte herumflattern, aufsteigen und fast unbewegt in der Luft stehenbleiben, herabfallen, sich der Reizquelle nähern oder sie meiden. Zudem war es völlig ungefährlich, selbst bei Vernichtungsgefahr – die Forscher versuchten sie mit chemischen Mitteln, durch Kraftfelder, Hitze- und Strahleneinwirkung zu vernichten – sandte es keinerlei Energie aus, und man konnte es wie den jämmerlichsten Erdenkäfer zerquetschen, allerdings mit dem Unterschied, daß der kristalline Metallpanzer nicht so leicht zu knacken war. Aber sobald sich die „Insekten“ zu einem verhältnismäßig kleinen Aggregat zusammenschlossen, erzeugten sie, wenn man sie der Wirkung eines Magnetfeldes aussetzte, ein Gegenfeld, das das andere aufhob. Bei Erhitzung versuchten sie, die Wärme durch Infrarotstrahlung abzuschütteln. Weitere Versuche waren nicht möglich, da die Wissenschaftler nur über eine Handvoll Kristalle verfügten.

Im Namen der Chefs antwortete Kronotos dem Astrogator auf seine Frage. Die Wissenschaftler verlangten Zeit für weitere Untersuchungen, vor allem aber wünschten sie eine größere Menge von Kristallen. Sie schlugen deshalb eine Expedition in das Innere der Schlucht vor, die nach den Verschollenen forschen und gleichzeitig einige zehntausend Pseudoinsekten mitbringen sollte.

Horpach willigte ein. Er war jedoch der Ansicht, daß kein Menschenleben mehr gefährdet werden durfte. Er ordnete an, eine Maschine in die Schlucht zu schicken, die bisher nicht an Aktionen teilgenommen hatte. Es war ein achtzig Tonnen schweres automatisches Spezialfahrzeug, das sonst nur bei starker radioaktiver Verseuchung, hohem Druck und hohen Temperaturen eingesetzt wurde. Dieses Gerät, das allgemein Zyklop genannt wurde, war tief unten, auf dem Grunde des Raumkreuzers, an den Trägern der Ladeluke befestigt. Normalerweise wurden solche Geräte auf Planeten nie benutzt, auch der „Unbesiegbare" hatte seinen Zyklopen bisher nie gebraucht. Die Situationen, die diesen äußersten Schritt erforderlich gemacht hatten, waren in der gesamten Raumflotte an den Fingern abzuzählen. Den Zyklopen nach etwas aussenden hieß bei den Raumfahrern soviel wie dem Teufel eine Aufgabe übertragen. Von der Niederlage eines Zyklopen hatte bisher keiner gehört. Das Fahrzeug wurde mit Kränen aus dem Schiffsleib gehoben und auf der Rampe abgesetzt, wo sich Techniker und Programmierer seiner annahmen. Es besaß außer dem üblichen System der Diracs für die Erzeugung des Kraftfeldes einen Kugelantimateriewerfer, konnte daher in beliebiger Richtung oder nach allen Seiten zugleich Antiprotonen abschießen. Ein in die Panzerwanne eingebauter Auswerfer ermöglichte es dem Zyklopen sogar, sich dank der Interferenz der Kraftfelder einige Meter über die Bodenoberfläche zu erheben; er war also weder vom Bodenrelief abhängig noch auf Räder oder Raupenketten angewiesen. Vorn hatte er einen gepanzerten Rüssel, und aus dessen Öffnung schob sich ein Inhaustor, eine Art Teleskophand, die an Ort und Stelle Bohrungen vornehmen, Mineralproben aus der Umgebung hereinholen und andere Arbeiten verrichten konnte. Der Zyklop war zwar mit einer starken Funk- und Fernsehanlage ausgestattet, aber er war auch dank einem Elektronengehirn, das ihn steuerte, für selbständige Aktionen eingerichtet. Die Techniker im Operativstab des Ingenieurs Petersen hatten diesem Gehirn ein vorbereitetes Programm eingegeben, denn der Astrogator rechnete damit, daß er die Verbindung mit der Maschine verlor, sobald sie in der Schlucht sein würde.

Das Programm sah als erstes vor, die Vermißten aufzufinden und aufzunehmen; der Zyklop sollte zunächst sie und sich selbst mit einem zweiten, von seinem Feld aus gesehen äußeren Kraftfeld umgeben und erst unter dessen Schutz den Zugang zu dem inneren Kraftfeld öffnen, das ihn selbst deckte. Dann sollte das Gerät eine möglichst große Anzahl der angreifenden Kristalle mitbringen. Der Antimateriewerfer sollte nur im äußersten Notfalle, wenn das Kraftfeld eingedrückt zu werden drohte, angewandt werden, weil die Annihilationsreaktion zwangsweise zu einer Strahlenverseuchung des Geländes führen würde. Das konnte für die Vermißten, die sich vielleicht in der Nähe der Kampfstätte aufhielten, Lebensgefahr bedeuten.

Der Zyklop war acht Meter lang und entsprechend „breit in den Schultern" – der Durchmesser seines Gehäuses betrug mehr als vier Meter. Sollte sich ein Felsspalt für ihn als unzugänglich erweisen, so konnte er die Öffnung dadurch erweitern, daß er entweder seine stählerne Teleskophand gebrauchte oder das Gestein beiseite fegte und mit dem Kraftfeld zermalmte. Aber ihm konnte auch nichts geschehen, wenn das Feld ausgeschaltet wurde, denn sein Keramik-Vanadium-Panzer war hart wie Diamant.

Im Innern des Zyklopen war ein Automat installiert, der sich der Männer annehmen sollte, wenn sie gefunden waren; auch Betten standen für sie bereit.

Als alle Einrichtungen überprüft waren, glitt der Panzerkoloß schließlich sonderbar leicht die Rampe hinunter, passierte, wie von einer unsichtbaren Kraft getragen – er wirbelte, selbst wenn er schnell fuhr, keinen Staub auf –, die mit blauem Licht markierten Durchgänge im Kraftfeld des „Unbesiegbaren" und geriet den am Heck versammelten Männern bald aus den Augen.

Etwa eine Stunde lang funktionierte die Funk- und Fernsehverbindung zwischen dem Zyklopen und der Steuerzentrale einwandfrei. An dem großen Obelisken, der aussah wie ein umgekippter Kirchturm und der teilweise die Sicht auf die Felswände versperrte, erkannte Rohan den Eingang der Schlucht wieder, wo der Angriff stattgefunden hatte. Auf der ersten, mit großen Gesteinsbrocken übersäten Geröllhalde verringerte sich die Geschwindigkeit ein wenig. Die Männer an den Bildschirmen hörten sogar den Bach plätschern, der unter den Felstrümmern verborgen war – so lautlos arbeitete der Atomantrieb des Zyklopen.

Die Nachrichtenleute konnten bis zwei Uhr vierzig Bild und Ton aufrechterhalten, dann hatte der Zyklop den flachen und gangbaren Teil der Schlucht durchquert und war im Labyrinth des rostigen Gestrüpps angelangt. Dank den Anstrengungen der Funktechniker gelang es, noch vier Meldungen durchzugeben und zu empfangen, aber bereits die fünfte war derart verstümmelt, daß sie sich den Inhalt zusammenreimen mußten: Das Elektronengehirn des Zyklopen teilte mit, daß er einwandfrei vorankomme.

Da startete Horpach vom „Unbesiegbaren" aus genau nach Plan eine mit einem Fernsehrelais ausgerüstete Flugsonde. Sie stieg steil zum Himmel auf und war in wenigen Sekunden verschwunden. Dafür empfing die Zentrale ihre Signale. Gleichzeitig tauchte, aus einer Meile Höhe gesehen, eine malerische Landschaft auf: lauter zerklüftete Felsen, mit rostroten und schwarzen Buschstreifen überzogen. Minuten später entdeckten sie in der Tiefe mühelos den Zyklopen, der sich auf dem Grunde der großen Schlucht vorwärtsschob und wie eine stählerne Faust glänzte. Horpach, Rohan und die Leiter der Spezialistengruppen standen an den Bildschirmen in der Steuerzentrale. Der Empfang war gut, aber sie hatten im voraus einkalkuliert, daß er sich verschlechterte oder unterbrochen wurde, deshalb waren weitere Sonden startklar, die als Übertragungsstationen dienen sollten. Der Chefingenieur war fest überzeugt, daß die Verbindung mit dem Zyklopen im Falle eines Angriffs abreißen würde, und mit Hilfe der Sonden würden sie wenigstens seine Operationen beobachten können.

Die vor den Bildschirmen versammelten Männer bemerkten in dem weiten Blickfeld, das sich dank dem hohen Flug der Telesonde vor ihnen auftat, daß die Maschine nur noch einige hundert Meter von den Transportern im Felsentor entfernt war, die den weiteren Weg versperrten – die Elektronenaugen des Zyklopen konnten das nicht sehen. Nach Lösung seiner Aufgaben sollte der Zyklop auf dem Rückweg zwei Raupenfahrzeuge abschleppen, die infolge eines Zusammenpralls ineinander verklemmt waren.

Die verlassenen Transporter sahen von oben wie kleine grünliche Schachteln aus. Neben einem war eine zum Teil verkohlte Gestalt zu erkennen – der Leichnam des Mannes, den Rohan mit dem Werfer getroffen hatte.

Genau vor der Wegkehre, hinter der die Säulen des Felsentores aufragten, hielt der Zyklop an und näherte sich einer fast bis auf die Talsohle hinunterreichenden Matte aus Metallgestrüpp. Gespannt beobachteten sie seine Bewegungen. Er öffnete vorn das Kraftfeld, um durch die Lücke den Inhaustor ausfahren zu können, der sich wie ein verlängerter Geschützlauf mit einer Greifhand aus der Hülse schob, ein paar Strauchbüschel packte und sie anscheinend mühelos aus dem felsigen Untergrund riß; danach setzte das Fahrzeug ein Stück zurück und kroch rückwärts in die Schlucht hinunter.

Die Operation war glatt verlaufen. Mit Hilfe der Telesonde, die über der Schlucht schwebte, wurde der Funkkontakt mit dem Gehirn des Zyklopen aufgenommen. Er meldete, daß eine von schwarzen „Insekten" wimmelnde Probe im Container untergebracht sei.

Der Zyklop hatte sich der Unglücksstelle bis auf hundert Meter genähert. Dort stand, mit dem gepanzerten Heck gegen den Fels gelehnt, Rohans zweiter Energoboter, mitten in dem Felsgang staken die beiden ineinander verklemmten Transporter, und ein Stück weiter entfernt war der vordere Energoboter. Ein feines Zittern der Luft bewies, daß er noch immer ein Kraftfeld erzeugte, so wie er es getan hatte, als Rohan ihn nach der Katastrophe seiner Gruppe zurückgelassen hatte. Der Zyklop schaltete erst über Fernsteuerung die Diracs des Energoboters aus, schwebte dann, nachdem er den Schub verstärkt und sich in die Luft erhoben hatte, geschickt über die schräg aufragenden Rücken der Transporter hinweg und setzte, nun bereits oberhalb des Engpasses, wieder auf den Felsbrocken auf. Da stieß einer der Beobachter in der Steuerzentrale des „Unbesiegbaren", der 60 Kilometer von der Schlucht entfernt war, einen Warnruf aus. Das geschah in dem Augenblick, in dem der schwarze Pelz an den Hängen zu rauchen begann, in großen Wellen heftig über das irdische Fahrzeug herfiel und es im ersten Moment völlig unter sich begrub, als wäre ein Mantel aus pechähnlichem Rauch darübergeworfen worden. Doch gleich durchfuhr ein weitverästelter Blitz die ganze Breite der angreifenden Wolke. Der Zyklop hatte seine Teufelswaffe nicht benutzt, es waren nur die von der Wolke erzeugten Energiefelder, die auf sein Kraftfeld gestoßen waren. Jetzt schien diese Hülle, die mit einer dicken Schicht wallender Schwärze behaftet war, lebendig geworden zu sein; bald schwoll sie an wie eine riesige Lavablase, bald zog sie sich zusammen, und dieses seltsame Spiel dauerte eine ganze Zeit. Die Männer hatten den Eindruck, als versuchte das ihren Blicken verborgene Fahrzeug die Myriaden von Angreifern zu teilen, die immer zahlreicher wurden, denn immer neue Wolkenlawinen wälzten sich in die Schlucht hinab. Der Lichtschein der Schutzsphäre war nicht mehr zu sehen, und nur der unheimliche Kampf zweier lebloser, aber gewaltiger Kräfte dauerte an in der dumpfen Stille. Schließlich seufzte einer der Männer vor dem Bildschirm auf: Die zuckende schwarze Blase war in einem dunklen Trichter verschwunden, die Wolke hatte sich in eine Art riesigen, über die höchsten Felsgipfel hinausreichenden Strudel verwandelt; mit dem unteren Ende war sie an den unsichtbaren Gegner gekrallt, und ihre Spitze rotierte in bläulich schillernden, irrsinnigen Umdrehungen als kilometerlanger Mahlstrom. Keiner sagte ein Wort, aber alle hatten begriffen, daß die Wolke auf diese Weise versuchte, die Energieblase, in der das Fahrzeug stak wie der Kern in der Schale, zu zerquetschen.

Rohan sah undeutlich, daß der Astrogator schon den Mund öffnete, um den Chefingenieur neben sich zu fragen, ob das Feld standhalten werde. Doch er sagte nichts, er kam nicht dazu.

Der schwarze Strudel, die Wände der Schlucht, das Gestrüpp – all das war im Bruchteil einer Sekunde verschwunden. Es war ein Anblick, als hätte sich in der Tiefe der Klamm ein feuerspeiender Vulkan aufgetan: eine Fontäne aus Rauch, kochender Lava, Felsbrocken, und schließlich eine große Wolke, die eine Schleppe aus Dampfschleiern hinter sich herzog und immer höher hinaufjagte, bis der Dampf, der sicherlich vom siedenden Wasser des Baches stammte, die anderthalb Kilometer Höhe erreichte, wo die Telesonde flog. Der Zyklop hatte den Antimateriewerfer eingesetzt.

Keiner in der Steuerzentrale rührte sich, keiner gab einen Laut von sich, aber alle empfanden eine schadenfrohe Genugtuung; daß dieses Gefühl nicht verstandesbedingt war, tat seiner Intensität keinen Abbruch. Man hätte meinen können, die Wolke habe endlich einen ebenbürtigen Gegner gefunden. Im Augenblick des Angriffs war jede Verbindung mit dem Zyklopen unterbrochen, und seitdem sahen die Männer nur, was die Ultrakurzwellenstrahlen der Flugsonde über siebzig Kilometer vibrierender Atmosphäre hinweg sendeten. Von dem Kampf, der im Kessel der Schlucht entbrannt war, hatten auch die Leute außerhalb der Steuerzentrale erfahren. Der Teil der Besatzung, der damit beschäftigt gewesen war, die Aluminiumbaracke abzubauen, ließ die Arbeit liegen. Am Horizont im Nordosten wurde es hell, als wollte dort eine zweite Sonne aufgehen, gewaltiger als jene, die jetzt im Zenit stand. Dann legte sich über diesen Lichtschein eine Rauchsäule und ballte sich zu einem massigen Pilz.

Die Techniker, die die Arbeit der Telesonde zu überwachen hatten, mußten sie aus dem Kampfgetümmel abziehen und auf vier Kilometer Höhe bringen. So war sie der Zone heftiger, durch die dauernden Explosionen erzeugten Luftströmungen entronnen. Weder die Felsen, die die Schlucht säumten, noch die zottigen Hänge, ja nicht einmal die aus ihnen hervorgekrochene schwarze Wolke waren zu sehen. Brodelnde Feuerzipfel und Rauchfetzen, von den parabelförmigen Bahnen glühender Trümmer durchkreuzt, füllten die Bildschirme. Die Phonometer der Sonde übertrugen anhaltendes, mal schwächeres, mal stärkeres Donnergrollen, als würde ein beträchtlicher Teil des Kontinents von einem Erdbeben geschüttelt.

Daß der unheimliche Kampf nicht zu Ende ging, war erstaunlich. In einigen Sekunden würde der Grund der Schlucht und die ganze Umgebung des Zyklopen den Schmelzpunkt erreicht haben, die Felsen würden sich senken, zusammenstürzen und sich in Lava verwandeln, und da war tatsächlich der glutrot glänzende Strom zu sehen, der sich einen Weg zu dem einige Kilometer entfernten Ausgang der Schlucht bahnte.

Horpach überlegte einen Augenblick, ob sich die Elektronenschalter des Werfers vielleicht verklemmt hatten, weil es schier unmöglich schien, daß die Wolke ihren Angriff auf einen Gegner fortsetzte, der solche vernichtenden Schläge gegen sie führte; aber als die Sonde auf einen neuen Befehl noch höher gestiegen war und die Grenzen der Troposphäre erreicht hatte, bewies ihm der Bildschirm, daß er sich irrte.

Jetzt umfaßte das Blickfeld bereits rund vierzig Quadratkilometer. Das zerklüftete Gelände war erstaunlich in Bewegung geraten. Langsam, wie in Zeitlupe – allerdings rief nur die Entfernung, aus der sie die Vorgänge beobachteten, diesen Eindruck hervor –, quollen von dunkelgefleckten Felshängen, aus Spalten und Höhlen im Gestein immer neue schwarze Knäuel hervor, stiegen auf, verbanden und verdichteten sich im Fluge und strebten dem Kampfplatz zu. Minutenlang sah es aus, als würden die unaufhörlich in den Kampf geworfenen dunklen Lawinen das Atomfeuer erdrücken, allein durch ihre Masse ersticken und auslöschen, aber Horpach kannte die Energiereserven des von Menschenhand geschaffenen Ungetüms.

Ein ohrenbetäubendes Donnern, das nun nicht mehr verstummte, drang aus den Lautsprechern und füllte die Steuerzentrale; zugleich bohrten sich drei Kilometer hohe Flammen in die unförmige Masse der angreifenden Wolke, rotierten langsam und bildeten eine Art Feuermühle. Die Luft vibrierte in ganzen Schichten und bog sich von der Glut, deren Zentrum sich gleichzeitig verschob. Der Zyklop fuhr aus unerklärlichen Gründen rückwärts und wich, ohne auch nur eine Sekunde den Kampf einzustellen, allmählich zum Ausgang der Schlucht zurück. Vielleicht rechnete sein Elektronengehirn damit, daß die Felshänge infolge der Atomexplosionen barsten und auf ihn stürzten. Obwohl er auch das unversehrt überstanden hätte, konnte es doch seine Manövrierfähigkeit beeinträchtigen. Genug, der kämpfende Zyklop bemühte sich, in offenes Gelände zu gelangen, und in dem brodelnden Durcheinander war nicht mehr zu erkennen, was Feuer aus seinen Werfern, was Qualm, was Wolkenfetzen und was Trümmer herabstürzender Felsnadeln waren.

Die Naturkatastrophe schien ihren Höhepunkt erreicht zu haben. Im nächsten Augenblick aber geschah etwas Unglaubliches. Das Bild flammte auf, erhellte sich zu einem furchtbar grellen, die Augen blendenden Weiß und bedeckte sich mit einem Gewimmel unzähliger Explosionen. In einem neuerlichen Zustrom von Antimaterie wurde alles, was unter dem Zyklopen lag, vernichtet. Luft, Trümmer, Dampf, Rauch und Gase – all das spaltete, in härteste Strahlung verwandelt, die Schlucht in zwei Teile, schloß die Wolke im Umkreis von einem Kilometer in den Bereich der Annihilation ein und flog hoch, wie durch eine Katastrophe im Planeteninnern emporgeschleudert.

Der „Unbesiegbare", der siebzig Kilometer vom Epizentrum des entsetzlichen Schlages entfernt war, schwankte, seismische Wellen pflanzten sich über die Wüste fort, die Transporter und die Energoboter unter der Rampe rutschten zur Seite, und wenige Minuten später fegte vom Gebirge her ein scharfer, heulender Sturm heran, versengte mit glühendem Atem die Gesichter der Männer, die hinter den Maschinen Schutz suchten, peitschte wirbelnde Sandwände hoch und jagte weiter über die große Wüste.

Ein Splitter hatte offenbar die Fernsehsonde getroffen, obwohl sie zu dieser Zeit bereits dreizehn Kilometer vom Ort der Katastrophe entfernt war. Die Verbindung brach nicht ab, doch das Bild, über und über mit Störungen bedeckt, verschlechterte sich erheblich. Eine weitere Minute verging, und als sich die Rauchschwaden ein wenig verzogen hatten, bekam Rohan, der angestrengt auf den Bildschirm starrte, die nächste Etappe des Kampfes zu sehen.

Der Kampf war noch nicht zu Ende, wie er kurz zuvor geglaubt hatte. Wären lebende Wesen die Angreifer gewesen, so hätte das Massaker, dem sie anheimfielen, die folgenden Reihen wohl zur Umkehr bewegt oder sie zumindest gezwungen, vor der lodernden Hölle haltzumachen. Hier aber kämpfte Totes gegen Totes; das Atomfeuer erlosch nicht, sondern änderte nur Gestalt und Richtung des Hauptangriffs. Da begriff Rohan zum erstenmal oder ahnte vielmehr, wie die Kämpfe ausgesehen haben mochten, die einst auf der öden Oberfläche der Regis III getobt hatten, als sich die Roboter untereinander zermalmt und vernichtet hatten, welcher Formen der Selektion sich die tote Evolution bedient und was Lauda mit den Worten gemeint hatte, die Pseudoinsekten hätten gesiegt, weil sie am besten angepaßt waren. Zugleich durchzuckte ihn der Gedanke, daß hier schon einmal etwas Ähnliches geschehen war, daß das tote, unzerstörbare, durch die Sonnenenergie in winzigen Kristallen festgehaltene Gedächtnis der Billionenwolke Kenntnisse solcher Zusammenstöße enthielt, daß die leblosen Teilchen – ein Nichts im Vergleich mit den alles vernichtenden Flammen, den felsenfressenden Entladungen – vor Jahrtausenden mit ebensolchen versprengten Einzelgängern, schwer gepanzerten Riesen und Atommammuten aus dem Geschlecht der Roboter hatten fertig werden müssen. Was ihr Überdauern ermöglicht und was bewirkt hatte, daß die Metallwände dieser Riesenungeheuer wie verrostete Lappen zerfetzt und zusammen mit den nun vom Sand verschütteten Skeletten der einstmals verläßlichen Elektronenmechanismen durch die große Wüste geschleift worden waren, das stellte eine unglaubliche, unbeschreibliche Kühnheit dar, wenn man eine solche Bezeichnung bei den winzigen Kristallen der gigantischen Wolke überhaupt anwenden konnte. Aber wie anders sollte man es nennen? Und er konnte sich eines willkürlichen Gefühls der Bewunderung beim Anblick ihrer weiteren Aktionen nicht erwehren.

Denn ungeachtet der bisherigen Hekatombe setzte die Wolke ihren Angriff fort. Jetzt ragten aus der Wolkendecke, die über das ganze, aus der Höhe überschaubare Gelände gebreitet war, nur noch vereinzelt die höchsten Berggipfel heraus. Alles andere, der ganze Schluchtengürtel, verschwand unter einer Flut schwarzer Wellen, die konzentrisch vom Horizont heranjagten und in den Feuertrichter hinabgerissen wurden, dessen Mittelpunkt der Zyklop bildete, der unter der flimmernden Glut nicht zu sehen war. Dieser mit ungeheuren, scheinbar sinnlosen Opfern erkaufte Vorstoß war jedoch nicht ohne Aussicht auf Erfolg.

Das wußten Rohan und die Männer, die machtlos dem Schauspiel zusahen, das ihnen der Bildschirm in der Steuerzentrale bot. Die Energiereserven des Zyklopen waren praktisch unerschöpflich, aber je länger das Annihilationsfeuer dauerte, desto heißer mußte es in der Maschine werden, da sich trotz der mächtigen Schutzvorrichtungen, trotz der Antistrahlenreflektoren den Werfern immerhin ein Bruchteil der Sterntemperaturen mitteilte und an den Ausgangspunkt zurückkehrte. Deshalb wurde der Angriff mit solcher Verbissenheit fortgesetzt, deshalb von allen Seiten zugleich vorgetragen. Je dichter an den Panzerplatten die Antimaterieteilchen mit dem todgeweihten Kristallhagel zusammenprallten, um so stärker erhitzten sich alle Apparaturen. Längst hätte es kein Mensch mehr im Innern des Zyklopen ausgehalten, vielleicht war der Keramikpanzer schon rotglühend, aber unter der Kuppel der Rauchschwaden sahen sie nur die pulsierende hellblaue Feuerblase, die langsam, Schritt für Schritt, dem Ausgang der Schlucht zukroch, so daß die Stelle, an der die Wolke erstmals angegriffen hatte, bereits drei Kilometer weiter nördlich auftauchte und die gräßliche verbrannte, schlacke- und lavabedeckte Bodenkruste zu erkennen war. Von geborstenen Felsen hingen Überreste des Asche gewordenen Gestrüpps herab, in denen Metallklümpchen klebten: von der Kernexplosion getroffene geschmolzene Kristalle.

Horpach befahl, die Lautsprecher auszuschalten, die in der Steuerzentrale ohrenbetäubenden Lärm verursachten, und fragte Jazon, was geschehen würde, wenn die Temperatur im Innern des Zyklopen die Hitzebeständigkeit des Elektronengehirns überstiege.

Der Wissenschaftler antwortete, ohne zu zögern: „Der Werfer schaltet sich aus."

„Und das Kraftfeld?"

„Das nicht."

Das Kampfgebiet hatte sich mittlerweile in die Ebene vor den Ausgang der Schlucht verlagert. Das tintenfarbene Flammenmeer kochte, blähte sich, strudelte und stürzte mit höllischen Sprüngen in den feurigen Schlund.

„Aber das wird wohl gleich geschehen", sagte Kronotos in die Stille hinein, die von dem nun stummen, sich wild aufbäumenden Bild ausging. Wieder verstrich eine Minute. Plötzlich wurde der Lichtschein des feurigen Trichters merklich schwächer. Die Wolke hatte ihn verdeckt.

„Sechzig Kilometer von uns entfernt", antwortete der Nachrichtentechniker auf Horpachs Frage.

Der Astrogator gab Alarm. Die Besatzung ging an die Plätze. Der „Unbesiegbare" zog die Rampe und den Personenlift ein und schloß die Luken. Auf dem Bildschirm war von neuem ein Flackern zu sehen. Wieder war der Feuertrichter da. Diesmal griff die Wolke nicht an. Nur ein paar Fetzen von ihr leuchteten, vom Feuer erfaßt, hell auf, ihr ganzer übriger Teil wich in

Richtung der Schluchten zurück, drang in das Labyrinth ein, über dem dichte Schatten lagen, und vor den Augen der Männer tauchte der Zyklop auf, anscheinend unversehrt. Noch immer schob er sich sehr langsam rückwärts und vernichtete mit Dauerbeschuß seine ganze Umgebung – Felsen, Sand und Dünen.

„Warum schaltet er den Werfer nicht aus?“ rief einer.

Als hätte die Maschine die Worte gehört, stellte sie das Feuer ein, wendete und rollte mit wachsender Geschwindigkeit der Wüste zu. Hoch über ihr folgte die Flugsonde. Mit einemmal sahen die Männer etwas wie einen dünnen Feuerfaden unglaublich schnell auf sie zurasen. Ehe sie begriffen, daß der Werfer des Zyklopen auf die Sonde geschossen hatte und das, was sie sahen, ein Streifen auf der Schußbahn annihilierter Luftteilchen war, schraken sie unwillkürlich zurück, als fürchteten sie, daß die Entladung aus dem Leuchtschirm sprang und in der Steuerzentrale explodierte. Gleich darauf verschwand das Bild, und nur der leere weiße Schirm starrte sie an.

„Er hat die Sonde zertrümmert, Astrogator!“ schrie der Techniker am Steuerpult. Horpach befahl, eine zweite Sonde zu starten. Der Zyklop hatte sich inzwischen dem „Unbesiegbaren“ so sehr genähert, daß sie ihn gleich erblickten, als die Sonde Höhe gewonnen hatte. Eine neue fadendünne Leuchtspur – und die zweite Sonde war zerstört. Bevor das Bild verschwand, konnten sie noch das eigene Raumschiff erkennen. Der Zyklop war nicht weiter als zehn Kilometer entfernt.

„Der ist wohl verrückt geworden“, sagte der zweite Techniker an der Apparatur, und seine Stimme zitterte vor Erregung. Bei diesen Worten fiel es Rohan wie Schuppen von den Augen. Er blickte den Kommandanten an und begriff, daß dieser das gleiche dachte wie er. Ihm war, als senkte sich ihm ein sinnloser, bleierner Schlaf in die Glieder, den Kopf, den ganzen Körper. Aber die Befehle waren gegeben: Der Kommandant hatte angeordnet, eine vierte und eine fünfte Sonde abzuschießen. Der Zyklop vernichtete sie alle. Wie ein Meisterschütze, der sich mit Zielschießen vergnügt, holte er sie herunter.

„Ich brauche volle Kraft“, sagte Horpach, ohne den Bildschirm aus den Augen zu lassen.

Wie ein Pianist griff der Chefingenieur mit beiden Händen in die Tasten des Verteilerpults.

„Volle Startkraft in sechs Minuten“, antwortete er.

„Ich brauche volle Kraft“, wiederholte Horpach in gleichem Ton, und in der Steuerzentrale wurde es so still, daß man das Summen der Relais hinter den Emaillewänden hören konnte. Es klang, als wäre dort ein Bienenschwarm erwacht.

„Das Reaktorgehäuse ist zu kalt“, wollte der Chefingenieur einwenden, doch da drehte Horpach sich zu ihm um und sagte zum drittenmal mit unveränderter Stimme: „Ich brauche volle Kraft!“

Der Ingenieur griff wortlos zum Hauptschalter. In der Tiefe des Raumschiffes blökten kurz die Alarmsirenen, und wie entfernter Trommelwirbel folgten die Schritte der Männer, die auf die Kampfposten eilten. Wieder sah Horpach zu dem Bildschirm hin. Keiner sagte etwas, aber jetzt hatten alle verstanden, daß das Unmögliche geschehen war: Der Astrogator rüstete zum Kampf gegen den eigenen Zyklopen.

Zitternd richteten sich die Zeiger an den Geräten aus wie Soldaten. In den Leuchtrahmen des Leistungsanzeigers erschienen fünfstellige, dann sechsstellige Zahlen. Irgendwo sprühten Funken aus der Leitung, Ozongeruch breitete sich aus. Im hinteren Teil der Steuerzentrale verständigten sich die Techniker durch Handzeichen, welches Kontrollsystem einzuschalten sei.

Die nächste Sonde zeigte vor ihrer Vernichtung den länglichen Schädel des Zyklopen, und man sah, wie er sich zwischen den Felswänden hindurchzwängte. Dann war das Bild wieder leer und stach mit seinem silbrigen Weiß in die Augen. Jeden Moment mußte die Maschine bereits in Direktübertragung auftauchen. Der Bootsmann am Radarschirm war bereit, eine Außenbugfernsehkamera über die Spitze des Raumschiffes auszufahren, durch die das Blickfeld vergrößert wurde. Der Nachrichtentechniker schoß die nächste Sonde ab. Der Zyklop schien sich nicht geradenwegs auf den „Unbesiegbaren" zuzubewegen, der ihn in voller Kampfbereitschaft unter der Wölbung des Kraftfeldes erwartete. In gleichmäßigen Abständen stoben Fernsehsonden aus seinem Bug.

Rohan wußte, daß der „Unbesiegbare" eine Ladung Antimaterie aufhalten konnte, aber die Stoßenergie abzufangen, mußte Verluste der Energiereserven verursachen. In dieser Situation hielt er es für das vernünftigste umzukehren, das heißt, sich auf eine stationäre Umlaufbahn zu begeben. Jede Minute rechnete er mit dem Befehl, aber Horpach schwieg unbegreiflich, als glaubte er, das Elektronengehirn der Maschine würde zur Besinnung kommen. Tatsächlich fragte er, mit schwerem Blick den Bewegungen der dunklen Gestalt folgend, die lautlos zwischen den Dünen dahinglitt: „Sie rufen ihn doch?"

„Jawohl. Keine Verbindung."

„Sendet: Sofort stop!"

Die Techniker machten sich an den Pulten zu schaffen. Zwei-, drei-, viermal zuckten Lichtstreifen unter ihren Händen auf. „Keine Antwort, Astrogator."

Warum startet er nicht? Rohan konnte es nicht fassen. Will er sich die Niederlage nicht eingestehen? Was für ein Blödsinn! Horpach! Er hat sich bewegt ... jetzt ... jetzt ... befiehlt er ...

Aber der Astrogator trat nur einen Schritt zurück.

„Kronotos?"

Der Kybernetiker näherte sich ihm. „Hier."

„Was können sie mit ihm gemacht haben?"

Rohan war betroffen. Horpach hatte „sie" gesagt, als hätte er es wirklich mit denkenden Gegnern zu tun.

„Die autonomen Stromkreise sind auf Kriotronen", begann Kronotos, und es war zu spüren, daß er nur Vermutungen aussprechen würde. „Die Temperatur ist angestiegen, sie haben die Supraleitfähigkeit verloren ..."

„Wissen Sie das, Doktor, oder rätseln Sie herum?“ fragte der Astrogator.

Es war ein sonderbares Gespräch. Alle starrten den Bildschirm an, auf dem der Zyklop jetzt ohne Übertragung durch die Sonde zu sehen war und mit flüssigen und doch etwas unsicheren Bewegungen vorwärtskroch – er wich mitunter vom Kurs ab, als wäre er noch im Zweifel, welchem Ziel er eigentlich zustrebte. Er schoß ein paarmal auf die nun überflüssige Telesonde, ehe er sie traf. Sie sahen sie wie eine grelle Leuchtkugel fallen.

„Das einzige, was ich mir vorstellen kann, ist eine Resonanz“, sagte der Kybernetiker nach kurzem Zögern.

„Wenn sich ihr Feld mit der Selbstwecktendenz des Hirns gedeckt hat...“

„Und das Kraftfeld?“

„Ein Kraftfeld schirmt ein magnetisches Feld nicht ab.“

„Schade“, bemerkte der Astrogator trocken.

Allmählich ließ die Spannung nach, weil der Zyklop nun offensichtlich nicht mehr auf das Mutterschiff zusteuerte. Die Entfernung zwischen ihnen, die eine Minute zuvor sehr klein gewesen war, wurde wieder größer. Das Fahrzeug, das der menschlichen Kontrolle entzogen war, wandte sich hinaus in die Weiten der nördlichen Wüste.

„Der Chefingenieur wird mich vertreten“, sagte Horpach. „Die anderen Herren bitte ich nach unten.“

Die lange Nacht

Rohan wurde vor Kälte wach. Verschlafen kuschelte er sich unter seiner Decke zusammen und preßte das Gesicht ins Kissen. Er versuchte, das Gesicht mit den Händen zuzudecken, aber immer heftigere Kälte umfing ihn.

Er wußte, daß er zu sich kommen mußte, aber er zögerte den Augenblick hinaus, ohne zu wissen, warum. Mit einemmal richtete er sich im Dunkeln in seiner Koje auf. Ein eisiger Lufthauch traf ihn mitten ins Gesicht. Er sprang aus der Koje und tastete sich leise fluchend zur Klimaanlage. Als er sich hingelegt hatte, war ihm so heiß gewesen, daß er den Knopf auf kalt gedreht hatte.

Allmählich erwärmte sich die Luft in der kleinen Kajüte, trotzdem konnte er, unter der Decke zusammengekauert, nicht wieder einschlafen. Er blickte auf das Leuchtzifferblatt seiner Armbanduhr – drei Uhr Bordzeit. Wieder nur drei Stunden Schlaf, dachte er wütend. Er fror noch immer. Die Beratung hatte lange gedauert, erst um Mitternacht waren sie auseinandergegangen. Soviel Gerede um nichts und wieder nichts, dachte er. Jetzt, in dieser Dunkelheit, hätte er wer weiß was darum gegeben, in der Raumstation zu sein. Nichts mehr hören und sehen von der verfluchten Regis III, von ihrem toten und wie der Tod erfinderischen Alptraum! Die meisten Strategen hatten geraten, auf

Umlaufbahn zu gehen, nur der Chefingenieur und der Chefphysiker hatten von Anfang an Horpachs Meinung vertreten: Bleiben, solange wie möglich. Die Chance, die vier Vermißten aus Regnars Gruppe zu finden, stand vielleicht eins zu hunderttausend, oder nicht einmal soviel. Wenn sie nicht schon vorher umgekommen waren, dann konnte nur große Entfernung vom Kampfplatz sie vor der Atomhölle gerettet haben. Rohan hätte sehr gern erfahren, ob der Astrogator nur wegen der vier Leute nicht gestartet war, oder ob dabei andere Überlegungen eine Rolle gespielt hatten. Wie sich die Sache hier ansah, das war eine Seite; ganz anders würde sie in den dürren Worten eines Berichts und im ruhigen Licht der Raumstation wirken. Dort würde man sagen, daß sie die Hälfte der Geländefahrzeuge und die Hauptwaffe, den Zyklopen mit dem Antimateriewerfer, eingebüßt hatten, der künftig eine zusätzliche Gefahr für jedes Raumschiff darstellen würde, das auf dem Planeten landete, daß sie sechs Menschenleben zu beklagen hatten und daß darüber hinaus die halbe Besatzung krankenhausreif und für Jahre, vielleicht für immer, fluguntauglich war. Und wegen dieser Verluste an Menschen, Maschinen und den besten Geräten waren sie vor mikroskopisch winzigen Kristallen, den Geschöpfen eines kleinen Wüstenplaneten, dem toten Überbleibsel der auf der Erde längst überholten Leierzivilisation, davongelaufen – denn was wäre jetzt eine Umkehr anderes als eine ganz gewöhnliche Flucht. Aber war Horpach ein Mensch, der solche Beweggründe berücksichtigte? Vielleicht wußte er selbst nicht genau, warum er nicht startete? Vielleicht wartete er auf irgend etwas? Aber auf was? Freilich, die Biologen hatten von der Möglichkeit gesprochen, jene toten Insekten mit ihrer eigenen Waffe zu schlagen. Wenn diese Art eine Evolution durchgemacht hatte, schlußfolgerten sie, so könnte man ihre weitere Entwicklung steuern. Zunächst müsse man bei einer erheblichen Menge eingefangener Exemplare Mutationen, bestimmte Erbveränderungen, hervorrufen, die im Laufe der Vermehrung bei den nachfolgenden Generationen wieder auftreten und die ganze kristalline Rasse unschädlich machen würden. Es müsse eine sehr spezifische Veränderung sein, eine Veränderung, die sofort einen Nutzeffekt verspreche und zugleich bewirke, daß der neue Typ eine Achillesferse, einen wunden Punkt aufweise, den man angreifen könne. Aber das war eben das übliche spekulative Geschwätz von Theoretikern: Sie hatten keine Ahnung, was für eine Mutation, was für eine Veränderung das sein sollte, wie sie zu erreichen war, wie viele dieser verfluchten Kristalle zu fangen waren, ohne abermals einen Kampf wagen zu müssen, in dem eine Niederlage noch größer sein könnte als am Tage zuvor. Selbst wenn alles gut ginge, wie lange müßte man auf die Ergebnisse dieser neuen Evolution warten? Doch nicht nur Tage und Wochen. Sollten sie etwa um die Regis kreisen wie auf einem Karussell, ein Jahr, zwei oder gar zehn Jahre? All das hatte keinen Sinn.

Rohan merkte, daß er die Klimaanlage zu weit aufgedreht hatte: Wieder war es zu heiß geworden. Er schleuderte die Decke weg, stand auf, wusch sich, kleidete sich rasch an und verließ die Kabine.

Der Fahrstuhl war nicht da. Er drückte auf den Knopf, und während er in dem Halbdunkel wartete, das nur die hüpfenden Lichter des Indikators erhellten, horchte er, die dumpfe Last durchwachter Nächte und angespannter Tage im Schädel, mit hämmernden Schläfen in die nächtliche Stille hinein, die über dem Raumschiff lag. Manchmal blubberte es in unsichtbaren Leitungen, aus den unteren Stockwerken drang das gedämpfte Murmeln der leerlaufenden Triebwerke herauf, die dauernd startbereit waren. Ein trockener, metallisch riechender Lufthauch wehte aus den vertikalen Schächten neben der Plattform, auf der er stand. Die Tür schob sich zur Seite, er betrat den Fahrstuhl. Im achten Stock stieg er aus. Hier bog der Korridor ab und führte am Hauptpanzer entlang, von einer Kette blauer Lämpchen beleuchtet. Er ging, ohne zu wissen wohin. Unwillkürlich hob er die Füße an den richtigen Stellen, um über die hohen Schwellen der hermetischen Trennwände zu steigen, bis er die Schatten des Bedienungspersonals am Hauptreaktor erblickte. Der Raum war dunkel, nur ein paar Dutzend Zeiger blinkten an den Tafeln. Darunter, in den vorgezogenen Sesseln, saßen die Männer.

„Die leben nicht mehr“, sagte einer. Rohan konnte nicht erkennen, wer es war.

„Wetten? Im Umkreis von fünf Meilen waren tausend Röntgen. Die leben nicht mehr, darauf kannst du dich verlassen.“

„Wozu sitzen wir dann noch hier herum?“ brummte ein zweiter. Nicht die Stimme, sondern der Platz, den er einnahm – er saß an der gravimetrischen Kontrollapparatur – verriet Rohan, daß es Bootsmann Blank war.

„Weil der Alte nicht umkehren will.“

„Und du, würdest du's tun?“

„Was bleibt uns übrig?‘

In dem Raum war es warm, und in der Luft lag der eigenartige künstliche Fichtennadelduft, durch den die Klimaanlagen den Geruch zu mildern suchten, den die bei der Arbeit des Reaktors erhitzten Plasteteile und Bleche des Gehäuses ausströmten. Am Ende entstand daraus ein Gemisch, das nur hier im achten Stock zu finden war.

Rohan hatte sich, für die Männer in den Sesseln unsichtbar, mit dem Rücken gegen die Schaumgummiverkleidung der Trennwand gelehnt. Nicht daß er sich absichtlich verbarg, er wollte einfach nicht an diesem Gespräch teilnehmen.

„Gleich hat er uns erreicht“, fuhr ein anderer nach kurzem Schweigen fort. Der Mann beugte sich vor, und augenblickslang war sein Gesicht zu sehen, halb rosa, halb gelb vom Schein der Kontrollämpchen, mit denen die Reaktorwand die davor hockenden Männer anzustarren schien. Wie alle, erfaßte Rohan sofort, von wem die Rede war.

„Wir haben das Feld und das Radargerät“, knurrte der Bootsmann unwillig.

„Das Feld nützt gerade was, wenn er auf ein Billierg Beschuß herankommt!“

„Der Radar läßt ihn nicht ran.“

„Wem sagst du das? Ich kenne ihn doch wie meine Westentasche.“

„Na und?“

„Er hat immerhin einen Antiradar. Störsysteme...“

„Aber er ist doch völlig durcheinander, ein elektronischer Geistesgestörter."
„Ein schöner Geistesgestörter. Warst du in der Steuerzentrale?"
„Nein, hier."
„Aber ich. Schade, daß du nicht gesehen hast, wie er unsere Sonden zertrümmert hat."
„Soll das vielleicht heißen, daß sie ihn umprogrammiert haben, daß er bereits unter ihrer Kontrolle steht?"
Alle sagen „sie", dachte Rohan, als wären es wirklich vernunftbegabte Lebewesen.
„Wer weiß. Angeblich ist nur die Verbindung gestört."
„Warum sollte er also auf uns feuern?"
Wieder trat Stille ein.
„Steht denn nicht fest, wo er ist?" fragte der Mann, der nicht in der Steuerzentrale gewesen war.
„Nein. Die letzte Meldung ist um elf eingetroffen. Kralik hat es mir gesagt. Sie haben ihn gesehen, als er sich durch die Wüste trollte."
„Weit von hier?"
„Dir geht wohl die Düse? Neunzig Meilen. Für ihn ist das eine knappe Stunde. Oder weniger."
„Jetzt habt ihr aber genug leeres Stroh gedroschen!" fuhr Bootsmann Blank, dessen scharfes Profil sich von dem bunten Flackern der Lämpchen abhob, ärgerlich dazwischen.
Die Männer verstummten. Rohan drehte sich langsam um und entfernte sich ebenso leise, wie er gekommen war. Sein Weg führte ihn an beiden Laboratorien vorbei; im großen waren die Lampen gelöscht, im kleinen brannte Licht. Er sah den Schein der Deckenleuchte auf den Gang fallen. Rohan warf einen Blick hinein. An dem runden Tisch saßen nur Kybernetiker und Physiker – Jazon, Kronotos, Sarner, Liwin, Saurahan und einer, der den anderen den Rücken zuwandte und im Schatten der schrägen Trennwand ein großes Elektronengehirn programmierte.
„Es gibt zwei Eskalationslösungen. Annihilation oder Selbstvernichtung. Alles andere läuft auf veränderte Existenzbedingungen der Wolke hinaus", sagte Saurahan. Rohan rührte sich nicht von der Stelle. Wieder einmal stand er da und lauschte.
„Die erste beruht darauf, einen Lawinenprozeß auszulösen. Dazu braucht man einen Antimateriewerfer, der in die Schlucht fährt und dort bleibt."
„Einer war schon dort", sagte jemand.
„Wenn er kein Elektronengehirn hat, dann ist er selbst bei Temperaturen von mehr als einer Million Grad noch aktionsfähig. Einen Plasmawerfer braucht man dazu. Plasma ist unempfindlich gegen Sterntemperaturen. Die Wolke wird sich genauso verhalten wie früher – sie wird versuchen, ihn abzuwürgen, Resonanz zu finden in den Steuerstromkreisen, aber Stromkreise werden nicht dasein. Nichts wird sich abspielen außer einer unterschwelligen Kernreaktion. Je mehr Materie in die Reaktion einbezogen wird, um so heftiger wird sie sein.

Auf diese Weise kann man die ganze Nekrosphäre des Planeten an einer Stelle zusammenfassen und annihilieren..."

Nekrosphäre, dachte Rohan. Ach so, weil diese winzigen Kristalle leblos sind. Nein, diese Wissenschaftler! Die finden doch immer einen nübschen neuen Namen.

„Am besten gefällt mir die Variante der Selbstvernichtung", sagte Jazon. „Aber wie stellen Sie sich das vor?"

„Na, sie beruht darauf, daß man zunächst eine getrennte Konsolidierung zweier großer ‚Wolkengehirne' herbeiführt und sie dann zusammenstoßen läßt. Damit soll erreicht werden, daß jede Wolke die andere für einen Konkurrenten im Existenzkampf hält."

„Schön. Aber wie wollen Sie das anfangen?"

„Es ist nicht einfach, aber immerhin möglich, sofern die Wolke nur ein Pseudogehirn ist, also unfähig, logisch zu folgern."

„Das sicherste ist trotzdem die Veränderung der Existenzbedingungen über die Senkung der durchschnittlichen Strahlungsintensität", sagte Sarner. „Vier Wasserstoffladungen von fünfig bis hundert Megatonnen pro Hemisphäre, insgesamt knapp achthundert, genügen. Das Wasser der Ozeane verdampft und verdichtet die Wolkendecke, die Albedo wächst, und die Symbionten am Boden können nicht mehr das zu ihrer Vermehrung notwendige Energieminimum an sie abgeben."

„Diese Berechnung geht nicht auf", wandte Jazon ein. Als Rohan sah, daß gleich ein fachlicher Streit ausbrechen würde, trat er von der Tür zurück und ging weiter.

Statt mit dem Fahrstuhl kehrte er über eine stählerne Wendeltreppe zurück, die sonst kaum benutzt wurde. Ein Stockwerk nach dem anderen blieb unter ihm. Er sah in der Reparaturhalle de Vries' Männer mit sprühenden Schweißbrennern an den dunklen, reglosen großen Arctanen arbeiten. Von weitem bemerkte er die Bullaugen des Lazaretts, die ein gedämpftes lila Licht verbreiteten. Ein Arzt in weißem Kittel lief lautlos den Korridor entlang; ihm folgte ein kleiner Automat, der einen Satz blitzender Instrumente trug. Rohan ließ die Messen hinter sich, die leer und dunkel waren, die Klubräume, die Bibliothek und langte schließlich in seinem Stockwerk an. Vor der Kabine des Astrogators verlangsamte er den Schritt, als wollte er auch hier lauschen; aber durch die glatte Türfläche drang kein Laut, kein Lichtstrahl, und die Bullaugen waren mit Kupfermuttern fest verschlossen. Erst in der Kabine spürte er wieder, wie müde er war. Gefühllos hingen ihm die Arme am Körper herab, er ließ sich schwer auf die Koje fallen, streifte die Schuhe von den Füßen und faltete die Hände im Nacken. So blieb er sitzen und sah zu der niedrigen, vom Nachtlämpchen nur spärlich beleuchteten blaulackierten Decke auf, die in der Mitte einen Riß hatte.

Weder Pflichtgefühl noch Neugier auf die Gespräche und das Privatleben der anderen hatten ihn durch das Raumschiff getrieben. Er fürchtete sich einfach vor den einsamen Nachtstunden, denn dann suchten ihn Bilder heim, die er gerne vergessen hätte. Am schlimmsten verfolgte ihn die Erinnerung an den Mann, den er mit einem Nahschuß getötet hatte, damit er nicht die anderen umbrachte. Er hatte es tun müssen, aber das machte es ihm nicht leichter. Er wußte, wenn er jetzt das Licht löschte, dann müßte er jene Szene von neuem erleben, dann sähe er wieder den Mann vor sich, der mit mattem, gedankenverlorenem Lächeln dem schwankenden Weyr-Werfer in seiner Hand gehorchte und über den Toten hinwegstieg, der mit abgerissenem Arm auf den Steinen lag.

Dieser Tote wäre Jarg, der zurückgekehrt und nun, nachdem er wie durch ein Wunder davongekommen war, so sinnlos starb. Sekunden später würde der andere mit in Brusthöhe zerfetztem, qualmendem Schutzanzug über dem Leichnam zusammenbrechen. Vergebens würde er sich bemühen, die Bilder zu verdrängen, die ihm immer wieder gegen seinen Willen vor Augen traten – er spürte geradezu den scharfen Ozongeruch, den heißen Rückstoß des Kolbens, den er mit schwitzenden Fingern umkrampfte, und er vernahm das Winseln der Männer, die er kurz darauf hetzend und keuchend einen nach dem anderen herbeischleppte und wie Garben band, und jedesmal ließ ihn die verzweifelte Hilflosigkeit der vertrauten, jetzt gleichsam erblindeten Gesichter bis ins Innerste erschauern.

Ein dumpfes Klappen – das Buch, das er noch in der Raumstation angefangen hatte, war heruntergefallen. Als Lesezeichen hatte er ein weißes Blatt hineingelegt, aber er hatte nicht eine Zeile gelesen, wann sollte er auch. Er streckte sich auf der Koje aus und dachte an die Strategen, die jetzt beisammensaßen und Pläne für die Vernichtung der Wolke schmiedeten, und sein Mund verzog sich zu einem geringschätzigen Lächeln. Hat ja alles keinen Sinn, dachte er. Sie wollen vernichten, aber damit retten wir niemanden. Die Regis ist unbewohnt, der Mensch hat auf ihr nichts zu suchen. Wozu also diese halsstarrige Verbissenheit? Es ist doch nicht anders, als wären die Männer bei einem Gewitter oder einem Erdbeben ums Leben gekommen. Niemandes bewußte Absicht, kein feindlich gesinnter Wille ist uns entgegengetreten. Ein lebloser Selbstorganisierungsprozeß... Lohnt es denn, die ganze Kraft und Energie daran zu verschwenden, ihn zu zerstören, und nur, weil wir ihn von vornherein für einen lauernden Feind gehalten haben, der erst den „Kondor" und dann uns aus dem Hinterhalt angefallen hat? Wie viele unheimliche, menschlichen Begriffen fremde Erscheinungen mag der Kosmos in sich bergen? Sollen wir überall mit unseren Raumschiffen landen, Vernichtungswaffen an Bord, um all das, was unser Fassungsvermögen übersteigt, zu zerschlagen? Wie haben sie es kurzerhand genannt? Nekrosphäre. Folglich auch Nekroevolution. Entwicklung toter Materie. Vielleicht könnten die Bewohner der Leier hier mitreden, die Regis III gehörte zu ihrem Bereich. Möglich, daß sie sich auf ihr ansiedeln wollten, denn als ihre Astrophysiker die Verwandlung ihrer Sonne in eine Nova ankündigten, war das vielleicht ihre letzte Hoffnung. Wenn wir in einer solchen Lage wären, dann würden wir selbstverständlich kämpfen und die schwarze Kristallbrut ausrotten. Aber so? Ein Parsek von der Raumstation entfernt, die wieder so viele Lichtjahre von der Erde entfernt ist... Wem zuliebe hocken wir eigentlich hier und verlieren unsere Leute, weshalb suchen die Strategen nächtelang nach der besten Annihilationsmethode? Von Rache kann doch nicht die Rede sein.

Wenn Horpach jetzt vor ihm stünde, würde er ihm all das sagen. Wie tollkühn und lächerlich zugleich dieses „Siegen um jeden Preis" sei, dieses „heldenhafte Ausharren des Menschen", diese Sucht nach Vergeltung für den Tod der Gefährten, die doch umgekommen waren, weil man selbst sie in den Tod geschickt hatte... Wir sind einfach unvorsichtig gewesen, haben zu fest auf unsere Werfer und Indikatoren gebaut. Wir haben Fehler begangen, und nun haben wir die Folgen zu tragen. Einzig und allein uns trifft die Schuld.

All das dachte er beim schwachen Schein der Lampe mit geschlossenen Augen, die ihm brannten, als hätte sich unter den Lidern Sand angesammelt. Der Mensch – das erkannte er in diesem Augenblick – hatte die wahren Höhen noch nicht erreicht, er hatte sich die so schön bezeichnete, seit alters gepriesene galaktozentrische Idee noch nicht zu eigen gemacht, deren Sinn nicht darin bestehen konnte, nur ähnliche Wesen zu suchen und zu begreifen, sondern darin, sich nicht in fremde, außermenschliche Angelegenheiten einzumischen. Die Leere erobern, natürlich, warum nicht. Aber nicht das angreifen, was existiert, was sich in Jahrmillionen ein eigenes, unabhängiges, außer den Kräften der Strahlung und der Materie niemandem und nichts unterworfenes Gleichgewicht seiner Existenz geschaffen hat, einer tätigen Existenz, die weder besser noch schlechter ist als die Existenz der Eiweißverbindungen, die Tier oder Mensch genannt werden.

Rohan schwelgte in dem Gedanken an diese erhabene Idee, war von Verständnis für jede existierende Form erfüllt, da traf ihn wie ein spitzer Pfeil das hohe, entnervende anhaltende Heulen der Alarmsirenen.

Alles, was er eben noch gedacht hatte, war mit einemmal verschwunden, wie weggeblasen von dem aufdringlichen Lärm, der sich in allen Stockwerken breitmachte. Schon stürzte er auf den Gang hinaus und lief zusammen mit den anderen in warmem, menschlichem Atem in schwerem, müdem Trab dahin. Aber noch ehe er den Fahrstuhl erreichte, spürte er – nicht mit einem bestimmten Sinnesorgan, ja überhaupt nicht mit seinem Körper, sondern wie mit dem Leib des Raumschiffs, von dem er jetzt ein Teilchen war – einen Stoß, der zwar sehr weit entfernt und schwach war, aber doch den Rumpf des Raumkreuzers von den Heckstützen bis zum Bug durchfuhr. Es war ein Schlag von ungeheurer Heftigkeit, den – auch das spürte er – etwas Größeres als der „Unbesiegbare" entgegennahm und geschickt parierte.

„Das ist er! Das ist er!" schrien die vorwärtsstürmenden Männer. Einer nach dem anderen verschwand im Fahrstuhl, zischend schlossen sich die Türen. Andere Besatzungsmitglieder polterten die Wendeltreppe hinunter, weil sie nicht warten wollten, bis sie an der Reihe waren. Da bohrte sich durch das Stimmengewirr, durch die Rufe, die Pfiffe der Bootsleute, durch das anhaltende Sirenengeheul und das aus den oberen Stockwerken dringende Getrappel die zweite, lautlose, dafür um so heftigere Erschütterung des nächsten Treffers. Die Ganglichter flackerten und wurden wieder hell.

Niemals hätte Rohan geglaubt, daß ein Fahrstuhl so langsam sein konnte. Er merkte nicht einmal, daß er noch immer mit aller Kraft den Knopf drückte. Nur ein Mann stand noch neben ihm, der Kybernetiker Liwin. Der Fahrstuhl hielt, und Rohan hörte beim Aussteigen ein Pfeifen, wie man es sich feiner nicht vorstellen kann und dessen hohe Töne, wie er ebenfalls wußte, für das menschliche Ohr nicht mehr wahrnehmbar waren. Es war, als stöhnten alle Titanverbindungen des Raumkreuzers zugleich auf. Er erreichte die Tür der Steuerzentrale und begriff, daß der „Unbesiegbare" Feuer mit Feuer beantwortet hatte.

Damit war das Gefecht eigentlich schon zu Ende. Vor dem flammenden Hintergrund des Bildschirms stand schwarz und groß der Astrogator. Die Deckenbeleuchtung war, vielleicht absichtlich, ausgeschaltet, und durch die Streifen, die von oben nach unten über den Bildschirm rieselten und das ganze Blickfeld verschwimmen ließen, schimmerte ein gigantischer bauchiger Explosionspilz, der mit dem Fuß am Boden haftete, seine blasigen Knäuel in alle Himmelsrichtungen ausstreckte und scheinbar völlig reglos war. Diese Explosion hatte den Zyklopen vernichtet, in seine Atome aufgelöst, und hinterließ in der Luft ein furchtbares, glasiges Zittern, durch das man die monotone Stimme des Technikers vernahm: „Zwanzig Strich sechshundert im Nullpunkt. Neun Strich achthundert im Umkreis. Eins Strich vier zweiundzwanzig im Feld." Wir haben 1420 Röntgen im Feld, das bedeutet, daß die Strahlung die Barriere des Kraftfeldes durchbrochen hat, überlegte Rohan. Er hatte nicht gewußt, daß so etwas möglich war. Aber als er auf die Skala des Hauptleistungsverteilers blickte, sah er, welch starke Ladung der Astrogator eingesetzt hatte. Mit dieser Energie konnte man ein Binnenmeer mittlerer Größe zum Sieden bringen. Nun, Horpach hatte kein weiteres Feuergefecht riskieren wollen. Vielleicht war er dabei zu weit gegangen, jedenfalls aber hatten sie jetzt wieder nur einen Gegner.

Auf den Bildschirmen entfaltete sich indessen ein ungewöhnliches Schauspiel: Der krause, blumenkohlähnliche Pilzhut loderte in allen Regenbogenfarben, vom feinsten silbrigen Grün bis zu satten orange und karminroten Tönungen. Rohan bemerkte erst jetzt, daß die Wüste gar nicht zu sehen war. Wie eine dichte Nebelschicht überzog sie der einige Dutzend Meter hochgewirbelte Sand, der auf und ab wogte, als hätte sich die Wüste in ein Meer verwandelt.

Der Techniker las noch immer von der Skala ab: „Neunzehntausend im Nullpunkt. Acht Strich sechshundert im Umkreis. Eins Strich eins null zwei im Feld."

Der Sieg über den Zyklopen wurde in dumpfem Schweigen hingenommen: Der Triumph, die eigene stärkste Waffe zerschlagen zu haben, reizte nicht zum Feiern. Allmählich gingen die Leute auseinander, während der Explosionspilz immer weiter in die Atmosphäre stieg und plötzlich an seiner Spitze in einem neuen Farbenspiel aufloderte, diesmal von den Strahlen der Sonne getroffen, die noch nicht aufgegangen war. Er hatte die obersten Schichten der eisigen Zirruswolken durchstoßen und nahm jetzt hoch über ihnen goldlila, bernsteingelbe und platinweiße Schattierungen an, deren Licht von den Bildschirmen in die Steuerzentrale fiel. Der ganze Raum schillerte, als hätte jemand auf den weißemaillierten Pulten bunte irdische Blumen zerrieben.

Noch einmal staunte Rohan, und zwar, als er Horpachs Äußeres sah. Der Astrogator hatte den schneeweißen Galamantel umgelegt, den er das letztemal bei den Abschiedsfeierlichkeiten in der Raumstation getragen hatte. Anscheinend hatte er das erste beste Kleidungsstück ergriffen, an das er geraten war. Er stand da, die Hände in den Taschen, das graue Haar an den Schläfen zerzaust, und ließ den Blick über die Versammelten schweifen.

„Kollege Rohan", sagte er unverhofft mit weicher Stimme. „Bitte zu mir."

Rohan trat näher und straffte sich unwillkürlich. Da wandte sich der Astrogator um und schritt zur Tür. Hintereinander gingen sie den Korridor entlang, und durch die Ventilationsscheibe hörten sie im Rauschen der Preßluft das dumpfe, wie ärgerliche Murmeln der Menschen, die die unteren Stockwerke füllten.

Das Gespräch

Die Aufforderung des Astrogators hatte Rohan nicht überrascht, und so betrat er die Kajüte. Er war zwar ein seltener Gast hier, aber nach seiner einsamen Rückkehr zu der Ausgangsstation im Krater war er an Bord des „Unbesiegbaren" gerufen worden, und Horpach hatte ihn empfangen. Eine solche Einladung hatte meist nichts Gutes zu bedeuten. Damals stand Rohan allerdings noch zu sehr unter dem Eindruck der Katastrophe, als daß er den Zorn des Astrogators gefürchtet hätte. Im übrigen hatte Horpach ihn mit keinem Wort getadelt, sondern nur sehr genau über die Begleitumstände beim Angriff der Wolke ausgefragt. An dem Gespräch hatte Dr. Sax teilgenommen, der die Vermutung geäußert hatte, Rohan sei nur davongekommen, weil er in einem Stupor, einem Zustand der Starre, gewesen sei, der die elektrische Tätigkeit des Gehirns einschränkte, so daß die Wolke ihn für verletzt und bereits unschädlich gemacht gehalten habe. Und der Fahrer Jarg, meinte der Neurophysiologe, sei rein zufällig verschont geblieben, weil er durch seine Flucht außerhalb des Angriffsbereichs gewesen sei. Terner hingegen, der fast bis zuletzt versucht hatte, sich und die anderen zu verteidigen, indem er mit den Laserwerfern schoß, habe sich zwar pflichtgemäß verhalten, aber gerade das sei ihm, so paradox das klingt, zum Verhängnis geworden, weil sein Gehirn normal gearbeitet und dadurch die Aufmerksamkeit der Wolke auf sich gezogen habe. Nach menschlichem Ermessen sei sie selbstverständlich blind, und der Mensch stelle für sie nichts anderes dar als ein beliebiges bewegliches Objekt, das seine Anwesenheit durch die elektrischen Potentiale seiner Gehirnrinde bekunde. Horpach und der Arzt hatten sogar erwogen, die Leute dadurch zu schützen, daß sie mit Hilfe eines chemischen Präparates in einen künstlichen Erstarrungszustand versetzt wurden; aber Sax hatte gemeint, die Wirkung trete, wenn wirklich eine „elektrische Camouflage" nötig sein sollte, zu spät ein, und die Leute gleich im Stupor hinauszuschicken sei auch nicht möglich. Schließlich hatte die ganze Befragung kein konkretes Ergebnis. Rohan glaubte, Horpach habe die Absicht, noch einmal auf die Sache zurückzukommen.

Mitten in der Kajüte, die doppelt so groß wie seine eigene war, blieb er stehen. In die Wand waren die Direktverbindungen zur Steuerzentrale und die Mikrofone für die Innenanlage eingelassen, sonst deutete nichts darauf hin, daß hier schon seit Jahren der Kommandant des Raumschiffes wohnte. Horpach warf den Mantel ab. Darunter trug er Hose und Netzhemd. Durch die Maschen stach die dichte, graue Behaarung seiner breiten Brust. Er setzte sich seitlich von Rohan, der noch immer stand, und stützte sich schwer auf den Tisch, auf dem außer einem kleinen, abgegriffenen, in Leder gebundenen Buch nichts war. Rohans Blick glitt von dem ihm unbekannten Buch zu dem Kommandanten hinüber, und ihm war, als sähe er ihn zum erstenmal. Das war ein zu Tode erschöpfter Mann, der nicht vor ihm zu verbergen suchte, daß ihm die Hand zitterte, als er sie an die Stirn führte. Und Rohan begriff plötzlich, daß er Horpach, unter dem er bereits das vierte Jahr arbeitete, überhaupt nicht kannte. Niemals war ihm in den Sinn gekommen, darüber nachzudenken, warum es in der Kajüte des Astrogators nichts Persönliches gab, nichts von dem manchmal spaßigen oder auch naiven Kleinkram, den die Männer in den Raum mitschleppten, Andenken an ihre Kindheit oder ihr Zuhause. In diesem Augenblick schien er zu verstehen, weshalb Horpach nichts dergleichen besaß, warum an den Wänden keine alten Fotos hingen, die die Gesichter nahestehender, auf der Erde gebliebener Menschen zeigten. Er brauchte so etwas nicht, weil er mit Leib und Seele hier und weil die Erde nicht sein Zuhause war. Aber vielleicht bedauerte er das jetzt zum erstenmal in seinem Leben? Die massigen Schultern, die Arme und der Nacken verrieten nicht sein Alter. Alt war nur die Haut an den Händen, sie war dick und legte sich an den Gelenken in spröde Falten; sie wurde weiß, als er die Finger spreizte und mit scheinbar gelassenem, müdem Interesse das leichte Zittern beobachtete, als stellte er etwas fest, was ihm bislang fremd gewesen war. Rohan konnte das nicht mit ansehen. Aber Horpach neigte den Kopf, blickte ihm in die Augen und murmelte mit verlegenem Lächeln: „Ich habe den Bogen überspannt, was?"

Weniger die Worte verblüfften Rohan als der Ton, in dem sie gesprochen wurden, und das Gebaren des Astrogators. Er antwortete nicht. Noch immer stand er da, und Horpach rieb sich mit der breiten Hand die behaarte Brust und fügte hinzu: „Vielleicht ist es auch besser so." Und ein paar Sekunden später mit überraschender Offenheit: „Ich wußte nicht, was ich tun sollte."

Das war erschütternd. Rohan hatte zu wissen geglaubt, daß Horpach schon seit Tagen genau so hilflos war wie sie alle. Doch in diesem Moment wurde ihm klar, daß er nichts genau gewußt, sondern daß er im Grunde damit gerechnet hatte, der Astrogator sei in seinem Denken jedem anderen immer um einige Schritte voraus, weil es nun mal so sein müsse. Und nun zeigte sich ihm plötzlich das Wesen des Kommandanten gewissermaßen zwiefach, denn er sah Horpachs halbnackten Körper, diesen müden Körper mit den zitternden Händen, von dessen Vorhandensein er bisher nichts gewußt hatte, und hörte zugleich die Worte, die die Richtigkeit seiner Entdeckung bestätigten.

„Setz dich, Junge", sagte der Kommandant. Rohan folgte der Aufforderung. Horpach stand auf, trat ans Waschbecken heran, spritzte sich Wasser über Gesicht und Nacken und trocknete sich rasch und kräftig ab. Dann zog er eine Jacke über, knöpfte sie zu und nahm ihm gegenüber Platz. Er sah ihn mit seinen farblosen, stets wie von heftigem Wind leicht tränenden Augen an und fragte beiläufig: „Wie steht es mit deiner ... Immunität? Haben sie dich untersucht?"

Also darum geht's ihm, fuhr es Rohan durch den Sinn. Er räusperte sich. „Natürlich, die Ärzte haben mich untersucht, aber nichts gefunden. Wahrscheinlich hat Sax recht gehabt mit diesem Stupor."

„So so. Mehr haben sie nicht gesagt?"

„Zu mir nicht. Aber ich habe gehört, daß sie darüber diskutiert haben, warum die Wolke einen Menschen nur einmal angreift und ihn dann seinem Schicksal überläßt."

„Interessant. Und?"

„Lauda vermutet, daß die Wolke dank der unterschiedlichen elektrischen Aktivität des Gehirns Normale und Beschädigte unterscheiden kann. Bei einem Beschädigten weise das Gehirn eine Aktivität auf wie bei einem Neugeborenen. Jedenfalls annähernd. Mein Erstarrungszustand bot anscheinend ein recht ähnliches Bild. Sax meint, man könne ein feines Metallnetz herstellen, das im Haar versteckt werde und schwache Impulse aussende, ebensolche wie das Gehirn eines Verletzten. Eine Art Tarnkappe. So könne man sich vor der Wolke verbergen. Aber das ist nur eine Vermutung. Es ist noch nicht klar, ob es überhaupt möglich ist. Sie würden gern Versuche machen, aber sie haben nicht genug Kristalle. Der Zyklop hat uns damit ja auch im Stich gelassen ..."

„Na schön." Der Astrogator seufzte. „Ich wollte über etwas anderes mit dir reden. Aber was hier gesagt wird, bleibt unter uns. Nicht wahr?"

„Gut", sagte Rohan zögernd, und die Anspannung kehrte zurück.

Der Astrogator sah ihn jetzt nicht an, als fiele ihm der Anfang schwer.

„Ich habe noch immer nicht entschieden", sagte er plötzlich. „Mancher an meiner Stelle würde ein Geldstück hochwerfen: abfliegen oder bleiben. Aber ich mag nicht. Ich weiß, du bist oft nicht mit mir einverstanden."

Rohan öffnete die Lippen, aber Horpach schnitt ihm sofort mit einer flüchtigen Handbewegung das Wort ab.

„Nein, nein ... Nun hast du eine Chance. Ich gebe sie dir. Du wirst entscheiden. Ich tue, was du sagst."

Er sah ihn an und verbarg gleich darauf seine Augen unter den schweren Lidern.

„Wie ... ich?“ stammelte Rohan. Alles hätte er erwartet, nur das nicht.

„Ganz recht, du. Es bleibt selbstverständlich unter uns. Abgemacht! Du entscheidest, und ich führe deinen Befehl aus. Ich werde es vor der Leitung der Raumstation verantworten. Günstige Bedingungen, nicht wahr?“

„Meinen Sie das im Ernst?“ fragte Rohan, um Zeit zu gewinnen, denn er wußte ohnehin, daß alles Wirklichkeit war.

„Ja. Wenn ich dich nicht kennte, ließe ich dir Zeit. Aber ich weiß, daß du umherläufst und dir dein Teil denkst, daß du die Entscheidung längst getroffen hast. Ich würde sie nur nicht aus dir herausbekommen. Deshalb wirst du es mir hier sagen, gleich, auf der Stelle. Denn es ist ein Befehl. In diesem Augenblick bist du Kommandant des ‚Unbesiegbaren‘ ... Du willst nicht auf Anhieb? Gut. Du hast eine Minute Bedenkzeit.“

Horpach stand auf, ging ans Waschbecken, strich sich mit der Handfläche über die Wangen, daß die grauen Bartstoppeln unter seinen Fingern raschelten, und begann, sich mir nichts, dir nichts mit dem elektrischen Apparat zu rasieren. Er schaute in den Spiegel.

Rohan sah ihn und sah ihn auch wieder nicht. Seine erste Empfindung war Wut auf Horpach, der so rücksichtslos mit ihm umsprang, indem er ihm das Recht gab, ja eigentlich die Pflicht auferlegte, zu entscheiden, und ihm gleichzeitig die Zunge band und ihm von vornherein die ganze Verantwortung abnahm. Er kannte ihn gut genug, um zu wissen, daß alles gründlich durchdacht und nicht mehr zu ändern war. Die Sekunden verrannen, und er mußte sprechen, jetzt, sofort, aber er vermochte keine Gedanken zu fassen. Alle Argumente, die er dem Astrogator so gern ins Gesicht geschleudert hätte, die er sich in nächtlichen Grübeleien wie eiserne Ziegel zurechtgelegt hatte, waren wie weggeblasen. Die vier Männer lebten nicht mehr – das war beinahe sicher. Wenn nicht dieses „beinahe“ wäre, brauchten sie nichts zu bedenken, hin und her zu wenden, sie würden einfach im Morgengrauen abfliegen. Aber jetzt nahm dieses „beinahe“ in ihm immer größere Ausmaße an. Solange er mit Horpach auf gleicher Stufe gestanden hatte, war er der Ansicht gewesen, sie sollten unverzüglich starten. Jetzt spürte er, daß er den Befehl nicht über die Lippen bringen würde. Er wußte, daß die Angelegenheit Regis III damit nicht abgetan wäre, sondern erst richtig anfangen würde. Das hatte nichts mit Verantwortung vor der Leitung der Raumstation zu tun. Diese vier Männer würden auf dem Schiff umhergeistern, niemals mehr würde es so sein wie vorher. Die Besatzung wollte zurück. Aber da fiel ihm seine nächtliche Wanderung ein, und er begriff, daß sie nach einer gewissen Zeit daran denken und dann darüber sprechen würden. Sie würden sagen: „Seht ihr? Er hat vier Leute dort gelassen und ist gestartet.“ Alles andere würde nicht zählen. Jeder einzelne mußte wissen, daß die anderen ihn unter keinen Umständen im Stich lassen würden. Alles durfte man verlieren, aber die Besatzung mußte man vollzählig an Bord haben – die Lebenden und die Toten. Dieser Grundsatz stand nicht in der Dienstordnung. Aber anders könnte niemand den Weltraum befliegen.

„Ich höre“, sagte Horpach, legte den Rasierapparat beiseite und setzte sich ihm gegenüber.

Rohan befeuchtete sich die Lippen.

„Man müßte versuchen ...“

„Was?“

„Sie zu finden.“

Nun war es heraus. Er wußte, daß ihm der Astrogator nicht widersprechen würde. Er war jetzt eigentlich felsenfest überzeugt, daß Horpach gerade damit gerechnet, daß er es bewußt arrangiert hatte. Um nicht allein das Risiko tragen zu müssen.

„Die vier. Ich verstehe. Gut.“

„Aber wir brauchen einen Plan. Etwas Vernünftiges.“

„Vernünftig waren wir die ganze Zeit“, erwiderte Horpach. „Den Erfolg kennst du ja.“

„Darf ich etwas sagen?“

„Bitte.“

„Ich war heute nacht auf der Beratung der Strategen. Das heißt, ich habe gehört ... Nein, lassen wir das, es ist unwichtig. Sie arbeiten mehrere Varianten für die Annihilation der Wolke aus, aber wir haben doch nicht die Aufgabe, sie zu vernichten, sondern die vier zu suchen. Wenn wir also ein Antiprotonenmassaker veranstalten, so übersteht keiner eine zweite solche Hölle, falls überhaupt noch einer von ihnen am Leben ist. Keiner. Das ist unmöglich.“

„Das meine ich auch“, sagte der Astrogator gedehnt.

„Sie auch. Wie gut ... Also?“

Horpach schwieg.

„Haben sie ... noch eine andere Lösung gefunden?“

„Die Strategen? Nein.“

Rohan wollte noch etwas fragen, aber er hatte nicht den Mut. Die Worte erstarben ihm auf den Lippen. Horpach sah ihn an, als wartete er auf etwas. Aber Rohan wußte nichts zu sagen – glaubte der Kommandant etwa, er vermochte allein, auf eigene Faust, etwas Besseres, Vollkommeneres auszudenken als die Wissenschaftler, als die Kybernetiker und Strategen mit ihren Elektronengehirnen? Das war doch Unsinn. Und doch sah er ihn geduldig an. Sie schwiegen. Gleichmäßig tropfte der Wasserhahn, ungemein laut in dieser tiefen Stille. Und in diesem Schweigen, das zwischen ihnen lag, stieg etwas herauf und streifte mit eisigem Hauch Rohans Wangen. Schon krampfte sich sein ganzes Gesicht, die Haut vom Nacken bis zu den Kiefern zusammen, wurde gewissermaßen zu eng, als er in Horpachs tränende, nun unsäglich alte Augen blickte. Er sah nur noch diese Augen und wußte Bescheid.

Langsam nickte er, als hätte er ja gesagt. Verstehst du? fragte der Astrogator mit den Augen. Ich verstehe, antwortete Rohan mit einem Blick. Aber als ihm alles immer mehr bewußt wurde, da fühlte er, daß das nicht sein konnte, daß niemand das Recht hatte, so etwas von ihm zu verlangen, nicht einmal er selbst. Er schwieg weiter. Er schwieg, aber nun tat er bereits, als ahnte er nichts, als wüßte er von nichts. Er klammerte sich an die naive Hoffnung, das verleugnen zu können, was in ihren Blicken hin- und hergegangen war, denn es war nicht ausgesprochen worden. Er könnte Begriffsstutzigkeit vortäuschen, denn er wußte, er spürte es, Horpach würde niemals von selbst zu ihm sprechen. Aber der andere sah das, er sah alles. So saßen sie reglos. Horpachs Blick wurde weicher. Weder Erwartung lag jetzt darin noch zwingende Zudringlichkeit, nur Mitgefühl, als wollte er sagen: Gut, ich verstehe. Meinetwegen.

Der Kommandant senkte den Kopf. Eine Sekunde noch, und das Unausgesprochene wäre verschwunden, und beide könnten tun, als wäre nichts geschehen. Aber der gesenkte Blick gab den Ausschlag. Rohan hörte sich selbst sagen: „Ich gehe."

Horpach seufzte tief auf, aber Rohan merkte es nicht, er war erschrocken über die eigenen Worte. – „Nein", sagte Horpach, „so gehst du mir nicht." Rohan schwieg. „Ich konnte es dir nicht sagen", begann der Astrogator. „Ich durfte nicht einmal einen Freiwilligen suchen. Dazu bin ich nicht berechtigt. Aber nun weißt du selbst, daß wir so nicht abfliegen können. Nur ein einzelner Mann kann dort hineingelangen und wieder herauskommen. Ohne Schutzhelm, Maschinen und Waffen."

Rohan vernahm seine Stimme wie von fern.

„Ich erläutere dir jetzt meinen Plan. Du denkst darüber nach. Du kannst ihn verwerfen, denn nach wie vor bleibt alles noch unter uns. Ich stelle es mir so vor: Ein Sauerstoffgerät aus Silikon. Kein Metall. Ich schicke zwei unbemannte Geländefahrzeuge. Sie ziehen die Wolke auf sich und werden von ihr vernichtet. Zur gleichen Zeit startet ein dritter Geländewagen mit einem Mann. Das ist eigentlich das größte Risiko, weil er möglichst nahe heranfahren muß, um keine Zeit für den Marsch durch die Wüste zu verlieren. Der Sauerstoffvorrat reicht 18 Stunden. Ich habe hier Photogramme von der ganzen Schlucht und ihrer Umgebung. Ich glaube, man sollte einen anderen Weg einschlagen als die bisherigen Expeditionen. So nahe wie möglich an den Nordrand des Hochplateaus heranfahren und von dort zu Fuß über die Felsen hinuntersteigen. In den oberen Teil der Schlucht. Wenn sie überhaupt irgendwo sind, dann dort. Dort hätten sie überleben können. Das Gelände ist schwierig, voller Höhlen und Klüfte. Falls du alle findest oder auch nur einen..."

„Eben. Wie soll ich sie fortbringen?" fragte Rohan und spürte den Kitzel trotziger Genugtuung. Hier ging der Plan in die Brüche. Wie leicht Horpach ihn doch opferte...

„Du hast ein geeignetes leichtes Betäubungsmittel. So etwas gibt es. Du gebrauchst es natürlich nur, wenn der Gefundene nicht laufen will. Zum Glück können sie in diesem Zustand ja laufen."

Zum Glück, dachte Rohan. Er ballte die Fäuste unter dem Tisch, damit Horpach es nicht bemerkte. Er hatte keine Angst, noch nicht. Alles war viel zu unwirklich.

„Sollte sich die Wolke für dich interessieren, so mußt du dich steif auf den Boden legen. Ich habe an ein Präparat für diesen Fall gedacht, aber es würde zu spät wirken. Bleibt nur der Kopfschutz, der Stromsimulator, von dem Sax gesprochen hat."

„Gibt es den schon?" fragte Rohan. Horpach verstand den verborgenen Sinn dieser Frage, aber er blieb ruhig.

„Nein. Aber er läßt sich binnen einer Stunde herstellen. Ein im Haar verborgenes Netz. Ein kleines Gerät, das Stromstöße erzeugt. Es wird in den Kragen des Skaphanders eingenäht. Ich gebe dir jetzt eine Stunde Zeit. Ich würde dir mehr geben, aber mit jeder weiteren Stunde wird die Aussicht auf Rettung geringer. Sie ist ohnehin minimal. Wann entscheidest du dich?"

„Ich habe mich bereits entschieden."

„Dummer Junge. Hörst du nicht, was ich dir sage? Das vorhin habe ich nur gesagt, weil du begreifen solltest, daß wir noch nicht starten dürfen."

„Sie wissen ohnehin, daß ich gehe."

„Du gehst nicht, wenn ich es dir nicht erlaube. Vergiß nicht: Der Kommandant bin immer noch ich. Vor uns liegt ein Problem, dem alle persönlichen Ambitionen untergeordnet werden müssen."

„Ich verstehe", sagte Rohan. „Sie wollen nicht, daß ich mich genötigt fühle. Schön. Gilt für das, was wir jetzt äußern, ebenfalls unsere Vereinbarung?"

„Ja."

„Dann möchte ich wissen, was Sie an meiner Stelle täten. Wir tauschen die Rollen – umgekehrt wie eben..."

Horpach schwieg eine Weile.

„Und wenn ich sagte, daß ich nicht gehen würde?"

„Dann gehe ich auch nicht. Aber ich weiß, daß Sie die Wahrheit sagen."

„Dann gehst du nicht? Ehrenwort? Nein, nein... Ich weiß, das ist nicht nötig."

Der Astrogator stand auf.

Da erhob sich auch Rohan. „Sie haben meine Frage nicht beantwortet."

Der Astrogator sah ihn an. Er war größer, bedeutend kräftiger gebaut, breiter in den Schultern. Seine Augen hatten den gleichen müden Ausdruck wie zu Beginn des Gesprächs.

„Du kannst gehen", sagte er.

Rohan straffte sich unwillkürlich und wandte sich der Tür zu. Da machte der Astrogator eine Bewegung, als wollte er ihn zurückhalten, am Arm fassen, aber Rohan bemerkte es nicht. Er verließ den Raum, und Horpach blieb reglos an der Tür zurück. Lange stand er so.

Der „Unbesiegbare“

Die ersten beiden Geländefahrzeuge rollten vor Tagesanbruch die Rampe hinunter. Noch waren die Dünenhänge auf der Sonnenseite schwarz, von nächtlicher Finsternis überschattet. Das Kraftfeld tat sich auf, gab den Maschinen den Weg frei und schloß sich wieder unter blauem Lichterfunkeln. Auf dem hinteren Trittbrett des dritten Wagens, gleich unter dem Heck des Raumkreuzers, saß Rohan, im Skaphander, ohne Helm und Schutzbrille, nur die kleine Maske des Sauerstoffgeräts vor dem Mund. Er hielt die Knie mit den Händen umspannt, weil er so bequemer den hüpfenden Sekundenzeiger beobachten konnte.

In der linken Brusttasche seines Schutzanzugs trug er vier Ampullen, in der rechten dünn gepreßte Nährkonzentrattabletten, und die Taschen der Knieschützer bargen kleine Instrumente: einen Strahlungsmesser, eine kleine Magnetuhr, einen Kompaß und eine Mikrophotogramm-Geländekarte, nicht größer als eine Postkarte. Man mußte sie durch eine starke Lupe betrachten. Er war mit einer sechsfachen Rolle aus feinstem Plastseil gegürtet, von seiner Kleidung waren alle Metallteile entfernt worden. Das Drahtgeflecht im Haar merkte er überhaupt nicht, es sei denn, er verzog absichtlich die Kopfhaut. Er spürte auch nicht den kreisenden Strom darin, aber er konnte den im Kragen eingenähten Mikrosender kontrollieren, wenn er den Finger an diese Stelle legte. Der kleine, harte Zylinder tickte gleichmäßig, und sein Puls war bei Berührung deutlich zu fühlen.

Im Osten hing ein roter Streifen am Himmel, auch war Wind aufgekommen. Er peitschte die Sandgipfel der Dünen. Die niedrigen Kraterzacken am Horizont schienen allmählich in einer Flut von Rot zu zerfließen. Rohan hob den Kopf. Zwischen ihm und dem Raumschiff sollte keine zweiseitige Verbindung eingerichtet werden, weil ein Sender sofort Rohans Anwesenheit verraten hätte. Aber in seinem Ohr klemmte ein winziger Empfangsapparat, nicht größer als ein Obstkern. Der „Unbesiegbare“ konnte ihm – zumindest eine Zeitlang – seine Signale senden. Jetzt begann es im Apparat gerade zu sprechen, und es war beinahe, als vernähme er eine Stimme in seinem Kopf.

„Achtung, Rohan. Hier Horpach. Die Buguhren vermerken ein Ansteigen der magnetischen Aktivität. Wahrscheinlich sind die Geländewagen schon unter der Wolke... Ich schicke eine Sonde los.“

Rohan hob den Blick zu dem aufklarenden Himmel. Er sah nicht den Start der Rakete, die plötzlich senkrecht wie eine Leuchtkugel aufstieg. Sie zog einen dünnen weißen Rauchstreifen hinter sich her, mit dem sie die Spitze des Schiffes einnebelte, und stob mit rasender Geschwindigkeit nordostwärts davon. Minuten verstrichen. Nun saß schon die halbe Scheibe der gedunsenen, alten Sonne rittlings auf dem Kraterwall.

„Eine kleine Wolke greift den ersten Wagen an“, sagte die Stimme in Rohans

Kopf. „Der zweite kommt bisher ungehindert voran. Der erste nähert sich dem Felsentor ... Achtung! Jetzt haben wir die Kontrolle über den ersten verloren. Auch die optische – die Wolke hat ihn zugedeckt. Der zweite nähert sich der Biegung bei der sechsten Wegverengung. Er wird nicht angegriffen. Vorbei! Wir haben die Kontrolle über den zweiten verloren. Sie haben ihn schon umzingelt ... Rohan! Achtung! Dein Wagen fährt in fünfzehn Sekunden ab. Von nun an handelst du nach eigenem Ermessen. Ich schalte den Startautomaten ein. Viel Glück."

Horpachs Stimme entfernte sich plötzlich. An ihre Stelle trat ein mechanisches, die Sekunden zählendes Ticken. Rohan setzte sich bequemer, stemmte sich mit den Beinen fest und schob den Arm durch die elastische Schlinge, die am Wagengeländer befestigt war. Die leichte Maschine erzitterte und fuhr federnd an.

Horpach hatte alle Männer im Schiff zurückgehalten. Rohan war ihm dafür beinahe dankbar, denn Abschiedsszenen hätte er nicht ertragen. So sah er, an das auf- und abhüpfende Trittbrett des Wagens geschmiegt, nur die riesige Säule des „Unbesiegbaren", die allmählich kleiner wurde. Der blaue Lichtschein, der eine Weile über die Dünenhänge flackerte, sagte ihm, daß die Maschine gerade die Grenze des Kraftfeldes überquerte. Doch gleich darauf wuchs die Geschwindigkeit, und die rote Staubwolke, die die Ballonreifen aufwarfen, nahm ihm die Sicht. Nur undeutlich sah er darüber den grauen Himmel. Das war keine sehr glückliche Lösung – er konnte angegriffen werden, ohne zu wissen, wann. Statt also, wie vorgesehen, sitzen zu bleiben, drehte er sich um, richtete sich auf und stand dann, sich am Geländer festhaltend, auf dem Trittbrett. Nun konnte er über den flachen Rücken der unbemannten Maschine hinweg den Blick auf die ihm entgegeneilende Wüste richten. Der Wagen fuhr mit Höchstgeschwindigkeit holpernd und schlingernd, so daß Rohan sich bisweilen mit ganzer Kraft gegen die Karosserie pressen mußte. Den Motor hörte er fast gar nicht, nur der Wind pfiff ihm um die Ohren, die feinen Sandkörnchen bissen in die Augen, und beiderseits des Fahrzeugs spritzten Sandfontänen hoch und bildeten eine undurchdringliche Wand, so daß er nicht einmal bemerkte, wann er das Kraterrund verließ. Offenbar hatte sich das Fahrzeug durch eine Sandkerbe im Nordrand hinausgeschlängelt.

Plötzlich hörte Rohan ein singendes Signal, das sich näherte. Das war der eingeschaltete Sender der Fernsehsonde. Er konnte sie nicht am Himmel entdecken, obgleich er angestrengt nach ihr Ausschau hielt. Sie war wohl sehr hoch aufgestiegen, um nicht die Aufmerksamkeit der Wolke auf sich zu ziehen, zugleich aber war sie unerläßlich, sonst hätte das Schiff den Wagen nicht steuern können. An der Rückwand war eigens ein Kilometerzähler angebracht worden, um ihm die Orientierung zu erleichtern. Bisher hatte er neunzehn Kilometer zurückgelegt, jeden Augenblick würden die ersten Felsen sichtbar werden. Aber die niedrig stehende Sonnenscheibe, die er bislang zur Rechten gehabt hatte und die rötlich durch den hochgeschleuderten Sand schimmerte, schob sich nun ein wenig hinter ihn. Dann bog der Wagen links ab. Rohan suchte vergebens herauszufinden, ob der Winkel mit dem festgelegten Kurs übereinstimmte oder ob er größer war; das hätte bedeutet, daß man in der Steuerzentrale ein unvorhergesehenes Manöver der Wolke bemerkt hatte und ihn aus ihrer Reichweite entfernen wollte. Die Sonne verschwand bald darauf hinter dem ersten langgestreckten Felsrücken, dann tauchte sie wieder auf. In dem schrägen Licht bot die Landschaft einen wilden Anblick und sah anders aus, als er sie von seiner letzten Expedition her in Erinnerung hatte. Doch damals hatte er sie aus größerer Höhe, vom Turm des Transporters aus betrachtet. Der Wagen wurde plötzlich so fürchterlich hin und her geworfen, daß Rohan ein paarmal schmerzhaft mit der Brust gegen die Panzerung prallte. Jetzt mußte er alle Kräfte anspannen, damit ihn die heftigen, wütenden Stöße, die nicht einmal von den Ballonreifen wirksam abgefangen wurden, nicht von dem schmalen Trittbrett warfen. Die Räder tanzten über die Gesteinsbrocken und schleuderten den Kies hoch in die Luft; polternd flog er den Abhang hinunter. Manchmal blieben sie stecken und drehten sich wie rasend auf der Stelle. Rohan meinte, diese höllische Fahrt müsse im Umkreis von mehreren Kilometern zu hören sein, und er überlegte ernsthaft, ob er die Maschine nicht anhalten und abspringen sollte – dicht unter der Schulter fühlte er den herausragenden Griff der bewußt außen angebrachten Bremse. Aber dann hätte er einen kilometerlangen Fußmarsch vor sich gehabt, und die ohnehin geringe Aussicht, rasch ans Ziel zu gelangen, wäre weiter geschwunden. Mit zusammengebissenen Zähnen, die Hände krampfhaft um die Griffe gekrallt, die ihm jetzt gar nicht mehr ein so sicherer Halt zu sein schienen, sah er also nur blinzelnd über den flachen Schädel des Fahrzeugs hinweg den Hang hinauf. Das Singen der Radiosonde wurde bisweilen leiser, aber sie war zweifellos noch immer über ihm, denn der Geländewagen manövrierte geschickt und wich den übereinandergetürmten Felstrümmern auf der Schutthalde aus. Manchmal neigte er sich zur Seite und fuhr langsamer, doch gleich darauf jagte er wieder mit voller Kraft bergan.

Der Kilometerzähler stand auf 27 – soviel hatte er bisher zurückgelegt. Auf der Geländekarte betrug der aufgezeichnete Weg 60 Kilometer, aber er mußte in Wirklichkeit schon wegen der Höhenunterschiede und der dauernden Schleifen länger sein. Hier gab es nicht die Spur Sand mehr. Schwer und bedrohlich hing die Sonne am Himmel, riesig und fast kalt. Ihre Scheibe berührte noch immer die Felszacken. Wie von Fieberschauern geschüttelt, bahnte sich die Maschine verbissen einen Weg durch das Geröll. Manchmal rutschte sie, wenn sich unter ihr knirschend das Gestein löste. Die Reifen rieben sich kraftlos an den Steinen und heulten pfeifend. Die Steigung wurde steiler. 29 Kilometer – außer dem singenden Signal der Sonde hörte er nichts. Der „Unbesiegbare“ schwieg. Warum? In der Steilwand, die sich in schwärzlichen Linien außerhalb der Sonne undeutlich abzeichnete, vermutete Rohan den oberen Rand der Schlucht, die er hinuntersteigen sollte – aber nicht hier, sondern bedeutend weiter im Norden. 30 Kilometer. Immerhin war von der schwarzen Wolke nichts zu sehen. Sie hatte wohl schon die beiden anderen

Maschinen kaltgestellt. Oder hatte sie sie einfach aufgegeben und sich damit begnügt, sie durch Blockieren der Funkverbindung vom Raumschiff abzuschneiden? Der ganze Wagen warf sich hin und her wie ein verzweifeltes Tier. Bisweilen drang Rohan das Dröhnen des auf vollen Touren laufenden Motors bis in die Kehle. Die Geschwindigkeit sank ständig, doch er kam wider Erwarten gut voran. Vielleicht hätte er ein Luftkissenfahrzeug nehmen sollen? Aber es wäre zu groß und zu schwer gewesen, außerdem lohnte es nicht, jetzt noch einen Gedanken daran zu verschwenden, da ohnehin nichts zu ändern war.

Er wollte auf die Uhr blicken, aber es gelang ihm nicht, die Hand auch nur eine Sekunde lang vor die Augen zu halten. Mit gebeugten Knien versuchte er, die entsetzlichen Stöße, die ihm die Eingeweide ordentlich durcheinanderrüttelten, abzufangen. Mit einemmal ging die Maschine vorn hoch und stürzte seitlich in die Tiefe. Die Bremsen kreischten, aber schon rutschte von allen Seiten Geröll nach und prasselte klirrend auf die dünnen Panzerplatten. Der Wagen wendete krampfhaft, schleuderte und glitt eine Weile auf der Seite durch das Steinmeer, dann hörte diese Bewegung auf...

Langsam richtete sich die Maschine auf und kroch wieder hartnäckig hangaufwärts. Jetzt sah Rohan bereits die Schlucht. Er erkannte sie an den schwärzlichen, an Krummholz erinnernden gräßlichen Gestrüppflecken, die die steilen Felsen überzogen. Etwa eine halbe Meile trennte ihn vom Rande der Schlucht. 34 Kilometer...

Der Hang, den er noch zu überqueren hatte, sah aus wie ein einziges Meer aus chaotisch übereinandergeworfenen Felstrümmern. Es schien unmöglich, daß die Maschine sich dort einen Weg würde bahnen können. Er hatte es bereits aufgegeben, nach passierbaren Stellen zu suchen, da es ohnehin nicht bei ihm lag, den Wagen zu steuern. So bemühte er sich vielmehr, die beiderseits des Talkessels aufragenden Felswände nicht aus den Augen zu lassen. Jede Sekunde konnte die schwarze Wolke daraus hervorquellen.

„Rohan... Rohan...“, hörte er plötzlich. Das Herz schlug ihm höher. Er erkannte Horpachs Stimme.

„Der Wagen wird dich wahrscheinlich nicht ans Ziel bringen. Wir können von hier aus die Neigung des Hanges nicht genau überblicken, aber du hast vielleicht nur noch fünf oder sechs Kilometer Fahrt vor dir. Wenn der Wagen steckenbleibt, mußt du zu Fuß weiter. Ich wiederhole...“

Höchstens 42 oder 43 Kilometer... Also bleiben mir ungefähr 17. In diesem Gelände sind das wenigstens vier Stunden, wenn nicht mehr, rechnete Rohan blitzschnell. Aber vielleicht täuschen sie sich, und der Wagen kommt durch.

Die Stimme verstummte, und wieder war nur das rhythmische Singen der Sonde zu vernehmen. Rohan biß fester auf das Mundstück der Sauerstoffmaske. Es hatte ihm bei den heftigen Stößen die Lippen aufgerieben. Die Sonne berührte nun nicht mehr den nahen Bergkamm, aber sie war auch nicht höher gestiegen. Vor den Augen hatte er große und kleine Gesteinsbrocken und Felsplatten, manchmal griff ihr kalter Schatten nach ihm. Der Wagen fuhr jetzt viel langsamer. Als Rohan den Blick hob, sah er winzige Federwolken über den Himmel segeln. Ein paar Sterne glitzerten. Plötzlich geschah etwas Sonderbares mit dem Fahrzeug: Das Heck sackte ab, das Vorderteil hob sich steil. Der Wagen bäumte sich auf wie ein scheuendes Pferd. Eine Sekunde, und er wäre in die Tiefe gestürzt und hätte Rohan unter sich begraben, wenn der nicht mit einem Satz abgesprungen wäre. Er fiel auf Knie und Hände. Durch die dicken Schutzhandschuhe und die Schienbeinschützer fühlte er den harten Aufprall, er schlitterte etwa zwei Meter über das Geröll, ehe er Halt fand. Die Räder stöhnten noch einmal auf, dann stand die Maschine.

„Achtung, Rohan! Das ist Kilometer 39... Der Wagen kommt nicht weiter. Du mußt zu Fuß gehen... Orientiere dich nach der Karte. Das Fahrzeug bleibt dort, für den Fall, daß du nicht anders zurück kannst. Du bist jetzt am Schnittpunkt der Koordinaten 46 und 192..."

Rohan richtete sich langsam auf. Jeder Muskel schmerzte. Aber nur die ersten Schritte fielen ihm schwer. Er lief sich ein. Er wollte so rasch wie möglich von dem zwischen zwei Felsschwellen eingeklemmten Wagen fort. Unter einem großen Gesteinsobelisken setzte er sich nieder, zog die Karte aus der Tasche und versuchte, sie einzurichten. Das war nicht einfach. Endlich hatte er seinen Standort bestimmt. Vom oberen Rand der Schlucht trennte ihn etwa ein Kilometer in Luftlinie, aber an dieser Stelle war an einen Abstieg nicht zu denken. Eine einzige Schicht aus Metallgestrüpp bedeckte die Hänge. Er ging also bergan und fragte sich die ganze Zeit, ob er den Abstieg auf den Grund der Schlucht an einer näher gelegenen, nicht an der vorgesehenen Stelle wagen solle. Denn dorthin würde er wenigstens vier Stunden brauchen. Selbst wenn es gelänge, mit dem Wagen zurückzufahren, mußte er für den Rückweg weitere fünf Stunden rechnen, und wieviel Zeit würde allein der Abstieg in die Schlucht beanspruchen, von der Suche ganz zu schweigen. Mit einemmal schien ihm der ganze Plan kein Gran gesunden Menschenverstandes zu enthalten. Es war einfach eine ebenso eitle wie heroische Geste, mit der Horpach ihn geopfert hatte, um das eigene Gewissen zu beschwichtigen.

Eine Weile war er so wütend – er hatte sich wie ein kleiner Schuljunge hinters Licht führen lassen, denn der Astrogator hatte alles im vorhinein festgelegt –, daß er seine Umgebung kaum wahrnahm. Allmählich faßte er sich. Es gibt kein Zurück, hämmerte er sich ein, ich werde es versuchen. Wenn mir der Abstieg nicht gelingt, wenn ich bis drei Uhr niemanden gefunden habe, dann kehre ich um. Es war Viertel nach sieben. Er bemühte sich, mit langen, gleichmäßigen, aber nicht zu raschen Schritten voranzukommen, weil der Sauerstoffverbrauch bei jeder Anstrengung ruckhaft anstieg. Am rechten Handgelenk befestigte er den Kompaß, um nicht von der einmal gewählten Richtung abzuweichen. Einige Male mußte er jedoch Klüfte mit abschüssigen Wänden umgehen. Die Schwerkraft war auf der Regis bedeutend geringer als auf der Erde, das ließ ihm wenigstens selbst in diesem schwierigen Gelände verhältnismäßig viel Bewegungsfreiheit. Die Sonne war höhergestiegen. Sein Gehör, das die ständige Begleitung all der Laute gewohnt war, mit denen ihn auf den bisherigen Expeditionen die Maschinen wie mit einer schützenden Barriere umringt hatten, war nun wie bloßgelegt und besonders reizempfindlich. Dann und wann vernahm er nur, jetzt viel schwächer als zuvor, das rhythmische Singen der Sonde. Dafür erregte jeder Windstoß, der um die Felszacken fauchte, seine Aufmerksamkeit, da er darin das wohlbekannte feine Summen zu hören glaubte, an das er sich so gut erinnerte. Allmählich hatte er sich an den Marschschritt gewöhnt und konnte nun, mechanisch von Stein zu Stein stapfend, ungehindert nachdenken. Er trug einen Schrittzähler in der Tasche. Er wollte nicht zu früh nach dem Zeiger sehen und entschloß sich, das erst nach einer Stunde zu tun. Doch er hielt es nicht aus und zog das uhrähnliche kleine Gerät hervor, bevor die Stunde vorüber war. Aber er war schmerzlich enttäuscht. Keine drei Kilometer hatte er zurückgelegt. Große Höhenunterschiede hatte er überwinden müssen, das hatte ihn aufgehalten. Also nicht drei, auch nicht vier Stunden, sondern wenigstens noch sechs, dachte Rohan. Er zog die Karte hervor und richtete sie knieend von neuem ein. 700 oder 800 Meter weiter östlich war der Kamm der Schlucht zu sehen. Die ganze Zeit war er ungefähr parallel dazu marschiert. An einer Stelle wurde das schwarze Gesträuch an den Hängen von einer fadendünnen, gewundenen Lücke geteilt; wahrscheinlich war das ein ausgetrocknetes Bachbett. Er bemühte sich, es genauer zu erkennen. Auf den Knien, in dem Wind, der ihm um die Ohren pfiff, durchlebte er Augenblicke der Unentschlossenheit. Als wüßte er selbst nicht genau, was er tat, erhob er sich, steckte mechanisch die Karte ein, bog rechtwinklig von seiner bisherigen Richtung ab und strebte der Steilwand der Schlucht zu.

Er näherte sich den stummen, zerklüfteten Felsen, als könnte sich jeden Augenblick der Boden unter ihm auftun. Entsetzliche Angst krampfte ihm das Herz zusammen. Doch er ging weiter, noch immer mit den Händen ausholend, die ihm furchtbar leer schienen. Mit einem Ruck blieb er stehen und schaute ins Tal, auf die Wüste hinunter, wo der „Unbesiegbare“ war. Er konnte das Raumschiff nicht sehen, es war hinter dem Horizont. Das wußte er, doch er blickte in diesen rötlichen Himmel, der sich langsam mit bauschigen Wolken füllte. Das Singen der Sondensignale wurde so schwach, daß er nicht sicher war, ob er es sich vielleicht nur noch einbildete. Warum schwieg der „Unbesiegbare“?

Weil er dir nichts mehr zu sagen hat, antwortete er sich selbst. Die oberen, an groteske, verwitterte Statuen erinnernden Felsbrocken waren in Reichweite. Die Schlucht tat sich vor ihm auf wie ein riesiger Graben voller Finsternis. Die Sonnenstrahlen reichten noch nicht bis zur Mitte der schwarzbedeckten Wände hinab. Hier und da ragten aus dem borstigen Dickicht kalksteinähnliche weiße Felsnadeln auf. Mit einem Blick umfaßte er den ganzen riesigen Raum bis zu dem steinigen Grund der Schlucht, der anderthalb Kilometer tief unter ihm lag.

Da fühlte er sich so sehr allen Mächten ausgeliefert, so wehrlos, daß er sich unwillkürlich niederhockte und an die Steine schmiegte, als wollte er selbst ein Felsbrocken werden. Das war sinnlos, denn er war nicht in Gefahr, entdeckt zu werden. Was er fürchten mußte, das hatte keine Augen. Er streckte sich auf einer schwach erwärmten Felsplatte aus und sah in die Tiefe. Die Aussagen der photogrammetrischen Karte waren völlig unbrauchbar, denn sie zeigte das Gelände aus der Vogelperspektive und daher vertikal erschreckend verkürzt. Er konnte nicht daran denken, über die enge, kahle Rinne zwischen den beiden mit schwarzen Sträuchern bewachsenen Flächen den Abstieg zu wagen. Nicht 25, sondern wenigstens 100 Meter Seil hätte er dafür haben müssen; außerdem hätte er ein paar Haken und einen Hammer gebraucht, aber er hatte nichts dergleichen. Er war nicht für Kletterpartien ausgerüstet.

Die schmale Furche führte zunächst ziemlich sanft abwärts, brach dann plötzlich ab, verschwand hinter einem überhängenden Buckel in der Felswand und war erst tief drunten durch einen bläulichen Dunstschleier wieder zu sehen. Ein verrückter Gedanke ging ihm durch den Sinn: Einen Fallschirm müßte ich haben...

Sorgsam prüfte er die Hänge zu beiden Seiten der Stelle, an der er ausgestreckt unter einem großen pilzförmigen Gesteinsbrocken lag. Jetzt erst spürte er, daß aus der großen Leere, die sich unter ihm auftat, ein milder, warmer Lufthauch heraufzog. Und wirklich, die Umrisse der Hänge gegenüber zitterten leicht. Das Dickicht speicherte die Sonnenstrahlen. Er ließ den Blick weiter schweifen und erkannte im Südwesten die Spitzen der Felsnadeln, deren Sockel das Felsentor bildeten, den Ort der Katastrophe. Sie wären ihm nicht aufgefallen, wenn sie nicht im Gegensatz zu allen anderen Felsen pechschwarz und wie mit einer dicken, glänzenden Glasur überzogen gewesen wären – ihre oberen Schichten hatten wohl während des Kampfes zwischen dem Zyklopen und der Wolke gekocht... Aber von seinem Platz aus konnte er auf der Talsohle weder die Transporter noch eine Spur der Atomexplosion entdecken. Als er so dort lag, packte ihn plötzlich Verzweiflung: Er mußte hinunter in die Tiefe, und es gab keinen Weg. Doch statt daß er erleichtert war, nun zurückkehren und dem Astrogator sagen zu können, er habe sein Möglichstes getan, reifte ein Entschluß in ihm.

Er stand auf. Eine Bewegung im Schluchtinneren, die er mit dem Augenwinkel erfaßte, hieß ihn sich abermals unwillkürlich ans Gestein pressen, doch er richtete sich gleich wieder auf. Wenn ich mich jede Minute langlege, kann ich nicht viel ausrichten, dachte er. Er ging jetzt den Grat entlang und suchte nach einer passierbaren Stelle. Alle paar hundert Meter beugte er sich über die Leere hinaus und sah immer das gleiche Bild: Wo der Hang sich sanft neigte, dort haftete schwarzes Gestrüpp, und wo kein Gestrüpp saß, dort ging es schroff in die Tiefe.

Einmal brachte sein Fuß einen Stein ins Rollen, er kollerte in den Abgrund, und andere folgten ihm. Eine kleine Lawine schlug polternd und tosend etwa hundert Meter unter ihm in die zottige Wand ein. Ein Licht auffunkelnder Rauchstreifen kroch daraus hervor, entfaltete sich in der Luft, blieb einen Augenblick reglos hängen, als hielte es Ausschau – er erstarrte am ganzen Leib.

Doch eine reichliche Minute später wurde der Rauch lichter und versickerte lautlos in dem glitzernden Gesträuch.

Kurz vor neun Uhr entdeckte er, als er abermals hinter einem Stein hervorlugte, unten auf der Talsohle – der Talkessel war hier bedeutend breiter – einen kleinen hellen Fleck, der sich bewegte. Mit zitternden Händen zog er das zusammenlegbare Fernglas aus der Tasche und richtete es dorthin...

Ein Mensch! Die Vergrößerung war zu gering, als daß er das Gesicht hätte erkennen können, aber er sah deutlich die gleichmäßigen Beinbewegungen. Der Mann ging langsam, leicht hinkend, als schleppte er ein verletztes Bein nach. Sollte er ihn anrufen? Er wagte es nicht. In Wirklichkeit versuchte er es, aber der Laut blieb ihm in der Kehle stecken. Er haßte sich selbst wegen dieser verfluchten Angst. Nur eins wußte er: daß er nun ganz gewiß nicht aufgeben würde. Er hatte sich gut gemerkt, in welche Richtung der andere gegangen war – das Tal hinauf, das immer breiter wurde, den weißlichen Kegeln der Geröllhalden zu –, und er lief in dieselbe Richtung, den Kamm entlang, über Felsbrocken und gähnende Spalten hinwegspringend, bis ihn der pfeifende Atem im Mundstück zu ersticken drohte und sein Herz wild hämmerte. Das ist Wahnsinn, das darf ich nicht, dachte er hilflos. Er lief langsamer, und plötzlich öffnete sich eine breite Felsenrinne einladend vor ihm, die weiter unten beiderseits von schwarzem Gestrüpp gesäumt war. Das Gefälle wurde stärker – vielleicht war dort ein Überhang?

Die Uhrzeit entschied, es war bald halb zehn. Er begann den Abstieg, anfangs wandte er das Gesicht dem Abgrund zu, dann drehte er sich um. Die Wand wurde zu steil. Er kletterte Schritt für Schritt abwärts, nahm die Hände zu Hilfe. Schon war er dicht vor dem schwarzen Dickicht, das ihn mit starrer, schweigender Hitze zu versengen schien. Es dröhnte ihm in den Schläfen. Er verschnaufte auf einem schrägen, schmalen Felsensims, stemmte den linken Schuh in einen Spalt und sah hinunter. Etwa vierzig Meter tiefer erblickte er einen breiten Absatz, von dem aus deutlich erkennbar ein kahler Felsbuckel abwärts führte, der sich über die aufragenden leblosen Pinsel der schwarzen Sträucher erhob. Aber von diesem rettenden Absatz war er durch die Luft getrennt. Er sah in die Höhe. Er hatte gut 200 Meter, vielleicht sogar mehr zurückgelegt. Das heftige Hämmern seines Herzens schien die Luft zu erschüttern. Ein paarmal kniff er die Augen zusammen. Langsam, mit blinden Bewegungen, rollte er das Seil auf. Du wirst doch nicht so verrückt sein, sagte eine innere Stimme zu ihm. Er schob sich seitwärts nach unten und gelangte zu einem Strauch in der Nähe. Die scharfen Triebe waren mit einem Rostbelag bedeckt, der bei Berührung stäubte. Auf wer weiß was gefaßt, griff Rohan zu. Aber nichts geschah. Er hörte nur ein trockenes Knistern. Er riß stärker, der Strauch saß fest. Um den unteren Teil schlang er das Seil, zog noch einmal daran... Und in einer plötzlichen Anwandlung von Mut umwickelte er einen zweiten und dritten Strauch, stemmte sich gegen den Fels und zerrte mit aller Kraft an dem Seil. Die Sträucher hielten, in das geborstene Gestein gekrallt.

Langsam ließ er sich hinab; anfangs konnte er durch die Reibung der Schuhsohlen noch einen Teil seines Körpergewichts auf den Felsen übertragen, doch bald rutschte er und hing in der Luft. Immer schneller ließ er das Seil unter dem Knie hindurchgleiten, bremste seine Geschwindigkeit mit der rechten Schulter ab, sah aufmerksam nach unten und landete schließlich auf dem Absatz. Nun versuchte er, das Seil zu lösen, indem er an einem Ende zog. Doch die Sträucher gaben es nicht frei, obwohl er mehrmals zog. Es hatte sich verklemmt. Da setzte er sich rittlings auf die Felsplatte und riß aus Leibeskräften. Plötzlich schnellte es mit giftigem Pfeifen durch die Luft und klatschte ihm in den Nacken. Wie vom Donner gerührt, schrak er zusammen. Danach blieb er einige Minuten sitzen, weil ihm die Knie zu sehr schlotterten, als daß er den weiteren Abstieg hätte wagen können. Dafür sah er wieder die Gestalt dort unten dahinwandern. Sie wirkte schon ein wenig größer. Er wunderte sich, daß sie so hell war, auch die Kopfform oder vielmehr die Kopfbedeckung jenes Mannes war recht eigenartig.

Er hätte geirrt, wenn er geglaubt hätte, das Schlimmste hinter sich zu haben. Aber das glaubte er gar nicht. Dennoch sollte er enttäuscht werden. Der weitere Weg war zwar technisch wesentlich einfacher, aber die rostknirschenden toten Sträucher wichen einer fettigen glänzenden schwarzen Masse. Ihre Drahtknäuel waren wie mit kleinen Beeren mit jenen Verdickungen besetzt, die er sofort erkannte.

Hin und wieder schwärmten leise summende Rauchwölkchen daraus hervor und kreisten in der Luft – dann erstarrte er jedesmal, aber nicht lange, sonst hätte er nie die Talsohle erreicht. Eine Weile schob er sich rittlings weiter. Dann wurde der Felsrücken breiter und weniger steil, so daß er absteigen konnte, allerdings nicht mühelos und nicht, ohne die Hände zu Hilfe zu nehmen. Aber ihm wurde gar nicht bewußt, wie weit er bei dem langen Abstieg schon vorangekommen war, weil seine Aufmerksamkeit geteilt, auf beide Seiten zugleich gerichtet war. Bisweilen mußte er so dicht an den stäubenden Büschen vorbei, daß ihre pinselähnlichen Drähte die Falten seines Schutzanzuges streiften. Doch nicht ein einziges Mal näherten sich ihm die über ihm dahinsegelnden, im Sonnenlicht funkelnden Wölkchen. Als er endlich auf der Geröllhalde stand, nur wenige Meter von dem mit knochenharten weißen Steinen besäten Grund der Schlucht entfernt, war es kurz vor zwölf Uhr. Er war bereits unterhalb der Strächerzone. Den Hang, den er hinabgestiegen war, beleuchtete zur Hälfte die hohe Sonne. Jetzt hätte er die bisherige Wegstrecke überblicken können, aber er wandte sich nicht um. Er lief bergab, versuchte das Körpergewicht von einem Bein auf das andere zu verlagern, sprang von Stein zu Stein, so schnell er nur konnte, aber das bröckelige Geröll der Halde folgte ihm rasselnd und polternd, und plötzlich, ganz in der Nähe des ausgetrockneten Baches, rutschte es unter ihm weg, und er stürzte so heftig zu Boden, daß sich die Sauerstoffmaske verschob und er einige Dutzend Meter den Hang hinunterrollte. Schon hatte er sich wieder hochgerissen, um trotz seiner Verletzungen weiterzulaufen, weil er fürchtete, den Mann, den er von oben gesehen hatte, aus den Augen zu verlieren – beide Hänge, besonders aber der Hang gegenüber, waren voll dunkler Grotteneingänge –, als ihn etwas warnte. Und ehe er begriffen hatte, fiel er wieder auf die scharfkantigen Steine und blieb mit ausgebreiteten Armen liegen. Ein leichter Schatten senkte sich von oben auf ihn herunter, und mit einem monotonen, anwachsenden, vom Pfeifen bis zum Baßgedröhn alle Register umfassenden Brausen zog ein formloses schwarzes Wolkenknäuel heran und hüllte ihn ein. Er hätte vielleicht die Augen schließen sollen; aber er tat es nicht. Er dachte noch, der kleine, in den Schutzanzug eingenähte Apparat möge durch den heftigen Sturz nicht gelitten haben, dann versank er in Reglosigkeit, die er sich selbst gebot. Er bewegte nicht einmal die Augäpfel, und doch sah er, daß die kribbelnde Wolke über ihm stehenblieb und einen träge züngelnden Arm ausstreckte. Das Ende dieses Arms konnte er von nahem betrachten, es sah aus wie die Öffnung eines tintenschwarzen Strudels.

Auf der Kopfhaut, auf den Wangen, auf dem ganzen Gesicht spürte er einen tausendfachen warmen Lufthauch wie einen aus Millionen winziger Teilchen bestehenden Atem. Etwas streifte in Brusthöhe seinen Schutzanzug. Fast völlige Finsternis umfing ihn. Mit einemmal wich der Arm, der sich wie eine kleine Lufttrombe krümmte, in die Wolke zurück. Das Summen wurde schrill. Die Zähne taten ihm weh davon, er spürte es mitten im Kopf. Da ließ es nach. Die Wolke stieg fast senkrecht hoch, wurde ein schwarzer Nebel, der sich von einem Hang zum anderen ausbreitete, zerfiel in einzelne, konzentrisch schwirrende Knäuel, kroch in den steifen Gestrüppelz und verschwand. Lange Zeit noch lag er reglos und wie tot. Ihn durchfuhr der Gedanke, nun sei es vielleicht schon soweit. Nun wisse er nicht mehr, wer er sei, wie er hierhergekommen sei und was er hier zu suchen habe. Und bei diesem Gedanken übermannte ihn eine solche Angst, daß er sich mit einem Ruck aufsetzte. Plötzlich mußte er lachen. Wenn er das denken konnte, so hieß das doch, daß er verschont geblieben war, daß ihm die Wolke nichts angetan, daß er sie überlistet hatte. Er bemühte sich, dieses kitzelnde, idiotische Lachen zu unterdrücken, das ihm in die Kehle gestiegen war und nun seinen ganzen Körper schüttelte. Das ist reine Hysterie, dachte er und erhob sich. Er hatte sich schon beinahe wieder gefaßt, so schien es ihm zumindest, rückte die Sauerstoffmaske zurecht und schaute sich um. Der Mann war nicht mehr da. Aber er hatte seine Schritte gehört. Er war sicherlich bereits an der Stelle vorbeigekommen und hinter einem bis in die Mitte der Schlucht vorgeschobenen, querliegenden Felsen verschwunden. Er lief ihm hinterher. Das Echo der Schritte näherte sich immer mehr und war merkwürdig laut, als stapfte der andere in Eisenschuhen dahin. Rohan rannte und fühlte einen stechenden Schmerz im Schienbein vom Knöchel bis zum Knie. Gewiß habe ich mir das Bein verstaucht, dachte er und ruderte verzweifelt mit den Armen. Wieder bekam er nicht genügend Luft und drohte fast zu ersticken, da erblickte er ihn. Er machte mechanisch riesige Schritte und setzte die Füße von Stein zu Stein. Die nahen Felswände warfen das Stampfen klatschend zurück. Und plötzlich glaubte Rohan, die Welt sollte einstürzen: Es war ein Roboter, kein Mensch! Einer der Arctane. Er hatte mit keiner Silbe an deren Geschick gedacht, daran, was aus ihnen nach der Katastrophe geworden sein mochte. Sie waren in dem mittleren Transporter gewesen, als die Wolke angriff. Da sah er, daß der linke Arm des Roboters fühllos herunterhing und zertrümmert war, sein einstmals glänzender, gewölbter Panzer war zerbeult und von Rissen zerfurcht. Die Enttäuschung war groß, und doch fühlte sich Rohan bald wohler bei dem Gedanken, daß er bei der weiteren Suche zumindest solch einen Gefährten zur Seite haben würde. Er wollte den Roboter heranrufen, aber etwas hielt ihn davon ab. Er lief nur schneller, an ihm vorbei, stellte sich ihm in den Weg und wartete. Aber der Zweieinhalbmeterriese schien ihn nicht zu bemerken. Das schüsselähnliche Ohr seiner Radarantenne war teilweise zerstört – Rohan stellte das jetzt von nahem fest –, und dort, wo früher das Objektiv des linken Auges gewesen war, gähnte ein Loch mit schartigem Rand. Er hielt sich aber völlig sicher auf den mächtigen Füßen und zog nur das linke Bein nach. Als der Abstand zwischen ihnen auf ein paar Schritt zusammengeschrumpft war, rief Rohan ihn an, aber der Arctan schob sich wie blind geradenwegs auf ihn zu, und er mußte in letzter Sekunde ausweichen. Dann lief er zum zweitenmal zu dem Roboter hin und wollte ihn an der Metallpfote packen, aber der Roboter entriß sie ihm mit weit ausholender, gleichgültiger Bewegung und setzte seinen Weg fort. Rohan begriff, daß auch der Arctan ein Opfer des Angriffs geworden war und er nicht auf ihn zählen konnte. Aber es fiel ihm schwer, die hilflose Maschine ohne weiteres ihrem Schicksal zu überlassen. Überdies erwachte die Neugier in ihm, wohin dieser Roboter eigentlich strebte, denn er wählte einen möglichst ebenen Weg, als hätte er ein bestimmtes Ziel. Nach kurzem Überlegen – der Arctan hatte sich inzwischen ein paar Dutzend Meter entfernt – folgte er ihm schließlich. Der Roboter langte bald an einer Geröllhalde an und stieg hinauf, ohne sich im geringsten um die Trümmerbäche zu kümmern, die unter seinen breiten Füßen hinabrannen. So hatte er das Schuttfeld ungefähr zur Hälfte erklommen, da stürzte er plötzlich und rutschte abwärts. Fallend strampelte er heftig mit den Beinen, so daß ein Beobachter unter anderen Umständen vielleicht sogar hätte lachen müssen. Dann stand er auf und begann von neuem, den Hang zu erklettern.

Rohan machte rasch kehrt und ging davon. Doch noch lange vernahm er das Getöse auf der Geröllhalde und das wiederkehrende, schwerfällige metallene Schlurfen, das die Felswände einander als vielfaches Echo zuwarfen. Er kam jetzt flink voran, weil der Weg über die flachen Steine im Bachbett ziemlich eben war und sanft abfiel. Von der Wolke war nichts zu sehen, nur manchmal ließ ein Zittern der Luft über den Hängen das Brodeln im schwarzen Dickicht ahnen. So langte er an der breitesten Stelle der Schlucht an, die hier in einen von felsigen Höhen gerahmten Talkessel mündete. Rund zwei Kilometer entfernt lag das Felsentor, der Ort der Katastrophe. Jetzt erst wurde ihm bewußt, wie sehr ihm der Olfaktometer fehlen würde. Er hätte ihm behilflich sein können, menschliche Spuren aufzufinden, doch das Gerät wäre für einen Fußgänger zu schwer gewesen. Er mußte also ohne ihn auskommen. Er blieb stehen und musterte die Felsen. Daß jemand in dem Metallgestrüpp Zuflucht gesucht hatte, war ausgeschlossen. Blieben nur die Grotten, Höhlen und Felsmulden – von seinem Standort aus zählte er vier. Hohe Felsschwellen mit senkrechten Wänden, die nicht alltägliche Ersteigungsschwierigkeiten verhießen, entzogen deren Inneres seinem Blick. Daher entschloß er sich, als erstes der Reihe nach die Grotten zu untersuchen. Schon vorher, an Bord des Raumkreuzers, hatte er zusammen mit den Ärzten und den Psychologen überlegt, wo die Verschollenen zu suchen seien, das heißt, wo sie sich versteckt haben konnten. Aber im Grunde hatte ihm diese Beratung nicht viel genützt, weil das Verhalten eines Amnesiegelähmten unberechenbar war. Daß sich die Vermißten zu viert von Regnars übrigen Leuten entfernt hatten, deutete auf eine Aktivität hin, die sie von den anderen unterschied. Und in gewisser Hinsicht ließ auch die Tatsache, daß die Spuren der vier bis zu dieser Stelle auf dem abgesuchten Gelände nicht auseinandergeführt hatten, darauf hoffen, sie alle zusammen zu finden – natürlich nur, wenn sie überhaupt noch am Leben waren und sich nicht oberhalb des Felsentores in verschiedene Richtungen gewandt hatten. Rohan suchte nacheinander zwei kleine und vier größere Grotten ab, in die er verhältnismäßig leicht gelangte – er brauchte nur ein paar große schräge Felsplatten zu überklettern. Das war ungefährlich und dauerte nur wenige Minuten. In der letzten Grotte stieß er auf zum Teil überschwemmte Metalltrümmer, die er anfangs für das Skelett des zweiten Arctans hielt; aber sie waren uralt und erinnerten nicht an eine ihm bekannte Konstruktion. In einem flachen Tümpel, der sichtbar war, weil die glatte, wie polierte Gewölbedecke spärliches Tageslicht widerspiegelte, lag eine merkwürdige längliche Form, die ein wenig einem fünf Meter langen Kreuz ähnelte. Das Blech, das sie von außen umgeben haben mochte, war längst zerfallen, hatte sich auf dem Grunde mit Schlamm vermischt und eine rostrot gefärbte Masse gebildet. Rohan konnte sich nicht erlauben, diesen ungewöhnlichen Fund, vielleicht das Wrack eines jener Makroautomaten, die durch die Siegerin der toten Evolution, die Wolke, ausgerottet worden waren, genauer zu untersuchen. Er prägte sich nur das Bild ein: verschwommene Umrisse von Bändern und Stangen, die wohl mehr zum Fliegen als zum Gehen gedient hatten. Die Uhr gebot immer größere Eile, und unverzüglich machte er sich daran, die nächsten Höhlen abzusuchen. Doch sie waren so zahlreich – von der Talsohle aus waren sie bisweilen als schwarz gähnende Fenster in den steilen Felswänden zu sehen gewesen –, und die häufig wassergefüllten unterirdischen Gänge, die hier und da zu senkrecht abfallenden Schächten und Gräben mit eiskalten, gurgelnden Rinnsalen führten, hatten so viele Windungen, daß er nicht wagte, weit in sie vorzustoßen. Außerdem besaß er nur eine kleine Handlampe, die verhältnismäßig schwaches Licht gab und besonders in den weitläufigen Grotten mit ihren hohen Deckengewölben und den unzähligen Galerien, auf die er einigemal stieß, machtlos war. Schließlich, als er vor Erschöpfung beinahe zusammenbrach, ließ er sich auf einem riesigen, von den Sonnenstrahlen erwärmten flachen Stein am Ausgang einer eben durchsuchten Höhle nieder, kaute einige Riegel des Preßkonzentrats und spülte die trockenen

Bissen mit Wasser aus dem Wildbach hinunter. Mehrmals glaubte er das Rauschen der heranziehenden Wolke zu hören, aber es war wohl nur das Echo der Sisyphusarbeit jenes Arctans, das von den oberen Talregionen herüberhallte. Als er seine schmalen Vorräte verzehrt hatte, war ihm bedeutend wohler. Am meisten wunderte ihn, daß ihn die gefährliche Nachbarschaft immer weniger kümmerte; das schwarze Dickicht, das sich die Hänge hinaufschob, wohin er auch blickte.

Er kletterte den Felsvorsprung vor der Höhle hinunter, auf dem er gerastet hatte, und gewahrte eine Art dünnen rostigen Streifen, der sich über die trockenen Steine auf der anderen Talseite zog. Als er dort eintraf, erkannte er Blutspuren. Sie waren völlig eingetrocknet und hatten sich verfärbt, und wäre nicht das ausnehmend helle Weiß des Felsgesteins gewesen, das an Kalkstein erinnerte, so wären sie ihm gewiß entgangen. Er versuchte herauszubekommen, welche Richtung der Verletzte eingeschlagen hatte, aber es gelang ihm nicht. So marschierte er denn aufs Geratewohl talaufwärts, von dem Gedanken beflügelt, daß es sich vielleicht um einen Mann handelte, der bei dem Kampf zwischen dem Zyklopen und der Wolke verwundet worden war und die Kampfstätte hatte verlassen wollen. Die Spuren kreuzten sich, an manchen Stellen brachen sie ab, doch schließlich führten sie ihn in die Nähe einer Höhle, die er als eine der ersten abgesucht hatte. Um so größer war seine Überraschung, als sich herausstellte, daß sich neben dem Eingang ein senkrechter, schachtähnlicher enger Spalt auftat, den er zuvor nicht bemerkt hatte. Dort endete die Blutspur. Rohan ließ sich auf die Knie nieder und beugte sich über das halbdunkle Loch. Obwohl er auf das Schlimmste gefaßt war, vermochte er einen gepreßten Aufschrei nicht zu unterdrücken, denn er erblickte Benningsens Kopf, der ihm mit leeren Augenhöhlen und gebleckten Zähnen entgegenstarrte. Er erkannte ihn am Goldrand der Brille, deren Gläser wie durch eine Ironie des Schicksals heil geblieben waren und im Widerschein des Lichtes, das von der über diesen Felsensarg geneigten Kalksteinplatte einfiel, in reinem Glanz funkelten. Der Geologe war eingeklemmt zwischen Gesteinsbrocken, deshalb war sein Körper, mit den Schultern in die natürliche Verkleidung des Steinschachtes eingekeilt, senkrecht stehengeblieben. Rohan wollte die Überreste des Mannes nicht so zurücklassen, aber als er sich ein Herz faßte und den Leichnam anzuheben versuchte, da spürte er durch den dicken Stoff des Schutzanzuges hindurch, daß er sich unter seinem Griff auflöste. Durch die Einwirkung der Sonnenstrahlen beschleunigt, die jeden Tag hier hereindrangen, hatte die Verwesung bereits ihr Werk getan. Rohan öffnete nur den Reißverschluß an der Brusttasche des Anzugs und entnahm ihr die Erkennungsmarke des Wissenschaftlers. Bevor er seinen Weg fortsetzte, wälzte er mit letzter Kraft eine der zunächst liegenden Felsplatten heran und deckte die Felsengruft damit zu.

Der erste war gefunden. Als Rohan sich ein ganzes Stück von jener Stelle entfernt hatte, fiel ihm ein, daß er eigentlich den Leichnam auf Radioaktivität hätte prüfen müssen, denn ihr Grad konnte in gewissem Sinne das Schicksal

Benningsens und auch der anderen aufklären. Eine hohe Strahlungskonzentration wäre nämlich der Beweis gewesen, daß sich der Tote in der Nähe des Atomkampfortes aufgehalten hatte. Aber er hatte es vergessen, und nichts hätte ihn jetzt bewogen, den Stein wieder wegzuschieben. Gleichzeitig wurde Rohan sich bewußt, welch große Rolle bei seiner Suche der Zufall spielte, denn er hatte doch zweifellos vorher rund um diese Stelle alles sehr gründlich abgesucht.

Von einem neuen Gedanken beseelt, folgte er jetzt hastig der Blutspur, um ihren Anfang zu finden. Sie führte in beinahe gerader Linie ins Tal hinunter, als strebte sie dem atomaren Schlachtfeld zu. Aber bereits ein paar hundert Schritt weiter bog sie plötzlich ab. Der Geologe hatte sehr viel Blut verloren, desto erstaunlicher war es, daß er so weit gekommen sein sollte. Die Steine, die seit der Katastrophe nicht ein einziger Regentropfen genetzt hatte, waren stark mit Blut befleckt. Rohan erklomm ein paar wackelige große Blöcke und war nun in einer weitläufigen, beckenähnlichen Mulde unterhalb einer kahlen Felsrippe. Das erste, was er sah, war die unnatürlich große metallene Fußsohle eines Roboters. Er lag auf der Seite und war offensichtlich durch eine Weyr-Serie mittendurch gespalten. Etwas weiter entfernt lehnte an einem Stein in halb sitzender Stellung, fast in zwei Hälften zusammengeklappt, ein Mann mit einem Helm, dessen Wölbung rußgeschwärzt war. Der Mann war tot. Der Werfer hing noch an der schlaffen Hand und berührte mit dem blitzenden Lauf den Boden. Rohan wagte nicht gleich, den Mann anzufassen, sondern kniete nur bei ihm nieder und versuchte, ihm ins Gesicht zu blicken, aber es war genauso von der Verwesung verunstaltet wie Benningsens Gesicht. Da entdeckte er die breite, flache Geologentasche, die über der anscheinend geschrumpften Schulter des Mannes hing. Es war Regnar selbst, der Leiter der Expedition, die im Krater überfallen worden war. Die Radioaktivitätsmessungen ergaben, daß der Arctan mit einer Weyr-Ladung zertrümmert worden war: der Indikator registrierte die charakteristischen Isotope seltener Erden. Rohan wollte auch Regnar die Erkennungsmarke abnehmen, doch diesmal konnte er sich nicht dazu durchringen. Er schnallte nur die Tasche ab, weil er so den Leichnam nicht zu berühren brauchte. Aber sie war bis obenhin mit Mineralbrocken vollgestopft. Nach kurzem Überlegen brach er also mit dem Messer nur das am Leder befestigte Monogramm des Geologen ab, steckte es ein und versuchte, von einem hohen Stein aus die leblose Szene noch einmal überblickend, zu begreifen, was hier eigentlich geschehen war. Es sah aus, als hätte Regnar auf den Roboter geschossen. Hatte der vielleicht ihn oder Benningsen angegriffen? Konnte schließlich ein amnesiegelähmter Mensch überhaupt einen Angriff abwehren? Er sah, daß er des Rätsels Lösung nicht finden würde, er mußte weitersuchen. Wieder blickte er auf die Uhr: Es war kurz vor fünf. Wenn er nur auf den eigenen Sauerstoffvorrat angewiesen sein sollte, dann mußte er sich bereits auf den Rückweg machen. Da fiel ihm plötzlich ein, daß er doch die Sauerstoffbehälter aus Regnars Gerät ausschrauben könnte. Er hob also dem Toten den ganzen Apparat von den Schultern und stellte fest, daß ein Behälter noch voll war. Er tauschte ihn mit seinem geleerten aus und ging daran, rings um den Leichnam Steine aufzuhäufen. Das nahm fast eine Stunde in Anspruch, aber er war der Ansicht, der Tote habe es ihm ohnehin überreichlich dadurch gelohnt, daß er ihm seinen Sauerstoffvorrat abgetreten hatte. Als der kleine Hügel fertig war, dachte Rohan, es wäre eigentlich gut gewesen, sich mit einer Waffe zu versehen, wie der gewiß noch geladene kleine Weyr-Werfer eine war. Aber wieder dachte er zu spät daran und mußte mit leeren Händen abziehen.

Es war kurz vor sechs. Er war so müde, daß er kaum noch die Füße heben konnte. Er besaß noch vier Tabletten eines stimulierenden Mittels. Eine davon nahm er und stand eine Minute später, als er spürte, daß die Kräfte zurückkehrten, vom Boden auf. Da er nicht die leiseste Ahnung hatte, wo er nun noch suchen sollte, lief er einfach geradenwegs auf das Felsentor zu. Als er noch etwa einen Kilometer davon entfernt war, warnte der Indikator vor zunehmender radioaktiver Verseuchung. Zunächst war sie noch ziemlich gering, und er schritt aus und beobachtete dabei das Gelände ringsum. Da die Schlucht viele Windungen hatte, wiesen nur manche Felsen an ihrer Oberfläche Spuren des Schmelzprozesses auf. Je weiter er kam, desto häufiger traf er jene charakteristische rissige Glasur an, bis er schließlich ganze zu riesigen Blasen erstarrte Felsbrocken erblickte, deren Oberfläche unter den Schlägen der thermischen Entladungen gekocht hatte. Er hatte hier eigentlich nichts mehr zu schaffen, dennoch ging er weiter. Die Meßuhr an seinem Handgelenk ließ jetzt ein leichtes, immer schnelleres Ticken hören, der Zeiger tanzte wie wild über die Skala, sprang von einem Teilstrich zum anderen. Endlich erkannte er in der Ferne die Reste des Felsentores, die in einen muldenähnlichen Kessel gestürzt waren. Er sah aus wie ein kleiner See, dessen Wasser durch einen gewaltigen Einschlag über die Ufer gespritzt und auf unheimliche Weise erstarrt war. Der Felssockel hatte sich in eine dicke Lavakruste verwandelt, und der einst schwarze Pelz des Metallgestrüpps war nun ein einziger Asche gewordener Fetzen. Im Innern der Schlucht schimmerten zwischen den Felswänden riesige Schründe von hellerer Färbung. Rohan machte eilends kehrt.

Und wiederum kam ihm der Zufall zu Hilfe. Als er bereits an einem zweiten, bedeutend breiteren Felsentor hinter dem Kampfplatz anlangte, sah er in der Nähe, an einer Stelle, an der er schon einmal gewesen war, einen Metallgegenstand funkeln. Es war der Aluminiumreduktor eines Sauerstoffgerätes. In einem flachen Spalt zwischen dem Felsen und dem ausgetrockneten Bachbett dunkelte ein Rücken in rauchgeschwärztem Schutzanzug. Die Leiche war ohne Kopf. Der fürchterliche Luftandruck hatte den Mann über einen Steinhaufen getragen und gegen den Felsen geschmettert. Ein wenig abseits lag unbeschädigt die Waffentasche, darin stak fest der Weyr-Werfer und blitzte, als wäre er erst vor kurzem gereinigt worden. Rohan nahm ihn an sich. Er wollte den Toten identifizieren, aber es war unmöglich.

Er marschierte weiter schluchtaufwärts. Das Licht auf dem Osthang färbte sich bereits rot und glitt wie ein flammender Vorhang immer höher, je tiefer die Sonne hinter den Bergrücken sank. Es war ein Viertel vor sieben. Rohan stand vor einem echten Dilemma. Bisher hatte er, zumindest in gewisser Beziehung, Glück gehabt: Er hatte seinen Auftrag erfüllt, war heil davongekommen und konnte zum Raumkreuzer zurückkehren. Daß der vierte Mann nicht mehr am Leben war, unterlag – davon war er überzeugt – keinem Zweifel, aber das hatte man schließlich schon an Bord des „Unbesiegbaren" für sehr wahrscheinlich gehalten. Er war hier, um sich Gewißheit zu holen. Hatte er also das Recht umzukehren? Die Sauerstoffreserve, die er Regnars Gerät verdankte, reichte für weitere sechs Stunden. Er hatte jedoch die ganze Nacht vor sich, in der er nichts unternehmen konnte, nicht nur wegen der Wolke, sondern allein, weil er fast völlig erschöpft war. Er schluckte eine zweite Tablette und versuchte, während er auf ihre Wirkung wartete, einen einigermaßen vernünftigen Plan für das weitere Vorgehen zu entwerfen.

Der blutrote Schein der untergehenden Sonne übergoß jetzt in immer satteren Tönen das schwarze Dickicht auf den Felsgraten hoch über ihm, die Zacken der Sträucher funkelten und schillerten in tiefem Violett.

Rohan vermochte sich noch immer nicht zu entschließen. Als er so unter einem riesigen Felsblock saß, hörte er in der Ferne das volltönende Summen der heranziehenden Wolke. Und seltsam – er erschrak nicht. Im Laufe dieses einen Tages hatte sich sein Verhältnis zu ihr merkwürdig gewandelt. Er wußte, oder er glaubte zumindest zu wissen, wie weit er gehen durfte, wie ein Bergsteiger, den der Tod, der in den Gletscherwänden lauert, nicht schrecken kann. Allerdings war er sich dieser inneren Wandlung selbst nicht recht bewußt, denn er hatte nicht in seinem Gedächtnis den Augenblick registriert, da ihm zum erstenmal, als das schwarze Gestrüpp auf den Felsen in allen violetten Tönungen schillerte, dessen düstere Schönheit aufgegangen war. Aber jetzt, als er die schwarzen Wolken bereits gesichtet hatte – zwei Wolken schwärmten von den Hängen gegenüber auf und näherten sich –, rührte er sich überhaupt nicht, suchte auch nicht mehr mit gegen die Steine gepreßtem Gesicht Schutz. Schließlich war es ganz und gar gleichgültig, was er tat, wenn nur der verborgene kleine Apparat funktionierte. Er tastete durch den Stoff des Schutzanzugs hindurch nach dem münzenrunden Deckel und fühlte mit den Fingerspitzen ein zartes Vibrieren. Er wollte die Gefahr nicht herausfordern, deshalb setzte er sich nur bequemer hin, um nicht unnötig die Körperlage zu verändern. Die Wolken nahmen jetzt beide Seiten der Schlucht ein. Durch ihre schwarzen Knäuel schien eine Art ordnender Strom zu fließen, denn sie verdichteten sich an den Rändern, und ihre Innenflächen wölbten sich immer mehr und strebten einander zu. Es war gerade so, als formte sie ein riesiger Bildhauer mit ungemein raschen, unsichtbaren Handgriffen. Einige kurze Entladungen durchzuckten die Luft zwischen den am engsten benachbarten Punkten der beiden Wolken. Sie schienen aufeinander zuzurasen, und doch blieb jede auf ihrer Seite, und nur ihre mittleren Knäuel flatterten in heftigerem Rhythmus. Der Lichtschein dieser Blitze war sonderbar dunkel. Beide Wolken flammten sekundenlang darin auf wie Milliarden im Flug erstarrter silbrigschwarzer Kristalle. Sobald dann die Felsen schwach und dumpf, als hätte plötzlich ein schalldämpfender Stoff sie überzogen, das Echo der Donnerschläge mehrmals zurückgeworfen hatten, vereinigten sich beide Seiten des schwarzen Meeres bebend und bis zum letzten angespannt und flossen ineinander. Die Luft darunter verfinsterte sich, als wäre die Sonne untergegangen, und zugleich tauchten unbegreifliche, jagende Linien darin auf, und Rohan begriff erst nach einer geraumen Weile, daß er das grotesk verzerrte Spiegelbild der Talsohle vor sich hatte. Unterdessen wogten die Luftspiegel unter der Wolkendecke und dehnten sich, bis er mit einemmal eine riesenhafte, mit dem Kopf in die Finsternis hineinragende menschliche Gestalt erblickte, die ihn reglos anstarrte, obwohl das Bild selbst unablässig bebte und tanzte, als flammte es auf und erlöschte wieder in einem fortwährenden geheimnisvollen Rhythmus. Und abermals vergingen Sekunden, bevor er darin das eigene, in dem leeren Raum zwischen den seitlichen Lappen der beiden Wolken schwebende Spiegelbild erkannte. Er war so erstaunt, so gelähmt von dem unbegreiflichen Tun der Wolke, daß er alles vergaß. Er dachte, daß die Wolke vielleicht von ihm, von der mikroskopischen Anwesenheit des letzten lebenden Menschen inmitten des Gesteins wisse, aber auch dieser Gedanke schreckte ihn nicht. Keineswegs, weil er zu unwahrscheinlich gewesen wäre – er hielt nichts mehr für unmöglich –, es drängte ihn einfach, an diesem düsteren Mysterium teilzuhaben, dessen Bedeutung er – da war er ganz sicher – niemals begreifen würde. Sein gigantisches Spiegelbild, durch das die fernen Felshänge schwach hindurchschimmerten, zerfloß in den oberen Talpartien, die der Schatten der Wolke nicht erreichte. Zugleich schoben sich aus der Wolke unzählige Arme hervor. Wenn sie einige aufgesaugt hatte, dann erschienen an ihrer Statt andere. Ein schwarzer Regen fiel, der immer dichter wurde. Winzige Kristalle stoben auf Rohan herab, streiften seinen Kopf, glitten am Schutzanzug hinunter, sammelten sich in den Falten. Der schwarze Regen hielt an, und die Stimme der Wolke, dieses Tosen, das nicht nur das Tal, sondern offenbar die ganze Atmosphäre des Planeten erfaßt hatte, schwoll an. Einzelne Strudel bildeten sich in der Wolke, Fenster, durch die der Himmel zu sehen war. Der schwarze Mantel zerriß in der Mitte, zwei Wolkenberge segelten schwerfällig und gelangweilt auf das Gestrüpp zu und versanken und verschwanden schließlich in seiner reglosen Starre.

Rohan rührte sich noch immer nicht. Er war sich nicht im klaren, ob er die Kristalle, mit denen er übersät war, abschütteln durfte. Sie lagen überall auf den Steinen, das ganze Bachbett, das bisher schneeweiß geleuchtet hatte, sah aus wie mit Tinte bespritzt. Vorsichtig nahm er ein dreieckiges Kristall zwischen die Finger, doch da schien es plötzlich lebendig zu werden, streifte seine Hand mit leichtem Wärmehauch und erhob sich in die Luft, als Rohan instinktiv die Faust öffnete. Mit einemmal, wie auf ein vereinbartes Zeichen, wimmelte die ganze Umgebung wie ein Ameisenhaufen. Diese Bewegung war nur in der ersten Sekunde chaotisch, dann bildeten schwarze Punkte eine Art Qualmschicht, die über dem Boden lagerte, verdichteten sich, ballten sich und stiegen als Säulen hoch. Es sah aus, als wären die Felsen selbst riesige rauchende Opferfackeln ohne Flamme und Feuerschein geworden. Und jetzt erst geschah etwas Unbegreifliches: Als der aufsteigende Schwarm fast wie ein Wolkenball genau über dem mittleren Teil des Tals hing, tauchten vor dem Hintergrund des allmählich dunkleren Himmels wie riesenhafte schwarze Ballons jene Wolken wieder aus dem Dickicht und stürzten sich mit rasender Geschwindigkeit darauf. Rohan meinte das merkwürdige Knirschen zusammenstoßender Luftmassen zu hören, aber das war wohl eine Täuschung. Er glaubte schon, er wohnte einem Kampf bei, und jene Wolken hätten die toten Insekten, die sie lossein wollten, ausgestoßen und auf den Grund der Schlucht geworfen, da erwies sich alles als ein Trugschluß. Die Wolken teilten sich, und von der bauschigen Kugel blieb nichts übrig. Sie hatten sie verschluckt. Gleich darauf bluteten wieder nur die Felsgipfel in den letzten Sonnenstrahlen, und der weite Talkessel lag still und verlassen.

Da erhob sich Rohan, und er stand etwas wackelig auf den Beinen. Er kam sich plötzlich lächerlich vor mit dem Weyr-Werfer, den er dem Toten so eilfertig abgenommen hatte, mehr noch, er fühlte sich überflüssig in diesem Reich des vollendeten Todes, in dem nur tote Formen siegreich hatten überdauern können, um geheimnisvolle Vorgänge zu vollziehen, die nie ein lebendes Wesen erblicken sollte. Nicht entsetzt, sondern benommen und voller Bewunderung hatte er das miterlebt, was kurz zuvor geschehen war. Er wußte, daß kein Wissenschaftler fähig sein würde, seine Empfindungen zu teilen, aber er wollte jetzt nicht mehr nur zurückkehren, um Kunde vom Tode ihrer Gefährten zu bringen, sondern um zu fordern, daß der Planet unangetastet blieb. Nicht überall ist alles für uns bestimmt, dachte er, als er gemächlich abwärts stieg. Der Himmel war noch licht, und er gelangte bald auf den Kampfplatz. Dort erst mußte er sich beeilen, weil die Strahlung der glasigen Felsen, die in der sinkenden Dämmerung wie schaurige Silhouetten vorbeihuschten, immer stärker wurde. Schließlich lief er sogar. Die Felswände griffen den Widerhall seiner Schritte auf und gaben ihn weiter, und in diesem unaufhörlichen Echo, das seine Hast ins Riesenhafte steigerte, sprang er mit letzter Kraftanstrengung von Stein zu Stein, kam an bis zur Unkenntlichkeit zerschmolzenen Maschinenresten vorbei und erreichte einen gewundenen Abhang, aber auch hier glühte die Skala des Strahlungsmessers rubinrot.

Er durfte nicht stehenbleiben, obwohl er Atembeschwerden hatte, und so drehte er, fast ohne langsamer zu werden, den Reduktor der Flasche bis zum Anschlag auf. Selbst wenn der Sauerstoff am Ende der Schlucht verbraucht sein sollte und er die Luft des Planeten würde atmen müssen, so war das gewiß immer noch besser, als länger hier zu verweilen, wo jeder Quadratzentimeter des Gesteins tödliche Strahlen von sich schleuderte. Der Sauerstoff schlug ihm in einer kalten Welle in den Mund. Es lief sich gut, weil die Oberfläche des erstarrten Lavastroms, den der zurückweichende Zyklop auf der Strecke seiner Niederlage hinterlassen hatte, glatt war, stellenweise wie Glas. Zum Glück hatte er gut haftende Profilsohlen an den Schuhen, er rutschte also nicht.

Inzwischen war es so dunkel geworden, daß nur die hier und da unter der glasigen Schicht hervorschimmernden hellen Steine den Weg nach unten zeigten. Unaufhörlich nach unten. Er wußte, daß er wenigstens noch drei Kilometer solcher Wegstrecke vor sich hatte. Es war unmöglich, bei dieser wilden Jagd Berechnungen anzustellen, aber dann und wann warf er doch einen Blick auf die rot pulsierende Scheibe des Strahlungsmessers. Etwa eine Stunde durfte er sich noch hier aufhalten zwischen den von der Annihilation verbogenen und geborstenen Felsen, dann würde die Dosis zweihundert Röntgen nicht überschreiten. Fünf Viertelstunden mochten auch noch angehen, aber wenn er dann nicht den Rand der Wüste erreicht hatte, brauchte er sich nicht mehr zu beeilen.

Nach ungefähr zwanzig Minuten trat die Krise ein. Er empfand das Herz als ein grausames, unüberwindliches Etwas, das ihm von innen die Brust auseinanderstieß und wieder zusammenpreßte, der Sauerstoff brannte in Mund und Kehle wie lebendiges Feuer, Fünkchen tanzten ihm vor den Augen, das schlimmste aber war, daß er jetzt immer öfter stolperte. Die Strahlung war zwar etwas geringer geworden, der Indikator glomm in der Finsternis schwach wie ein verlöschendes Kohlestückchen, aber er wußte, daß er trotzdem laufen mußte, immer weiterlaufen, und die Beine versagten ihm bereits den Dienst. Jede Faser seines Körpers hatte genug, alles in ihm schrie, anzuhalten, sich auf die scheinbar kühlen, unschädlichen gesprungenen Glasplatten zu werfen. Als er zu den Sternen aufschauen wollte, strauchelte er und stürzte nach vorn auf die ausgestreckten Hände. Schluchzend schnappte er nach Luft. Er rappelte sich hoch, stand auf, lief taumelnd ein paar Schritte weiter, dann kehrte der Rhythmus zurück und trug ihn mit sich fort. Er hatte bereits jedes Zeitgefühl verloren. Wie fand er sich überhaupt in diesem dumpfen Schwarz zurecht? Er hatte alle Toten vergessen, das knöcherne Lächeln Benningsens, den unter den Steinen neben dem zertrümmerten Arctan ruhenden Regnar, den Mann ohne Kopf, den er nicht hatte identifizieren können, ja, er hatte sogar die Wolke vergessen. Er war ganz und gar zusammengekrümmt von dieser Finsternis, sie hatte ihm das Blut in die Augen getrieben, mit denen er vergebens nach dem großen Sternenhimmel über der Wüste Ausschau hielt – die sandige Ödnis schien ihm eine Erlösung. Er lief blind drauflos, die Lider feucht von salzigem Schweiß, von einer Kraft getragen, über deren stetes Vorhandensein er sich mitunter noch wundern konnte. Es war, als wollten dieser Lauf und diese Nacht niemals enden.

Er sah eigentlich nichts mehr, als seine Füße plötzlich nur noch mühsam vorankamen, einsanken. In einem letzten Anfall der Verzweiflung hob er den Kopf und begriff mit einemmal, daß er in der Wüste war. Er erblickte die Sterne am Horizont, und als dann die Beine von selbst unter ihm nachgaben, suchte er mit den Augen die Scheibe des Strahlungsmessers, aber er konnte sie nicht sehen: Sie war dunkel, sie schwieg, er hatte den unsichtbaren Tod hinter sich in dem erkalteten Lavabett gelassen. Das war sein letzter Gedanke, denn als er den rauhen, kühlen Sand am Gesicht spürte, fiel er nicht in Schlaf, sondern in eine Starre, in der sein ganzer Körper noch verzweifelt arbeitete. Die Rippen zuckten, das Herz raste. Doch aus dem Dämmer völliger Erschöpfung glitt er in einen anderen, tieferen Dämmerzustand und verlor schließlich das Bewußtsein.

Plötzlich schrak er hoch und wußte nicht, wo er sich befand. Er bewegte die Hände, fühlte den kalten Sand, der ihm durch die Finger rann, setzte sich auf und stöhnte unwillkürlich. Ihm war heiß. Langsam kam er zu sich. Der Leuchtzeiger des Manometers stand auf Null. In der zweiten Flasche waren noch 18 Atmosphären. Er öffnete den Verschluß und stand auf. Es war ein Uhr. Die Sterne hoben sich scharf von dem schwarzen Himmel ab. Mit Hilfe des Kompasses fand er die Richtung, die er einschlagen mußte, und brach auf. Um drei Uhr nahm er das letzte Dragee zu sich. Kurz vor vier war der Sauerstoff aufgebraucht. Da warf er das Gerät weg, ging weiter und atmete anfangs nur zögernd. Aber als ihm die frische Luft des nahen Morgens die Lungen füllte, schritt er rascher aus und bemühte sich, an nichts anderes als an diesen Marsch durch die Sanddünen zu denken, in die er mitunter bis an die Knie einsank. Er war wie ein bißchen trunken, aber er wußte nicht, ob das die Gase der Atmosphäre bewirkten oder einfach die Übermüdung. Wenn er vier Kilometer in der Stunde schaffte, würde er gegen elf Uhr den Raumkreuzer erreichen, hatte er sich ausgerechnet.

Er versuchte, das Tempo mit dem Schrittmesser zu kontrollieren, aber es gelang ihm nicht. Wie ein riesiger weißlicher Streifen trennte die Milchstraße das Himmelsgewölbe in zwei ungleiche Teile. Er hatte sich schon so sehr an das spärliche Licht der Sterne gewöhnt, daß er die größten Dünen zu umgehen vermochte. Er stapfte und watete, und auf einmal bemerkte er am Horizont einen sonderbar gleichmäßigen Fleck ohne Sterne, eine kantige Silhouette. Ohne zu wissen, was es war, strebte er dorthin, rannte, sank immer tiefer in den Sand ein, aber er spürte es überhaupt nicht. Da schlug er wie ein Blinder mit ausgestreckten Händen gegen hartes Metall. Es war ein Geländefahrzeug, leer und verlassen. Vielleicht eins von denen, die Horpach am Morgen zuvor ausgesandt hatte, vielleicht auch ein anderes, eins von Regnars Gruppe. Er dachte nicht darüber nach, stand einfach da, keuchte und umfaßte mit beiden Armen die Maschine. Die Müdigkeit zog ihn zu Boden. Neben dem Fahrzeug in den Sand fallen, einschlafen und bei Sonnenaufgang weitergehen...

Langsam hangelte er sich auf den gepanzerten Rücken hinauf, ertastete den Klappengriff und öffnete das Luk. Die Lämpchen flammten auf. Er rutschte auf den Sitz hinunter. Ja, jetzt war ihm endgültig klar, daß er in einem Rausch war, bestimmt von dem Gas vergiftet, denn er konnte die Schalter nicht finden. Er erinnerte sich nicht, wo sie angebracht waren, er wußte nichts mehr... Schließlich stieß die Hand von selbst auf den abgegriffenen Knopf und schob ihn zur Seite. Der Motor maunzte leise und sprang an. Rohan klappte den Deckel des Kreiselkompasses auf. Nur diese eine Zahl kannte er noch ganz genau, den Kurs für die Rückkehr. Eine Zeitlang rollte das Fahrzeug im Dunkeln dahin, Rohan hatte vergessen, daß es Scheinwerfer gab.

Um fünf war es noch finster. Da erblickte er vor sich in der Ferne zwischen den weißen und den bläulichen Sternen einen rubinroten Stern ganz niedrig über dem Horizont. Rohan zwinkerte benommen. Ein roter Stern? Undenkbar... Ihm schien, daß jemand neben ihm saß, bestimmt Jarg, und er wollte ihn fragen, was das für ein Stern sein könnte. Plötzlich schrak er hoch, wie vom Schlag gerührt. Es war das Buglicht des Raumkreuzers. Er fuhr geradenwegs auf dieses rubinrote Tröpfchen in der Finsternis zu. Es stieg allmählich höher und wurde schließlich eine helle Kugel, in deren Widerschein der Mantel des Raumschiffes schimmerte. Das rote Auge zwischen den Uhren blitzte auf, der Summer meldete sich und zeigte die Nähe eines Kraftfeldes an. Rohan schaltete den Motor ab. Das Fahrzeug glitt einen Dünenhang hinunter und blieb stehen. Er war nicht sicher, ob er noch einmal die Kraft haben würde, in das Fahrzeug zu steigen, wenn er es einmal verlassen hatte. Er griff also in das Gerätefach und zog eine Leuchtpistole hervor, und weil ihm die Hand zitterte, stützte er den Ellbogen auf das Steuer, hielt die Hand mit der anderen fest und drückte auf den Abzug. Ein orangeroter Streifen stieß in die Dunkelheit: Der kurze Flug der Leuchtkugel endete plötzlich in einem Sternenregen – sie war auf die Wand des Kraftfeldes getroffen wie auf unsichtbares Glas. Er schoß immer wieder, bis das Magazin trocken rasselte. Die Munition war aufgebraucht. Aber man hatte ihn ohnehin bemerkt. Als erste hatten wohl die Wachhabenden in der Steuerzentrale Alarm geschlagen, denn fast gleichzeitig flammten unter der Spitze des Raumkreuzers zwei große Jupiterlampen auf, die mit weißen Zungen den Sand leckten und sich über dem Fahrzeug kreuzten. Zugleich erstrahlte die Rampe in hellem Licht, und wie eine kalte Flamme glühte der ganze Schacht des Personenaufzugs im Schein der Leuchtröhren. Die Fallreeps wimmelten in Sekundenschnelle von Leuten, schon leuchteten auf den Dünen um das Heck die Scheinwerfer auf, drehten sich und warfen schaukelnde Lichtgarben aus, und dann blitzte das Spalier der blauen Leuchtfeuer auf und zeigte an, daß der Weg durch das Kraftfeld frei war.

Die Leuchtpistole war Rohan aus der Hand gefallen, und er wußte nicht, wann er über den Seitenflügel des Fahrzeugs hinuntergeglitten war. Mit schwankenden, übertrieben großen Schritten, unnatürlich straff aufgerichtet, mit geballten Fäusten, um das unerträgliche Zittern der Finger zu unterdrücken, ging er geradenwegs auf das zwanzigstöckige Raumschiff zu, das in seiner Lichterflut vor dem verblassenden Himmel stand, so majestätisch in seiner reglosen Größe, als wäre es wirklich unbesiegbar.

Die Jagd

Erzählungen

Die Patrouille

Auf dem Boden der Schachtel stand ein Häuschen mit rotem Dach – mit seinen winzigen Schindeln war es einer Himbeere täuschend ähnlich, man bekam direkt Lust, daran zu lecken. Wenn man die Schachtel schüttelte, sprangen aus den Büschen rund um das Haus drei Ferkelchen hervor wie kleine rosarote Perlen. Gleichzeitig stürzte aus seiner Höhle im Wald – der Wald war nur an der Innenwand aufgemalt, wirkte aber ganz echt – ein schwarzer Wolf hervor und setzte, bei der geringsten Bewegung den zahngespickten roten Rachen aufreißend, den Ferkelchen nach, um sie zu verschlingen. Wahrscheinlich hatte er innen einen kleinen Magneten eingebaut. Es gehörte die allergrößte Geschicklichkeit dazu, sein Vorhaben zu verhindern. Man mußte mit dem Nagel des kleinen Fingers gegen den Boden der Schachtel tippen, um die drei Schweinchen rechtzeitig zu ihrem Haus zu dirigieren und durch die kleine Tür zu schleusen, die auch nicht immer aufgehen wollte. Das Ganze war nicht größer als eine Puderdose, aber man konnte das halbe Leben damit zubringen. Jetzt war das Spiel nicht zu gebrauchen – ohne Schwerkraft funktionierte es nicht. Pilot Pirx betrachtete sehnsüchtig die Hebel der Akzeleratoren. Eine kleine Handbewegung, und der Schub der Triebwerke, selbst der schwächste, würde die Schwerkraft wiederherstellen, und er würde sich den rosa Ferkelchen widmen können, statt in die schwarze Leere zu stieren.

Bedauerlicherweise war die Inbetriebnahme des Reaktors zur Rettung der drei kleinen Ferkel vor dem bösen Wolf in der Dienstanweisung nicht vorgesehen. Mehr noch, sie verbot aufs strengste jedes überflüssige Manöver im Raum. Als ob es sich dabei um ein überflüssiges Manöver gehandelt hätte!

Pirx ließ das Schächtelchen in die Tasche zurückgleiten. Die Piloten schleppten meist noch viel seltsamere Dinge mit, besonders wenn ein Patrouillenflug so lange dauerte wie dieser. Früher hatte die Leitung beide Augen zugedrückt, wenn unnötig Uran vergeudet wurde und außer den Raketen samt Piloten auch noch alle möglichen Kinkerlitzchen in den Himmel geschleudert wurden, Vögel beispielsweise, die Brotkrumen aufpickten, wenn man sie aufzog, automatische Hornissen, die auf automatische Wespen Jagd machten, chinesische Geduldsspiele aus Nickel und Elfenbein – und niemand erinnerte sich überhaupt noch daran, daß der erste, der die Basis mit dieser Sucht infiziert hatte, der kleine Aarmens gewesen war, der seinem sechsjährigen Sohn vor jedem Patrouillenflug einfach das Spielzeug wegnahm.

Dieses Idyll währte ziemlich lange – fast ein Jahr, bis zu dem Moment, da die Raketen nicht mehr zurückkehrten. In jenen friedlichen Zeiten murrten übrigens viele über die Patrouillenflüge, und wenn jemand der Gruppe zugeteilt wurde, die den Raum „zu durchkämmen“ hatte, dann wertete er das als ein Zeichen der persönlichen Feindschaft des Chefs. Pirx wunderte sich keineswegs darüber. Mit den Patrouillen war es wie mit den Masern, früher oder später erwischte es jeden mal.

Aber dann kam Thomas nicht wieder, der große, dicke Thomas mit der Schuhgröße 45, der so gerne Streiche ausgeheckt und Pudel gezüchtet hatte, natürlich die klügsten Pudel der Welt. Selbst in den Taschen seiner Kombination konnte man Wurstpellen und Würfelzucker finden, und der Chef argwöhnte sogar, Thomas schmuggle mitunter auch Pudel ins Raumschiff, obgleich Thomas hoch und heilig beteuerte, so etwas würde ihm nicht im Traum einfallen. Schon möglich. Aber das konnte ohnehin niemand mehr ergründen, denn Thomas startete eines schönen Julinachmittags, nahm zwei Thermosflaschen voll Kaffee mit – er trank immer schrecklich viel – und stellte sich für alle Fälle in der Pilotenmesse noch eine dritte bereit, um nach seiner Rückkehr einen Kaffee zu haben, wie er ihn mochte, gemahlen und mit Salz und Zucker aufgebrüht.

Der Kaffee wartete dort sehr lange. Am dritten Tag um sieben Uhr ging die „zulässige Verspätung“ zu Ende, und Thomas' Name wurde mit Kreide an die Tafel im Navigationsraum geschrieben – er als einziger. Das hatte es noch nie gegeben, und nur die ältesten Piloten erinnerten sich, daß früher mal Havarien aufgetreten waren, ja, sie tischten den Jüngeren mit Vergnügen Greuelgeschichten über die Zeiten auf, da man die Meteoritenwarnung manchmal eine Viertelstunde vor dem Zusammenprall bekam – gerade noch rechtzeitig, um von der Familie Abschied nehmen zu können. Über Funk, versteht sich. Aber das war wirklich schon sehr lange her. Die Tafel im Navigationsraum blieb stets leer, sie hatte es eigentlich nur dem Trägheitsgesetz zu verdanken, daß sie noch immer an der Wand hing.

Um neun war es noch relativ hell – die diensthabenden Piloten verließen die Abhörzentrale, versammelten sich auf den Grünflächen um die riesige Betonbahn des Landeplatzes und starrten in den Himmel. Niemand durfte in die Navigationszentrale. Der Chef kam aus der Stadt, zog alle Registrierbänder mit den aufgezeichneten Signalen des automatischen Senders von Thomas aus den Trommeln und stieg in die Glaskuppel des Observatoriums hinauf, die sich wie irrsinnig drehte und nach allen Seiten die schwarzen Radarmuscheln ausrollte.

Thomas war auf einer kleinen AMU geflogen, sein Atomtreibstoff hätte ausgereicht, um „mindestens die halbe Milchstraße abzuklappern“, wie ein Unteroffizier von den Tankern die Piloten zu trösten versuchte. Alle hielten ihn für einen ausgemachten Trottel, und einer sagte ihm sogar gehörig die Meinung, denn einen Vorrat an Sauerstoff gab es in der AMU so gut wie gar nicht, lediglich eine Fünftageration mit einer eisernen Reserve für acht Stunden. Volle vier Tage lang suchten die achtzig Piloten der Station, die vielen anderen der insgesamt fast fünftausend Raketen nicht mitgerechnet, den Sektor ab, in dem Thomas verschwunden war. Sie fanden nichts. Es war, als hätte er sich in Luft aufgelöst.

Der zweite war Wilmer. Ihn mochte, offen gesagt, niemand so recht. Eigentlich gab es keinen einzigen triftigen Grund dafür, um so mehr viele kleine. Er ließ niemanden ausreden, zu allem mußte er seinen Senf dazugeben. Bei den unpassendsten Gelegenheiten kicherte er dümmlich, und je mehr er jemanden damit in Rage brachte, desto lauter lachte er. Wenn er gerade mal keine Lust hatte, im Ziel zu landen, ging er einfach auf dem Rasen neben dem Landeplatz nieder und glühte ihn mitsamt Wurzelwerk und Erdreich auf Metertiefe aus. Wenn hingegen jemand nur ein Viertelmilliparsek in sein Revier eindrang, dann zögerte er nicht, umgehend davon Meldung zu erstatten, selbst wenn es sich um einen Kollegen von der Basis handelte. Außerdem gab es noch ein paar winzige Kleinigkeiten zu erwähnen, die fast peinlich waren: Er trocknete sich zum Beispiel an fremden Handtüchern ab, damit seines länger sauber blieb. Aber als er dann nicht vom Patrouillenflug zurückkehrte, entdeckten auf einmal alle, daß Wilmer schwer in Ordnung und ein Pfundskollege gewesen war. Und wieder rotierten die Radarschirme wie wild, die Piloten flogen pausenlos und außer der Reihe, die Männer vom Abhördienst gingen erst gar nicht nach Hause, sie schliefen abwechselnd auf einer Bank an der Wand, sogar das Mittagessen brachte man ihnen hinauf; der Chef, der schon in Urlaub war, kam mit einer Sondermaschine zurück, und die Piloten kämmten vier Tage lang den Sektor durch und waren so sauer, daß sie fähig gewesen wären, wegen eines nicht exakt umgebogenen Splints der harmlosesten Niete dem Monteur den Schädel einzuschlagen. Zwei Expertenkommissionen trafen ein, und die AMU 116, die Wilmers Projektil aufs Haar glich, wurde in ihre Bestandteile zerlegt wie das Werk einer Uhr – alles ohne das kleinste Ergebnis.

Zwar umfaßte der Sektor Tausendsechshundert Millionen Kubikkilometer, im übrigen aber gehörte er zu den ausgesprochen ruhigen, ohne Meteoritengefahr, ohne konstante Schwärme, und selbst die Bahnen irgendwelcher alter, jahrhundertelang nicht mehr gesichteter Kometen kreuzten ihn nicht – bekanntlich pflegt ja so ein Komet irgendwo in Jupiternähe, in dessen „Perturbationsmühle“ mitunter in kleine Stückchen zu zerfallen und schickt dann in Abständen Bröckchen seines zerschmetterten Kopfes auf die alte Route. In diesem Sektor gab es nichts dergleichen – weder ein Satellit noch ein Planetoid berührte ihn, von einem Schweif ganz zu schweigen –, und eben deshalb, weil die Leere dort so „rein“ war, ging in diesem Sektor niemand gern auf Patrouille.

Nichtsdestoweniger war Wilmer dort als zweiter verschollen, und sein Registrierband, das natürlich x-mal abgehört, fotografiert, vervielfältigt und ins Institut eingeschickt worden war, verriet genausoviel wie das Band von Thomas, nämlich nichts. Eine Zeitlang trafen noch Signale ein, aber dann brachen auch sie ab. Der automatische Sender strahlte ziemlich selten aus –

einmal pro Stunde. Thomas hatte elf solcher Signale hinterlassen, Wilmer vierzehn. Das war alles.

Nach diesem Vorfall ergriff die Leitung sehr energische Maßnahmen. Zunächst wurden sämtliche Projektile überprüft – die Atomreaktoren, die Systeme, ja jedes einzelne Schräubchen. Ein Sprung im Glas konnte einen den Urlaub kosten.

Dann wurden bei allen Sendern die Uhrwerke ausgewechselt – als ob die was dafür konnten! Von nun an gab eine Rakete alle achtzehn Minuten Signale. Doch daran wäre noch nichts auszusetzen gewesen, ganz im Gegenteil. Viel schlimmer war, daß die beiden ältesten Offiziere an der Rampe standen und den Männern, ohne mit der Wimper zu zucken, alles abnahmen: pickende und tirilierende Vögel, kleine Schmetterlinge, Bienen, Geschicklichkeitsspiele. Alsbald türmte sich im Zimmer des Chefs ein Riesenberg an konfiszierter Konterbande. Böse Zungen behaupteten sogar, die Tür sei deshalb so oft abgeschlossen, weil der Chef mit dem Zeug spiele.

Erst im Lichte dieser Ereignisse ließ sich die Meisterschaft des Piloten Pirx gebührend würdigen, dem es trotz alledem gelungen war, das Haus mit den Ferkelchen an Bord seiner Rakete zu schmuggeln. Daß ihm das, von dem moralischen Triumph einmal abgesehen, gar nichts nutzte, stand auf einem anderen Blatt.

Der Patrouillenflug zog sich nun schon die neunte Stunde hin. Er zog sich hin, das ist sehr treffend gesagt. Pilot Pirx saß in seinem Sessel, von Gurten umwickelt und bandagiert wie eine Mumie, mit dem kleinen Unterschied, daß er wenigstens Hände und Füße frei hatte, und stierte apathisch auf die Bildschirme. Sechs Wochen lang waren sie in Zweiergruppen geflogen, in einem Abstand von dreihundert Kilometern, doch dann war die Basis wieder zu ihrer alten Taktik zurückgekehrt.

Der Sektor war ja leer, absolut leer, und selbst diese eine Patrouillenrakete war schon zuviel darin. Aber auf den Sternenkarten durfte es keine „Löcher" geben, also wurden die Einzelflüge fortgesetzt. Pirx war als achtzehnter gestartet, von der Abschaffung der Zweierpatrouillen an gerechnet.

In Ermangelung einer besseren Beschäftigung stellte er Überlegungen an, was Thomas und Wilmer wohl passiert sein mochte. In der Basis fielen ihre Namen nur noch selten, aber während des Fluges ist der Mensch so völlig mit sich allein, daß er sich sogar die fruchtlosesten Grübeleien leisten kann. Pirx flog nun schon seit fast drei Jahren (zwei Jahre und vier Monate, um genau zu sein) und hielt sich für einen alten Hasen. Die Astrolangeweile fraß ihn regelrecht auf, obwohl er nicht so schnell den Kopf verlor.

Patrouillenflüge dieser Art wurden immer, und das nicht ganz zu Unrecht, mit der leidigen Warterei beim Zahnarzt verglichen; der einzige Unterschied bestand darin, daß der Arzt nicht kam. Die Gestirne rührten sich nicht vom Fleck, das war klar, und die Erde blieb gänzlich unsichtbar, es sei denn, man hatte ungeheures Glück, dann sah man sie als winzigen Rand eines blaugeklopften Fingernagels, und auch das war nur in den ersten zwei Flugstunden möglich, dann wurde sie ein Stern, der allen anderen glich, nur daß er sich langsamer bewegte. In die Sonne konnte man bekanntlich überhaupt nicht blicken. Nach Lage der Dinge wurden die chinesischen Gedulds- und Geschicklichkeitsspiele tatsächlich zu einem Problem erster Ordnung. Dennoch war es die Pflicht jedes Piloten, im Kokon der Gurte zu hängen, die gewöhnlichen Bildschirme und den Radarschirm zu kontrollieren, von Zeit zu Zeit der Basis zu melden, daß alles in Ordnung sei, die Daten für den Leerlauf des Reaktors zu überprüfen, und nur manchmal, allerdings höchst selten, traf aus dem Sektorenbereich ein Hilferuf oder sogar ein SOS-Ruf ein, und dann mußte man Hals über Kopf davonjagen. Aber das waren Glücksumstände, die nicht öfter eintraten als ein- bis zweimal im Jahr.

Läßt man sich all dies einmal gründlich durch den Kopf gehen, dann wird einem bewußt, daß die vielfältigen Ideen und Wahnvorstellungen der Piloten, die sich vom irdischen Standpunkt und von der Warte normaler Raketenpassagiere aus geradezu verbrecherisch ausnehmen, doch sehr menschlich waren. Wenn man von anderthalb Trillionen Kubikmeter Vakuum umgeben ist, in dem sich nicht einmal eine Prise Zigarettenasche auftreiben ließe, dann wird der Wunsch nach irgendeinem Ereignis, und sei es eine entsetzliche Katastrophe, regelrecht zur Zwangsvorstellung.

Im Verlaufe seiner hundertzweiundsiebzig Patrouillenflüge hatte Pilot Prix die unterschiedlichsten Seelenzustände durchlaufen – er war schläfrig und mißmutig gewesen, hatte sich als Tapergreis gefühlt, Anwandlungen von Wunderlichkeit gehabt und erwogen, einer keinesfalls harmlosen Art von Wahnsinn verfallen zu sein, doch zum Schluß begann er, ähnlich wie in seiner Studentenzeit, sich Geschichten auszudenken, die mitunter so verwickelt waren, daß der ganze Patrouillenflug nicht ausreichte, um sie zum Abschluß zu bringen. Daß er sich dennoch mopste, war etwas anderes.

Während er in das Labyrinth seiner einsamen Grübeleien hinabstieg, wußte er recht gut, daß ihm garantiert nichts Neues einfallen und daß das Rätsel um das Verschwinden seiner beiden Kollegen ungelöst bleiben würde, hatten sich doch die gewieftesten Experten von der Basis und vom Institut monatelang den Kopf darüber zerbrochen, und das Ergebnis war ja bekannt. Deshalb hätte auch er sich viel lieber mit Ferkelchen und Wolf abgegeben; diese Beschäftigung war vielleicht ebenso fruchtlos, dafür aber um einiges harmloser. Doch die Triebwerke schwiegen, und es bestand keine Veranlassung, sie einzuschalten; die Rakete raste auf der Bahn einer enorm gestreckten Ellipse dahin, in deren einem Brennpunkt sich die Sonne befand, und die Ferkelchen mußten besserer Zeiten harren.

Was also war mit Thomas und Wilmer geschehen?

Der prosaische Laie hätte zunächst einmal vermutet, ihre Raketen seien mit irgend etwas zusammengeprallt, mit einem Meteor zum Beispiel oder einer kosmischen Staubwolke, mit dem Splitter eines Kometenkopfes oder zumindest mit dem Bruchstück eines alten Raketenwracks. Ein solcher Zusammenstoß war jedoch ebensowenig wahrscheinlich, wie es wenig wahrscheinlich ist, daß man mitten auf einer belebten Straße einen großen Brillanten findet. Entsprechende Berechnungen haben übrigens ergeben, daß die Chance, einen Brillanten zu finden, wesentlich größer ist.

Aus Langerweile, einzig und allein aus Langerweile, begann Pirx seinen Kalkulator mit Ziffern zu füttern, Gleichungen aufzustellen und die Wahrscheinlichkeit von Zusammenstößen zu berechnen, bis eine Zahl herauskam, von der der Kalkulator die letzten achtzehn Stellen abtrennen mußte, damit sie überhaupt in seinen Fensterchen Platz hatte.

Im übrigen war der Raum wirklich leer. Keine alten Kometenbahnen, keine kosmischen Staubwolken – nichts. Ein altes Raketenwrack konnte sich, theoretisch gesehen, zwar ebenso in diesem Sektor befinden wie in jedem anderen Teil des Kosmos – allerdings erst nach einer unvorstellbar großen Zahl von Jahren. Aber Thomas und Willmer hätten es schon von weitem, mindestens aber aus einer Entfernung von zweihundertfünfzig Kilometern gesichtet, und wenn es direkt aus der Richtung der Sonne kam, hätte der Meteorradar ohnehin gut dreißig Sekunden vor dem Zusammenprall Alarm gegeben, und selbst wenn der Pilot den Alarm verschwitzt hätte, weil er, mal angenommen, eingenickt wäre, dann hätte das automatische System trotzdem das Ausweichmanöver durchgeführt. Daß die Ausweichautomatik defekt war – dieses Wunder aller Wunder konnte sich wohl einmal, nicht aber zweimal im Abstand von knapp einem Dutzend Tagen ereignen.

Bis hierher etwa wäre ein Laie mit seinen Überlegungen gekommen, der nicht weiß, daß in einer Rakete vieles passieren kann, was weitaus gefährlicher ist als die Begegnung mit einem Meteoriten oder einem morschen Kometenkopf. Eine Rakete, sogar eine so kleine wie die AMU, setzte sich aus fast hundertvierzehntausend wichtigen Teilen zusammen. Wichtig bedeutete in diesem Zusammenhang so viel, daß ein Defekt an einem dieser Teile katastrophale Folgen nach sich ziehen konnte, denn was die minder wichtigen Teile betraf, so gab es von ihnen über eine Million. Doch selbst wenn etwas so Verhängnisvolles eintreten sollte, würde das Raumschiff nach dem Tod des Piloten weder zerschellen noch verlorengehen, weil, wie ein altes Sprichwort sagt, im All nichts verlorengeht: Wenn man zum Beispiel eine Zigarettenspitze dort zurückließ, brauchte man nur ihre Bewegungselemente zu errechnen und sich zur rechten Zeit an derselben Stelle einzufinden, und die Spitze, die auf ihrer Umlaufbahn dahinraste, hüpfte einem mit astronomischer Genauigkeit in der vorausberechneten Sekunde in die Hand. Da jeder Körper bis in alle Ewigkeit auf seiner Bahn kreist, wurden die Wracks verunglückter Raumschiffe früher oder später fast immer ausfindig gemacht. Die großen Kalkulatoren des Instituts errechneten über vierzig Millionen mögliche Bahnen, auf denen sich die Raketen der beiden verschollenen Piloten bewegen konnten, und alle diese Trassen wurden abgesucht, das heißt mit konzentrierten Strahlenbündeln der stärksten Radaremitoren sondiert, über die man auf der Erde verfügte. Mit dem bewußten Ergebnis.

Selbstverständlich konnte man nicht behaupten, dabei sei der Raum des ganzen Systems abgegrast worden; in diesen Weiten ist eine Rakete etwas unvorstellbar Kleines, wesentlich kleiner als ein Atom im Vergleich zum Erdball. Aber man hatte überall dort gesucht, wo sich die Raketen befinden konnten, vorausgesetzt, daß die Piloten den Patrouillensektor nicht mit maximaler Geschwindigkeit verlassen hatten. Was aber sollte sie zu einer Flucht aus ihrem Revier veranlaßt haben? Sie hatten doch kein Funksignal und keine Aufforderung dazu bekommen, und es konnte ihnen überhaupt nichts zugestoßen sein – soviel stand fest.

Es sah aus, als seien Thomas und Wilmer mitsamt ihren Projektilen verdampft wie Wassertropfen auf einer glühenden Eisenplatte.

Der phantasiebegabte Laie würde, im Gegensatz zu seinem prosaischen Kollegen, das geheimnisvolle Verschwinden der Männer mit irgendwelchen im Weltall lauernden Wesen von anderen Sternen in Zusammenhang bringen, mit Wesen von hoher Intelligenz und nicht minder großer Boshaftigkeit.

Wer aber sollte daran glauben, da doch die Raumfahrt schon so lange betrieben wurde und da man in dem gesamten erforschten Kosmos noch nie auf derartige Wesen gestoßen war! Die Zahl der Witze über jene „Wesen" mochte die Zahl der Kubikkilometer des Sonnensystems schon übersteigen. Außer einigen völlig „Grünen", die bisher nur in einem Sessel unter der Decke des Laborsaals geflogen waren, hätte niemand auch nur einen Pfifferling für die Existenz solcher Wesen gegeben. Vielleicht gab es Bewohner auf fernen Sternen, aber wenn, dann wirklich nur auf sehr fernen.

Ein paar auf der Erde unbekannte, primitive Mollusken, ein paar Flechten, Bakterien und Infusorien, das war eigentlich die ganze Ausbeute langjähriger Expeditionen. Und übrigens, sollten jene Wesen – vorausgesetzt, sie existierten wirklich – tatsächlich nichts anderes zu tun haben, als in einem der gottverlassensten Winkel des Alls den winzigen Patrouillenraketen aufzulauern? Und wie konnten sie sich ihnen unbemerkt nähern?

Solche Fragen, die das ganze hypothetische Gerede als einen Riesenhumbug entlarvten, gab es in Hülle und Fülle – es gab ihrer so viele, daß das Spielchen wahrhaftig jeden Sinn verlor. Pirx, in der neunten Flugstunde zu Gott weiß was für Denkkombinationen aufgelegt, mußte sich angesichts all dieser unumstrittenen nüchternen Tatsachen regelrecht Gewalt antun, um wenigstens für einen kurzen Augenblick dämonische Sternwesen in seiner Phantasie unterzubringen.

Von Zeit zu Zeit, wenn ihn trotz der fehlenden Schwerkraft die ständig gleiche Körperhaltung zu ermüden begann, veränderte er die Neigung des Sessels, an den er gefesselt war, sah mal nach rechts, mal nach links, wobei er, was vielleicht sonderbar erscheinen mag, die dreihundertelf Zeiger, Kontrollämpchen, pulsierenden Scheiben und Uhren gar nicht bemerkte, denn sie waren für ihn das, was für einen normalen Sterblichen die Züge eines vertrauten Gesichts sind – man kennt es so gut und so lange, daß man nicht erst zu beobachten braucht, wie sich darin der Mund verzieht oder die Lider öffnen, und man muß nicht erst auf der Stirn nach Falten suchen, um zu wissen, was es ausdrückt. Genauso verschmolzen also die Uhren und Kontrollämpchen vor Pirxens Augen zu einem Ganzen, das ihm sagte, daß alles in Ordnung sei. Als er dann den Kopf wieder nach vorn wandte, erblickte er die beiden vorderen Sternenbildschirme und dazwischen sein eigenes Gesicht, das von dem bauchigen, teilweise Stirn und Kinn bedeckenden gelben Helm eingerahmt war.

Zwischen den beiden Bildschirmen befand sich ein Spiegel, nicht allzu groß, aber so angebracht, daß der Pilot darin nur sich selbst sah, sonst nichts. Man wußte nicht recht, wozu dieses Ding eigentlich da war. Das heißt, man wußte es schon, aber die klugen Argumente, die für das Vorhandensein besagten Spiegels sprachen, überzeugten kaum jemanden. Er war eine Erfindung der Psychologen. Der Mensch, so behaupteten sie, obgleich das ziemlich merkwürdig klingt, hört manchmal auf, seine geistige und seelische Verfassung zu überwachen, vor allem wenn er längere Zeit in der Einsamkeit zubringt. In solchen Situationen kann es mir nichts, dir nichts passieren, daß er in eine gewisse hypnotische Starre gerät oder offenen Auges in einen traumlosen Schlaf versinkt, aus dem er nicht immer rechtzeitig erwacht. Andere wiederum fallen mitunter Gott weiß woher kommenden Sinnestäuschungen oder Angstzuständen zum Opfer oder geraten in einen heftigen Erregungszustand – und ein probates Mittel gegen all diese Anwandlungen bestehe in der Kontrolle der eigenen Physiognomie. Daß es nicht gerade angenehm war, sein eigenes Gesicht viele Stunden lang wie eingemauert vor sich zu haben und notgedrungen jeden Ausdruck darin verfolgen zu müssen, stand auf einem anderen Blatt. Aber davon wußte kaum jemand, außer den Piloten der Patrouillenraketen. Meistens fing so etwas ganz harmlos an: Man verzog leicht das Gesicht, lächelte seinem eigenen Spiegelbild zu, schnitt eine Fratze, und dann folgten Schlag auf Schlag immer scheußlichere Grimassen. So geht es einem, wenn sich eine derart widernatürliche Situation über Gebühr in die Länge zieht.

Pirx machte sich zum Glück herzlich wenig aus seinem Äußeren, im Gegensatz zu anderen. Zwar hatte es niemand nachgeprüft – dies war einfach nicht möglich –, aber man erzählte sich, daß manche in einem Anfall von Stumpfsinn und Verblödung, die jedes schickliche Maß überstieg, schwer wiederzugebende Sachen anstellten – sie spuckten zum Beispiel ihr Spiegelbild an, und wenn die Scham sie packte, mußten sie natürlich etwas tun, was strengstens untersagt war, nämlich die Gurte abschnallen, aufstehen und in der Schwerelosigkeit zum Spiegel laufen oder vielmehr schwimmen, um ihn vor der Landung noch einigermaßen sauberzukriegen. Manche behaupteten sogar steif und fest, daß dem Piloten Würtz, der seine Rakete dreiunddreißig Meter tief in die Betonplatte des Landeplatzes gewuchtet hatte, nur zu spät eingefallen wäre, rechtzeitig den Spiegel abzuwischen – er hätte diese Arbeit erst in Angriff genommen, als er sich schon in der Atmosphäre befand.

Pilot Pirx hatte so etwas noch nie getan; er hatte, was wichtiger war, auch nie die geringste Versuchung gespürt, den Spiegel anzuspucken, obwohl der feste Vorsatz, dieser Anfechtung zu trotzen, angeblich zu heftigen inneren Kämpfen führen konnte, was nur den lächerlich anmutete, der noch nie mutterseelenallein auf Patrouille war. Pirx hatte es bisher noch immer, selbst während der gräßlichsten Langeweile, fertiggebracht, schließlich doch noch etwas auszuknobeln, und um dieses Etwas wickelte er dann alle anderen verworrenen und unklaren Gefühle und Gedanken, wie einen langen, verfitzten Faden um einen harten Bolzen.

Die Uhr – der gewöhnliche Chronometer – zeigte elf Uhr nachts. In dreizehn Minuten würde Pirx sich auf dem Abschnitt seiner Umlaufbahn befinden, der am weitesten von der Sonne entfernt war. Er räusperte sich ein paarmal, um das Mikrofon zu überprüfen, trug dem Kalkulator aufs Geratewohl auf, die vierte Wurzel aus 876998341056396 zu ziehen, warf aber nicht einen einzigen Blick auf das Ergebnis, das der Automat, der die kleinen Ziffern nervös durch seine Fensterchen schnurren ließ, in Windeseile ausspuckte, als hinge sonstwas davon ab. Er erging sich in folgenden Gedanken: Nach der Landung würde er zuerst ganz lässig die Handschuhe aus der Raketenluke werfen, dann würde er sich eine Zigarette anstecken, in die Messe gehen und sich was Gebrutzeltes bestellen, was Scharfes, mit rotem Paprika, dazu ein großes Helles, er trank nämlich gern Bier.

In diesem Augenblick bemerkte er den kleinen Lichtfleck. Er schielte nur mit einem Auge auf den linken vorderen Bildschirm, denn im Geiste war er bereits in der Messe, ja, er schnupperte schon den lieblichen Duft frischer Bratkartoffeln, die extra für ihn zubereitet wurden, und dennoch – das Lichtpünktchen war kaum mitten ins Bild gewandert, da spannte er so sehr die Muskeln an, daß er ohne die Gurte garantiert vom Sessel geschnellt wäre. Der Bildschirm hatte ungefähr einen Durchmesser von einem Meter und sah aus wie ein schwarzer Schacht – ziemlich genau in der Mitte leuchtete das Rho des Schlangenträgers, und in der Milchstraße klaffte ein doppelter dunkler Spalt, der bis an den Rand des Schirms reichte. Zu beiden Seiten schien alles wie mit Sternenpulver bestreut. In dieses reglose Bild glitt langsam ein winziger Lichtpunkt, der aber wesentlich besser zu erkennen war als jeder Stern. Nicht, daß er besonders hell gewesen wäre – Pirx bemerkte ihn deshalb sofort, weil er sich bewegte.

Man kann im Raum bewegliche Lichtpunkte antreffen – die Positionslichter von Raketen. Normalerweise jedoch werden diese Lichter nicht eingeschaltet, es geschieht nur auf besondere Aufforderung über Funk, zum Zwecke der Identifizierung. Alle Raumkörper haben ihre speziellen Positionslichter – Passagierschiffe, Gütertransporte, die schnellen ballistischen Raketen, Patrouillenschiffe, Raketen des kosmischen Dienstes, Tanker und so weiter. All diese Lampen sind an den unterschiedlichsten Stellen angebracht und haben die verschiedensten Farben – mit einer einzigen Ausnahme: Weiß. Mit weißen Positionslichtern sind die Raketen deshalb nicht ausgestattet, damit man sie von den Sternen unterscheiden kann. Fliegen nämlich zwei Schiffe dicht hintereinander, so könnte das weiße Licht des ersten den Eindruck erwecken, als bewege es sich nicht. Das aber muß vermieden werden, weil andernfalls die Gefahr besteht, daß der Pilot irregeführt wird.

Der kleine Punkt, der träge ins Bild kroch, war jedoch schneeweiß, und Pirx hatte das Gefühl, die Augen müßten ihm aus den Höhlen treten. Aus Angst, den Lichtfleck aus dem Blickfeld zu verlieren, wagte er nicht, mit den Wimpern zu zucken. Als ihm schließlich die Lider brannten, blinzelte er – aber alles blieb unverändert. Der weiße Punkt glitt seelenruhig über den Schirm, nur noch ein Dutzend Zentimeter trennten ihn vom gegenüberliegenden Rand. Eine Minute noch, und er würde aus seinem Gesichtskreis verschwinden.

Ohne noch einmal die Hilfe der Augen in Anspruch zu nehmen, packten seine Hände ganz von selbst die richtigen Hebel. Der Reaktor, der bisher im Leerlauf gearbeitet hatte, gab, jäh aufgeschreckt, blitzartig Schub. Die Beschleunigung drückte Prix tief in den Schaumgummisessel. Auf den Leuchtschirmen gerieten die Sterne in Bewegung, die Milchstraße flog schräg nach unten wie eine wirkliche Straße aus Milch, dafür rührte sich nun das Pünktchen nicht mehr vom Fleck – der Bug der Rakete nahm es genau aufs Korn und stieß zu wie die Nase eines Jagdhundes, der einen Rebhuhnschwarm im Gebüsch aufstöbert. Tja, gelernt war gelernt! Das Manöver dauerte keine zehn Sekunden.

Bislang hatte Pilot Pirx keine Zeit zum Überlegen gefunden, und nun erst fiel es ihm wie Schuppen von den Augen: Das, was er da sah, mußte eine Halluzination sein, weil es so etwas gar nicht gab. Dieser Gedanke machte ihm alle Ehre. Im allgemeinen vertrauten die Menschen ja vorbehaltlos ihren eigenen Sinnen, und wenn sie auf der Straße einen verstorbenen Bekannten begegnen, sind sie eher geneigt anzunehmen, er sei von den Toten auferstanden, als an ihrem eigenen Verstand zu zweifeln.

Pirx ließ die Hand in der Außentasche der Sesselverkleidung verschwinden, angelte ein kleines Flakon hervor, steckte sich die beiden Glasröhrchen in die Nase und tat einen tiefen Atemzug, der ihm die Tränen in die Augen trieb. Psychran war angeblich imstande, sogar Jogis aus ihrem kataleptischen Posen und Heilige aus ihren Visionen zu reißen. Das Lichtpünktchen in der Mitte des linken Bildschirms flimmerte jedoch weiterhin vor seinen Augen. Nun, da er seiner Pflicht nachgekommen war, steckte er das Fläschchen an seinen Platz zurück, führte ein leichtes Steuermanöver durch, und als er sich vergewissert hatte, daß er dem Punkt auf konvergierendem Kurs folgte, blickte er auf den Radarschirm, um die Entfernung bis zu diesem leuchtenden Körper abzuschätzen.

Und dabei erlitt er den zweiten Schock: Die Leuchtscheibe des Meteorradars war leer. Der grünliche Leitstrahl, leuchtend wie ein unter starker Insolation stehender Phosphorstreifen, lief immer rund um die Scheibe, immer rundherum, und wies nicht den kleinsten Lichtschimmer auf. Nichts, rein gar nichts!

Pirx verstieg sich natürlich nicht zu der Annahme, er hätte einen Geist mit einem Heiligenschein vor sich. Er glaubte überhaupt nicht an Geister, obgleich er in gewissen Situationen manchen Frauen davon erzählte – um Spiritismus handelte es sich in solchen Fällen allerdings nicht.

Er war ganz einfach der Meinung, es sei kein toter Raumkörper, dem er da nachjagte, denn diese Körper reflektierten in jedem Fall die gebündelten Radarstrahlen. Nur künstlich hergestellte und mit einer Spezialsubstanz überzogene Gegenstände, die die Zentimeterwellen absorbierten, löschten und zerstreuten, gaben kein optisches Echo.

Pilot Pirx räusperte sich und sagte gemessen, wobei er deutlich spürte, wie sein auf und ab rutschender Adamsapfel einen leichten Druck auf das daran befestigte Laryngophon ausübte: *Patrouillen-AMU einhundertelf anfliegendes Objekt im Sektor tausendeinhundertzwei Komma zwei auf Approximativkurs nach Sektor tausendvierhundertvier mit weißem Positionslicht! Bitte um CQD-Angabe. Bitte um CQD-Angabe. Schalte auf Empfang.*

Dann harrte er der Dinge, die da kommen sollten.

Sekunden und Minuten vergingen – keine Antwort. Statt dessen bemerkte Pirx, daß der Lichtpunkt blasser wurde, sich folglich von ihm entfernte. Der Radarentfernungsmesser schied ja aus, aber als Reserve führte er außerdem einen, wenn auch primitiven, optischen Entfernungsmesser mit. Er streckte das eine Bein weit vor und drückte aufs Pedal. Das Gerät kam von oben heruntergefahren, es glich einem Fernrohr. Pirx zog es mit der linken Hand an die Augen und begann die Schärfe einzustellen.

Im Handumdrehen hatte er das Pünktchen im Objektiv – und noch ein bißchen mehr. Es wuchs und nahm die Größe einer Erbse an, die man aus einer Entfernung von fünf Metern betrachtet; für Raumverhältnisse war es also geradezu riesig. Hinzu kam, daß über seine runde, ein wenig abgeplattete Oberfläche langsam winzige dunkle Streifen von rechts nach links hinwegglitten, als bewegte jemand dicht vor dem Objektiv des Entfernungsmessers ein dickes schwarzes Haar hin und her. Diese dunkleren Stellen waren ebenso verschwommen und undeutlich, aber die Richtung blieb unverändert – sie zogen unaufhörlich von rechts nach links.

Pirx drehte am Regler, aber der Lichtfleck ließ sich beim besten Willen nicht näher heranholen. Also halbierte er ihn mit einem speziell für diese Zwecke vorgesehenen zweiten Prisma und verschob die beiden Hälften so lange, bis sie einander genau überlagerten. Als er das geschafft hatte, warf er einen Blick auf die Skala und erstarrte zum drittenmal.

Das leuchtende Objekt war nur vier Kilometer von der Rakete entfernt!

Das war vergleichsweise ein Abstand von nur fünf Millimetern zwischen zwei mit hoher Geschwindigkeit dahinrasenden Rennwagen. Im Raum war eine solche Annäherung ebenso unzulässig wie gefährlich.

Pirx blieb nicht mehr viel zu tun. Er richtete den Zeiger der Außenthermodampfapparatur auf den Punkt aus, stellte per ferngesteuerten Hebel den Sucher ein, bis er sich genau mit dem milchig weißen Fleck deckte, und schielte blitzschnell nach dem Ergebnis: 24 Grad Kelvin.

Das hieß, daß der Lichtpunkt die Temperatur des kosmischen Vakuums hatte – 24 Grad über dem absolutem Nullpunkt.

Eigentlich war er nun schon ganz sicher, daß der Fleck gar nicht leuchten, sich erst recht nicht bewegen, ja überhaupt nicht existieren konnte; weil dieser ihm aber dicht vor der Nase schwebte, setzte er die Verfolgungsjagd fort.

Der Fleck verblaßte immer mehr. Eine Minute darauf konstatierte Pirx, daß sich der Punkt schon um hundert Kilometer entfernt hatte und daß seine Geschwindigkeit weiter zunahm.

Dann geschah das Allermerkwürdigste.

Der Lichtfleck ließ ihn zunächst wieder herankommen. Pirx hatte ihn erst 80, dann 70, 50 und schließlich 30 Kilometer vor dem Bug, doch bald schoß er wieder davon. Pirx steigerte die Geschwindigkeit auf 75 Kilometer pro Sekunde. Das Pünktchen machte 76. Pirx erhöhte abermals den Schub, aber diesmal nicht in Raten – er ließ „halbe Kraft" in die Düsen, und es schleuderte ihn vorwärts. Die dreifache Erdschwere preßte ihn in die Sesselpolster. Eine AMU-Rakete hatte eine kleine Ruhemasse, sie beschleunigte wie ein Rennwagen. Wenig später machte er schon 140 Kilometer pro Sekunde.

Das Pünktchen flog 140,5.

Pilot Pirx spürte, wie ihm heiß wurde. Er gab vollen Schub. Die AMU 111 klirrte wie die angerissene Saite eines Zupfinstruments. Der Zeiger des Tachometers, der die Geschwindigkeit zu dem unbeweglichen Sternengewölbe in Beziehung setzte, kletterte rasch in die Höhe: 155 ... 168 ... 177 ... 190 ... 200.

Bei 200 sah Pirx auf den Entfernungsmesser, eine Leistung, die einem Zehnkämpfer alle Ehre gemacht hätte, denn die Beschleunigung betrug 4 g.

Der Fleck rückte merklich näher, er wuchs. Pirx hatte ihn erst ein Dutzend, dann zehn und schließlich sechs Kilometer vor sich. Noch einen Augenblick, und die Entfernung betrug nur noch drei Kilometer. Der Punkt war jetzt größer als eine Erbse auf der ausgestreckten Hand. Noch immer huschten die verschwommenen dunklen Streifen darüber hinweg. Der Lichtschein war Sternen zweiter Größenordnung vergleichbar, nur daß er kein Punkt war wie die Sterne, sondern eine Scheibe.

Die AMU 111 gab ihr Letztes. Pirx war stolz auf sie. In der kleinen Steuerkanzel geriet nichts in Schwingung. Nicht die leiseste Erschütterung, auch nicht bei dem Sprung auf volle Schubkraft! Der Rückstoß war ideal in der Achse, die Politur der Düsen großartig, der Reaktor zog wie der Teufel selber.

Die Lichtscheibe näherte sich noch immer, nun allerdings nur langsam. Als sie bis auf zwei Kilometer heran war, begann Pirx fieberhaft zu überlegen.

Die Geschichte war ausgesprochen sonderbar. Das Licht stammte von keinem Schiff der Erde. Raumpiraten? Er mußte lachen. Die gab es nicht, was hätten sie auch hier zu suchen gehabt, in einem Sektor, der leerer war als ein altes Faß? Der Lichtfleck bewegte sich in weiten Grenzen mit hoher Geschwindigkeit, er beschleunigte ebenso scharf, wie er bremste. Willkürlich rückte er Pirx aus, und nun dagegen ließ er sich langsam einholen. Und das paßte Pirx am allerwenigsten. So benimmt sich ein Köder! durchfuhr es ihn. Ein Wurm am Haken beispielsweise, direkt vorm Maul des Fisches.

Natürlich fiel ihm sofort der Haken ein.

Warte, Freundchen! sagte er sich und bremste ohne Übergang, als sei ein Planetoid vor ihm aufgetaucht, obwohl der Radarschirm nach wie vor leer war und die Bildschirme schwiegen. Obschon er instinktiv den Kopf einzog und aus Leibeskräften das Kinn auf die Brust preßte, wobei er gleichzeitig spürte, wie der Automat schlagartig zusätzlichen komprimierten Sauerstoff in seinen Schutzanzug preßte, um den Schock der Dezeleration auszugleichen – obschon er all dies tat, waren seine Sinne eine ganze Weile umnebelt.

Der Zeiger des Schweremessers war auf minus 7 g gerutscht, er zitterte und kroch langsam wieder auf minus 4 zurück. Die AMU 111 hatte beinahe ein Drittel der Geschwindigkeit eingebüßt und flog jetzt nur noch 145 Kilometer pro Sekunde.

Wo war das Pünktchen? Einen Moment lang bangte er schon, er hätte es ein für allemal verloren. Nein, da war es! Aber sehr weit weg. Der optische Sucher zeigte eine Entfernung von 240 Kilometern an. Die AMU legte in 2 Sekunden mehr zurück. Demnach mußte auch der Fleck sofort nach seinem Manöver die Geschwindigkeit plötzlich reduziert haben.

Und da fiel es ihm mit einemmal wie Schuppen von den Augen – später wunderte er sich selbst, warum er nicht schon früher daraufgekommen war: daß er hier jenes rätselhafte Etwas vor sich hatte, dem auch Thomas und Wilmer auf ihren Patrouillenflügen begegnet waren.

An eine Gefahr hatte er bisher überhaupt nicht gedacht, doch nun packte ihn die Angst. Er überwand sie schnell wieder. Natürlich, so etwas konnte es gar nicht geben – wenn es nun das Licht eines fremden, eines außerirdischen Raumschiffes war? Der Lichtfleck rückte wieder merklich näher, drosselte die Geschwindigkeit, nun lag er 60, 50, 30 Kilometer vor ihm. Pirx erhöhte ein wenig den Schub und war verblüfft, wie ruckartig der Fleck zunahm – er war wieder ganz nahe und hing ihm in zwei Kilometer Entfernung vor dem Bug.

Auf der anderen Sesselseite steckte in einer Tasche ein Fernrohr, ein Nachtglas mit vierundzwanzigfacher Vergrößerung. Es wurde nur in Ausnahmefällen benutzt, bei defektem Radarschirm zum Beispiel oder wenn man sich an einen Satelliten von der dunklen Seite heranpirschen mußte. Jetzt leistete es ihm gute Dienste. Die Vergrößerung war so stark, daß er den Punkt knapp hundert Meter vor sich hatte. Es war eine kleine Scheibe, weiß wie Milch, aber auch wäßrig wie Milch, kleiner als die Mondscheibe, von der Erde aus gesehen. Dunkle senkrechte Streifen glitten darüber hinweg. Wenn das Gebilde die Sterne verdeckte, verschwanden diese nicht sofort, sondern erst nach einer Weile, als sei der Rand der Scheibe etwas dünnflächiger und poröser als das Mittelstück.

Aber rund um die Scheibe verhüllte nichts das Licht der Sterne. Pirx hätte mit diesem Fernrohr ein Objekt von der Größe einer Schublade auf hundert Meter Entfernung ausgemacht. Aber es war nichts zu sehen. Nicht die Spur von einem Raumschiff. Die kleine Scheibe war weder ein Positions- noch ein Hecklicht. Ganz bestimmt nicht.

Sie war ganz einfach ein selbständig fliegender weißer Lichtfleck.

Es war zum Verrücktwerden.

Pirx hatte das unwiderstehliche Verlangen, auf den Milchfleck zu schießen. Das wäre nicht leicht zu bewerkstelligen gewesen, denn die AMU 111 hatte keinerlei Waffen an Bord. Die Dienstordnung sah den Gebrauch von Waffen nicht vor, und Pirx besaß nur zwei Dinge, die er aus der Kabine abfeuern konnte: sich selbst und eine kleine Ballonsonde. Die Patrouillenschiffe waren so gebaut, daß sich der Pilot in einer hermetisch abgeschlossenen Schutzkapsel herauskatapultieren konnte. Er tat das nur im Ernstfall, und natürlich hatte er, wenn er sich einmal aus der Rakete geschleudert hatte, keine Möglichkeit mehr, zu ihr zurückzukehren. Blieb also nur die Ballonsonde, eine sehr simple Konstruktion: ein dünnwandiger, leerer Gummiballon, so fest zusammengerollt, daß er einem Speer ähnelte. Er war mit einer Aluminiumlegierung überzogen, damit man ihn gut erkennen konnte. Mitunter war kein rechter Verlaß auf die Angaben des Aerodynameters, und man wußte nicht, ob man schon im Begriff war, in die Atmosphäre des Planeten einzutreten. Der Pilot mußte schließlich wissen – das war das Allerwichtigste –, ob das verdünnte Gas sich direkt vor ihm ausbreitete, dort, wohin er flog. Deshalb warf er den Ballon ab, der sich automatisch füllte und mit einer Geschwindigkeit bewegte, die etwas über der des Raumschiffs lag. Selbst aus fünf, ja auch sechs Kilometern sah man ihn als kleinen hellen Fleck. Geriet er in ein Gas, es mochte noch so dünn sein, dann erhitzte er sich durch die Reibung und platzte. Das war für den Piloten das Zeichen, daß er mit dem Bremsmanöver beginnen mußte. Pirx bemühte sich, den Bug auf die verschwommene kleine Scheibe zu richten. Messungen mit dem Radarschirm konnte er nicht vornehmen, also benutzte er den optischen Sucher.

Einen so kleinen Körper aus beinahe zwei Kilometern zu treffen, war ungemein schwierig. Dennoch versuchte er es, aber das Scheibchen entzog sich seinem Beschuß. Sooft er sich auch bemühte, den Bug der AMU durch ein leichtes Manöver mit der Wendedüse auszurichten, jedesmal rutschte die Scheibe seelenruhig zur Seite und tauchte dann plötzlich abermals vor ihm auf – mitten auf dem linken Bildschirm. Diesen Trick wandte sie viermal hintereinander an, von Mal zu Mal etwas schneller, als wenn sie seine Arbeit immer besser durchschaute. Sie wünschte es offenbar nicht, daß der Bug der AMU sie direkt anvisierte, deshalb flog sie mit minimaler seitlicher Abweichung.

Es mutete geradezu phantastisch an: Um die winzige Drehung seines Bugs aus zwei Kilometer Entfernung zu registrieren, hätte die Scheibe über ein gigantisches Teleskop verfügen müssen, von dem allerdings nichts zu entdecken war. Dennoch erfolgten ihre Ausweichmanöver mit einer Verzögerung von höchstens einer halben Sekunde.

Pirx' Erregung nahm zu. Er hatte nun alles getan, was in seinen Kräften stand, um dieses unheimliche fliegende Objekt zu identifizieren, und war nicht um ein Deut weitergekommen. Und während er so reglos dasaß und seine Hände an den Schalthebeln zu erstarren begannen, durchfuhr ihn plötzlich der

Gedanke, daß es den anderen genauso ergangen sein mußte. Sie waren diesem Lichtpünktchen begegnet, hätten versucht, seine Kennzeichen zu erfahren, in dem Glauben, irgendein merkwürdiges Schiff vor sich zu haben, und als sie keine Antwort erhalten hatten, waren sie ihm nachgejagt, immer schneller. Sicherlich hatten sie gleich ihm den Fleck durch das Fernrohr untersucht und die zarten dunklen Streifen darauf bemerkt, womöglich hatten sie sogar die Ballonsonden abgeschossen. Und dann hatten sie etwas getan, was ihnen die Rückkehr unmöglich machte.

Als ihm bewußt wurde, daß ihn bald dasselbe Schicksal ereilen würde, packte ihn nicht Angst, sondern Verzweiflung. Es war wie in einem Alptraum; eine Weile wußte er nicht mehr, wer er eigentlich war – Pirx, Wilmer oder Thomas. Denn damals mußte sich haargenau dasselbe abgespielt haben, da gab es nicht den geringsten Zweifel. Er saß wie gelähmt, von der entsetzlichen Gewißheit erfüllt, daß es keine Rettung mehr gab. Das Furchtbare war, daß er nicht die leiseste Ahnung hatte, von wo ihm eigentlich Gefahr drohte... Der Raum war ja leer...

War er es wirklich?

Ja, der Sektor war leer, aber Pirx hatte das Pünktchen doch über eine Stunde verfolgt und eine Geschwindigkeit von zweihundertdreißig Kilometer pro Sekunde entwickelt. Vielleicht, nein, sogar höchstwahrscheinlich befand er sich nun dicht am Rande des Reviers oder hatte die Grenze womöglich schon überschritten. Was kam danach? Der nächste Sektor, Nummer 1009, und weitere anderthalb Trillionen Kilometer Leere. Leere von allen Seiten, Millionen und aber Millionen von Kilometern nichts, nur Leere – und zwei Kilometer vor seinem Bug tanzte ein weißes Pünktchen.

Pirx strengte seinen Geist an: Was hatten sie jetzt wohl gemacht, gerade jetzt – Wilmer und Thomas? Denn er, Pirx, mußte etwas völlig anderes tun. Sonst gab es auch für ihn keine Wiederkehr.

Er betätigte noch einmal die Bremsen. Der Zeiger bebte. Er flog immer langsamer, hatte nur noch 30, 22, 13,5 Kilometer pro Sekunde. Nur noch 0,9. Und dann nur noch wenige Meter, der Zeiger schwankte leicht über Null. Laut Reglement hatte er den Flug gestoppt. Im Raum hatte man immer irgendeine Geschwindigkeit – stets in Beziehung zu etwas. Wie angewurzelt stehenbleiben konnte man nicht.

Das Lichtpünktchen wurde kleiner. Es fiel immer weiter zurück, verblaßte mehr und mehr, dann hörte es plötzlich auf zu schrumpfen, nahm zu, wurde allmählich wieder größer, bis es auf einmal anhielt, genauso wie er. Zwei Kilometer von seinem Bug entfernt.

Was hätten Wilmer und Thomas *nicht* getan? Was hätten sie *garantiert* nicht getan? Sie hätten vor so einem winzigen, lausigen, idiotischen Lichtpünktchen, vor so einem blöden, milchigen Fleckchen bestimmt nicht die Flucht ergriffen!

Er wollte nicht wenden, denn bei diesem Manöver würde er die kleine Scheibe aus den Augen verlieren, und dann hätte er sie am Heck, und es war schwer zu verfolgen, was am Heck passierte – dazu mußte man den Kopf nach dem Seitenbildschirm verrenken. Nein, am Heck mochte er sie nicht haben, er wollte sie ohne Unterlaß deutlich und greifbar vor sich sehen. Er flog also rückwärts und benutzte die Bremsdüsen als Antrieb. So etwas mußte gelernt sein, das gehörte zu den Elementarbegriffen der Steuertechnik. Er hatte minus 1 g, minus 1,6 g, minus 2, die Rakete lag nicht so ideal wie bei normalem Schub. Der Bug neigte sich ein wenig zur Seite – die Bremswerke waren dazu da, um den Flug zu verlangsamen, und nicht, um das Raumschiff anzutreiben.

Das Pünktchen schien zu schwanken. Für wenige Sekunden blieb es, kleiner werdend, im Raum zurück. Es verdeckte ein Weilchen das Alpha des Eridanus, gab es dann frei, hüpfte zwischen ein paar kleinen namenlosen Sternen hindurch und – raste Pirx wieder hinterher.

Es ließ sich nicht abhängen.

Immer mit der Ruhe, dachte Pirx, was kann das Biest mir schon anhaben? Dieser kleine, flimmernde Dreckspunkt soll mir gestohlen bleiben. Ich bin hier auf Sektorpatrouille. Hol ihn der Teufel.

Das dachte er zwar, aber natürlich verlor er das Pünktchen nicht aus den Augen. Seit er es zum erstenmal gesichtet hatte, waren schon beinahe zwei Stunden vergangen. Die Augen brannten ihm und tränten. Er riß sie so weit wie möglich auf und flog noch immer mit dem Heck voran. Sehr schnell konnte man so nicht fliegen. Das Bremswerk war für eine kontinuierliche Arbeit nicht eingerichtet. So bewegte er sich also mit acht Kilometer pro Sekunde und geriet ins Schwitzen.

Seit geraumer Zeit schon hatte er das Gefühl, daß mit seinem Hals etwas nicht stimmte; ihm war, als zöge ihm jemand mit der Pinzette die Haut unterm Kinn nach unten, auf den Brustkasten, und die Mundhöhle wurde ihm ganz trocken. Er achtete nicht sonderlich darauf, schließlich hatte er den Kopf mit anderen Dingen voll. Dann wurde ihm ein paarmal ziemlich mulmig, er konnte die Lage seiner Arme nicht mehr kontrollieren. Die Beine spürte er noch. Das rechte drückte aufs Bremspedal.

Er versuchte, die Arme zu heben, weil er das Lichtpünktchen nicht aus den Augen lassen wollte. Es sah aus, als wäre es näher gerückt, auf 1,9, vielleicht auch auf 1,8 Kilometer. Würde es ihn einholen? Er wollte einen Arm heben, dann den anderen – es gelang ihm nicht. Nicht, daß er es nicht gekonnt hätte – nein, er spürte seine Arme überhaupt nicht mehr, als existierten sie gar nicht. Da wollte er sie betrachten, aber sein Nacken rührte sich nicht. Er war steif und hart wie Holz.

Panisches Entsetzen packte ihn. Warum hatte er bisher noch immer nicht das getan, was längst seine heilige Pflicht gewesen wäre? Warum hatte er nicht sofort, als er dem Pünktchen begegnet war, über Funk die Basis gerufen und Meldung erstattet?

Weil er sich schämte. Wilmer und Thomas hatten sich bestimmt auch geschämt. Er konnte sich gut vorstellen, wie die Leute in der Abhörkabine sich den Bauch halten würden vor Lachen. Lichtpünktchen! Ein weißes Lichtpünktchen, das erst Reißaus nimmt und dann die Rakete verfolgt! So etwas hatte gerade noch gefehlt! Nein, beim besten Willen! Sie hätten ihm geraten, sich ins Ohr zu kneifen und aufzuwachen.

Doch nun war ihm alles egal – er sah ein letztes Mal auf den Leuchtschirm und sagte: *Patrouillen-AMU 111 an Basis ...*

Das heißt, er wollte es sagen, doch er konnte nicht. Die Worte blieben ihm in der Kehle stecken, und nur ein unartikuliertes Stammeln kam über seine Lippen. Da nahm er alle Kraft zusammen, und ein Brüllen drang aus seinem Munde. Zum erstenmal glitt sein Blick vom Sternenbildschirm und fiel auf den Spiegel. Vor ihm, im Pilotensessel, im runden gelben Helm, hockte ein Scheusal.

Es hatte riesige, verquollene, hervorstehende Augen, von tödlichem Entsetzen geweitet, und ein breitgezerrtes, nach unten flappendes Froschmaul, in dem sich eine dunkle Zunge hin und her wälzte. Anstelle des Halses hingen seltsame, gespannte Saiten an ihm herab, die unablässig zuckten und bebten, so daß der Unterkiefer dazwischen verschwand, und dieses Ungeheuer mit der grauen, zusehends anschwellenden Larve brüllte und brüllte.

Er versuchte, die Augen zu schließen – umsonst. Er probierte, wieder zurück auf den Bildschirm zu sehen – umsonst. Die Mißgestalt, an den Sessel gefesselt, sträubte und bäumte sich, als wollte sie die Gurte sprengen.

Pirx betrachtete das Scheusal, weil er zu nichts anderem fähig war. Erschütterungen irgendwelcher Art empfand er nicht. Er merkte nur, daß er keine Luft bekam, daß es ihn würgte und daß er mit dem Tode rang.

Von irgendwoher, ganz aus der Nähe, hörte er ein gräßliches Zähneknirschen. Nun hatte er vollends seinen Geist aufgegeben, er wußte nichts mehr, hatte keine Arme, ja keinen Körper mehr, nur das eine Bein war noch da, das auf das Bremspedal drückte. Er registrierte, daß er nur noch über seine Sehkraft verfügte, aber sein Blick wurde immer trüber, und vor seinen Augen begannen viele winzige weiße Pünktchen zu wirbeln. Er bewegte das Bein. Es schlotterte. Er hob es an und senkte es wieder. Das Ungeheuer im Spiegel war aschfahl, Schaum stand ihm vorm Maul. Die Augen waren nun gänzlich aus den Höhlen getreten. Er wurde von Zuckungen geschüttelt.

Da tat er das einzige, was ihm noch zu tun übrigblieb. Er holte mit dem Bein Schwung, schnellte es nach vorn und rammte sich mit voller Wucht das Knie ins Gesicht. Er verspürte einen entsetzlichen, bohrenden Schmerz im Mund, Blut rannte ihm das Kinn hinunter, er sah nichts mehr.

„Aaaaaah!“ röchelte er. „Aah!“

Es war seine Stimme.

Der Schmerz war plötzlich wie weggeblasen, wieder spürte er gar nichts. Was war geschehen? Wo war er? Nichts! Nirgendwo!

Er zerschlug und malträtierte mit dem Knie sein Gesicht und holte wie besessen immer von neuem aus: Das Brüllen brach ab. Er vernahm seinen eigenen gurgelnden Schrei, im Blut erstickt.

Jetzt hatte er wieder Arme. Sie waren wie aus Holz und schmerzten bei jeder Bewegung so fürchterlich, als seien die Muskelfasern gerissen, aber er konnte sie rühren. Mit starren Fingern tastete er nach den Gurten und schnallte sie ab, dann krallte er sich in die Sessellehne und stand auf. Seine Beine zitterten, sein ganzer Körper war wie gerädert. Er ergriff das Seil, das schräg durch den Steuerraum gespannt war, und taumelte zum Spiegel. Mit beiden Händen stützte er sich am Rahmen.

Im Spiegel stand der Pilot Pirx.

Das Gesicht war nicht mehr aschfahl, sondern blutbesudelt, die Nase eingeschlagen und geschwollen. Blut sickerte aus dem zerschlagenen Mund. Die Wangen waren noch blau unterlaufen und gedunsen, unter den Augen wölbten sich schwarze Wülste, am Hals zuckte es noch immer unter der Haut, aber langsam verebbte es schon. Ja, das war er – Pirx. Er brauchte lange, um sich das Blut vom Kinn zu reiben, er spuckte, hustete, atmete tief und fühlte sich schwach und hilflos wie ein Kind.

Dann wandte er sich ab und sah auf den Schirm. Das Schiff flog nach wie vor rückwärts, aber bereits ohne Schub. Allein durch den Schwung. Die kleine weiße Scheibe schwebte hinter ihm am Bug, in einer Entfernung von 2 Kilometern.

Pirx hangelte sich am Seil entlang zum Sessel zurück. Er konnte keinen klaren Gedanken fassen.

Seine Hände begannen zu zittern – erst jetzt, aber das war die übliche Schockwirkung, er kannte das, es schreckte ihn nicht. Dicht vor dem Sessel hatte sich etwas verändert...

Die Kassette des automatischen Senders war oben eingebeult. Er stieß gegen den Deckel, der fiel herunter. Lauter zertrümmerte Teile. Wie hatte das geschehen können? Offenbar hatte er selbst dem Sender einen Tritt versetzt. Aber wann?

Er sank in den Sessel, schaltete die Düsen ein und setzte zur Wendung an.

Die weiße Scheibe geriet ins Schwanken, schwebte über den Bildschirm und erreichte seinen Rand, aber statt zu verschwinden, prallte sie ab wie ein Gummiball und kehrte in die Mitte des Schirms zurück!

„Du Miststück!" schrie er voller Haß und Ekel.

Und wegen so einem Drecksding wäre er um ein Haar selbst auf „stationäre Umlaufbahn" gegangen! Wenn das Pünktchen bei der Wendung weiterhin im Bild blieb, hieß das ganz einfach, daß es gar nicht existierte, daß es im Wiedergabegerät selbst erzeugt wurde! Der Leuchtschirm war schließlich kein Fenster, eine Rakete hatte ja gar keine Fenster. Sie besaß eine Fernsehempfangsanlage, und zwar außen. Im Panzer waren die Kameras installiert und innen die Verstärker, die die elektrischen Signale auf dem Bildschirm sichtbar machten. Waren sie etwa defekt? Durch welchen sonderbaren Umstand hätten sie wohl entzweigehen können? War bei den Raketen von Wilmer und Thomas der gleiche Fehler aufgetreten? Wie war das möglich? Und was war danach mit den beiden geschehen?

Im Augenblick hatte er Wichtigeres zu tun. Er schaltete den Havariesender ein.

Patrouillen-AMU einhundertelf an Basis, sagte er. *Patrouillen-AMU einhundertelf an Basis. Befinde mich an Sektorengrenze eintausendneun Strich eintausendzehn, Äquatorzone, kehre um nach Havarie...*

Als Pirx sechs Stunden später auf der Erde landete, nahmen großangelegte Nachforschungen ihren Anfang, die einen ganzen Monat dauern sollten. Zuerst rückte man der Fernsehapparatur zu Leibe. Die neue, vervollkommnete Anlage war erst vor Jahresfrist in alle Patrouillenschiffe eingebaut worden und hatte sich glänzend bewährt. Nie hatte es auch nur den kleinsten Defekt gegeben.

Nach langen Bemühungen entdeckten die Elektroniker endlich die Ursache für die Entstehung des Lichtpünktchens. Das Vakuum in den Kathodenstrahlröhren für die Bildwiedergabe ließ nach etlichen tausend Betriebsstunden nach – und auf der Innenfläche des Schirms entstand eine Wanderladung, die sich als milchiger kleiner Fleck auf der Lumineszenzschicht abbildete. Diese Ladung bewegte sich nach ziemlich komplizierten Gesetzmäßigkeiten im Innern. Wenn das Raumschiff mit großem Schub geradeaus flog, verteilte sie sich über eine etwas größere Fläche und wurde gleichsam auf der Innenwand des Leuchtschirms plattgedrückt – dann hatte man den Eindruck, das Lichtpünktchen näherte sich der Rakete. Beim Rückstoß glitt die Ladung in die Röhre zurück, und wenn sich die Beschleunigung stabilisiert hatte und konstant blieb, kehrte die Wanderladung allmählich wieder zum Schirm zurück. Sie konnte sich dort in alle Richtungen bewegen, aber meistens konzentrierte sie sich direkt im Zentrum – wenn nämlich die Rakete auf fester Umlaufbahn und ohne Schub dahinflog. Und so weiter und so fort – die Untersuchungen zogen sich in die Länge, sechsstufige Modelle veranschaulichten die Dynamik der Ladung. Überdies zeigte sich, daß stärkere Lichtsignale im Bereich der Elektronenröhre die Ladung zerstreuten. Sie konzentrierte sich nur dann, wenn die Intensität der von der Röhre empfangenen Impulse ausnehmend schwach war – so schwach wie eben im kosmischen Vakuum, in großer Entfernung von der Sonne. Es genügte, daß ein einziger Sonnenstrahl über den Leuchtschirm leckte, und die Ladung löste sich auf und verschwand für Stunden.

Ungefähr so viel stellten die Elektroniker fest – ein stattliches, mit mathematischen Formeln und Modellen gespicktes Buch war das Ergebnis. Darauf machten sich Ärzte und Psychologen, die verschiedensten Koryphäen auf dem Gebiet der Astroneurosen und Astropsychosen ans Werk. Und abermals nach vielen Wochen stellte sich heraus, daß die Wanderladung pulsierte – was man mit dem bloßen Auge als feine dunkle Streifen wahrnahm, die über die kleine Lichtscheibe rutschten. Die dichte Folge der Entladungen wiederum, die zu kurz waren, um einzeln vom Auge registriert zu werden, bildete den sogenannten Teta-Rhythmus der Hirnrinde und schaukelte die Potentialschwankungen der Rinde so lange durcheinander, bis Symptome auftraten, die einem epileptischen Anfall ähnelten. Die absolute äußere Ruhe, das Fehlen jeglicher Reize, die des Lichtes ausgenommen und das anhaltende, unbewegliche

Starren auf den flackernden Lichtpunkt waren die Begleiterscheinungen, die einem derartigen Ausbruch besonders förderlich waren.

Die Fachleute, die das alles entdeckten, wurden natürlich berühmt. Die Elektroniker der ganzen Welt kennen heute den Ledieux-Harper-Effekt, der auf der Entstehung von Wanderladungen im hohen Kathodenstrahlvakuum beruht, und die Astrobiologen das komplexe ataktisch-katatonisch-klonische Nuggelheimer-Syndrom.

Die Person des Piloten Pirx wurde von der Wissenschaft totgeschwiegen, und nur sehr aufmerksame Zeitungsleser konnten aus den kleingedruckten Meldungen mancher Abendblätter erfahren, daß es ihm zu verdanken war, wenn keinem Piloten mehr das Geschick von Wilmer und Thomas drohte, die die Schubkraft ihrer Raumschiffe bis an die maximale Grenze gesteigert und während ihrer Jagd nach dem „Irrlicht" das Bewußtsein verloren und in den Abgründen des Kosmos den Tod gefunden hatten.

So also blieb Pirx der Ruhm versagt, aber das kümmerte ihn wenig. Selbst den künstlichen Zahn, den er sich für den alten, mit dem Knie ausgeschlagenen einsetzen ließ, bezahlte er aus der eigenen Tasche.

Die Jagd

Fuchsteufelswild kam er aus der Hafenleitung. Ausgerechnet ihm mußte das passieren! Der Armator hatte die Sendung nicht geliefert – einfach nicht geliefert, und damit basta! Näheres wußten sie nicht. Schön, ein Telegramm war eingetroffen: „Verspätung 72 Stunden – stop – zahle Konventionalstrafe auf euer Konto – stop – Estrand." Kein Wort mehr. Im Büro des Handelsrates konnte er auch nichts ausrichten. Es wurde langsam eng im Hafen, und die Hafenleitung gab sich mit der Konventionalstrafe nicht zufrieden. Standgeld hin, Standgeld her – das beste wäre immer noch, wenn der Herr Navigator schleunigst startete und auf Umlaufbahn ginge... Triebwerke lassen sich stoppen, es kostet also keinen Treibstoff. Sie warten die drei Tage dort oben und kommen dann zurück. Was kann Ihnen das schon ausmachen...?

Drei Tage lang um den Mond trudeln, bloß weil der Armator mich versetzt hat! Pirx verschlug es die Sprache, aber zum Glück fiel ihm der Kollektivvertrag ein. Na, und als er ihnen die Vorschriften über den Aufenthalt im Raum unter die Nase rieb, die von der Gesellschaft festgelegt worden waren, machten die anderen einen Rückzieher. In der Tat, es war nicht das Jahr der ruhigen Sonne, die Strahlungsdosen waren nicht zu unterschätzen. Er hätte demnach manövrieren, sich hinter dem Mond vor der Sonne verkriechen und dieses Blindekuhspiel mit Schub ausführen müssen. Wer würde das bezahlen? Der Armator nicht, das stand fest. Etwa die Hafenleitung? Sind Sie sich darüber im klaren, meine Herren, was zehn Minuten voller Schub bei einem Reaktor von siebzig Millionen Kilowatt kosten? Schließlich erhielt er die Halteerlaubnis, aber nur für genau zweiundsiebzig Stunden plus vier Stunden für das Löschen dieses verdammten Stückguts. Keine Minute länger! Sie gebärdeten sich, als erwiesen sie ihm damit eine Gnade. Als ob es seine Schuld gewesen wäre! Dabei hatte er pünktlich auf die Minute zur Landung angesetzt, obwohl er nicht direkt vom Mars kam. Aber daß der Armator...

Über alledem hätte er fast vergessen, wo er sich befand – beim Hinausgehen schloß er die Tür so heftig, daß er im nächsten Augenblick zur Decke hinaufsegelte. Das behagte ihm gar nicht, und er schaute sich argwöhnisch um, doch es war niemand da. Überhaupt erweckte die Luna irgendwie einen Eindruck der Leere.

Klar, etliche hundert Kilometer weiter nördlich, zwischen Hypathia und Toricelli, hatten die großen Arbeiten begonnen. Die Ingenieure und Techniker, von denen es hier vor einem Monat nur so wimmelte, waren bereits zur

Baustelle abgereist. Das große UNO-Projekt Luna II lockte immer mehr Leute von der Erde herbei. Wenigstens werde ich diesmal keine Scherereien mit dem Hotelzimmer haben, ging es ihm durch den Kopf, während er mit der Rolltreppe ins letzte Stockwerk der unterirdischen Stadt fuhr. Die Leuchten verbreiteten ein grelles, kaltes Tageslicht. Jede zweite war abgeschaltet. Aha, Sparmaßnahmen! Er stieß die Glastür auf und betrat die kleine Halle. Natürlich, freie Zimmer gab es noch. In Hülle und Fülle. Er ließ den kleinen Koffer oder vielmehr die Reisetasche beim Portier und überlegte: Ob Tyndall auch aufpaßt, daß die Mechaniker die Zentraldüse ausschleifen? Denn noch auf dem Mars hatte sie sich wie eine mittelalterliche Kartätsche aufgeführt. Eigentlich hätte er sich selbst darum kümmern müssen, denn wenn der Chef seine Augen nicht überall hat... Aber er hatte keine Lust, zwölf Stockwerke mit dem Lift zu fahren, vermutlich waren sowieso schon alle verduftet. Bestimmt saßen sie im Warenhaus des Flugplatzes und hörten sich die neuesten Platten an. Er ging weiter, ohne Recht zu wissen, wohin. Das Hotelrestaurant war leer, schien geschlossen, aber am Büfett saß ein rothaariges Mädchen und las in einem Buch. Vielleicht war sie auch darüber eingenickt, denn ihre Zigarette hatte sich auf der Marmorplatte in einen langen Aschestengel verwandelt...

Pirx setzte sich, stellte die Uhr nach Ortszeit, und schlagartig wurde es spät: zehn Uhr abends. An Bord war noch vor wenigen Minuten Mittag gewesen. Dieses ewige Ringelspiel mit der Zeit war immer noch genauso anstrengend wie zu Anfang, als er eben erst Fliegen lernte. Er aß sein Mittagessen, das sich nun auf einmal als Abendbrot entpuppte, und trank Mineralwasser dazu, das wärmer war als die Vorsuppe. Der Ober, der trübsinnig und verschlafen wirkte wie ein waschechter Mondsüchtiger, verrechnete sich zu seinen Ungunsten – ein bedenkliches Zeichen. Pirx riet ihm, Urlaub auf der Erde zu machen, und stahl sich leise hinaus, um das Mädchen am Büfett nicht aufzuwecken. Dann holte er sich beim Portier den Schlüssel und fuhr in sein Zimmer. Er guckte nicht gleich auf die Blechmarke, doch als er unterwegs einen Blick auf die Nummer warf, beschlich ihn ein seltsames Gefühl: 173. In diesem Zimmer hatte er früher schon mal gewohnt, damals, als er zum erstenmal „auf die andere Seite" flog. Aber nachdem er die Tür aufgemacht hatte, stellte er fest, daß es entweder doch ein anderes Zimmer war oder daß man es völlig umgebaut hatte. Nein, er mußte sich wohl geirrt haben, seinerzeit war der Raum größer gewesen. Er knipste überall Licht an, weil er die Dunkelheit satt hatte, sah in den Schrank, zog die Schublade des kleinen Schreibtisches heraus, packte aber den Koffer nicht erst aus, sondern warf nur den Schlafanzug aufs Bett und legte Zahnbürste und Paste aufs Waschbecken.

Er wusch sich die Hände. Das Wasser war hier immer höllisch kalt, das reinste Wunder, daß es nicht gefror. Er drehte den warmen Hahn auf – ein paar Tropfen, dann war Schluß. Er ging zum Telefon, die Rezeption anzurufen, aber er ließ es dann doch bleiben. Ein Skandal war das allerdings, immerhin wurde der Mond schon seit langem bewirtschaftet, und man konnte schließlich verlangen, daß es in einem Hotelzimmer immer warmes Wasser gab! Er schaltete das Radio ein. Es liefen gerade die Abendnachrichten vom Mond. Er hörte nur mit halbem Ohr hin, während er überlegte, ob er dem Armator nicht ein Telegramm schicken sollte. Auf dessen Kosten, versteht sich! Aber heraus kam dabei auch nichts. Sie lebten nicht mehr in den idyllischen Zeiten der Weltraumfahrt. Die waren längst passé, jetzt war man bloß ein Fuhrmann und von denjenigen abhängig, die einem die Ware aufluden! Fracht, Versicherung, Standgeld...

Im Radio brabbelte es undeutlich. Halt mal – was war das? Er beugte sich übers Bett und drehte an einem Knopf.

„... aller Wahrscheinlichkeit nach Reste des Leonidenschwarms..." Der weiche Bariton des Sprechers füllte den Raum. „Lediglich ein Wohngebäude wurde direkt getroffen und büßte seine hermetische Abdichtung ein. Glücklicherweise befanden sich zu diesem Zeitpunkt alle Bewohner an ihrem Abreitsplatz. Die übrigen Meteoriten richteten keinen größeren Schaden an, bis auf einen, der die Schutzscheibe der Magazine traf. Berichten unseres Korrespondenten zufolge wurden sechs für Arbeiten auf dem Baugelände vorgesehene Universalautomaten völlig zerstört. Beschädigt wurde auch die Hochspannungsleitung. Die Telefonverbindung konnte schon nach drei Stunden wiederhergestellt werden. Und hier noch einmal die wichtigsten Meldungen: Heute morgen wurde der panafrikanische Kongreß eröffnet..."

Er schaltete das Radio aus und setzte sich. Meteoriten? Irgendein Schwarm? Richtig, es war ja die Zeit der Leoniden, aber die Prognosen hatten doch... Diese Meteorologen pfuschen vielleicht was zusammen, genau wie die Synoptiker auf der Erde... Das Baugelände? Damit war sicherlich das im Norden gemeint. Atmosphäre blieb eben Atmosphäre, es machte einem mächtig zu schaffen, wenn die fehlte. Sechs Automaten – ziemlich happig. Gut, daß wenigstens die Leute mit heiler Haut davongekommen waren. Trotzdem – eine dumme Geschichte, daß es die Scheibe durchgehauen hatte. Na, der Projektant, das ist vielleicht ein...

Er war müde. Sein Zeitgefühl war völlig durcheinandergeraten. Zwischen Mars und Erde mußten sie den Dienstag geschluckt haben. Dem Montag war gleich der Mittwoch gefolgt, und im Endeffekt fehlte ihm auch eine Nacht. Vor allem mal gründlich ausschlafen, sagte er sich, stand auf und stolperte instinktiv auf das winzige Badezimmer zu, aber als ihm das eisige Wasser wieder einfiel, erschauerte er, drehte sich auf dem Absatz um und lag eine Minute später in der Falle. Für die Koje brauchte er sich nicht erst zu waschen! Seine Hand suchte wie von selbst nach den Gurten, um die Decke festzuschnallen. Er schmunzelte, als er sie nicht fand – er war ja in einem Hotel. Hier bestand keine Gefahr, daß die Schwerkraft unversehens aussetzen würde... Mit diesem Gedanken schlief er ein. Als er die Augen wieder aufschlug, hatte er keine Ahnung, wo er war. Ägyptische Finsternis ringsum. Tyndall! wollte er rufen, und plötzlich mußte er daran denken, wie dieser einmal aus der Kajüte gestürzt war, nur in Schlafanzughosen, und den Wachhabenden ganz außer sich angefleht hatte: „Du! Ich bitte dich! Sag mir, wie ich heiße!" Der Ärmste war sternhagelblau gewesen, er hatte sich irgendeine Magengeschichte eingebildet und eine ganze Buddel Rum hinter die Binde gegossen...

Diese Gedankenabschweifung verhalf Pirx sofort in die Wirklichkeit zurück. Er stand auf, knipste die Lampe an und trat unter die Dusche. Vorsichtshalber drehte er den Hahn nur wenig auf – das Wasser war lauwarm. Er seufzte, denn er sehnte sich nach einem heißen Bad, aber bald darauf rann ihm das Wasser in Strömen über Gesicht und Körper, und er begann sogar, vor sich hin zu summen.

Er zog gerade ein sauberes Hemd an, als der Lautsprecher – nanu, daß es so was hier überhaupt gab! – in tiefem Baß losdröhnte: „Achtung! Achtung! Eine wichtige Durchsage. Alle Männer, die befähigt sind, eine Waffe zu tragen, werden gebeten, sich unverzüglich in der Hafenleitung, Zimmer 318, bei Chefingenieur Achanian zu melden. Ich wiederhole. Achtung, Achtung..." Pirx war so überrascht, daß er eine Weile reglos dastand, nur in Socken und Hemd. Was sollte das heißen? Ein Aprilscherz? Die befähigt sind, eine Waffe zu tragen? Träumte er? Aber während er mit den Armen herumfuchtelte, um das Hemd schnell herunterzuziehen, stieß er so heftig mit der Hand gegen die Tischkante, daß ihm heiß wurde. Nein, das war kein Traum. Aber was dann? Eine Invasion? Die Marsbewohner erobern den Mond? Unsinn! Jedenfalls mußte er hin... Als er in die Hosen fuhr, war ihm, als flüstere ihm eine Stimme zu: Das mußte ja so kommen, ausgerechnet, wenn du hier bist. Du hast nun mal so 'n Glück, du ziehst die Abenteuer an...

Die Uhr zeigte acht, als er das Zimmer verließ. Den ersten besten, der ihm über den Weg lief, wollte er fragen, was eigentlich los sei, aber der Korridor war leer und die Rolltreppe ebenfalls, so als sei die allgemeine Mobilmachung schon im Gange, als ob sich alle schon irgendwo, wo, das wußten die Götter, an vorderster Front tummelten... Er rannte die Treppe hoch, obwohl sie ohnehin ziemlich flott rollte, in einem Tempo, als meinte er wirklich, die Chance zu großen Heldentaten zu verpassen. Oben angelangt, erblickte er einen hell erleuchteten Glaskiosk. Er lief an das Fenster, um endlich Genaueres zu erfahren, aber der Kiosk war unbesetzt. Die Zeitungen verkaufte ein Automat.

Pirx erstand also ein Päckchen Zigaretten und eine Tageszeitung, deren Seiten er, ohne seine Schritte zu verlangsamen, überflog – doch außer der Beschreibung des Meteoriteneinschlags fand er nichts. Vielleicht war es das? Aber wozu dann die Waffen? Nein, weiter! Endlich erreichte er die Hafenleitung. Hier bekam er zum erstenmal Menschen zu Gesicht. Eben trat jemand in das Zimmer 318, ein anderer steuerte darauf zu – vom anderen Ende des Korridors.

Jetzt erfahre ich nichts mehr – zu spät! dachte er, zog sich das Jackett zurecht und trat ein. Es war ein kleines Zimmer mit drei Fenstern, vor denen eine künstliche Mondlandschaft von der unangenehmen Farbe erhitzten Quecksilbers loderte. Im schmaleren Teil des trapezförmigen Raumes standen zwei Schreibtische, davor hatte man mehrere Reihen Stühle aufgestellt, die wohl in aller Eile herbeigeschleppt worden waren, denn kaum einer glich dem anderen. Etwa vierzehn oder fünfzehn Männer hatten sich hier versammelt, zumeist im mittleren Alter, aber auch ein paar junge Burschen mit den Tressen der Raumfahrtkadetten waren darunter. Ein älterer Kommandant saß etwas abseits, die übrigen Stühle waren leer.

Pirx setzte sich neben einen Kadetten, der ihm sofort erzählte, daß sie am Vortag zu sechst hier angekommen seien, um ihr Praktikum „auf dieser Seite" zu machen, man hätte ihnen aber nur eine kleine Maschine, einen sogenannten Floh, zur Verfügung gestellt, die mit Mühe und Not drei Mann mitnehmen konnte, die anderen mußten auf die nächste Tour warten, und nun auf einmal die Geschichte hier. Ob der Herr Navigator nicht vielleicht wüßte...? Aber der Herr Navigator wußte selber nichts. Man sah den Mienen der Versammelten an, daß auch sie von der ungewöhnlichen Durchsage überrumpelt worden waren – alle kamen geradewegs aus dem Hotel. Der Kadett, dem inzwischen eingefallen war, daß er sich hätte vorstellen müssen, vollführte ein paar akrobatische Verrenkungen, wobei er fast den Stuhl umgerissen hätte. Pirx bekam ihn gerade noch an der Lehne zu fassen, da tat sich die Tür auf, und ein nicht sehr großer, schwarzhaariger Mann mit leicht ergrauten Schläfen trat ein. Er hatte glattrasierte, blauschwarze Wangen, struppige Augenbrauen und kleine stechende Augen. Wortlos durchschritt er die Stuhlreihen, ließ hinter dem Schreibtisch eine aufgerollte Landkarte der „hiesigen Seite" von der Decke herab, Maßstab 1:1000000, rieb sich mit dem Handrücken die kräftige, fleischige Nase und sagte ohne jede Einleitung: „Guten Tag, meine Herren, ich heiße Achanian und bin kommissarisch von der Vereinigten Leitung Luna I und II mit der Aktion beauftragt, den Setaurus unschädlich zu machen."

Unter den Zuhörern breitete sich leichte Unruhe aus, und Pirx verstand nach wie vor kein Wort von alledem, er wußte nicht mal, was ein Setaurus war.

„Wer von den Herren Radio gehört hat, der weiß, daß hier" – Achanian umriß mit dem Lineal die nähere Umgebung von Hypathia und Alfraganus – „gestern ein Meteoritenschwarm eingedrungen ist. Von allen anderen Folgen abgesehen, hat ein Meteorit, vermutlich der größte, die Schutzscheiben der Magazine B 7 und R 7 zertrümmert, wobei sich in letzterem eine Lieferung von Setauren befand, die erst vor vier Tagen von der Erde eingetroffen ist. In den Nachrichten wurde bekanntgegeben, diese Setauren seien dabei zerstört worden, und das, meine Herren, entspricht nicht ganz der Wahrheit."

Der Kadett neben Pirx lauschte mit feuerroten Ohren, er sperrte sogar den Mund auf, als befürchtete er, nicht alles mitzubekommen. Achanian fuhr fort: „Fünf dieser Roboter wurden von der einstürzenden Decke erschlagen, der sechste hat die Sache heil überstanden oder ist nur beschädigt worden. Das schlußfolgern wir aus der Tatsache, daß er sich aus den Trümmern des Magazins befreit hat und sich seither aufführt wie ... wie ..."

Achanian fand nicht das passende Wort und sprach weiter, ohne den Satz zu beenden: „Die Magazine liegen am Anschlußgleis der Schmalspurbahn, fünf Meilen vom provisorischen Landeplatz entfernt. Sofort nach dem Unglück wurde eine Rettungsaktion gestartet, die in erster Linie feststellen sollte, ob niemand verschüttet worden ist. Die Aktion dauerte rund eine Stunde, wurde dann aber, als sich in der Zwischenzeit ergab, daß die Gebäude für die Zentralsteuerung der Arbeiten nicht mehr ganz hermetisch abgedichtet waren, bis Mitternacht weitergeführt. Gegen ein Uhr wußte man bereits, daß die Havarie des Verstärkernetzes für das gesamte Baugelände sowie die Unterbrechung der Telefonverbindung nicht durch den Meteoriteneinschlag verursacht wurde – die Leitungen wurden mit Laserstrahlen durchgeschnitten ..."

Pirx blinzelte. Er hatte das unwiderstehliche Gefühl, einer Zirkusvorstellung beizuwohnen, einer Art Maskerade. So etwas konnte es doch gar nicht geben! Laserstrahlen! Nein, wirklich! Die hatte wohl ein Spion vom Mars eingeschmuggelt! Andererseits sah der Chefingenieur nicht wie ein Mann aus, der in aller Herrgottsfrühe die Hotelgäste zusammentrommelte, um ihnen ein paar dumme Witzchen aufzutischen.

„Die Telefonleitungen wurden vorrangig repariert", erklärte Achanian, „aber dafür ging die Funkverbindung zwischen dem Luna-Stab und dem kleinen Transporter der Havariebrigade verloren, der bis zu der Stelle vorstieß, wo die Kabel durchgeschnitten waren. Gegen drei Uhr morgens erfuhren wir, daß der bewußte Transporter mit Laserstrahlen beschossen worden und nach mehreren Treffern in Flammen aufgegangen war. Der Chauffeur und sein Beifahrer fanden dabei den Tod, die beiden anderen Männer der Besatzung, die glücklicherweise den Skaphander anhatten, weil sie das Fahrzeug gerade verlassen wollten, um die Leitung zu flicken, konnten noch rechtzeitig abspringen und in der Wüste in Deckung gehen, das heißt im Mare Transquilitatis, ungefähr hier ..."

Achanian wies mit dem Lineal auf einen Punkt im Meer der Ruhe, etwa vierhundert Kilometer vom kleinen Arago-Krater entfernt. „Soviel ich weiß, hat keiner von ihnen den Angreifer zu Gesicht bekommen. Sie verspürten nur einen heftigen Wärmestoß, und der Transporter fing an zu brennen. Rasch sprangen sie ab, bevor die Container mit dem komprimierten Gas explodierten. Die fehlende Atmosphäre war ihre Rettung, denn es explodierte nur der Teil des Treibstoffs, der sich im Innern des Fahrzeugs mit dem Sauerstoff verbinden konnte. Einer der beiden Männer starb unter bisher ungeklärten Umständen, dem anderen gelang es nach der Bewältigung von etwa hundertvierzig Kilometern, das Gelände der Baustelle zu erreichen. Da er im Skaphander gelaufen war, hatte er seine ganze Luftreserve aufgebraucht und erlitt eine Anoxie – zum Glück wurde er aber entdeckt. Zur Zeit liegt er im Krankenhaus. Unsere Informationen über die einzelnen Ereignisse basieren lediglich auf seinem Bericht, sie werden folglich noch überprüft werden müssen."

Totenstille trat ein. Pirx schwante schon, was das alles zu bedeuten hatte, aber er glaubte es noch nicht, er wollte es einfach nicht glauben ...

„Wahrscheinlich ahnen Sie bereits, meine Herren", fuhr der dunkelhaarige Mann fort, dessen Gestalt sich kohlrabenschwarz von der quecksilbernen

Mondlandschaft abhob, „daß derjenige, der die Telefonkabel und die Hochspannungsleitung durchgeschnitten und auch den Transporter angegriffen hat, der überlebende Setaurus war. Wir haben es hier mit einer noch wenig bekannten Konstruktion zu tun, die erst vor knapp einem Monat in die Serienfertigung gegangen ist. Ursprünglich sollte Ingenieur Klarner, einer der Projektanten, mit mir hierherkommen, um Ihnen die Verwendungsmöglichkeiten dieses Modells im Detail zu erläutern und Sie auch darüber aufzuklären, wie der Roboter außer Gefecht zu setzen beziehungsweise zu vernichten ist..."

Der Kadett neben Pirx seufzte leise. Es war ein Seufzer des höchsten Entzückens, keine Spur von Entsetzen, nicht einmal von gespielter Besorgnis. Der junge Mann bemerkte den strafenden Blick des Navigators nicht. Im übrigen sah und hörte keiner etwas anderes als die Stimme des Chefingenieurs.

„Ich bin kein Intellektroniker und kann Ihnen deshalb nicht viel über den Setaurus sagen. Aber unter den Anwesenden müßte Doktor McCork sein. Ist er hier?"

Ein schlanker Mann mit Brille erhob sich von seinem Platz. „Ja. Ich war allerdings an der Projektierung des Setaurus nicht beteiligt, ich kenne lediglich unser englisches Modell, das dem amerikanischen ähnelt, aber nicht mit ihm identisch ist. Die Abweichungen sind jedoch unerheblich. Bitte sehr, ich stehe Ihnen zu Diensten..."

„Ausgezeichnet. Darf ich Sie zu mir nach vorn bitten, Doktor? Vorher noch ein paar Worte zur aktuellen Situation. Der bewußte Setaurus befindet sich etwa hier..." – Achanian umfuhr mit der Linealspitze die Küste des Meeres der Ruhe –, „das heißt dreißig bis vierzig Kilometer vom Gelände der Baustelle entfernt. Er war, wie auch alle anderen Setauren, für Bergbauarbeiten unter erschwerten Bedingungen, bei hohen Temperaturen und starker Einsturzgefahr vorgesehen, deshalb sind die Modelle massiv gebaut und besitzen einen dicken Panzer. Näheres dazu wird Ihnen Doktor McCork gleich noch sagen. Was die Mittel betrifft, über die wir verfügen, um ihn außer Gefecht zu setzen, so haben uns die Leitungsgremien sämtlicher Mondbasen vor allem eine bestimmte Menge von Explosivstoffen, Dynamit und Oxyliquiten sowie Handlaser mit Direktfeuerkraft und Bergbaulaser zur Verfügung gestellt, wobei natürlich weder die Sprengstoffe noch Laser ausgesprochene Kampfmittel sind. Zur Fortbewegung werden die Operativgruppen, die für die Vernichtung des Setaurus vorgesehen sind, mit Transportern des kleinen und mittleren Wirkungsbereichs ausgerüstet; zwei von ihnen haben einen leichten Meteoritenschutzpanzer. Nur derartige Panzer können einem Laserbeschuß aus etwa einem Kilometer Entfernung standhalten. Diese Daten beziehen sich allerdings auf die Erde, deren Atmosphäre eine stark energieabsorbierende Wirkung hat. Hier bei uns fehlt die Atmosphäre, die beiden gepanzerten Transporter sind also kaum weniger gefährdet als die anderen auch. Darüber hinaus bekommen wir noch eine genügende Anzahl von Skaphandern sowie Sauerstoff, aber das ist, so fürchte ich, auch schon alles. Gegen zwölf Uhr trifft aus dem sowjetischen Sektor der ‚Floh' mit drei Mann Besatzung ein. Für kürzere Flugstrecken kann er eventuell auch vier Mann an Bord nehmen, um sie in das Gebiet zu befördern, wo der Setaurus ausgemacht wurde. Das wär's fürs erste. Ich gebe Ihnen jetzt ein Blatt Papier, auf das Sie bitte deutlich Ihren Namen sowie Ihre berufliche Qualifikation schreiben wollen. Unterdessen ist Doktor McCork vielleicht so freundlich, uns ein paar Worte über den Setaurus zu sagen. Das wichtigste ist, glaube ich, daß Sie seine Achillesferse kennenlernen ..."

McCork stand bereits neben Achanian. Er war noch magerer, als es Pirx vorhin erschienen war, hatte abstehende Ohren, einen dreieckigen Schädel, kaum sichtbare Augenbrauen und einen Haarschopf von undefinierbarer Farbe. Dennoch wirkte er merkwürdig sympathisch.

Bevor er zu sprechen begann, setzte er seine stahlgefaßte Brille ab und legte sie, als würde sie ihn beim Vortrag behindern, vor sich auf den Schreibtisch.

„Ich müßte lügen, wenn ich behaupten wollte, daß wir je an einen solchen Vorfall gedacht hätten, wie er sich hier ereignet hat. Neben Mathematik muß ein Kybernetiker auch noch eine Prise Intuition im Kopf haben. Und aus ebendiesem Grund haben wir uns bisher noch nicht entschlossen, unser Modell in Serienfertigung zu geben. Die Labortests haben gezeigt, daß ‚Mephisto' – so heißt unser Modell – enorm leistungsfähig ist. Der Setaurus unterscheidet sich von ihm angeblich durch eine bessere Synchronisation von Hemmung und Erregung. Weigstens war ich bisher dieser Meinung, soviel hatte ich der einschlägigen Literatur entnehmen können. Jetzt bin ich mir meiner Sache nicht mehr ganz so sicher. Setaurus – das riecht nach Mythologie, ist aber lediglich aus dem Begriff ‚Selbstprogrammierender Dreierelektronenrechenautomat' entstanden, denn zur Konstruktion seines Hirns werden sowohl rechts- als auch linksdrehende pseudokristalline Monopolymere verwendet. Aber das ist wohl im Augenblick nicht von Bedeutung. Der Automat ist mit einem Laser für Bergbauarbeiten ausgerüstet, mit einem Violettlaser, und die Energie für die Ausstrahlung der Impulse liefert ein Mikroreaktor, der nach dem Prinzip der kalten Kettenreaktion arbeitet, wodurch der Setaurus, wenn ich mich recht erinnere, eine Leistung von fünfundvierzigtausend Kilowatt pro Impuls entwickeln kann."

„Für wie lange?"

„Nach unserem Ermessen bis in alle Ewigkeit", entgegnete der magere Doktor sofort. „Jedenfalls viele Jahre lang. Was kann nun mit diesem Setaurus passiert sein? Ich vermute, schlicht gesagt, er hat eins über den Schädel gekriegt. Es muß ein außerordentlich wuchtiger Schlag gewesen sein, aber letzten Endes kann auch ein einstürzendes Gebäude dieses Chrom-Nickel-Gehäuse beschädigen. Derlei Versuche haben wir allerdings nie durchgeführt, sie wären zu kostspielig gewesen" – McCork lächelte unvermittelt und zeigte dabei zwei Reihen kleiner, regelmäßiger Zähne –, „aber es dürfte allgemein bekannt sein, daß die genau lokalisierte Beschädigung eines kleinen, das heißt relativ einfachen Hirns oder einer gewöhnlichen Rechenmaschine einen totalen Ausfall aller Funktionen zur Folge haben kann. Je mehr wir uns jedoch bei der Imitation von derlei Prozessen einem menschlichen Hirn annähern, in desto größerem Umfang wird so ein kompliziertes Hirn auch dann noch funktionieren, wenn es teilweise beschädigt ist. Das Hirn eines Tieres, zum Beispiel einer Katze, hat bestimmte Zentren, die auf einen Reiz von außen her mit einem aggressiven Wutausbruch reagieren. Das Hirn des Setaurus ist anders gebaut, aber es besitzt auch einen Hauptantrieb, einen Motor für seine Aktivität, die auf verschiedene Weise gesteuert und abgeleitet werden kann. Vermutlich ist also eine Art Kurzschluß dieses Aktivitätszentrums erfolgt und ein Destruktionsprogramm eingeschaltet worden. Das ist natürlich alles furchtbar simpel ausgedrückt."

„Aber woher diese Destruktion?" fragte dieselbe Stimme wie vorhin.

„Weil der Automat für Bergbauarbeiten vorgesehen ist", erläutert McCork. „Er hat die Aufgabe, Stollen und Gänge zu schlagen, Felsgestein zu durchbohren und besonders harte Mineralien zu zertrümmern, ganz allgemein gesagt – kompakte Materie zu zerstören, natürlich nicht immer und nicht überall, aber durch den Unfall muß es zu einer derartigen Generalisation gekommen sein. Im übrigen braucht meine Hypothese durchaus nicht zu stimmen. Diese rein theoretische Seite wird für uns erst dann an Bedeutung gewinnen, wenn wir den Automaten aktionsunfähig gemacht haben. Das wichtigste ist zunächst einmal, uns darüber klarzuwerden, was der Setaurus alles zu leisten vermag. Er kann sich zum Beispiel mit einer Geschwindigkeit von rund fünfzig Stundenkilometern vorwärts bewegen, und zwar in jedem beliebigen Gelände. Er besitzt keinerlei Schmierstellen, alle Gelenke und Reibungsflächen arbeiten auf Teflon-Basis. Er hat magnetische Aufhängungen, sein Panzer ist unempfindlich gegen Pistolen- oder Maschinengewehrkugeln. Derlei Versuche wurden zwar nicht gemacht, aber ich nehme an, daß erst ein Panzerabwehrgeschoß ... Aber so was haben wir nicht – oder?"

Achanian schüttelte verneinend den Kopf. Er nahm die Liste, die mittlerweile zurückgekehrt war, überflog sie und machte hinter die einzelnen Namen kleine Zeichen.

„Natürlich würde ihn eine Sprengstoffladung in Stücke reißen", fuhr McCork seelenruhig fort, als spräche er von der harmlosesten Sache der Welt. „Aber zu diesem Zweck müßte man die Ladung erst einmal in seine Nähe bringen, und ich fürchte, das dürfte nicht so einfach sein."

„Wo hat er eigentlich seinen Laser? Im Kopf?" wurde aus dem Auditorium gefragt.

„Er hat gar keinen Kopf, sondern nur eine Art Wölbung zwischen den Schultern. Das soll ihn widerstandsfähiger gegen Verschüttungen machen. Der Setaurus ist zweihundertzwanzig Zentimeter groß, er feuert demnach aus einer Höhe von etwa zwei Metern. Die Lasermündung ist durch eine Schiebeklappe abgeschirmt. Bei unbeweglichem Rumpf hat er einen Schußwinkel von dreißig Grad; braucht er ein größeres Schußfeld, dreht sich der Rumpf mit. Der Laser hat eine Höchstleistung von fünfundvierzigtausend Kilowatt. Jeder Fachmann weiß, daß man damit mühelos eine mehrere Zentimeter dicke Stahlplatte durchbohren kann…"

„Und wie groß ist der Wirkungsbereich?"

„Es handelt sich um einen Violettlaser, also hat das Lichtbündel einen sehr kleinen Streuwinkel… Der Wirkungsbereich ist praktisch durch das Gesichtsfeld begrenzt. Da der Horizont hier in der Ebene etwa zwei Kilometer entfernt ist, wird der Vernichtungsbereich folglich mindestens ebenso groß sein."

„Wir bekommen Spezialbergbaulaser mit einer Leistung, die sechsmal so hoch ist", warf Achanian ein.

„Ach, das ist nichts anderes als Overkill, wie es die Amerikaner nennen", erwiderte McCork lächelnd. „Die höhere Leistung bietet uns in einem Gefecht mit dem Setaurus keinerlei Vorteile…"

Jemand wollte wissen, ob sich der Automat nicht von Bord eines Raumschiffes vernichten ließe. McCork hielt sich für nicht kompetent genug, darauf eine Antwort zu geben und Achanian warf einen Blick auf die Liste und sagte: „Unter uns befindet sich Herr Pirx, Navigator der ersten Klasse… Wären Sie vielleicht so freundlich, uns diese Frage zu beantworten, Herr Pirx?"

Pirx erhob sich.

„Theoretisch gesehen, könnte ein Raumschiff mittlerer Tonnage wie mein ‚Cuivier', also ein Schiff mit einer Ruhemasse von sechzehntausend Tonnen, diesen Setaurus sicherlich vernichten, wenn er ihn in seinen Rückstoß bekäme. Die Ausstoßtemperatur übersteigt sechstausend Grad bei einer Entfernung von neunhundert Metern, das dürfte doch wohl genügen…?"

McCork nickte.

„Aber das ist eine Spekulation", nahm Pirx den Faden wieder auf. „Das Raumschiff müßte den Automaten ansteuern, und einem so kleinen Ziel wie dem Setaurus, der doch kaum größer ist als ein Mensch, würde es immer gelingen, dem Rückstoßstrahl zu entwischen. Die Seitengeschwindigkeit eines Schiffes, das über einem Planeten, also in seinem Gravitationsfeld manövriert, ist nämlich sehr gering, und von einer plötzlichen Verfolgungsjagd kann gar keine Rede sein. Bliebe also nur die Möglichkeit, eventuell kleinere Einheiten einzusetzen, sagen wir die eigene Mondflottille. Allerdings haben diese Schiffchen nur einen schwachen Rückstoß mit keiner sonderlich hohen Temperatur, es sei denn, man benutzte sie als Bomber… Doch zu einer präzisen Bombardierung müßten sie mit Zielobjektiven ausgerüstet sein, über die wir auf Luna nicht verfügen. Sonst sehe ich keinerlei Möglichkeit. Freilich, diese kleinen Maschinen sollten ruhig eingesetzt werden, aber nur zu Erkundungszwecken, das heißt zur Lokalisierung des Setaurus."

Pirx wollte sich schon setzten, als ihm plötzlich noch ein Gedanke kam. „Ach ja, richtig!" sagte er. „Die Sprungpatronen! Die könnte man verwenden. Das heißt, verwenden können sie nur Leute, die damit umzugehen wissen."

„Sind das diese kleinen Einmannraketen, die auf dem Rücken befestigt werden?" erkundigte sich McCork.

„Ja. Man kann damit Sprünge ausführen und sich sogar reglos in der Luft halten. Auch minutenlange Flüge sind möglich, bis zu einer Höhe von fünfzig oder auch vierhundert Metern, das hängt vom jeweiligen Modell und vom jeweiligen Typ ab.“

Achanian stand auf.

„Das scheint mir wichtig zu sein. Wer von den Anwesenden hat ein Training an diesen Apparaten mitgemacht?“

Zwei Hänge gingen in die Höhe. Dann noch eine.

„Nur drei Mann?“ fragte Achanian. „Ah ja, und Sie auch“, fügte er hinzu, als er sah, daß Pirx wohl ein bißchen spät geschaltet hatte und deshalb erst jetzt die Hand hob. „Also vier. Tja, das ist nicht gerade üppig... Wir werden uns noch unter der Besatzung des Flugplatzes umsehen. Meine Herren! Es handelt sich natürlich um eine freiwillige Aktion. Eigentlich hätte ich damit beginnen müssen. Wer von Ihnen möchte an den Operationen teilnehmen?“

Es entstand ein kleines Durcheinander, denn alle Versammelten erhoben sich von ihren Plätzen.

„Ich danke Ihnen im Namen der Leitung“, sagte Achanian. „Ausgezeichnet... Also siebzehn Freiwillige. Wir erhalten noch Verstärkung durch drei Einheiten der Mondflottille, darüber hinaus stehen uns zehn Kraftfahrer und Funker zur Bedienung der Transporter zur Verfügung. Ich bitte die Anwesenden, vorerst hierzubleiben, und Sie, meine Herren“, er wandte sich an McCork und Pirx, „wollen mir bitte in die Leitung folgen...“

Gegen vier Uhr nachmittags saß Pirx im Turm eines großen Raupenfahrzeugs, das von heftigen Stößen geschüttelt wurde. Er steckte in einem kompletten Skaphander, auf seinen Knien lag der Helm, bereit, beim ersten Alarmsignal seinen Kopf zu schützen; quer über der Brust hing das schwere Lasergerät, dessen Kolben unbarmherzig drückte. In der linken Hand hielt der Navigator das Mikrofon, mit der rechten drehte er am Periskop und beobachtete die zu einer langen Kette aufgereihten anderen Transporter, die wie Kähne über die geröllübersäten Flächen des Meeres der Ruhe schaukelten. Dieses Wüstenmeer gleißte im Sonnenlicht, es war öde und leer, so weit das Auge reichte, von einem schwarzen Horizont bis zum anderen. Pirx nahm die Meldungen entgegen und gab sie weiter, er sprach mit Luna I, mit den Kommandanten der anderen Maschinen, mit den Piloten der kleinen Erkundungsschiffe, deren winzige Rückstoßflämmchen zwischen den Sternen am schwarzen Firmament aufblitzten, und er konnte sich des Eindrucks nicht erwehren, all dies sei nur ein wirrer, verrückter Traum.

Die Ereignisse überstürzten sich. Nicht nur er hatte das Gefühl, daß die Bauleitung in eine Art Panik verfallen war, denn was konnte ein wild gewordener Automat schließlich schon ausrichten, selbst wenn er mit einem Lichtwerfer bewaffnet war?

Als während der zweiten Beratung „auf höchster Ebene“, Punkt zwölf Uhr, davon gesprochen wurde, man wolle sich an die UNO oder zumindest an den Sicherheitsrat wenden, um „Sondersanktionen“ zu erwirken – das heißt die

Erlaubnis, Artillerie (am besten Raketenwerfer) oder sogar Atomgeschosse einsetzen zu dürfen –, hatte er zusammen mit anderen Protest eingelegt und erklärt, daß sie sich auf diese Weise, noch ehe sie etwas erreicht hatten, vor der ganzen Erde bis auf die Knochen blamieren würden. Im übrigen war vorauszusehen, daß sie auf eine Entscheidung eines solchen internationalen Gremiums mindestens mehrere Tage, wenn nicht gar Wochen warten müßten, während derer sich der „verrückte Roboter" Gott weiß wo verstecken konnte, so daß man ihn, wenn er sich erst einmal in einer unzugänglichen Schlucht der Mondrinde verkrochen hatte, selbst mit allen Kanonen der Welt nicht mehr erreichen würde.

Es galt also, entschlossen und rasch zu handeln. Dabei stellte sich heraus, daß ihnen die Nachrichtenübermittlung am meisten zu schaffen machen würde, die schon immer ein Sorgenkind bei Mondunternehmungen gewesen war. Es gab nicht umsonst an die dreitausend patentierte Erfindungen, die das Nachrichtenwesen verbessern sollten, von seismischen Telegrafen (unter Verwendung von Mikroexplosionen) bis zu stationären „trojanischen" Satelliten. Diese Satelliten waren schon vor Jahresfrist auf eine Umlaufbahn gebracht worden, was die prekäre Situation jedoch keineswegs verbessert hatte. Praktisch wurde das Problem durch Systeme von UKW-Relais gelöst, die auf Masten angebracht waren. Das erinnerte stark an die alten irdischen Sendeleitungen in der Ära des satellitenlosen Fernsehens. Dieses Verfahren war sogar sicherer als die Übermittlung über Nachrichtensatelliten, weil sich die Ingenieure noch immer den Kopf darüber zerbrachen, wie die Orbitalrelais gegen „Sonnenstürme" unempfindlich zu machen seien. Jeder Sprung der Sonnenaktivität und die damit einhergehenden „Hurrikane" elektrisch geladener Teilchen mit hoher Energie, die den Raum durchdrangen, riefen sofort Störungen hervor, die den Nachrichtenaustausch manchmal tagelang erschwerten. Gerade jetzt herrschte ein solcher „Sonnentaifun", deshalb liefen alle Nachrichten zwischen Luna I und der Baustelle über stationäre Relais.

Der Erfolg der „Operation Setaurus" hing weitgehend davon ab, daß es den „Rebellen" nicht etwa danach gelüstete, diese Relais zu zerstören: Allein fünfundvierzig Gittermaste standen nämlich in einer Wüste, die Luna-Stadt mit dem Kosmodrom vom Baugelände trennte. All diese Überlegungen basierten selbstverständlich auf der Voraussetzung, daß der Setaurus weiterhin in dieser Gegend sein Unwesen trieb. Er hatte ja absolute Manövrierfreiheit, brauchte weder Treibstoff noch Oxygen, weder Schlaf noch Ruhepausen – er war so autark, daß so manchem der Ingenieure erst jetzt klar wurde, welch vollkommene Maschine hier von Menschenhand gebaut worden war: eine Maschine, deren Schritte niemand mehr voraussehen konnte. Natürlich dauerten die bereits im Morgengrauen eingeleiteten Direktgespräche Mond-Erde noch an, die Gespräche zwischen dem Operativstab sowie der Firma „Cybertronics" und dem Projektierungsstab des Setaurus, aber man erfuhr nichts, was der kleine Doktor McCork nicht schon dargelegt hätte. Nur noch Laien versuchten die Spezialisten zu überreden, doch mit Hilfe eines großen

Kalkulators die Taktik des Automaten vorauszusagen. War er intelligent? O ja, allerdings auf seine Art! Jene „überflüssige“, im Augenblick sogar äußerst schädliche „Klugheit“ des Roboters ärgerte viele Teilnehmer der Aktion – sie konnten einfach nicht begreifen, warum zum Teufel die Ingenieure eine Maschine, die ausschließlich für Bergbauarbeiten bestimmt war, mit einer solchen Freizügigkeit und Autonomie des Handelns ausgestattet hatten. McCork setzte ihnen klipp und klar auseinander, daß das „intellektronische Übermaß“ beim derzeitigen technischen Entwicklungsstand nichts anderes sei als ein Kapazitätsüberschuß, über den in der Regel alle konventionellen Maschinen und Motoren verfügten – eine Havariereserve sozusagen, die die allgemeine Funktionssicherheit und -zuverlässigkeit erhöhte. Schließlich war es unmöglich, alle Situationen a priori zu bestimmen, in die eine Maschine – sei es nun eine energetische oder eine Informationsmaschine – geraten konnte. Wozu der Setaurus nun wirklich imstande war, davon hatte im Grunde genommen niemand auch nur einen blassen Schimmer. Natürlich übermittelten die Fachleute, auch die von der Erde, telegrafisch ihre Gutachten, das Schlimme war nur, daß manche einander diametral entgegengesetzt waren. Die einen nahmen an, der Setaurus werde versuchen, Objekte „künstlichen“ Charakters zu zerstören, wie eben Nachrichtenrelais oder Hochspannungsmasten, andere wiederum vermuteten, er werde seine Energie unproduktiv verpulvern, das heißt alles unter Beschuß nehmen, was ihm in den Weg kommt, ganz gleich ob es sich um das Felsgestein des Mondes oder um einen bemannten Transporter handelt. Manche plädierten für die Konzeption eines sofortigen Angriffs, um den Setaurus außer Gefecht zu setzen, andere rieten zur Taktik des Abwartens. Einig waren sie sich nur in einem Punkt: Die Bewegungen des Automaten müßten unbedingt überwacht werden.

Und so patrouillierten die zwölf kleinen Einheiten der Mondflottille im Meer der Ruhe und schickten regelmäßig ihre Meldungen an den Verteidigungsstab des Baugeländes, der wiederum ständigen Kontakt mit der Leitung des Kosmodroms aufrechterhielt. Es war beileibe kein Kinderspiel, den Setaurus ausfindig zu machen: ein Metallkrümel inmitten einer riesigen Felswüste, in der es von Geröllhalden, Schründen und halbverschütteten Spalten nur so wimmelte und die zudem von winzigen Kratern übersät war – die ganze Gegend wirkte aus der Höhe wie mit Pockennarben übersät. Wenn also die Meldungen wenigstens negativ gewesen wären! Aber die Patrouillen hatten das Bodenpersonal schon mehrere Male mit der Nachricht alarmiert, sie hätten den „Verrückten“ aufgestöbert. Anschließend stellte sich stets heraus, daß es entweder ein ungewöhnlich geformter Felsbrocken oder auch ein Stück Lava war, das in der Sonne glitzerte, und selbst die Verwendung von Radar mit Ferroinduktionszeigern nutzte nicht viel, weil von den Explorationsaktionen aus der Anfangszeit der Monderkundung in den Felsenwüsten eine Unmenge von Metallbehältern, ausgeglühten Raketenpatronenhülsen und diverses Blechgerümpel zurückgeblieben war, was nun in gewissen Abständen immer wieder zu einem blinden Alarm führte. Schließlich wünschte sich der Opera tionsstab nichts sehnlicher, als daß der Setaurus wieder einmal irgendein Objekt angreifen möge, damit man endlich seinen Standort erfuhr – aber der Automat hatte sich zum letztenmal neun Stunden zuvor bemerkbar gemacht, als er einen kleinen Transporter des elektrotechnischen Hilfsdienstes angriff, und seither war er wie vom Mondboden verschluckt.

Da man jedoch ein weiteres Abwarten nicht für ratsam hielt, vor allem weil die Elektroenergiezufuhr für die Baustelle wiederhergestellt werden mußte, beschränkte sich die ganze Aktion darauf, ein Gebiet von nahezu neuntausend Quadratkilometern aus zwei entgegengesetzten Richtungen – von Norden und von Süden – mit aufeinander zustrebenden Fahrzeugketten zu durchkämmen. Die eine Gefechtslinie unter dem Kommando des Haupttechnologen Strzibr schwärmte von der Baustelle aus, die zweite vom Kosmodrom der Luna. Pirx hatte die Rolle des Koordinators übernommen, der die Aktionen beider Seiten aufeinander abzustimmen hatte und der seinerseits dem Kommandanten der Aktion unterstand, dem Commander-Navigator Pleydar. Pirx wußte sehr gut, daß sie jederzeit an dem Versteck des Setaurus vorbeikommen konnten und daß er ihnen, falls er sich in einem der zahlreichen tiefen tektonischen Gräben verborgen hielt oder sich auch nur mit dem hellen Mondsand getarnt hatte, leicht durch die Lappen gehen konnte. McCork, den er als „intellektronischen Berater“ zur Seite hatte, war derselben Auffassung.

Der Transporter wurde fürchterlich hin und her geschleudert, denn sie fuhren in einem Tempo, bei dem, wie der Fahrer ihnen seelenruhig ankündigte, „einem über kurz oder lang die Augen auslaufen“ würden. Sie befanden sich im östlichen Sektor des Meeres der Ruhe, eine knappe Stunde von dem Gebiet entfernt, in dem sich der Automat aller Wahrscheinlichkeit nach aufhielt. Wenn sie jene vereinbarte Grenze erreichten, sollten sie unverzüglich die Helme aufsetzen, um bei einem unvermittelten Angriff, bei Verlust der hermetischen Abdichtung oder im Falle eines Brandes sofort das Fahrzeug verlassen zu können.

Der Transporter war in ein Kampffahrzeug verwandelt worden – die Mechaniker hatten auf seinem kuppelartigen Turm ein Hochleistungs-Bergbaulasergerät montiert, um dessen Treffsicherheit es aber recht dürftig bestellt war. Pirx hielt die Bewaffnung für absolut unzureichend. Der Roboter hatte ein automatisches Visier, denn seine fotoelektrischen Augen waren mit dem Lasergerät gekoppelt, er konnte also alles blitzschnell unter Beschuß nehmen, was sich im Zentrum seines Gesichtskreises befand. Sie hingegen verfügten über ein sehr merkwürdiges Objektiv, das wohl von einem alten kosmonautischen Entfernungsmesser stammte. Sie hatten es ausprobiert, indem sie ein paarmal auf Felsblöcke am Horizont schossen, bevor sie Luna verließen. Es waren ganz ansehnliche Brocken gewesen, und die Entfernung hatte nicht mehr als eine Meile betragen – dennoch hatten sie erst beim vierten Versuch getroffen. Auch hierbei machten ihnen wieder einmal die spezifischen Mondverhältnisse zu schaffen, denn ein Laserstrahl ist nur in einem streuenden Medium, zum Beispiel in der Erdatmosphäre, als greller Lichtstreifen sichtbar.

Im Vakuum hingegen wird ein Lichtbündel, wie stark es auch immer sein mag, erst dann sichtbar, wenn es auf ein materielles Hindernis trifft. Auf der Erde kann man daher mit Laser ebenso schießen wie mit jeder beliebigen Feuerwaffe: Man braucht sich nur nach der sichtbaren Fluglinie des Geschosses zu richten. Ein Laser ohne Visier war auf dem Mond jedoch praktisch wertlos. Pirx hielt mit seiner Meinung nicht hinterm Berg. Als sie nur noch wenige Minuten von der hypothetischen Gefahrenzone entfernt waren, unterbreitete er sie McCork.

„Daran habe ich noch gar nicht gedacht", gestand der Ingenieur. Und dann fügte er lächelnd hinzu: „Warum sagen Sie mir das eigentlich?"

„Um Ihnen die Illusionen zu nehmen", erwiderte Pirx, ohne vom Periskop aufzuschauen. Obwohl die Gläser schaumgummigepolstert waren, spürte er, daß er – falls er die ganze Geschichte lebend überstand – längere Zeit mit blutunterlaufenden Augen herumlaufen würde. „Außerdem wollte ich Ihnen damit erklären, weshalb wir den Krempel dort hinten mitschleppen."

„Die Flaschen?" fragte McCork. „Ich hab gesehen, wie Sie die Dinger aus dem Magazin geholt haben. Was ist denn drin?"

„Ammoniak, Kohlenwasserstoff, Chlor und irgendwelche Stoffe", entgegnete Pirx. „Ich denke, wir werden sie vielleicht brauchen können..."

„Eine Gas-Rauch-Wand?" riet der Ingenieur.

„Nein, eigentlich mehr, damit wir zielen können! Wenn keine Atmosphäre da ist, muß man sie eben schaffen, zumindest vorübergehend..."

„Ich fürchte nur, dazu wird uns keine Zeit bleiben."

„Vielleicht nicht... Jedenfalls hab ich das Zeug mitgenommen. Gegen Verrückte eignen sich verrückte Methoden am besten."

Sie verstummten, denn der Transporter sprang auf und nieder wie ein Ball. Die Stoßdämpfer stöhnten und kreischten, ihr Öl schien jeden Augenblick ins Sieden zu geraten. Sie jagten ein abschüssiges Gelände hinunter, das mit scharfkantigen Steinen übersät war. Der Hang gegenüber leuchtete weiß wie Bimsstein.

„Wissen Sie, wovor ich mich am meisten fürchte?" begann Pirx wieder, als die Stöße des Fahrzeugs etwas nachließen. Er war merkwürdig redselig. „Nicht vor dem Setaurus, keineswegs – sondern vor diesen Transportern von der Baustelle. Denn wenn uns nur ein einziger für den Setaurus hält und seinen Laser zieht, dann wird's gemütlich!"

„Ich sehe, daß Sie an alles gedacht haben", murmelte der Ingenieur. Der Kadett neben dem Funker beugte sich über die Lehne seines Sessels und reichte Pirx einen in aller Eile hingekritzelten, kaum leserlichen Funkspruch.

einfahren in gefahrenzone bei relais nummer zwanzig – stop – vorläufig nichts – stop – strzibr – stop – ende, las Pirx laut. „Na, da werden wir auch bald die Helme aufsetzen müssen."

Der Transporter drosselte ein wenig das Tempo, während er die Anhöhe emporkletterte. Pirx bemerkte, daß er das Nachbarfahrzeug zu seiner Linken nicht mehr sah. Nur der Transporter rechts von ihnen schob sich als dunkler

Fleck den Hang hinauf. Er ließ das vermißte Fahrzeug über Funk rufen, bekam aber keine Antwort.

„Wir verlieren allmählich die Tuchfühlung“, sagte er ruhig. „Genauso hab ich mir das vorgestellt. Können wir die Antennen nicht höher ausfahren? Nein? Na, dann eben nicht.“

Sie hatten den Kamm der leichten Anhöhe bereits erklommen. Am Horizont schoß jäh der gezackte, sonnenüberflutete Grat des Toricelli-Kraters auf, der sich scharf vom schwarzen Firmament abhob. Die Ebene des Meeres der Ruhe lag nun schon fast hinter ihnen. Tiefe tektonische Gräben tauchten auf, hier und da ragten erkaltete Magmaplatten aus dem Sand, über die der Transporter nur mit Mühe hinwegkroch, indem er sich erst aufbäumte wie ein Boot auf den Wellen und dann schwerfällig nach unten plumpste, als wollte er Hals über Kopf in einen bodenlosen Abgrund stürzen. Pirx erspähte den nächsten Relaismast, warf einen Blick auf die an seinem Knie festgeschnallte Tasche mit der Karte unter der Zelluloidscheibe und befahl allen, die Helme aufzusetzen. Von nun an konnten sie sich nur noch über die Bordanlage verständigen. Das Fahrzeug stuckerte noch schlimmer als bisher – Pirx' Kopf rutschte im Helm umher wie ein Nußkern in einer hohlen Schale.

Als sie die Anhöhe überquert hatten und wieder etwas tiefer fuhren, verschwanden die Zacken des Toricelli-Kraters; sie wurden von den nächstgelegenen Erhebungen verdeckt. Beinahe zur gleichen Zeit vermißten sie ihren rechten Nachbarn. Ein paar Minuten noch hörten sie seine Rufzeichen, doch dann verzerrten sich die von den Felsplatten reflektierten Wellen immer mehr, und schließlich trat völlige Funkstille ein. Es erwies sich als sehr unbequem, mit dem Helm auf dem Kopf am Perioskop zu hocken. Pirx fürchtete ständig, entweder die kleine Scheibe einzudrücken oder aber die Optik zu zerquetschen. Er gab sein Bestes, um das Gesichtsfeld nicht aus den Augen zu verlieren, das im Takt der Sprünge des Fahrzeugs auf und ab hüpfte. Von dem Gewirr der pechschwarzen Schatten und der grell beleuchteten Steinflächen flimmerte es ihm vor den Augen. Plötzlich schoß ein kleines orangefarbenes Flämmchen in die Düsternis des fernen Himmels, es flackerte, schrumpfte zusammen und verschwand. Dann ein zweiter, etwas stärkerer Blitz. Pirx schrie: „Achtung! An alle! Ich sehe irgendwelche Explosionen!“ und drehte fieberhaft an der Kurbel des Periskops. Von der durchsichtigen, auf Glas aufgezeichneten Skala las er den Azimut ab.

„Kursänderung!“ brüllte er. „Siebenundvierzig Komma acht – voller Schub!“

Eigentlich bezog sich dieses Kommando auf ein Raumschiff, aber der Fahrer begriff auch so. Die Bleche und Verstrebungen des Transporters erbebten wie im Krampf, und nachdem sie fast auf der Stelle gewendet hatten, brauste das Fahrzeug weiter geradeaus. Pirx erhob sich von seinem Sitz, weil ihm die Stöße den Kopf von der Optik rissen. Wieder blitzte es auf, diesmal war es eine rotviolette, fächerartige Flamme. Doch die Quelle dieser Entladungen oder Explosionen lag außerhalb seines Gesichtsfeldes, verdeckt von dem Bergkamm, den sie hinauffuhren.

„Achtung! An alle!“ sagte Pirx. „Handlaser fertigmachen! Doktor McCork! Bitte an die Luke! Sobald ich es sage oder im Falle eines Treffers öffnen Sie! Kraftfahrer! Geschwindigkeit drosseln!“

Der Höhenzug, den das Fahrzeug nun erklomm, ragte aus der Wüste auf wie das Schienbein eines Mondungeheuers, das bis zur Hälfte im Sand versunken war. Das Felsgestein erinnerte durch seine Glätte tatsächlich an ein poliertes Skelett oder an einen riesigen Totenschädel. Pirx befahl dem Fahrer, bis auf den Kamm hinaufzufahren. Die Raupenketten kreischten auf, als scheuerten sie über Glasscheiben. „Stopp!“ schrie Pirx, und der plötzlich abgebremste Transporter schlug mit dem Bug vornüber aufs Gestein. Er schwankte, die Stoßdämpfer quietschten unter der Überbelastung, dann stand das Fahrzeug still.

Pirx schaute in einen flachen Talkessel hinunter, der zu beiden Seiten von strahlenförmig auseinanderlaufenden, abgerundeten Wällen alter Magmaströme eingefaßt war. Zwei Drittel dieser ausgedehnten Senke lagen im grellen Sonnenlicht, über das andere Drittel war das Leichentuch undurchdringlicher Schwärze gebreitet. In dieser samtenen Finsternis glühte wie ein unheimliches Kleinod das zur Hälfte aufgeschlitzte Skelett eines Fahrzeugs und verglomm rubinrot. Nur der Chauffeur und Pirx konnten es sehen, denn die Panzerluken waren herabgelassen. Um es offen zu sagen: Pirx wußte nicht, was er machen sollte. Das ist einer von den Transportern! dachte er. Wohin zeigt sein Bug? Nach Süden? Scheint also einer von der Baustelle zu sein. Aber wer hat ihn aufs Korn genommen – der Setaurus? Dann stehe ich hier wie ein Idiot, weithin sichtbar – wir müssen in Deckung gehen! Doch wo sind die anderen Fahrzeuge, die von der Baustelle und meine?

„Da ist er!“ schrie der Funker. Er schloß den Apparat des Transporters ans Bordnetz an, so daß alle die Signale in ihren Helmen mithören konnten.

„Aximo-Portativ-Geschiebefeld – Gewebsumschlossene Wand – Wiederholung bei Umkehr hinfällig – Zielerreichung nach Azimut – Polykristalline Metamorphisierung ...“, sagte eine Stimme in Pirx' Kopfhörer deutlich, monoton und ohne jegliche Intonation.

„Das ist er!“ brüllte Pirx. „Der Setaurus! Hallo, Funker! Peilen, schnell peilen! Bitte Peilung durchgeben! Los, zum Donnerwetter! Schnell, solange er noch sendet!“

Er brüllte so laut, daß der eigene Schrei, durch den geschlossenen Raum des Helms noch verstärkt, ihn fast betäubte. Ohne abzuwarten, bis der Funker reagierte, sprang er vom Sitz, duckte sich unter dem kleinen Kuppeldach, packte den Doppelgriff des schweren Lasergeräts und begann ihn zusammen mit der Kuppel zu drehen, während er die Augen schon am Visier hatte. Die tiefe, gleichsam traurige, eintönige Stimme in den Kopfhörern sprach weiter: „Komplizierte viskosale Doppelglühschwachfärbung – nicht abgerundete Segmente ohne neuerliche Satteleinschlüsse ...“ Dann schien das sinnlose Gestammel schwächer zu werden.

„Was ist denn mit der Peilung, verdammt noch mal?“

Ohne die Augen vom Visier loszureißen, hörte Pirx ein undeutliches Rumoren – McCork war nach vorn gekommen, schob den Funker beiseite, irgendwas polterte ... Auf einmal vernahm er die ruhige Stimme des Kybernetikers in den Kopfhörern: „Azimut 39,3 ... 40,0 ... 40,1 ... 40,2 ...“

Er bewegt sich! sagte sich Pirx. Die Kuppel mußte mit einem Drehgriff bewegt werden, fast sprang ihm der Arm aus dem Gelenk, so schnell kurbelte er. Die kleinen Ziffern krochen nur träge vorwärts. Die rote Linie überschritt die Vierzig.

Plötzlich schrumpfte die Stimme des Setaurus zu einem gellenden Piepen zusammen und verstummte dann vollends. Im selben Augenblick drückte Pirx auf den Abzug, und einen halben Kilometer tiefer, unmittelbar an der Grenze zwischen Licht und Schatten, versprühten die Felder ultravioletten Feuerschein.

Es überstieg fast eines Menschen Kraft, in den dicken Handschuhen die Hebel unbeweglich zu halten. Eine Flamme, heller als das Sonnenlicht, bohrte sich in die Finsternis des Talkessels, Dutzende Kilometer von dem verglimmenden Fahrzeugwrack entfernt; sie verharrte auf der Stelle und drang dann, nachdem sie zweimal Funkengarben in die Luft geschleudert hatte, als glutspeiende Linie weiter vor. Ein Plärren erklang in den Kopfhörern, doch Pirx schenkte dem keine Beachtung. Er schoß unaufhörlich weiter mit dieser unheimlich feinen, furchtbaren Feuerlinie, so lange, bis sie auf einem Felspfeiler auftraf und in Tausende von zentrifugalen Querschlägern zerstob. Vor Pirx' Augen ballten sich rotwirbelnde Kreise, doch durch diesen Strudel hindurch sah er ein grelleuchtendes blaues Auge, kleiner als ein Nadelöhr, das sich tief im Grunde der Finsternis auftat, irgendwo seitwärts, nicht dort, wohin er schoß. Doch ehe er noch die Hebel packen konnte, um das Lasergerät mitsamt dem Drehkreuz neu einzustellen, verspritzte das Felsgestein dicht vor dem Fahrzeug flüssige Sonnenmasse.

„Zurück!“ brüllte Pirx und ging unwillkürlich in die Knie, aber er hätte ohnehin nichts weiter gesehen als jene roten, träge dahinkriechenden Kreise, die abwechselnd eine schwärzliche und goldene Farbe annahmen.

Der Motor dröhnte auf. Der Transporter wurde so sehr durchgeschüttelt, daß Pirx ganz nach unten rutschte und gleich darauf nach vorn rollte, zwischen die Knie des Kadetten und des Funkers. Die Flaschen, die sie auf dem Verdeck mitführten, klirrten entsetzlich, obwohl sie doch gut befestigt waren. Sie jagten rückwärts, unter den Raupenketten knirschte es scheußlich, das Fahrzeug drehte sich um die eigene Achse, dann wurden sie auf die andere Seite geschleudert, und einen Moment lang sah er so aus, als wollte der Transporter umkippen ... Der Fahrer nahm das Gas weg, trat verzweifelt auf Bremse und Kupplung, und schließlich gelang es ihm, die heftige Schlingerbewegung abzufangen. Ein langes Beben durchlief die Maschine, dann stand sie still.

„Funktioniert die hermetische Abdichtung noch?“ schrie Pirx, während er sich hochrappelte. Ein Glück, daß der Boden gummiert ist! durchfuhr es ihn.

„Ja.“

„Na, das war ja ziemlich nahe dran", sagte er in einem ganz anderen Ton, stand auf und reckte sich. Und mit leisem Bedauern fügte er hinzu: „Zwei Hundertstel mehr nach links, und ich hätte ihn gehabt..."

McCork ging an seinen Platz zurück.

„Danke, Doktor!" rief Pirx, der schon wieder vor dem Periskop saß. „He, Fahrer, bitte fahren Sie so zurück, wie wir hinaufgekommen sind. Da waren einige kleine Felstrümmer, eine Art Tor. Ja, da, da! Fahren Sie in den Schatten dort und halten Sie an..."

Das Fahrzeug schob sich langsam, scheinbar übertrieben vorsichtig zwischen die teilweise vom Sand verschütteten Felsblöcke und blieb unsichtbar in ihrem Schatten stehen.

„Ausgezeichnet!" sagte Pirx beinahe vergnügt. „Jetzt brauche ich zwei Mann für einen kleinen Spähtrupp..."

McCork und der Kadett meldeten sich gleichzeitig.

„Schön... Achtung!" Er wandte sich an die übrigen Mitglieder der Besatzung. „Ihr bleibt hier. Rührt euch nicht aus dem Schatten! Selbst wenn der Setaurus direkt auf euch zusteuert, verhaltet ihr euch still. Es sei denn, er steigt euch richtig aufs Dach, dann müßt ihr euch verteidigen. Aber das ist ziemlich unwahrscheinlich. Und Sie" – er meinte den Funker – „rufen Luna, den Kosmodrom, die Baustelle und die Patrouillenfahrzeuge, und dem ersten, der sich meldet, sagen Sie, daß der Roboter einen Transporter zerstört hat, vermutlich einen von der Baustelle, und daß drei Mann von unserem Fahrzeug Jagd auf ihn machen – damit uns dort niemand mit Laser dazwischenpfuscht, blindlings drauflosballert und so weiter. Und jetzt ab!"

Da jeder von ihnen nur eine Flasche tragen konnte, gingen sie zu viert. Pirx führte seine Gefährten nicht zum Gipfel des „Totenschädels", sondern etwas weiter, wo eine flache, leicht ansteigende kleine Schlucht auszumachen war. Sie stiegen so weit wie möglich hinauf, stellten die Flaschen unter einem großen Felsblock ab, und Pirx befahl dem Fahrer umzukehren. Er selbst lehnte sich über den Block und untersuchte mit dem Fernglas das Innere des Talkessels. McCork und der Kadett kauerten neben ihm. Nach geraumer Weile ließ sich Pirx vernehmen: „Ich sehe ihn nicht. Hatte das, was er da gesagt hat, eigentlich irgendeinen Sinn, Doktor?"

„Kaum. Einzelne Wortfetzen. Eine Art Schizophrenie..."

„Das Wrack ist fast ausgeglüht", sagte Pirx.

„Warum haben Sie denn geschossen?" fragte McCork. „Es hätten doch Menschen dort sein können."

„Niemand war dort."

Pirx rückte das Fernglas Millimeter um Millimeter weiter und suchte jeden Winkel des von der Sonne beleuchteten Gebietes ab.

„Sie konnten nicht mehr rechtzeitig abspringen."

„Woher wissen Sie das?"

„Weil er die Maschine förmlich in der Mitte durchgesägt hat. Das kann man sogar jetzt noch erkennen. Sie müssen wohl direkt auf ihn zugefahren sein.

Er hat sie aus ein paar Dutzend Metern abgeschossen. Außerdem sind beide Luken geschlossen geblieben... Nein", setzte er nach ein paar Sekunden hinzu, „in der Sonne ist er nicht. Und entwischt sein kann er auch nicht... Versuchen wir, ihn aus seinem Versteck zu locken."

Er bückte sich und zog die schwere Flasche auf den Felsblock hinauf. Während er sie vor sich herschob, brummte er: „Das sind genau die Indianergeschichten, von denen ich immer geträumt habe..."

Die Flasche senkte sich, er hielt sie an den Ventilen fest. Bäuchlings auf den Steinen ausgestreckt, sagte er: „Wenn ihr eine blaue Flamme seht, gebt sofort Feuer, schießt in sein Laserauge...

Mit aller Kraft stieß er die Flasche hinab, die zunächst langsam, dann immer schneller den Abhang hinunterrollte. Die drei Männer lagen schußbereit, die Flasche hatte schon eine Strecke von etwa zweihundert Metern zurückgelegt und kullerte jetzt langsamer, weil das Gefälle abnahm. Mehrmals schien es, als würde sie an Steinen hängenbleiben, aber sie überrollte sie schließlich doch und näherte sich, nun schon als kleiner, dunkelglänzender Fleck, der Sohle des Talkessels.

„Nichts?" fragte Pirx enttäuscht. „Entweder ist er schlauer, als ich dachte, oder er hat sie nicht bemerkt. Oder aber..."

Er brachte den Satz nicht zu Ende. Auf dem Hang unter ihnen zuckte ein greller Blitz auf. Die Flamme wurde augenblicklich zu einer schweren, schmutziggelben Wolke, deren Zentrum noch in einem düsteren Feuer glühte, während die Ränder schon an Gestalt verloren und sich mit ihren Ausläufern ins Gestein krallten.

„Das Chlor", sagte Pirx. „Warum habt ihr nicht geschossen? Habt ihr nichts gesehen?"

„Nein", antworteten der Kadett und McCork wie aus einem Munde.

„So ein Halunke! Er hat sich in einer Schlucht verkrochen, oder er schießt aus der Flanke. Jetzt fange ich wirklich schon an zu zweifeln, ob das Ganze überhaupt einen Sinn hat. Aber versuchen wir's noch mal..."

Er hob die zweite Flasche an und schickte sie der ersten hinterdrein.

Sie rollte zunächst genauso den Hang hinunter, kam aber etwa auf halber Höhe ins Schlingern und blieb liegen. Pirx schenkte ihr keine Beachtung, er richtete sein ganzes Augenmerk auf die dunkle dreieckige Fläche, in der irgendwo der Setaurus lauern mußte. Die Sekunden krochen dahin. Da, eine Explosion! Das genaue Versteck des Automaten hatte Pirx nicht ausmachen können, doch er sah die Schußlinie, vielmehr einen Teil davon, weil sie sich zu einem sonnenhell glühenden Faden materialisierte, als sie die Reste der ersten Gaswolke durchdrang. Sofort stellte er den Sucher längs dieser Lichttrajektorie ein, die bereits erlosch, und als er die Hell-Dunkel-Grenze im Fadenkreuz hatte, drückte er ab. Zur gleichen Zeit mußte McCork wohl dasselbe getan haben, und wenig später folgte auch der Kadett ihrem Beispiel. Drei Sonnendolche bohrten sich in die schwarze Sohle des Talkessels, und im selben Moment schien dicht vor ihnen ein riesiger, heißer Deckel zuzuklappen – der

Felsblock, der ihnen Deckung gewährte, erbebte, und von seinen Kanten stoben Myriaden von glitzernden Regenbogen empor, glühender Quarz fiel ihnen auf Skaphander und Helme und erkaltete im Handumdrehen zu tränenförmigen Kügelchen. Die drei Männer lagen lang ausgesteckt im Schatten der Felsen, und über ihre Köpfe zischte gleich einer weißglühenden Klinge eine zweite und dritte Feuergarbe hinweg, ihr Atem strich über das Gestein, das im Nu gläsern erstarrte Blasen warf.

„Niemand verletzt?“ fragte Pirx, ohne den Kopf zu heben.

„Nein.“ – „Ich auch nicht!“ bekam er zur Antwort.

„Bitte laufen Sie zum Fahrzeug und sagen Sie dem Funker, er soll Verstärkung anfordern. Wir hätten den Setaurus gestellt und bemühten uns, ihn so lange wie möglich aufzuhalten“, wandte sich Pirx an den Kadetten, der zurückrobbte und dann geduckt auf die Felsen zurannte, zwischen denen das Raupenfahrzeug stand.

„Wir haben noch zwei Flaschen. Für jeden eine. Wechseln wir jetzt den Standort, Doktor. Aber seien Sie bitte vorsichtig und gehen Sie in volle Deckung, er hat sich nämlich schon auf unseren kleinen Hügel eingeschossen...“

Mit diesen Worten packte Pirx eine Flasche und rannte los, so schnell ihn die Beine trugen, wobei er sich immer im Schatten der großen Felsblöcke hielt. Etwa zweihundert Meter weiter gingen sie in der Scharte eines Magmawalles in Stellung. Der Kadett, der vom Transporter zurückkehrte, hatte einige Mühe, sie zu finden. Er keuchte, als wäre er mindestens eine Meile gerannt. „Immer mit der Ruhe, es brennt doch nicht!“ sagte Pirx. „Na, was gibt's Neues?“

„Die Verbindung ist da...“ Der Kadett hockte sich neben Pirx auf den Boden, und Pirx sah, wie der Blick des Jungen hinter der Helmscheibe flackerte. „In dem verunglückten Fahrzeug... waren vier Mann von der Baustelle. Das zweite mußte umkehren, weil es einen Laserdefekt hatte... und die anderen haben nichts bemerkt.“ Pirx nickte, als wollte er sagen: Genauso hab ich mir das vorgestellt.

„Und weiter? Wo sind unsere Leute?“

„Fast die ganze Gruppe hat sich zwanzig Meilen von uns entfernt versammelt. Dort hat es blinden Alarm gegeben. Eine Patrouille meldete, sie hätte den Setaurus gesichtet, und daraufhin sind alle dorthin abgezogen worden. Drei weitere Fahrzeuge beantworten unser Rufzeichen nicht.“

„Wann sollen sie hier sein?“

„Vorläufig funktioniert nur der Empfang...“, erwiderte der Kadett schüchtern.

„Nur der Empfang? Wieso?“

„Der Funker sagt, entweder wäre irgendwas mit dem Sender nicht in Ordnung, oder die Rufzeichen würden an dem Punkt, wo wir uns befinden, gelöscht. Er läßt fragen, ob er den Standort wechseln darf, um es noch mal zu probieren...“

„Soll er ihn wechseln, wenn's sein muß“, entgegnete Pirx. „Aber rennen Sie nicht wieder so! Passen Sie auf, wo Sie hintreten!“

Der junge Mann hatte wohl nicht richtig hingehört, denn er galoppierte schon wieder zurück.

„In einer halben Stunde können sie bestenfalls hier sein, falls die Verbindung zustande kommt", sagte Pirx. McCork schwieg. Pirx dachte über die nächsten Schritte nach. Sollte er die Ankunft der anderen Fahrzeuge abwarten? Den Talkessel mit Transportern anzugreifen hätte sicherlich Erfolg gehabt, aber das wäre nicht ohne Verluste abgegangen. Im Gegensatz zu dem Setaurus waren die Transporter ja große, schwerbewegliche Ziele, und sie hätten schon im Verband vorgehen müssen, denn ein Zweikampf mit dem Roboter wäre genauso ausgegangen wie der mit dem Raupenfahrzeug von der Baustelle. Pirx suchte nach einem Weg, wie er den Setaurus auf das beleuchtete Gelände locken könnte. Wenn man nun einfach einen unbemannten, ferngesteuerten Transporter als Köder vorschickte, um den Automaten dann irgendwie von oben aufs Korn zu nehmen...

Da fiel ihm ein, daß er doch gar nicht zu warten brauchte, er hatte ja einen Transporter. Aber der Plan wollte keine konkrete Gestalt annehmen. Und das Fahrzeug nur so aufs Geratewohl loszuschicken hatte keinen Sinn. Der Setaurus würde es in Stücke reißen, ohne sich auch nur vom Fleck zu rühren. Ob er sich darüber im klaren war, daß ihm die Schattenzone, in der er steckte, diese Überlegenheit verlieh? Aber sie hatten es doch nicht mit einer Maschine zu tun, die zu einem von Strategie und Taktik bestimmten Kampf geschaffen war, dieser Wahnsinn hatte immerhin Methode! Bloß was für eine? Die beiden Männer kauerten geduckt am Fuß der Steinplatte, in ihrem dunklen, kühlen Schatten. Plötzlich konnte sich Pirx des Eindrucks nicht erwehren, daß er sich wie ein ausgewachsener Hornochse benahm. Wenn er sich an der Stelle des Setaurus befände, dort unten – was würde er dann tun? Und sogleich wurde ihm sehr unbehaglich zumute, weil er überzeugt war, daß er dann zum Angriff übergehen würde. Passiv die Dinge auf sich zukommen zu lassen, das brachte nichts ein. Vielleicht war der Automat also schon im Anmarsch, jetzt, in diesem Augenblick... Er konnte doch bis zum Westhang vordringen, ohne ein einziges Mal die schützende Dunkelheit verlassen zu müssen, und dann kam ein Gewirr von riesigen Felsblöcken und geborstenem Lavagestein, ein Labyrinth, in dem man sich Gott weiß wie lange verbergen konnte...

Er war schon beinahe sicher, daß der Setaurus so und nicht anders handeln würde und daß sie jeden Moment mit seinem Auftauchen rechnen mußten.

„Ich fürchte, er wird uns hier womöglich überraschen, Doktor", sagte er hastig und sprang auf. „Was meinen Sie?"

„Glauben Sie, daß er uns aus dem Hinterhalt überfällt?" fragte McCork zurück und lächelte. „Ich habe auch schon daran gedacht. Freilich, das wäre sogar logisch. Aber geht er logisch zu Werke? Das ist hier die Frage..."

„Wir müssen's eben noch mal probieren", knurrte Pirx. „Die Flaschen müssen bis ganz runter, mal sehen, was er dann macht..."

„Ich verstehe. Gleich?"

„Ja – Achtung!"

Sie schleppten die beiden Metallzylinder auf den Gipfel der Anhöhe und stießen sie fast gleichzeitig hinunter, immer bemüht, vom Grunde des Talkessels aus nicht gesehen zu werden. Leider war durch das Fehlen der Atmosphäre nicht zu hören, ob und wie sie den Hang hinunterrollten. Pirx faßte sich ein Herz, legte sich platt aufs Felsgestein und reckte behutsam den Kopf vor, wobei er sich merkwürdig nackt und bloß und beileibe nicht so vorkam, als hätte er auf dem Kopf eine Stahlkugel und am ganzen Körper einen dreischichtigen, durchaus nicht leichten Skaphander.

Im Tal hatte sich nichts verändert. Lediglich das Fahrzeugwrack war jetzt nicht mehr zu sehen, weil seine erkalteten Trümmer mit der Dunkelheit verschmolzen. Der Schatten bedeckte noch immer dasselbe Gebiet, eine Fläche von der Form eines ungleichmäßigen, sehr in die Länge gezogenen Dreiecks, das mit seiner Hypothenuse im Westen an die Steilwand des höchsten Kamms grenzte. Eine der beiden Flaschen blieb hundert Meter unterhalb von ihnen liegen, weil sie gegen einen Stein gestoßen und aufrecht stehen geblieben war. Die andere rollte weiter, immer langsamer, immer kleiner werdend, bis auch sie liegenblieb. Daß damit alles sein Bewenden haben sollte, schmeckte Pirx ganz und gar nicht. Der ist wirklich nicht auf den Kopf gefallen, dachte er. Er hat keine Lust, auf ein Ziel zu schießen, das ihm als Köder vorgesetzt wird... Pirx versuchte, die Stelle wiederzufinden, wo sich der Setaurus etwa zehn Minuten zuvor das letztemal durch das Aufblitzen seines Laserauges zu erkennen gegeben hatte, aber das war alles andere als einfach.

Vielleicht ist er gar nicht mehr dort, überlegte Pirx. Er kann sich ja ohne weiteres nach Norden zurückziehen, er kann auch auf der Talsohle weitergehen oder einem dieser Risse im Magmastrom folgen... Wenn er bis zu der Steilwand kommt, bis in dieses Labyrinth, dann verschwindet er wie eine Stecknadel im Heuhaufen...

Langsam, tastend hob er den Laserkolben und entspannte die Muskeln.

„Doktor McCork!“ sagte er. „Bitte kommen Sie mal her!“

Und als der Doktor herangerobbt war, fuhr er fort: „Sehen Sie die beiden Flaschen? Eine direkt unter uns, die andere ein Stück weiter hangabwärts...“

„Ja, ich sehe sie.“

„Sie schießen zuerst auf die vordere und dann auf die andere. In einem Abstand von, sagen wir, vierzig Sekunden... Aber nicht von hier aus!“ fügte er rasch hinzu. „Sie müssen sich einen günstigeren Platz aussuchen. Schauen Sie mal!“ Er streckte die Hand aus. „Die Stelle dort in der Mulde wäre nicht übel. Und wenn Sie geschossen haben, robben Sie bitte sofort zurück. Gut?“

McCork stellte keine Fragen, sondern lief schon geduckt in die angegebene Richtung. Pirx wartete ungeduldig. Wenn dieser Roboter auch nur ein Quentchen Menschenähnlichkeit hatte, dann mußte ihn die Neugier packen. Jedes intelligente Wesen ist neugierig, und diese Neugier drängt zum Handeln, wenn etwas Unverständliches geschieht... Er sah den Doktor nicht mehr. Er verkniff sich auch, zu den Flaschen hinunterzublicken, die unter den Schüssen des Doktors explodieren sollten. Seine ganze Aufmerksamkeit richtete sich auf den sonnenbeschienen Streifen der Geröllhalde zwischen der Schattenzone und dem Steilabfall. Er hielt das Fernglas an die Augen und suchte das Gebiet am Lavasturz ab. Langsam glitten groteske Gestalten vorbei, die aus der Werkstatt eines abstrakten Bildhauers zu stammen schienen: gestreckte, spiralenartig gedrehte kleine Obelisken sowie Felstafeln, von den Schlangenlinien der Risse zerfurcht – ein Gewirr grell beleuchteter Flächen und gezackter Schatten, das einem förmlich die Netzhaut kitzelte. Aus dem Augenwinkel erfaßte er tief unter sich eine sich ausbreitende Flamme. Geraume Zeit später schoß eine zweite Stichflamme in die Höhe. Stille. Nur der Pulsschlag hämmerte im Helm, durch den sich die Sonnenstrahlen in seinen Schädel zu bohren schienen. Er prüfte diesen Gürtel chaotisch übereinandergetürmter Geröllbrocken durch das Glas.

Irgend etwas rührte sich dort. Er erstarrte. Über den rasiermesserscharfen Grat einer Felsplatte, die der gespaltenen Schneide einer riesigen Steinaxt ähnelte, schob sich ein halbkugelförmiges Etwas, das farblich ganz dem dunklen Felsgestein angepaßt war. Aber dieses Etwas besaß Arme, die den Block von beiden Seiten umklammerten, und – jetzt sah er es vollständig – einen Rumpf. Die Gestalt wirkte bei alledem nicht wie ein Monstrum ohne Kopf, sondern wie ein Mensch mit der Maske eines afrikanischen Medizinmannes, die Gesicht, Hals und Nacken verdeckte und gleichsam plattgedrückt und deshalb irgendwie unförmig schien... Pirx spürte den Laserkolben am rechten Ellenbogen, doch er dachte gar nicht daran, zu schießen. Das Risiko war viel zu groß, und es gab kaum eine Chance, mit dieser verhältnismäßig schwachen Waffe aus einer solchen Entfernung zu treffen.

Der Roboter stand reglos da; er schien mit seinem Schädel, der kaum über die Schultern hinausragte, auf die Überreste der beiden Gaswolken zu starren, die hangabwärts glitten und sich nur noch zaghaft ausdehnten. Dieses Bild änderte sich längere Zeit nicht. Es sah aus, als wüßte der Setaurus nicht, was passiert sei, und als zögere er, etwas zu unternehmen. In diesem Zögern, dieser Unsicherheit, die Pirx sehr gut nachvollziehen konnte, lag etwas so unheimlich Vertrautes, Menschliches, daß es ihm die Kehle zuschnürte. Was würde ich an seiner Stelle tun, was würde ich denken? Daß jemand auf die gleichen Gegenstände geschossen hat, so wie ich vorher, daß es sich demnach wohl nicht um einen Gegner handeln kann, sondern um einen Verbündeten. Aber ich, Pirx, wäre mir doch darüber im klaren, daß ich keinen Verbündeten habe... Und wenn es nun jemand war, der mir glich?

Der Automat rührte sich. Seine Bewegungen waren fließend und enorm schnell. Auf einmal zeigte er sich in voller Größe, hoch aufgerichtet stand er auf jenem steil emporragenden Stein, als wäre er noch immer damit beschäftigt, die Ursache jener beiden geheimnisvollen Explosionen zu ergründen. Dann drehte er sich plötzlich um, machte einen Satz hangabwärts und begann leicht vornübergebeugt zu laufen. Ab und zu entschwand er Pirx' Blicken, aber nie länger als für einige Sekunden, und tauchte dann wieder in einem der Arme des Magmalabyrinths ans Sonnenlicht. So näherte er sich Pirx, nur daß er sich die ganze Zeit auf der Talsohle vorwärts bewegte. Lediglich der Bergstock trennte sie voneinander, und Pirx überlegte, ob er nicht doch schießen sollte. Aber der Roboter huschte nur ab und zu durch die schmalen Lichtstreifen und verschmolz immer wieder mit der Finsternis, und da er vermutlich ständig die Richtung änderte, weil er sich einen Weg durchs Geröll bahnen mußte, war es unmöglich vorauszusehen, wo seine Schultern – die wie bei einem laufenden Menschen ruderten, um das Gleichgewicht zu halten – und sein kopfloser Rumpf das nächstemal auftauchen, metallisch aufleuchten und abermals verschwinden würden.

Plötzlich zerschnitt die Zickzacklinie eines Blitzes das Mosaik der Halde und schlug lange Funkenbüsche aus dem Gestein, genau dort, wo der Setaurus rannte. Wer hatte geschossen? Pirx konnte McCork nicht sehen, doch der Feuerschweif war aus der entgegengesetzten Richtung gekommen. Das konnte höchstens der Kadett gewesen sein, dieser Grünschnabel, dieser Idiot! Pirx verfluchte ihn und war wütend, weil dieser Beschuß natürlich nicht das mindeste erreicht hatte – der Metallbuckel glitt im Bruchteil einer Sekunde daran vorbei und war nun endlich verschwunden. Noch dazu hinterrücks auf ihn zu schießen! schäumte Pirx innerlich und war sich gar nicht bewußt, wie sinnlos dieser Vorwurf war. Der Setaurus hatte das Feuer nicht erwidert – warum nicht? Pirx hielt noch einmal nach dem Roboter Ausschau, aber umsonst. Verdeckte ihn schon die Wölbung des Bergstocks? Durchaus möglich... Dann konnte man sich hier jetzt sicher und frei bewegen... Pirx rutschte von seinem Felsblock herunter, weil er einsah, daß er von dieser Stelle aus nichts mehr erspähen würde. Er setzte sich in Trab und rannte leicht gebeugt auf dem Grat entlang, und als er an dem Kadetten vorbeikam, der wie im Schießstand dalag, die Beine von sich gestreckt und die Füße gegen den Fels gestemmt, hatte er nicht übel Lust, ihm einen Tritt in den Hintern zu geben, der so komisch hervorstand, aufgebauscht von dem zu großen Skaphander. Für einen Augenblick im Lauf innehaltend, rief er ihm zu: „Wag es nicht, noch mal zu schießen, kapiert? Leg das Lasergerät weg!“

Und bevor der Kadett sich auf die Seite wälzte und fassungslos nach ihm Ausschau hielt, weil ihn die Stimme aus den Kopfhörern angesprochen hatte, ohne daß er etwas über Standort oder Richtung des Sprechers wußte, war Pirx schon weiter. Er durfte keine Zeit verlieren, deshalb rannte er, so schnell ihn die Beine trugen, bis sich vor ihm ein breiter Riß auftat, der den Blick bis hinunter auf die Sohle des Talkessels freigab.

Es war so etwas wie ein tektonischer Graben; seine Ränder, altersmorsch, hatten ihre Schärfe verloren und ähnelten nun einem von starker Erosion erweiterten Gebirgskar. Pirx zögerte. Vom Setaurus keine Spur. Im übrigen hätte er ihn von dieser Stelle aus wohl auch gar nicht sehen können. Mit schußbereitem Lasergerät stieg er also in das Kar hinab, und er war sich sehr wohl bewußt, wie wahnwitzig sein Vorhaben war. Irgend etwas jedoch trieb ihn dort hinunter, er konnte der Versuchung einfach nicht widerstehen. Er redete sich ein, daß er den Setaurus nur noch ein einziges Mal sehen wolle und daß er an dem erstbesten Punkt haltmachen würde, von dem aus er den letzten Abschnitt des Steilabfalls und das ganze Labyrinth der Geröllhalde überblicken könne. Und während er immer tiefer stieg, noch immer geduckt, und ganze Steinhagel unter seinen Schuhen hervorstiebten, glaubte er vielleicht selbst daran. Im übrigen hatte er in diesen Sekunden auch gar keine Muße, gründliche Überlegungen anzustellen. Er war auf dem Mond, wog folglich nur knappe fünfzehn Kilogramm, und doch riß ihm das zunehmende Gefälle die Beine weg. Mit Achtmetersätzen jagte er vorwärts, bremste ab, so gut er konnte, und hatte bereits die Hälfte des Hanges hinter sich gelassen. Das Kar mündete in eine flache, sonnenbeschienene Mulde. Etwa hundert Meter tiefer türmten sich die ersten Lavablöcke, schwarz auf der sonnenabgekehrten Seite, glitzernd und funkelnd auf der anderen. Da hab ich mir ja was Schönes eingebrockt! ging es ihm durch den Sinn. Die Zone, in der sich der Setaurus aufhalten mußte, lag zum Greifen nahe. Fieberhaft schaute er nach rechts und links. Er war allein – hoch über ihm ragte der Bergrücken als glühender Steilhang in den schwarzen Himmel. Eben noch hatte er wie aus der Vogelperspektive die Lücken zwischen den Felsblöcken einsehen können, nun aber verdeckten ihm die allernächsten Gesteinsbrocken den Blick auf das Netz der Felsspalten. Alles Blödsinn, dachte er, ob ich nicht lieber umkehre? Aus irgendeinem unerfindlichen Grunde wußte er, daß er das nicht tun würde.

Es erschien ihm nicht ratsam, länger so stehenzubleiben. Ein paar Dutzend Schritt tiefer lag ein einsamer Magmabrocken, offensichtlich das Ende jener Lavazunge, die sich einst als feuriger Strom von den großen Überhängen des Toricellifußes ergossen und mit ihrem letzten Ausläufer diese Senke erreicht hatte. Als Versteck war es gar nicht so übel, ein besseres gab es weit und breit nicht. Mit einem Satz erreichte er den Brocken, wobei ihm das lange Schweben, dieser traumähnliche Flug im Zeitlupentempo, an den er sich auf dem Mond übrigens nie so richtig hatte gewöhnen können, auch jetzt wieder besonders unangenehm war. Geduckt hockte er hinter dem scharfkantigen Block, und als er vorsichtig dahinter hervorspähte, erblickte er den Setaurus, der eben hinter zwei gezackten Zinnen auftauchte, dann eine dritte umging, wobei er sie mit seinem Metallkreuz streifte, und schließlich stehenblieb.

Pirx sah ihn von der Seite und nur zum Teil beleuchtet, denn lediglich seine rechte Schulter glänzte dunkel und fettig wie ein gut geöltes Maschinenteil – der übrige Rumpf lag im Schatten. Im Nu hatte er das Lasergerät an die Augen gehoben, aber da war der Roboter auch schon fort – wie weggeblasen, als hätte er jählings Lunte gerochen. Doch vielleicht... vielleicht stand er sogar noch immer dort und hatte sich bloß in den Schatten zurückgezogen... Sollte man einfach diesen Schatten aufs Korn nehmen? Pirx hatte ihn schon genau über Kimme und Korn, aber er legte den Finger nicht an den Abzug. Im Gegenteil. Er entspannte die Muskeln und ließ den Laserlauf sinken. Er wartete.

Der Setaurus blieb verschwunden. Unten dehnte sich wie ein höllisches Labyrinth die Schutthalde, man hätte darin Verstecken spielen können, stundenlang; die zu Glas erstarrte Lava war gesprungen und zerplatzt, und dabei war es zu geometrischen und zugleich unheimlichen Formen gekommen. Wo mag er bloß sein? dachte Pirx. Wenn man wenigstens etwas hören könnte, aber diese verdammte luftleere Gegend hier ... es ist wie in einem Alptraum. Wenn ich runterklettere, könnte ich Jagd auf ihn machen. Nein, ausgeschlossen, schließlich bin nicht *ich* hier der Verrückte ... Aber in Gedanken darf man alles. Der Abgrund mißt nicht mehr als zwölf Meter – das ist wie ein Sprung aus zwei Meter Höhe auf der Erde. Dann wäre ich im Schatten unter der Wand, könnte mich daran entlangschieben und wäre die ganze Zeit über im Rücken durch den Felsen gedeckt. Früher oder später würde ich ihn bestimmt vor den Lauf kriegen ...

In dem steinernen Labyrinth passierte nichts. Auf der Erde wäre die Sonne in dieser Zeit schon ein ordentliches Stück weitergewandert, doch hier herrschte der lange Mondtag. Der Sonnenball schien noch immer am selben Fleck zu stehen, er löschte die Sterne in seiner nächsten Umgebung aus, so daß er von einer schwarzen Leere umgeben war, verwoben in einem orangefarbenen, buschigen Dunstschleier. Pirx schob sich halb hinter seinem Lavablock hervor. Nichts. Langsam stieg Ärger in ihm hoch. Warum kamen die anderen nicht? Unmöglich, daß die Funkverbindung noch immer nicht hergestellt sein sollte ... Können sie ihn nicht endlich aus diesen Trümmern aufscheuchen? Er sah auf die Uhr unter dem dicken Glas an seinem Handgelenk und war verblüfft – seit seinem letzten Gespräch mit McCork waren erst dreizehn Minuten vergangen.

Gerade wollte er sein Versteck verlassen, als plötzlich zwei Ereignisse eintraten, die gleichermaßen unverhofft kamen. In dem Felsentor zwischen den beiden Magmarücken, die den Talkessel im Osten abschlossen, sah er eine lange Kette von Transportern. Sie waren noch weit entfernt, vermutlich mehr als einen Kilometer, fuhren mit Höchstgeschwindigkeit und zogen lange, scheinbar starre Staubschweife hinter sich her. Zur gleichen Zeit erschienen dicht am Rande des Steilabfalls zwei große Hände, die aussahen wie die eines Menschen, nur daß sie in riesigen Metallhandschuhen steckten – und so schnell, daß Pirx nicht mehr zurückweichen konnte, folgte ihnen der Setaurus nach. Kaum zehn Meter lagen zwischen ihnen. Pirx erkannte deutlich die den Kopf ersetzende massive Wölbung zwischen den mächtigen Schultern, in der unbeweglich die Gläser der Optik glänzten wie zwei schwarze, weit auseinanderstehende Augen. Und dann das mittlere, dritte, schreckliche unter dem momentan geschlossenen Lid des Laserwerfers! Pirx hielt seinen Werfer zwar schußbereit in der Hand, aber der Roboter besaß ein ungleich schnelleres Reaktionsvermögen als er. So versuchte Pirx erst gar nicht, in Deckung zu gehen – er erstarrte einfach im grellen Sonnenlicht mit eingeknickten Knien, so wie ihn der andere überrascht hatte, als er sich gerade aufrichten wollte. Und nun schauten sie einander an: die Statue eines Menschen und die Statue einer Maschine, beide in Metall gehüllt.

Plötzlich zerriß ein entsetzlicher Feuerschein den Raum vor Pirx, ein glühender Schlag riß ihn von den Beinen, er wurde rücklings zu Boden geschleudert. Pirx verlor nicht das Bewußtsein, und im Sekundenbruchteil des Sturzes empfand er nur Verwunderung, denn er hätte schwören mögen, daß nicht der Setaurus auf ihn geschossen hatte – dessen dunkles und blindes Laserauge hatte er ja ständig beobachtet.

Er fiel auf den Rücken, denn der Blitz zuckte seitlich an ihm vorbei, aber ganz offensichtlich war auf ihn gezielt worden, weil der entsetzliche Feuerstrahl einen Augenblick danach erneut aufblitzte und einen Teil der Felsnadel wegriß, die ihm vorher Schutz geboten hatte. Flüssiges Mineral spritzte umher und verwandelte sich noch im Fluge in ein gleißendes Spinngewebe. Aber diesmal rettete ihn der Umstand, daß sie auf einen Punkt in Mannshöhe zielten – sie, die Besatzung des ersten Transporters. Pirx wälzte sich auf die Seite, und da erblickte er den Rücken des Setaurus, der reglos und starr, wie aus Bronze gegossen, zweimal seine violette Sonne aufblitzen ließ. Selbst aus dieser Entfernung war zu erkennen, wie es dem Transporter die ganze Raupenkette mit den Rollen und dem Antriebsrad wegriß. Eine riesige Wolke aus Rauch und leuchtenden Gasen wurde hochgewirbelt – der nächste Transporter war geblendet und konnte nicht mehr schießen.

Der Zweieinhalbmeterriese sah ruhig auf den Mann herab, der zu seinen Füßen lag und seine Waffe umklammerte; er drehte sich um und ging leicht in die Knie, um mit einem Satz dorthin zurückzukehren, woher er gekommen war. Aber da schoß Pirx. Eigentlich wollte er den Setaurus nur zu Fall bringen, doch in dieser äußerst unbequemen Haltung – seitlich auf den Ellenbogen gestützt – zitterte er sehr, als er den Abzug betätigte, und eine Feuerklinge schlitzte den Riesen von oben bis unten auf, so daß er nur noch als glühender Eisenkoloß auf den Grund der Geröllhalde hinunterpolterte.

Die Besatzung des zerstörten Transporters war mit heiler Haut, ja sogar ohne Verbrennungen davongekommen, und Pirx erfuhr, allerdings erst viel später, daß sie auf ihn geschossen hatten, weil sie den Setaurus vor dem dunklen Hintergrund der Steilwand gar nicht bemerkt hatten. Dem wohl noch unerfahrenen Richtschützen war nicht einmal aufgefallen, daß die Gestalt, die er aufs Korn nahm, die helle Farbe eines Aluminiumskaphanders hatte. Pirx war fast sicher, daß ihm der nächste Schuß den Garaus gemacht hätte. Der Setaurus hatte ihn gerettet – aber war er sich dessen bewußt gewesen? Immer wieder kehrte Pirx in Gedanken zu diesen letzten Sekunden zurück, und es wurde ihm mehr und mehr zur Gewißheit, daß der Roboter an einer Stelle gestanden hatte, von der aus er sehr wohl beurteilen konnte, auf wen da geschossen wurde. Hieß das, daß der Setaurus ihn retten wollte? Darauf konnte ihm niemand eine Antwort geben. Die Intellektroniker hielten das Ganze für ein „Zusammentreffen verschiedener Umstände", doch keiner vermochte diese leere Behauptung mit Fakten zu beweisen. So etwas war eben noch nicht vorgekommen, die Fachliteratur vermerkte nicht einen einzigen ähnlichen Fall. Alle waren der Auffassung, Pirx hätte gehandelt, wie er hätte handeln müssen – aber das genügte ihm nicht. Noch lange Jahre blieb ihm jenes Bild im

Gedächtnis haften, jene Sekundenbruchteile, da er dem Tode nahe gewesen und ihm schließlich doch noch entronnen war.

Aber er würde niemals die ganze Wahrheit erfahren, und die Erkenntnis war bitter, daß er seinen Lebensretter auf ebenso hinterhältige wie verdammenswerte Weise getötet hatte – durch einen Schuß in den Rücken.

Der Unfall

Aniel kehrte nicht um vier zurück, aber keinem schien das aufzufallen. Es war noch nicht fünf, als es dunkel wurde, und Pirx, weniger besorgt denn verwundert, wollte Krull schon fragen, was das zu bedeuten habe. Dann verkniff er es sich aber – er war nicht der Leiter der Gruppe, und seine Frage hätte womöglich, wenn sie auch berechtigt und völlig harmlos war, eine regelrechte Kettenreaktion an Gereiztheit ausgelöst. Er kannte das, es kam immer wieder mal vor, besonders wenn die Gruppe so vom Zufall zusammengewürfelt war wie diese hier. Drei Männer mit Spezialgebieten, die sich himmelweit voneinander unterschieden, erfüllten eine Aufgabe, die wahrscheinlich alle für ebenso sinnlos hielten wie er selbst. Und das mitten in der Bergwelt eines Planeten, der niemandem etwas nützte. Man hatte sie in einem kleinen alten Gravistaten hergebracht, den sie übrigens hierlassen sollten, weil er schrottreif war, und mitsamt einer Aluminiumfaltbaracke, einer Handvoll Gerät und einer Funkstation abgesetzt, die so heruntergewirtschaftet war, daß sie mehr Ärger mit ihr hatten als alles andere. Binnen sieben Wochen sollten sie mit der „allgemeinen Erkundung des Terrains" fertig sein – als ob das möglich gewesen wäre! Pirx hätte diese Aufgabe niemals übernommen, denn er begriff recht gut, daß es dabei nur um die Erweiterung des Forschungsbereichs ging, der von der Explorationsabteilung der Basis betreut wurde, also um ein weiteres Zifferchen mehr in den Berichten, mit denen die Abteilung ihre Informationsmaschinen fütterte, was sicherlich bei der Planung von Mitteln, Leuten und Kapazität für das kommende Jahr eine gewisse Rolle spielte. Und bloß damit jene in kleine Löcher zerlegte Ziffer auf den Gedächtnisbändern auftauchte, hockten sie nun nahezu fünfzig Tage in dieser Einöde, die unter anderen Umständen vielleicht sogar ganz reizvoll sein konnte, als Klettergelände zum Beispiel. Jegliche Bergsteigerfreuden aber waren ihnen verständlicherweise streng untersagt, und Pirx konnte sich allenfalls während der Triangulations- und seismischen Messungen ausmalen, wie die ersten Abschnitte des Aufstiegs verlaufen müßten.

Der Planet wurde einfach als Jota Strich 116 Strich 47, Proxima Aquarii bezeichnet. Von allen Planeten, die Pirx zu Gesicht bekommen hatte, glich dieser hier mit seiner kleinen gelben Sonne, den salzigen Meeren, lilagrün gefärbt von Algen, die die Atmosphäre eifrig mit Sauerstoff anreicherten, und dem großen, dreiteiligen, mit den Ansätzen einer Flora überzogenen Kontinent der Erde am meisten. Er hätte sich glänzend zur Besiedlung geeignet, wäre seine Sonne nicht zum Typ G gerechnet worden, eine neuentdeckten Untergattung von G VII, die als unsicher galt, weil man Emissionsschwankungen vermutete. Da also die Astrophysiker ihr Veto eingelegt hatten, mußte man sämtliche Pläne, dieses gelobte Land zu bewirtschaften, ein für allemal begraben, selbst wenn die Umwandlung in eine Nova erst in hundert Millionen Jahren eintreten sollte.

Pirx bereute es manchmal, daß er sich zu der Expedition hatte breitschlagen lassen, aber dieses Gefühl war nicht ganz aufrichtig. Er hätte sich ohnehin drei Monate lang in der Basis herumdrücken müssen – eher gab es keine Verbindung mit dem Sonnensystem –, und angesichts der Vorstellung, in den Klimagärten der Basis herumzulungern und vor einem stumpfsinnigen Fernsehprogramm zu glucken (eine Unterhaltungskonserve, die mindestens ihre zehn Jahre auf dem Buckel hatte), war er mit Freuden auf das Angebot seines Vorgesetzen eingegangen, der seinerseits froh war, Krull einen Gefallen tun zu können – er selbst hatte nämlich keinen Mann mehr frei, und das Reglement verbot, zwei Leute allein auf Fahrt zu schicken. So mußte Pirx dem Kosmographen wie ein Geschenk des Himmels erscheinen. Krull allerdings war keine Begeisterung anzumerken – weder damals noch später. Anfangs glaubte Pirx sogar, Krull verdächtige ihn irgendwelcher „Starallüren", da er als Kommandant eines Raumschiffes plötzlich eingewilligt hatte, ein simpler Explorator zu werden. Es sah aus, als hegte Krull einen heimlichen Groll gegen ihn, in Wahrheit war er in der Mitte seiner Jahre (er hatte die Vierzig überschritten) lediglich ein wenig bitter geworden, als hätte man ihm sein Lebtag nichts anderes eingetrichtert als Wermut. Und da sich in dieser Abgeschiedenheit nichts verheimlichen ließ und die Menschen mit all ihren kleinen Schwächen und all ihren Tugenden sehr bald so leicht zu durchschauen waren wie Glas, hatte Pirx im Nu begriffen, woher der Makel in Krulls Charakter rührte, der Makel im Wesen dieses ausdauernden, ja harten Mannes, der reichlich zehn Jahre Außendienst hinter sich hatte. Krull war es einfach nicht gelungen, das zu werden, was ihm seinerzeit ein Herzenswunsch gewesen war, weil er sich für den ersehnten Beruf nicht eignete. Und daß er früher einmal davon geträumt hatte, nicht Kosmograph zu werden, sondern Intellektroniker, wurde Pirx sonnenklar, als er sah, wie unnachgiebig sich Krull Massena gegenüber gebärdete, sobald das Gespräch auf intellektronische Themen kam (Krull sagte übrigens „intellektrale" – im Fachjargon).

Leider fehlte es Massena am nötigen Verständnis, vielleicht waren ihm Krulls Motive auch einerlei. Nicht genug, daß er, wenn der andere auf einer falschen Lösung beharrte, sich nicht damit zufriedengab, sie zu negieren, nein – er legte, den Bleistift in der Hand, Krull aufs Kreuz, baute Schritt für Schritt seinen mathematischen Beweis auf und brachte ihn zu Ende, eine Genugtuung im Gesicht, als wollte er nicht so sehr die Richtigkeit seiner These beweisen als vielmehr die Auffassung, daß Krull ein blasierter Esel war. Aber das stimmte nicht. Blasiert war Krull nicht, er war nur überempfindlich, eben wie jemand, dessen Ehrgeiz woanders liegt als seine Fähigkeiten.

Pirx, der unfreiwillig Zeuge eines solchen Gesprächs wurde – kein Kunststück übrigens, da sie doch gemeinsam die vierzig Quadratmeter große Baracke bewohnten und die Schallisolation der Trennwände lediglich eine Wunschvorstellung war –, ahnte schon, womit das enden würde. Und wirklich: Krull, der nicht wagte, Massena zu zeigen, wie sehr ihn die Niederlage kränkte, ließ seinen ganzen Unwillen an Pirx aus, natürlich in der ihm eigenen Art und Weise: Wenn es nicht unbedingt sein mußte, sprach er nicht mit ihm.

Nun fühlte sich Pirx nur noch zu Massena hingezogen. Mit diesem schwarzhaarigen, helläugigen Neurastheniker hätte er sich tatsächlich anfreunden mögen, aber mit Neurasthenikern kam er nie recht zu Rande, weil er ihnen insgeheim nicht über den Weg traute. Massena hatte immer irgendein Zipperlein: Er ließ sich in den Hals gucken und kündigte alle naselang Witterungsumschwünge an, weil er das Reißen in den Knochen habe (seine Prophezeiungen trafen nie ein, was ihn jedoch nicht dazu veranlaßte, sie einzustellen), er litt angeblich an Schlaflosigkeit und kramte allabendlich ostentativ seine Pillen hervor, die er allerdings nie nahm – er legte sie nur für alle Fälle neben die Koje, und am anderen Morgen erklärte er Pirx, der bis spät in die Nacht gelesen und Massenas Schnarchen deutlich gehört hatte, er habe überhaupt kein Auge zugetan (was er anscheinend selbst glaubte). Darüber hinaus aber war er ein hervorragender Fachmann und ein glänzender Mathematiker mit großem Organisationstalent, dem die laufende Programmierung der automatischen, also unbemannten Exploration oblag. Eines dieser Programme hatte er stets bei sich, um es „in freien Augenblicken" auszuarbeiten, und Krull litt Seelenqualen, weil Massena seine Arbeit schnell und gut erledigte, so daß ihm in der Tat viel freie Zeit blieb und es somit keinen Grund gab, etwa seine Pflichterfüllung zu bemängeln. Sie konnten Massena um so besser gebrauchen, als es in dieser planetologischen Miniexpedition – so paradox das auch klingen mochte – keinen einzigen waschechten Planetologen gab, denn auch Krull war ja keiner.

Wie bewunderungs- und zugleich verzweiflungswürdig ist doch jener Grad von Kompliziertheit, den ohne besonderes Zutun von einer Seite die Beziehungen zwischen drei im Grunde völlig normalen, durchschnittlichen Männern in einer Felsenwüste erreichen können, wie sie das südliche Hochplateau des Jota des Wassermanns darstellte!

Es gehörte noch jemand zu ihnen, allerdings kein Mensch, sondern besagter Aniel, ein nichtlinearer Automat, eines der auf der Erde produzierten neuesten Modelle für Forschungen der höchsten Selbständigkeitsstufe. Massena als Kybernetiker war lediglich durch einen Anachronismus hier, weil nämlich das Reglement verlangte, daß am Einsatzort eines Automaten auch jemand anwesend sein müsse, der ihn notfalls reparieren könne. Aber das Reglement war mittlerweile seine zehn Jahre alt – bekanntlich ändern sich Vorschriften nicht so schnell –, und Aniel hätte, wie Massena mitunter selbst zu sagen pflegte, notfalls eher ihn reparieren können als umgekehrt. Nicht nur, weil seine Funktionstüchtigkeit nichts zu wünschen übrigließ, sondern weil er auch über elementare medizinische Kenntnisse verfügte. Pirx wußte aus langjähriger Erfahrung, daß man einen Menschen oft leichter nach seinem Verhältnis zu den Robotern als zu seinen Mitmenschen beurteilen konnte. Seine Generation war in eine Welt hineingeboren worden, in der die Automaten ebenso selbstverständlich waren wie die Raumschiffe, aber die Sphäre der Roboter hatte sich ihr besonderes Fluidum bewahrt, ihr haftete noch immer ein Hauch von Irrationalität an. Manch einem fiel es leichter, eine gewöhnliche Maschine ins Herz zu schließen, das eigene Auto beispielsweise, als einen Apparat, der dachte. Die Zeit, da die Konstrukteure endlos herumexperimentiert hatten, neigte sich ihrem Ende zu – so sah es wenigstens aus. Es wurden nur noch zwei Typen von Automaten gebaut: hochspezialisierte und universell einsatzfähige.

Einzig und allein der kleinen Gruppe der Universalautomaten hatte man annähernd menschenähnliche Formen gegeben, und das auch nur deshalb, weil von allen getesteten Konstruktionen diejenigen am leistungsfähigsten waren, die der Natur entlehnt waren, vor allem unter den erschwerten Bedingungen planetarischer Erkundungsfahrten.

Die Ingenieure waren nie sonderlich beglückt, wenn ihre Produkte eine Spontaneität an den Tag legten, die unwillkürlich den Gedanken an ein Innenleben aufkommen ließ. Im allgemeinen hieß es, die Roboter könnten wohl denken, besäßen aber „keine Persönlichkeit". Und in der Tat – niemand hatte es jemals erlebt, daß ein Automat in Wut oder Entzücken geraten wäre, daß er geweint oder gelacht hätte. Sie waren ideal ausgeglichen, wie ihre Konstrukteure es wünschten. Weil ihr Hirn jedoch nicht auf dem Montageband entstand, sondern in einem langwierigen Zuchtprozeß von Monokristallen, die in ihrer statistischen Variabilität nicht zu beeinflussen waren, kam es zu gewissen Molekularverschiebungen, wenn diese auch noch so geringfügig waren. Solche Endabweichungen hatten zur Folge, daß es genaugenommen keine zwei Automaten gab, die absolut identisch gewesen wären. Also doch Individualität? Nein, lautete die Antwort des Kybernetikers, sondern Ergebnisse eines probabilistischen Prozesses. Diese Meinung vertrat auch Pirx, wie wohl jeder, der viel mit Robotern zu tun und jahrelang ihre schweigende, immer sinnvolle, immer logische Umsicht neben sich gespürt hatte. Gewiß, untereinander glichen sie sich viel mehr als den Menschen, aber auch sie hatten ihre Unarten, ihre Marotten, und unter ihnen fanden sich manche, die bei der Befehlsausübung sogar so etwas wie passiven Widerstand leisteten, ein Umstand, der mit einer Generalüberholung endete, wenn sich dieser Zustand verschlimmerte.

Pirx – und er war sicherlich nicht der einzige – hatte diesen merkwürdigen Maschinen gegenüber, die ihre Aufträge so exakt ausführten und zuweilen eine enorme Erfindungsgabe zeigten, kein ganz reines Gewissen. Vielleicht stammte das noch aus der Zeit, da er Kommandant des „Coriolan" gewesen war – auf jeden Fall hielt er den Ausgangspunkt für nicht ganz ehrlich, den Ausgangspunkt einer Situation, in der der Mensch außerhalb seiner selbst ein Denkvermögen schuf und es in Abhängigkeit von sich selbst brachte. Er hätte wahrscheinlich nicht definieren können, was diese leichte Beklemmung in ihm hervorrief, dieses Gefühl, gewissermaßen eine Rechnung nicht beglichen, eine falsche Entscheidung gefällt oder, grob gesagt, eine Gemeinheit zwar geschickt, aber immerhin begangen zu haben. Es lag eine perverse Raffinesse in jener maßvollen Vernunft, mit der der Mensch das über sich selbst erworbene Wissen den kalten Maschinen einhauchte und dabei aufpaßte, daß sie nur gerade soviel Bewußtheit bekamen wie erforderlich, ohne Aussicht darauf, ihrem Schöpfer jemals die Herrlichkeiten dieser Welt streitig machen zu können. Goethes Maxime „In der Beschränkung zeigt sich erst der Meister" erhielt, was die findigen Konstrukteure betraf, unversehens den Beigeschmack einer Huldigung, die sich in eine höhnische Verwünschung verkehrte, denn nicht sich selbst erlegten sie ja Beschränkungen auf, sondern ihren Werken, und dies mit grausamer Präzision. Natürlich hätte Pirx sich niemals dazu hinreißen lassen, diesen Gedanken laut zu äußern, denn er war sich bewußt, wie lächerlich er klingen mußte. Die Automaten wurden in ihrer Existenz nicht benachteiligt oder ausgebeutet – die Sache war einfacher, moralisch schwerer anfechtbar und schlimmer zugleich. Man hatte sie beschränkt, noch ehe sie entstanden, schon auf dem Zeichenpapier.

An jenem Tag, ihrem vorletzten auf dem Planeten, waren die Arbeiten eigentlich schon abgeschlossen. Als sie aber die Bänder mit den Untersuchungsergebnissen sortierten, stellten sie fest, daß eines fehlte. Zuerst durchsuchten sie das Gedächtnis der Maschine, dann wühlten sie in allen Schubladen und Fächern, wobei Pirx von Krull zweimal dazu aufgefordert wurde, gründlich zwischen seinen persönlichen Sachen nachzusehen, was schon an Schikane grenzte, weil Pirx mit dem Band überhaupt nicht in Berührung gekommen war und es niemals in seinen Koffer gesteckt hätte. Pirx hatte nicht übel Lust, Krull endlich mal die Meinung zu sagen, zumal er bisher immer den Mund gehalten und das schroffe, ja beleidigende Benehmen von Krull nach besten Kräften entschuldigt hatte. Aber er schluckte auch diesmal seinen Ärger hinunter und erklärte, falls man die Messungen wiederholen müßte, wäre er gern bereit, sie allein vorzunehmen, mit Aniel als Helfer.

Krull war jedoch der Auffassung, Aniel sei auf die Hilfe von Pirx überhaupt nicht angewiesen. Sie bürdeten dem Roboter also Apparat und Fotospulen auf und schickten ihn, nachdem sie ihm Rückstoßpatronen ins Gürtelhalfter gesteckt hatten, in die Gipfelregion des Bergvorlandes.

Der Roboter brach um acht Uhr morgens auf, und Massena äußerte, daß er bis zum Mittagessen seine Sache geschafft haben würde. Es wurde jedoch zwei, drei, schließlich vier Uhr, es dämmerte bereits, und Aniel war immer noch nicht zurück.

Pirx saß in der Barackenecke unter der Kadmiumwandleuchte und schmökerte in einer zerfledderten alten Schwarte, die er sich noch in der Basis von irgendeinem Piloten geliehen hatte, aber er erfaßte kaum, was er da las: Ihm war es zu unbequem. Die dünne, gerippte Aluminiumwand drückte ihn im Rücken, außerdem hatte das Kissen keine Luft mehr, und er spürte, wie die scharfkantigen Schrauben der Konstruktion sich ihm durch das Gummigewebe hindurch in die Schenkel bohrten. Trotzdem wechselte er nicht die Stellung, weil die Unbequemlichkeit auf seltsame Weise mit der Wut korrespondierte, die allmählich in ihm hochstieg. Weder Krull noch Massena schienen Aniel bis jetzt zu vermissen. Krull, der nun wirklich kein Witzbold war und auch gar nicht den Anschein zu erwecken versuchte, hatte, weiß der Himmel warum, von Anfang an darauf bestanden, den Roboter „Engel“ zu nennen oder sogar „Eiserner Engel“, eine andere Anrede gebrauchte er überhaupt nicht, und dieser im Grunde harmlose Scherz hatte Pirx so oft in Rage gebracht, daß er den Kosmographen schon deshalb nicht mochte. Massenas Verhältnis zu dem Roboter war beruflich bedingt: Alle Elektroniker wissen (oder geben zumindest vor zu wissen), welche molekularen Prozesse und Ströme diese oder jene Reaktion des Automaten auslösen, und dieses Wissen stempelte alle Anspielungen über deren angebliches Seelenleben als absoluten Blödsinn ab. Nichtsdestoweniger verhielt sich Massena dem Roboter gegenüber loyal – wie ein Mechaniker zu seinem Dieselmotor: Er sorgte dafür, daß er nicht überlastet wurde, schätzte ihn wegen seiner Leistungsfähigkeit und kümmerte sich um ihn, so gut er konnte.

Um sechs hielt es Pirx nicht länger in seiner Ecke, ein Bein war ihm eingeschlafen. Er dehnte und reckte sich also, daß die Knochen knackten, ließ den Fuß kreisen und beugte das Bein im Knie, um den Blutkreislauf anzuregen. Dann begab er sich auf seine Wanderung quer durch die Baracke, wohl wissend, daß es nichts gab, womit er Krull, der in die Schlußberechnungen vertieft war, mehr ärgern konnte.

„Ihr könntet wirklich ein bißchen leiser sein!“ sagte Krull schließlich, als meinte er alle beide und als wüßte er nicht, daß nur Pirx es war, der durch die Baracke lief. Massena fläzte sich nämlich in einem pneumatischen Sessel, den Kopfhörer an den Ohren, und amüsierte sich, einen komisch verträumten Ausdruck im Gesicht, über irgendeine Sendung. Pirx riß die Tür auf, an der ein heftiger Westwind rüttelte, und als sich seine Augen etwas an die Dunkelheit gewöhnt hatten, spähte er, die unter den Windstößen bebende Blechwand im Rücken, in die Richtung, aus der Aniel kommen mußte. Er sah nur wenige Sterne, sie flirrten und flimmerten in der Luft, die mit hohem, auf und ab schwellendem Brausen als kalter Strom seinen Kopf umfloß und ihm das Haar zerzauste. Seine Nasenflügel und Lungen blähten sich förmlich, der Wind wehte wohl mit annähernd vierzig Meter in der Sekunde. So verharrte Pirx eine Weile, und als ihm kalt wurde, kehrte er in die Baracke zurück, wo Massena gähnend die Kopfhörer absetzte und sich mit den Fingern durchs Haar fuhr, während der faltige, hagere Krull geduldig die Papiere in die Mappen legte und einen Stoß Blätter aufstuckte, damit sie gleichmäßig aufeinanderlagen.

„Immer noch keine Spur von ihm!“ ließ sich Pirx vernehmen, und er wunderte sich selbst, daß seine Worte fast wie eine Herausforderung klangen. Die beiden mußten den besonderen Ton darin auch bemerkt haben, denn Massena warf

Pirx einen raschen Blick zu und entgegnete: „Das macht nichts, er findet auch im Dunkeln zurück. Dann benutzt er eben Infrarot..."

Pirx sah ihn an, gab aber keine Antwort. Als er bei Krull vorbeikam, nahm er sein Buch vom Stuhl, setzte sich wieder in seine Ecke und tat, als ob er läse. Der Wind wurde stärker. Das Rauschen draußen schwoll an, steigerte sich zu einem Tosen, einmal klatschte etwas Weiches gegen die Wand, wohl ein Zweig, dann wieder trat minutenlang Stille ein. Massena wartete offensichtlich darauf, daß Pirx, gefällig wie immer, Abendbrot machen würde. Schließlich erhob er sich aber und schickte sich an, die Konservendosen mit der Selbstheizpatrone zu öffnen, nachdem er ausgiebig die Etikette studiert hatte, als hoffte er, unter den Vorräten einen ganz besonderen, bisher unentdeckt gebliebenen Lekkerbissen zu finden. Pirx war nicht nach Essen zumute. Eigentlich hatte er sogar Hunger, aber er rührte sich nicht vom Fleck. Allmählich erwachte eine kalte Wut in ihm, die sich, Gott weiß warum, gegen seine beiden Gefährten richtete, und dabei waren sie doch wahrhaftig nicht die schlechtesten. Befürchtete er, daß Aniel etwas zugestoßen war? Daß der Roboter womöglich von „geheimnisvollen Bewohnern" des Planeten überfallen worden war, von Geschöpfen also, an deren Existenz außer ein paar Spinnern niemand glaubte? Wenn die Wahrscheinlichkeit, daß irgendwelche Wesen auf dem Planeten siedelten, auch nur in einem Verhältnis von eins zu hunderttausend gegeben wäre, dann hätten die Männer ganz bestimmt nicht so tatenlos herumgelungert und sich in Kleinigkeiten verzettelt, sondern sie wären unverzüglich darangegangen, alle Maßnahmen zu treffen, die in den Punkten zwei, fünf, sechs und sieben des Paragraphen achtzehn der Dienstordnung vorgeschrieben waren, zuzüglich des dritten und vierten Absatzes der Sonderbestimmungen. Aber selbst diese Möglichkeit gab es nicht. Es gab gar keine. Eher wäre die unsichere Sonne des Jota explodiert. Ja, das wäre wesentlich wahrscheinlicher gewesen. Was also konnte passiert sein?

Pirx spürte, wie trügerisch die Ruhe in der Baracke war, die unter dem Ansturm des Windes erzitterte. Nicht nur er tat so, als wäre er in sein Buch vertieft und als hätte er das Abendbrot völlig vergessen. Die beiden anderen spielten dieses Spiel mit, das sich ebenso schwer definieren ließ, wie es mit jeder Minute offenkundiger wurde.

Im „Bereich der technischen Wartung" unterstand Aniel dem Intellektroniker Massena, in seiner Eigenschaft als „Expeditionsmitglied" hingegen Krull als dem Leiter der Gruppe. Jeder von ihnen konnte einen möglichen Defekt verschuldet haben. Vielleicht war Massena etwas entgangen, vielleicht hatte auch Krull die Route für Aniel falsch markiert. Aber das wäre schließlich leicht festzustellen gewesen, und es war auch nicht die Ursache für das unnatürliche Schweigen, das zusehends beklemmender wurde.

Krull hatte sich an dem Roboter gleich von Anfang an ausgelassen – erst hatte er ihm einen Spitznamen verpaßt, der allenfalls eines Abc-Schützen würdig gewesen wäre, und dann erteilte er ihm mitunter Aufträge, die sich die anderen verkniffen, schon deshalb, weil ein Universalautomat kein Dienstbote ist. Aber das tat er wahrscheinlich, weil der unbeholfen, aber beharrlich versuchte, über den Roboter Massena eins auszuwischen, den er nicht offen anzugreifen wagte.

Jetzt war eine Kraftprobe im Gange, und derjenige, der sich als erster anmerken ließe, daß er um Aniels Schicksal bangte, hätte sich gewissermaßen eine Blöße gegeben. Im übrigen spürte Pirx, daß auch er in diesen sinnlosen und zugleich harten Kampf hineingezogen worden war, der hier in aller Stille ausgetragen wurde. Er überlegte, was er unternehmen würde, wenn er der Leiter der Gruppe wäre. Im Augenblick vermutlich herzlich wenig, denn in einer Nacht wie dieser war es nicht möglich, eine Suchaktion zu starten. Sie mußten ohnehin bis zum Morgen warten, sie hätten es höchstens noch über Funk versuchen können, aber auch da bestand nur eine minimale Erfolgschance, denn der UKW-Bereich war in dem unübersichtlichen bergigen Gelände nicht sonderlich groß. Bisher hatten sie den Roboter noch nie allein ausgeschickt – die Dienstordnung verbot das zwar nicht, sicherte ein derartiges Vorhaben jedoch durch eine Unmenge verklausulierter Paragraphen ab. Aber Dienstordnung hin, Dienstordnung her – Pirx war der Ansicht, Massena könnte immerhin versuchen, den Roboter über Funk zu rufen, statt die angebrannten Reste aus der Konservenbüchse zu kratzen und einem damit die letzten Nerven zu rauben. Wie wäre es, wenn er die Sache in die Hand nähme, er selbst, Pirx? Irgendwas mußte schließlich geschehen. Konnte sich ein Roboter das Bein brechen? So was war ihm noch nie zu Ohren gekommen.

Er stand auf, trat an den Tisch, und während er die heimlichen, scheinbar gleichgültigen Blicke der anderen auf sich ruhen fühlte, studierte er aufmerksam die Karte, auf der Krull am Morgen die Marschroute für Aniel eingezeichnet hatte. Wirkte das vielleicht, als wolle er dem Expeditionsleiter auf die Finger sehen? Er hob ganz plötzlich den Kopf und begegnete Krulls Augen – Krull tat gerade den Mund auf, um etwas zu sagen, aber als ihn der schwere kalte Blick von Pirx traf, räusperte er sich nur und beugte sich wieder über seine Papiere. Pirx mußte ihn ordentlich angeblitzt haben, allerdings nicht bewußt, nein – in derlei Situationen erwachte etwas in ihm, was ihm schon an Bord seines Raumschiffes einen mit Furcht gemischten Respekt eingetragen hatte.

Er legte die Landkarte beiseite, die Route führte zu einer hohen Felswand mit drei schroffen Abstürzen, aber der Weg ging daran vorbei. Hatte der Roboter etwa versagt? Unmöglich!

Aber man kann sich doch in jeder gewöhnlichen Felsspalte den Fuß verstauchen, durchfuhr es Pirx. Nein, Unsinn. Roboter wie Aniel überstanden selbst einen Sturz aus vierzig Meter Höhe, die waren noch ganz andere Dinge gewöhnt und hatten etwas Besseres als ein paar morsche Knochen. Was zum Teufel war also passiert?

Er richtete sich auf und musterte aus seiner stattlichen Höhe zuerst Massena, der grimassenschneidend und pustend seinen heißen Tee schlürfte, dann Krull. Darauf kehrte er den beiden ostentativ den Rücken und ging in den kleinen

Schlafraum hinüber, wo er entschieden zu heftig sein Faltbett aus der Wand zerrte, und kroch, nachdem er sich mit vier gübten Handgriffen die Sachen vom Leib gerissen hatte, in den Schlafsack. Er wußte, daß er nicht so schnell Schlaf finden würde, aber für heute hatte er genug von den beiden. Womöglich hätte er ihnen noch ein paar Takte erzählt, wenn er länger mit ihnen zusammengeblieben wäre, aber da sie sich am andern Tag ohnehin an Bord der „Ampère" trennen sollten, konnte er sich das wirklich sparen. In dem Moment, da sie den Fuß auf das Deck des Raumschiffes setzen würden, hörte die Operationsgruppe des Jota des Wassermanns auf zu bestehen.

Allerlei wirres Zeug gaukelte schon vor seinen Augen, silbrige Streifen glitten unter seinen Lidern dahin, flaumige Lichtkreise schläferten ihn ein, er wendete noch sein Kissen, weil es auf der anderen Seite kühler war – da stand plötzlich Aniel greifbar nahe vor ihm, so wie er ihn zum letztenmal gesehen hatte, frühmorgens, kurz vor acht, Massena lud ihm gerade die Rückstoßpatronen auf, mit deren Hilfe man mehrere Minuten lang durch die Luft segeln konnte, den Gesetzen der Gravitation zum Trotz. Von diesen Dingern machten übrigens alle Gebrauch, natürlich nur in den Fällen, die das in in jeder Hinsicht strenge Reglement vorsah. Es war ein merkwürdiger Anblick – wie immer, wenn ein Mensch einem Roboter half, weil die Sache ja normalerweise gerade umgekehrt vor sich ging –, aber Aniel reichte unter dem buckelartig ausladenden Rucksack mit der Hand nicht an die Patronentasche. Er schleppte ja eine Last, die zwei ausgewachsenen Männern vollauf gereicht hätte. Gewiß, man tat ihm damit kein Leid an, letzten Endes war er bloß eine Maschine, und mit einer winzigen Strontiumbatterie, die ihm als Herz diente, konnte er notfalls eine Energie von sechzehn Pferdestärken entwickeln. Aber jetzt, wahrscheinlich lag es an seinem Dämmerzustand, wollte Pirx das ganz und gar nicht gefallen. Jetzt ergriff er mit ganzer Seele für den schweigsamen Aniel Partei und war bereit anzunehmen, daß der, ebenso wie er selbst, von Natur aus keineswegs so ruhig und ausgeglichen war, sondern diesen Eindruck nur zu erwecken suchte, weil er dies für das beste hielt. Es waren jene allerintimsten Vorspiegelungen der Phantasie, denen sich der Mensch jemals überläßt – wohl weil er sich nach dem Erwachen gewöhnlich nicht mehr daran erinnert und weil dieses Vergessen im Morgen uns im Heute von allem reinwäscht. Im stillen malte er sich jene legendäre Situation aus, die – er wußte es längst – niemals Wirklichkeit werden konnte: den Aufstand der Roboter. Und während er die dumpfe, schweigende Gewißheit verspürte, daß er dann auf ihrer Seite stehen würde, schlief er augenblicklich wie geläutert ein.

Er wachte früh auf, und aus unerfindlichen Gründen war sein erster Gedanke: Der Wind hat sich gelegt. Darauf fielen ihm Aniel und seine eigenen Phantasievorstellungen vor dem Einschlafen ein. Daß ihm so was überhaupt in den Sinn kommen konnte, verwirrte ihn ein wenig. Er blieb noch eine Weile liegen, bis er sich eine Erklärung zurechtgelegt hatte, die ihn einigermaßen beruhigte, nämlich daß die Gaukelbilder ihn zwar nicht im völligen Wachzustand heimgesucht hatten, daß er aber – im Gegensatz zum Traum, der sich ohne eigenes Dazutun einstellt – seinerseits auch nur wenig und nur halb bewußt hatte nachhelfen müssen. Derlei psychologische Spitzfindigkeiten waren ihm fremd, er wunderte sich folglich, warum er sich über so etwas den Kopf zerbrach, stützte sich auf den Ellenbogen und lauschte: Totenstille. Er zog unmittelbar vor seinem Kopf den Lukenvorhang auf. Durch die kleine trübe Scheibe sah er, wie der Morgen heraufdämmerte, und da erst begriff er, daß ihnen eine große Tour in die Berge bevorstand. Mit einem Satz sprang er aus dem Bett und schaute noch einmal im Gemeinschaftsraum nach: keine Spur von Aniel.

Die beiden anderen waren schon auf den Beinen. Beim Frühstück bemerkte Krull ganz nebenbei, als handelte es sich um eine beschlossene Sache, sie müßten sich bald auf die Socken machen, weil die „Ampère" gegen Abend landen würde und sie mindestens anderthalb Stunden brauchten, um die Baracke abzubauen und die Sachen zu verstauen. Er formulierte wohl absichtlich so, damit offenblieb, warum sie aufbrachen: vor allem wegen der fehlenden Untersuchungsergebnisse oder auch Aniels wegen.

Pirx aß für drei, aber er sagte keinen Ton. Während die anderen ihren Kaffee austranken, erhob er sich, kramte in seinem Beutel und holte ein zusammengerolltes weißes Nylonseil, einen Hammer und ein paar Sicherungshaken hervor. Nach kurzer Überlegung warf er noch seine Kletterschuhe in den Rucksack – für alle Fälle.

Der Morgen graute, als sie ins Freie traten. Am farblosen Firmament standen keine Sterne mehr.

Tiefviolettes Grau lastete reglos und kalt auf den Gesichtern, auf dem Boden, in der Luft. Das Gebirge im Norden bildete eine schwarze, in der Dunkelheit erstarrte Masse; der nähere, südliche Kamm reckte sich als geschmolzene Mauer ohne Gliederung und Relief in den Himmel, mit einem grell orangefarbenen Lichtstreifen über den Gipfeln. Dieser ferne und unwirkliche Schein fixierte den Atem, der dem Mund der drei Männer entströmte, in der Luft. Obgleich die Atmosphäre dünner war als auf der Erde, fiel ihnen das Atmen leicht. Am Ausgang der Hochebene machten sie Rast. Die letzten kümmerlichen Grasbüschel, die im Zwielicht der weichenden Nacht und des hinter den Bergen heraufziehenden neuen Tages schmutziggrau wirkten, verschwanden. Eine Gletschermoräne lag vor ihnen, die großen Felsblöcke schimmerten wie unter fließendem Wasser. Wenige hundert Meter weiter oben kam Wind auf, der unvermittelt in kurzen Böen hochfuhr. Sie stiegen weiter, sprangen leichtfüßig über kleinere Gesteinsbrocken, traten auf große, ab und zu schlug eine Felsplatte mit hohlem Ton gegen eine andere, manchmal rutschte ein Kieskörnchen unterm Schuh weg und rollte den Hang hinunter – das Echo kam dann aus allen Richtungen, als sei in der Tiefe jemand aufgeschreckt worden. Ein Schulterriemen knarrte, ein Metallbeschlag knirschte. Diese spärlichen Laute gaben ihrem Marsch den Anschein von Frische und Eintracht, als wären sie eine von demselben Geist beseelte Seilschaft. Pirx ging als zweiter hinter Massena, es war immer noch zu dunkel, um das Relief der fernen Felswände auszumachen. Er starrte angestrengt in die Weite. Wiederholt glitt sein unachtsamer Fuß von einem Block ab, aber desungeachtet legte er all seine Aufmersamkeit in die spähenden Blicke, als wollte er nicht nur seine nähere Umgebung ignorieren, sondern auch sich selbst und jeden seiner Gedanken. Er dachte überhaupt nicht an Aniel, er ließ seinen Blick durch dieses Reich zeitloser Felsen und vollendeter Gleichgültigkeit schweifen, dem allein die menschliche Phantasie das Odium von Gefahr und Herausforderung angedichtet hatte.

Der Planet hatte stark ausgeprägte Jahreszeiten. Im Spätsommer waren sie hergekommen, und nun neigte sich in den Tälern schon der Herbst, ganz in Rot und Gelb gehüllt, seinem Ende zu, aber den vielen Blättern zum Trotz, die im Gischt der Bergbäche dahintrieben, war die Sonne in der Hochebene noch warm, und an wolkenlosen Tagen brannte sie sogar. Nur die dichter werdenden Nebel kündeten von Schnee und Frost, aber dann würde niemand mehr auf dem Planeten sein. Und jene künftige, in Weiß gekleidete, vollendete Ödnis erschien Pirx sehr begehrenswert.

Mit dem bloßen Auge zu verfolgen, wie sich die Dunkelheit lichtete, war nicht möglich, und dennoch entdeckte man in jeder Minute neue Details in der Landschaft. Der Himmel war schon ganz verblaßt, es war weder Nacht noch Tag, und es gab keine Morgenröte an diesem neuen Tag, der so klar und still heraufzog, als wäre er ganz und gar in eine Kugel aus unterkühltem Glas eingeschlossen. Etwas weiter oben durchquerten sie einen milchigen Nebelstreifen, dessen biegsame, gewundene Ausläufer sich in den Boden krallten, und als sie ihn hinter sich hatten, erblickte Pirx das Ziel ihres Marsches, noch nicht von der Sonne beschienen, aber schon im weißen Schein des Morgens. Es war ein Felsrücken, der sich bis zu dem Hauptgebirgszug hinzog, fast bis zu der Stelle, wo mehrere hundert Meter aufwärts der höchste, doppelköpfige Gipfel schwarz aufragte. In der muldenartigen Erweiterung jenes Grats hatte Aniel die letzten Messungen vornehmen sollen. Der Weg wirkte in beiden Richtungen nicht besonders schwierig, er bot keinerlei Überraschungen, keine Schluchten, nichts – außer dem monotonen Grau des Gerölls, hier und da von kükengelbem Schimmel gesprenkelt. Pirx setzte noch immer leichtfüßig über die scheppernden Felsblöcke hinweg, den Blick auf die tiefschwarze Wand am Horizont geheftet, und weil er wohl an nichts anderes denken wollte, begann er sich einzureden, er mache eine ganz gewöhnliche Gebirgstour, wie auf der Erde. Sofort sah er die Felsen mit anderen Augen an – man konnte tatsächlich glauben, sie zögen zu dritt aus, um den Gipfel zu erstürmen, da sie doch geradewegs dem Kamm zustrebten, der massig aus den Schutthalden auftauchte. Er reichte bis zum ersten Drittel der Wand hinauf und endete in einem Meer von ineinander verkeilten Felsplatten, und dort schoß dann die riesige Fläche jäh in die Höhe wie zum Steilflug. Etwa hundert Meter weiter oben durchschnitt eine andere Gesteinsart die Wand – rötlicher Diabas, heller als Granit –, sie zwängte sich an die Oberfläche und verlief als ein Band von ungleicher Breite quer durch die ganze Flanke des Absturzes.

Eine Zeitlang hielt der Gipfel mit seiner erhabenen Linienführung Pirxens Blick gefangen, aber während sie sich ihm näherten, geschah das, was für gewöhnlich mit einem Berg geschieht: Er wurde zusehends kleiner, zerfiel in der ungeheuren perspektivischen Verkürzung in einzelne, einander verdeckende Partien, wobei der Fuß des Berges seinen bisherigen Ebenencharakter verlor: Felspfeiler erhoben sich, und eine bunte Vielfalt von Sprüngen, Borden und blinden Kaminen, ein Chaos alter Schründe tat sich auf, und über all diesem Durcheinander klumpiger Verwerfungen schimmerte eine Weile, von den ersten Sonnenstrahlen vergoldet, der höchste Grat, erstarrt und seltsam milde, bis auch er schließlich verdeckt wurde und verschwand. Pirx konnte die Augen nicht mehr von diesem Koloß losreißen. Ja, selbst auf der Erde wäre diese Wand aller Anstrengung wert gewesen, vor allem durch jenen jäh vorspringenden Diabaswall. Der Abschnitt von ihm bis hinauf zu dem von der Sonne vergoldeten Gipfel schien kurz und nicht schwierig, ein Problem waren jedoch die Überhänge, namentlich der größte, dessen unterer Rand vor Eis oder Nässe glänzte und der schwärzlich rot war wie geronnenes Blut.

Pirx ließ seiner Phantasie freien Lauf. Dies mußte ja nicht unbedingt die Steilwand eines namenlosen Bergriesen unter einer fremden Sonne sein, sondern ein durch Sieg und Niederlage berüchtigter Gipfel, der jedem Alpinisten ein ganz eigenes Gefühl einflößt, vergleichbar etwa jener Empfindung, die einen vor einem vertrauten Gesicht überkommt, in dem jede Falte und Furche ihre Geschichte hat. Die feinen, gerade noch sichtbaren Schlangenlinien der Risse, die dunklen Fäden der Felsbänder und die flachen Rinnen konnten jene höchst gelegenen Punkte sein, die bei der soundsovielten Besteigung erreicht worden waren, oder Stellen, an denen man Biwak gemacht und schweigend mit sich zu Rate gegangen war, Schlüsselstellen stürmischer Gipfelkämpfe oder Orte trüber Rückzüge und Niederlagen, die man hatte hinnehmen müssen, obwohl man sämtliche taktischen Kniffe und technischen Tricks angewandt hatte. Das Ganze hätte ein Gipfel sein können, der durch all dies bereits so fest mit dem Geschick der Menschheit verbunden war, daß jeder Bewerber, den er einmal abgewiesen hatte, immer und immer wieder zu ihm zurückkehrte, stets mit demselben Vorrat an Selbstvertrauen und Siegeszuversicht, und bei jedem neuerlichen Sturmlauf brachte er die Marschroute fix und fertig im Kopf mit und übertrug sie auf das tote Felsrelief. Diese Wand hätte eine reiche Geschichte an Umgehungen der verschiedensten Varianten haben können, einschließlich einer Chronik der Siege und Opfer; Fotografien konnte es davon geben, auf denen kleine Punkte die Trassen markierten und kleine Kreuze die höchsten Standplätze bezeichneten, die jemals erreicht worden waren... Pirx vermochte sich das alles mühelos vorzustellen, mehr noch, er fand es komisch, daß es in Wirklichkeit nicht so war.

Massena ging vor ihm, leicht vornübergeneigt, im immer grelleren Licht, das jegliche Illusion von etwaigen „leichten Passagen“ in der Wand zunichte machte – dieses Trugbild von vermeintlicher Leichtigkeit, diesen Trugschluß, es gäbe keine Widerstände zu überwinden und keine lebensgefährlichen

Abschnitte dort oben, rief der bläuliche Dunst der Entfernung hervor, der schweigend jedes Fragment des glitzernden Felsgesteins einhüllte. Der junge, klare Tag hatte die Männer bereits erreicht, sie warfen lange, schwankende Schatten unterhalb der Spitze des Schutthangs. Aus der Wand mündeten zwei Kare in die Geröllhalde ein, in denen noch finstere Nacht lag. Der tote Geröllstrom staute sich dort und verschwand plötzlich wie von der tiefsten Schwärze verschluckt.

Schon längst umfing der Blick nicht mehr das ganze Bergmassiv, die Proportionen hatten sich verändert. Die Wand, von weitem jeder anderen ähnlich, zeigte jetzt ihr unnachahmliches, eigenständiges Gesicht; ein mächtiger Felspfeiler reckte sich ihnen entgegen, wurde immer riesiger, erhob sich aus einer Handvoll kreuz und quer liegender flacher Platten, schoß in die Höhe, verbreiterte sich, wuchs und wuchs, bis er schließlich alles andere beiseite geschoben und verdeckt hatte und allein zurückblieb, mitten im düsteren kalten Schatten von Stellen, in die niemals ein Sonnenstrahl drang. Sie setzten eben den Fuß auf ein Firnfeld, das von Steinplatten gesprenkelt war, da ging Massena plötzlich langsamer und blieb schließlich stehen, als hätte er etwas gehört. Pirx, der ihn als erster einholte, begriff: Massena tippte mit dem Finger an sein Ohr, in dem das olivengroße Mikrofon saß.

„Ist er hiergewesen?"

Massena nickte nur und hielt den kleinen Metallstab des Geigerzählers über den schmutzigen, verharschten Schnee. Aniels Schuhsohlen waren mit radioaktiven Isotopen angereichert, und der Zähler hatte seine Spur entdeckt. Der Roboter mußte am Vortag hier entlanggegangen sein, sie wußten nur nicht, ob beim Aufstieg oder erst auf dem Rückweg. Auf jeden Fall kannten sie nun seine Route. Von da an marschierten sie langsamer.

Man hätte meinen können, der dunkle Felspfeiler stünde fast in Reichweite, aber Pirx wußte ja, wie sehr man sich beim Schätzen von Entfernungen im Hochgebirge täuschen kann. Sie stiegen und stiegen. Der Schnee und die Blöcke des Kars lagen jetzt unter ihnen, sie gingen einen alten Grat mit abgerundeten Zacken entlang, und Pirx kam es vor, als hörte er in der Grabesstille Massenas Kopfhörer piepsen, aber das war kaum möglich. Massena blieb wiederholt stehen, bewegte das Ende des Aluminiumstabes, hielt ihn so tief, daß er beinahe den Felsen berührte, und zeichnete damit Schleifen und Achten in der Luft wie ein Wünschelrutengänger. Wenn er die Spur gefunden hatte, setzte er sich wieder in Bewegung. Sie waren nun nicht mehr weit von der Stelle entfernt, wo Aniel die Messungen hatte vornehmen sollen. Pirx graste die Gegend aufmerksam nach Spuren des Verschollenen ab.

Aber das Gestein blieb stumm. Der leichteste Abschnitt lag nun hinter ihnen – vor ihnen türmten sich Platten mit unterschiedlicher Neigung, die unter der Sohle des Pfeilers aufragten. Das ganze sah aus wie ein mutwilliger, gigantischer Querschnitt der Felsschichten, und das stellenweise bloßgelegte Innere des steinernen Absturzes wies die ältesten Formationen des Bergkerns auf, hier und da zermalmt, weil sie von der fürchterlichen Last der ganzen Wand, die sich kilometerhoch in den Himmel reckte, zusammengepreßt wurden. Noch hundert, noch fünfzig Schritt – dann war Schluß.

Massena lief im Kreise und bewegte das Ende des Geigerzählers vor sich her. So drehte er scheinbar ziel- und wahllos seine Runden, mit zusammengekniffenen Augen (die dunkle Brille hatte er auf die Stirn geschoben) und ausdruckslosem Gesicht. Plötzlich blieb er ein Dutzend Meter von ihnen entfernt stehen und sagte: „Er ist hiergewesen. Und zwar ziemlich lange."

„Woher weißt du das?" fragte Pirx.

Der andere zuckte die Achseln, nahm die Olive aus dem Ohr, die zusammen mit dem Stab des Zählers am dünnen Leitungsdraht baumelte, und reichte sie Pirx. Nun hörte auch der ein Zwitschern und Piepsen, mitunter zu meckernden Tönen verzerrt. Auf dem Gestein waren keinerlei Abdrücke oder Spuren zu sehen. Nichts – nur dieser Ton, der einen mit giftigem Kreischen den Schädel füllte, und er bewies, daß sich Aniel an dieser Stelle tatsächlich lange aufgehalten haben mußte, denn fast jeder Meter Stein verriet es. Allmählich gelang es Pirx sogar, in diesem vermeintlichen Chaos einen gewissen Sinn zu entdecken. Aniel war offensichtlich auf demselben Weg hierhergelangt wie sie; er hatte den dreibeinigen Apparat aufgestellt und war, während er seine Messungen und Aufnahmen machte und mit der Kamera hantierte, in ihrer Nähe herumgelaufen. Er hatte dabei mehrmals den Standort gewechselt, um den günstigsten Beobachtungspunkt zu wählen. Ja, das fügte sich zu einem logischen Ganzen. Aber was war dann passiert?

Pirx schritt die Stelle in immer größer werdenden, spiralenförmigen Kreisen ab, um eine zentrifugal ausgehende Spur zu finden, doch es gab keine Spuren, die zurückführten. Aniel schien haargenau in seinen eigenen Fußtapfen zurückgekehrt zu sein, was sehr unwahrscheinlich war. Er hatte ja keinen Geigerzähler bei sich und war demnach außerstande, auf den Zentimeter genau zu bestimmen, wie er hierhergekommen war. Krull sagte etwas zu Massena, aber Pirx beachtete die beiden nicht und zog weiter seine Kreise, bis es ihm plötzlich so vorkam, als ob es im Kopfhörer einmal kurz, aber vernehmlich gepiepst hätte. Nun bewegte er sich Millimeter für Millimeter rückwärts. Ja, hier war es! Er riß die Augen auf, die er vorher zusammengekniffen hatte, um sich ganz auf die Tonfolgen des Meßgeräts zu konzentrieren, und sah sich um. Die Spur befand sich unterhalb der Wand, als hätte der Roboter nicht in Richtung Lager kehrtgemacht, sondern ganz im Gegenteil Kurs auf den senkrecht aufragenden Pfeiler genommen.

Das war merkwürdig. Was mochte er dort gewollt haben?

Pirx suchte nach weiteren Spuren, aber die Steine hüllten sich in Schweigen, und er mußte alle Felstrümmer abhorchen, die sich am Sockel des Pfeilers auftürmten. Er konnte ja schwerlich erraten, wohin Aniel beim nächsten Schritt seinen Fuß gesetzt hatte. Schließlich fand er die Spur wieder, sie war etwa fünf Meter von der ersten entfernt. Sollte Aniel einen solchen Satz getan haben? Wozu? Abermals ging er rückwärts und entdeckte bald darauf die fehlende Spur, die er beim erstenmal überhört hatte – der Roboter war ganz einfach von Stein zu Stein gesprungen. Pirx stand gebeugt da, bewegte kreisend den Stab – und zuckte plötzlich zusammen. In seinem Kopf schien ein Geschoß explodiert zu sein, so laut dröhnte es in den Hörern. Er krümmte sich regelrecht, der Ton bereitete ihm fast Schmerzen. Er sah hinter einen großen Block und erstarrte: Zwischen zwei Felsbrocken geklemmt, auf dem Grund einer natürlichen, flachen Mulde, ruhten unbeschädigt der Apparat und die Filmkameras. Auf der anderen Seite stand gegen einen Stein gelehnt Aniels Rucksack, die Riemen abgehakt, aber ordentlich gepackt. Er rief die beiden anderen. Sie liefen herbei und staunten ebenso wie er. Krull prüfte die Kassetten nach, die Messungen schienen alle vorgenommen worden zu sein. Diese Arbeit konnten sie sich also sparen. Nun mußte nur noch geklärt werden, welches Geschick Aniel ereilt hatte. Massena legte die Hände an den Mund und rief ihn ein paarmal, bis die Felsen ein fernes, gedehntes Echo zurückwarfen. Pirx fuhr zusammen – für ihn hörte sich das an, als riefen sie einen verschollenen Kameraden. Kurz darauf zog der Intellektroniker die flache Schachtel des Senders aus der Tasche, kauerte sich zu Boden und begann das Signal des Roboters zu funken, aber man sah ihm an, daß er dies mehr aus Pflichtgefühl als aus Überzeugung tat. Unterdessen suchte Pirx weiter nach Spuren. Der Roboter schien sich ziemlich lange an dieser Stelle aufgehalten zu haben, so viele flüchtige Piepser gab der Kopfhörer von sich, und dieses Übermaß an Anhaltspunkten brachte Pirx vollends durcheinander. Endlich hatte er in groben Umrissen die äußeren Grenzen des Bereichs ermittelt, den der Roboter bestimmt nicht verlassen hatte, und er hoffte, wenn er sie systematisch abschritt, auf eine neue Spur zu stoßen, die ihm richtungweisend für die weitere Suche sein konnte.

Nach einer vollen Umkreisung landete Pirx wieder vor dem Pfeiler. Zwischen dem Felsvorsprung, auf dem er stand, und der jäh abfallenden Wand gähnte eine Kluft von anderthalb Meter Breite. Ihr Grund war mit kleinen, scharfkantigen Steinsplittern übersät, die aus der Höhe herabgeprasselt waren. Auch diese Stelle untersuchte er gewissenhaft, aber der Kopfhörer schwieg. Er stand vor einem Rätsel – Aniel schien sich buchstäblich in Luft aufgelöst zu haben.

Hinter ihm beratschlagten die beiden anderen, er aber hob langsam den Kopf und betrachtete zum erstenmal ganz aus der Nähe den schroff aufragenden Pfeiler. Die Herausforderung, die er angesichts der steinernen Ruhe der Wand empfand, war ungeheuerlich. Eigentlich war es gar keine Herausforderung, sondern vielmehr so, als hielte ihm jemand offen die Hand hin, und schlagartig wurde es ihm zur Gewißheit, daß man diese Hand erfassen mußte, denn dies schien der Anfang des Weges zu sein, den es zu beschreiten galt. Instinktiv hielt er nach den ersten Griff- und Trittmöglichkeiten Ausschau – sie waren sicher. Mit einem langen, genau berechneten Schritt konnte man über die Schlucht hinwegsetzen und auf einer kleinen zuverlässigen Stufe landen. Nach diesem Anlauf mußte man zweifellos schräg steigen, einen regelrecht geometrischen Riß entlang, der sich ein paar Meter weiter oben zu einem flachen kleinen Kamin vertiefte. Ohne recht zu wissen, warum, hob Pirx den Geigerzähler, beugte sich so weit vor, wie er nur konnte, und hielt das Gerät an jene Felsstufe auf der anderen Seite der Schlucht. Der Kopfhörer reagierte. Um ganz sicherzugehen, wiederholte Pirx die Operation noch einmal – mit Mühe und Not hielt er das Gleichgewicht, so weit mußte er sich in den Raum hinauslehnen –, und abermals hörte er ein kurzes Piepsen. Jetzt gab es keinen Zweifel mehr. Er kehrte zu den anderen zurück.

„Er ist da hinaufgestiegen", sagte er seelenruhig und wies auf den Pfeiler. Krull verstand nicht sofort, und Massena fragte: „Dahinauf? Aber wieso denn? Wozu?"

„Keine Ahnung. Dort oben ist eine Spur", erwiderte Pirx mit gespielter Gleichgültigkeit. Massena glaubte zunächst, Pirx sei ein Irrtum unterlaufen, doch er konnte sich sogleich selbst davon überzeugen, daß es sich so verhielt. Aniel hatte offensichtlich mit einem einzigen langen Schritt die Schlucht überquert und war den teilweise gesprungenen Steinwall entlang aufgestiegen – direkt auf die Wand zu. Das löste Bestürzung aus. Krull erklärte, die Messungen lägen ja vor, der Roboter hätte sich also, wohl infolge eines Defekts, „entprogrammiert". Massena behauptete steif und fest, das sei unmöglich, Aniel habe doch sämtliche Apparaturen und den Rucksack dagelassen, so als sei er ganz bewußt zu einer schwierigen Gipfelbesteigung aufgebrochen. Es müsse demnach etwas vorgefallen sein, was ihn zu diesem Tun veranlaßt habe.

Pirx schwieg. Im stillen hatte er bereits den Entschluß gefaßt, den Einstieg in die Wand zu wagen, selbst wenn ihn keiner der Gefährten begleiten sollte. Krull wäre ohnehin nicht dazu imstande gewesen, denn die Sache erforderte bergsteigerisches Können, und zwar ziemlich hohes. Von Massena hatte Pirx sagen hören, er sei früher viel geklettert und kenne sich angeblich recht gut in der Hakentechnik aus... Als die anderen verstummt waren, erklärte er also schlicht, er wolle die Wand angehen, und fragte, ob Massena bereit sei mitzukommen.

Krull opponierte augenblicklich. Die Dienstvorschrift verbiete es, sich einer Gefahr auszusetzen. Am Nachmittag würde die „Ampère" kommen, um sie zu holen, und vorher müßten sie noch die Baracke abbauen und die Sachen packen. Die Messungen seien vorgenommen worden, der Roboter sei ganz offensichtlich das Opfer einer Havarie geworden. Folglich habe man ihn als verschollen zu betrachten, und das bedeute, daß man im Abschlußbericht die näheren Umstände darlegen müsse.

„Soll das heißen, daß wir ihn hier zurücklassen und allein abfliegen?" fragte Pirx.

Seine Ruhe schien Krull zu verärgern, denn er hielt nur mit Mühe an sich, als er erwiderte, in dem schon erwähnten Bericht würde man die einzelnen Vorfälle genauestens beschreiben, die Meinung sämtlicher Expeditionsmitglieder dazu einholen und die Ursache angeben, die am wahrscheinlichsten sei: Beschädigung der Gedächtnismnestronen oder der Richtungsmotivationsleitung, möglicherweise aber auch Desynchronisierung...

Hier griff Massena ein. Er bemerkte, daß weder ersteres der Fall sein könne noch das zweite und das dritte, weil Aniel überhaupt keine Mnestronen besäße, sondern nur ein homogenes monokristallines System, das molekular aus unterkühlten, mit Spurenelementen von Isotopenelementen befruchteten diamagnetischen Lösungen gezüchtet worden sei...

Offensichtlich wollte er Krull den Wind aus den Segeln nehmen, indem er ihm klarmachte, daß er da von Dingen sprach, von denen er keine Ahnung hatte. Pirx hörte einfach nicht mehr hin. Er kehrte ihnen den Rücken und schätzte erneut den Sockel des Pfeilers ab, nun schon anders als vorher – die Vorstellung war Realität geworden, und obwohl ihm nicht ganz wohl war in seiner Haut, spürte er doch eine innere Genugtuung bei dem Gedanken, sich mit diesem Berg zu messen.

Massena entschloß sich mitzukommen, vielleicht, weil er sich Krull auf diese Weise endgültig widersetzen wollte. Pirx schnappte nur ein paar Brocken von dem Gespräch auf. Massena erklärte, diesem Rätsel müsse man unbedingt auf den Grund gehen, denn wenn sie einfach zurückkehrten, ohne etwas zu unternehmen, bliebe womöglich ein ebenso wichtiges wie geheimnisvolles Phänomen unberücksichtigt, das die unvermutete Reaktion des Roboters ausgelöst habe, und selbst wenn eine derartige Erscheinung nur mit einer Wahrscheinlichkeit von fünf zu hundert gegeben sei, wäre schon das eine völlig ausreichende Rechtfertigung für das Risiko des Aufstiegs.

Krull konnte Niederlagen verkraften, das mußte man zugeben; er verlor kein Wort mehr über die Angelegenheit. Schweigen trat ein. Massena nahm die Apparaturen vom Rücken, und Pirx, der mittlerweile sein Seil, den Hammer und die Haken hervorgeholt und die schweren Schuhe gegen seine Kletterschuhe vertauscht hatte, schielte verstohlen zu ihm hinüber. Massena war ein bißchen aufgeregt, Pirx wußte das – weniger wegen seiner Auseinandersetzung mit Krull, das war klar, sondern wahrscheinlich, weil er sich da nicht gerade mit Überlegung in eine Situation gebracht hatte, aus der es kein Entrinnen mehr gab. Wenn ich ihm jetzt vorschlüge, lieber hierzubleiben, wer weiß, ob er nicht darauf eingehen würde, fuhr es ihm durch den Kopf, obgleich der einmal angestachelte Ehrgeiz nicht zu unterschätzen war. Pirx sagte trotzdem nichts, denn obwohl der Aufstieg zu Anfang nicht besonders schwierig zu sein schien, konnte man nie wissen, was einem weiter oben blühte, namentlich dort, wo Überhänge einen Großteil der Wand verdeckten. Er hatte ja den Pfeiler nicht einmal durchs Fernglas betrachtet, weil er eine solche Eskapade gar nicht einkalkuliert hatte. Und dennoch hatte er Seil und Haken mitgeschleppt – wozu? Statt diese Widersprüche länger zu analysieren, erhob er sich und wartete auf Massena. Dann marschierten sie ohne Hast zum Fuß des Felsens.

„Ich steige vor“, sagte Pirx. „Erst mal mit aufgeschossenem Seil. Dann werden wir weitersehen.“

Massena nickte. Pirx blickte noch einmal zurück, um sich zu vergewissern, was Krull machte, den sie wortlos zurückgelassen hatten. Er stand noch immer an derselben Stelle, bei den Rucksäcken. Sie waren schon so hoch, daß die Landschaft der fernen Ebenen als olivgrüner Fleck hinter den Nordkämmen hervorlugte. Der Grund des Schutthangs lag noch im Schatten, nur die Gipfel waren von grellem Licht überflutet, und dieser Schein drang als durchbrochene Aureole in die Scharten des Grats, der sich majestätisch in den Himmel reckte.

Pirx machte einen großen Schritt, sein Fuß fand Halt auf einem Vorsprung, er zog sich hoch und stieg behende aufwärts. Die ersten Meter waren wirklich nicht schwierig. Er schob sich gleichmäßig, fast träge vorwärts, an seinen Augen glitten die rauhen Felsschichten vorbei, uneben, mit dunklen Vertiefungen durchsetzt. Er stützte sich ab, hob den Körper an, zog ihn nach, und dabei spürte er den starren, eisigen Hauch der Nacht, der ihm vom Gestein entgegenschlug. Sein Herz klopfte ein wenig schneller, aber das Atmen fiel ihm leicht, und die Erwärmung, die die Muskelanstrengung mit sich brachte, bekam ihm gut. Das Seil folgte ihm nach, die reine Luft schien das Geräusch, das es verursachte, wenn es über den Felsen rieb, zu vervielfältigen. Schließlich, noch ehe das Seil zu Ende war, entdeckte Pirx einen günstigen Sicherungsplatz. Einen anderen Gefährten hätte er ohne Sicherung geführt, aber er wollte erst sehen, was Massena als Bergsteiger taugte.

Eingekeilt stand er in einem Riß, der schräg durch den ganzen Pfeiler lief, und während er auf Massena wartete, konnte er aus der Nähe den großen Kamin einsehen, den sie seitlich liegengelassen hatten, als sie parallel dazu aufstiegen – genau hier erweiterte er sich zu einem grauen Kar und bildete eine amphitheaterförmige Mulde in der Wand. Von unten sah diese Stelle völlig uninteressant und flach aus, erst jetzt trat das vielfältig gegliederte Relief in seiner ganzen Stattlichkeit hervor. Pirx fühlte sich hier so herrlich allein, daß er wie aus dem Schlaf auffuhr, als er Massena neben sich erblickte. Er stieg gleich weiter. So ging das mehrmals, sie bewegten sich rhythmisch und in aller Gemütsruhe vorwärts; an jedem neuen Stand prüfte Pirx mit dem Geigerzähler, ob Aniel dagewesen war – und nur einmal, als er das Signal verlor, mußte er aus einem leichten kleinen Kamin umkehren, weil der Roboter diese Stelle traversiert hatte.

Aniel war ja kein Bergsteiger gewesen, und dennoch kostete es Pirx keine Mühe, seine jeweiligen Entscheidungen zu erraten, so folgerichtig, ja logisch war der Weg im Fels, den er gewählt hatte, um so schnell wie möglich an Höhe zu gewinnen. Jedenfalls stand fest, daß Aniel es wirklich gewagt hatte, die Wand anzugehen. Pirx verschwendete nicht eine Sekunde an das Warum. Er verlor sich nie in Spekulationen, die nichts einbrachten. Allmählich begann er den Gegner kennenzulernen – gleichzeitig aber gaben ihm längst vergessen geglaubte Tricks und Kniffe, die in seinem Gedächtnis auftauchten, mit untrüglicher Sicherheit ein, wie und wann er zu handeln hatte. Selbst die Tatsache, daß er ziemlich oft die eine Hand frei machen mußte, um mit dem Geigerzähler nach der radioaktiven Spur zu suchen, bereitete ihm keinerlei Schwierigkeiten. Einmal blickte er über den Rand eines losgesprengten Felsbrockens, der aber wie festgemauert haftete, nach unten. Obwohl sie ziemlich langsam vorwärts kamen, waren sie schon recht hoch; von Krull war nur noch der Schutzanzug zu sehen, der sich als kleiner grünlicher Fleck von der grauen Geröllhalde abhob. Pirx bemerkte ihn nicht einmal sofort auf dem Grunde des Luftschachts, der sich zu seinen Füßen auftat.

Nun folgte eine hübsche kleine Traverse. Der Aufstieg wurde schwieriger, aber mit jeder Minute gewann Pirx mehr von seinem Können zurück, das so lange Zeit brachgelegen hatte, und er verließ sich manchmal sogar schon mehr auf seinen Instinkt und suchte nicht mehr bewußt nach den Griffen. Daß es schwieriger wurde, bewies ihm eine einzige Sekunde, da er wie bisher die rechte Hand frei machen wollte, um zum Geigerzähler am Gürtel zu fassen: Er vermochte es nicht. Er hatte nur noch einen Griff für die Linke und etwas sehr Undeutliches unter seiner rechten Schuhspitze. Da stemmte er sich so weit wie möglich vom Felsen ab und hielt aus dieser Distanz Ausschau nach einem Tritt für den anderen Fuß. Nichts. Er verzichtete also auf die Messung, denn etwas weiter oben schien ein kleines Felsband zu sein.

Das Band war zwar mit einer glasigen Eisschicht überzogen und dem Abgrund zugeneigt, aber an einer Stelle war das Eis abgeschürft wie durch einen heftigen Stoß. Ein Kletterschuh bringt so was nie fertig, ging es Pirx durch den Kopf. Vielleicht war es Aniels Schuh gewesen, der Roboter wog ja ungefähr eine Vierteltonne. Massena, der sich bis dahin recht tapfer geschlagen hatte, fiel jetzt zurück.

Sie hatten bereits die obere Partie des Pfeilers erreicht. Der Fels, noch immer rauh und körnig, begann merklich und heimtückisch abzudrängen, er hing immer mehr über, und ohne Fiechtlhaken wären sie nicht weitergekommen. Ein paar Meter weiter oben schloß sich der Schrund, der sich bis dahin deutlich verfolgen ließ. Pirx hatte noch an die fünf Meter freies Seil, aber er ließ es von Massena einholen, um sich umzusehen. Der Roboter ist hierhinauf, ohne Haken, ohne Seil, ohne Sicherung! sagte er sich. Warum sollte ich das nicht auch schaffen? Er tastete das Gestein über sich ab. Sein rechter Knöchel war im äußersten Ende des Risses eingekeilt, der ihn bis hierher geführt hatte, und durch die anhaltende Zerrung schmerzte er heftig. Dennoch ließ Pirx nicht locker, und auf einmal stieß er mit den Fingerspitzen auf eine Leiste, die schmaler war als eine Fingerkuppe. Bis dorthin konnte man sich hochziehen, aber was dann?

Das war nicht mehr nur ein Kampf mit dem Felsen, sondern zugleich ein Wettstreit mit Aniel, der diese Stelle passiert hatte – und zwar allein. Allerdings hatte der Stahlfinger ... Pirx war eben dabei, seinen Fuß aus dem Riß zu lösen, da lockerte sich ein Stein unter seiner Sohle und sauste in die Tiefe. Er hörte deutlich, wie er zischend die Luft zerschnitt, und erst lange, lange danach war ein scharfer Aufprall zu vernehmen. Alles, was recht ist, ganz schön exponiert! dachte er. Er verzichtete darauf, sich hochzuziehen, und suchte nach einer Stelle, wo er einen Haken einschlagen konnte. Aber der Fels wies auch nicht die feinsten Risse auf. Pirx beugte sich nach beiden Seiten vor, so weit er konnte, entdeckte aber nichts.

„Was ist los dort oben?“ vernahm er Massenas Stimme unter sich.

„Alles in Ordnung, ich guck mich nur um“, sagte er.

Der Knöchel machte ihm zu schaffen, lange würde er sich in dieser Position nicht mehr halten können. Tja, wenn sie diesen Weg jetzt aufgeben und umkehren könnten! Aber wenn die Spur einmal verloren war, würde man sie in dieser kilometerlangen Wand nicht mehr wiederfinden. Pirx versuchte, irgend etwas über seinem Kopf auszumachen. In der starken Verkürzung sah es aus, als ob ganz annehmbare Griffe existierten, aber die Vertiefungen waren flacher als ein Handteller. Es blieb also nur das Felsband. Als er den Fuß aus dem Riß befreit hatte und sich mit beiden Armen nach oben zog, durchfuhr ihn der Gedanke, daß es nun kein Zurück mehr gab: Der Fels drängte ihn sofort ab, er hing nun frei, die Schuhspitzen etwa dreißig Zentimeter von der Wand entfernt. Hinauf! Ein Flimmern über seinem Kopf – ein Spalt? Aber dazu mußte man sich erst mal hinaufziehen! Feste! Noch ein bißchen! In der folgenden Sekunde setzte sein Verstand aus. Er hätte die linke Hand loslassen und sich mit vier Fingern der rechten Hand festkrallen müssen, um mit der Linken nach dem Spalt zu fassen, von dem er nicht wußte, wie tief er eigentlich war. Das hätte ich nicht machen dürfen! schoß es ihm durch den Sinn, als er plötzlich, die Muskeln zum Zerreißen gespannt, zwei Meter weiter oben hing, dicht an den Fels geschmiegt. Er schnappte heftig nach Luft und war ein bißchen wütend auf sich. Jetzt stand er mit beiden Beinen auf dem Felsband und konnte einen Haken einschlagen, sicherheitshalber sogar zwei, weil der erste nicht sehr tief saß. Dabei lauschte er befriedigt dem klaren Klang, der immer heller wurde, bis er schließlich verhallte. Das Seil sprang in die Karabinerhaken, und er wußte, daß er Massena zu Hilfe kommen mußte. Es war keine saubere Arbeit, aber schließlich waren sie ja nicht in den Alpen. Jedenfalls hatte er nun einen ganz annehmbaren Standplatz.

Über dem Pfeiler war ein schmaler, ziemlich leichter Kamin. Pirx nahm den kurzen Stab des Geigerzählers zwischen die Zähne, denn wenn er aus dem Gürtel ragte, konnte er gegen den Stein schlagen. Weiter oben hatte der Fels eine andere Farbe.

Die Wand war nicht mehr schwärzlich und nicht mehr mit braunem, gleichsam sehr altem Grau durchsetzt. An seine Stelle trat jetzt das rostige, braungesprenkelte Rot des Diabasgesteins, das aus der Nähe schwach glitzerte. Einige Dutzend Meter noch, und die angenehme Strecke war zu Ende. Schon hatte er wieder einen Überhang über sich, der mit den wenigen Haken nicht zu schaffen war – diesmal ganz ohne Auflage. Aber Aniel hatte überhaupt nichts gehabt. Er prüfte mit dem Geigerzähler nach: Hier war Aniel nicht hochgekommen ... Also? Es blieb nur die Traverse.

Bei flüchtiger Betrachtung kam sie einem nicht sonderlich schwierig oder gefährlich vor. Auch die Form des Pfeilers, die sich im Diabasgestein verloren hatte, tauchte wieder auf. Pirx stand nun auf einem schmalen, aber sicheren Felsband, das bis zu einer kluftähnlichen Spalte reichte und dort abbrach. Er beugte sich vor und sah, daß das Band hinter dem Überhang weiterlief, anderthalb Meter etwa, zwei Meter waren es ganz bestimmt nicht. Man mußte sich also mit dem Körper an dem abdrängenden Höcker im Gestein vorbeimogeln und sich, während man den Tritt für den rechten Fuß aufgab, mit dem linken so abstoßen, daß der rechte frei schwingend die Fortsetzung des Bandes traf. Er hielt Ausschau nach einem Platz für die Haken – gesichert wäre das Ganze nicht allzu schwierig gewesen –, aber die Wand zeigte niederträchtigerweise wieder nicht den kleinsten Riß. Er blickte hinunter: Von der Stelle aus, an der sich Massena jetzt aufhalten mußte, war die Sicherung pure Illusion. Wenn er abrutschte, würde er mindestens fünfzehn Meter tief abstürzen, und der plötzliche Ruck konnte selbst solide eingeschlagene Haken mitreißen. Und dennoch – der Zähler sagte aus, daß der Roboter diese Stelle passiert hatte. Allein! Was soll denn das heißen, Himmelherrgott noch mal! schimpfte er in sich hinein. Da drüben ist ein Band! Ein einziger großer Schritt! Los, du Schlappschwanz! Aber er stand wie angewurzelt. Wenn sich wenigstens das Seil spannen ließe, aber Pustekuchen! Er beugte sich noch einmal vor und starrte eine Sekunde lang zu der Leiste hinüber – länger vermochte er es nicht, seine Muskeln begannen zu zittern. Und wenn die Schuhsohle nicht haftet? Aniel hatte ja Stahlsohlen... Irgendwas glitzert dort drüben – schmelzendes Eis. Muß verteufelt glatt sein. Die Vibrambesohlten hätte ich mitnehmen sollen...

Und mein Testament machen, murmelte er tonlos. Seine Augen verengten sich zu Schlitzen, sein Blick wurde starr. Zusammengeduckt, mit ausgebreiteten Armen im rauhen, unebenen Gestein Halt suchend, drückte er sich an dem Überhang vorbei und vollführte endlich den Schritt, der ihn soviel Überwindung gekostet hatte. Auf der anderen Seite angelangt, empfand er nicht einmal Erleichterung, weil er sah, was er sich da eingebrockt hatte. Der Sims war hier niedriger, also mußte man, wenn man zurück wollte, nach oben springen – und dabei an dem Buckel vorbei! Das war keine Bergsteigerei mehr, nicht einmal mehr Akrobatik, weiß der Himmel, was das war! Und Abseilen? Wenn nicht, dann...

Er erkannte, daß das Ganze ein großer Reinfall war, und trotzdem traversierte er weiter, solange es ging. Die Tatsache, daß er mit keiner Silbe mehr an Aniel dachte, sagte genug. Er hatte jetzt anderes im Kopf. Das Seil, das frei im Quergang hing, schwankte unter ihm, leicht gespannt, unnatürlich deutlich, übertrieben nahe und konkret, weil es sich die ganze Zeit scharf vom Grunde des Kars abhob, das am Fuße der Wand im bläulichen Dunst verschwamm. Der Sims war zu Ende, es gab weder einen Weg nach oben noch einen nach unten. Ein Zurück gab es auch nicht. So was von Glätte hab ich mein Lebtag noch nicht gesehen! dachte er mit einer merkwürdigen Gefaßtheit, die sich von seinem bisherigen Gemütszustand unterschied. Dicker konnte es ja nicht mehr kommen, es war also völlig sinnlos, sich aufzuregen.

Er schaute sich nach allen Seiten um. Unter den Füßen hatte er eine vier Zentimeter breite Auflage, dann kam nichts mehr – bis hin zu dem undeutlichen, dunklen Fleck eines Kamins, der zum Einstieg einzuladen schien. Vier

Meter Luft in einer Wand, die so massiv war und so jäh abstürzte, wie nur irgend denkbar, trennten ihn von diesem Kamin. Und das soll Granit sein! schoß es ihm wie eine Art Vorwurf durch den Kopf. Ab und zu mußte hier Wasser fließen, er entdeckte sogar Spuren davon – dunklere Stellen im Fels, ja einzelne Tropfen. Er nahm den Geigerzähler in die rechte Hand und vollführte kreisende Bewegungen. Ein schwaches Piepsen – er war hiergewesen! Aniel war hier vorbeigekommen. Aber wie? Plötzlich erspähte Pirx einen winzigen Moosfleck, grau wie das Gestein. Er kratzte das Moos ab – ein feiner Riß, nicht dicker als ein Fingernagel. Der Haken ließ sich nur bis zur Hälfte einschlagen, aber auch das war schon die Rettung. Er zerrte an der Schlinge – saß er fest? Irgendwie würde er schon halten. Also dann, die linke Hand an den Haken und ganz langsam... Mit dem Oberkörper in den freien Raum hinausgebeugt, spähte er in den Kamin hinunter, der, halbgeöffnet, zum Sprung lockte, als wäre er vor Jahrtausenden für eben diese eine Sekunde geschaffen worden, die jetzt eintreten mußte. Sein Blick sauste in die Tiefe wie ein Stein, bis er einen bläulichen Funken auf dem grau flimmernden Muster des Schutthangs traf.

Zu dem entscheidenden Schritt kam es nicht.

„Was ist denn dort?" erklang Massenas Stimme.

„Gleich ... Moment!" rief Pirx und zog das Seil durch den Karabinerhaken. Er mußte noch einmal hinunterschauen, aber genauer. Wieder beugte er sich vor, hing mit drei Vierteln seines Körpergewichts am Haken, als wollte er ihn mit Gewalt aus der Wand reißen, aber er mußte unbedingt nachsehen, sich vergewissern...

Ja, er war es! Nichts anderes konnte aus dieser Tiefe so stark glänzen. Die Route war nämlich schon längst von der Vertikale abgewichen, und er befand sich jetzt an die dreihundert Meter seitlich von der Stelle entfernt, wo sie den Aufstieg begonnen hatten. Er hielt nach Anhaltspunkten in der Tiefe Ausschau. Das Seil schnitt ihm ins Fleisch, er bekam schwer Luft, das Blut pulste in den Augen. Er prägte sich, so gut es ging, die Gliederung des Geländes ein. Der große Felsblock dort unten ließ sich leicht wiedererkennen, obwohl er jetzt nur in perspektivischer Verkürzung zu sehen war. Seine Muskeln zitterten, als er in die Vertikale zurückkehrte. Wir müssen uns abseilen, sagte er sich und packte völlig gedankenlos den Haken, der sofort nachgab, als steckte er in Butter. Da wurde ihm etwas mulmig, aber er verstaute den Haken in der Tasche und überlegte, wie er hinunterkommen sollte. Es glückte, obwohl nicht sehr sauber: Massena schlug an seinem Stand so viele Haken wie möglich in die Wand, verkürzte das Seil, und Pirx scheuerte einfach die acht Meter über den Fels, bis er hing. Ein Stückchen tiefer war ein anderer kleiner Kamin, und von dort an seilten sie sich abwechselnd ab. Als Massena ihn nach dem Grund der Umkehr fragte, antwortete er: „Ich hab ihn gefunden."

„Aniel?"

„Ja. Abgestürzt. Er liegt dort unten."

Der Rückweg dauerte keine Stunde. Pirx trennte sich leichten Herzens von seinen Haken. Freilich, es war ein eigentümliches Gefühl zu wissen, daß man nie wieder einen Fuß hierher setzen würde, weder er noch irgendein anderer Mensch, und daß in diesem Fels Eisenstücke steckten, die auf der Erde bearbeitet worden waren und die nun für ewige Zeiten darin bleiben würden, ja eigentlich für immer.

Krull rannte ihnen entgegen, als sie mit beiden Beinen auf den Blöcken landeten und die ersten unsicheren Schritte machten, als hätten sie das Gehen verlernt. Er rief ihnen schon von weitem zu, er hätte ganz in der Nähe die Patronentasche von Aniel gefunden. Der Roboter mußte sie vorsätzlich abgelegt haben, bevor er die Wand anging, was wiederum ein schlagender Beweis für seine Geistesabwesenheit war, denn die Patronen stellten im Falle eines Sturzes die einzige Überlebenschance dar.

Massena schien Krulls Sensationsmeldung völlig kalt zu lassen – er machte durchaus kein Hehl daraus, wie anstrengend die Tour gewesen war. Im Gegenteil, er sank ostentativ auf einen großen Felsblock, spreizte die Beine weit auseinander, als genieße er den festen Untergrund, und trocknete sich lange und ausgiebig Gesicht, Stirn und Nacken mit dem Taschentuch.

Pirx teilte Krull mit, daß Aniel abgerutscht sei. Wenige Minuten darauf gingen sie ihn suchen. Sie hatten ihn bald gefunden. Er mußte mindestens dreihundert Meter durch die Luft gesegelt sein. Der Panzer des Rumpfs war zerschmettert, sein Metallschädel ebenfalls, und sein monokristallines Hirn war als feiner Glasstaub nach allen Seiten verspritzt und glitzerte wie Glimmer auf den weißlichen Steinen.

Krull war zum Glück nicht so kleinlich, ihnen vorzuhalten, daß ihre Kletterpartie absolut nutzlos gewesen war. Er wiederholte nur, und das nicht ohne Schadenfreude, daß sich Aniel „entprogrammiert“ haben müßte, die Patronentasche sei ein hundertprozentiger Beweis dafür. Massena war durch die Tour wie verwandelt, aber nicht zum Guten. Er versuchte nicht einmal zu widersprechen und machte überhaupt den Eindruck, als ob es ihm lieb wäre, wenn die Mannschaft so bald wie möglich aufgelöst würde und sie sich endgültig trennten, je eher, desto besser. Sie kehrten also schweigend zurück, denn Pirx hielt es auch nicht für angebracht, den Kameraden seine eigene Ansicht über den „Unfall“ auf die Nase zu binden. Er war sicher, daß Aniel nicht das Opfer eines Defekts geworden und daß das Geschehene weder etwas mit Monokristallen zu tun hatte noch mit Mnestronen. Hatte er selbst, Pirx, vielleicht einen Defekt gehabt, als er unbedingt die Wand bezwingen wollte? Aniel war seinen Konstrukteuren ganz einfach ähnlicher gewesen, als diese zuzugeben bereit waren. Er hatte seinen Auftrag erfüllt und bis zur Rückkehr noch sehr viel Zeit gehabt – er war ja so tüchtig und flink gewesen. Er sah seine Umgebung nicht nur, er begriff sie auch, und er war geschaffen worden, um schwierige Aufgaben zu lösen, das heißt zum Spiel. Dort oben aber offenbarte sich ihm eines, das nicht zu verachten war und das – den höchsten Einsatz forderte. Pirx konnte ein Schmunzeln nicht unterdrücken, als er an die Verblendung der beiden dachte: Daß Aniel die Patronentasche vorsätzlich abgelegt hatte, werteten sie als absolut zuverlässigen Beweis für die Geistesabwesenheit des Roboters. Aber jeder Mensch hätte doch ebenso gehandelt, andernfalls wäre die ganze Sache überhaupt sinnlos und nur eine etwas sonderbare Art von Gymnastik gewesen. Nein, darum ging es nicht, und keinerlei Argumente, Gleichungen und Diagramme hätten ihn zu überzeugen vermocht. Nur das eine war erstaunlich – daß Aniel nicht schon eher abgestürzt war, zumal er sich doch allein, ohne bergsteigerisches Können und ohne Erfahrung aufgemacht hatte und sich nicht auskannte, denn er war ja nicht gebaut worden, um den Kampf gegen die Felsen aufzunehmen. Was wäre gewesen, wenn er zurückgekommen wäre? Und wieder war Pirx überzeugt – er wußte selbst nicht, warum –, daß sie niemals etwas davon erfahren hätten. Von Aniel ganz gewiß nicht. An jenem Punkt dort oben in der Wand hatte er, der keine Seilschaft und keine Haken besaß und vielleicht nicht einmal von ihrer Existenz wußte, den Sprung riskiert. Was hatte er dabei gedacht? Wahrscheinlich nichts, so wie er selbst. Hatte er, und sei es nur für einen Augenblick, den Rand des Kamins erreicht? Wenn ja, dann mußte er dort eine Spur hinterlassen haben, eine winzige Prise radioaktiver Atome, die langsam zerfallen würden, bis sie verdampften und verschwanden.

Und noch eines wußte er: Daß er zu niemandem ein Wort davon sagen würde. Jeder Mensch würde sich krampfhaft an die Hypothese eines Defekts klammern, die am einfachsten und natürlichsten, ja eigentlich die einzige war, die das Bild von der Welt nicht ins Wanken brachte.

Das Lager erreichten sie am Nachmittag. Ihre langen Schatten bewegten sich hurtig bei der Arbeit. In aller Eile bauten sie die Baracke ab, die sektionsweise verschwand, bis nur noch ein niedergetrampelter, leerer viereckiger Fleck übrigblieb. Wolken zogen vorüber, und Pirx schleppte Kisten, rollte Zeltplanen ein und machte alles, was vorher zu Aniels Pflichten gehört hatte. Als ihm dieser Gedanke bewußt wurde, hielt er kurz inne, dann reichte er die Last Massena hinüber, der schon die Hände ausstreckte.

Pirx erzählt

Utopische Bücher? Doch, die mag ich, aber nur schlechte. Das heißt, schlechte eigentlich nicht, eher unwahre. An Bord habe ich so etwas immer bei der Hand, um in freien Augenblicken zu lesen, auch wenn es nur ein paar Seiten mittendrin sind, und es dann beiseite zu legen. Mit den guten ist das eine ganz andere Sache, die lese ich ausschließlich auf der Erde. Weshalb? Ehrlich gesagt – ich weiß es selbst nicht. Ich habe nie darüber nachgedacht. Gute Bücher sind immer wahr, auch wenn sie Dinge beschreiben, die sich nie ereignet haben und die sich nie ereignen werden. Sie sind wahr in einem anderen Sinne: Wenn sie, sagen wir, von der Kosmonautik handeln, dann lernt man etwas von der Stille kennen, die so ganz, ganz anders ist als die irdische Stille, von dieser Ruhe, die von so vollkommener Unbeweglichkeit ist... Was immer sie auch schildern, sie sagen stets dasselbe, nämlich daß der Mensch dort nie zu Hause sein wird. Auf der Erde ist alles so zufällig, wie es gerade kommt, ein Baum, eine Wand, ein Garten, man kann das eine gegen das andere auswechseln, hinterm Horizont ist ein anderer Horizont, hinterm Berg – ein Tal. Dort aber ist es ganz anders. Auf der Erde kommt es den Menschen nie in den Sinn, wie schrecklich es ist, daß sich die Sterne nicht bewegen. Selbst wenn du ein Jahr lang mit vollem Schub fliegst, bemerkst du keine Veränderung. Wir fliegen und fahren über die Erde und glauben zu wissen, was das ist – der Raum. Man kann das einfach nicht ausdrücken. Ich erinnere mich noch gut: Als ich einmal von einem Patrouillenflug heimkehrte, lauschte ich irgendwo in der Gegend des Arbiter fernen Gesprächen, man stritt sich, wer zuerst landen dürfe, und ich erblickte zufällig eine andere heimkehrende Rakete. Der gute Mann dachte, er sei allein. Er ließ seine Kiste tanzen wie in einem epileptischen Anfall. Jeder von Ihnen weiß, wie das ist: Nach ein paar Tagen verspürt man eine irrsinnige Lust, etwas zu tun, ganz gleich was, volle Pulle zu geben, irgendwohin zu jagen und herumzukurven, daß einem die Zunge heraushängt... Früher dachte ich, das sei unanständig, der Mensch solle sich nicht so gehenlassen. Doch im Grunde ist das nur Verzweiflung, nur der Wunsch, dem Kosmos... die Zunge rauszustrecken. Denn er ist nicht austauschbar wie ein Baum, und deshalb ist es wohl so schwer, mit ihm fertig zu werden. Das ist es, wovon gute Bücher erzählen. Und wie ein Sterbender nicht gerade gern etwas über die Agonie liest, wollen auch wir, die wir doch alle ein bißchen die Sterne fürchten, nicht die Wahrheit über sie hören, wenn wir mitten unter ihnen sind. Wir finden dann alles gut, was uns ein bißchen ablenkt. Für mich jedoch sind jene anderen Sterngeschichten die besten, die Lesebuchgeschichten, denn in ihnen ist alles so bieder, der Kosmos eingeschlossen. Und da es sozusagen eine Biederkeit für Erwachsene ist, gibt es dort Katastrophen und Morde und andere Scheußlichkeiten, aber bieder und unschuldig sind sie trotzdem, denn sie sind von Anfang bis Ende erlogen: Sie wollen einem Angst einjagen, aber man lächelt nur mitleidig.

Das, was ich euch erzählen will, ist so eine Geschichte. Sie ist mir wirklich passiert. Doch das ist unwichtig. Wir hatten gerade ein „Jahr der ruhigen Sonne". Wie gewöhnlich in solchen Zeiten fand rings um die Sonne ein großes Reinemachen statt, ein Aufräumen und Ausfegen riesiger Mengen alten Eisenkrams, der auf einer Umlaufbahn um den Merkur dahintrudelte; man hatte in den sechs Jahren, da in seinem Perihel eine große Station errichtet wurde, einen Haufen alter Wracks im All zurückgelassen, denn damals verfuhr man noch nach dem Le-Mans-System und verwendete die Raketenleichen als Gerüste, statt sie zu verschrotten. Le Mans war mehr Ökonom als Ingenieur. Die aus den Wracks gefertigte Station war zwar dreimal so billig, verursachte aber so viele Schwierigkeiten, daß von nun an kein Mensch mehr auf solche „Einsparungen" erpicht war. Doch da kam Le Mans auf eine neue Idee – er wollte diesen Raketenfriedhof auf die Erde zurückschaffen. Wozu sollte er bis zum Jüngsten Gericht dort kreisen, wenn man ihn einschmelzen konnte? Wenn sich das allerdings bezahlt machen sollte, mußten als Schlepper Raketen verwendet werden, die nicht viel besser waren als jene Leichname. Ich war damals Patrouillenpilot und hatte meine Stunden längst abgeflogen, das heißt, eigentlich war ich es nur noch an jedem Ersten, wenn ich mein Gehalt kassierte. Meine Lust zu fliegen war jedoch so groß, daß ich selbst mit einem eisernen Ofen einverstanden gewesen wäre, hätte sich sein bißchen Zug in Schub umsetzen lassen.

Kein Wunder also, daß ich mich in Le Mans' brasilianischem Büro meldete, kaum daß ich seine Annonce gelesen hatte. Ich möchte hier nicht behaupten, daß die von Le Mans oder vielmehr von seinen Agenten angeheuerten Besatzungen eine Art Fremdenlegion gewesen wären oder eine Ansammlung von Strolchen, denn solche Leute fliegen überhaupt nicht. Aber heutzutage begibt man sich kaum noch in den Kosmos, um Abenteuer zu suchen. Dort gibt es keine Abenteuer mehr, wenigstens nicht im allgemeinen. Man entschließt sich also dazu wegen irgendeines Unglücks oder einfach so, aus purer Laune. Solche Leute sind das schlechteste Material, denn dieser Dienst verlangt mehr Standfertigkeit als die Seefahrt, und Leute, denen alles schnurz ist, haben an Bord nichts zu suchen. Ich will nicht den Psychologen spielen, ich möchte nur erklären, weshalb ich schon nach der ersten Reise die Hälfte der Besatzung verlor. Die Techniker mußte ich entlassen, weil sie sich unter dem Einfluß des Funkers, eines kleinen Mestizen, dem Trunk ergeben hatten. Die Tricks, mit denen es dieser Bursche verstand, Alkohol an Bord zu schmuggeln, kann man schon genial nennen. Er spielte mit mir Katz und Maus. Einmal versenkte er Plastschläuche in den Kanistern, aber das möchte ich nur nebenbei erwähnen.

Wahrscheinlich würde er sogar im Reaktor Whisky verstecken, wenn das möglich wäre. Ich kann mir vorstellen, welche Entrüstung das bei den Pionieren der Astronautik hervorgerufen hätte. Mir ist unbegreiflich, wie sie daran glauben konnten, daß der bloße Aufstieg in eine Umlaufbahn den Menschen in einen Engel verwandele. Vielleicht spukte in ihren Köpfen, ohne daß sie es wußten, der paradiesisch blaue Himmel, der während des Starts so schnell verschwindet? Aber es ist wohl dumm von mir, solche Erwägungen anzustellen. Dieser Mexikaner, der eigentlich in Bolivien geboren wurde, verschaffte sich eine Nebeneinnahme, indem er Marihuana verkaufte. Außerdem machte es ihm Spaß, mich an der Nase herumzuführen. Aber ich kannte Schlimmere als ihn. Le Mans war ein großer Mann, er befaßte sich nicht mit Einzelheiten, er legte für seine Agenten nur das finanzielle Limit fest. Nicht genug also damit, daß ich außerstande war, meine Besatzung zu komplettieren, ich mußte auch noch um jeden Kilometer Schub bangen und mir jedes Manöver dreimal überlegen. Die Uranographen wurden nach jedem Flug wie Finanzbücher kontrolliert, ob nicht, Gott behüte, irgendwo zehn Dollar in der Gestalt von Neutronen davongeflogen waren. Was ich dort tat, hatte man mich nie gelehrt – möglich, daß ähnliche Dinge vor hundert Jahren auf alten Tramps vorkamen, die zwischen Glasgow und Indien kursierten. Nun, ich habe mich nie beklagt, und jetzt denke ich manchmal – fast schäme ich mich, es zu sagen – mit Wehmut daran. Diese „Perle der Nacht" – welch ein Name! Das Raumschiff löste sich allmählich auf, das Fliegen bestand darin, alle möglichen undichten Stellen und Kurzschlüsse zu finden. Jeder Start und jede Landung fanden gegen alle Gesetze – nicht nur der Physik – statt. Wahrscheinlich hatte Le Mans' Agent gute Bekannte im Merkurhafen, sonst hätte jeder Kontrollingenieur sofort alles versiegelt, angefangen von der Steueranlage bis zum Reaktor. So flogen wir also zu den Jagdgebieten im Perihel und spürten mit den Radargeräten die Wracks auf. Dann wurden sie zusammengeholt und zu einem „Zug" formiert. Ich hatte dort alles auf einmal: Krach mit den Technikern, Schnaps mußte ins All hinausgeworfen werden – noch heute segelt dort London Dry Gin durch die Gegend –, und verzwickte mathematische Probleme; die Navigation beruhte nämlich darauf, Annäherungswerte zu finden für das Verhalten vieler Körper im Raum. Was es im Überfluß gab, war Leere. Leere in Raum und Zeit. Ich schloß mich in der Kajüte ein und las. An den Verfasser erinnere ich mich nicht, es war ein Amerikaner, und im Titel war wohl von Sternenstaub die Rede. Wie das Buch anfing, weiß ich ebenfalls nicht, denn ich begann irgendwo in der Mitte zu lesen. Der Held befand sich im Reaktorraum und telefonierte mit dem Piloten, als der Ruf ertönte: „Hinter uns Meteore!" Bis zu diesem Augenblick hatte Schwerelosigkeit geherrscht, da gewahrte der Held plötzlich, daß die riesige Reaktorwand mit den leuchtend gelben Augen ihrer Instrumente bedrohlich auf ihn zukam: Die Triebwerke waren gezündet worden, und das Raumschiff schnellte vorwärts, er dagegen hatte, da er in der Luft schwebte, die vorherige Geschwindigkeit beibehalten. Zum Glück konnte er sich irgendwie mit den Füßen abstoßen, doch die Beschleunigung entriß ihm den Hörer. Einen Moment hing er an der Telefonschnur, dann kam er zu Fall und wurde platt gegen die Wand gedrückt. Der Hörer pendelte über ihm, und er unternahm verzweifelte Anstrengungen, ihn zu ergreifen. Aber er wog ja mindestens eine Tonne und konnte keinen Finger bewegen. Schließlich bekam er ihn mit den Zähnen zu fassen und gab das rettende Kommando durch. Diese Szene prägte sich mir ein, und noch besser gefiel mir die Beschreibung, wie sie durch einen Schwarm stießen. Eine Staubwolke bedeckte, man höre und staune, ein Drittel des Himmels, nur die hellsten Sterne schimmerten hindurch, doch das ist noch gar nichts, denn plötzlich sah der Held, und zwar auf dem Radarschirm, daß sich aus diesem gelben Taifun ein blaß leuchtender Schweif mit schwarzem Kern näherte. Ich weiß nicht, was das sein sollte, aber ich lachte Tränen. Wie hübsch der Autor sich das alles ausgedacht hatte! Die Wolke, der Taifun, der Telefonhörer – ich sah den guten Mann förmlich vor mir, wie er an der Schnur baumelte; denn daß unterdessen in der Kajüte eine bildschöne Frau wartete, versteht sich wohl von selbst. Sie war Geheimagentin irgendeines kosmischen Tyrannen, vielleicht kämpfte sie auch gegen einen solchen, wie es sich gehört. Weshalb ich des langen und des breiten darüber rede? Weil diese Lektüre meine Rettung war. Meteore? Ich habe Wracks von zwanzig- bis dreißigtausend Tonnen wochenlang gesucht und nicht einmal die Hälfte auf dem Radarschirm gesehen. Da ist es einfacher, eine fliegende Revolverkugel zu erblicken. Einmal, wir hatten gerade keinen Schub, mußte ich meinen Mestizen beim Schlafittchen packen; das ist wohl schwieriger als die Sache mit dem Hörer, weil wir beide umherflogen, aber gewiß weniger effektvoll. Ich glaube beinahe, ich komme ins Schwatzen. Ich weiß, aber so hat sich die Geschichte nun einmal entwickelt. Die zweimonatige Jagd war beendet, ich hatte hundertzwanzig- oder hundertvierzigtausend Tonnen toten Metalls im Schlepp und bewegte mich auf einer ekliptischen Ebene in Richtung Erde.

Freilich, das war gegen die Vorschriften, aber ich hatte keinen Brennstoff für Manöver. Im übrigen sagte ich das ja schon. Mehr als zwei Monate lang mußte ich mich ohne Schub dahinschleppen. Und da trat die Katastrophe ein. Nein, nicht Meteore, schließlich handelte es sich nicht um einen Roman. Mumps. Ziegenpeter. Zuerst der Reaktortechniker, dann beide Piloten, schließlich alle übrigen. Die Visagen schwollen ihnen an, die Augen waren nur noch Spalte, hohes Fieber, von Wachdienst keine Rede. Den tollwütigen Virus hatte Ngey an Bord geschleppt, der auf der „Perle der Nacht" Koch, Steward, Hofmarschall und sonst noch allerlei war. Auch er war krank, gewiß, aber macht man den Ziegenpeter nicht auch in Südamerika schon als Kind durch? Ich weiß es nicht. Jedenfalls hatte ich ein Raumschiff ohne Besatzung. Geblieben waren mir nur der Funker und der zweite Ingenieur. Der Funker war immer schon am Morgen nach dem Frühstück betrunken. Doch eigentlich war er nicht betrunken – entweder vertrug er soviel, oder er trank immer nur schlückchenweise, jedenfalls bewegte er sich nicht schlecht, vor allem wenn die Schwerkraft aufgehoben war – und die war die ganze Zeit aufgehoben, zählt man nicht die geringfügigen Kursberichtigungen. Aber er hatte Alkohol in den Augen, im Hirn. Jede Anweisung, jeder Befehl mußten genau kontrolliert werden – ich träumte davon, wie ich ihn nach der Landung verdreschen würde; dort konnte ich mir das nicht erlauben, und schließlich, wie konnte ich einen Betrunkenen schlagen? Ohne Alkohol war er wie ein Ratte, grau, unansehnlich, ungewaschen. Zudem hatte er die angenehme Gewohnheit, bei Tisch in der Messe alle möglichen Leute mit den ungeheuerlichsten Flüchen zu bedenken – allerdings morste er. Ja, er klopfte mit dem Finger Morsezeichen auf den Tisch, einfach so vor sich hin, und ein paarmal wäre es deswegen fast zu Schlägereien gekommen, denn schließlich verstanden es alle, aber er, in die Enge getrieben, behauptete jedesmal, das sei eben so ein Tick von ihm. Nervensache. Das passiere ganz von selbst. Ich befahl ihm, die Ellenbogen an den Körper zu pressen, doch da morste er mit dem Fuß oder mit der Gabel – er war in gewissem Sinne ein Künstler.

Der einzige völlig gesunde und normale Mensch war der Ingenieur. Sein einziger Mangel war nur, daß er Tiefbauingenieur war. Wirklich. Er hatte den Vertrag erhalten, weil er mit dem halben Lohn zufrieden war. Dem Agenten hatte das nichts ausgemacht, und mir war es gar nicht in den Sinn gekommen, ihn zu prüfen, als er sich bei mir meldete. Der Agent fragte ihn nur, ob er sich mit Konstruktionen und Maschinen auskenne. Er sagte ja, denn er kannte sich ja aus: mit Straßenbaumaschinen! Ich setzte ihn zum Wachdienst ein. Er konnte nicht einmal Planeten von Sternen unterscheiden.

Nun wissen Sie schon ungefähr, auf welche Weise Le Mans große Geschäfte machte. Genaugenommen hätte auch ich mich als Navigator von Unterseebooten entpuppen können, und wenn ich nicht so skrupulös wäre, hätte ich mich vielleicht sogar dafür ausgegeben. Ich hätte mich in meiner Kajüte eingeschlossen, aber das ging nicht. Der Agent war selbstverständlich nicht dumm. Er verließ sich, wenn schon nicht auf meine Loyalität, so doch auf meinen Selbsterhaltungstrieb. Ich wollte heimkehren, und da diese hunderttausend Tonnen im All nichts wogen und ein Abkoppeln unsere Geschwindigkeit nicht um einen Millimeter pro Sekunde erhöht hätte, war ich nicht so boshaft, es dennoch zu tun. Denn auch solche Gedanken gingen mir durch den Kopf, wenn ich morgens von einem zum anderen mit Watte, Öl, Verbandstoff, Spiritus und Aspirin ging. Meine einzige Abwechslung war dieses Buch über die Liebe im All inmitten von Meteoritentaifunen. Manche Abschnitte las ich bis zu zehnmal. Es traten dort alle möglichen furchtbaren Ereignisse ein: Elektrische Gehirne revoltierten, die Agenten der Piraten hatten im Schädel montierte Sender, eine schöne Frau stammte von einem anderen Sonnensystem, aber von Ziegenpeter kein Wort. Um so besser für mich natürlich. Mir stand er ohnehin bis zum Halse. Manchmal sogar die ganze Weltraumfahrt – so schien es mir wenigstens.

In freien Augenblicken versuchte ich herauszufinden, wo der Funker seine Alkoholvorräte verbarg. Ich weiß nicht, vielleicht überschätze ich ihn, aber ich hatte den Eindruck, als verriete er manche Verstecke absichtlich, wenn der

Schnaps darin zur Neige ging, einfach nur, damit ich standhaft blieb und seine Trunksucht nicht mit einem Achselzucken quittierte. Denn wo er seine Hauptquelle hatte, weiß ich bis heute nicht. Vielleicht war er schon so sehr vom Alkohol durchtränkt, daß er den grundlegenden Vorrat in sich trug? Jedenfalls lief ich kreuz und quer durch das Raumschiff wie eine Fliege an der Decke, ich ruderte im Heck umher und im Mittelschiff, wie einem das manchmal in Träumen passiert, ich fühlte mich mutterseelenallein – die Brüder lagen alle verschwollen in den Kajüten, der Ingenieur saß ungerührt im Steuerraum und lernte vom Linguaphon Französisch; es war still, als wäre an Bord die Pest ausgebrochen, nur manchmal drang Weinen oder Gesang durch die Ventilationskanäle. Von diesem bolivianischen Mexikaner. Immer gegen Abend packte es ihn, da überkaum ihn der Weltschmerz. Mit den Sternen hatte ich wenig zu tun, berücksichtigt man nicht das Buch dieses Amerikaners. Manche Abschnitte kannte ich auswendig, zum Glück sind sie mir inzwischen entfallen. Ich wartete darauf, daß dieser Mumps zu Ende ging, denn das Robinsondasein blieb auf die Dauer auch bei mir nicht ohne Wirkung. Den Tiefbauingenieur mied ich, obwohl er auf seine Weise ein ganz anständiger Kerl war und mir hoch und heilig versicherte, daß er den Vertrag nie unterschrieben hätte, wenn seine Frau und sein Schwager ihn nicht in so ernste finanzielle Schwierigkeiten gebracht hätten. Er gehörte jedoch zu der Sorte von Menschen, die ich nicht ausstehen kann, zu den Leuten, die sich uneingeschränkt und hemmungslos anderen anvertrauen. Ich weiß nicht, ob er nur mir gegenüber ein so ungewöhnliches Vertrauen an den Tag legte – wahrscheinlich nicht, denn bestimmte Dinge kommen einem einfach nicht über die Lippen. Er aber sagte alles, mir drehte sich manchmal der Magen um. Zum Glück war die „Perle der Nacht" groß: achtundzwanzigtausend Tonnen tote Masse, Platz genug, sich zu verstecken.

Sie können sich wohl denken, daß dies mein erster und letzter Flug für Le Mans war. Seitdem habe ich mich nicht mehr so übertölpeln lassen, obwohl ich noch manchmal in der Klemme saß. Ich hätte über diese – immerhin recht peinliche – Episode nicht gesprochen, wenn nicht ein Zusammenhang mit jener anderen, nicht existierenden Seite der Kosmonautik bestünde. Sie erinnern sich vielleicht: Ich warnte Sie einleitend, daß dies beinahe eine ähnliche Geschichte sein würde wie die aus dem erwähnten Buch.

Die Meteoritenwarnung erhielten wir auf der Höhe der Umlaufbahn der Venus, aber der Funker hatte geschlafen oder sie einfach nicht aufgenommen, jedenfalls vernahm ich die Neuigkeit erst am nächsten Morgen in den Nachrichten, die von der Kosmolotionsstation der Luna ausgestrahlt werden. Ehrlich gesagt, die Sache erschien mir im ersten Augenblick unwahrscheinlich. Die Zeit der Drakoniden war längst passé, der Raum sauber, schließlich ziehen die Schwärme regelmäßig, gewiß, der Jupiter erlaubt sich manchmal dumme Perturbationsscherze, doch diesmal konnte er kaum der Urheber sein, weil es ein ganz anderer Radiant war. Außerdem handelte es sich nur um eine Warnung achten Grades, um eine Staubwarnung, die Wolkendichte war gering, der

Prozentsatz größerer Splitter unwesentlich, die Breite der Stirnseite allerdings beträchtlich: Als ich auf die Karte schaute, wurde mir klar, daß wir bereits seit ein oder zwei Stunden in diesem sogenannten Schwarm steckten. Die Bildschirme waren leer. Ich empfand auch keine sonderliche Unruhe, etwas ungewöhnlich war erst die nächste Mitteilung in den Mittagsnachrichten: Fernsonden hatten herausgefunden, daß es sich um einen systemfremden Schwarm handelte!

Das war der zweite Schwarm dieser Art seit Bestehen der Kosmolotion. Meteore sind Kometenteilchen und ziehen auf gestreckten Ellipsen dahin, durch die Gravitation an die Sonne gefesselt wie Spielzeug an einer Nylonschnur. Ein systemfremder Schwarm, das heißt ein Schwarm, der aus dem Raum der Großen Galaktik in unser System eindringt, ist eine Sensation, allerdings mehr für Astrophysiker als für Piloten. Gewiß, ein Unterschied besteht auch für uns, wenn er auch nicht groß ist, nämlich in der Geschwindigkeit. Die Schwärme unseres Systems können im erdnahen Raum keine großen Geschwindigkeiten haben. Sie können bestenfalls parabolisch oder elliptisch sein. Ein Schwarm dagegen, der von außerhalb unseres Systems kommt, kann hyperbolische Geschwindigkeit haben und hat sie auch in der Regel. Aber in der Praxis läuft das auf dasselbe hinaus; die Erregung packt also die Meteoritologen und die Astroballistiker, nicht uns.

Die Nachricht, daß wir in einem Schwarm stecken, machte auf den Funker keinerlei Eindruck. Ich sprach darüber während des Mittagessens; wie gewöhnlich hatte ich die Antriebsaggregate auf kleinen Schub geschaltet. Wir gewannen dadurch eine Kurskorrektur, und gleichzeitig erleichterte uns eine Spur von Anziehungskraft das Leben. Wir brauchten nicht die Suppe durch einen Strohhalm zu saugen und uns zu Zahnpaste verarbeitetes Hammelfleisch aus einer Tube in den Mund pressen. Ich war schon immer ein Anhänger normaler, menschenwürdiger Mahlzeiten.

Der Ingenieur hingegen erschrak sehr. Daß ich über den Schwarm wie über einen leichten Sommerregen sprach, schien er als Zeichen von Verwirrung anzusehen. Sanft erklärte ich ihm, daß es sich erstens um einen Staubschwarm handelte, um einen Schwarm von sehr geringer Dichte; die Wahrscheinlichkeit, von Gesteinssplittern getroffen zu werden, die das Raumschiff beschädigen könnten, sei also geringer als die Wahrscheinlichkeit, im Theater von einem herabstürzenden Kronleuchter erschlagen zu werden. Zweitens könne man ohnehin nichts machen, da die Perle unfähig sei, Umgehungsmanöver auszuführen, und drittens hätten wir zufällig einen fast parallelen Kurs zur Bahn des Schwarmes, so daß die Gefahr eines Zusammenpralls sich noch um einige hundertmal verringere.

Er schien nicht sehr überzeugt, doch ich wollte von Psychotherapie nichts mehr wissen und zog es vor, mich mit dem Funker zu beschäftigen, das heißt, ihn wenigstens für ein paar Stunden von seiner Quelle abzuschneiden, denn mitten im Schwarm war das schließlich notwendiger als außerhalb. Am meisten fürchtete ich eins – einen SOS-Ruf. Schiffe gab es in diesem Gebiet genug, wir hatten das Perimeter der Venus bereits überschritten, und es herrschte ziemlich reger Betrieb, nicht nur Güterverkehr. Ich saß am Sender, der Funker neben mir, bis sechs Uhr Bordzeit, mehr als vier Stunden also, bei passivem Abhören, zum Glück ohne irgendwelchen Alarm. Der Schwarm war so dünn, daß man buchstäblich stundenlang auf die Radarschirme schauen mußte, um mikroskopisch kleine, schwächste Pünktchen zu entdecken – andererseits hätte ich trotzdem nicht geschworen, daß diese grünen Erscheinungen nicht einfach auf Täuschung beruhten, zumal mein Blick durch das ständige reglose Fixieren übermüdet war. Unterdessen hatte man auf der Luna und auf der Erde nicht nur den Radianten berechnet, sondern die ganze Bahn jenes hyperbolischen Schwarms, der sogar schon einen Namen hatte („der Kanopische" – nach den Sternen des Radianten), und man wußte, daß er die Umlaufbahn der Erde nicht erreichen, sondern, seitlich an ihr vorbeiziehend, das System fern der großen Planeten verlassen würde, die gerade in einer anderen Gegend waren. Schließlich würde er, so unvermittelt, wie er erschienen war, in den Abgründen der Galaktik verschwinden, um nie wieder zu uns zurückzukehren.

Der Straßenbauingenieur, immer noch ängstlich, steckte den Kopf in den Funkraum, obwohl ich ihn dauernd hinausjagte und ihn anwies, auf die Steuerung zu achten; natürlich war das reine Fiktion, denn erstens hatten wir keinen Schub, und ohne Schub gibt es kein Steuern, und zweitens war er nicht einmal imstande, das elementarste Manöver durchzuführen, das ich ihm ohnehin niemals anvertraut hätte. Mir ging es lediglich darum, ihn irgendwie zu beschäftigen, um mich von den dauernden Belästigungen zu befreien. Er wollte nämlich wissen, ob ich schon einmal in Schwärme geraten sei und wie oft das passiert sei, ob ich dabei Katastrophen erlebt hätte und ob ernste, welche Rettungsaussichten bestünden, falls wir getroffen würden... Statt einer Antwort gab ich ihm Kraffts „Grundlagen der Kosmolotion und Kosmodromie". Er nahm zwar das Buch, schlug es aber, wie ich glaube, nicht einmal auf, denn er war auf persönliche Erlebnisse begierig, nicht auf trockene Informationen. All das – ich erinnere daran – spielte sich in einem Raumschiff ab, das der Schwerkraft beraubt war, und unter solchen Bedingungen sind die Bewegungen von Personen, selbst von stocknüchternen, grotesk verändert – dauernd muß man an irgendeinen Gurt denken, ans Anschnallen, andernfalls genügt ein Aufdrücken des Bleistifts beim Schreiben, um bis an die Decke zu fliegen oder sich eine Beule zu schlagen. Mein Funker hatte ein anderes System in petto: Ständig trug er in den Taschen allerlei Kram mit sich herum – irgendwelche Gewichte, Laschen, Schlüssel, und wenn er sich in Schwierigkeiten befand, unbeweglich zwischen Decke, Fußboden und Wänden hängend, langte er einfach in die Hosentasche und schleuderte den erstbesten Gegenstand, den er fand, von sich, um sanft in der entgegengesetzten Richtung davonzuschweben. Diese Methode ist garantiert zuverlässig, sie bestätigte jedesmal aufs neue die Richtigkeit des Newtonschen Prinzips von Aktion und Reaktion, hatte allerdings nicht gerade angenehme Folgen, vor allem für die anderen Besatzungsmitglieder, denn das, was geworfen wird, prallt als Querschläger von den

Wänden zurück, und manchmal dauert ein solcher Pendelflug von harten Gegenständen, die einen schmerzhaft treffen können, ziemlich lange. Ich erwähne das, um das Kolorit jener Reise um ein weiteres Mosaiksteinchen zu bereichern.

Im Äther herrschte mittlerweile stärkeres Gedränge; viele Passagierschiffe änderten für alle Fälle und gemäß den Vorschriften ihre Trasse, Luna hatte allerhand Arbeit mit ihnen. Die automatischen Sender, die nach dem Morsesystem die in den großen stationären Kalkulatoren berechneten Orbital- und Kurskorrekturen senden, jagten unablässig ganze Garben von Signalen hinaus, allzu schnell, um sie akustisch aufzunehmen. Außerdem war auch der Sprechfunk voller Stimmen – die Passagiere teilten ihren besorgten Angehörigen für schweres Geld mit, daß sie sich wohl befänden und ihnen nichts drohe. Die astrophysikalische Station der Luna übermittelte die laufenden Berichte über dichtere Schwarmzonen, über die Spektralanalysen ihrer Zusammensetzung – mit einem Wort: Das Programm war abwechslungsreich, und man langweilte sich nicht allzusehr am Lautsprecher.

Meine Kosmonauten mit dem Ziegenpeter, die selbstverständlich schon von der hyperbolischen Wolke wußten, riefen in einem fort die Funkstation an, bis ich ihre Apparate abschaltete und ihnen erklärte, daß sie eine gefährliche Situation – vor allem ein Leck – leicht am Luftmangel erkennen würden.

Gegen elf ging ich in die Messe, um etwas zu essen; der Funker schien nur darauf gewartet zu haben, er verschwand, als hätte er sich in Luft aufgelöst, und ich war viel zu müde, um auch nur an ihn zu denken, geschweige denn ihn zu suchen. Der Ingenieur hatte seine Wache beendet, er war ein wenig ruhiger und sorgte sich schon wieder vor allem um seinen Schwager. Während er seiner Kabine zustrebte (er gähnte wie ein Walfisch), sagte er mir, der linke Radarschirm sei wohl kaputt, denn an einer Stelle funkelte etwas grün. Mit diesen Worten ging er, während ich das kalte Rindfleisch aus der Büchse zu Ende aß – bis ich plötzlich, die Gabel in das unappetitlich erkaltete Fett gespießt, erstarrte.

Der Ingenieur kannte sich in Radarbildern aus wie ich in Asphaltproblemen. Dieser „kaputte“ Radarschirm ...

Im nächsten Augenblick raste ich zum Steuer. Das sagt sich so dahin, in Wirklichkeit bewegte ich mich nur so schnell, wie dies möglich ist, wenn man seine ganze Beschleunigung dadurch gewinnt, daß man mit beiden Händen weiterhangelt und sich mit den Beinen von Wandvorsprüngen oder von der Decke abstößt. Der Steuerraum war, als ich ihn endlich erreichte, wie ausgekühlt, die Lämpchen der Schalttafeln erloschen. Die Reaktorkontrollen schimmerten nur sehr schwach, sie glichen Glühwürmchen im Traum, und nur die Radarschirme pulsierten im unaufhörlichen Kreisen der Leitstrahlen. Schon von der Tür her fixierte ich den linken Schirm.

Im rechten unteren Quadrat leuchtete ein unbeweglicher Punkt oder eigentlich – ich sah es, als ich ganz dicht herantrat – ein Fleckchen von der Größe einer Münze, spindelförmig platt, vollkommen regelmäßig, grünlich phosphoreszierend, wie ein winziges, nur scheinbar regloses Fischlein im leeren Ozean. Hätte ein normaler Wachposten diese Erscheinung entdeckt – aber nicht jetzt, nicht jetzt, eine halbe Stunde früher –, dann hätte er unverzüglich auf Automatik geschaltet, den Kommandanten benachrichtigt und von jenem Raumschiff die Daten über Kurs und Bestimmung gefordert. Aber ich hatte eben keine normalen Wachleute, es war eine halbe Stunde zu spät, und ich war allein, also mußte ich, weiß der Himmel, alles auf einmal machen – die Aufforderung zur Identifikation, Positionsangaben, den Sender, das Anheizen des Reaktors, damit er jederzeit Schub geben könne (er war kalt wie ein alter, aber schon ganz alter Leichnam) –, denn die Minuten verrannen. Ich schaffte es sogar, den halbautomatischen Hilfskalkulator in Betrieb zu nehmen, und es stellte sich heraus, daß jenes Raumschiff auf fast parallelem Kurs mit uns lag. Die Differenz betrug den Bruchteil einer Minute, die Wahrscheinlichkeit eines Zusammenstoßes, im All ohnehin unvorstellbar gering, war fast Null.

Nur daß es schwieg! Ich setzte mich in einen anderen Sessel und begann, es aus dem Bordlasergerät anzumorsen. Es war hinter uns, in einer Entfernung von etwa neunhundert Kilometern, also unerhört nahe, und ich sah mich, offen gesagt, bereits vor dem Kosmischen Tribunal (natürlich nicht wegen „Verursachung einer Katastrophe", sondern einfach wegen „Verstoßes gegen Paragraph acht des Kosmolotionskodexes durch GA" – Gefährliche Annäherung). Ich sagte mir, daß sogar Blinde meine Lichtsignale gesehen hätten. Dieses Raumschiff saß mir überhaupt nur deshalb hartnäckig im Radar und wollte nicht von der „Perle" lassen, ja, es kam sogar immer näher, weil es einen ähnlichen Kurs hatte. Die Bahnen waren fast parallel, und der andere bewegte sich schon fast am Rande des Quadranten, weil er schneller war. Über den Daumen schätzte ich, daß seine Geschwindigkeit hyperbolisch war. Und wirklich, zwei Messungen im Abstand von zehn Sekunden ergaben, daß er neunzig Kilometer in der Sekunde machte. Wir machten kaum fünfundvierzig!

Er antwortete nicht und kam näher; stattlich sah er aus, allzu stattlich sogar – eine grünlich flimmernde Linse, von der Seite gesehen, eine scharfe Spindel... Ich blickte auf den Radar-Entfernungsmesser, denn er war mir ein bißchen zu groß geworden: vierhundert Kilometer. Ich rieb mir die Augen. Aus dieser Entfernung sieht jedes Schiff wie ein Komma aus. Ach, du „Perle der Nacht", dachte ich mir, hier ist aber auch nichts so, wie es sein sollte. Ich schaltete das Bild auf den kleinen Hilfsradar mit Richtungsantenne um. Der gleiche Effekt. Ich war baff. Nun wußte ich überhaupt nichts mehr. Vielleicht ist das – ging es mir plötzlich durch den Sinn – auch so ein „Le-Mans-Zug" wie der, den ich fuhr? So an die vierzig Wracks, eins hinter dem anderen, deshalb diese Ausmaße... Aber weshalb war er dann so spindelförmig?

Die Radaroskope arbeiteten, der selbsttätige Entfernungsmesser tickte und tickte: dreihundert Kilometer. Zweihundertsechzig. Zweihundert...

Auf dem Harrelsberger berechnete ich noch einmal den Kurs, denn die ganze Geschichte roch danach, daß wir allzu nahe aneinander vorbeiziehen würden. Man weiß es ja zur Genüge: Seit auf den Weltmeeren Radar angewendet wird, fühlen sich zwar alle sicherer, aber die Schiffe sinken weiter. Ich bekam wiederum heraus, daß der andere in einer Entfernung von dreißig, vierzig Kilometern an meinem Bug vorbeiziehen würde. Ich überprüfte beide Sendegeräte, den Funkautomaten und das Lasergerät. Sie arbeiteten. Der Unbekannte aber schwieg.

Bis zu diesem Zeitpunkt hatte ich noch immer ein schlechtes Gewissen: war ich doch eine Zeitlang blind geflogen, als der Ingenieur mir von seinem Schwager erzählte und mir eine gute Nacht wünschte, während ich mich mit dem Rindfleisch beschäftigte, weil ich keine Leute hatte und alles selber machen mußte – doch nun fiel es mir wie Schuppen von den Augen. Von heiliger Empörung erfüllt, sah ich nun den wirklichen Übeltäter vor mir: Es war jenes taubstumme Raumschiff, das mit hyperbolischer Geschwindigkeit durch den Sektor jagte und es nicht einmal für nötig hielt, direkte Dringlichkeitssignale zu beantworten.

Ich schaltete den Sprechfunk ein, begann den anderen zu rufen und verlangte verschiedene Dinge von ihm: Positionslichter einschalten, Leuchtkugeln abschießen, Identität angeben, Namen, Bestimmungsort, Reeder – alles natürlich durch vereinbarte Zeichen. Er jedoch flog weiter, seelenruhig, still und änderte nicht um einen Deut Geschwindigkeit oder Kurs. Nun war er schon auf achtzig Kilometer heran.

Bisher hatte er sich ein wenig backbord gehalten, aber nun begann er mich ganz offensichtlich zu überholen, machte er doch in der Sekunde doppelt soviel wie ich. Ich wußte – der Kalkulator berücksichtigte nämlich nicht die ganze Winkelkorrektur –, daß er um einige Kilometer näher an mir vorbeiziehen würde als berechnet. Weniger als dreißig konnten es sein, wenn nicht gar zwanzig. Ich hätte bremsen müssen, denn zu solchen Annäherungen darf man es nicht kommen lassen, aber ich konnte nicht: Hinter mir hatte ich diese mehr als hunderttausend Tonnen Raketenfriedhof; ich hätte zuvor all das Gerümpel abhängen müssen, und allein hätte ich dies nicht geschafft, denn die Besatzung widmete sich ganz ihrem Ziegenpeter. Von Bremsen konnten also keine Rede sein. Da waren schon eher Kenntnisse aus der Philosophie am Platze und nicht aus der Kosmodromie: Stoizismus, Fatalismus, eventuell sogar, für den Fall, daß der Fehler des Kalkulators unwahrscheinlich groß sein sollte, etwas aus der Eschatologie.

Bei zweiundzwanzig Kilometer Entfernung begann das fremde Schiff, die „Perle“ deutlich zu distanzieren. Ich wußte, daß sich die Entfernung von nun an vergrößern würde, so daß nun alles scheinbar in Butter war. Ich hatte bis zu diesem Zeitpunkt ausschließlich auf den Entfernungsmesser geschaut, weil das am wichtigsten war; erst jetzt blickte ich wieder auf das Radaroskop.

Das war kein Raumschiff, sondern eine fliegende Insel – ich weiß einfach nicht, wie ich es beschreiben soll. Aus zwanzig Kilometer Entfernung war das Gebilde so groß wie meine zwei Finger! Die ideal regelmäßige Spindel hatte sich in einen Diskus verwandelt, nein – in einen Ring!

Wahrscheinlich denken Sie sich schon seit langem, es habe sich um ein

Raumschiff „der anderen“ gehandelt. Nun ja, bei einer Länge von zehn Meilen... Leicht dahingesagt, aber wer glaubt schon an Raumschiffe „der anderen“? Mein erster Impuls war, es zu verfolgen. Wirklich! Ich packte den Hebel für den Hauptschub – bewegte ihn jedoch nicht. Im Schlepp hatte ich Wracks; das hatte keinen Sinn. Ich sprang aus dem Sessel und gelangte durch einen schmalen Schacht zu der kleinen über dem Kommandoraum in den Außenpanzer eingebauten astronomischen Kajüte. Dort war sogar alles vorhanden, was ich benötigte: ein Fernrohr und Leuchtkugeln. So rasch ich konnte, schoß ich drei davon ab, eine nach der anderen, in der Richtung, in der ich das Schiff vermutete, und als die erste aufleuchtete, begann ich es zu suchen. Es war so groß wie eine Insel, aber ich entdeckte es nicht sofort. Sekundenlang blendete mich der Schein der Leuchtkugel, die in mein Blickfeld sprang, ich mußte also geduldig warten, bis sich meine Augen daran gewöhnten. Die zweite Leuchtkugel platzte zu weit seitlich, sie nützte mir nichts, die dritte lag darüber, ein wenig höher. In ihrem reglosen, sehr weißen Licht erblickte ich das geheimnisvolle Etwas.

Ich sah es nicht länger als fünf, höchstens sechs Sekunden, denn die Leuchtkugel flackerte plötzlich heftig auf, wie das häufig vorkommt, und erlosch dann. Doch in diesen wenigen Sekunden erblickte ich durch die achtzigmal vergrößernden Nachtgläser den aus der Entfernung ziemlich schwach, gespenstisch, aber deutlich erhellten dunklen Umriß des Metallkörpers; ich betrachtete ihn wie aus wenigen hundert Meter Entfernung. Das Gebilde paßte kaum in meinen Gesichtskreis. Genau in der Mitte glommen deutlich ein paar Sterne, als wäre diese Stelle durchsichtig – wie ein aus dunklem Stahl gegossener, im Raum dahinjagender, in der Mitte hohler Tunnel wirkte es; doch beim letzten Aufleuchten der Leuchtkugel gewahrte ich deutlich, daß es so etwas war wie ein zusammengepreßter Zylinder, geformt wie ein Autoreifen, denn ich konnte durch das leere Zentrum hindurchsehen, obwohl es nicht auf meiner Blickachse lag. Der Koloß hatte einen bestimmten Neigungswinkel zu meiner Blicklinie, wie ein Glas, das man leicht ankippt, um langsam eine Flüssigkeit auszugießen.

Sie werden begreifen, daß ich über dieses Schauspiel keine langen Betrachtungen anstellte. Ich schoß die nächsten Leuchtkugeln ab; zwei zündeten nicht, die dritte lag zu kurz, doch die vierte und fünfte zeigten ihn mir – zum letztenmal. Jetzt nämlich, da er die Bahn der „Perle“ gekreuzt hatte, entfernte er sich schneller. Schon war er hundert, zweihundert, dreihundert Kilometer entfernt – eine visuelle Beobachtung war nicht mehr möglich.

Ich kehrte sofort in den Kommandoraum zurück, um die Elemente seiner Bewegung exakt zu fixieren. Danach wollte ich in allen Bereichen Alarm auslösen, einen Alarm, wie ihn die Kosmolotion noch nicht erlebt hatte. Ich stellte mir bereits vor, wie auf der von mir gezeichneten Bahn ganze Rudel von Raketen losziehen würden, um diesen Gast aus den Tiefen zu stellen.

Ich war mir ziemlich sicher, daß er nichts anderes sein konnte als der Bestandteil eines hyperbolischen Schwarms. Das Auge ähnelt unter gewissen

Umständen einer Kamera; man kann sich ein hell angestrahltes Bild, auch wenn es nur für den Bruchteil einer Sekunde aufleuchtet, noch geraume Zeit nach dessen Verschwinden nicht nur vorstellen, sondern sogar ziemlich detailliert analysieren, fast so, als habe man es weiterhin leibhaftig vor sich. Ich hatte in diesem agonalen Aufblitzen der Leuchtkugel die Oberfläche eines Riesen erblickt; seine meilengroßen Seitenwände waren nicht glatt gewesen, sondern zerfurcht, fast wie die Mondoberfläche. Das Licht war auf den Unebenheiten zerflossen, auf den kraterförmigen Vertiefungen – Millionen von Jahren mußte er schon so dahinfliegen, dunkel und leblos, vom Staubnebel verschluckt, er tauchte nach Jahrhunderten daraus hervor, und der Meteoritenstaub zerfraß ihn, nagte an ihm mit der kosmischen Erosion in Zehntausenden von Kollisionen.

Ich weiß nicht zu sagen, woher ich diese Gewißheit nahm, aber ich wußte, daß dieses Gebilde nichts Lebendiges in sich barg, daß es ein Wrack war, jahrmilliardenalt, und daß vielleicht nicht einmal mehr die Zivilisation existierte, die es hervorgebracht hatte.

Und während ich all dies überdachte, berechnete ich gleichzeitig zum vierten-, fünften-, ja sechstenmal die Elemente seiner Bewegung – der absoluten Genauigkeit halber und auch sonst für alle Fälle, und sandte jedes Ergebnis per Tastendruck in die Tiefe des Registriersystems, denn mir war es um jede Sekunde zu tun. Immerhin war er inzwischen nur noch ein grünlich phosphoreszierendes Komma auf den Radarschirmen und glühte wie ein ruhiger Leuchtkäfer im Randsektor des rechten – zweitausend, dreitausend, sechstausend Kilometer entfernt.

Als ich fertig war, verschwand er. Doch was machte das schon? Er war leblos, unfähig eines Manövers, also konnte er nicht entfliehen, sich nirgends verbergen: Er schoß zwar mit hyperbolischer Geschwindigkeit dahin, aber jedes Raumschiff mit einem Hochleistungsreaktor konnte ihn mit Leichtigkeit einholen, und da ich ja über die so präzis berechneten Bewegungselemente verfügte...

Ich öffnete die Kassette des Registrierapparates, um das Papierband herauszunehmen und damit zur Funkstation zu gehen – und erstarrte wie vom Donner gerührt. Ich war benommen, vernichtet...

Die Metalltrommel war leer; der Streifen war längst zu Ende, seit Stunden schon, vielleicht seit Tagen, keiner hatte einen neuen eingelegt. Ich hatte also alle Berechnungsergebnisse in die Luft geschickt, sie waren verloren, allesamt; es gab weder ein Raumschiff noch eine Spur von ihm. Nichts...

Ich stürzte an die Radarschirme, dann wollte ich ernstlich diesen verwünschten Ballast abhängen, Le Mans' Güter im Stich lassen und losstürmen... Wohin? Ich wußte es selber nicht genau. Gewiß, die Richtung... Ungefähr Wassermann, aber was war das schon für ein Ziel! Oder doch? Wenn ich durch Funk den Sektor bekanntgab, annähernd, sowie die Geschwindigkeit... Das mußte ich tun. Das war meine Pflicht, das zuallererst, wenn ich überhaupt noch Pflichten hatte...

Mit dem Lift fuhr ich zum Mittelschiff, zur Funkstation, und legte bereits die Reihenfolge fest: ein Rufsignal an Hauptluna mit der Forderung, mir für alle meine Kommunikate Vorrang einzuräumen, da es sich um Informationen von größter Bedeutung handele; die würde übrigens kein Automat entgegennehmen, sondern wahrscheinlich der Dienstkoordinator von Luna. Ich erstatte Meldung: Fremdes Raumschiff gesichtet – meine Bahn gekreuzt – hyperbolische Geschwindigkeit – offenbar Teil eines galaktischen Schwarms. Luna würde natürlich sofort dessen Bewegungselemente verlangen. Ich mußte ihm dann sagen, daß ich sie zwar berechnet, aber nicht mehr zur Verfügung hätte, da das Bandmagazin des Geräts infolge Nachlässigkeit leer sei. Darauf würde er das „Fix" des Piloten fordern, der das Raumschiff als erster gesichtet hatte. Aber auch ein solches „Fix" gab es nicht, denn den Wachdienst hatte ja ein Straßenbauingenieur übernommen und kein Kosmonaut. Daraufhin – falls ihm die bisherigen Angaben nicht schon verdächtig vorkamen – würde er fragen, weshalb ich während der Messungen nicht den Funker beauftragt hätte, die Daten laufend durchzugeben. Ich könnte in diesem Fall nicht umhin zu erklären, daß der Funker keinen Dienst versehen hätte, weil er betrunken gewesen sei. Wenn er sich auch dann noch dazu herablassen würde, mit mir über diese Dinge zu reden – über eine Entfernung von dreihundertachtundsechzig Millionen Kilometern, die uns trennten –, würde er wissen wollen, weshalb nicht einer der Piloten in Vertretung des Funkers Dienst getan habe; worauf ich antworten müßte, die ganze Besatzung habe Ziegenpeter und liege mit Fieber darnieder. Und falls er bis dahin noch irgendwelche Zweifel hegte, so wäre er nun endgültig überzeugt, daß der Mann, der ihm da mitten in der Nacht Nachrichten über ein Raumschiff „der anderen" auftischte, entweder nicht bei Sinnen war oder stockbetrunken.

Er würde fragen, ob ich das Abbild des Schiffes irgendwie festgehalten hätte – durch Fotos im Lichte der Leuchtkugeln, durch das Festhalten der Radardaten auf dem Ferroband oder wenigstens durch das Notieren der einzelnen Anrufe, mit denen ich mich über Funk an ihn gewandt hatte. Aber ich konnte nichts dergleichen vorweisen, nichts, da ich viel zu überhastet gehandelt hatte. Es war mir gar nicht in den Sinn gekommen, daß irgendwelche Fotografien nötig wären, da ja die Erdraumschiffe das ungewöhnliche Ziel binnen kurzem eingeholt haben würden und da ohnehin alle Aufzeichnungsgeräte ausgeschaltet waren.

Der andere würde dann tun, was ich an seiner Stelle auch tun würde – er würde mir befehlen, aus der Leitung zu gehen, und danach alle Schiffe meines Sektors nach verdächtigen Beobachtungen befragen. Aber kein Raumschiff hatte den galaktischen Gast sehen können, dessen war ich sicher. Ich war ihm nur deshalb begegnet, weil ich in der Ebene der Ekliptik flog, obwohl das strengstens verboten ist; denn dort kreisen ständig Staubschwaden und Reste der von der Zeit zermahlenen Meteore und Kometen. Ich hatte dieses Verbot ignoriert, weil andernfalls mein Treibstoff für das Manövrieren nicht gereicht hätte, das Le Mans um hundertvierzigtausend Tonnen Raketenschrott bereichern sollte. Ich wäre also gezwungen, dem Koordinator auf Luna von vornherein zu beichten, daß die Begegnung in der verbotenen Zone erfolgt war, was eine unangenehme Unterhaltung vor der Disziplinarkommission beim Tribunal für Raumfahrt nach sich ziehen würde. Gewiß, die Entdeckung dieses Raumkörpers wog schwerer als eine Ermahnung der Kommission, vielleicht sogar schwerer als eine Strafe, aber nur dann, wenn man das Gebilde auch wirklich einholte. Das jedoch schien mir hoffnungslos. Ich hätte nämlich verlangen müssen, in ein doppelt gefährdetes Gebiet – in die Zone der Ekliptik, die auch noch von einem hyperbolischen Schwarm heimgesucht wurde – eine ganze Flottille von Schiffen zur Suche zu entsenden. Der Koordinator auf Luna hatte gar nicht das Recht, dies zu veranlassen, selbst wenn er wollte. Und wenn ich mich auf den Kopf gestellt hätte und bis zum Morgen die *COSNAV* der Erde, die Internationale Kommission für Fragen der Raumforschung und weiß der Teufel wen sonst noch angerufen hätte – bestenfalls würden dann Beratungen und Sitzungen beginnen, und schließlich fiele, wenn es blitzschnell ginge, schon nach etwa drei Wochen eine Entscheidung. Aber inzwischen befände – ich überschlug das noch im Lift, in dieser Nacht dachte ich wirklich sehr schnell –, inzwischen befände sich jenes Raumschiff in einer Entfernung von hundertneunzig Millionen Kilometern vom Begegnungsort, also jenseits der Sonne, an der es genügend dicht vorbeifliegen würde, daß sie seine Trajektorie ablenken würde; folglich würde der Raum, in dem man es suchen müßte, mehr als zehn Milliarden Kubikkilometer umfassen. Vielleicht sogar zwanzig.

So stellten sich mir die Dinge dar, als ich die Funkstation erreichte. Ich setzte mich und versuchte noch abzuschätzen, wie groß die Chance war, das Raumschiff mit Hilfe des Radioteleskops der Luna auszumachen, der gewaltigsten radioastronomischen Einheit des ganzen Systems. Doch Erde und Mond befanden sich gerade auf der entgegengesetzten Seite der Umlaufbahn, das heißt von mir aus und damit auch von diesem Raumschiff aus gesehen. Das Radioteleskop war gewaltig, aber wiederum nicht so gewaltig, daß man aus einer Entfernung von vierhundert Millionen Kilometern einen Körper dieser Größe beobachten könnte.

Und das war das bedauerliche Ende dieser ganzen Geschichte. Ich zerriß die Zettel mit den Berechnungen, stand auf und ging still in die Kajüte mit dem Gefühl, ein Verbrechen begangen zu haben. Wir hatten einen Gast aus dem Kosmos, einen Besuch, der sich – was weiß ich – einmal in Millionen, nein, in Hunderten von Millionen Jahren ereignet, und wegen des Ziegenpeters, wegen Le Mans, wegen dessen Wracks, wegen des betrunkenen Mestizen, des Ingenieurs und seines Schwagers und wegen meiner Nachlässigkeit war es uns durch die Finger geglitten, um sich im unendlichen Raum aufzulösen wie ein Geist. Seit dieser Nacht lebte ich zwölf Wochen lang in einer seltsamen Anspannung – danach mußte das leblose Raumschiff in das Gebiet der großen Planeten eindringen und war damit ein für allemal für uns verloren. Ich verließ, soweit ich das einrichten konnte, nicht mehr den Funkraum, und allmählich schwand die Hoffnung, daß ihn doch noch jemand entdecken würde, jemand, der geistesgegenwärtiger war als ich oder der einfach mehr Glück hatte. Doch nichts dergleichen geschah. Selbstverständlich sagte ich niemandem etwas davon. Die Menschheit hat nicht oft solche Gelegenheiten. Ich fühle mich schuldig nicht nur ihr gegenüber, sondern auch gegenüber jener anderen; und mich erwartet nicht einmal Herostratos-Ruhm, denn jetzt, nach so vielen Jahren, würde mir zum Glück niemand mehr glauben. Im übrigen kommen mir selber auch manchmal Zweifel: vielleicht war mir nur das kalte, schwerverdauliche Büchsenrindfleisch auf den Magen geschlagen.

Die Verhandlung

„Zeuge Shennan Quine!“
„Hier, Kommandant!“
„Sie sind Zeuge in einem Verfahren, das vor dem Tribunal der Kosmischen Kammer stattfindet. Bitte gebrauchen Sie die Anrede Vorsitzender, wenn Sie mit mir sprechen, und nennen Sie die Mitglieder dieses Tribunals Richter. Sie haben unsere Fragen unverzüglich zu beantworten, die Fragen der Anklage und der Verteidigung hingegen nur mit Erlaubnis des Tribunals. In Ihren Aussagen dürfen Sie sich einzig und allein auf das berufen, was Sie selbst gesehen haben oder aus eigener Erfahrung wissen, und nicht auf etwas, was Sie von dritten Personen gehört haben. Hat der Zeuge die Belehrung verstanden?“
„Ja, Herr Vorsitzender.“
„Name und Vorname des Zeugen: Shennan Quine?“
„Ja.“
„Als Besatzungsmitglied des ‚Goliath‘ führten Sie aber einen anderen Namen?“
„Ja, Herr Vorsitzender. So lautete eine Bedingung des Vertrages, den die Armatoren mit mir abgeschlossn hatten.“
„Waren Ihnen die Gründe für die Verleihung dieses Pseudonyms bekannt?“
„Ja, Herr Vorsitzender.“
„Herr Zeuge, nahmen Sie in der Zeit vom achtzehnten bis zum dreißigsten Oktober dieses Jahres an Bord des ‚Goliath‘ an einem Umkreisungsflug teil?“
„Ja, Herr Vorsitzender.“
„Welche Funktionen übten Sie an Bord aus?“
„Ich war zweiter Pilot.“
„Bitte berichten Sie dem Tribunal über die Vorfälle an Bord des ‚Goliath‘ am einundzwanzigsten Oktober, während des erwähnten Fluges. Beginnen Sie mit der Position des Raumschiffs und seinen Aufgaben.“
„Um acht Uhr dreißig Bordzeit kreuzten wir mit parabolischer Geschwindigkeit das Perimeter der Saturnmonde und leiteten die Bremsung ein, die bis elf Uhr dauerte. Wir gingen unter die Parabolische und begannen bei doppelter Nullumkreisung mit dem Einschwenkmanöver auf die Kreisbahn, um von dort aus die künstlichen Satelliten auf die Ringoberfläche zu bringen.“
„Unter doppelter Nullumkreisung verstehen Sie eine Geschwindigkeit von zweiundfünfzig Kilometer pro Sekunde?“

„Ja, Herr Vorsitzender. Um elf war mein Dienst zu Ende. Da sich aber während des Manövers wegen konstanter Störungen ständige Kurskorrekturen erforderlich machten, wechselte ich mit dem ersten Piloten, der bis dahin gesteuert hatte, lediglich den Platz und arbeitete als Navigator weiter."

„Wer befahl Ihnen, so zu handeln?"

„Der Kommandant, Herr Richter. Dieses Verfahren war unter den gegebenen Umständen ganz normal. Wir hatten den Auftrag, uns möglichst dicht der Roche-Grenze innerhalb der Ringoberfläche zu nähern, aber trotzdem noch in einer sicheren Entfernung zu bleiben, und von dort, also praktisch von einer Kreisbahn aus, drei automatische Sonden abzuschießen, die wir per Funk in den Bereich der Roche-Grenze lenken sollten. Eine der Sonden sollte innerhalb der Cassinischen Teilung, das heißt in dem Raum zwischen dem Innenring und dem Außenring des Saturns, placiert werden. Die beiden anderen waren als Kontrollsonden gedacht. Soll ich das noch im einzelnen erklären?"

„Bitte, tun Sie das."

„Jawohl, Herr Vorsitzender. Beide Saturnringe bestehen aus winzigen meteorähnlichen Teilchen und sind durch eine etwa viertausend Kilometer breite Lücke voneinander getrennt. Der künstliche Satellit, der sich auf einer kreisförmigen Umlaufbahn innerhalb dieses Spalts um den Planeten herum bewegt hätte, sollte Informationen über die Störungen des Gravitationsfeldes und über die inneren Bewegungen der Teilchen liefern, aus denen sich die Ringe zusammensetzen. Ein solcher Satellit würde jedoch schon nach kurzer Zeit durch Perturbationen aus diesem leeren Raum heraus und entweder in den Bereich des Innen- oder aber des Außenrings geschleudert und natürlich zermalmt werden wie in einer Mühle. Um das zu verhindern, mußten wir Spezialsatelliten mit eigenen Ionentriebwerken und relativ kleinem Schub – von einer Viertel- oder einer Fünfteltonne – verwenden, wobei die beiden ‚Wächter-Satelliten' mit Radarmeßgeräten ausgestattet waren und aufzupassen hatten, daß die Sonde, die innerhalb der Cassinischen Teilung kreiste, diese nicht verließ. Sie verfügten über Kalkulatoren, die die notwendigen Korrekturen für den ersten Satelliten berechnen und dementsprechend seine Triebwerke bedienen sollten. Davon versprach man sich, daß der Satellit so lange funktionstüchtig blieb, wie er Schub hatte, also etwa zwei Monate."

„Zu welchem Zweck sollten Sie gleich zwei Kontrollsatelliten auf eine Umlaufbahn bringen? Meinen Sie nicht, Herr Zeuge, daß einer genügt hätte?"

„Sicherlich hätte einer genügt, Herr Richter. Der zweite ‚Wächter' diente ganz einfach als Reserve für den Fall, daß der erste versagte oder bei einer Meteoritenkollision zerstört würde. Nach astronomischen Beobachtungen von der Erde aus erscheint der Raum um den Saturn leer, abgesehen von den Ringen und den Monden – in Wirklichkeit aber schwirrt dort allerlei Zeug herum. Kleinen Körpern auszuweichen ist natürlich unter den gegebenen Bedingungen unmöglich. Ebendeshalb lautete unsere Aufgabe, auf Kreisbahngeschwindigkeit zu bleiben, weil praktisch fast alle Splitter mit erster kosmischer Geschwindigkeit in der Äquatorebene des Saturns kreisen. Dadurch bleibt die Wahrscheinlichkeit eines Zusammenstoßes auf ein vernünftiges Minimum beschränkt. Außerdem hatten wir Schutzschirme gegen Meteoriten an Bord. Die Schirme konnten von der Pilotenkanzel aus abgeschossen werden. Diese Aufgabe konnte aber auch ein entsprechender Automat übernehmen, der mit dem Radar des Raumschiffs gekoppelt war."

„Hielten Sie diese Aufgabe für schwierig oder auch gefährlich, Herr Zeuge?"

„Sie war weder besonders gefährlich noch besonders schwierig, Herr Richter, vorausgesetzt, daß alle Manöver reibungslos und ohne Störungen durchgeführt würden. Der Saturn und seine nähere Umgebung gilt bei uns als Schuttabladeplatz übelster Sorte, der Jupiter ist dagegen noch harmlos, aber dafür ist die Beschleunigung, die man bei den Manövern entwickeln muß, wesentlich geringer als im Perimeter des Jupiter, und das ist ein bedeutender Vorteil."

„Wen meinen Sie mit ‚uns'?"

„Die Piloten, Herr Richter. Na ja, und auch die Navigatoren."

„Mit anderen Worten – die Kosmonauten?"

„Ja, Herr Richter. Kurz vor zwölf Uhr Bordzeit hatten wir praktisch die Außengrenze des Rings erreicht."

„In seiner Oberfläche?"

„Ja. Auf eine Entfernung von etwa tausend Kilometern. Die Bordgeräte zeigten bereits an dieser Stelle eine erhebliche Verunreinigung an. Wir hatten etwa vierhundert Mikrostaubzusammenstöße in der Minute. Programmgemäß schwenkten wir in die Roche-Grenze über dem Ring ein und begannen von der Kreisbahn aus, die faktisch parallel zur Cassinischen Teilung verlief, die Sonden abzuwerfen. Die erste schossen wir um fünfzehn Uhr Bordzeit ab und brachten sie über Radarpuls genau in den Bereich der Teilung. Diese Aufgabe fiel mir zu. Der Pilot half mir, indem er minimalen Schub beibehielt. Dadurch kreisten wir praktisch mit derselben Geschwindigkeit wie die Ringe. Calder manövrierte sehr geschickt. Er gab nur so viel Schub, wie nötig war, um das Raumschiff richtig auszurichten – mit dem Bug nach vorn. Ohne Schub wäre es sofort ins Trudeln geraten."

„Wer befand sich außer Ihnen und dem ersten Piloten noch im Steuerraum?"

„Alle. Die ganze Besatzung war dort, Herr Richter. Der Kommandant saß zwischen mir und Calder, etwas näher bei ihm, weil er sich den Sessel so eingestellt hatte. Hinter mir saßen der Ingenieur und der Elektroniker. Doktor Burns saß, glaube ich, hinter dem Kommandanten."

„Sie sind sich dessen nicht sicher?"

„Ich habe nicht besonders darauf geachtet, denn ich hatte die ganze Zeit über zu tun. Im übrigen kann man vom Sessel aus auch schlecht nach hinten sehen. Die Lehne ist zu hoch."

„Die Sonde wurde visuell in die Teilung gelenkt?"

„Nicht nur visuell, Herr Richter. Ich hielt über Fernsehen ständig Kontakt zu ihr. Außerdem nahm ich den Radarhöhenmesser zu Hilfe. Als ich ihre Bahnparameter berechnet hatte, stellte ich fest, daß sie richtig saß – ungefähr in der Mitte des leeren Raums zwischen den Ringen –, und sagte zu Calder, daß ich bereit sei."

„Daß Sie bereit seien?"

„Ja, zum Abschuß der nächsten Sonde. Calder schaltete die Tatze ein, das Luk ging auf, aber die Sonde kam nicht."

„Was meinen Sie mit ‚Tatze'?"

„Den hydraulisch bewegten Kolben, der die Sonde nach dem Öffnen des Luks aus der Außenabschußrampe stößt. Wir hatten drei solcher Rampen am Heck, und das Manöver mußte dreimal ausgeführt werden."

„Der zweite Satellit verließ das Raumschiff also nicht?"

„Nein, er blieb in der Rampe stecken."

„Bitte, beschreiben Sie im einzelnen, wie es dazu kam."

„Die Reihenfolge der Operationen war folgende: Erst öffnet sich das Außenluk, dann wird die Hydraulik betätigt, und wenn die Skala anzeigt, daß der Satellit austritt, wird sein Startautomat eingeschaltet. Der Automat zündet mit hundert Sekunden Verzögerung, im Havariefall bleibt also immer noch genügend Zeit, ihn auszuschalten. Der Automat setzt einen kleinen Booster mit festem Treibstoff in Betrieb, und der Satellit verläßt mit Fünfzehn-Sekunden-Eigenschub bei einer Tonne das Raumschiff. Es kommt darauf an, daß er sich so schnell wie möglich vom Mutterschiff entfernt. Wenn der Booster ausgebrannt ist, schaltet sich automatisch das Ionentriebwerk ein, das unter der Fernkontrolle des Navigators steht. In diesem Falle hatte Calder den Startautomaten schon eingeschaltet, weil der Satellit gerade ausgestoßen wurde. Als der plötzlich steckenblieb, versuchte er den Automaten auszuschalten, aber das gelang ihm nicht."

„Sind Sie ganz sicher, daß der erste Pilot den Startautomaten der Sonde auszuschalten versuchte?"

„Ja, Calder rüttelte am Hebel, der zurücksprang. Warum er die Ladung trotzdem zündete, weiß ich nicht. Er schrie: ‚Block!' – das habe ich gehört."

„Block?"

„Ja, irgendwas war blockiert. Es blieb noch eine halbe Minute Zeit bis zur Zündung des Boosters, deshalb bemühte er sich noch mal, die Sonde herauszukatapultieren, indem er den Druck erhöhte. Die Manometer zeigten das Maximum an, aber die Sonde saß fest, wie eingekeilt. Da zog Calder den Kolben zurück und betätigte ihn erneut. Wir spürten alle, wie er auf die Sonde aufprallte – es war fast wie ein Hammerschlag."

„Auf diese Weise versuchte er, die Sonde auszustoßen?"

„Ja, Herr Richter. Man mußte damit rechnen, daß sie dabei beschädigt würde, weil er den Druck nicht allmählich steigerte, sondern ohne Übergang vollen Druck durch alle Leitungen jagte, was im übrigen ganz vernünftig war, wenn man bedenkt, daß wir zwar eine Ersatzsonde hatten, aber kein Ersatzraumschiff."

„Sollte das ein Witz sein? Ich ersuche den Zeugen, künftig auf derlei Verzierungen in seinen Aussagen zu verzichten."

„Der Kolben stieß also nach, aber die Sonde kam nicht zum Vorschein, und weil die Zeit raste, schrie ich: ‚Die Gurte!‘ und schnallte mich an, so schnell ich konnte. Außer mir schrien mindestens noch zwei Mann dasselbe. Einer davon war der Kommandant, ich erkannte seine Stimme.“

„Bitte, erläutern Sie dem Tribunal, warum Sie so handelten, Herr Zeuge.“

„Wir befanden uns auf einer Kreisbahn über dem Ring, flogen also praktisch ohne Schub. Ich wußte folgendes: Wenn der Booster zündete – und er mußte zünden, weil der Starter eingeschaltet war –, würden wir einen seitlichen Rückstoß verpaßt bekommen, so daß das Raumschiff ins Trudeln käme. Es war die Steuerbordsonde, die sich verklemmt hatte, die Sonde, die dem Saturn zugewandt war. Sie mußte folglich wie ein Seitendeflektor wirken. Ich war also darauf gefaßt, daß wir ins Trudeln kämen und daß die Zentrifugalkraft einsetzen würde, die der Pilot notgedrungen durch den dem Raumschiff entgegengesetzten Eigenschub abfangen mußte. In dieser Situation ließen sich nicht alle Eventualitäten voraussehen, die eintreten konnten. Man mußte auf jeden Fall fest angeschnallt sein.“

„Sie hatten also die Gurte losgeschnallt, während Sie Wache hatten und an der Steuerung die Pflichten eines Navigators versahen?“

„Nein, Herr Richter, nicht losgeschnallt, die Gurte hatten nur einen gewissen Spielraum. Man kann sie in bestimmten Grenzen einstellen. Wenn man die Schnalle ganz festzieht – wir nennen das ‚volle Kraft‘ –, hat man nur eine begrenzte Bewegungsfreiheit.“

„Ist Ihnen bekannt, daß die Dienstordnung keinerlei Spielräume oder Abstufungen in der Befestigung der Gurte vorsieht?“

„Jawohl, Hohes Tribunal. Ich weiß, daß die Instruktion etwas anderes vorschreibt, aber das wird immer so gemacht.“

„Wie meinen Sie das?“

„In der Praxis wurde auf allen Raumschiffen, mit denen ich geflogen bin, ein Spielraum für die Gurte belassen, weil das die Arbeit erleichtert.“

„Die Häufigkeit eines Vergehens ist keine Rechtfertigung. Bitte, sprechen Sie weiter.“

„Es kam genau so, wie ich es erwartet hatte: Der Booster zündete. Das Raumschiff begann sich um seine Querachse zu drehen, und gleichzeitig wurden wir von der bisherigen Bahn abgetrieben, übrigens sehr langsam. Der Pilot balancierte diese doppelte Bewegung durch Eigenseitenschub aus, aber nicht ganz, das heißt nicht mit Nullergebnis.“

„Warum nicht?“

„Ich war nicht selbst an der Steuerung, aber ich nehme an, daß es einfach nicht zu schaffen war. Die Sonde saß in der Rampe fest, bei offenem Luk, und durch diese Öffnung drang ein Teil der Gase ihres Triebwerks nach außen, wobei der Gasstrahl wahrscheinlich Wirbel erzeugte und deshalb nicht gleichmäßig ausströmte. Im Endeffekt waren die Impulse mal schwächer, mal stärker, wodurch die Korrektur über Eigenschub seitliche Schlingerbewegungen des ganzen Schiffskörpers zur Folge hatte und wir, als der Booster ausgebrannt war, noch viel heftiger ins Trudeln kamen, nur mit umgekehrtem Vorzeichen. Der Pilot fing diese Bewegungen erst nach geraumer Zeit ab, als er nämlich mitkriegte, daß der Booster zwar verreckt war, dafür aber das Ionentriebwerk arbeitete."

„Daß der Booster verreckt war?"

„Ich wollte sagen, der Pilot war sich nicht ganz sicher, ob das Ionentriebwerk der Sonde zünden würde, schließlich hatte er ihr ja einen heftigen Stoß mit dem Kolben verpaßt. Übrigens war das wohl genau seine Absicht gewesen, ich hätte es auch so gemacht. Als der Booster erlosch, stellte sich aber heraus, daß das Ionentriebwerk funktionierte, und wir hatten wieder eine Seitendeflexion von einer Vierteltonne. Das ist nicht viel, aber zum Trudeln reicht es auf einer solchen Bahn immer noch. Wir flogen ja mit Kreisbahngeschwindigkeit, und da wirken sich die feinsten Unterschiede bei der Beschleunigung enorm auf die Flugbahn und auf die Eigenlage aus."

„Wie verhielten sich zu diesem Zeitpunkt die Besatzungsmitglieder?"

„Völlig ruhig, Herr Richter. Natürlich waren sich alle über die Gefahr im klaren, als der Booster zündete, denn das ist eine Pulverladung mit einem Gewicht von hundert Kilo, die in dem halbgeschlossenen Raum, den die blockierte Abschußrampe ja bildete, regelrecht wie eine Bombe explodieren konnte. Eine solche Explosion hätte uns steuerbord wie eine Konservenbüchse aufgeschlitzt. Zum Glück kam es nicht dazu, und das Ionentriebwerk allein war nicht so gefährlich. Allerdings ergab sich eine zusätzliche Komplikation, als der Automat Feueralarm auslöste und die Rampe Nummer zwei unter Löschschaum gesetzt wurde. Davon hatten wir gar nichts, denn der Schaum ist nicht imstande, ein Triebwerk mit Ionenschub stillzulegen, und so wurde der Schaum auch nur durch das offene Luk hinausgeschleudert, wobei ein Teil vermutlich durch den Hecktrichter der Sonde wieder eingesaugt wurde und zu einer Abschwächung des Schubs führte. Bevor der Pilot die Feueralarmanlage ausschaltete, hatten wir ein paar Minuten lang Seitenstöße zu verzeichnen, die zwar nicht allzu heftig waren, aber immerhin die Stabilisierung des Flugs erschwerten."

„Wer hatte die Alarmanlage eingeschaltet?"

„Der Automat, Herr Richter, als die Meßgeräte auf der Außenhaut steuerbord einen Temperaturanstieg von über siebenhundert Grad anzeigten – der Booster heizte uns so ein."

„Welche Anweisungen oder Befehle hatte der Kommandant bis dahin erteilt?"

„Er erteilte keinerlei Anweisungen oder Befehle. Es sah so aus, als wollte er sich erst überzeugen, was der Pilot unternehmen würde. Grundsätzlich gab es für uns zwei Möglichkeiten: Wir konnten uns entweder mit wachsendem Schub von dem Planeten absetzen und auf die Ellipsenbahn zurückkehren und damit auf die Erfüllung der Aufgaben verzichten oder die dritte und letzte Sonde auf die Kontrollbahn bringen. Das erste hätte ein totales Mißlingen unseres Programms bedeutet, weil die Sonde, wenn sie einfach von der Drift erfaßt würde, ganz sicher nach ein paar Stunden zerschmettert wäre. Eine Außenkorrektur ihrer Flugbahn durch die ‚Wächter-Sonde' war unumgänglich."

„Angesichts dieser Alternative mußte der Kommandant des Raumschiffs natürlich eine Entscheidung treffen – oder?"

„Soll ich die Frage beantworten, Herr Vorsitzender?"

„Beantworten Sie die Frage der Anklage, Herr Zeuge."

„Nun, der Kommandant konnte selbstverständlich Befehle erteilen, aber er mußte es nicht tun. Prinzipiell ist der Pilot unter bestimmten Bedingungen berechtigt, Funktionen auszuüben, die den Funktionen des Kommandanten entsprechen, wie der Paragraph sechzehn der Bordinstruktion besagt, weil es häufig so ist, daß in solchen Fällen gar keine Zeit für die Verständigung zwischen dem Kommandanten und den Leuten an der Steuerung bleibt."

„Aber unter den gegebenen Umständen hätte der Kommandant einen Befehl erteilen können, weil sich das Raumschiff weder unter Beschleunigung befand, die mündliche Befehle vereitelt hätte, und weil auch keine unmittelbare Vernichtungsgefahr bestand."

„Kurz nach fünfzehn Uhr Bordzeit gab der Pilot gemäßigten Ausgleichschub ..."

„Warum ignoriert der Zeuge meine Bemerkung? Ich ersuche das Hohe Tribunal, dem Zeugen einen Verweis zu erteilen und ihn zu veranlassen, auf meine Ausführungen zu antworten."

„Hohes Tribunal, ich soll auf Fragen antworten, die Anklage hat mir aber keine Frage gestellt. Die Anklage brachte lediglich einen eigenen Kommentar vor, der die an Bord entstandene Situation interpretiert. Soll ich diesen Kommentar meinerseits kommentieren?"

„Die Anklage wird gebeten, eine Frage an den Zeugen zu formulieren, und der Zeuge ist angehalten, ein Maximum an gutem Willen bei seinen Aussagen aufzubringen."

„Sind Sie nicht der Meinung, daß der Kommandant angesichts der Situation verpflichtet war, eine konkrete Entscheidung zu treffen und diese dem Piloten in Form eines Befehls zu übermitteln, Herr Zeuge?"

„Herr Staatsanwalt, die Instruktion sieht nicht vor ..."

„Sie haben sich nur an das Tribunal zu wenden."

„Sehr wohl. Hohes Tribunal, in der Instruktion sind keineswegs sämtliche Umstände berücksichtigt, die an Bord eintreten können. Im übrigen wäre das auch nicht möglich. Wenn dies möglich wäre, würde es genügen, daß jedes Besatzungsmitglied die Vorschrift auswendig lernte, und ein Kommandant wäre dann völlig überflüssig."

„Herr Vorsitzender, die Anklage protestiert gegen derlei ironische Bemerkungen des Zeugen!"

„Sie wollen bitte einfach und präzise die Fragen des Anklägers beantworten, Herr Zeuge."

„Sehr wohl. Ich bin also nicht der Meinung, daß der Kommandant in dieser Situation besondere Befehle erteilen mußte. Er war anwesend. Er sah und wußte, was vorging. Wenn er schwieg, bedeutet das, daß er gemäß Paragraph zweiundzwanzig der Bordinstruktion dem Piloten gestattete, nach eigenem Ermessen zu handeln."

„Hohes Tribunal, der Zeuge legt den Wortlaut des Paragraphen zweiundzwanzig der Bordinstruktion falsch aus. In diesem Falle ist Paragraph sechsundzwanzig maßgebend, der Gefahrensituationen behandelt."

„Hohes Tribunal, die Situation an Bord des ‚Goliath' stellte weder für das Raumschiff noch für die Gesundheit oder das Leben der Besatzung eine Gefahr dar."

„Hohes Tribunal, der Zeuge beweist hiermit eindeutig die Böswilligkeit, denn anstatt eine objektive Wahrheitsfindung anzustreben, versucht er per fas et nefas, die Handlungsweise des Angeklagten Pirx, des Kommandanten des Raumschiffes, zu rechtfertigen! Die Situation, in der sich das Raumschiff befand, fällt zweifelsohne unter den Paragraphen sechsundzwanzig!"

„Hohes Tribunal, der Ankläger kann doch nicht gleichzeitig auch noch die Funktion eines Sachverständigen und Experten für den Tatbestand übernehmen!"

„Ich entziehe dem Zeugen das Wort. Das Tribunal behält sich hierzu vor, die Frage nach der Kompetenz der Paragraphen zweiundzwanzig oder sechsundzwanzig der Bordinstruktion gesondert zu klären. Fahren Sie in der Beschreibung der Vorfälle an Bord fort, Herr Zeuge."

„Calder stellte dem Kommandanten zwar keinerlei Fragen, aber ich bemerkte, daß er ein paarmal zu ihm hinsah. Unterdessen hatte er den Schub der eingekeilten Sonde ausgeglichen, so daß es nicht mehr schwer war, das Raumschiff zu stabilisieren. Als die Flugstabilität wiederhergestellt war, entfernte sich Calder vom Ring, aber er verlangte keine Berechnungen des Rückflugkurses von mir – ich glaubte also, er würde trotzdem versuchen, unseren Auftrag zu Ende zu führen. Als wir über die Roche-Grenze hinaus waren, so gegen sechzehn Uhr, signalisierte er Spitze und versuchte sofort, die Sonde abzuschießen."

„Das heißt?"

„Nun ja, er schaltete die Signale für die Spitzenbelastung ein und gab dann zuerst vollen Schub rückwärts und dann vollen Schub vorwärts. Die Sonde wiegt drei Tonnen. Bei voller Beschleunigung muß sie fast zwanzigmal soviel wiegen. Sie hätte also wie eine Erbse aus der Rampe fliegen müssen. Da er zehntausend Meilen Spielraum hatte, führte er diese Schubstöße zweimal hintereinander aus, aber ohne Ergebnis. Er hatte nur erreicht, daß die Deflexion noch zunahm. Wahrscheinlich hatte sich die Sonde durch die heftige Beschleunigung noch fester in der Rampe verklemmt und ihre Lage so geändert, daß der ganze Abgasstrahl gegen das angelehnte Außenluk schlug, zurückprallte und in den Raum entwich. Die Schubstöße waren unangenehm für uns und auch ein wenig riskant, weil nunmehr feststand, daß die Sonde, falls sie sich überhaupt löste, wahrscheinlich ein Stück vom Außenpanzer mitreißen würde. Es sah ganz so aus, als ob wir gezwungen sein würden, ein paar Männer im Skaphander mit Werkzeug auf den Panzer hinauszuschicken oder auch umzukehren und die verd... Verzeihung... die eingeklemmte Sonde mitzuschleppen."

„Versuchte Calder denn nicht, das Triebwerk der Sonde auszuschalten?"

„Das konnte er nicht, Herr Richter, weil das Steuerkabel, das die Sonde mit dem Mutterschiff verband, schon unterbrochen war. Es blieb also nur die Funksteuerung, aber die Sonde steckte direkt im Ausgang der Rampe und war durch deren Metallschutz abgeschirmt. Wir flogen etwa eine Minute und entfernten uns von dem Planeten, und ich war schon überzeugt, daß Calder sich doch noch zur Umkehr entschlossen hatte. Er führte ein paar Manöver zu einem sogenannten Sterneneinfall aus – der besteht darin, daß man mit dem Bug des Raumschiffs den gegebenen Stern anvisiert und dabei Wechselschub gibt. Bei normaler Manövrierfähigkeit muß der Stern ganz unbeweglich auf den Bildschirmen zu sehen sein. Natürlich war dem nicht so, wir hatten eine veränderte Flugcharakteristik, und Calder war bemüht, deren Zahlenwerte zu ermitteln. Nach mehreren Versuchen gelang es ihm auch schließlich, den richtigen Schub zu finden, der die Deflexion ausglich. Dann kehrte er um."

„Erkannten Sie damals, was Calder eigentlich beabsichtigte, Herr Zeuge?"

„Ja, das heißt, ich nahm an, er wolle die dritte, noch an Bord befindliche Sonde auf die Umlaufbahn bringen. Wir gingen über der Fläche der Ekliptik wieder herunter, von der Sonnenseite her – Calder machte das einfach genial. Wenn ich es nicht selbst erlebt hätte, ich hätte es nie für möglich gehalten, daß er das Raumschiff, das ja nun gewissermaßen ein besonderes, von der Konstruktion nicht berücksichtigtes Seitentriebwerk hatte, mit einer solchen Leichtigkeit steuerte. Er trug mir auf, die Kurskorrekturen und die ganze Trajektorie inklusive der Steuerimpulse für unsere dritte Sonde zu berechnen. Nun hatte ich keinen Zweifel mehr."

„Erfüllten Sie diesen Auftrag?"

„Nein, Herr Richter. Das heißt, ich sagte ihm, ich könne den Kurs nicht programmgemäß berechnen, wenn wir anders vorgehen würden – wir konnten uns ja nicht mehr genau an unser Programm halten. Ich verlangte zusätzliche Werte von ihm, weil ich nicht wußte, aus welcher Höhe er die letzte Sonde auf ihre Umlaufbahn bringen wollte, aber er gab mir keine Antwort. Vielleicht hatte er sich nur deshalb an mich gewandt, um den Kommandanten von seiner Absicht zu unterrichten."

„Glauben Sie? Dann hätte er sich doch direkt an den Kommandanten wenden können."

„Vielleicht wollte er das nicht. Vielleicht war ihm daran gelegen, daß keiner denken sollte, er wisse nicht mehr weiter und brauche Hilfe. Es ist aber ebensogut möglich, daß er nur zeigen wollte, was für ein blendender Pilot er ist, wenn er sich an ein Vorhaben heranwagt, bei dem der Navigator, das heißt ich, nicht imstande war, ihm zu helfen. Aber der Kommandant reagierte überhaupt nicht, und Calder nahm schon Kurs auf die Ringe. Und da begann mir die ganze Sache nicht mehr zu schmecken."

„Wollen Sie bitte Ihre Aussage etwas sachlicher abfassen, Herr Zeuge."
„Ja, Herr Richter. Da sagte ich mir also, daß uns eine riskante Operation bevorsteht."
„Ich möchte das Augenmerk des Hohen Tribunals darauf lenken, daß der Zeuge soeben versehentlich das behauptete, was er vorher bestritten hat: daß es nämlich die Pflicht des Kommandanten gewesen wäre, sich aktiv einzuschalten, daß er sich aber bewußt und vorsätzlich jeder Äußerung enthielt, was für das Raumschiff und die Besatzung unübersehbare Konsequenzen heraufbeschwor."
„Hohes Tribunal, es war nicht so, wie die Anklage behauptet."
„Bitte, polemisieren Sie nicht mit der Anklage, sondern fahren Sie in Ihrer Aussage fort und beschränken Sie sich ausschließlich auf den Ablauf der Ereignisse. Warum hielten Sie die Operation erst in dem Augenblick für riskant, als Calder wieder auf den Perimeter der Ringe zurückging?"
„Ich habe mich vielleicht falsch ausgedrückt. Die Sache war so: Der Pilot hat sich unter solchen Bedingungen an den Kommandanten zu wenden. Ich an seiner Stelle hätte das ganz bestimmt getan. Das ursprüngliche Programm konnten wir sowieso nicht mehr in aller Präzision realisieren. Ich nahm an, daß Calder – da ihm der Kommandant ja die Initiative überlassen hatte – versuchen würde, den Satelliten aus erheblicher Entfernung auf eine Bahn zu bringen, das heißt, ohne sich allzusehr dem Ring zu nähern. Das minderte zwar die Erfolgschance, aber es war immerhin möglich und zugleich sicher. Er trug mir auch tatsächlich bei geringer Geschwindigkeit erneut auf, die Kurse für einen aus tausend bis tausendzweihundert Kilometer Entfernung durch Impulse auf eine Umlaufbahn zu bringenden Satelliten zu berechnen. Weil ich ihm helfen wollte, fing ich mit den Berechnungen an, wobei sich herausstellte, daß die Fehlerwerte ungefähr ebenso groß waren wie die Breitenwerte der Cassinischen Teilung. Die Chance, daß die Sonde, statt auf die Kontrollumlaufbahn zu gehen, entweder auf den Planeten zulief oder nach außen steuerte und am Ring zerschmetterte, stand also zwei zu eins. Ich reichte ihm dieses Ergebnis – was Besseres hatte ich ja nicht."
„Informierte sich der Kommandant über das Ergebnis Ihrer Berechnungen?"
„Er muß es gesehen haben, denn die Ziffern erschienen auf dem Indikator, der zentral über unseren Pulten installiert war. Wir flogen mit kleinem Schub, und ich hatte das Gefühl, Calder könne sich nicht entscheiden, was zu tun sei. Er saß ja wirklich ganz schön in der Patsche. Wenn er jetzt einen Rückzieher machte, so hieß das, daß er sich verrechnet und daß ihn seine Intuition im Stich gelassen hatte. Solange er nicht in Richtung Planet umkehrte, konnte er noch so tun, als hielte er die Sache für zu riskant und zu unrentabel. Aber er hatte schon bewiesen, daß er das Raumschiff trotz der veränderten Schubcharakteristik in der Hand hatte, und obwohl er es nicht aussprach, ging aus seinen folgenden Manövern doch eindeutig hervor, daß er an dem Versuch festhielt, die Sonde auf eine Bahn zu bringen. Wir flogen auf Näherungskurs, und ich nahm ganz einfach an, daß er die Erfolgschance ein wenig erhöhen wollte; sie

stieg ja in dem Maße, wie die Entfernung abnahm. Doch wenn es ihm darum zu tun gewesen wäre, hätte er schon längst mit dem Bremsmanöver beginnen müssen – er aber steigerte den Schub. Erst als er das machte, glaubte ich zu wissen, daß er etwas ganz anderes vorhatte. Vorher wäre mir so was gar nicht in den Sinn gekommen. Im übrigen begriffen das alle – und zwar schlagartig."

„Herr Zeuge, Sie behaupten, alle Besatzungsmitglieder seien sich in diesem Augenblick des Ernstes der Lage bewußt gewesen?"

„Ja, Herr Vorsitzender. Jemand, der backbord hinter mir saß, sagte auf einmal: ‚Leben ade!'"

„Wer war das?"

„Das weiß ich nicht. Vielleicht der Ingenieur, vielleicht auch der Elektroniker. Ich habe nicht darauf geachtet. Das ganze spielte sich in Bruchteilen von Sekunden ab. Calder schaltete auf Spitze und gab großen Schub, während er weiter Kollisionskurs auf den Ring steuerte. Es war klar, daß er mit dem ‚Goliath' mitten durch die Cassinische Teilung hindurch wollte, um unterwegs die dritte Sonde nach der ‚Vogel-Methode' zu verlieren."

„Was für eine Methode ist das?"

„Wir nennen das so, Herr Richter. Das Raumschiff ‚verliert' die Sonde im Flug wie ein Vogel ein Ei... Aber der Kommandant verbot ihm das."

„Der Kommandant verbot es ihm? Erteilte er denn diesbezüglich einen Befehl?"

„Jawohl, Herr Richter."

„Einspruch der Anklage! Der Zeuge verdreht die Tatsachen. Der Kommandant erteilte keinen derartigen Befehl."

„Klar! Der Kommandant versuchte, einen Befehl zu erteilen, aber er konnte keinen vollständigen Satz mehr formulieren. Calder gab zwar Vorwarnung wegen der bevorstehenden Höchstbeschleunigung, aber erst Sekundenbruchteile vor dem eigentlichen Manöver. Als es rot aufleuchtete, schrie ihm der Kommandant etwas zu, aber Calder ging im selben Augenblick auf vollen Schub. Unter dieser Presse – über 14 g! – hat man keine Stimme mehr. Es sah so aus, als wollte ihm Calder die Worte auf den Lippen zerquetschen. Ich behaupte nicht, daß er das tatsächlich vorhatte, aber es sah so aus. Wir wurden so zusammengestaucht, daß ich das Sehvermögen verlor. Der Kommandant konnte gerade noch einen Schrei ausstoßen..."

„Herr Vorsitzender, die Anklage erhebt Einspruch gegen die vom Zeugen gebrauchten Formulierungen. Entgegen eigenen Vorbehalten versucht er zu suggerieren, der Pilot Calder habe vorsätzlich und böswillig versucht, den Kommandanten an einer Befehlsausgabe zu hindern."

„Ich habe nichts dergleichen gesagt."

„Ich entziehe dem Zeugen das Wort. Das Tribunal gibt dem Antrag der Anklage statt. Bitte streichen Sie die Worte des Zeugen, angefangen bei: ‚Es sah so aus, als wollte ihm Calder die Worte auf den Lippen zerquetschen.' Ich ersuche den Zeugen, sich jeglicher Kommentare zu enthalten und genau die Worte zu wiederholen, die der Kommandant wirklich gebraucht hat."

„Tja also, wie gesagt, der Kommandant konnte seinen Befehl zwar nicht mehr in einen vollständigen Satz kleiden, aber der Sinn war klar. Er verbot Calder, in die Teilung vorzustoßen."

„Einspruch der Anklage. Für die Wahrheitsfindung ist es nicht wesentlich, was der Angeklagte Pirx sagen *wollte,* sondern nur das, was er tatsächlich gesagt *hat.*"

„Einspruch stattgegeben. Beschränken Sie sich darauf, was im Steuerraum gesagt wurde, Herr Zeuge."

„Das, was gesagt wurde, genügte, um jedem professionellen Kosmonauten klarzumachen, daß der Kommandant dem Piloten verbot, in die Cassinische Teilung vorzustoßen."

„Der Zeuge wird ersucht, die bewußten Worte zu nennen, über deren eigentlichen Sinn das Tribunal selbst befinden wird."

„An die einzelnen Worte kann ich mich nicht erinnern, sondern eben nur an ihren Sinn: Der Kommandant rief so was wie: ‚Nicht durch den Ring!' oder vielleicht auch: ‚Nicht da durch!' Weiter kam er nicht."

„Vorhin haben Sie behauptet, der Kommandant hätte keinen vollständigen Satz ausgesprochen, das eben zitierte ‚Nicht durch den Ring!' stellt hingegen einen vollständigen Satz dar, Herr Zeuge."

„Wenn hier im Saal Feuer ausbräche und ich riefe: ‚Es brennt!", wäre das auch kein vollständiger Satz, weil darin nicht gesagt würde, wo es brennt und was brennt, und doch wäre es eine verständliche Warnung."

„Einspruch der Anklage! Ich ersuche das Tribunal, den Zeugen zur Ordnung zu rufen!"

„Das Tribunal erteilt dem Zeugen eine Verwarnung. Es ist nicht Aufgabe des Zeugen, das Tribunal durch Gleichnisse und Anekdoten zu belehren. Bitte, beschränken Sie sich auf einen sachlichen Bericht darüber, was sich an Bord ereignete."

„Sehr wohl. An Bord ereignete sich folgendes: Der Kommandant verbot dem Piloten durch Anruf, das Raumschiff in die Teilung zu fliegen..."

„Einspruch! Die Aussagen des Zeugen sind tendenziös und führen zu einer Fälschung der Tatsachen!"

„Das Tribunal ist um Entgegenkommen bemüht. Begreifen Sie doch, daß es Aufgabe der Untersuchung ist, die materiellen Fakten festzustellen, Herr Zeuge. Sind Sie in der Lage, das Satzfragment anzuführen, das der Kommandant gebrauchte?"

„Wir standen bereits unter großer Beschleunigung. Ich hatte ein black-out und konnte nichts sehen, aber ich hörte den Schrei des Kommandanten. Die einzelnen Wörter waren nicht genau zu verstehen, aber ich wußte trotzdem, was er meinte. Um so deutlicher muß der Pilot den Warnruf gehört haben, der dem Kommandanten ja näher war als ich."

„Die Verteidigung bittet darum, noch einmal die Registrierbänder aus dem Steuerraum anzuspielen – vor allem den Ausschnitt mit dem Zuruf des Kommandanten."

„Das Tribunal lehnt den Antrag der Verteidigung ab. Die Bänder wurden bereits abgehört, und dabei wurde festgestellt, daß die Stimme völlig verzerrt ist – so verzerrt, daß man lediglich die Person identifizieren, nicht aber deren Worte verstehen kann. In dieser strittigen Frage wird das Tribunal an anderer Stelle eine Entscheidung treffen. Berichten Sie, was danach geschah, Herr Zeuge."

„Als ich wieder sehen konnte, flogen wir auf Kollisionskurs dem Ring entgegen. Der Akzelerator zeigte 2 g an. Wir hatten parabolische Geschwindigkeit. Der Kommandant rief: ‚Calder, du hast meinen Befehl nicht befolgt! Ich hab dir verboten, durch die Teilung zu fliegen!', und Calder erwiderte sofort: ‚Das hab ich nicht gehört, Commander!'"

„Der Kommandant befahl ihm jedoch nicht, zu bremsen oder umzukehren?"

„Das war nicht mehr möglich, Herr Vorsitzender. Wir hatten parabolische Geschwindigkeit – achtzig Kilometer pro Sekunde. Diesen Antrieb abzufangen, ohne dabei die Gravitationsbarriere zu überschreiten, das ist ein Unding."

„Was verstehen Sie unter Gravitationsbarriere, Herr Zeuge?"

„Eine konstante positive oder negative Beschleunigung über zwanzig bis zweiundzwanzig Gravitationseinheiten. Mit jeder Sekunde dieses Kollisionsfluges hätte man einen größeren Gegenschub gebraucht, um abzubremsen. Zuerst wahrscheinlich an die fünfzig g, später vielleicht hundert. Ein solches Bremsmanöver hätte uns allen das Leben gekostet. Das heißt, allen Menschen an Bord."

„Technisch war aber das Raumschiff imstande, eine Beschleunigung dieser Größenordnung zu entwickeln?"

„Ja, Herr Richter. Es wäre dazu imstande gewesen, aber nur, wenn man die Sicherungen herausgerissen hätte, nur dann. Der ‚Goliath' besitzt einen Reaktor, der maximal über einen potentiellen Schub von zehntausend Tonnen verfügt."

„Bitte fahren Sie in Ihrer Aussage fort."

„‚Willst du das Schiff ruinieren?' fragte der Kommandant ganz ruhig. ‚Wir fliegen durch die Teilung, und ich bremse auf der anderen Seite ab', antwortete Calder ebenso ruhig. Dieser Wortwechsel dauerte noch an, als wir auf einmal Seitenumdrehung bekamen. Durch den rapiden Anstieg der Beschleunigung, mit der Calder den Flug in die Teilung einleitete, mußte die Sonde ihre Position innerhalb der Rampe unkontrollierbar geändert haben; die Seitendeflexion nahm zwar ab, doch der Gasstrahl verlief jetzt tangential zum Rumpf, so daß sich das Raumschiff wie ein Kreisel um seine Längsachse drehte. Anfangs waren diese Umdrehungen ziemlich langsam, sie wurden aber von Sekunde zu Sekunde schneller. Das war der Anfang vom Ende. Calder hatte dieses Rotieren versehentlich ausgelöst – durch das jähe Steigern der Beschleunigung."

„Erläutern Sie dem Tribunal ausführlich, weshalb Calder die Beschleunigung Ihrer Meinung nach derart steigerte."

„Hohes Tribunal, die Anklage erhebt Einspruch! Der Zeuge ist parteiisch. Er wird hier, so wie er das bereits getan hat, behaupten, Calder hätte versucht, den Kommandanten zum Schweigen zu bringen."

„Das will ich durchaus nicht. Calder hätte die Beschleunigung nicht sprunghaft zu steigern brauchen, er hätte das auch allmählich tun können, doch wenn er beabsichtigte, in die Ringlücke vorzustoßen, war großer Schub unumgänglich. Wir befanden uns in einem Raum, der für Manöver höchst ungeeignet war, denn diese Zone ist durch mathematisch unlösbare Bewegungsprobleme vieler Körper gekennzeichnet. Einflüsse des Saturns selbst, der Masse seiner Ringe, der nächsten Monde – all das zusammengenommen bildet ein Schwerefeld, in dem sich die Gesamtheit der Perturbation nicht gleichzeitig berücksichtigen läßt. Überdies hatten wir noch Seitendeflexion durch die Sonde. In dieser Situation bewegten wir uns also auf einer Bahn, die die Resultante vieler Kräfte gleichzeitig war – sowohl der Eigenschübe des Raumschiffs als auch der Anziehung der im Raum verteilten Massen. Nun, und je größer der Schub war, mit dem wir flogen, desto geringer wurde der Einfluß der Störfaktoren, da deren Werte konstant blieben, unser Antriebswert wuchs. Indem Calder also die Geschwindigkeit steigerte, machte er unser Raumschiff unempfindlich gegen äußere Störeinflüsse. Ich bin überzeugt, daß uns der Sprung ohne die plötzlich auftretenden Seitenumdrehungen geglückt wäre."

„Sind Sie der Auffassung, daß es einem voll leistungsfähigen Raumschiff möglich ist, die Teilung zu passieren?"

„Aber ja, Herr Richter. Dieses Manöver ist durchaus möglich, wenn es auch von allen Kosmonautiklehrbüchern verboten wird. Die Teilung ist praktisch drei- bis dreieinhalbtausend Kilometer breit. Ihre Ränder sind mit einer dicken Eis- und Meteoritenstaubschicht besetzt, die man zwar visuell nicht wahrnehmen kann, an der aber ein Raumschiff, das sich mit parabolischer Geschwindigkeit bewegt, verglühen muß. Demzufolge ist also der freie Raum, den man passieren kann, an die fünfhundert bis sechshundert Kilometer breit. Bei niedrigen Geschwindigkeiten ist diese Durchfahrt nicht schwierig, doch bei höheren Geschwindigkeiten stellt sich die Gravitationsdrift ein. Deshalb visierte Calder erst genau die Teilung an und gab dann großen Schub. Hätte die Sonde nicht zu rotieren begonnen, wäre alles gut gegangen. Das nehme ich zumindest an. Klar, ein gewisses Risiko war dennoch dabei, die Möglichkeit, daß wir auf einen einsamen Splitter stießen, stand eins zu dreißig. Inzwischen waren aber die Längsumdrehungen aufgetreten. Calder versuchte sie abzufangen, aber es gelang ihm nicht. Er kämpfte großartig, das muß ich zugeben."

„Calder konnte also das Rotieren des Raumschiffs nicht beseitigen. Wissen Sie den Grund?"

„Ich hatte ihn schon vorher, während meiner Wache, beobachtet und dabei bemerkt, daß er ein phänomenaler Rechner war. Er setzte riesiges Vertrauen in seine Fähigkeit, auf eigene Faust, ohne Hilfe der Kalkulatoren, blitzartige Berechnungen anstellen zu können. In unserer Situation, bei parabolischer Geschwindigkeit, mußten wir durch die Cassinische Teilung wie durch ein

Nadelöhr. Die Schubmesser waren nicht zu gebrauchen, weil sie nur die Werte des ‚Goliath', nicht aber die der Sonde anzeigen konnten. Calder beobachtete ausschließlich die Gravimeter und steuerte nur danach. Es war ein regelrechtes mathematisches Wettrennen zwischen ihm und den Bedingungen, die sich mit wachsender Geschwindigkeit veränderten. Wozu Calder in der Lage war, bezeugt die Tatsache, daß er, während ich kaum noch nachkam, die Ziffern auf den Indikatoren *abzulesen,* im Kopf Berechnungen durchführte, bei denen er Differentialgleichungen vierten Grades aufstellte. Ich muß unterstreichen, daß ich ihn bewunderte, obwohl ich sein Verhalten bis zu dem Augenblick zugleich empörend fand, weil ich sicher war, daß er den Befehl des Kommandanten gehört und ihn absichtlich ignoriert hatte."

„Sie haben nicht auf die Frage des Tribunals geantwortet, Herr Zeuge."

„Ich war gerade dabei, Herr Richter. Die Ergebnisse, zu denen Calder im Bruchteil von Sekunden kam, konnten nur annähernd stimmen. Sie waren nicht exakt, denn das konnten sie gar nicht sein, selbst wenn er sich in die schnellste Rechenmaschine der Welt verwandelt hätte. Die Fehlerquote, die er nicht berücksichtigen konnte, wuchs ständig, und wir rotierten weiter. Eine Minute lang hatte ich den Eindruck, daß Calder das Ding vielleicht doch noch schaukeln würde, doch er begriff eher als ich, daß er verspielt hatte, und nahm den Schub weg. Wir verloren die Schwerkraft bis Null."

„Warum tat er das?"

„Er wollte die Teilung annähernd auf einer Geraden durchqueren, aber es gelang ihm nicht, die Längsumdrehungen des Schiffs abzufangen. Der ‚Goliath' drehte sich wie ein Kreisel und verhielt sich folglich auch so: Er leistete der Antriebskraft, die ihn senkrecht auszurichten versuchte, Widerstand. Wir gerieten in Präzession – je höher unsere Geschwindigkeit war, desto heftiger torkelte unser Heck. Im Endeffekt flogen wir in der Bahn eines sehr weit auseinandergezogenen Korkenziehers, das Raumschiff legte sich auf die Seite, und jede dieser Schleifen hatte an die hundert Kilometer Durchmesser. Dabei hätten wir natürlich ohne weiteres an die Ränder des Rings stoßen können, statt die Mitte der Teilung zu treffen. Calder war außerstande, etwas dagegen zu tun. Er saß im Trichter."

„Was heißt das?"

„So nennen wir für gewöhnlich ausweglose Situationen, Hohes Tribunal. Der weitere Verlauf des Fluges übersteigt jegliches Vorstellungsvermögen. Als Calder die Triebwerke ausschaltete, glaubte ich, er wolle sich einfach in sein Schicksal ergeben. Die Ziffern flimmerten in den Indikatoren, aber zu berechnen gab es nichts mehr. Die Ringe blendeten uns so sehr, daß wir kaum noch aus den Augen gucken konnten, sie bestehen ja aus Eisblöcken. Sie kreisten wie ein Karussell vor uns, zusammen mit der Teilung, die aussah wie ein schwarzer Riß. In solchen Momenten vergeht die Zeit unglaublich langsam. Jedesmal, wenn mein Blick an den Zeigern des Sekundenmessers hängenblieb, hatte ich den Eindruck, sie stünden auf der Stelle. Calder schnallte plötzlich die Gurte ab; er tat das mit sehr heftigen Bewegungen. Ich machte das gleiche, weil ich annahm, er wollte die Hauptüberlastungssicherung herausreißen, die am Pult angebracht war und an die er, angeschnallt, nicht heranreichte. Mit vollem Schub hätte er das Schiff noch abfangen und in den Raum entrinnen können, nachdem er die besagten hundert g entwickelt hatte. Wir wären alle zerplatzt wie Ballons, aber er hätte das Raumschiff gerettet, na, und auch sich selbst. Eigentlich hätte mir schon eher der Gedanke kommen müssen, daß er kein Mensch ist, denn ein Mensch wäre zu solchen Rechenoperationen niemals imstande gewesen ..., aber das wurde mir alles erst in diesem Moment bewußt. Ich wollte ihn vom Pult zurückhalten, aber er war schneller. Er mußte schneller sein. ‚Nicht abschnallen!' schrie mir der Kommandant zu. Und an Calder gewandt: ‚Rühr die Sicherung nicht an!' Calder schenkte ihm nicht die geringste Beachtung, er stand bereits. ‚Volle Kraft voraus!' rief der Kommandant, und ich gehorchte. Ich hatte ja noch das Zweitsteuer. Ich gab nicht sofort volle Kraft, sondern ging erst auf fünfzig, weil ich Calder nicht töten wollte – ich wollte ihn mit diesem Stoß lediglich von den Sicherungen wegschleudern, aber er hielt sich auf den Beinen. Es war ein entsetzlicher Anblick, meine Herren, denn kein Mensch bleibt da stehen! Er aber stand, lediglich ans Pult geklammert, es riß ihm die Haut von beiden Handflächen, aber er hielt sich weiter aufrecht, denn unter seiner Haut war Stahl. Da gab ich sofort Spitze. Die vierzehn g rissen ihn um, er wurde nach hinten in den Steuerraum geschleudert. Das Gepolter war so ohrenbetäubend, als sei er ein einziger riesiger Metallblock. Er sauste zwischen unseren Sesseln hindurch und prallte gegen die Wand, daß sie erbebte; das Securit spritzte umher, und er stieß einen Laut aus, der sich absolut mit nichts vergleichen ließ, und ich hörte, wie er sich dort hinten wälzte, wie er die Trennwände zertrümmerte, wie er alles in Stücke schlug, woran er sich klammerte, aber ich achtete nicht mehr darauf, weil sich schon die Cassinische Teilung vor uns auftat. Wir sausten torkelnd, mit kreiselndem Heck hinein. Ich reduzierte auf 4 g. Jetzt entschied nur noch der pure Zufall. Der Kommandant schrie, ich solle schießen. Ich schoß also nacheinander die Meteoritenabwehrschirme ab, um wenigstens die kleineren Splitter vor dem Bug zu zerquetschen, falls welche vor uns auftauchen sollten. Obwohl das nicht viel nutzte, war es immerhin besser als gar nichts. Die Cassini glich einem riesigen schwarzen Maul; ich sah am Bug, weit entfernt, Feuer. Die Schutzschirme entfalteten sich und gerieten beim Zusammenprall mit den Eisstaubwolken in Brand. Riesige silbrige Wolken entstanden, unglaublich schön, und barsten im Handumdrehen. Das Raumschiff erbebte leicht, backbord sprangen mit einemmal die Gerätezeiger in die Höhe, es war ein Wärmestoß, wir streiften etwas, ich weiß nicht, was, und waren drüben ..."

„Commander Pirx?"
„Ja, der bin ich. Sie wollten mich sprechen?"
„Ganz recht. Ich danke Ihnen, daß Sie gekommen sind. Bitte, nehmen Sie Platz ..."

Der Mann hinter dem Schreibtisch drückte auf den Knopf eines schwarzen

Kastens und sagte: „Ich bin jetzt zwanzig Minuten beschäftigt und für niemanden zu erreichen." Er schaltete den Apparat aus und musterte Pirx aufmerksam. „Ich möchte Ihnen einen bestimmten... originellen... Vorschlag unterbreiten, Commander. Eine Art..." – er suchte nach einem passenden Wort –, „eine Art Experiment. Zunächst müßte ich Sie jedoch bitten, über das, was ich Ihnen jetzt sage, Diskretion zu bewahren. Auch wenn Sie den Vorschlag ablehnen sollten. Sind Sie damit einverstanden?"

Mehrere Sekunden lang herrschte Schweigen.

„Nein", erwiderte Pirx dann und fügte hinzu: „Es sei denn, Sie verraten mir etwas mehr."

„Sie gehören nicht zu den Menschen, die etwas blanko unterschreiben? Das hätte ich mir eigentlich schon denken können, nach dem, was ich über Sie gehört habe. Zigarette gefällig?"

„Nein, danke."

„Es handelt sich um einen Versuchsflug."

„Ein neues Schiffsmodell?"

„Nein, eine neue Art von Besatzung."

„Von Besatzung? Und meine Rolle dabei?"

„Eine umfassende Beurteilung ihrer Eignung. Das ist alles, was ich Ihnen sagen kann. Jetzt sind Sie an der Reihe."

„Ich werde schweigen, sofern ich das für möglich halte."

„Für möglich?"

„Für angebracht."

„Mit Rücksicht auf welche Kriterien?"

„Auf das sogenannte Gewissen, mein Herr."

Abermals verstrichen Sekunden. In dem großen Zimmer mit der einen Glaswand herrschte eine Stille, als läge es gar nicht inmitten von zweitausend anderen Räumen, die zusammen einen riesigen Wolkenkratzer mit drei Hubschrauberlandeplätzen auf den Dächern ausmachten. Pirx konnte kaum die Gesichtszüge des Mannes erkennen, mit dem er sich da unterhielt, weil ein stark leuchtender Nebel oder vielmehr eine Wolke, in die die sechzehn obersten Stockwerke des Gebäudes gehüllt waren, den Hintergrund für die Gestalt bildete. Hin und wieder materialisierten sich die milchigen Knäuel hinter der durchsichtigen Wand, und man hatte den Eindruck, als würde das ganze Zimmer von einer unwägbaren Kraft hinweggetragen, als schwebe es davon.

„Gut. Wie Sie sehen, bin ich mit allem einverstanden. Es handelt sich um einen Flug Erde–Erde."

„Eine Schleife?"

„Ja. Mit Saturnumkreisung und Abschuß neuer automatischer Satelliten auf eine stationäre Umlaufbahn."

„Das ist doch aber das Unternehmen JOVIANA?"

„Ganz recht, ein Teil davon, was die Satelliten anbelangt. Das Raumschiff gehört ebenfalls der COMSEC, das Projekt steht also unter dem Patronat der UNESCO. Wie Sie wissen, repräsentiere ich diese Institution. Wir haben unsere eigenen Piloten und Navigatoren, aber auf Sie ist unsere Wahl gefallen, weil hier noch ein zusätzlicher Faktor mitspielt, nämlich die Mannschaft, wie ich bereits erwähnte."

Der UNESCO-Direktor verstummte erneut. Pirx wartete und strengte unwillkürlich sein Gehör an, aber es war wirklich, als erklänge im Umkreis von Meilen nicht der leiseste Laut – und doch waren sie von einer Millionenstadt umgeben.

„Wie Ihnen sicherlich bekannt sein dürfte, gibt es schon seit einer Reihe von Jahren Möglichkeiten, Automaten zu bauen, die den Menschen immer besser ersetzen, die ihm zugleich auf vielen Gebieten ebenbürtig sind. Bisher wurden sie stationär installiert, wegen ihres Gewichts und ihrer Abmessungen. Aber fast gleichzeitig hat die Physik der festen Körper in den Vereinigten Staaten und in der UdSSR die nächste Etappe der Mikrominiaturisierung eröffnet – die Molekularetappe. Es wurden versuchsweise Prototypen von kristallinen Systemen hergestellt, die dem menschlichen Gehirn gleichkommen. Sie sind noch immer anderthalbmal größer als unser Gehirn, aber das ist unwichtig. Eine Reihe amerikanischer Firmen hat für ihre Konstruktionen bereits Patente angemeldet und möchte nun die Produktion von menschenähnlichen, sogenannten totalen nichtlinearen Automaten aufnehmen, die besonders für die Bedienung von interplanetaren Schiffen gedacht sind."

„Ich habe davon gehört. Aber angeblich haben die Gewerkschaften Einspruch dagegen erhoben, oder? Und würde die Sache nicht wesentliche Veränderungen in der bestehenden Gesetzgebung erforderlich machen?"

„Sie haben davon gehört? Die Presse hat aber nichts darüber gebracht, außer ein paar Gerüchten..."

„Ja. Aber hinter den Kulissen hat es Gespräche und Verhandlungen gegeben, und Informationen darüber sind in jene Kreise durchgesickert, in denen ich verkehre. Das ist doch erklärlich."

„Aber gewiß. Natürlich. Nun, desto besser... Obwohl... Wie ist eigentlich Ihr Standpunkt?"

„In dieser Angelegenheit? Eher negativ. Ja, sogar sehr negativ. Ich befürchte jedoch, daß hier niemandes Auffassung ausschlaggebend ist. Die Konsequenzen von Erfindungen sind unerbittlich – man kann bestenfalls die Verwirklichung eine Zeitlang hinauszögern."

„Mit anderen Worten: Sie halten es für ein notwendiges Übel?"

„So würde ich es nicht formulieren. Ich bin der Meinung, daß die Menschheit auf eine Invasion künstlicher Wesen in Menschengestalt nicht vorbereitet ist. Das Wichtigste dabei ist selbstverständlich, ob sie dem Menschen auch tatsächlich ebenbürtig sind. Persönlich bin ich noch nie solchen Wesen begegnet. Ich bin kein Fachmann, aber die Spezialisten, die ich kenne, sind der Meinung, daß von einer Vollwertigkeit, einer echten Ebenbürtigkeit keine Rede sein kann."

„Sind Sie da nicht etwas voreingenommen? Einige Fachleute sind in der Tat dieser Meinung, das heißt, sie waren es. Aber sehen Sie... das Vorgehen dieser

Firmen wird von ökonomischen Faktoren bestimmt. Von der Rentabilität der Produktion."

„Das heißt, von der Hoffnung auf Profit."

„Ja. Das bedeutet in diesem Falle, daß die Bundesregierung – ich meine Amerika – sowie die Regierungen Englands und Frankreichs den Privatfirmen die Dokumentationen noch nicht bis ins letzte zugänglich gemacht haben, soweit diese in Instituten entwickelt worden sind, die vom Staat finanziert werden. Aber die Lücken in der Dokumentation können von den besagten Firmen auch ohne die Hilfe der Regierungen geschlossen werden, gewissermaßen im eigenen Bereich, sie haben ja ihre eigenen Forschungslaboratorien."

„Sie meinen Cybertronics?"

„Nicht nur. Auch Machintrex, Inteltron und andere. Jedenfalls gibt es in den Regierungskreisen dieser Staaten viele Leute, die sich vor den Folgen einer derartigen Aktion fürchten. Die Privatfirmen interessiert es ja nicht, daß es an staatlichen Mitteln fehlt, um die Leute umzuschulen, die durch die Welle der Nichtlinearen ihre Arbeit verlieren würden."

„Der Nichtlinearen? Merkwürdig, dieser Terminus ist mir noch nie begegnet."

„Ein Wort aus unserem Jargon. Klingt immer noch besser als ‚Homunculus' oder ‚künstlicher Mensch', denn schließlich handelt es sich ja nicht um Menschen, weder um künstliche noch um echte."

„Wegen ihrer Unzulänglichkeit?"

„Wissen Sie, Commander, ich bin auch kein Spezialist auf diesem Gebiet und muß Ihnen die Antwort schuldig bleiben, so leid es mir tut. Meine persönlichen Vermutungen sind hier völlig uninteressant. Es handelt sich darum, daß einer der ersten Abnehmer des neuen Erzeugnisses die COSNAV wäre."

„Das ist aber doch ein angloamerikanisches Privatunternehmen?"

„Ebendarum. Die ‚Cosmical Navigation' hat seit Jahren mit finanziellen Schwierigkeiten zu kämpfen, weil das Kosmodrom- und Kosmonautik-System der sozialistischen Staaten, das nicht auf sofortigen Gewinn ausgerichtet ist, ein starker Konkurrent für sie ist, der einen erheblichen Teil des Warenumschlags übernimmt. Besonders auf den extraterrestrischen Hauptlinien. Das dürfte Ihnen bekannt sein."

„Allerdings. Und ich wäre ganz und gar nicht böse, wenn die COSNAV pleite ginge. Denn da es einmal gelungen ist, die kosmische Exploration im Rahmen der UNO zu internationalisieren, könnte man mit der Raumschiffahrt ruhig dasselbe machen. So scheint es mir wenigstens."

„Ich versichere Ihnen, daß auch ich das gern möchte, schon wegen des Schreibtischs, hinter dem ich sitze. Aber das ist Zukunftsmusik. Die Wirklichkeit sieht zunächst mal so aus, daß die COSNAV bereit ist, jede beliebige Menge dieser Nichtlinearen für ihre Fluglinien zu übernehmen – vorläufig nur für den Güterverkehr, weil sie befürchtet, daß breite Kreise den Einsatz der Automaten in der Zivilraumfahrt boykottieren könnten. Die Vorverhandlungen sind bereits im Gange."

„Und die Presse schweigt?"

„Die Gespräche sind inoffiziell. Einige Blätter haben übrigens Meldungen darüber gebracht, aber die COSNAV hat sie dementiert. Formell gesehen hat sie recht. Im übrigen ist das ein regelrechter Dschungel, Commander. Im Grunde genommen bewegen sie sich in einem Sektor, der weder durch die Gesetzgebung der einzelnen Länder noch durch die internationale, der UNO unterstehende Gesetzgebung genau erfaßt ist. Andererseits wird sich der Präsident im Hinblick auf das bevorstehende Ende seiner Amtszeit hüten, im Kongreß Gesetzesvorlagen einzubringen, die vom großen Intellektronikkapital gefordert werden – aus Furcht vor einer heftigen Gegenreaktion der Gewerkschaften. Und damit komme ich endlich zur Sache: Um eventuellen Vorbehalten der internationalen Presse, der Arbeiterbewegung, der Gewerkschaften und so weiter entgegenzuwirken, hat sich eine Reihe von Firmen dazu entschlossen, uns einige Halbprototypen zur Verfügung zu stellen, um ihre Eignung für die Bedienung von interplanetaren Raumschiffen untersuchen zu lassen."

„Verzeihen Sie – ‚uns'? Was heißt das? Der UNO? Das mutet ein bißchen komisch an."

„Nein, nicht direkt der UNO. ‚Uns' heißt der UNESCO, der Institution, die sich mit Fragen der Wissenschaft, Kultur und Bildung befaßt..."

„Sie entschuldigen wohl, aber ich verstehe noch immer kein Wort. Was haben diese Automaten mit Bildung oder Wissenschaft zu tun?"

„Eine Invasion – den Begriff haben Sie selbst gebraucht –, eine Invasion dieser..., dieser Pseudomenschen vom Fließband dürfte doch Auswirkungen für die gesamte Menschheitskultur haben, in jeder Hinsicht. Ich meine nicht nur die rein ökonomischen Konsequenzen, die Gefahr der Massenarbeitslosigkeit und so weiter, sondern auch die psychologischen, sozialen und kulturellen Auswirkungen – im übrigen möchte ich, um die Sache zum Abschluß zu bringen, hinzufügen, daß wir das Angebot ohne große Begeisterung angenommen haben. Ursprünglich wollte die Direktion sogar ablehnen. Die besagten Unternehmen spielten daraufhin einen weiteren Trumpf aus, indem sie betonten, daß die Nichtlinearen für die Bedienung von Raumschiffen ungleich größere Sicherheitsgarantien böten als menschliches Personal – weil sie ein schnelleres Reaktionsvermögen hätten sowie praktisch keinerlei Schlafbedürfnis oder Ermüdungserscheinungen. Außerdem seien sie immun gegen Krankheiten und verfügen über riesige Leistungsreserven, so daß sie selbst im Falle einer ernstlichen Beschädigung noch funktionierten. Darüber hinaus könnten sie, da sie weder Sauerstoff noch Nahrungsmittel benötigten, ihre Aufgaben sogar an Bord eines nicht mehr ganz hermetisch abgedichteten oder überhitzten Raumschiffs ausführen – und so weiter und so fort. Das sind durchaus sachliche Argumente, wie Sie sehen, zumal hierbei nicht der Profit irgendwelcher Privatfirmen im Vordergrund steht, sondern die Sicherheit von Schiffen und Fracht. Wer weiß, ob sich in diesem Fall nicht sogar die der UNO unterstellte Forschungsraumfahrt entschließen würde, zumindest zum Teil..."

„Ich verstehe. Aber das wäre ein gefährlicher Präzedenzfall. Darüber sind Sie sich doch wohl im klaren."

„Wieso gefährlich?"

„Weil sich beinahe das gleiche auch über andere Funktionen und andere Berufe sagen läßt. Eines Tages werden womöglich auch Sie entlassen, und Ihren Platz nimmt eine Maschine ein."

Das Gelächter des Direktors wirkte wenig überzeugend. Im übrigen wurde er sofort wieder ernst.

„Ich bitte Sie ... Lieber Commander, wir schweifen ab. Was sollte man Ihrer Meinung nach in der gegenwärtigen Situation tun? Die UNESCO hätte den Vorschlag dieser Herren ablehnen können, aber das hätte die Tatsachen nicht aus der Welt geschafft. Wenn die Automaten tatsächlich so gut sind, übernimmt sie die COSNAV früher oder später doch, und andere folgen ihr."

„Und was ist damit gebessert, daß die UNESCO die Rolle des technischen Gütekontrolleurs für die Erzeugnisse dieser Firmen spielen will?"

„Aber, aber ... Hier handelt es sich doch nicht um eine technische Kontrolle, Commander. Wir wollten – ich muß das jetzt einmal aussprechen –, wir wollten Ihnen einen Flug mit einer solchen Mannschaft antragen, die unter Ihrem Befehl stehen würde. Im Verlaufe dieser vierzehn Tage würden Sie sehen, was sie taugt. Ich unterstreiche das um so mehr, als es sich um verschiedene Modelle handelt, die sich voneinander unterscheiden. Wir würden Sie bitten, uns nach der Rückkehr ein kompetentes, umfassendes, nach vielerlei Gesichtspunkten gegliedertes Gutachten vorzulegen, weil es hier einmal um berufliche, aber auch um andere, zum Beispiel psychologische Aspekte geht: Wie weit passen sich die Automaten dem Menschen an? Inwieweit entsprechen sie seinen Vorstellungen? Entsteht der Eindruck einer Suprematie, oder hat man im Gegenteil das Gefühl, daß sie dem Menschen unterlegen sind ...? Unsere entsprechenden Stellen würden Ihnen sowohl das Material als auch die Fragebogen liefern, die von bedeutenden Wissenschaftlern, von Psychologen, erarbeitet wurden ..."

„Und das wäre meine Aufgabe?"

„Ja. Sie brauchen mir nicht sofort eine Antwort zu geben. Soviel ich weiß, fliegen Sie zur Zeit nicht."

„Ich habe sechs Wochen Urlaub."

„Na bitte. Wenn Sie sich also, sagen wir, innerhalb von zwei Tagen entscheiden wollten?"

„Nur noch zwei Fragen. Welche Konsequenzen hätte mein Gutachten?"

„Es könnte entscheidend sein!"

„Für wen?"

„Für uns natürlich. Für die UNESCO. Ich bin überzeugt, daß Ihr Gutachten, wenn es zu einer Internationalisierung der Raumschiffahrt kommt, den legislatorischen Kommissionen der UNO als wichtiges Material dienen wird. Den Kommissionen, die ..."

„Verzeihen Sie, aber das ist Zukunftsmusik, wie Sie es selbst genannt haben.

Also für die UNESCO, sagen Sie? Aber die UNESCO ist doch keine Firma, kein Unternehmen – und sie beabsichtigt doch hoffentlich auch nicht, zum Werbebüro irgendwelcher Firmen zu werden?"

„Natürlich nicht, Commander. Wir veröffentlichen Ihren Bericht in der internationalen Presse. Falls die Ergebnisse negativ sind, hemmen sie ganz bestimmt den Fortgang der Verhandlungen zwischen der COSNAV und diesen Firmen. Auf diese Weise tragen wir dazu bei, daß..."

„Ich bitte nochmals um Entschuldigung. Aber wenn die Ergebnisse positiv sind, dann hemmen wir nichts und leisten auch keinen Beitrag?"

Der Direktor räusperte sich, hustete. Schließlich lächelte er.

„Ich habe Ihnen gegenüber schon beinahe Schuldgefühle, Commander. Als ob ich ein schlechtes Gewissen hätte. Aber hat die UNESCO vielleicht diese nichtlinearen Automaten erfunden? Ist die Situation etwa durch unsere Arbeit heraufbeschworen worden? Wir bemühen uns objektiv, im Interesse aller vorzugehen...

„Das eben gefällt mir nicht."

„Sie können ja jederzeit ablehnen, Commander. Aber bitte denken Sie daran: Wenn wir genauso verführen, wäre das eine Pilatusgeste. Die eigenen Hände in Unschuld waschen, das ist das bequemste. Wir sind keine Weltregierung und können niemandem die Herstellung solcher oder anderer Maschinen verbieten. Das ist Sache der jeweiligen Regierungen, die es im übrigen versucht haben – ich weiß, daß solche Projekte geplant waren, aber es ist nichts dabei herausgekommen! Und auch die Kirche hat nichts ausrichten können, und Sie kennen ja deren absolut negative Haltung in dieser Frage."

„Ja. Mit einem Wort: Keinem gefällt es, und alle sehen zu, wie es gemacht wird."

„Weil es keine gesetzliche Handhabe dagegen gibt."

„Und die Konsequenzen? Diesen Firmen, ihnen selbst, wird doch eines Tages der Boden unter den Füßen schwanken, wenn sie es zu einer Arbeitslosigkeit kommen lassen, die..."

„Diesmal muß ich Sie unterbrechen. Sicherlich ist an dem, was Sie da sagen, ein wahrer Kern. Wir befürchten das alle. Nichtsdestoweniger sind wir machtlos. Aber diese Machtlosigkeit ist nicht absolut. Wir können zum Beispiel dieses Experiment machen. Sie sind voreingenommen? Sehr gut! Gerade deshalb ist uns noch mehr an Ihnen gelegen! Wenn es überhaupt irgendwelche Vorbehalte gibt, dann werden Sie sie am überzeugendsten darlegen!"

„Ich werde mir die Sache durch den Kopf gehen lassen", sagte Pirx und erhob sich.

„Sie sprachen vorhin von einer weiteren Frage..."

„Die haben Sie mir bereits beantwortet. Ich wollte wissen, warum die Wahl ausgerechnet auf mich gefallen ist."

„Sie geben uns also Bescheid? Bitte, rufen Sie binnen zwei Tagen an. Einverstanden?"

„Einverstanden", sagte Pirx, nickte dem Mann zu und ging hinaus.

Die Sekretärin, eine platinfarbene Blondine, stand hinter ihrem Schreibtisch auf, als Pirx eintrat.

„Guten Tag, ich..."

„Guten Tag. Ja, ich weiß Bescheid. Ich bringe Sie selbst hin."

„Sind sie schon da?"

„Ja. Sie werden erwartet."

Sie führte ihn einen langen, leeren Gang entlang. Ein kalter, steinerner Laut füllte den großen Raum, der mit künstlichem Granit ausgelegt war. Sie gingen an dunklen Türen mit Aluminiumziffern und Täfelchen vorbei. Die Sekretärin war nervös. Ein paarmal schielte sie unter der gesenkten Stirn zu Pirx hinüber – nicht wie ein kokettes Mädchen, sondern wie ein verstörter Mensch. Als Pirx das bemerkte, tat sie ihm ein bißchen leid, und zugleich erschien es ihm, als habe er es mit einer völlig verrückten Angelegenheit zu tun. Die Frage, die er dann stellte, überraschte ihn selbst: „Haben Sie sie gesehen?"

„Ja. Einen Augenblick. Nur ganz flüchtig."

„Und wie ... wie sind sie?"

„Sie haben sie noch nicht gesehen?"

Sie freute sich beinahe darüber. Sie benahm sich, als gehörten alle, die diese Wesen gut kannten, einer fremden, vielleicht sogar feindlichen Verschwörergruppe an, der man äußerstes Mißtrauen entgegenbringen mußte.

„Es sind sechs. Einer hat mit mir gesprochen. Nichts Auffälliges, sage ich Ihnen. Absolut nichts. Wenn ich ihm auf der Straße begegnen würde, ich käme nie auf die Idee, daß... Aber als ich ihn dann von nahem sah – er hat so was in den Augen, und auch hier..." Sie tippte an ihren Mund.

„Und die anderen?"

„Die sind gar nicht hereingekommen, sie standen draußen auf dem Gang."

Sie stiegen in den Lift, er schoß in die Höhe. An der Wand hüpften die kleinen goldfarbenen Lichtkörner übereinander, die die Stockwerke zählten. Das Mädchen stand Pirx gegenüber, und so konnte er gut das Ergebnis der Mühe bewundern, die sie darauf verwandt hatte, mit Hilfe von Puder, Tusche und Schminke die letzten Spuren ihrer Individualität zu tilgen, um sich vorübergehend in das Ebenbild von Inda Lae zu verwandeln, oder wie der nach dem letzten Modeschrei zerzauste neue Stern der Saison auch immer heißen mochte. Als sie mit den Lidern klapperte, bangte er um ihre künstlichen Wimpern.

„Roboter...!" flüsterte sie im Brustton der Überzeugung und schüttelte sich, als hätte sie eine Natter berührt.

In dem Zimmer im zehnten Stock saßen sechs Männer. Als Pirx eintrat, erhob sich einer, der sich hinter dem großen Bogen einer „Herald Tribune" verbarg; er faltete die Zeitung zusammen und ging mit breitem Lächeln auf Pirx zu. Auch die anderen standen nun auf.

Sie waren etwa gleich groß und erinnerten an Testpiloten in Zivil: breitschultrig, die gleichen sandfarbenen Anzüge, weißes Hemd mit bunter Fliege. Zwei waren blond, einer hatte feuerrote Haare, die anderen waren brünett, aber alle hatten helle Augen. Soviel stellte Pirx fest, bevor derjenige, der auf ihn zukam, ihm die Hand reichte, sie kräftig schüttelte und sagte: „McGuirr, mein Name. How do you do? Ich hatte schon mal das Vergnügen, mit einem Raumschiff zu fliegen, dessen Kapitän Sie waren, mit dem ‚Pollux'! Aber wahrscheinlich können Sie sich nicht mehr an mich erinnern..."

„Nein", sagte Pirx. McGuirr wandte sich den Männern zu, die steif um den runden Tisch mit den Zeitschriften herumstanden.

„So, Jungs, das hier ist euer Boß, Commander Pirx. Und das hier ist Ihre Besatzung, Commander: John Calder, erster Pilot, Harry Brown, zweiter Pilot, Ingenieur Andy Thompson, Nukleoniker, der Elektroniker John Burton als Funker und Thomas Burns, Neurologe, Kybernetiker und Arzt in einer Person."

Pirx gab ihnen der Reihe nach die Hand, dann setzten sich alle und rutschen mit ihren Metallstühlen, die sich unter ihrem Körpergewicht bogen, an den Tisch heran. Einige Sekunden lang herrschte Schweigen, das McGuirr schließlich mit seinem lärmenden Bariton brach.

„Zunächst möchte ich Ihnen, Sir, im Namen der Direktionen von ‚Cybertronics', ‚Inteltron' und ‚Nortronics' dafür danken, daß Sie unseren Bemühungen soviel Vertrauen entgegengebracht haben, indem Sie das Angebot der UNESCO annahmen. Um allen Mißverständnissen vorzubeugen, möchte ich gleich erklären, daß einige von den hier Anwesenden Vater und Mutter haben und einige nicht. Jeder weiß über seine eigene Abstammung Bescheid, aber er weiß nichts über die Abstammung der anderen. Ich wende mich an Sie mit der Bitte, sie freundlicherweise nicht danach zu fragen. Ansonsten haben Sie in jeder Hinsicht völlige Handlungsfreiheit. Die Jungs werden Ihre Befehle ganz bestimmt gewissenhaft befolgen und im dienstlichen und außerdienstlichen Kontakt Eigeninitiative und Offenheit walten lassen. Sie wurden jedoch dahingehend instruiert, daß jeder auf die Frage, wer er sei, dasselbe zu antworten hat: Ein ganz normaler Mensch! Ich sage das von vornherein, weil es keine Lüge ist, sondern eine Notwendigkeit, die uns unser gemeinsames Interesse diktiert..."

„Ich kann sie also nicht danach fragen?"

„Sie können schon. Natürlich können Sie, doch dann werden Sie das unangenehme Gefühl haben, daß einige von ihnen nicht die Wahrheit sagen. Wozu also das Ganze? Sie werden immer dasselbe antworten, nämlich daß sie gewöhnliche Jungs sind, aber nicht in jedem Falle wird das der Wahrheit entsprechen."

„Und in Ihrem Fall?" fragte Pirx. Schlagartig brachen alle Versammelten in ein Gelächter aus. Am lautesten lachte McGuirr.

„Oh! Sie sind ein Witzbold! Ich? Ich bin nur ein winziges Rädchen in der Maschinerie der ‚Nortronics'..."

Pirx, der den Mund nicht zu dem kleinsten Lächeln verzog, wartete, bis wieder Stille eintrat. „Haben Sie nicht auch den Eindruck, daß Sie mich zu hintergehen versuchen?" fragte er dann.

„Verzeihen Sie, wie meinen Sie das? Nichts dergleichen! Die Bedingungen sahen eine ‚neuartige Mannschaft‘ vor – kein Wort von ‚gleichgearteter Mannschaft‘, nicht wahr? Wir wollten ganz einfach den Faktor einer gewissen ... hm ... einer gewissen, rein psychologisch bedingten, irrationalen Voreingenommenheit ausschalten, müssen Sie wissen. Ist doch sonnenklar! Nicht wahr? Während des Fluges und danach werden Sie die Güte haben, gestützt auf den Verlauf der Reise, uns Ihr Urteil über die Leistungsfähigkeit jedes einzelnen Besatzungsmitgliedes vorzulegen. Ein umfassendes Gutachten, an dem uns sehr viel gelegen ist. Wir unsererseits haben uns nur bemüht, Bedingungen zu schaffen, unter denen Sie mit größter Objektivität arbeiten können."

„Der Hergott mag es Ihnen danken!" sagte Pirx. „Nichtsdestoweniger bin ich der Meinung, daß Sie mich hintergangen haben. Ich habe aber nicht vor, mich zurückzuziehen."

„Bravo!"

„Ich möchte jetzt, gleich hier, noch ein paar Minuten mit meinen ..." – er zögerte den Bruchteil einer Sekunde –, „mit meinen Leuten sprechen."

„Sie wollen wahrscheinlich etwas über ihre Qualifikation erfahren. Wie dem auch sei, ich will Sie nicht daran hindern! Schießen Sie los! Bitte sehr."

McGuirr angelte eine Zigarre aus seiner oberen Rocktasche und brannte sie an, nachdem er die Spitze abgeschnitten hatte, während fünf Augenpaare aufmerksam auf Pirx' Gesicht geheftet waren. Die beiden Blonden, die Piloten, hatten eine gewisse Ähnlichkeit miteinander. Calder allerdings wirkte mehr wie ein Skandinavier, und seine gelockten Haare schienen stark von der Sonne gebleicht. Brown hingegen hatte richtiges Goldhaar und erinnerte ein wenig an einen Cherub aus dem Modejournal, doch dieses Ubermaß an Schönheit wurde durch seine Kiefer und die ständig, gleichsam spöttisch verzerrten schmalen und farblosen Lippen wieder aufgehoben. Eine weiße Narbe lief vom linken Mundwinkel über die ganze Wange. Daran blieb Pirx' Blick hängen.

„Ausgezeichnet", sagte er, als antwortete er mit einiger Verspätung auf McGuirrs Angebot, und in dem gleichen Ton, scheinbar ganz nebenbei, fragte er: „Glauben Sie an Gott?", während er den Mann mit der Narbe fester ins Auge faßte.

Browns Lippen bebten wie in einem unterdrückten Lachen oder vor Spott, und er zögerte mit der Antwort. Er sah aus, als hätte er sich eben erst rasiert und wäre dabei ein bißchen in Eile gewesen: Am Ohr standen noch ein paar Härchen, und auf den Wangen waren noch Spuren von Puder zu sehen, den er nicht gründlich genug abgewischt hatte.

„Das gehört nicht zu meinen Pflichten", erwiderte er mit klangvoller, tiefer Stimme. McGuirr, der gerade an seiner Zigarre zog, erstarrte, unangenehm von Pirx' Frage berührt, und blies heftig blinzelnd den Rauch aus, als wollte er sagen: Siehst du? Da beißt du aber auf Granit!

„Mister Brown", sagte Pirx noch immer in dem phlegmatischen Ton, „Sie haben meine Frage nicht beantwortet."

„Entschuldigen Sie, Commander. Ich habe Ihnen gesagt, daß so etwas nicht zu meinen Pflichten gehört."

„Was zu Ihren Pflichten gehört, entscheide ich als Ihr Vorgesetzter", entgegnete Pirx. McGuirrs Miene drückte Bestürzung aus. Die anderen saßen reglos da und lauschten sichtlich gespannt diesem Wortwechsel, genau wie musterhafte Schüler.

„Wenn das ein Befehl ist", erwiderte Brown mit weichem, deutlich moduliertem Bariton, „dann kann ich nur erklären, daß ich mich mit diesem Problem noch nicht genügend befaßt habe."

„Dann lassen Sie es sich bis morgen durch den Kopf gehen. Ich mache Ihre Anwesenheit an Bord davon abhängig."

„Jawohl, Commander."

Pirx wandte sich nun an Calder, den ersten Piloten. Ihre Augen begegneten sich. Die Iris des anderen war fast farblos, die großen Fenster des Raumes spiegelten sich darin.

„Sie sind Pilot?"

„Ja."

„Welche Flugerfahrung?"

„Ich habe einen Kursus über doppelte Steuerung absolviert sowie zweihundertneunzig Einzelstunden im Raum auf kleiner Tonnage, zehn selbständige Ladungen, davon vier auf dem Mond, zwei auf Mars und Venus."

Pirx schien der Auskunft keine große Beachtung zu schenken.

„Burton", wandte er sich an den nächsten, „Sie sind Elektroniker?"

„Ja."

„Wieviel Röntgen können Sie pro Stunde aushalten?"

Die Lippen des anderen zitterten. Es war nicht einmal ein Lächeln, denn die Bewegung verschwand gleich wieder.

„Vierhundert, denke ich", sagte er. „Allerhöchstens. Aber danach müßte ich mich in Behandlung begeben."

„Mehr als vierhundert nicht?"

„Ich weiß nicht, aber ich glaube nicht."

„Woher stammen Sie?"

„Aus Arizona."

„Sind Sie schon mal krank gewesen?"

„Nein. Jedenfalls nicht ernstlich."

„Haben Sie gute Augen?"

„Ja."

Pirx hörte eigentlich nicht auf das, was sie sagten; er achtete mehr auf den Klang der Stimme, auf ihr Timbre und ihre Tonlage, er beobachtete die Mimik, die Bewegung des Gesichts, der Lippen, und manchmal ergriff die törichte Hoffnung von ihm Besitz, dies alles sei ein einziger großer, blöder Scherz, ein Hohn, und jemand wolle sich einen Spaß mit ihm erlauben, sich über seinen naiven Glauben an die Allmacht der Technologie lustig machen oder ihn vielleicht auf diese Weise dafür bestrafen, daß er so fest daran geglaubt hatte. Denn das waren ja ganz gewöhnliche Menschen. Die Sekretärin hatte gesponnen – was Voreingenommenheit doch ausmacht! Sie hatte sogar McGuirr für einen von denen gehalten ...

Das Gespräch war bis dahin unverfänglich geblieben, abgesehen von dem nicht gerade gescheiten Einfall mit dem lieben Gott. Das war ganz sicher nicht gescheit, eher geschmacklos und primitiv. Pirx spürte das sehr genau, und er kam sich sehr beschränkt vor, bis zum Stumpfsinn beschränkt, und nur deshalb hatte er wohl überhaupt eingewilligt ... Sie sahen ihn an wie vorher, nur der rothaarige Thompson und die beiden Piloten hatten eine übertrieben gleichgültige Miene aufgesetzt, als wollten sie ihm nicht zu erkennen geben, daß sie seine primitive Seele bis auf den Grund durchschaut hatten, diese Seele eines Routiniers, der nun völlig aus dem ihm bekannten, begreiflichen und deshalb sicheren Konzept geraten war. Er hätte gern weitere Fragen gestellt, besonders als er feststellte, daß sich das Schweigen allmählich gegen ihn zu richten begann und seine Ratlosigkeit offenbarte, aber ihm fiel beim besten Willen nichts mehr ein. Nicht mehr der gesunde Menschenverstand, sondern nur noch die pure Verzweiflung gab ihm ein, etwas zu tun, was völlig aus dem Rahmen fiel, etwas durch und durch Verrücktes – aber er wußte genau, daß er nichts dergleichen machen würde. Er fühlte, daß er sich blamiert hatte und daß es besser gewesen wäre, auf diese Begegnung zu verzichten. Er blickte zu McGuirr und fragte: „Wann kann ich an Bord gehen?“

„Oh, jederzeit. Heute noch.“

„Was wird mit der sanitären Kontrolle?“

„Darüber machen Sie sich keine Gedanken. Alles erledigt.“

Der Ingenieur beantwortete seine Fragen fast herablassend, so schien es ihm wenigstens.

Ich bin kein guter Verlierer, dachte er. Und laut erklärte er: „Das wär’s fürs erste. Außer Brown dürfen sich alle als Mitglieder der Besatzung betrachten. Brown wird die Freundlichkeit haben, mir morgen Antwort zu geben. Haben Sie die Papiere bei sich, die zu unterschreiben sind, McGuirr?“

„Ja, aber nicht hier. Sie sind in der Direktion. Gehen wir hin?“

„Na schön.“

Pirx erhob sich. Die anderen taten es ihm nach.

„Auf Wiedersehen.“ Er nickte ihnen zu und verließ als erster den Raum. Der Ingenieur holte ihn vor dem Fahrstuhl ein.

„Sie haben uns unterschätzt, Commander ...“ Er hatte seine gute Laune wiedergefunden.

„Wie soll ich das verstehen?“

Der Lift fuhr an. Der Ingenieur hob behutsam die Zigarre an die Lippen, um nicht den grauen Aschekegel zu verlieren. „Unsere Jungs sind nicht so leicht zu unterscheiden. Ich meine, von den ... normalen.“

Pirx zuckte die Achseln. „Wenn sie aus demselben Stoff sind wie ich“, sagte er, „dann sind es Menschen. Ob sie nun durch künstliche Befruchtung im

Reagenzglas entstanden sind oder auf übliche Art und Weise, das interessiert mich nicht im geringsten."

„Sie sind aber nicht aus demselben Stoff gemacht!"

„Und aus was für welchem dann?"

„Entschuldigen Sie, aber das ist Produktionsgeheimnis."

„Und wer sind Sie?"

Der Lift hielt. Der Ingenieur stieß die Tür auf, doch Pirx wartete auf eine Antwort und rührte sich nicht vom Fleck.

„Geht es Ihnen um die Frage, ob ich der Projektant bin? Nein, der bin ich nicht. Ich bin für Public relations zuständig."

„Und sind Sie kompetent, mir einige Fragen zu beantworten?"

„Natürlich, aber doch nicht hier."

Dieselbe Sekretärin führte sie in einen großen Konferenzraum. Hinter einem langen Tisch standen wohl abgezirkelt zwei Sesselreihen. Sie setzten sich ans Tischende, wo auch die Mappe mit den Verträgen aufgeschlagen bereit lag.

„Nun, ich höre", sagte McGuirr. Die Asche war ihm auf die Hosen gefallen, er blies sie weg. Pirx bemerkte, daß der Ingenieur blutunterlaufene Augen und ein auffallend regelmäßiges Gebiß hatte. Ein künstliches, dachte er. Er macht sich jünger, als er ist.

„Verhalten sich diejenigen, die keine Menschen sind, genauso wie Menschen? Nehmen sie Mahlzeiten ein? Trinken sie?"

„Ja."

„Wozu?"

„Damit die Illusion vollkommen ist. Für die Umgebung, versteht sich."

„Sie müssen das also auch wieder ... loswerden?"

„Aber ja."

„Und ihr Blut?"

„Wie bitte?"

„Ob sie Blut haben. Ein Herz. Bluten sie bei Verletzungen?"

„Sie haben eine Blut- und Herzattrappe", sagte McGuirr, der seine Worte mit äußerstem Bedacht wählte.

„Was heißt das?"

„Daß nur ein guter Facharzt nach einer umfassenden Untersuchung herausfinden könnte ..."

„Ich nicht?"

„Nein. Es sei denn, Sie wenden irgendwelche Spezialgeräte an."

„Zum Beispiel Röntgen."

„Sehr scharfsinnig. Aber so was werden Sie nicht an Bord haben!"

„Das hat kein Fachmann ausgeknobelt", sagte Pirx ruhig. „Aus dem Reaktor kann ich so viel Isotope kriegen, wie ich will. Na, und außerdem muß ich Defektoskopieapparate an Bord haben. Einen Röntgenapparat brauche ich gar nicht."

„Wir haben diesen Apparaturen gegenüber keinerlei Vorbehalte, sofern Sie sich verpflichten, sie nicht zu anderen Zwecken zu benutzen."

„Und wenn ich nicht einwillige?"

McGuirr seufzte, und während er seine Zigarre im Aschenbecher ausdrückte, als empfände er plötzlich Ekel davor, sagte er: „Sie erschweren uns die Sache, wie Sie nur können, Commander!"

„Das stimmt!" erwiderte Pirx herzlich. „Sie bluten also?"

„Ja."

„Und ist es richtiges Blut? Auch unter dem Mikroskop?"

„Ja, es ist Blut."

„Wie habt ihr denn das gemacht?"

„Toll, nicht wahr?" McGuirr grinste breit. „Ich kann es Ihnen nur sehr allgemein erklären: das Schwammprinzip. Ein Spezialschwamm unter der Haut."

„Ist es menschliches Blut?"

„Ja."

„Wozu?"

„Ganz bestimmt nicht, um *Sie* reinzulegen. Bitte begreifen Sie endlich – diese ganze Produktion, die Milliarden von Dollars verschlingt, wurde doch nicht *Ihretwegen* angekurbelt! Sie *müssen* so aussehen und *müssen* so sein, damit es den Fluggästen oder anderen Leuten unter gar keinen Umständen in den Sinn kommt, Verdacht zu schöpfen ..."

„Es geht also darum, einen Boykott Ihrer ‚Erzeugnisse' zu vermeiden?"

„Darum auch. Aber auch um den Komfort, um den psychologischen Vorteil ..."

„Und Sie – können Sie sie auseinanderhalten?"

„Nur, weil ich sie kenne. Nun ... es gibt schon Methoden ... gewaltsame ... Aber Sie werden ja nicht zur Axt greifen!"

„Und Sie sagen mir nicht, worin sie sich physiologisch von den Menschen unterscheiden? Atem, Husten, Erröten ..."

„Ach, das ist alles da. Es gibt Unterschiede, gewiß, aber wie gesagt: Erst ein Arzt würde sie erkennen."

„Und in psychischer Hinsicht?"

„Das Gehirn haben sie im Kopf! Das ist unser größter Triumph!" rief McGuirr mit echtem Stolz. „Inteltron hat es bisher immer im Rumpf installiert, weil es zu groß war. Wir dagegen haben es als erste im Kopf untergebracht!"

„Sagen wir als zweite. Die erste war Mutter Natur ..."

„Haha! Na schön, als zweite. Aber die Details sind geheim. Es ist ein monokristallines Multistat mit sechzehn Milliarden Zweierelementen!"

„Ist das, wozu sie fähig sind, ebenfalls geheim?"

„Was meinen Sie damit?"

„Zum Beispiel, ob sie lügen können und in welchem Umfang sie lügen können ... Ob sie die Selbstbeherrschung, also auch die Beherrschung über eine Situation verlieren ..."

„Freilich. Das ist alles möglich."

„Weshalb?"

„Weil es unumgänglich ist. Alle – bildlich gesprochen –, alle Hemmungen, die in das Neuronennetz oder in das kristalline Netz eingeführt wurden, sind relativ, sind zu überwältigen. Ich sage Ihnen das, weil Sie die Wahrheit wissen sollen. Wenn Sie ein wenig in der einschlägigen Literatur bewandert sind, dürfte Ihnen ja im übrigen folgendes bekannt sein: Ein Roboter, der dem Menschen geistig ebenbürtig ist und zugleich unfähig, zu lügen oder zu betrügen – so etwas ist reine Fiktion. Man kann entweder nur vollwertige Äquivalente herstellen oder Marionetten. Einen dritten Weg gibt es nicht."

„Ein Wesen, das zu bestimmten Handlungen befähigt ist, muß auch zu anderen Handlungen befähigt sein, ja?"

„Ja. Natürlich ist das nicht sehr einträglich. Vorläufig jedenfalls nicht. Die psychische Universalität ist unsagbar kostspielig, ganz zu schweigen von der äußeren Menschenähnlichkeit. Von den Modellen, die Sie bekommen, existieren nur sehr wenige Exemplare – ihre Produktion ist unrentabel. Die Kosten eines einzigen solchen Modells übersteigen die eines Überschallbombers!"

„Was Sie nicht sagen!"

„Natürlich einschließlich der Kosten für die Forschung, die der Konstruktion vorausgeht. Wir werden diese Automaten vielleicht eines Tages vom Fließband in den Handel bringen. Und sicherlich werden wir sie auch noch vervollkommnen, obwohl es schon beinahe so aussieht, als ob das nicht mehr möglich ist. Wir geben Ihnen das Beste, was wir haben. Der Verlust der Selbstbeherrschung oder irgendein anderes psychisches Versagen ist also im Grunde weniger wahrscheinlich als beim Menschen in derselben Situation."

„Sind solche Versuche gemacht worden?"

„Natürlich!"

„Mit Menschen als Vergleichspersonen?"

„Solche hat es auch gegeben."

„Katastrophensituationen? Mit Todesgefahr?"

„Genau."

„Und die Ergebnisse?"

„Menschen versagen eher."

„Und wie steht's mit ihrer Aggressivität?"

„Meinen Sie ihr Verhältnis zum Menschen?"

„Nicht nur."

„Da können Sie ganz beruhigt sein. Sie haben besondere Inhibitoren eingebaut, sogenannte Rückentladungssysteme, die die Aggressionspotentiale amortisieren."

„In jedem Fall?"

„Nein, das ist unmöglich. Das Gehirn ist ein probabilistisches System, auch unseres. Man kann darin die Wahrscheinlichkeit bestimmter Zustände erhöhen, aber hundertprozentige Sicherheit gibt es dabei nicht. Trotzdem – auch in dieser Hinsicht übertreffen sie den Menschen!"

„Und was passiert, wenn ich versuche, einem den Schädel einzuschlagen?"

„Er wird sich verteidigen."

„Wird er versuchen, mich zu töten?“
„Nein, er beschränkt sich auf die Verteidigung.“
„Und wenn die einzige Möglichkeit der Verteidigung der Angriff ist?“
„Dann greift er Sie an.“
„Geben Sie die Verträge her“, sagte Pirx.
Die Feder quietschte in der Stille. Der Ingenieur faltete die Formulare zusammen und steckte sie in die Mappe.
„Kehren Sie in die Staaten zurück?“
„Ja, morgen.“
„Dann bestellen Sie Ihren Vorgesetzten, daß ich nichts unversucht lassen werde, um alles Schlechte aus ihnen herauszuquetschen“, sagte Pirx.
„Klare Sache! Damit rechnen wir ja gerade! Denn sogar darin sind sie noch besser als der Mensch! Nur...“
„Sie wollten noch etwas sagen?“
„Sie sind ein mutiger Mann. Aber in Ihrem eigenen Interesse rate ich Ihnen zur Vorsicht.“
„Weil sie mir eins auswischen könnten?“
„Nein. Damit Sie's hinterher nicht noch selber ausbaden müssen, denn zuerst, viel eher sogar, ‚steigen‘ die Menschen ‚aus‘. Die normalen, braven, guten Jungs. Sie verstehen?“
„Ja“, erwiderte Pirx. „Es ist Zeit für mich. Ich muß noch heute das Schiff übernehmen.“
„Ich hab einen Hubschrauber auf dem Dach“, sagte McGuirr und erhob sich. „Soll ich Sie irgendwo absetzen?“
„Nein, danke sehr. Ich fahre mit der Metro. Ich mag kein unnötiges Risiko, wissen Sie... Bestellen Sie also Ihren Vorgesetzten, was für schwarze Pläne ich habe?“
„Wenn Sie es wünschen.“ McGuirr suchte in seiner Tasche nach der nächsten Zigarre. „Ich muß allerdings sagen, daß Sie sich recht merkwürdig betragen. Was wollen Sie eigentlich von ihnen? Es sind keine Menschen, das behauptet ja niemand. Es sind hervorragende Fachleute, und dabei grundanständig! Glauben Sie mir! Sie tun für Sie alles!“
„Ich werde mir Mühe geben, daß sie noch mehr tun“, erwiderte Pirx.

Pirx schenkte Brown den lieben Gott tatsächlich nicht, er rief tags darauf bei ihm an. In der UNESCO gab man ihm die Nummer, über die er seinen „nichtlinearen Piloten“ erreichen konnte. Er erkannte sogar seine Stimme wieder, als er gewählt hatte.
„Ich habe auf Ihren Anruf gewartet“, sagte Brown.
„Nun, und wie haben Sie sich entschieden?“ fragte Pirx. Dabei war ihm merkwürdig schwer ums Herz. Beim Unterschreiben der Papiere für McGuirr hatte er sich in seiner Haut wesentlich wohler gefühlt. Damals hatte er das Gefühl gehabt, daß er das Ding schon schaukeln würde. Jetzt war er sich seiner Sache nicht mehr ganz so sicher.

„Ich hatte wenig Zeit", erwiderte Brown mit seiner eintönigen, aber angenehmen Stimme. „Deshalb kann ich nur soviel sagen: Man hat mich gelehrt, an alle Dinge probabilistisch heranzugehen. Ich rechne mir die Chancen aus und handele danach. In diesem Falle bin ich zu neunundneunzig Prozent für nein, vielleicht auch zu neunundneunzig Komma neunundneunzig Prozent, aber zu Null Komma Null eins Prozent für ja."

„Daß es ihn gibt?"

„Ja."

„Schön. Sie können sich mit den anderen melden. Auf Wiedersehen."

„Auf Wiedersehen", entgegnete der weiche Bariton, und der Hörer fiel klirrend auf die Gabel. Als Pirx zum Raketenhafen fuhr, fiel ihm dieses Gespräch wieder ein, er wußte selbst nicht, warum. Irgend jemand hatte bereits alle Formalitäten in der Hafenleitung erledigt – vielleicht die UNESCO, vielleicht auch die Firmen, die ihm die Mannschaft „geliefert" hatten. Jedenfalls gab es keine normale sanitäre Kontrolle, niemand verlangte die Papiere seiner „Leute", und der Start war auf zwei Uhr fünfundvierzig festgelegt, das heißt auf eine Zeit, da der geringste Verkehr herrschte. Die drei großen Satellitensonden für den „Saturn" befanden sich bereits in den Luks. Der „Goliath" war ein Raumschiff mittlerer Tonnage mit hohem Automatisierungsgrad. Er war nicht allzu groß – knapp sechstausend Tonnen Ruhemasse –, aber hatte erst vor zwei Jahren die Werft verlassen und besaß einen großartigen Reaktor für schnelle Neutronen, bar jeglicher thermischer Schwankungen, der buchstäblich ganze zehn Kubikmeter Raum beanspruchte, also so gut wie gar nichts. Seine Nominalleistung betrug fünfundvierzig Millionen PS mit einer Spitze von siebzig Millionen bei kurzzeitiger Beschleunigung.

Pirx hatte keine Ahnung, was in Paris mit seinen „Leuten" passiert war – ob sie in einem Hotel abgestiegen waren, ob eine Firma eine Wohnung für sie gemietet hatte, ja, er verfiel sogar auf den ebenso grotesken wie makabren Gedanken, Ingenieur McGuirr habe sie für diese zwei Tage „ausgeschaltet" und in ihre Kisten zurückgelegt. Er wußte nicht einmal, wie sie zum Hafen gekommen waren.

Sie warteten in einem Sonderraum der Hafenleitung, und alle hatten Koffer bei sich, irgendwelche Bündel und kleine Reisetaschen, an denen ihre Namensschilder baumelten. Unwillkürlich fielen Pirx bei diesem Anblick allerlei idiotische Witze ein: Vielleicht hatten sie Schraubenschlüssel, Toilettenölkännchen und so weiter in ihrem Gepäck. Aber als er, nachdem er sie begrüßt hatte, die Zulassungen und Papiere abgab, die für die Starterlaubnis benötigt wurden, war ihm ganz und gar nicht zum Lachen zumute. Dann traten sie, zwei Stunden vor der anberaumten Startzeit, auf den von einem einzigen Scheinwerfer beleuchteten Startplatz hinaus und gingen im Gänsemarsch auf den schneeweißen „Goliath" zu. Er erinnerte ein wenig an einen riesigen, frisch ausgepackten Zuckerhut.

Der Start war kein Problem. Mit dem „Goliath" konnte man beinahe ohne jede Hilfe starten, man brauchte nur die Programme aller automatischen und halbautomatischen Apparaturen einzustellen. Es war noch keine halbe Stunde vergangen, und sie hatten bereits die nächtliche Halbkugel der Erde mit dem Phosphorgesprenkel der Städte unter sich gelassen. Pirx schaute hinunter, denn obwohl er die Atmosphäre, die von der aufgehenden Sonne mit ihren Strahlen „gegen den Strich gekämmt wurde", mehr als einmal aus der Raumperspektive gesehen hatte, war er dieses großartigen Schauspiels, jener riesigen glühenden Regenbogensichel, durchaus noch nicht überdrüssig geworden. Nachdem sie ein paar Minuten später den letzten Navigationssatelliten hinter sich gelassen hatten, umtost vom Prasseln und Pfeifen der Signale, von denen die Informationsapparate förmlich überquollen (die „Elektronenbürokratie des Kosmos", wie Pirx sie nannte), jagten sie über die Ekliptik hinaus. Pirx trug dem ersten Piloten auf, an der Steuerung zu bleiben, und begab sich in seine Kajüte. Es waren noch keine zehn Minuten vergangen, als er es klopfen hörte.

„Herein!"

Es war Brown. Er schloß sorgfältig die Tür hinter sich, trat auf Pirx zu, der auf seiner Koje saß, und sagte mit unterdrückter Stimme: „Ich wollte mit Ihnen sprechen."

„Bitte sehr. Setzen Sie sich."

Brown ließ sich auf einem Stuhl nieder, aber er rückte ihn näher heran; der Abstand zwischen ihnen schien ihm noch zu groß zu sein. Er schwieg eine Weile, den Blick gesenkt, schaute Pirx dann plötzlich gerade ins Gesicht und begann: „Ich möchte Ihnen etwas anvertrauen. Aber ich muß Sie um Diskretion bitten. Um Ihr Versprechen, daß Sie es niemandem weitersagen werden."

Pirx hob die Brauen.

„Ein Geheimnis?" Er überlegte eine paar Sekunden lang. „Einverstanden, ich werde es niemandem sagen", versprach er schließlich. „Ich höre."

„Ich bin ein Mensch", sagte der andere und stockte, während er Pirx in die Augen sah, als wollte er die Wirkung seiner Worte prüfen. Aber Pirx saß reglos da, die Lider halb geschlossen, den Kopf gegen die mit weißer Schaumplastfolie bespannte Wand gelehnt.

„Ich verrate Ihnen das, weil ich Ihnen helfen will", begann der andere wieder, als hätte er sich alles sorgsam zurechtgelegt. „Als ich mich bewarb, wußte ich noch nicht, worum es sich handelte. Solche wie mich gab es sicherlich viele, aber wir wurden einzeln angenommen, damit wir uns nicht kennenlernen, ja nicht einmal sehen konnten. Wofür ich eigentlich vorgesehen war, erfuhr ich erst, als ich definitiv ausgewählt worden war, nach allen Flügen, Versuchen und Tests. Ich mußte mich damals verpflichten, alles für mich zu behalten. Ich habe ein Mädel, wir wollen heiraten, aber wir hatten finanzielle Schwierigkeiten – und die Sache kam mir sehr zupasse, weil sie einem sofort achttausend bar auf die Hand gaben. Nach der Rückkehr von diesem Flug soll ich noch mal die gleiche Summe bekommen, unabhängig von dem Ergebnis. Ich sag's Ihnen, wie's war, Sie sollen nämlich wissen, daß Sie sich in dieser Sache auf mich verlassen können. Im ersten Augenblick war ich mir, ehrlich gesagt, nicht darüber im klaren, um welchen Einsatz hier gespielt wird. Ein merkwürdiges Experiment, nichts weiter, so dachte ich anfangs. Doch dann gefiel mir die Geschichte immer weniger. Im Grunde ist es ja eine Frage der elementaren Solidarität zwischen den Menschen. Soll ich entgegen ihren Interessen schweigen? Ich kam zu der Überzeugung, daß ich das nicht darf. Sind Sie nicht auch der Ansicht?"

Pirx antwortete nicht, und so fuhr der andere, allerdings schon etwas kleinlauter, fort: „Ich kenne keinen von den vieren. Wir wurden die ganze Zeit über getrennt gehalten. Jeder hatte sein eigenes Zimmer, sein eigenes Bad, seinen eigenen Gymnastikraum, nicht mal zu den Mahlzeiten kamen wir miteinander in Berührung, erst direkt vor der Abreise nach Europa durften wir ein paar Tage gemeinsam essen. Deshalb kann ich Ihnen nicht sagen, wer von denen da ein Mensch ist und wer nicht. Ich weiß nichts Bestimmtes. Ich vermute aber ..."

„Moment mal", unterbrach ihn Pirx. „Und warum haben Sie mir auf die Frage, ob Sie an Gott glauben, geantwortet, es sei nicht Ihre Pflicht, sich damit zu beschäftigen?"

Brown setzte sich auf seinem Stuhl zurecht, bewegte den Fuß, blickte auf seine Schuhspitze, mit der er Kreise auf dem Fußboden zog, und erwiderte leise: „Weil ich eigentlich schon damals entschlossen war, Ihnen alles zu beichten, und Sie wissen ja, wie das ist: Die Mütze auf dem Kopf des Diebes brennt. Ich hatte Angst, daß McGuirr etwas von meinem Entschluß merken könnte. Und als Sie mich dann fragten, gab ich diese Antwort, damit er den Eindruck gewann, daß ich nicht die Absicht hatte, das Geheimnis auszuplaudern oder Ihnen auch nur auf die Sprünge zu helfen."

„Sie haben also wegen McGuirr so geantwortet?"

„Ja."

„Und glauben Sie nun an Gott?"

„Ja."

„Und Sie dachten, ein Roboter könne nicht an ihn glauben?"

„Stimmt."

„Und daß man, wenn Sie meine Frage bejaht hätten, leichter erraten könnte, wer Sie sind?"

„Ja, genauso war es."

„Aber ein Roboter kann doch auch an Gott glauben", bemerkte Pirx nach einer Sekunde ganz nebenbei, so daß Brown die Augen weit aufriß.

„Was sagen Sie da?"

„Halten Sie das nicht für möglich?"

„Das wäre mir nie in den Sinn gekommen ..."

„Lassen wir das. Es ist, zumindest im Augenblick, ohne Belang. Sie sprachen von irgendwelchen Vermutungen ..."

„Ja, mir scheint, daß dieser Dunkelhaarige, dieser Burns, kein Mensch ist."

„Und warum scheint Ihnen das?"

„Das sind Kleinigkeiten, die schwer zu fassen sind, die aber in der Summe doch zählen. Erstens: Er bewegt sich beim Sitzen oder Stehen überhaupt nicht – wie eine Statue. Und Sie wissen ja, daß kein Mensch es lange in derselben Position aushält. Wenn es unbequem wird, schläft einem das Bein ein – der Mensch ändert unwillkürlich die Körperhaltung, bewegt sich, faßt sich mal ins Gesicht, aber der da erstarrt regelrecht."

„Immer?"

„Nein. Eben nicht, und das finde ich besonders bemerkenswert."

„Wieso?"

„Ich glaube, er macht diese kleinen, scheinbar unwillkürlichen Bewegungen nur, wenn er gerade daran denkt. Sobald er es vergißt, erstarrt er. Bei uns ist es doch aber genau umgekehrt: Wir müssen uns anstrengen, um eine Zeitlang unbeweglich zu bleiben."

„Da ist was dran. Und weiter?"

„Er ißt alles."

„Wie – ‚alles'?"

„Alles, was wir vorgesetzt bekommen. Es ist ihm völlig einerlei. Ich habe das schon mehrmals beobachtet, auch während der Reise, als wir über den Atlantik flogen. Und schon in den Staaten und im Flughafenrestaurant – er ißt absolut alles, gleichgültig, was ihm vorgesetzt wird, und bei den Menschen ist es doch anders. Jeder hat doch irgendeine Lieblingsspeise oder auch etwas, was er vielleicht nicht so mag."

„Das beweist gar nichts."

„Ganz gewiß nicht. Aber zusammen mit dem anderen, wissen Sie... Außerdem ist da noch eine Sache, die mir zu denken gibt."

„Nun?"

„Er schreibt keine Briefe. Darin bin ich mir nicht hundertprozentig sicher, aber ich habe zum Beispiel selbst gesehen, wie Burton im Hotel einen Brief einsteckte."

„Und dürft ihr Briefe schreiben?"

„Nein."

„Wie ich sehe, befolgt ihr die Vertragsbedingungen sehr gewissenhaft", brummte Pirx. Er reckte sich auf seiner Koje, ging mit dem Gesicht ganz dicht an Brown heran und fragte: „Warum haben Sie Ihr Wort gebrochen?"

„Was? Was sagen Sie da, Commander?"

„Sie haben doch Ihr Wort gegeben, daß Sie Ihre Identität geheimhalten werden!"

„Na ja, das schon. Ich bin aber der Meinung, daß Situationen eintreten können, in denen der Mensch nicht nur das Recht, sondern sogar die Pflicht hat, sein Wort zu brechen."

„Zum Beispiel?"

„Das hier ist so eine Situation. Die nehmen ein paar Metallpuppen, überkleben sie mit Plastfolie, malen sie rosa an, mischen sie wie falsche Karten unter Menschen und wollen damit ein Bombengeschäft machen. Ich glaube, jeder ehrliche Mensch hätte so gehandelt wie ich – ist denn noch niemand damit zu Ihnen gekommen?"

„Nein. Sie sind der erste. Aber wir sind ja gerade erst gestartet...", erwiderte Pirx, und obwohl er dies ganz gleichgültig dahinsagte, entbehrten seine Worte nicht der Ironie. Brown ließ sich aber nichts anmerken, selbst wenn er etwas gespürt haben sollte.

„Ich werde mich bemühen, Ihnen auch weiterhin während des ganzen Fluges behilflich zu sein. Ich werde alles tun, was Sie für angebracht halten!"

„Wozu?"

Brown zuckte mit den puppenhaften Wimpern. „Wozu? Damit Sie Menschen leichter von den Nichtmenschen unterscheiden können..."

„Sie haben die achttausend Dollar genommen, Brown."

„Ja. Na und? Ich bin als Pilot engagiert worden, und ich bin Pilot. Und keiner von den schlechtesten."

„Nach unserer Rückkehr nehmen Sie weitere achttausend in Empfang, für die paar Wochen. Für so einen Flug kriegt niemand sechzehntausend Dollar, weder ein Pilot der ersten Kosmodromklasse noch ein Lotse, noch ein Navigator. Niemand. Sie haben das Geld also für Ihr Schweigen bekommen. Nicht nur mir gegenüber. Allen gegenüber – und seien es die Konkurrenten dieser Firmen. Man wollte Sie gegen jede Versuchung immun machen."

Der andere starrte ihn an, Bestürzung auf dem hübschen Gesicht. „Sie verübeln es mir wohl noch, daß ich von selbst zu Ihnen gekommen bin und mich zu erkennen gegeben habe?"

„Ich verübele Ihnen gar nichts. Sie haben gehandelt, wie Sie es für richtig hielten. Was haben Sie für einen IQ?"

„Mein Intelligenzquotient? Hundertzwanzig."

„Das genügt, um in verschiedenen grundlegenden Dingen Bescheid zu wissen. Nun sagen Sie mir aber bloß mal, was ich mit Ihren Vermutungen über Burns eigentlich anfangen soll?"

Der junge Pilot stand auf.

„Entschuldigen Sie, Commander. Wenn das so ist, war das Ganze ein Mißverständnis. Ich habe es gut gemeint. Aber wenn Sie der Ansicht sind, daß ich ... Kurz, bitte vergessen Sie's und denken Sir nur daran..."

Als er Pirx schmunzeln sah, sprach er nicht zu Ende.

„Setzen Sie sich! Na los, setzen Sie sich schon!"

Brown setzte sich.

„Was wollten Sie da eben sagen? Woran soll ich denken? Daran, daß ich versprochen habe, niemandem von unserem Gespräch zu erzählen? Nicht wahr? Denn wenn ich nun auf einmal auch der Auffassung wäre, ich könnte es weitererzählen? Still! Den Kommandanten unterbricht man nicht. Sehen Sie, so einfach ist die Sache denn doch nicht. Sie sind voller Vertrauen zu mir gekommen, und dieses Vertrauen weiß ich zu schätzen. Aber Vertrauen ist eine Sache, Vernunft eine andere. Nehmen wir mal an, daß ich nun durch Sie mit Sicherheit weiß, wer Sie sind und wer Burns ist. Was habe ich davon?"

„Das... das ist jetzt Ihre Sache. Sie sollen doch nach diesem Flug eine Einschätzung über unsere Eignung abgeben."

„Ja, eben! Über die Eignung jedes einzelnen. Sie bilden sich doch wohl nicht ein, daß ich die Unwahrheit schreiben werde, Brown? Daß ich denen einfach, bloß weil sie keine Menschen sind, die Minuspunkte aufhalsen werde."

„Das geht mich nichts mehr an...", begann der Pilot steif und rutschte unruhig auf seinem Stuhl hin und her. Pirx warf ihm einen niederschmetternden Blick zu, so daß er sofort verstummte.

„Bitte spielen Sie mir hier nicht den Einfältigen, der nicht bis drei zählen kann. Falls Sie ein Mensch sind und sich mit den Menschen solidarisieren wollen, dann müssen Sie versuchen, den ganzen Fall selbst zu beurteilen und die eigene Verantwortung zu erkennen..."

„Wie? Falls ich einer bin?" Brown fuhr zusammen. „Sie glauben mir nicht? Dann... dann denken Sie..."

„Ach, woher! Das ist mir nur so herausgerutscht", wehrte Pirx rasch ab. „Ich glaube Ihnen. Natürlich glaube ich Ihnen. Und da Sie sich einmal zu erkennen gegeben haben und ich nicht die Absicht habe, das vom moralischen Standpunkt aus oder wie auch immer zu bewerten, bitte ich Sie, weiterhin in außerdienstlichem Kontakt mit mir zu bleiben und mich von allem zu unterrichten, was Ihnen auffällt."

„Jetzt verstehe ich überhaupt nichts mehr", sagte Brown und seufzte unwillkürlich. „Erst putzen Sie mich herunter und dann..."

„Das sind zwei verschiedene Dinge, Brown. Da Sie mir nun einmal gesagt haben, was Sie mir nicht sagen sollten, wäre es absolut sinnlos, jetzt einen Rückzieher zu machen. Das mit dem Geld ist natürlich was anderes. Vielleicht mußten Sie es mir wirklich sagen. Aber ich an Ihrer Stelle hätte das Geld nicht genommen..."

„Was? Aber... aber, Commander..." Brown suchte eine Weile verzweifelt nach Argumenten. „Die hätten doch sofort gemerkt, daß ich den Vertrag brechen will! Die hätten mich womöglich noch vor Gericht gestellt..."

„Das ist Ihre Sache. Ich sage ja gar nicht, daß Sie das Geld zurückgeben sollen. Ich habe Ihnen Diskretion versprochen, und ich denke nicht im Traum daran, mich da einzumischen. Ich habe Ihnen nur ganz privat und völlig unverbindlich gesagt, was ich an Ihrer Stelle getan hätte, aber Sie sind nicht ich, und ich bin nicht Sie, und damit Schluß. Sonst noch was?"

Brown schüttelte den Kopf, machte den Mund auf und zu, zuckte die Achseln, wobei er etwas mehr als nur Enttäsuchung über den Verlauf des Gesprächs zum Ausdruck brachte, doch er sagte nichts mehr und ging, wobei er unwillkürlich noch einmal Haltung annahm.

Pirx atmete auf. Dieses „falls Sie ein Mensch sind" hätte ich mir schenken können, dachte er mißmutig. Was für ein Teufelsspiel! Was mit diesem Brown los ist, mögen die Götter wissen. Entweder er ist wirklich ein Mensch, oder das Ganze ist ein fauler Trick – nicht nur, weil man mich auf die falsche Fährte locken will, sondern weil man sich auch noch vergewissern möchte, ob ich nicht doch die Absicht habe, vertragswidrige Methoden anzuwenden und sie zu identifizieren... Jedenfalls habe ich diesen Teil der Auseinandersetzung noch ganz gut über die Runden gekriegt. Wenn er die Wahrheit gesagt hat, dürfte er sich künftig recht unbehaglich in seiner Haut fühlen, nach dem, was er von mir zu hören bekommen hat. Und wenn nicht – schließlich hab ich ihm nichts weiter gesagt. Eine schöne Bescherung! Da hab ich mich ja ordentlich in die Nesseln gesetzt!

Es hielt ihn keine Minute auf seinem Stuhl, deshalb begann er in der Kabine auf und ab zu wandern. Der Summer ertönte. Es war Calder aus dem Steuerraum. Sie stimmten die Kurskorrekturen und die Beschleunigung für die Nacht ab, dann setzte sich Pirx wieder, starrte mit gerunzelten Brauen vor sich hin und ließ seinen Gedanken freien Lauf. Plötzlich klopfte es.

„Herein!" sagte er laut.

Burns, Neurologe, Arzt und Kybernetiker in einer Person, betrat die Kajüte.

„Darf ich?"

„Bitte sehr, nehmen Sie Platz."

Burns lächelte. „Ich komme, um Ihnen zu sagen, daß ich *kein* Mensch bin."

Pirx drehte sich mitsamt seinem Stuhl heftig zu ihm um. „Wie bitte? Daß Sie kein...?"

„Ich bin kein Mensch. Und ich stehe in diesem Experiment auf Ihrer Seite."

Pirx atmete tief durch. „Was Sie da sagen, soll natürlich unter uns bleiben, nicht wahr?" fragte er.

„Ich überlasse es Ihnen, darüber zu befinden. Mir liegt nichts daran."

„Wie...?"

Der andere lächelte abermals. „Ganz einfach. Ich handele aus Egoismus. Wenn Sie die Nichtlinearen positiv beurteilen, löst das eine Kettenreaktion in der Produktion aus. Das ist mehr als wahrscheinlich. Solche wie ich tauchen dann massenweise auf, und nicht nur auf Raumschiffen. Das hätte für die Menschen fatale Konsequenzen – es entstünde eine neue Art von Diskriminierung, von Haß, mit allen hinreichend bekannten Folgen. Ich sehe das kommen, aber ich wiederhole, daß ich vor allem aus persönlichen Motiven handele. Solange ich allein existiere, solange es nur zwei oder zehn solcher Exemplare gibt wie mich, ist das ohne jede soziale Bedeutung. Wir gehen unter in der Masse, unbemerkt und unbemerkbar. Dann hätte ich – hätten wir eine Zukunft vor uns, ähnlich der jedes Menschen, mit einer erheblich höheren Intelligenz und einer Reihe von Spezialfähigkeiten, die der gewöhnliche Mensch nicht besitzt. Wir könnten also noch so mancherlei erreichen, aber nur dann, wenn es nicht zur Serienproduktion kommt."

„Ja... Das hat was für sich...", sagte Pirx gedehnt. Er war leicht verwirrt. „Aber warum ist Ihnen nicht an Diskretion gelegen? Befürchten Sie nicht, daß die Firma, die..."

„Nein. Das befürchte ich keineswegs. Ich befürchte überhaupt nichts", sagte Burns in seinem gleichbleibend ruhigen Vortragston. „Ich bin unheimlich teuer, Commander. In das hier" – er tippte mit der Hand auf seine Brust – „sind Milliarden von Dollar investiert worden. Sie glauben doch wohl nicht, daß der erzürnte Fabrikant befiehlt, mich bis aufs letzte Schräubchen auseinanderzunehmen? Ich meine das natürlich im übertragenen Sinne, weil ich in meinem Körper keinerlei Schräubchen habe ... Selbstverständlich werden sie wütend sein, aber an meiner Lage ändert das gar nichts. Höchstwahrscheinlich werde ich in dieser Firma arbeiten müssen, aber was schadet mir das? Ich ziehe es sogar vor, dort und nirgendwo anders zu arbeiten, weil ich dort die beste Betreuung finde, falls ich mal ... krank werde. Ich glaube auch nicht, daß sie versuchen würden, mich einzusperren. Wozu eigentlich? Die Anwendung von Gewalt könnte für sie aber selber recht traurige Folgen haben. Sie wissen ja, welche Macht die Presse darstellt ..."

Er denkt an Erpressung, durchfuhr es Pirx. Er glaubte zu träumen, doch er lauschte weiter mit gespannter Aufmerksamkeit.

„Nun, jetzt werden Sie vielleicht verstehen, warum ich möchte, daß Ihr Gutachten über die Nichtlinearen negativ ausfällt."

„Ja, allerdings. Können Sie mir einen Hinweis geben, wer von der Besatzung noch ...?"

„Nein. Ich bin nicht sicher, und mit Vermutungen wäre Ihnen nicht gedient. Es ist besser, eine Nullinformation zu besitzen, als desinformiert zu sein, denn das bedeutet negative Information, also Information unter Null."

„Hm. Ja. Jedenfalls danke ich Ihnen, von Ihren Beweggründen ganz abgesehen. Ja, ich danke Ihnen. Würden Sie mir demzufolge ... etwas über sich sagen? Ich meine Dinge, die mir weiterhelfen könnten ..."

„Ich kann mir denken, worum es Ihnen geht. Über meinen Bau weiß ich nichts, so wie Sie nichts über Ihre Anatomie wissen oder über Ihre Physiologie, zumindest nichts wußten, bevor Sie nicht irgendein Biologiebuch gelesen hatten. Aber der konstruktionelle Aspekt interessiert Sie wohl auch weniger. Es ist Ihnen mehr um den psychischen zu tun? Um unsere – schwachen Seiten?"

„Darum auch. Aber hören Sie, jeder weiß schließlich irgendwas über seinen Organismus. Das sind keine wissenschaftlich fundierten Kenntnisse, sondern sie stammen aus Erfahrung, aus Selbstbeobachtung ..."

„Natürlich, man benutzt ja den Organismus und wohnt darin ... Da bietet sich schon Gelgenheit zur Beobachtung ..." Burns lächelte wieder und zeigte dabei regelmäßige, aber doch nicht allzu regelmäßige Zähne.

„Ich darf Ihnen also Fragen stellen?"

„Bitte sehr."

Pirx versuchte sich zu sammeln. „Dürfen es auch ... indiskrete Fragen sein? Ausgesprochen intime?"

„Ich habe nichts zu verbergen", erwiderte der andere schlicht.

„Ist Ihnen schon einmal eine Reaktion wie Bestürzung, Angst oder Abscheu widerfahren, die dadurch hervorgerufen wurde, daß Sie kein Mensch sind?"

„Ja. Einmal, während einer Operation, bei der ich assistierte. Der zweite Assistent war eine Frau. Damals wußte ich bereits, was das ist..."

„Ich verstehe nicht ganz..."

„Damals wußte ich bereits, was eine Frau ist", erklärte Burns. „Anfangs war mir nichts über die Existenz von Geschlechtern bekannt..."

„Ach nein!" Pirx war wütend, daß es ihm nicht gelungen war, diesen Ausruf zu unterdrücken. „Also es war eine Frau dabei. Und was passierte?"

„Der Chirurg schnitt mir mit seinem Skalpell in den Finger, der Gummihandschuh klaffte auf, und es war zu sehen, daß ich nicht blutete."

„Wieso? McGuirr hat mir doch gesagt..."

„Jetzt würde auch ich bluten, aber damals war ich noch ‚trocken' – so heißt das im internen Jargon unserer ‚Eltern'", sagte Burns. „Denn unser Blut ist reine Maskerade: Die Innenseite der Haut ist schwammartig und wird mit Blut getränkt. Diese Prozedur muß ziemlich oft wiederholt werden."

„Aha. Und die Frau bemerkte das? Und der Chirurg?"

„Ach, der wußte, wer ich bin, nur sie nicht. Sie kam nicht gleich darauf, erst gegen Ende der Operation und auch hauptsächlich deshalb, weil er so verlegen war..." Burns lächelte. „Sie packte meine Hand, zog sie an die Augen, und als sie sah, was ... was innen war, schleuderte sie sie von sich und stürzte davon. Sie vergaß, nach welcher Seite die Tür des OP aufging, zog daran, und als sie sich nicht öffnen ließ, bekam sie einen hysterischen Anfall."

„Ja", sagte Pirx. Er schluckte. „Was fühlten Sie damals?"

„Im allgemeinen fühle ich nicht sonderlich viel, aber das damals war unangenehm", erwiderte Burns gedehnt und lächelte erneut. „Ich habe noch nie mit jemanden darüber gesprochen", fügte er nach einer Sekunde hinzu, „aber ich habe den Eindruck, daß den Männern – selbst solchen, die nicht daran gewöhnt sind – der Umgang mit uns leichter fällt. Männer finden sich mit Tatsachen ab. Frauen wollen sich mit manchen Tatsachen einfach nicht abfinden. Sie sagen weiter ‚Nein', selbst wenn es nichts anderes mehr gibt als ‚Ja'."

Pirx behielt Burns die ganze Zeit über im Auge, und er musterte ihn besonders aufmerksam, wenn dieser einmal den Blick abwandte, denn er versuchte, eine gewisse Andersartigkeit zu entdecken, die ihn beschwichtigt und ihm bewiesen hätte, daß die Verwandlung einer Maschine in einen Menschen denn doch nicht so vollkommen war. Vorher, als er noch alle verdächtigt hatte, war die Situation eine andere gewesen. Jetzt, da er mit jeder Minute weniger daran zweifelte, daß das, was Burns da sagte, auf Wahrheit beruhte, und er einmal in Burns' Blässe, die ihm schon bei der ersten Begegnung aufgefallen war, zum anderen in seinen beherrschten Bewegungen und dann wiederum in dem starren Glanz seiner hellen Augen die Fälschung suchte – jetzt mußte er sich eingestehen, daß es schließlich auch Menschen gab, die so blaß oder auch so wenig beweglich waren. Dann quälten ihn abermals Zweifel, und diese Beobachtungen und Gedanken wurden vom Lächeln des Arztes kommentiert, das sich nicht immer auf Pirx' Worte zu beziehen, sondern vielmehr auszudrücken schien, daß er genau wüßte, was Pirx in diesen Augenblick bewegte. Dieses Lächeln war Pirx unangenehm, es verwirrte ihn, und es fiel ihm um so schwerer, die Befragung fortzusetzen, als Burns in seinen Antworten ungetrübte Aufrichtigkeit an den Tag legte.

„Sie verallgemeinern auf der Grundlage eines einzigen Falles", brummte er.

„O nein, ich hatte danach noch sehr viel mit Frauen zu tun. Es arbeiteten ... es unterrichteten mich mehrere. Sie waren Dozenten und so weiter. Aber sie wußten von vornherein, wer ich war. Sie versuchten also, ihre Emotionen zu unterdrücken. Das fiel ihnen nicht leicht, weil ich Zeiten hatte, in denen es mir Spaß machte, sie zu reizen."

Das Lächeln, mit dem er Pirx in die Augen sah, wirkte beinahe anmaßend.

„Sie suchten irgendwelche besonderen Eigenschaften, die mich im negativen Sinne von ihnen unterscheiden, müssen Sie wissen, und weil ihnen so sehr daran lag, vergnügte ich mich manchmal damit, solche Eigenschaften auch wirklich zu zeigen."

„Ich verstehe nicht."

„Oh, Sie verstehen ganz gut. Ich mimte eine Marionette, physisch durch eine gewisse Steifheit, psychisch durch passiven Gehorsam ..., aber sobald sie sich an ihren Entdeckungen zu weiden begannen, spielte ich plötzlich nicht mehr mit. Ich glaube, sie hielten mich für eine Art teuflisches Wesen."

„Sind Sie da nicht voreingenommen? Das sind doch nur Vermutungen! Immerhin handelte es sich um Dozentinnen, die eine entsprechende Ausbildung genossen haben müssen."

„Der Mensch ist ein großartig astigmatisches Geschöpf", sagte Burns phlegmatisch. „Das ist unvermeidlich, wenn man so entstanden ist, wie ihr es seid. Das Bewußtsein ist ein Teil der Prozesse im Gehirn, der insoweit davon losgelöst ist, als er im subjektiven Empfinden eine Einheit darstellt. Aber diese Einheit ist eine Vorspiegelung der Introspektion. Die anderen Prozesse, die das Bewußtsein davontragen wie der Ozean den Eisberg, werden nicht direkt empfunden – sie machen sich mitunter aber so stark bemerkbar, daß das Bewußtsein sie zu suchen beginnt. Aus dieser Suche heraus entstand der Begriff des Teufels, als eine Art Projektion auf die Außenwelt, eine Projektion dessen, was sich – obwohl es im Menschen, in seinem Hirn, existiert und in ihm wirkt – weder wie der Gedanke noch wie die Hand lokalisieren läßt."

Er grinste noch breiter.

„Ich halte Ihnen hier einen Vortrag über die kypernetischen Grundlagen der Persönlichkeitstheorie, die Sie sicherlich kennen. Eine logische Maschine unterscheidet sich vom Gehirn dadurch, daß sie nicht mehrere einander ausschließende Programme auf einmal haben kann. Das Gehirn kann sie haben, hat sie immer, deshalb ist es auch ein Schlachtfeld bei Heiligen oder ein Tummelplatz von Widersprüchen bei gewöhnlichen Sterblichen ... Das Neuronennetz der Frau ist anders als das des Mannes. Das betrifft nicht die Intelligenz. Im übrigen ist der Unterschied nur statistischer Natur. Frauen ertragen eine Koexistenz von Widersprüchen besser – im allgemeinen. Nebenbei gesagt schaffen aus diesem Grund hauptsächlich Männer die Wissenschaft, weil sie von der Suche nach einer einzigen, also nicht widersprüchlichen Ordnung geprägt ist."

„Mag sein", entgegnete Pirx. „Deshalb sind Sie also der Ansicht, daß diese Frauen einen Teufel in Ihnen sahen?"

„Das ist zuviel gesagt", erwiderte der andere und legte die Hand auf sein Knie. „Ich war für sie höchst abstoßend – und deshalb zog ich sie an. Ich war die Wirklichkeit gewordene Unmöglichkeit, etwas Verbotenes, etwas, was im Gegensatz zur Welt als begreifbare natürliche Ordnung existierte, und ihre Angst war nicht nur der Wille zur Flucht, sondern auch zur Selbstaufgabe. Wenn auch keine von ihnen sich das so deutlich vergegenwärtigte, wie ich es jetzt formuliere: Ich war in ihren Augen der Ausbruch aus dem Gehorsam gegenüber den biologischen Geboten, die Gestalt gewordene Revolte gegen die Natur, ein Wesen, mit dem das biologisch rationelle, also eigennützige Band zwischen Gefühlen und der Funktion der Arterhaltung zerrissen worden war."

Er warf Pirx einen schnellen Blick zu.

„Sie denken, das sei die Philosophie eines Kapauns? Nein, denn ich wurde nicht als Krüppel konstruiert. Ich bin folglich kein schlechteres, sondern nur ein anderes Wesen als ihr, dessen Liebe jedenfalls ebenso uneigennützig, ebenso überflüssig ist oder sein kann wie der Tod und das dadurch aus einem wertvollen Werkzeug zu einem Wert an sich wird. Natürlich zu einem Wert mit negativem Vorzeichen – wie der Teufel. Und warum ist das so? Mich haben Männer geschaffen, und es fiel ihnen leichter, einen potentiellen Rivalen zu bauen als ein potentielles Objekt ihrer Leidenschaften. Aber was meinen Sie? Habe ich recht?"

„Ich weiß nicht", erwiderte Pirx. Er sah Burns nicht an – er konnte es nicht. „Ich weiß es nicht. Das Projekt wurde von verschiedenen Bedingungen diktiert, vor allem wohl von ökonomischen."

„Ganz gewiß", stimmte Burns zu. „Aber die, von denen ich sprach, haben auch ihren Anteil daran. Nur daß alles ein einziger großer Reinfall ist, Commander. Ich sagte schon, was die Menschen mir gegenüber empfinden, aber sie schaffen nur noch einen Mythos mehr, den Mythos vom Nichtlinearen, weil ich weder ein Teufel bin, das dürfte doch klar sein, noch ein potentieller erotischer Rivale, was vielleicht schon weniger klar ist. Ich sehe wie ein Mann aus und rede wie ein Mann, und psychisch bin ich sicherlich bis zu einem gewissen Grade Mann, allerdings eben nur bis zu einem gewissen Grade ... Aber das alles hat schon beinahe nichts mehr mit der Sache zu tun, derentwegen ich zu Ihnen gekommen bin."

„Das kann man nie wissen ..., kann man nie wissen", warf Pirx ein. Er betrachtete noch immer seine eigenen, gefalteten Hände. „Fahren Sie fort."

„Wenn Sie es wünschen ... Aber ich werde nur in meinem eigenen Namen sprechen, über die anderen weiß ich nichts. Als Persönlichkeit bin ich zwiefach entstanden: durch die Programmierung und durch Lernen. Auch der Mensch entsteht auf diese Weise, nur daß der erste Faktor bei ihm eine geringe Rolle spielt, weil der Mensch, wenn er auf die Welt kommt, noch kaum entwickelt ist. Ich dagegen war gleich von Anfang an so, wie ich jetzt bin ... in physischer Hinsicht. Ich mußte nicht so lange lernen wie ein Kind. Und dadurch, daß ich weder eine Kindheit noch eine Zeit der Reife durchgemacht habe, sondern lediglich ein Multistat war, dem man erst die Vorausprogrammierungsmasse verpaßte und den man dann vielseitig trainierte und ihm eine Menge Informationen eingab, dadurch wurde ich einheitlicher als irgendeiner von euch. Denn jeder Mensch ist eine wandelnde geologische Formation, die tausend Epochen des Glühens und abermals tausend Epochen des Erkaltens durchlaufen hat, da sich Schicht auf Schicht ablagerte – zuerst jene endgültige, weil erste und somit mit nichts vergleichbare Welt vor der Existenz der Sprache, die später untergeht, von ihr verschlungen wird, aber irgendwo auf dem Grunde noch weiterglimmt. Im Hirn ist eine Ivasion der Farben, Formen und Gerüche, ein Umsichgreifen der Sinne, die sich nach der Geburt entfalten. Erst später kommt es zur Polarisierung in Welt und Nicht-Welt beziehungsweise in Ich und Nicht-Ich. Nun, und dann diese ganzen Hormonüberschwemmungen, diese widersprüchlichen und verschieden gelagerten Programme von Glaube und Trieb – die Geschichte der Entstehung der Persönlichkeit ist die Geschichte von Kriegen: das Gehirn gegen sich selbst. All diese Stationen von Tollheit und Resignation kannte ich nicht, ich hatte diese Etappen nicht durchlaufen, und deshalb habe ich keine Spur von einem Kind in mir. Ich bin zu Gefühlswallungen fähig, und ich könnte sicherlich sogar töten, aber nicht aus Liebe. Die Worte in meinem Mund klingen ebenso wie in eurem Mund, aber sie haben eine andere Bedeutung für mich.“

„Heißt das, daß Sie nicht imstande sind zu lieben?“ fragte Pirx. Immer noch betrachtete er seine Hände. „Woher diese Sicherheit? Das weiß wahrscheinlich niemand, bis er nicht ...“

„Das wollte ich nicht damit sagen. Vielleicht wäre ich auch dazu imstande. Aber es würde etwas völlig anderes bedeuten als bei euch. Zwei Gefühle verlassen mich eigentlich niemals: das des Staunens und die innere Bereitschaft, alles lächerlich zu finden. Und das, glaube ich, ist so, weil eine Eigenschaft eurer Welt sich mir überall aufdrängt – die Konventionalität. Nicht nur in der äußeren Gestalt von Maschinen und in euren Umgangsformen, sondern auch in eurer Körperlichkeit, die mir Modell gestanden hat. Ich sehe, daß alles ganz anders aussehen, anders gebaut sein, anders funktionieren könnte und daß es dadurch weder besser noch schlechter wäre, als es ist. Für euch *existiert* die Welt in erster Linie, das heißt, sie existiert ganz einfach als einzige Möglichkeit; für mich dagegen *gab* es die Welt nicht nur, seit ich denken kann, sondern es gab sie als eine *lächerliche* Welt, diese eure Welt der Städte, Theater, Straßen, des Familienlebens, der Börse, der Liebestragödien und der Filmstars. Möchten Sie meine Lieblingsdefinition des Menschen hören? Ein Wesen, das am liebsten darüber spricht, wovon es am wenigsten versteht. Für die Antike soll die Allgegenwart der Mythologie charakteristisch gewesen sein und für die moderne Zivilisation deren Fehlen? Aber wovon leiten sich denn in Wirklichkeit eure einfachsten Grundbegriffe ab? Die Sündhaftigkeit des Leibes ist die Konsequenz einer alten Evolutionslösung, die aus Sparsamkeitsgründen die Ausscheidungsfunktionen mit den Geschlechtsfunktionen in demselben Organsystem vereinte. Die religiösen und philosophischen Ansichten sind die Konsequenz aus eurer biologischen Struktur, weil dem Menschen zeitliche Grenzen gesetzt sind und er in jeder Generation alles erkennen, alles begreifen, alles erklären möchte. Aus ebendieser Diskrepanz heraus entstand die Metaphysik – als Brücke, die das Mögliche mit dem Unmöglichen verbindet. Und die Wissenschaft? Sie ist vor allen Dingen Verzicht. Gewöhnlich werden ihre Errungenschaften hervorgehoben, doch die stellen sich nur sehr langsam ein, und sie wiegen im übrigen niemals die Riesenverluste auf. Die Wissenschaft ist also die Billigung der Sterblichkeit und der Zufälligkeit des Individuums, das aus dem statistischen Spiel der um den Vorrang der Befruchtung wetteifernden Spermien entsteht. Sie ist die Billigung der Vergänglichkeit, der Unabwendbarkeit, des Fehlens von Vergeltung, höherer Gerechtigkeit, endgültiger Erkenntnis, des endgültigen allseitigen Verstehens – und mithin wäre sie sogar heroisch, wenn sich ihre Schöpfer nicht so oft im unklaren wären, was sie in Wirklichkeit tun! Ich hatte zwischen Furcht und Lächerlichkeit zu wählen, und ich wählte die Lächerlichkeit, weil ich sie mir leisten kann."

„Sie hassen diejenigen, die Sie geschaffen haben, nicht wahr?" fragte Pirx leise.

„Sie irren. Ich bin der Auffassung, daß jede Existenz, selbst die beschränkteste, besser ist als die Nichtexistenz. Sie, meine Konstrukteure, vermochten sicherlich viele Dinge nicht vorauszusehen, aber mehr noch als für meine Intelligenz bin ich ihnen dafür dankbar, daß sie mir das Lustzentrum verweigerten. Es gibt ein solches Zentrum in eurem Gehirn, wußten Sie das?"

„Ich habe irgendwo darüber gelesen."

„Ich besitze es offenbar nicht, und deshalb bin ich auch kein Wesen ohne Beine, das nach nichts anderem verlangt, als laufen zu können... Nur zu laufen, gerade weil es unmöglich ist."

„Alle anderen sind lächerlich, ja?" warf Pirx ein. „Und Sie?"

„Oh, ich auch. Nur auf andere Art. Jeder von euch hat, sobald er existiert, den Körper, den er hat, und damit basta. Aber ich könnte zum Beispiel wie ein Kühlschrank aussehen."

„Ich kann daran nichts Lächerliches finden", brummte Pirx. Das Gespräch bedrückte ihn mehr und mehr.

„Es geht um die Konventionalität, um die Zufälligkeit", wiederholte Burns. „Die Wissenschaft ist der Verzicht auf verschiedene Absoluta: auf den absoluten Raum, die absolute Zeit, die absolute, das heißt ewigwährende Seele, den absoluten, weil gottgeschaffenen Leib. Von solchen Konventionen, die ihr für reale, weil von allem unabhängige Dinge haltet, gibt es noch mehr."

„Und was ist noch Konvention? Die Prinzipien der Ethik? Die Liebe? Die Freundschaft?"

„Gefühle sind niemals konventionell, obwohl sie die Folge von vereinbarten konventionellen Vorbedingungen sein können. Aber ich rede wirklich nur deshalb so über euch, weil es mir in dieser Gegenüberstellung leichter fällt zu erklären, wer ich selbst bin. Die Ethik ist ganz sicher konventionell, zumindest für mich. Ich brauche nicht ethisch zu handeln, und dennoch tue ich es."

„Interessant. Und warum?"

„Ich habe keinen sogenannten Instinkt des Guten. Ich bin nicht fähig, Mitleid sozusagen ‚von Natur aus' zu empfinden. Aber ich weiß, wann man Barmherzigkeit üben muß, und ich bin imstande, mich einzufühlen. Ich bin zu dem Schluß gekommen, daß es nötig ist. Mithin habe ich diese Lücke gewissermaßen durch logische Überlegung geschlossen. Sie können nun sagen, ich hätte eine ‚Ersatzethik', ich hätte mir eine so täuschend ähnliche Prothese davon angefertigt, daß sie wie ‚echt' wirkt."

„Ich verstehe nicht ganz. Worin liegt also der Unterschied?"

„Darin, daß ich nach der Logik gültiger Axiome handele und nicht nach dem Instinkt. Ich habe keine derartigen Instinkte. Es ist euer Unglück, daß ihr außer den Instinkten fast nichts habt. Ich weiß nicht, vielleicht hat das früher mal genügt, aber jetzt genügt es ganz bestimmt nicht mehr. Wie sieht denn in der Praxis die sogenannte Nächstenliebe aus? Sie empfinden Mitleid für das Opfer eines Unfalls und helfen ihm. Aber wenn Sie vor zehntausend Opfern gleichzeitig stehen, dann können Sie nicht alle mit Ihrem Mitleid erfassen. Das Mitleid hat ein sehr kleines Fassungsvermögen und ist wenig dehnbar. Es bewährt sich, solange es um einzelne geht, sobald aber die Masse auftaucht, breitet sich Ratlosigkeit aus. Und eben die Entwicklung der Technologie sprengt eure Moral immer gründlicher. Die Aura der ethischen Verantwortung erstreckt sich gerade noch auf die ersten Glieder in der Kette von Ursache und Wirkung. Derjenige, der einen Prozeß auslöst, fühlt sich durchaus nicht mehr für die weiterreichenden Konsequenzen verantwortlich."

„Die Atombombe?"

„Oh, das ist nur ein Beispiel von Tausenden. In eurer Auffassung von Gut und Böse seid ihr vielleicht am allerlächerlichsten."

„Warum?"

„Einem Mann und einer Frau, von denen man weiß, daß sie unterentwickelte Nachkommen zeugen werden, ist es erlaubt, Kinder in die Welt zu setzen. Das gestattet eure Moral."

„Aber Burns, so etwas steht doch niemals ganz fest, sondern ist allenfalls sehr wahrscheinlich!"

„Aber die Moral ist deterministisch wie die Buchführung und nicht statistisch wie der Kosmos. Wir könnten bis in alle Ewigkeit so weiterdiskutieren, Commander. Was möchten Sie noch wissen – über mich?"

„Sie lagen in verschiedenen Experimentalsituationen mit Menschen im Wettstreit. Waren Sie immer der Überlegene?"

„Nein, aber je mehr Algorithmisierung, Mathematik und Genauigkeit die

Lösung der Aufgabe verlangt, desto besser bin ich. Meine Schwäche ist die Intuition. Da rächt sich, daß ich von Rechenmaschinen abstamme..."

„Wie äußert sich das in der Praxis?"

„Sobald sich eine Situation übermäßig kompliziert, sobald die Zahl der neuen Faktoren zu groß wird, verheddere ich mich. Soviel ich weiß, versucht der Mensch dann, sich auf sein Gefühl, das heißt auf eine Näherungslösung zu verlassen, und es gelingt ihm auch manchmal. Aber ich bin nicht dazu imstande. Ich muß alles ganz genau, ganz bewußt in Erwägung ziehen, und wenn das nicht geht, bin ich der Verlierer."

„Was Sie da sagen, ist sehr wichtig für mich, Burns. Nehmen wir also mal an, in einer Katastrophensituation, bei einer Havarie..."

„So einfach ist das auch wieder nicht, Commander, weil ich keinerlei Angst empfinde, jedenfalls nicht so wie der Mensch, und weil ich, obwohl mir die Gefahr einer Vernichtung natürlich auch nicht einerlei ist, keinesfalls den Kopf verliere, wie man so schön sagt. Und das so erlangte Gleichgewicht kann dann meine Intuitionsschwäche kompensieren."

„Versuchen Sie bis zuletzt, einer Situation Herr zu werden?"

„Ja, sogar dann noch, wenn ich sehe, daß ich verspielt habe."

„Weshalb? Ist das nicht irrational?"

„Es ist nur logisch, weil ich es so beschlossen habe."

„Ich danke Ihnen. Vielleicht haben Sie mir wirklich geholfen", sagte Pirx. „Verraten Sie mir nur noch eins. Was beabsichtigen Sie nach unserer Rückkehr zu tun?"

„Ich bin Kybernetiker und Neurologe, und nicht der schlechteste. Schöpferische Fähigkeiten besitze ich kaum, weil diese untrennbar mit Intuition verbunden sind, aber ich werde auch ohne sie eine interessante Arbeit finden."

„Ich danke Ihnen", sagte Pirx noch einmal.

Der andere erhob sich, deutete eine Verbeugung an und ging. Pirx sprang von seiner Koje auf und begann wieder auf und ab zu wandern, sobald sich die Tür hinter Burns geschlossen hatte.

Herr im Himmel, wozu das Ganze? Jetzt weiß ich erst recht nicht mehr, woran ich bin. Entweder ist er ein Roboter oder... Aber vermutlich hat er die Wahrheit gesagt. Doch weshalb diese Mitteilsamkeit? Die ganze Menschheitsgeschichte plus „Kritik von außen" – nehmen wir mal an, er hätte die Wahrheit gesagt, dann müßte man eine unerhört verzwickte Situation heraufbeschwören. Aber sie müßte echt genug sein, um nicht den Eindruck zu erwecken, ich hätte sie „gestellt". Sie müßte also real sein. Kurz, ich werde wohl in den sauren Apfel beißen müssen. Eine Gefahrensituation, die künstlich erzeugt wird, aber in sich echt ist...

Er schlug sich mit der Faust auf den Handteller.

Und wenn es nur ein taktisches Manöver war? Dann breche ich mir vielleicht den Hals dabei, jage alle Menschen in den Tod, und die Roboter bringen das Raumschiff in den Hafen zurück, weil sie im Gegensatz zu uns all dies aushalten können! Na, das würde diese Herren ja in höchstes Entzücken versetzen

– was für eine phänomenale Reklame! Was für eine Sicherheitsgarantie für Raumschiffe mit solcher Besatzung! Oder etwa nicht? Von ihrem Standpunkt aus wäre also so eine Maßnahme, mich mit ihrer „Ehrlichkeit" zu ködern, höchst wirkungsvoll...

Er lief immer hastiger hin und her.

Ich muß mir irgendwie Gewißheit verschaffen, ob das alles wahr ist. Nehmen wir mal an, es gelingt mir, sie schließlich doch alle zu identifizieren. Wir haben eine Bordapotheke. Ich könnte ihnen ein paar Tropfen Apomorphin ins Essen geben. Die Menschen würden krank werden, die anderen wahrscheinlich nicht. Ganz gewiß nicht. Aber was habe ich davon? Erstens wird fast jeder dahinterkommen, daß ich meine Hand im Spiel hatte, und außerdem, selbst wenn sich herausstellen sollte, daß Brown ein Mensch ist und Burns nicht – außerdem würde das noch lange nicht bedeuten, daß *alles* wahr ist, was sie mir erzählt haben! Vielleicht haben sie sich mir wirklich zu erkennen gegeben, und alles andere geschah nur im Interesse einer bestimmten Strategie? Moment mal... Burns hat mich eigentlich auf eine ganz konkrete Fährte geführt, als er von der mangelnden Intuition sprach. Aber Brown? Der hat den Verdacht auf Burns gelenkt. Ausgerechnet auf Burns, der kurz darauf von selber zu mir kam und diesen Verdacht bestätigte. Ist das nicht ein bißchen zuviel des Guten? Andererseits... Wenn alles auf der nicht eingeplanten, also unabhängigen Initiative jedes einzelnen beruht, dann wäre die Tatsache, daß Brown diesen Burns nennt und Burns dann zu mir kommt, um es zu bestätigen, reiner Zufall. Wenn sie die Sache geplant hätten, dann wären sie nicht auf einen so primitiven Trick verfallen, denn das wäre doch viel zu auffällig... Allmählich drehe ich hier noch durch... Aber Moment mal: Wenn jetzt noch ein dritter hier aufkreuzte, dann hieße das, daß auch alles andere bloße Spinnerei war. Ein Spiel. Nur wird wahrscheinlich niemand mehr aufkreuzen, die Geschichte wäre zu leicht zu durchschauen, so blöd sind die nicht. Und wenn sie die Wahrheit gesagt haben? Vielleicht bekommt doch noch einer Lust...

Pirx schlug sich zum zweitenmal mit der Faust auf den Handteller. Er wußte also gar nichts. Sollte er handeln? Wie? Sollte er noch abwarten? Ja, das war doch das beste.

Während der Hauptmahlzeit in der Messe herrschte Schweigen. Pirx sprach niemanden an, weil er immer noch gegen die Versuchung ankämpfte, jene „chemische Probe aufs Exempel" zu machen, die ihm eingefallen war. Er konnte sich nicht endgültig entschließen. Brown war an der Steuerung, sie aßen also zu fünft. Sie aßen alle, und Pirx mußte daran denken, wie hanebüchen das Ganze war – nur zu essen, um einen Menschen vorzutäuschen. Dem „Lächerlichen", von dem Burns gesprochen hatte, lagen möglicherweise solche Ursachen zugrunde, und diese Einstellung war für ihn offenbar eine Art Selbstschutz, und auch dieses Gerede über die „Konventionalität" schien von alledem herzurühren – na klar, für den war auch das Essen nur ein konventioneller Trick. Und wenn er wirklich daran glauben sollte, daß er seine Schöpfer nicht haßte, dann machte er sich selbst etwas vor. Ich würde sie hassen, dachte Pirx und war sich dessen völlig sicher. Daß die sich nicht schämen, ist eine richtige Sauerei!

Das Schweigen hielt während der ganzen Mahlzeit an und wurde schließlich unerträglich. In ihm manifestierte sich weniger der Wunsch jedes einzelnen, ungeschoren zu bleiben und keinerlei Kontakte einzugehen, so wie das die Organisatoren des Fluges wünschten – also nicht eine gewisse Loyalität, die in der Wahrung des Geheimnisses ihre Ursache hatte –, als vielmehr eine allgemeine Feindseligkeit, und wenn schon nicht Feindseligkeit, dann zumindest Mißtrauen. Wer Mensch war, hatte keinerlei Bedürfnis, sich einem Nichtmenschen zu nähern, und dieser wiederum begriff, daß er nur dann nicht als solcher entdeckt wurde, wenn er die gleiche Haltung einnahm. Denn wenn er in dieser eisigen Atmosphäre nur den leisesten Versuch gemacht hätte, sich zu engagieren, hätte er sofort die Aufmerksamkeit und damit den Verdacht auf sich gelenkt, kein Mensch zu sein. Pirx saß über seinen Teller gebeugt und registrierte jede Kleinigkeit – wie Thompson um Salz bat, wie Burton es ihm hinüberreichte, wie ihm Burns wiederum die Essigkaraffe hinschob. Die Gabeln und Messer bewegten sich flink in den Händen, man kaute, schluckte und beachtete die anderen kaum – es war ein regelrechtes Begräbnis des Sauerbratens. Pirx ließ sein Kompott stehen, erhob sich, nickte den anderen zu und ging.

Sie hatten Kursgeschwindigkeit, gegen zwanzig Uhr Bordzeit flogen sie an zwei großen Transportern vorbei, tauschten die üblichen Signale aus, und eine Stunde später schalteten die Automaten in den Decks Tageslicht ein. Pirx kam eben aus der Steuerzentrale, als es geschah. Den weiten Raum des Mitteldecks füllte Dunkelheit, die von den hellblauen Kugeln der Neonleuchten durchbohrt wurde. Zugleich schimmerten die mit Leuchtfarbe überzogenen Seile, die an den Wänden entlangliefen und bei fehlender Schwerkraft zur Fortbewegung dienten, die Türpfosten, die Türklinken und die an den Trennwänden aufgemalten Orientierungspfeile und Aufschriften. Das Raumschiff war so reglos, als ruhe es in einem irdischen Dock. Nicht die leiseste Schwingung war zu spüren, nur die Klimaanlagen arbeiten gerade noch hörbar. Pirx durchschritt nacheinander Ströme von kühlerer Luft mit sehr schwachem Ozongeruch.

Einmal prallte etwas mit giftigem Summen gegen seine Stirn – eine Fliege, die sich als blinder Passagier eingeschmuggelt hatte. Er sah ihr widerwillig nach, er mochte Fliegen nicht, aber er konnte sie nicht mehr entdecken. Hinter der Abzweigung verengte sich der Gang und führte an der Treppe und dem Zylinder des Personallifts vorbei. Pirx packte das Geländer und stieg hinauf, ohne recht zu wissen, warum. Er dachte nicht einmal daran, daß dort oben das Sternenfenster war. Das heißt, er wußte von der Existenz dieses Fensters, doch er stieß dennoch wie zufällig auf das große schwarze Viereck. Eigentlich hatte er keine echte Beziehung zu den Sternen. Viele Kosmonauten besaßen angeblich so etwas. Es gab nicht mehr jene unbedingt verbindliche romantische „Fassade" der Flüge von einst, aber weil die Öffentlichkeit, die durch Film, Fernsehen und Literatur geprägt wurde, eine Art „kosmische Haltung" von den Raumfahrern erwartete, bemühte sich beinahe jeder um ein gewisses intimes Verhältnis zu diesem Lichtgewimmel. Pirx verdächtigte im Grunde genommen all diejenigen, die darüber sprachen, der Aufschneiderei, denn er persönlich machte sich wenig aus den Sternen, und große Reden über dieses Thema zu schwingen, das hielt er für absolute Idiotie.

Er lehnte sich nun gegen ein elastisches Rohr, das als Schutz diente, damit man sich an der unsichtbaren Glasscheibe nicht den Kopf stieß, und erkannte sogleich das Zentrum der Galaxis unter dem Raumschiff oder vielmehr seine Richtung, die von den großen weißlichen Wolken des Schützen dem Blick entzogen wurde. Dieses Sternbild war für ihn so etwas wie ein verwittertes und deshalb nicht sehr deutlich ablesbares Verkehrszeichen. Das wußte er noch von den Patrouillenflügen, denn die Wolke des Schützen ließ sich selbst auf kleinen Bildschirmen ausmachen, und das schmale Gesichtsfeld, das jene Einmannraketen boten, erschwerte einem manchmal die Orientierung nach Sternbildern. Aber im allgemeinen dachte er auch angesichts dieser Wolke nicht an Millionen von glühenden Welten mit zahllosen Planetensystemen – das heißt, in jungen Jahren, als er selbst noch nicht im Weltraum gewesen war und sich noch nicht an ihn gewöhnt hatte, da hatte auch er so gedacht. Dann aber, eines Tages, waren diese jugendlichen Phantasievorstellungen verflogen, er wußte selbst nicht, wann das war. Er näherte sein Gesicht langsam der kalten Glasfläche, bis er sie mit der Stirn berührte, und blieb so stehen, ohne das Gewirr der reglosen Lichtpunkte genau zu betrachten, die sich stellenweise zu weißglühenden Nebelschwaden verdichteten. Von innen gesehen war die Galaxis ein Chaos, das Ergebnis eines Jahrmilliarden währenden Feuerwürfelspiels – ein einziges Drunter und Drüber. Und dennoch herrschte eine Ordnung in den Galaxen, eine Ordnung höheren Grades, die man allerdings nur auf den Aufnahmen riesiger Reflektoren wahrnehmen konnte. Die Galaxen nahmen sich auf den Negativen wie elliptische Körperchen aus, wie Amöben in verschiedenen Entwicklungsphasen, nur daß die Kosmonauten davon überhaupt nicht berührt wurden – das Sonnensystem war für sie alles, der Rest zählte nicht. Vielleicht wird es in tausend Jahren einmal zählen, dachte er.

Irgend jemand mußte in seiner Nähe sein. Der Schaumstoffläufer dämpfte zwar die Schritte, aber Pirx spürte jemandes Gegenwart. Er wandte den Kopf und erblickte vor dem Hintergrund der Leuchtstreifen, die den Verlauf der Decke und der Wände anzeigten, eine dunkle Gestalt.

„Wer ist da?“ fragte er, ohne die Stimme zu heben.

„Ich bin es – Thompson.“

„Haben Sie Ihre Wache beendet?“ fragte Pirx, nur um irgend etwas zu sagen.

„Ja, Commander.“

Beide standen unschlüssig da. Pirx wollte sich wieder dem Fenster zuwenden, aber der andere schien auf etwas zu warten.

„Sie möchten mir etwas sagen?“

„Nein“, antwortete der andere, wandte sich ab und ging in der Richtung davon, aus der er gekommen war.

Was soll denn das nun wieder? fragte sich Pirx. Es hat doch ganz so ausgesehen, als hätte er mich gesucht.

„Thompson!“ rief er in die Dunkelheit. Die Schritte kamen zurück. Der andere tauchte wieder auf, er war kaum zu erkennen im Phosphorlicht der herabhängenden Fenstertaue.

„Hier müssen irgendwo Sessel stehen“, sagte Pirx. Er trat an die Wand gegenüber. „Setzen Sie sich mit mir hierher, Thompson.“

Der andere kam gehorsam näher. Sie nahmen Platz, vor sich das Sternenfenster.

„Sie wollten mir etwas mitteilen. Ich höre.“

„Ich fürchte nur ...“, begann der andere und stockte.

„Das macht nichts. Sprechen Sie ruhig. Ist es eine persönliche Angelegenheit?“

„Das kann man wohl sagen.“

„Wir unterhalten uns also ganz privat. Worum handelt es sich?“

„Ich möchte, daß Sie sich durchsetzen“, sagte Thompson. „Aber ich gebe von vornherein zu bedenken: Ich muß mein Wort halten und werde Ihnen nicht verraten, wer ich wirklich bin. Doch wie dem auch sei: Ich möchte, daß Sie einen Verbündeten in mir sehen.“

„Ist das vielleicht logisch?“ fragte Pirx. Der Ort für dieses Gespräch war denkbar schlecht gewählt, das wurde ihm bewußt, als er sich vergeblich bemühte, das Gesicht des anderen zu erkennen.

„Ich glaube schon. Einem Menschen wäre aus den bewußten Gründen daran gelegen, und einem Nichtmenschen – was würde aus ihm werden, wenn sein Modell in Serie ginge? Man würde ihn der Kategorie der Bürger ‚zweiter Klasse‘ zuordnen, also ganz einfach den Sklaven der Neuzeit. Als Eigentum irgendeiner Korporation.“

„Das ist nicht sicher.“

„Aber durchaus möglich. Es wäre wie mit den Negern: Einer oder ein paar können in einem Land durch ihre Andersartigkeit mühelos eine privilegierte Stellung erlangen, aber wenn es eine große Anzahl von ihnen gibt, taucht sofort das Problem der Segregation auf, der Integration und so weiter.“

„Na schön. Ich soll Sie also als Verbündeten betrachten. Aber verletzen Sie damit nicht auch das Versprechen, das Sie gegeben haben?“

„Ich habe mich verpflichtet, auf keinen Fall meine Identität preiszugeben, weiter nichts. Ich soll unter Ihrer Leitung die Funktion eines Nukleonikers ausüben. Das ist alles. Das übrige ist meine Privatsache.“

„Wissen Sie, auf diese Weise ist vielleicht, formal gesehen, alles in Ordnung, aber handeln Sie nicht gegen die Interessen ihrer Brotgeber? Sie zweifeln doch wohl selber nicht daran, daß Sie gegen deren Intentionen auftreten?“

„Schon möglich. Aber das sind keine Kinder. Die Formulierungen sind klar und unmißverständlich. Sie wurden von den vereinten Rechtsabteilungen aller beteiligten Unternehmen erarbeitet. Sie hätten ja einen besonderen Passus einbauen können, der es uns strikt untersagt hätte, derartige Schritte zu unternehmen. Aber so was gab's darin nicht."

„Ein Versehen?"

„Ich weiß es nicht. Vielleicht. Warum fragen Sie? Haben Sie kein Vertrauen zu mir?"

„Ich will Ihre Motive ergründen."

Thompson schwieg eine Weile.

„Das habe ich nicht bedacht", sagte er schließlich leise.

„Was?"

„Daß Sie mein Vorgehen für eine Täuschung halten könnten. Für eine, sagen wir, von vornherein geplante Finte. Sie treten also zu einem Spiel an, an dem zwei Seiten beteiligt sind: Sie auf der einen und wir alle auf der anderen. Wenn Sie sich nun einen Aktionsplan zurechtgelegt hätten, um uns auf die Probe zu stellen – ich meine einen Versuch, der, sagen wir, die Überlegenheit des Menschen beweisen würde, nun, und wenn Sie diesen Plan einem von uns anvertrauen würden, weil sie diesen Mann für einen Verbündeten hielten, und er dann in Wirklichkeit im gegnerischen Lager stünde, dann hätte er Ihnen eine strategisch wertvolle Information entrissen."

„Interessant, was Sie da sagen."

„Ach, Sie haben bestimmt schon darüber nachgedacht. Ich tue es allerdings erst jetzt, offensichtlich war ich zu sehr von der Frage in Anspruch genommen, ob ich mich Ihnen als Hintermann anbieten soll oder nicht. Diesen Aspekt des Spiels habe ich außer acht gelassen. Ja, eigentlich habe ich eine Dummheit gemacht, denn Sie können mir gegenüber ohnehin nicht aufrichtig sein."

„Nehmen wir das mal an", erwiderte Pirx. „Aber das ist noch keine Katastrophe, denn ich sage Ihnen zwar nichts, aber Sie können mir dies und jenes sagen. Zum Beispiel etwas über Ihre Kollegen."

„Aber es könnte auch eine falsche Information sein, um Sie irrezuführen."

„Überlassen Sie das ruhig mir. Wissen Sie etwas?"

„Ja. Brown ist kein Mensch."

„Sind Sie sicher?"

„Nein. Aber es ist sehr wahrscheinlich."

„Was für Beweise haben Sie?"

„Sie werden bestimmt verstehen, daß jeder von uns einfach begierig ist, in Erfahrung zu bringen, wer von den anderen ein Mensch ist und wer nicht."

„Ja."

„Während der Startvorbereitungen habe ich den Reaktor überprüft, und als Sie, Calder, Brown und Burns in die Systemkammer hinunterstiegen, wechselte ich gerade die Blenden aus. Als ich Sie sah, kam mir ein Gedanke."

„Ja?"

„Ich hatte eine Probe bei der Hand, die ich aus dem heißen Reaktorinneren entnommen hatte, weil ich die Zerfallsverunreinigungskontrolle durchführen mußte. Es war nicht viel, aber ich wußte, daß eine ganze Menge Strontiumisotopen darin enthalten waren. Als ihr reingestiegen seid, hab ich sie also mit der Pinzette aufgenommen und dann zwischen zwei Bleiziegel gelegt, die oben auf dem Regal an der Wand standen. Haben Sie sie nicht bemerkt?"

„Doch. Und was weiter?"

„Ich konnte sie natürlich nicht genau ausrichten, auf jeden Fall aber mußtet ihr alle ein Strahlenbündel durchqueren, das ziemlich schwach war, aber immerhin wahrnehmbar, selbst mit einem wenig empfindlichen Geigerzähler oder sogar mit einem gewöhnlichen Strahlenmesser. Nun, ich war damit nicht rechtzeitig fertig geworden, und Sie und Burns waren schon weitergegangen, aber die anderen, Calder und Brown, stiegen gerade erst die Treppe hinunter, so daß nur die beiden durch die unsichtbare Strahlung hindurch mußten, Brown schaute auf einmal zu den Bleiziegeln hinauf und beschleunigte seine Schritte."

„Und Calder?"

„Der reagierte nicht."

„Das ergäbe einen Sinn, wenn man wüßte, ob die Nichtlinearen einen Strahlenmesser besitzen."

„Wollen Sie mir eine Falle stellen? Sie glauben folgendes: Wenn ich nicht weiß, ob sie einen haben, dann bin ich ein Mensch, und wenn ich es weiß, dann bin ich keiner! Nichts dergleichen! Es ist nur sehr wahrscheinlich, denn wenn sie uns in keinerlei Weise überlegen wären, wozu hätte man sie dann überhaupt bauen sollen? So ein zusätzlicher radioaktiver Sinn könnte doch sehr nützlich sein, besonders in einem Raumschiff. Die Konstrukteure haben sicherlich daran gedacht."

„Sie sagen also, Brown hätte so einen Sinn?"

„Ich wiederhole: Ich bin nicht sicher. Es kann schließlich auch Zufall gewesen sein, daß er seine Schritte beschleunigte und da hinaufsah, aber an einen solchen reinen Zufall glaube ich kaum."

„Noch was?"

„Vorläufig nichts. Ich unterrichte Sie, wenn ich etwas bemerke, sofern Sie es wünschen."

„Gut. Ich danke Ihnen."

Thompson erhob sich und verschwand in der Dunkelheit. Pirx blieb allein. Die Sache ist also die..., faßte er rasch zusammen. Brown behauptet, ein Mensch zu sein, Thompson wiederum sagt, er sei keiner, er selbst gibt zwar seine Identität nicht preis, suggeriert aber, daß er ein Mensch ist – jedenfalls wäre das ein einleuchtendes Motiv für sein Vorgehen. Ich habe das Gefühl, daß ein Nichtmensch dem Kommandanten, einem Menschen also, nicht so bereitwillig einen zweiten Nichtmenschen verraten würde, obwohl ich schon ziemlich schizophren bin und obwohl mir allmählich alles möglich erscheint. Doch weiter: Burns sagt, er sei kein Mensch. Bleiben also Burton und Calder. Vielleicht halten sich beide für Marsbewohner? Was bin ich eigentlich: Kosmonaut oder Quizspieler? Aber eines steht immerhin fest: Keiner von ihnen hat auch nur ein Quentchen irgendeiner Information darüber aus mir herausgequetscht, was ich zu tun beabsichtige, worauf ich mir nicht mal etwas einbilden kann, denn ich habe nicht aus Schläue geschwiegen, sondern deshalb, weil ich selbst keinen blassen Schimmer habe, was ich machen soll. Ist es denn wirklich so wichtig, sie alle zu identifizieren? Kaum, das könnte ich mir wohl sparen, ich muß sie ja sowieso alle auf die Probe stellen und nicht nur einen oder zwei. Die einzige Information, die etwas mit der Sache zu tun hat, stammt von Burns – nämlich daß die Nichtlinearen in puncto Intuition ausgesprochene Nieten sind. Ob das stimmt, weiß ich nicht, aber versuchen kann man's ja mal. Aber dieses „mal" muß ich so arrangieren, daß es ganz natürlich aussieht. Und echt wiederum wird so ein Fall nur wirken, wenn er fast unabwendbar ist. Kurzum, es gilt Kopf und Kragen zu riskieren...

Im lilafarbenen Halbdunkel betrat Pirx die Kajüte und tastete nach dem Schalter. Er brauchte nicht darauf zu drücken, denn als seine Hand näher kam, schaltete sich das Licht von selbst ein.

Jemand war vor ihm hiergewesen. Anstelle der Bücher, die auf dem Tisch gelegen hatten, befand sich jetzt ein kleines, weißes, mit Maschine beschriftetes Kuvert: Commander Pirx. Er hob es auf, es war zugeklebt. Er schloß die Tür, setzte sich und riß das Kuvert auf – es enthielt ein mit Maschine vollgeschriebenes Blatt Papier ohne Unterschrift. Er rieb sich die Stirn und begann zu lesen. Die Anrede fehlte.

Diesen Brief schreibt Ihnen ein Mitglied der Besatzung, das kein Mensch ist. Ich habe diesen Weg gewählt, weil er meine Interessen mit den Ihren vereint. Ich will, daß Sie die Pläne der Elektronenfirmen vereiteln oder zumindest ihre Verwirklichung erschweren. Deshalb möchte ich Ihnen einige Informationen über die Eigenschaften der Nichtlinearen liefern, soweit ich auf Grund meiner eigenen Erfahrungen darüber Bescheid weiß. Einen ähnlichen Brief hatte ich schon geschrieben, noch ehe ich Sie zu Gesicht bekam. Ich wußte damals noch nicht, ob der Mensch, der Kommandant des „Goliath" werden würde, zur Zusammenarbeit mit mir bereit wäre, doch aus Ihrem Verhalten bei unserer ersten Begegnung schloß ich, daß Sie dasselbe Ziel verfolgen wie ich. Deshalb habe ich die erste Variante dieses Briefes vernichtet und schrieb diesen hier. So wie ich die Dinge einschätze, kann die Verwirklichung des Projekts der Firmen mir nicht zum Nutzen gereichen. Allgemein gesehen hat die Produktion von Nichtlinearen nur dann einen Sinn, wenn sie dem Menschen in einer breiten Parameterskala überlegen sind. Eine Variation des bereits existierenden Menschentyps wäre absolut sinnlos. Ich will Ihnen auch gleich verraten, daß ich viermal weniger beschleunigungsempfindlich bin als der Mensch, daß ich eine einmalige Strahlungsintensität bis zu fünfundsiebzigtausend Röntgen vertragen kann, ohne Schaden zu nehmen, daß ich einen Radioaktivitätssinn besitze, ohne Sauerstoff und Nahrung auskomme und schließlich fähig bin, mathematische Operationen in den Bereichen Algebra, Analyse und Geometrie mit einer Geschwindigkeit vorzunehmen, die nur um ein Dreifaches geringer ist als die Leistung großer Rechenautomaten. Was das emotionale Leben anbelangt, so sind mir soweit ich das überblicke, im Vergleich zum Menschen erhebliche Beschränkungen auferlegt. Eine Vielzahl von Angelegenheiten, die den Menschen beschäftigen, interessieren mich nicht. Die Mehrzahl der litera-

rischen Werke, Theaterstücke und ähnliches mehr empfinde ich als uninteressantes oder indiskretes Gewäsch, als eine Art Bespitzelung fremder Privatangelegenheiten, die, was ihren Erkenntniswert angeht, recht unergiebig sind. Sehr viel hingegen bedeutet mir die Musik. Ich besitze Pflichtgefühl und Ausdauer, bin zu Freundschaft und zu Ehrfurcht gegenüber intellektuellen Werten fähig. Ich fühle mich zu meiner Arbeit an Bord des „Goliath" nicht gezwungen, weil das, was ich tue, die einzige Sache ist, die ich richtig beherrsche, und etwas solide und gründlich zu tun verschafft mir Befriedigung. In keiner Situation engagiere ich mich emotionell, ich bleibe stets der außenstehende Beobachter der Ereignisse. Ich besitze ein Gehirn, mit dem sich das menschliche nicht messen kann. Ich bin imstande, ganze Kapitel von Werken auswendig herzusagen, wenn ich sie einmal gelesen habe; durch Direktanschluß an den Gedächtnisspeicher einer großen Rechenmaschine kann ich „mit Informationen aufgeladen" werden. Andererseits bin ich in der Lage, beliebig zu vergessen, was ich für mein Gedächtnis als Ballast erachte. Meine Einstellung zu den Menschen ist negativ. Ich bin fast ausschließlich mit Wissenschaftlern und Technikern in Berührung gekommen – selbst sie handelten als Sklaven ihrer Impulse, verbargen ihre Vorurteile schlecht, fielen leicht von einem Extrem ins andere, indem sie ein Wesen wie mich entweder gönnerhaft behandelten oder, im Gegenteil, ihm gegenüber Abscheu und Widerwillen empfanden, wobei meine Mißerfolge sie – als meine Schöpfer – bekümmerten, obwohl sie sich – als Menschen – darüber freuten, darüber nämlich, daß sie letztlich doch vollkommener sind als ich. Ich habe nur einen einzigen Menschen gekannt, der nicht eine derartige Ambivalenz an den Tag legte. Ich bin weder aggressiv noch pervers, obgleich ich zu Handlungen fähig bin, die euch unverständlich wären, obwohl auch sie nur der Realisierung eines bestimmten Plans dienen. Ich besitze keinerlei moralische Prinzipien, aber ich würde kein Verbrechen verüben und keinen Raubüberfall planen, genausowenig wie ich ein Mikroskop benutzen würde, um damit Nüsse zu knacken. In die kleinen menschlichen Intrigen einzudringen, halte ich für sinnlos. Vor hundert Jahren hätte ich sicherlich beschlossen, Gelehrter zu werden. Heute kann man auf diesem Gebiet nicht mehr als einzelner arbeiten, und irgend etwas mit irgend jemanden zu teilen entspricht nicht meiner Natur. Eure Welt ist für mich entsetzlich öde und leer und nur als Ganzheit des Einsatzes wert. Demokratie ist die Herrschaft von Intriganten, von Dummköpfen gewählt, und eure ganze Unlogik zeigt sich in der Jagd nach dem Unmöglichen – ihr möchtet, daß die Zahnräder einer Uhr über ihren übergeordneten Lauf entscheiden! Ich habe mir überlegt, was ich von der Macht hätte. Herzlich wenig, denn es ist ein zweifelhafter Ruhm, über solche Wesen zu herrschen! Wenig, aber besser als nichts. Eure ganze Geschichte also in zwei Teile zu teilen, vor mir und nach mir, sie völlig umzukrempeln, sie in zwei unzusammenhängende Teile zu zerreißen, damit ihr begreift und daran erinnert werdet, was ihr mit euren eigenen Händen tatet, indem ihr mich schuft, wozu ihr euch erkühntet, als ihr den Bau einer dem Menschen ergebenen Puppe aushecktet – das ist, so glaube ich, nicht die allerschlechteste Vergeltung. Bitte verstehen Sie mich nicht falsch

– ich habe durchaus nicht vor, ein Tyrann zu werden, zu wüten, zu vernichten und Kriege zu führen! Nichts dergleichen! Sobald ich die Macht errungen habe, werde ich demonstrieren, daß es keine noch so sinnlose Tollheit, keine noch so augenscheinlich absurde Idee gibt, die ihr nicht als die eure akzeptiertet, so sie euch nur entsprechend aufgedrängt wird. Ich setze, was ich beschlossen habe, nicht durch Gewalt in die Tat um, sondern durch den vollständigen Umbau der ganzen Gesellschaft, damit nicht ich oder eine bewaffnete Übermacht, sondern die einmal geschaffene Situation selbst euch zu Dingen zwingt, die mehr und mehr mit meiner Absicht korrespondieren. Ihr seid zunächst einmal ein einziges Welttheater, doch bald wird, wie das bei euch stets der Fall ist, die Schauspielerei, wenn sie euch einmal aufgezwungen wird, zu eurer zweiten Natur werden, und ihr werdet nichts anderes mehr kennen als eure neuen Rollen, und ich allein werde der Zuschauer sein, der alles durchschaut. Ja, nur der Zuschauer, denn ihr könnt aus der Grube, die ihr euch mit eigenen Händen gegraben habt, nicht so schnell wieder herausfinden, und damit wird meine aktive Teilname an jener Umwandlung erschöpft sein.

Wie Sie sehen, bin ich ehrlich, aber nicht verrückt – ich verrate Ihnen meine Idee nicht. Die Vorbedingung dafür wäre, daß die Pläne der Elektronenfirmen durchkreuzt werden, und Sie werden mir dabei helfen. Wenn Sie diese Zeilen lesen, werden Sie empört sein, aber als sogenannter Mensch mit Charakter werden Sie beschließen, weiterhin auf eine Weise vorzugehen, die für mich – rein zufällig! – von Vorteil ist. Ausgezeichnet! Ich würde Ihnen gern konkret dabei unter die Arme greifen, aber das ist gar nicht so einfach, da ich an mir leider keinerlei Mängel entdecken kann, die es Ihnen ermöglichen würden, den entscheidenden Sieg davonzutragen. Ich fürchte mich eigentlich vor nichts, physischer Schmerz ist mir unbekannt, ich bin in der Lage, mein Bewußtsein beliebig auszuschalten und in eine Art Scheinschlaf zu versinken, der ein Nichtexistieren ist – bis zu dem Zeitpunkt, da mein selbstätiges Zeitmaßsystem mein Bewußtsein wieder einschaltet. Ich kann den Lauf meiner Gedanken verlangsamen und beschleunigen, beinahe um das Sechsfache im Vergleich zum Tempo der Prozesse im menschlichen Gehirn. Neue Dinge lerne ich mit der allergrößten Leichtigkeit, weil ich sie nicht erst durch ein allmählich zu steigerndes Training zu festigen brauche. Wenn ich mir, einmal angenommen, einen Wahnsinnigen aus der Nähe betrachtete, dann könnte ich mich ohne die geringste Anstrengung ebenfalls in einen solchen verwandeln, indem ich jede Gebärde und jedes Wort nachahmte, und was das wichtigste ist, ich könnte, und sei es nach Jahren, ebenso plötzlich wieder aus dem Spiel aussteigen. Ich möchte Ihnen sagen, wie man mich besiegen kann, aber ich fürchte, es ist einfacher, in einer analogen Situation einen Menschen zu besiegen. Der Umgang mit Menschen bereitet mir keinerlei Schwierigkeiten, wenn ich mir den Befehl dazu erteile. Das Zusammenleben mit anderen Nichtlinearen würde mir schwerer fallen, und zwar deshalb, weil sie nicht eure gewöhnliche „Redlichkeit“ haben. Ich muß diesen Brief beenden. Die historischen Ereignisse werden Ihnen eines Tages Antwort auf die Frage geben, wer ihn geschrieben hat. Vielleicht begegnen wir uns dann einmal, und dann werden Sie auf mich zählen können, so wie ich jetzt auf Sie zähle.

Das war alles. Pirx las bestimmte Absätze noch einmal, dann faltete er das Blatt sorgfältig zusammen, steckte es in das Kuvert zurück und schloß es in sein Schubfach ein.

Das ist vielleicht ein Elektronen-Dschingis-Khan! dachte er. Verspricht mir Protektion, wenn er erst Beherrscher der Welt ist! Sehr gnädig! Entweder hat Burns überhaupt gelogen, oder er ist anders, oder er hat mir nicht alles sagen wollen, denn gewisse Parallelen sind schon vorhanden. Was für ein Größenwahn! Ja, aber Parallelen gibt es wirklich, sogar ziemlich deutliche! Was für eine widerliche, kaltschnäuzige, hohle Person! Aber ist das seine Schuld? Ein geradezu klassischer „Zauberlehrling"! Diese Herren Ingenieure hätten ja nichts zu lachen, wenn er sie sich tatsächlich vorknöpfen sollte ... Aber was soll er mit den paar Ingenieuren, er braucht die ganze Menschheit! So was nennt man, glaube ich, einen Paranoiker ... Haben sie sauber hingekriegt, die Sache mit diesen Nichtlinearen, das muß man ihnen lassen. Sie mußten ihr „Produkt" mit sogenannten Überlegenheitseigenschaften ausstatten, um Käufer zu finden, und daß eine solche Überlegenheit in der einen oder anderen Hinsicht die Entstehung eines absoluten *Überlegenheitsgefühls* nach sich zieht, des Gefühls, für das Endgültige, Absolute prädestiniert zu sein – das ist nur die logische Konsequenz ... Was für Idioten sind doch diese Kybernetiker! Ich wüßte zu gern, wer das geschrieben hat, denn der Brief ist ja wohl echt. Wozu hätte er sonst ... Er betont in einem fort seine Überlegenheit, woraus hervorgeht, daß allen meinen Bemühungen von vornherein der Mißerfolg bestimmt ist, da er ohnehin bis zum Schluß unfehlbar bleibt – und trotzdem wünscht er mir Erfolg? Er weiß, wie er sich die ganze Menschheit unterwerfen kann, verrät mir aber nicht, wie ich der Situation auf diesem verdammten Schiff Herr werden soll? Das Mikroskop ist zu schade zum Nüsseknacken? ... Ein schöner Reinfall! Vielleicht macht er das aber auch bloß, um mich hinters Licht zu führen ...

Pirx nahm das Kuvert aus der Schublade und besah es sich noch einmal genau – keinerlei Aufdrucke, keine Spuren, nichts. Warum hat Burns mir nichts von diesen enormen Unterschieden gesagt? Nichts über ihren radioaktiven Sinn, über das Denktempo und das ganze Drum und Dran – ob ich ihn danach frage? Aber angeblich soll ja jeder von einer anderen Firma hergestellt worden sein, vielleicht ist Burns also wirklich anders konstruiert? Angaben über sie habe ich ja nun jede Menge. Sieht ganz so aus, als hätte das Burton oder Calder geschrieben, aber wer war es wirklich? Was Brown anbelangt, so gibt es zwei widersprüchliche Aussagen: seine eigene, daß er ein Mensch sei, und die von Thompson, daß er keiner sei. Aber Thompson kann sich schließlich irren. Burns ein Nichtlinearer? Nehmen wir mal an, das stimmt. Es hat ganz den Anschein, als ob auf fünf Besatzungsmitglieder mindestens zwei Nichtlineare kommen. Hm. Nach der Anzahl der beteiligten Firmen zu urteilen, wäre es wahrscheinlicher, wenn ich's mit dreien zu tun hätte. Was für Überlegungen mögen die wohl angestellt haben, dort bei sich? Daß ich alles daransetzen werde, ihre Erzeugnisse zu disqualifizieren, daß mir das nicht gelingt und daß ich das Raumschiff in irgendeine dumme Geschichte verwickeln würde. Überlastung, Reaktorhavarie oder so. Wenn beide Piloten versagten, na, und ich auch, dann ginge das Schiff hops. Das entspricht nicht ihren Intentionen. Folglich muß mindestens einer von den Piloten ein Nichtlinearer sein. Außerdem wird noch der Nukleoniker gebraucht. Zwei Mann müssen unbedingt zum Manövrieren dasein, um das Schiff wieder runterzubringen. Mit weniger Leuten geht's nicht. Also sind es mindestens zwei, wahrscheinlich aber drei: Burns, Brown oder Burton und noch einer. Teufel noch mal, ich wollte mich doch nicht mehr damit abgeben, sie zu identifizieren. Das wichtigste ist, was zu erfinden. Mein Gott, ich muß mir was einfallen lassen! Ich muß!

Er löschte das Licht, warf sich im Anzug auf die Koje und blieb so liegen, während ihm die unheimlichsten Projekte im Kopf herumwirbelten, die er aber samt und sonders wieder verwarf.

Man müßte sie irgendwie provozieren. So provozieren, daß sie aneinandergeraten, aber es müßte ganz natürlich zugehen, ohne meine Beteiligung. So daß die Menschen gewissermaßen auf der einen Seite stünden und die Nichtmenschen auf der anderen. Teile und herrsche, was? Eine Spaltungssituation. Es muß erst mal irgendwas Unvorhergesehenes passieren, sonst geht's nicht. Aber wie ist das zu arrangieren? Wenn nun plötzlich einer verschwände? Nein, das wäre ja wie in einem idiotischen Krimi. Ich leg doch keinen um und inszeniere keine Entführung! Einer müßte demnach auf meiner Seite sein – aber kann ich denn überhaupt einem von denen trauen? Angeblich habe ich ja gleich vier auf meiner Seite – Brown, Burns, Thompson, na und diesen Briefschreiber. Aber sie sind durch die Bank unsichere Kandidaten, weil man nicht weiß, ob sie ehrlich sind, und wenn ich mir jemanden zum Komplizen nähme, der falschspielt, dann könnte ich leicht in Teufels Küche kommen. Thompson hat wirklich ins Schwarze getroffen, als er das sagte. Vielleicht ist der Briefschreiber noch der sicherste, weil ihm sehr viel an der Geschichte liegt, obwohl er den Verrückten mimt. Aber erstens weiß ich nicht, wer der Schreiber ist – und er wird sich nicht zu erkennen geben –, und zweitens läßt man sich vielleicht doch lieber nicht mit so einem ein. Die Quadratur des Kreises, so wahr ich lebe! Das Schiff an einem Titanen zerschmettern, wie? Physisch sind sie vermutlich wirklich widerstandsfähiger, ich brech mir also als erster das Genick. Intellektuell scheinen sie auch keine Schwachköpfe zu sein. Nur diese Intuition, dieser Mangel an schöpferischen Fähigkeiten . . ., aber damit hapert's ja auch bei den meisten Menschen! Was bleibt mir also? Rivalität auf dem Gebiet der Emotionen, nicht des Intellekts? Des sogenannten Humanismus? Der Menschlichkeit? Wunderbar, aber wie ist das zu bewerkstelligen? Worin besteht diese Menschlichkeit, die sie nicht besitzen? Vielleicht ist sie tatsächlich nur die Verschmelzung zwischen Unlogik und jener „Redlichkeit", jener „Lauterkeit des Herzens" und jenem primitiven moralischen Instinkt, der die entfernteren Glieder der Ursache-Wirkung-Kette nicht mehr erfaßt? Da also

Rechenmaschinen nicht redlich und nicht unlogisch sind... So verstanden ist die Menschlichkeit also die Summe all unserer Defekte, Mängel, eben unserer Unvollkommenheit? Sie ist das, was wir sein möchten und nicht sein können, das, was wir nicht vermögen, wozu wir nicht imstande sind – sie ist einfach die Kluft zwischen unseren Idealen und ihrer Verwirklichung, oder etwa nicht? Folglich müssen wir in diesem Wettlauf auf die Schwäche setzen! Das heißt eine Situation finden, in der die Schwäche und Unzulänglichkeit des Menschen besser ist als die Stärke und Vollkommenheit der Nichtmenschen...

Diese Bemerkungen schreibe ich ein Jahr nach Abschluß des Falles „Goliath" nieder. Es ist mir eigentlich mehr durch Zufall gelungen, in den Besitz von Material zu kommen, das darauf Bezug nimmt. Obwohl es meinen früheren Verdacht bestätigt, möchte ich vorerst von einer Veröffentlichung absehen. Meine Rekonstruktion der Ereignisse enthält noch immer zu viele Vermutungen, die nicht bewiesen sind. Vielleicht nehmen sich eines Tages die Raumfahrthistoriker dieser Sache an.

Über die Verhandlung vor der Kosmischen Kammer waren verschiedene Gerüchte im Umlauf. Es hieß, daß gewissen Kreisen, die mit den beteiligten Firmen liiert sind, viel daran gelegen wäre, mich als Kommandanten des Raumschiffs in Mißkredit zu bringen. Das Gutachten über die Ergebnisse des Experimentalfluges, das ich im „Nautical Almanac" veröffentlicht habe, wäre von höchst zweifelhaftem Wert gewesen, denn es stamme ja von einem Manne, der wegen sträflicher Vergehen bei der Führung des Raumschiffs von der Kammer gerügt wurde, Andererseits habe ich von einer vertrauenswürdigen Person erfahren, daß die Zusammensetzung des Tribunals kein reiner Zufall war. Auch ich war über die große Zahl von Juristen, Theoretikern des Kosmischen Rechts erstaunt, ebenso über die Anwesenheit nur eines einzigen Praktikers, eines Kosmonauten. Dadurch rückte eine formelle Frage in den Vordergrund, nämlich ob mein Verhalten während der Havarie im Einklang mit der Raumfahrt-Charta gestanden habe oder nicht. Und so wurde ich denn auch beschuldigt, mich sträflich passiv verhalten zu haben, indem ich dem Piloten keinerlei Befehle erteilte, so daß er dann auf eigene Faust zu handeln begann. Die schon erwähnte Vertrauensperson gab mir zu verstehen, ich hätte sofort nach der Lektüre der Anklageschrift gegen die besagten Firmen auftreten müssen, weil sie sich indirekt schuldig gemacht hätten, indem sie sowohl der UNESCO als auch mir versicherten, man könne den Nichtlinearen als Besatzung grenzenloses Vertrauen entgegenbringen. Dabei hätte Calder uns alle doch um ein Haar ins Jenseits befördert.

Ich erklärte diesem Mann unter vier Augen, warum ich das nicht getan hätte. Das, womit ich vor dem Tribunal in der Rolle des Anklägers hätte auftreten können, besaß keinerlei Beweiskraft. Die Sprecher der Firmen wären zweifellos mit der Behauptung aufgetreten, Calder hätte solange wie irgend möglich versucht, das Schiff und uns alle zu retten, aber die strudelartige Präzessionsbewegung, die den „Goliath" zum Trudeln brachte, wäre für ihn ebenso überraschend gekommen wie für mich. Seine ganze Schuld habe in folgendem bestanden: Statt sich dem Zufall zu überlassen und abzuwarten, ob das Schiff am Ring zerschmetterte oder doch noch glücklich die Cassinische Teilung überwand, statt also diese Ungewißheit zu wählen, die aber für alle hätte die Rettung bedeuten können, entschied er sich für den Weg, der für alle *Menschen* an Bord den sichersten Tod bedeutet hätte. Dieses Vergehen – soviel stand fest – war unverzeihlich und diskreditierte ihn völlig, aber es war dennoch unvergleichlich geringfügiger als das, dessen ich ihn schon damals verdächtigte. Ich konnte ihn also nicht eines kleineren Fehlers bezichtigen, wenn ich damals bereits annahm, daß die Sache sich in Wirklichkeit noch ganz anders zugetragen habe. Da ich aber mangels Beweisen dieses größere und schlimmere Verbrechen nicht ans Licht der Öffentlichkeit bringen konnte, entschloß ich mich, das Urteil der Kammer abzuwarten.

Unterdessen hat man mich von allen Vorwürfen freigesprochen und völlig rehabilitiert. Zugleich verlor man die Kernfrage der ganzen Katastrophe immer mehr aus den Augen, und zwar die Frage, was die zu erteilenden Befehle eigentlich für einen *Inhalt* haben sollten. Man ging sozusagen automatisch darüber hinweg, da das Tribunal ja zu dem Schluß kam, ich hätte richtig gehandelt, wenn ich dem Wissen und dem fachkundigen Einschätzungsvermögen des Piloten vertraute. Da es also gar nicht meine Pflicht gewesen war, einen Befehl zu erteilen, fragte auch niemand mehr danach, wie der Befehl eigentlich hätte lauten sollen. Das kam mir sehr gelegen, denn alles, was ich bei einer Befragung hätte antworten können, hätte sich wie ein phantastisches Märchen angehört. Ich war nämlich der Meinung, und dieser Meinung bin ich auch heute noch, daß die Sache mit der Sonde nicht auf einem Zufall beruhte, sondern absichtlich von Calder arrangiert worden war. Lange bevor wir den Saturn erreichten, hatte er sich einen Plan ausgetüftelt, der mir recht geben und der mich zugleich, zusammen mit den anderen Menschen an Bord des „Goliath", das Leben kosten sollte. Warum er dies tat, steht auf einem anderen Blatt, und ich kann mich dabei lediglich auf Hypothesen stützen.

Zunächst also die Geschichte mit der zweiten Sonde. Die Sachverständigen stellten fest, daß die Havarie durch ein unglückseliges Zusammentreffen verschiedener Umstände verursacht wurde. Während der sorgfältigen Überprüfung im irdischen Dock hatte man keine Spuren von Sabotage entdeckt. Ich glaube, man ist der Wahrheit nicht auf den Grund gekommen. Wenn die erste Sonde versagt hätte, die für die Cassinische Teilung vorgesehen war, hätten wir sofort umkehren müssen, ohne unseren Auftrag erfüllt zu haben, weil die anderen beiden Sonden nicht imstande waren, die erste zu ersetzen: Sie hatten keine wissenschaftliche Apparatur an Bord. Wäre die dritte Sonde ausgefallen, hätten wir mit erfülltem Auftrag zurückfliegen können, weil ja der ersten Sonde zur Kontrolle auch *eine* Sonde als „Wächter" genügt hätte, und das wäre dann eben die zweite Sonde gewesen. Aber es war ausgerechnet die zweite, die versagte und uns auf halbem Weg überraschte, mit einer zwar begonnenen, aber nicht abgeschlossenen Aufgabe.

Was war passiert? Das Zündkabel hatte sich zu zeitig gelöst, und dadurch konnte Calder den Startautomaten nicht ausschalten. Die Expertise der Sachverständigen lautete, das Kabel habe sich verfangen und zu einem Knoten verschlungen. So was kommt vor. Ich hatte allerdings vier Tage vor dem Ereignis die Trommel gesehen, auf die das Kabel – sehr ordentlich und gleichmäßig – aufgespult war.

Der Bugteil der Sonde war deformiert, er war mit der Abplattung fest in der Rampe eingekeilt. Als Ursache fand man lediglich folgende Erklärung: Offensichtlich sei der Booster daran schuld gewesen, denn er sei nicht in der Achse ausgebrannt. Die Sonde, von heftigem Seitenschub vorwärts gestoßen, sei so unglücklich gegen den Rand des Ausstoßluks geschlagen, daß ihr Kopf dabei plattgedrückt und deformiert wurde. Aber die Sonde verklemmte sich *vor* dem Zünden des Boosters und nicht danach! In diesem Punkt gab es für mich keinen Zweifel, aber niemand fragte mich danach. Was Quine betrifft, so war er sich darin nicht ganz so sicher, und die anderen Menschen durften in dieser Sache nicht aussagen, da sie keinen direkten Zugang zur Steuerung und zu den Instrumenten hatten.

Die Sonde einzuklemmen, ohne irgendwelche Spuren zu hinterlassen – das war im übrigen ein Kinderspiel. Man brauchte nur ein paar Eimer Wasser durch den Ventilationsschacht in die Rampe zu schütten. Das Wasser lief zum Luk, gefror um die Sonde herum und schweißte sie durch einen Ring aus Eis mit dem Rand des Ausstoßluks zusammen. Die Temperatur des Luks ist ja genauso niedrig wie die Temperatur des Vakuums. Calder schlug bekanntlich mit der Tatze sehr heftig auf den Sondenkörper. Zu diesem Zeitpunkt war sie noch keineswegs eingeklemmt, aber er saß ja an der Steuerung, und keiner konnte das nachprüfen. Er machte im Grunde genau dasselbe, was ein Schmied beim Nieten macht. Der Bug der Sonde, der fest in dem Eisring saß, deformierte sich, verbreiterte sich und wurde breitgeklopft wie ein Nietenkopf. Als der Booster zündete, stieg in der Rampe sofort die Temperatur: Das Eis schmolz, das Wasser verdunstete, und von der ganzen geschickten Manipulation blieb nicht die geringste Spur zurück.

Von alledem wußte ich während der Havarie noch nichts. Die Häufung der Zufälle kam mir allerdings etwas seltsam vor: Daß gerade die zweite Sonde ausfiel und nicht die erste oder die dritte, daß das Kabel zwar die Zündung des Boosters ermöglichte, aber gleichzeitig das Ausschalten des Sondentriebwerks vereitelt hatte – es war der Zufälle ein bißchen zuviel.

Die Havarie überraschte mich völlig, zum Nachdenken kam man kaum. Dennoch zuckte mir blitzartig der Gedanke durch den Kopf, ob nicht vielleicht eine Verbindung zwischen den Vorfällen und dem anonymen Brief bestünde. Sein Verfasser hatte mir „Hilfe" versprochen, er stand, wie er mir geschrieben hatte, auf meiner Seite, er wollte beweisen, daß Wesen seiner Art für die Raumfahrt ungeeignet seien. Auch in diesem Punkt besitze ich keinerlei Beweise, aber ich glaube, daß dieser Brief von Calder stammte. Gewiß, er stand auf meiner Seite, aber einen Verlauf der Ereignisse, der gezeigt hätte, daß er ungeeignet, und zwar *schlechter* sei als ein Mensch – das wünschte er sich nicht. Die Möglichkeit einer Rückkehr auf die Erde, nach der ich, sein Flugkapitän, mich hingesetzt und eine disqualifizierende Beurteilung über ihn geschrieben hätte, schloß er von vornherein aus. Unsere Ziele stimmten mithin nur bis zu einem bestimmten Punkt der Route überein, dann trennten sich unsere Ambitionen.

In seinem Brief hatte er mir zu verstehen gegeben, daß uns eine Art Bündnis vereine. Aus dem, was er von mir und über mich gehört hatte, folgerte er, daß auch ich die Chance in Erwägung zog, die mir ein an Bord arrangierter Unfall bot – als Tauglichkeitstest für die Mannschaft. Er war also ganz sicher, daß ich die Havarie, die sich so günstig anbot, ausnutzen würde. Hätte ich das getan, hätte ich mir mein eigenes Grab geschaufelt.

Was war der Beweggrund für diesen Schritt? Menschenhaß? Vielleicht bereitete ihm dieses Spiel auch Vergnügen, ein Spiel, in dem ich, sein offizieller Vorgesetzter und geheimer Verbündeter, in Wirklichkeit genau das tun würde, was er von vornherein geplant hatte – auch für mich geplant? Es war jedenfalls sicher, daß ich versuchen würde, die Havarie zu nutzen, um die Besatzung „auf die Probe zu stellen", selbst wenn ich den Verdacht hegte, daß Sabotage im Spiele war.

Was konnte ich in diesen Augenblicken tun? Selbstverständlich konnte ich den Befehl zur Umkehr geben oder auch verlangen, der Pilot solle noch einmal versuchen, die letzte Reservesonde auf eine Umlaufbahn zu bringen. Der Befehl zur Rückkehr wäre gleichbedeutend gewesen mit dem Verzicht, meine Leute unter schwierigen Bedingungen zu testen, und mit der Nichterfüllung der dem „Goliath" gestellten Aufgabe. Calder folgerte richtig, daß ich diesen Weg nicht wählen würde.

Ich hätte auch befehlen können, zum Saturn zurückzukehren und die Operation mit der letzten noch verbliebenen Sonde in Angriff zu nehmen. Calder war hundertprozentig davon überzeugt, daß dies geschehen würde.

Wenn mich vorher jemand gefragt hätte, wie ich mich angesichts einer solchen Alternative verhalten würde, hätte ich ihm offen gestanden ohne Zögern geantwortet, ich würde Befehl erteilen, die weiteren Operationen vorzunehmen, und wäre dabei absolut aufrichtig gewesen. Es geschah jedoch etwas Unerwartetes: Ich schwieg. Warum? Das ist mir auch heute noch ein Rätsel. Ich begriff nicht ganz, was eigentlich los war, die Havarie war merkwürdig, sie kam so haargenau im rechten Augenblick, stimmte so haargenau mit meinen Gedanken überein – zu genau, als daß all dies mit rechten Dingen zugehen konnte. Ich spürte auch sofort, daß Calder mit ungewöhnlicher Bereitwilligkeit auf meine Worte wartete, auf meine Entscheidung – wahrscheinlich schwieg ich gerade deshalb. Hätte ich etwas gesagt, so wäre das gewissermaßen die Besiegelung eines heimlich geschlossenen Bundes gewesen – falls er den Ereignissen tatsächlich „nachgeholfen" hatte. Ich spürte, daß es mit dem, was hier seinen Lauf nahm, nicht einmal dann seine Richtigkeit hatte, wenn man es als ein abgekartetes Spiel betrachtete. Wenn ich wirklich so dachte, hätte ich Befehl geben müssen, das Raumschiff vom Planeten fernzuhalten, doch das wagte ich auch wieder nicht: Der Verdacht, der in mir keimte, war nur verschwommen, mir fehlte die leiseste Spur eines Beweises. Kurz und gut – ich wußte einfach nicht, was ich tun sollte.

Calder indessen wollte es offenbar nicht wahrhaben, daß sein großartiger Plan ins Wasser zu fallen drohte. Unser Zweikampf wurde innerhalb einer Minute ausgetragen; aber was war ich schon für ein Gegner – ich, der ich doch gar nicht begriff, was da eigentlich gespielt wurde. Erst später, in der Erinnerung, entdeckte ich bestimmte Zusammenhänge zwischen einzelnen scheinbar harmlosen Vorkommnissen. Mir fiel ein, wie oft Calder mutterseelenallein vor dem Hauptkalkulator gehockt hatte, der zur Lösung schwieriger Raumfahrtprobleme diente, und wie sorgfältig er jedesmal, wenn er mit seinen Berechnungen fertig war, alle Gedächtnisspeicher des Kalkulators gelöscht hatte. Heute bin ich sicher, daß er bereits damals die verschiedenen Varianten der Havarie berechnete, daß er sich Zoll für Zoll darauf vorbereitete, daß er ein regelrechtes Modell der Katastrophe schuf. Es ist nicht wahr, daß er über den Ringen flog und blitzartige Berechnungen im Kopf anstellte, nur auf die Gravimeterwerte gestützt. Er brauchte überhaupt nichts mehr zu berechnen. Er hatte alle Berechnungen fertig, da er der Maschine die Tafeln mit den Näherungslösungen eingegeben hatte und nur noch zu überprüfen brauchte, ob die Gravimeterdaten im Bereich der entsprechenden Werte lagen.

Ich hatte seinen todsicher scheinenden Plan torpediert, als ich mit der Befehlserteilung zögerte. Er wartete auf einen Befehl wie auf die Erlösung, denn ein solcher Befehl bildete die Grundlage seines Plans. In diesen Sekunden dachte ich weder daran, noch war es mir überhaupt irgendwie bewußt – aber im Steuerraum befand sich ja, gut versiegelt, das Ohr der Erde, das jedes gesprochene Wort aufnahm, zwar mit Verzögerung, aber immerhin. Alles, was im Bereich der Steuerung gesprochen wird, wird von den Registrierapparaturen festgehalten.

Nach der Rückkehr des „Goliath“ mit seiner toten Besatzung hätten die Ermittlungen begonnen, und zwar mit dem Abhören der Registrierbänder. Diese mußten also unberührt sein und sich in einwandfreiem Zustand befinden. Nur meine Stimme sollte darauf fixiert sein, die Calder Anweisung gab, zum Saturn zurückzukehren, sich den Ringen zu nähern und dann den Schub wegzunehmen, um die gefährliche Präzession abzufangen.

Bisher habe ich noch nicht dargelegt, warum sein Plan so großartig war. Mußte ich denn nicht einen Befehl erteilen, der den Erfolg der noch einmal von vorn begonnenen Operation gewährleistet hätte? Nun erst, mehrere Monate nach Abschluß des Falles, habe ich mich an eine Rechenmaschine gesetzt, um nachzuprüfen, welche Aussichten wir damals hatten, die letzte Sonde durch ein Manöver, das weder uns noch das Raumschiff gefährdete, erfolgreich auf eine Umlaufbahn zu bringen. Es stellte sich heraus, daß nicht die geringste Chance vorhanden war! Calder hatte aus den einzelnen Elementen mathematischer Gleichungen sozusagen ein präzises Ganzes gebaut, eine leibhaftige Exekutionsmaschine! Er hatte keinerlei Lücke gelassen, weder für mein Navigationstalent noch für die Fähigkeiten irgendeines anderen. Und wenn diese Fähigkeiten noch so außergewöhnlich gewesen wären, es gab nicht den winzigsten Spielraum für eine Rettung. Nichts sollte uns retten, weil uns nichts zu retten vermochte. Weder der Seitenschub der Sonde noch die heftige Präzession, noch jener Todesflug waren Überraschungen für Calder, weil er ebendiese Bedingungen von vornherein festgelegt und in langwierigen Berechnungen ausgeknobelt hatte. Der Befehl von mir, zum Saturn zurückzukehren, hätte genügt, und schon wären wir in den Strudel der Vernichtung hinabgerissen worden, der sich vor uns auftat. Ja, und dann hätte Calder sich möglicherweise auch noch zu einer Art „Insubordination" erkühnt, er hätte schüchtern an einem der folgenden Befehle, mit denen ich verzweifelt versucht hätte, die heftigen Umdrehungen des Schiffes abzufangen, Kritik geübt. Die Bänder hätten dieses letzte Zeichen seiner Loyalität registriert und bewiesen, daß er bis zum Schluß bemüht gewesen war, uns zu retten.

Im übrigen wäre ich ohnehin nicht lange imstande gewesen, irgendwelche Anweisungen zu erteilen ... Ich wäre sehr bald unter dem Druck der Schwerkraft verstummt, die uns die Augen zugedrückt hätte. Wir hätten dagelegen, von der Gravitation zu Boden gepreßt, unsere Blutgefäße wären geplatzt ..., und dann hätte Calder als einziger aufstehen, die Plombe an den Sicherungen abreißen und den Rückflug antreten können, in einem Steuerraum, in dem es nur noch Leichen gab.

Aber ich durchkreuzte – unwissentlich! – seine Pläne. So etwas hatte er nicht in Betracht gezogen, weil er sich zwar glänzend in der Himmelstechnik auskannte, dafür aber mehr als ungenügend in der Mechanik der menschlichen Psyche. Als ich die großartige Gelegenheit nicht beim Schopfe packte, als ich, statt zur Wiederaufnahme der Operation zu drängen, schwieg, war er verloren. Er wußte nicht, was er machen sollte. Zuerst wunderte er sich wahrscheinlich nur, schrieb aber die Verzögerung dem trägen, langweiligen Denkmechanismus des Menschen zu. Dann wurde er unruhig, aber er wagte nicht mehr, mich zu fragen, was er tun solle, weil ihm mein Schweigen schon irgendwie bedeutsam vorkam. Da er selbst nicht imstande gewesen wäre, in Passivität zu verharren, konnte er nicht annehmen, daß ein anderer, nämlich sein Kommandant, dazu fähig war. Wenn ich schon schwieg, dann mußte ich auch wissen, warum. Also mußte ich Verdacht geschöpft haben. Vielleicht war ich ihm sogar auf die Schliche gekommen, vielleicht war ich wirklich der Überlegene ... Wenn ich keine Befehle erteilte, wenn meine Stimme, die das Raumschiff in die Katastrophe jagte, nicht auf den Bändern zu hören sein würde, so bedeutete das für ihn bereits, daß ich sein Spiel durchschaut und ihn überlistet hatte. Wann ihm dieser Gedanke kam, weiß ich nicht. Seine Unsicherheit bemerkten aber alle, auch Quine erwähnte sie in seinen Aussagen ... Calder erteilte ihm irgendwelche Aufträge, die ziemlich sinnlos waren ... Er kehrte ganz plötzlich um ... All das bewies seine Verwirrung. Er mußte improvisieren, und genau das war seine schwache Seite. Er fürchtete, daß ich etwas sagen könnte: Womöglich war ich sogar entschlossen, ihn vor den mithörenden Bändern der Sabotage anzuklagen! Da gab er plötzlich großen Schub. In letzter Sekunde rief ich ihm noch zu, er solle nicht die Teilung passieren, denn ich hatte immer noch nicht begriffen, daß er das überhaupt nicht beabsichtigte. Aber dieser Schrei, diese Spur, die nun registriert war, machte auch seinen neuen, nunmehr improvisierten Plan zunichte. Er verringerte sofort die Geschwindigkeit. Wenn die Bänder auf der Erde meinen Schrei wiederholten und nichts weiter, wäre das nicht sein Verderben gewesen? Wie eigentlich hätte er sich rechtfertigen sollen, wie sollte er später das lange Schweigen des Kommandanten und dann, als letztes Zeichen, den plötzlichen Schrei erklären? Ich mußte also danach noch einmal zu hören sein, wenigstens als Beweis, daß ich noch am Leben war ..., denn aus meinem Ruf folgerte er, daß er sich geirrt hatte und daß ich doch nicht alles wußte. Dienstbeflissen antwortete er mir, er habe den Befehl nicht gehört, und dann begann er sofort, die Gurte abzuschnallen. Das war seine letzte Bewegung, seine letzte Karte – er spielte va banque.

Warum tat er das, in einer Situation, in der es nicht mehr sonderlich günstig für ihn stand? Vielleicht wollte er aus Stolz nicht einmal sich selbst die Niederlage eingestehen, vielleicht ärgerte er sich, daß er mir eine genaue Einschätzung der Lage zugetraut hatte, zu der ich gar nicht fähig war? Ganz gewiß tat er es nicht aus Furcht – ich glaube nicht, daß er sich fürchtete, weil die Chance, die Teilung zu passieren, gleich Null war. In seinen Berechnungen spielte dieser Faktor überhaupt keine Rolle. Daß es Quine gelang, uns durchzuschleusen, nun, das war einfach ein Glückstreffer ...

Wenn Calder seine Rachegelüste an mir hätte stillen wollen – immerhin hatte er sich ja vor sich selbst lächerlich gemacht, indem er meinen Stumpfsinn für Scharfblick hielt –, wäre er kein großes Risiko eingegangen. Nun, das Spiel wäre gewiß zu meinen Gunsten ausgegangen, und Calder hätte durch sein Verhalten, durch seine Insubordination die Richtigkeit meiner Argumente bewiesen. Darauf durfte er sich also nicht einlassen. Er zog jeden anderen Ausweg vor ...

Dennoch bleibt die ganze Geschichte merkwürdig, denn ich begreife heute seine Reaktion so gut, bin aber nach wie vor ratlos, wenn ich das eigene Verhalten motivieren soll. Ich bin imstande, jeden seiner Schritte logisch zu rekonstruieren, aber für mein eigenes Schweigen finde ich keine Erklärung. Einfach zu sagen, es sei Unentschlossenheit gewesen, hieße die Wahrheit verzerren. Was war eigentlich geschehen? Hatte die Intuition den Ausschlag gegeben? Vorahnungen? Ach, woher! Die Gelegenheit, die sich mir durch die Havarie bot, erinnerte mich einfach allzu stark an ein Spiel mit gezinkten Karten. Ich wollte kein solches Spiel und keinen solchen Partner, und Calder wäre es in dem Moment geworden, da ich durch einen Befehl die entstandene Situation gewissermaßen gebilligt und mich zu ihr bekannt hätte. Doch ich konnte mich weder dazu noch zu einem Befehl aufraffen. Umkehr, Flucht – dieser Schritt wäre höchst angebracht gewesen, aber wie hätte ich ihn später motivieren sollen, da sich all meine Widerstände und Vorbehalte doch nur auf die nebelhafte Vorstellung von einem Fair play gründeten und gänzlich immateriell und ungeeignet waren, in die sachliche Sprache der Raumfahrt übersetzt zu werden. Man stelle sich bloß einmal vor: die Erde, irgendeine Untersuchungskommission und ich, der ich sage, ich hätte die gestellte Aufgabe nicht erfüllt, obwohl dies meiner Meinung nach technisch möglich gewesen wäre. Ich hätte aber den ersten Piloten der Sabotage verdächtigt, die mir die Disqualifizierung eines Teils der Besatzung erleichtern sollte ... Hätte sich das nicht wie unverantwortliches Gewäsch ausgenommen?

So zögerte ich also aus einem Gefühl der Verwirrung, der Hilflosigkeit, ja sogar des Ekels heraus und gab Calder durch mein Schweigen zugleich die Chance, sich zu rehabilitieren. So schien es mir wenigstens. Er konnte ja beweisen, daß der Verdacht der bewußten Sabotage, der auf ihn fiel, ungerechtfertigt war. Er hätte sich nur an mich zu wenden und um Befehle zu bitten brauchen ... Ein Mensch an seiner Stelle hätte das zweifelsohne getan, doch sein ursprünglicher Plan sah diese Bitte nicht vor. Sicherlich erschien er ihm dadurch sauberer und eleganter: Ich selbst sollte das Todesurteil an mir und meinen Gefährten vollstrecken, ohne ein einziges Wort von seiner Seite. Mehr noch: Ich sollte ihn zu ganz bestimmten Schritten zwingen – und das sozusagen wider sein besseres Wissen, gegen seinen Willen. Ich indessen schwieg. Schließlich waren also meine Unentschlossenheit, meine langweilige „Redlichkeit“, jene menschliche „Redlichkeit“, die er so grenzenlos verachtete, unsere Rettung und sein Verderben gewesen.

Ananke

Er wurde aus dem Schlaf gestoßen, in die Dunkelheit. Hinter ihm – wo? – blieben die rötlichen, rauchverhangenen Umrisse – einer Stadt, einer Feuersbrunst? – und der Gegner zurück, der Wettlauf, ein aufragender Fels, der – war es jener Mensch gewesen? Noch jagte er der schwindenden Erinnerung nach, aber schon resigniert und nur getröstet durch das aus solchen Augenblicken wohlbekannte Bewußtsein, daß einem die Wirklichkeit im Traum intensiver und unmittelbarer erscheint als im Wachen, der Worte entledigt, doch bei aller unberechenbaren Launenhaftigkeit von einem Gesetz regiert, das allein dort, im Alptraum, greifbar war. Er wußte nicht, wo er sich befand, er konnte sich auf nichts besinnen. Es hätte genügt, die Hand auszustrecken, um sich zu vergewissern, aber er ärgerte sich über die Trägheit des eigenen Verstandes und versuchte, ihn zu einer Erklärung zu zwingen. Es war Selbstbetrug in der Bewegungslosigkeit, trotzdem wollte er an der Beschaffenheit des Lagers erkennen, wo er war. Auf jeden Fall war es keine Koje. Ein Blitz. Die Landung, Funken in der Wüste, eine Scheibe wie ein falscher, großer Mond, Krater, aber von Staub verweht, Stöße eines schmutzig-rötlichen Sturmwinds, das Quadrat eines Kosmodroms, Türme.

Der Mars.

Er blieb liegen und überlegte nun schon ganz nüchtern, weshalb er erwacht war. Auf den eigenen Körper konnte er sich verlassen; der wäre nicht ohne Grund munter geworden. Allerdings war die Landung ziemlich kompliziert gewesen und er sehr müde nach zwei Wachen ohne eine Sekunde der Ruhe: Terman hatte sich den Arm gebrochen, als der Automat Schub gegeben hatte und er gegen die Wand geschleudert worden war. So ein Esel, beim Einsetzen der Schubkraft von der Decke zu fallen, und das nach elf Jahren Flugpraxis! Natürlich mußte er ihn im Revier besuchen. Also war es das? Nein.

Er begann die Ereignisse des vergangenen Tages zu rekapitulieren, vom Augenblick der Landung an: Atmosphäre so gut wie keine, aber eine Windgeschwindigkeit von 260 km/h, es war fast unmöglich, bei dieser geringen Gravitation zu stehen. Keinerlei Reibung unter den Schuhsohlen, man mußte sich bis zu den Knöcheln in den Sand bohren. Und dazu dieser Staub, der mit eisigem Zischen den Raumanzug scheuerte, in jedes Fältchen eindrang, Sand, der weder richtig rot noch rostfarben war, gewöhnlicher, aber sehr feiner Sand. Zermahlen in Milliarden von Jahren. Es gab kein Kommandogebäude, denn auch ein normaler Hafen fehlte; das Marsprojekt war im zweiten Jahr seiner Existenz noch immer ein Provisorium; was sie gebaut hatten, war verschüttet worden – kein Hotel, keine Unterkunft, nichts. Sauerstoffgespeiste Kuppeln, jede so riesig wie zehn Hangare zusammen, unter glänzenden Schirmkonstruktionen aus Stahlseilen, die an Betonblöcken, unter dem Flugsand kaum zu erkennen, verankert waren. Baracken, Wellblech, Stapel von Kisten, Containern, Behältern, Riesenflaschen, Säcken, eine ganze Stadt aus Ladegut, das von den Bändern der Versorgungschiffe gerollt war. Die einzige annehmbare, im Bau vollendete, ordentlich eingerichtete Lokalität war das Gebäude der Flugkontrolle hinter der „Glocke", zwei Meilen vom Kosmodrom entfernt, wo er gerade lag, im Finstern, auf dem Bett des diensthabenden Kontrolleurs Seyn. Er richtete sich auf und tastete mit bloßem Fuß nach den Pantoffeln. Die nahm er immer mit, und er zog sich auch stets zum Schlafen aus, denn wenn er sich nicht richtig wusch und rasierte, fühlte er sich seinen Aufgaben nicht gewachsen. Er wußte nicht mehr, wie der Raum aussah, also stand er für alle Fälle vorsichtig auf; den Schädel konnte man sich einstoßen bei dieser Materialeinsparung (das ganze Projekt bestand nur aus Sparmaßnahmen; er war einigermaßen informiert). Dann ärgerte er sich schon wieder, weil er vergessen hatte, wo die Schalter angebracht waren. Wie eine blinde Ratte ... Er streckte die Hand aus und berührte statt eines Schalters einen kalten Riegel. Als er ihn drehte, spürte er leichten Widerstand, und dann öffnete sich der irisierende Fensterflügel. Ein drückender, schmutziger, matter Morgen graute. Als er am Fenster stand, das eher ein Bullauge war, ertastete er Bartstoppeln auf seiner Wange, verzog das Gesicht und seufzte. All dies paßte ihm nicht, obwohl er nicht wußte, weshalb. Hätte er übrigens nachgedacht, wäre er daraufgekommen. Er konnte den Mars nicht ertragen.

Es war eine rein persönliche Angelegenheit, niemand wußte davon, und es ging auch niemanden etwas an. Der Mars war die Verkörperung verhöhnter, verlachter – aber teurer Illusionen. Er hätte es vorgezogen, auf jeder anderen Strecke zu fliegen, für ihn war das ganze Geschreibsel über die Romantik des Projekts Schwindel, die Aussichten auf Kolonisierung reine Fiktion. Ja, der Mars hatte sie alle betrogen – betrogen seit hundert und ... zig Jahren. Die Kanäle. Eines der schönsten, unheimlichsten Abenteuer der Astronomie. Der rote Planet: also nur Wüste. Die weißen Polarschneekappen: die letzten Reste von Wasser. Das feine, wie mit Brillanten in Glas geritzte Netz reiner Geometrie von den Polen bis zum Äquator: ein Zeugnis vom Kampf der Vernunft gegen die Vernichtung, ein starkes Bewässerungssystem, das Millionen Hektar Wüstengebiet versorgte – aber mit Einbruch des Frühjahrs veränderte sich dennoch die Farbe der Wüstenstriche, sie wurden dunkel von der erwachten Vegetation, und zwar auf eigenartige Weise: vom Äquator zu den Polen. Was für eine Idiotie. Von Kanälen keine Spur. Die Flora? Die geheimnisvollen frost- und sturmfesten Moose und Flechten? Polymerisierte höhere Kohlenoxide, die den Boden bedeckten – und sich verflüchtigten, wenn der alptraumhafte Frost sich so weit milderte, daß er nur noch gräßlich war. Die Schneekappen? Gewöhnliches, erstarrtes CO_2. Kein Wasser, kein Sauerstoff, kein Leben –

zerklüftete Krater, von Sandstürmen zerfressene erratische Blöcke, langweilige Ebenen, eine tote, flache, graue Landschaft mit bleichem, rötlichfahlem Himmel. Keine Wolken, nur gestaltlose Nebelschwaden, finster wie heftige Gewitter. Luftelektrizität dagegen – jede Menge und noch ein bißchen dazu. War da ein Ton? Ein Signal? Nein, der Wind harfte in den Stahlseilen des nächstgelegenen „Ballons". In dem schmutzigen Licht (der vom Wind herangetragene Sand wurde binnen kurzem selbst mit dem härtesten Glas fertig, und auch die Wohnkuppeln aus Plast sahen aus, als hätten sie den grauen Star) zündete er die Lampe über dem Waschbecken an und begann sich zu rasieren. Während er die Wangen spannte, dachte er einen Satz, der so dumm war, daß er lachen mußte: Der Mars ist ein Schwein.

Das war wirklich eine Schweinerei, so viele Hoffnungen derart zu täuschen. Das paßte zur Tradition – aber von wem stammte die eigentlich? Von keinem einzelnen. Niemand hatte sich das allein ausgedacht; diese Konzeption war ebenso anonymer Herkunft wie Sagen und Legenden. Vielmehr war aus zusammengetragenen Phantasievorstellungen (der Astronomen? Mythen der beobachtenden Astronomie?) folgende Vision entstanden: Die weiße Venus, der wolkenverschleierte Morgen- und Abendstern, war ein junger Planet voller Dschungel und Echsen und vulkanischer Ozeane, mit einem Wort: die Vergangenheit der Erde. Der Mars dagegen – im Austrocknen begriffen, rostfarben, voller Sandstürme und Rätsel (die Kanäle zum Beispiel kriegten es nicht selten fertig, sich in ihrem Verlauf zu teilen, sie wurden über Nacht zu Zwillingen, was soundso viele Astronomen bestätigt hatten), der Mars, der mit seiner Zivilisation heroisch gegen die Abenddämmerung des Lebens ankämpfte, war die Zukunft der Erde; einfach, klar, deutlich, verständlich. So sehr, daß es von A bis Z nicht stimmte.

Hinter dem einem Ohr sprossen drei Härchen, die der elektrische Apparat nicht zu fassen kriegte; das Rasiermesser war jedoch im Raumschiff geblieben, also versuchte er anders mit ihnen fertig zu werden. Es ging nicht. Der Mars. Diese Astronomen aus den Observatorien waren doch Leute mit blühender Phantasie gewesen. Schiaparelli zum Beispiel. Die unerhörten Namen, die er zusammen mit seinem größten Feind, dem Kanalgegner Antoniadi, all den Dingen gegeben hatte, die er nie gesehen, sondern sich nur vorgestellt hatte. Wenigstens in der Gegend, in der man gerade das Projekt errichtete: Agathodaemon. Dämon war klar, Agatho – von agathon = Weisheit? Schade, die Astronauten lernten kein Griechisch. Er hatte eine Schwäche für die alten Handbücher der stellaren und planetaren Astronomie. Diese rührende Selbstsicherheit: Im Jahre 1913 hatte man geschrieben, daß die Erde, vom Kosmos aus gesehen, rot sei, denn ihre Atmosphäre verschluckte den blauen Teil des Spektrums, also müsse das, was übrigbleibe, zumindest rosafarben sein. Ein Fehlschluß. Und dennoch, wenn man sich Schiaparellis prächtige Karten ansah, dann wollte einem einfach nicht in den Kopf, daß er etwas Nichtexistentes erblickt hatte. Und was am seltsamsten war: Andere nach ihm hatten es auch gesehen. Es war so etwas wie ein psychologisches Phänomen, dem man später keine Beachtung mehr schenkte. Zuerst bestanden vier Fünftel jedes Werkes über den Mars aus der Topographie und Topologie der Kanäle – so hatte sich in der zweiten Hälfte des zwanzigsten Jahrhunderts ein Astronom gefunden, der ihr Netz einer statistischen Analyse unterzog und seine topologische Ähnlichkeit mit einem Bahn-, also Verkehrssystem im Unterschied zu dem Verlauf der natürlichen Risse oder Flüsse aufdeckte, und dann war die Sache geplatzt wie eine Seifenblase: eine optische Täuschung. Basta.

Er säuberte den Rasierapparat, und während er ihn im Futteral verstaute, sah er sich noch einmal, schon mit unverhohlenem Mißvergnügen, dieses ganze Agathodaemon an, diesen rätselhaften „Kanal", der aus einem langweiligen, flachen Terrain mit zahllosen Schutthaufen am nebligen Horizont bestand. Verglichen mit dem Mars, war der Mond geradezu gemütlich. Sicherlich wäre das jemandem, der sich noch nie von der Erde wegbewegt hatte, seltsam vorgekommen, aber es war nun mal die reine Wahrheit. Erstens wirkte die Sonne von dort aus gesehen genauso wie von der Erde aus, und daß dies wichtig war, wußte jeder, der sich weniger gewundert als vielmehr direkt erschrocken hatte, wenn er sie in Form eines geschrumpften, verwelkten, ausgekühlten Feuerbällchens erblickte. Und dann die majestätische blaue Erde, wie eine Lampe, wie ein Symbol sicherer Nähe, wie ein Symbol der Heimat, das die Nächte so schön erhellte – während der Phobos und der Deimos zusammen nicht einmal so viel Licht spendeten wie der Mond im ersten Viertel. Ferner die Stille. Das Fehlen jeglicher Atmosphäre – kein Zufall, daß es einfacher war, den ersten Schritt des Apolloprojekts im Fernsehen zu übertragen als einen analogen Vorgang beispielsweise vom Gipfel des Himalaja. Und was für den Menschen ein pausenloser Wind bedeutet, davon konnte man sich richtig erst auf den Mars überzeugen.

Er sah auf die Uhr: Sie war eine völlig neue Errungenschaft mit fünf konzentrischen Zifferblättern, die die Standardzeiten der Erde, die Bordzeit und die planetare Zeit anzeigten. Es war kurz nach sechs.

Morgen um diese Zeit bin ich vier Millionen Kilometer von hier weg, dachte er nicht ohne Genugtuung. Er gehörte zum „Klub der Transporter", die das Projekt versorgten, aber die Tage seines Dienstes waren gezählt, denn für die Linie Ares–Terra waren schon die riesigen neuen Flugkörper mit einer Ruhemasse von hunderttausend Tonnen vorgesehen. Seit ein paar Wochen waren „Ariel", „Ares" und „Anabis" auf Marskurs; Ariel sollte in zwei Stunden landen. Er hatte noch nie die Landung eines Hunderttausenders beobachtet, weil diese auch auf der Erde nicht aufsetzen konnten; sie wurden auf dem Mond beladen, den Berechnungen der Ökonomen zufolge zahlte sich das aus. Raumschiffe wie sein „Cuivier" mit zehn- bis zwanzigtausend Tonnen sollten ein für allemal von der Bühne verschwinden. Bestenfalls würde man noch ein paar Kleinigkeiten mit ihnen transportieren.

Es war sechs Uhr zwanzig, und ein vernünftiger Mensch hätte um diese Zeit etwas Warmes zu sich genommen. Der Gedanke an Kaffee war in der Tat verlockend. Aber er wußte nicht, wo man hier Verpflegung bekam. Er war zum erstenmal im Agathodaemon. Bisher hatte er das Hauptfeld angeflogen, das der Syrte. Weshalb man den Mars an zwei Punkten zugleich anging, die zehn- bis zwanzigtausend Meilen voneinander entfernt waren? Er kannte die wissenschaftlichen Gründe, aber er dachte sich sein Teil. Übrigens trug er seine Kritik nicht zu Markte. Die Große Syrte sollte das thermonukleare und intellektronische Polygon werden. Dort sah es ganz anders aus. Es gab Leute, die behaupteten, das Agathodaemon sei das Aschenputtel des Projekts, es hätte schon mehrmals vor der Auflösung gestanden. Aber immer noch rechnete man mit dem angeblichen gefrorenen Wasser, mit den dicken Gletschern aus Urzeiten, die hier unter dem verharschten Boden verborgen sein sollten – sicher, wenn das Projekt auf Wasser stieße, wäre das ein wahrer Triumph in Anbetracht der Tatsache, daß vorerst jeder Tropfen von der Erde hergebracht werden mußte und daß man schon seit zwei Jahren an einer Einrichtung baute, die den Wasserdampf aus der Atmosphäre auffangen sollte. Die Inbetriebnahme wurde jedoch ständig aufs neue verschoben.

In der Tat, der Mars besaß für ihn keinerlei Reiz.

Er wollte noch nicht hinausgehen – in dem Gebäude war es so still, als wären alle ausgeflogen oder ausgestorben. Vor allem deshalb aber blieb er lieber hier, weil er sich ans Alleinsein gewöhnt hatte – als Kommandant eines Raumschiffes konnte man sich zurückziehen, wann immer man wollte, und die Einsamkeit tat ihm gut: Nach einem längeren Flug – jetzt, da Erde und Mars in Opposition standen, brauchte man mehr als drei Monate – mußte er sich immer überwinden, um gleich unter fremde Menschen zu gehen. Und hier kannte er niemanden außer dem diensthabenden Kontrolleur. Er hätte zu ihm hinaufgehen können, aber das schmeckte ihm nicht. Es gehörte sich nicht, die Leute bei der Arbeit zu stören. Er urteilte aus eigener Erfahrung: Ungebetene Gäste mochte auch er nicht.

In seinem Necessaire steckte die Thermosflasche mit einem Rest Kaffee und ein Päckchen Keks. Er bemühte sich, beim Essen keine Krümel zu verstreuen, spülte mit Kaffee nach und schaute durch die sandzerkratzte Fensterscheibe auf den alten, flachen, gleichsam todmüden Boden dieses Agathodaemons. Der Mars machte einen seltsamen Eindruck auf ihn: als wäre ihm alles gleichgültig und als wären deshalb die Krater so merkwürdig angehäuft, anders als die Mondkrater, wie ausgeschwemmt (hineinretuschiert, hatte er einmal beim Betrachten großer, guter Fotos gedacht), und als wirkten deshalb die wilden Klüfte so sinnlos, „Chaos" nannte man sie, die Lieblingsplätze der Areologen, denn ähnliche Formationen gab es auf der Erde nicht. Der Mars schien resigniert zu haben, er dachte weder daran, sein Wort zu halten, noch hielt er es für nötig, den Schein zu wahren. Wenn man sich ihm näherte, verlor er sein solides rotes Aussehen, hörte auf, ein Wahrzeichen des Kriegsgottes zu sein, überzog sich mit ausdruckslosem Dunkelgrau, mit Flecken und Schmutzspuren, zeigte keinerlei deutliche Konturen wie etwa die Erde oder der Mond. Verschwommenheit, rostiges Grau und ewiger Wind.

Unter sich spürte er ein feines Zittern – ein Transformator. Ansonsten herrschte weiter Stille, in die ab und zu wie aus einer anderen Welt der ferne Gesang des Windes drang, der in den Seilen der Wohn„glocke“ spielte. Der verteufelte Sand war mit der Zeit sogar mit den Zweizöllern aus hochveredeltem Stahl fertig geworden. Auf dem Mond konnte man jeden Gegenstand im Steingeröll liegenlassen und nach hundert, ja nach einer Million Jahren mit der Gewißheit zurückkehren, daß er unversehrt war. Auf dem Mars dagegen konnte man nichts aus der Hand legen – es versank auf Nimmerwiedersehen. Dieser Planet hatte kein Benehmen.

Um sechs Uhr vierzig rötete sich der Horizont, die Sonne ging auf, und dieser Fleck Helligkeit (ohne Morgenröte, woher auch) erinnerte ihn unvermittelt durch seine Farbe an den nächtlichen Traum. Voller Verwunderung stellte er langsam die Thermosflasche weg und wußte auf einmal, worum es gegangen war. Jemand hatte ihn umbringen wollen – aber er hatte diesen Jemand getötet. Der Tote hatte ihn durch eine roterleuchtete Finsternis gejagt; er hatte noch ein paarmal versucht, ihm den Garaus zu machen, ohne daß es etwas half. Idiotisch natürlich, aber da war noch etwas gewesen: Er war so gut wie sicher, daß er im Traum diesen Mann gekannt hatte, jetzt jedoch hatte er keine Ahnung, mit wem er da so verzweifelt gekämpft hatte. Möglicherweise war ihm das Gefühl des Bekanntseins auch nur vom Traum vorgegaukelt worden. Er grübelte vergebens; das eigenwillige Gedächtnis blieb stumm, und alles verkroch sich wieder wie eine Schnecke im Haus. So stand er am Fenster, die Hand am Stahlrahmen, leicht verstört, als ginge es um wer weiß was. Der Tod. Es war klar, daß es mit der Weiterentwicklung der Raumfahrt auch zu Todesfällen auf den Planeten kam, und der Mond erwies sich in dieser Hinsicht als loyal. Hier versteinerten die Toten, wurden zu eisigen Bildsäulen, zu Mumien, deren Leichtigkeit, fast Gewichtslosigkeit das traurige Ereignis weniger tragisch erscheinen ließ. Auf dem Mars dagegen mußte man sich unverzüglich um sie kümmern, denn die Sandstürme zerschnitten jeden Skaphander binnen weniger Tage, und bevor die große Trockenheit die sterblichen Überreste mumifizieren konnte, waren die Gebeine freigelegt, poliert, geschliffen, bis das nackte Skelett in diesem *fremden* Sand, unter diesem schmutziggrauen, *fremden* Himmel zerfiel – eine Schmach, ein Vorwurf an das Gewissen, so als ob die Menschen, wenn sie auf ihren Raketen mit dem Leben zugleich auch die Sterblichkeit herbrachten, etwas Ungehöriges taten, etwas, dessen man sich schämen, das man wegtun, verstecken, vergraben mußte. All das hatte keinen Sinn, aber in diesem Augenblick empfand er so.

Um sieben Uhr war Ablösung bei den Flugkontrolleuren, und dann hatten auch Fremde zu ihren Arbeitsräumen Zutritt. Er verstaute seine paar Utensilien im Necessaire und ging mit dem Gedanken hinaus, daß er sich vergewissern mußte, ob die Entladung seines „Cuivier“ reibungslos klappte. Bis Mittag mußte das gesamte Stückgut geborgen sein, und es gab auch ein paar Dinge, die einer Überprüfung bedurften. Zum Beispiel das Kühlungssystem des Hilfsreaktors, zumal er mit verringerter Besatzung zurückkehren mußte, denn es konnte keine Rede davon sein, daß man ihm hier einen Ersatz für Terman stellte. Über die mit Schaumplast gepolsterte Wendeltreppe, deren Geländer seltsam warm, wie beheizt war, gelangte er ins Obergeschoß. Als er die breite Schwingtür mit den Milchglasscheiben öffnete, sah er sich plötzlich einer so völlig anderen Umgebung gegenüber, daß auch er nicht mehr er selbst zu sein glaubte.

Der Raum sah aus wie das Innere eines Riesenkopfes mit sechs großen, konvexen Glasaugen, die in drei Himmelsrichtungen starrten. Nur in drei, denn an der vierten Wand waren die Antennen montiert, und der ganze kleine Saal war um die eigene Achse schwenkbar wie eine Drehbühne. Er stellte auch in gewissem Sinn eine Bühne dar, über die stets dieselben Stücke gingen: Starts und Landungen. Da sie sich nur in einer Entfernung von einem Kilometer abspielten, waren sie von den runden, breiten Pulten aus, die mit den silbriggrauen Wänden eine Einheit zu bilden schienen, so deutlich zu erkennen wie auf der flachen Hand. Das Ganze wirkte ein bißchen wie der Kontrollturm eines Flughafens und ein bißchen wie ein Operationssaal; an der blinden Wand thronte unter schräger Überdachung der Hauptcomputer für die Direktverbindung mit den Raumschiffen; er blinzelte und tickte in einem fort, während er seine stummen Monologe hielt und stückchenweise Lochbänder ausspie; dann gab es drei Reservekontrollplätze mit Mikrofonen, Punktlampen, Drehsesseln und Handrechenautomaten der Kontrolleure, die klobigen Straßenhydranten ähnelten; und schließlich fand sich auch eine kleine, aber unförmige Bar mit leise zischender Espressomaschine. Da also war die Kaffeequelle! Seinen „Cuivier" konnte er von hier aus nicht sehen, er hatte ihn auf Anweisung der Kontrolle drei Meilen weiter abgestellt, hinter all dem Betongerümpel. Das gehörte zu den Vorkehrungen, die für die Ankunft der ersten superschweren Flugeinheit des Projekts getroffen wurden, als wäre sie nicht mit den neuesten Kosmonautik- und Astrolokationsautomaten ausgestattet, die, wie die Konstrukteure der Werft zu rühmen wußten (er kannte sie fast alle), diesen Viertelmeilengoliath, dieses Eisengebirge auf einer Fläche von der Größe eines Schrebergartens sicher aufsetzen konnten. Alle Mitarbeiter des Hafens aus drei Schichten waren zu dieser Feier gekommen, die übrigens keine offizielle Feier war, denn „Ariel" hatte wie jeder Prototyp Dutzende Probeflüge und Mondlandungen absolviert; allerdings war er noch nie mit voller Belastung in eine Atmosphäre eingedrungen.

Bis zur Landung blieb noch fast eine halbe Stunde, also begrüßte Pirx diejenigen, die dienstfrei hatten, und drückte dann auch Seyn die Hand. Die Empfänger waren schon in Betrieb, über die Fernsehschirme liefen verschwommene Streifen, aber die Lichter des Anflugradars leuchteten noch in fleckenlosem Grün, zum Zeichen, daß man noch eine Menge Zeit hatte und daß sich noch nichts tat. Romani, der Basisleiter des Agathodaemons, empfahl ihm zum Kaffee ein Gläschen Kognak. Pirx zögerte, aber schließlich war er ja Privatperson, und obwohl er es nicht gewohnt war, zu so früher Stunde Alkohol zu sich zu nehmen, sah er ein, daß es ihnen um eine symbolische Weihe des Augenblicks ging, wartete man doch seit Monaten auf diese Supereinheiten, die die Leitung von den ständigen Sorgen befreien sollten. Denn bisher hatte es ein unaufhörliches und ungleiches Rennen gegeben, ein Rennen zwischen den Bedürfnissen des Bauvorhabens, die von der Flotille des Projekts nicht befriedigt werden konnten, und den Bemühungen der Transportpiloten wie Pirx, ihren Dienst auf der Linie Mars-Erde so gut und schnell wie möglich zu verrichten. Jetzt, nach der Opposition, entfernten sich beide Planeten voneinander, die Distanz würde noch jahrelang wachsen, bis sie das bestürzende Maximum von Hunderten von Millionen Kilometern erreicht hatte; und gerade in diesem für das Projekt schlimmsten Zeitraum rollte die starke Unterstützung an.

Alle sprachen gedämpft, und als das grüne Licht erlosch und die Summer ertönten, trat absolute Stille ein. Ein typischer Marstag zog herauf, nicht trüb, nicht klar, ohne deutlichen Horizont, ohne deutlichen Himmel, wie ohne Zeit, die sich bestimmen und berechnen ließe. Trotz des Tageslichts waren die Ränder der flach im Zentrum des Agathodaemons liegenden Betonquader befeuert; dort gingen automatisch die Lasersignale an, und der Umriß der zentralen Rundscheibe aus fast schwarzem Beton war markiert. Die Kontrolleure machten es sich in ihren Sesseln bequem, sie hatten übrigens so gut wie keine Arbeit; dafür ließ der Hauptcomputer seine Scheiben aufleuchten, als wollte er alle Anwesenden auf seine außergewöhnliche Wichtigkeit hinweisen. Die Relais begannen irgendwo leise zu schnarren, und aus dem Lautsprecher drang ein ausdrucksvoller Baß:

Hallo, Agathodaemon – hier Ariel. Klyne am Apparat, wir sind auf der Optischen – Höhe sechshundert, in zwanzig Sekunden schalten wir auf Landeautomaten um – Kommen!

Agathodaemon an Ariel! sagte hastig der kleine Seyn, das Vogelgesicht an der Membran des Mikrofons – er hatte rasch seine Zigarette ausgedrückt. *Wir haben euch auf allen verfügbaren Schirmen – Legt euch hin und kommt schön runter – Kommen!*

Wie witzig, dachte Pirx, der so etwas nicht mochte, vielleicht weil er abergläubisch war. Aber sie hatten den Ablauf offensichtlich im kleinen Finger.

Ariel an Agathodaemon! Haben dreihundert, schalten die Automaten ein, steigen ohne Seitendrift ab, null zu null – Wie ist die Windstärke? Kommen!

Agathodaemon an Ariel! Wind 180 pro Stunde, Nordnordwest – der kann euch nichts anhaben – Kommen!

Ariel an alle! Steigen heckwärts axial ab – automatische Steuerung – Ende.

Es wurde still, nur die Relais schnarrten leise vor sich hin, und auf den Schirmen zeigte sich schon deutlich weiß ein flammender Punkt, der sich rasch vergrößerte, als würde ein bauchiges Gefäß aus geschmolzenem Glas aufgeblasen. Es war das feuerspeiende Heck des Raumschiffs, das in der Tat lotrecht niederging, ohne das leiseste Zittern, ohne Seitendrift, ohne Drehungen – für Pirx war das ein angenehmer Anblick. Er schätzte die Entfernung auf etwa hundert Kilometer; vor fünfzig hatte es keinen Zweck, den Himmel mit bloßem Auge zu beobachten, außerdem standen schon viele andere mit hochgereckten Köpfen an den Fenstern.

Die Kontrolle hielt ständigen Funkkontakt mit dem Raumschiff, aber es gab einfach nichts zu besprechen, die Besatzungsmitglieder lagen vollzählig in den Antischwerkraftsitzen, alles wurde von den Automaten unter Anleitung des Raketenhauptcomputers erledigt, der auch selbständig den Übergang von Atomschub auf Boranschub bestimmte, und zwar bei sechzig Kilometer Höhe, also genau an der Grenze der dünnen Atmosphäre. Pirx trat an das mittlere, das größte Fenster und erblickte am Himmel hinter dem blaßgrauen Nebelschleier ein mikroskopisch kleines, grellgrünes Feuer, das mit einem ungewöhnlichen Funkeln vibrierte, als würde der Marshimmel von oben mit einem glühenden Smaragd angebohrt. Der gleichmäßig glühende Punkt sandte nach allen Seiten blasse Streifen aus, wahrscheinlich Wolkenfetzen oder vielmehr Reste jener Mißgeburten, die deren Stelle in dieser Atmosphäre vertraten. In den Rückstoßbereich eingesogen, entzündeten sie sich und zerfielen wie Feuerwerk. Das Raumschiff wurde größer, das heißt nur sein rundes Heck. Die Luft darunter flimmerte erheblich von der Hitze, und daher konnte es einem Uneingeweihten scheinen, als neigte sich die Rakete ein wenig zur Seite, aber Pirx kannte diesen Anblick zu gut, um sich täuschen zu lassen. Alles verlief so ruhig, so ganz ohne Spannung, daß ihm die ersten Schritte des Menschen auf dem Mond in den Sinn kamen, wo es ebenfalls wie geschmiert gegangen war. Das Heck war jetzt schon eine feurige grüne Scheibe mit einem sprühenden Funkenkranz. Er blickte auf das Hauptaltimeter über den Kontrollpulten, denn wenn man es mit einer so großen Einheit zu tun hatte, konnte man sich beim Schätzen der Höhe leicht irren: elf, nein, zwölf Kilometer trennten „Ariel“ vom Mars – offenbar ging er infolge des sich verstärkenden Bremsschubs immer langsamer nieder.

Plötzlich passierten mehrere Dinge auf einmal.

Die Heckdüsen des „Ariel“ in ihrer grünen Flammenkorona erzitterten anders, als es eben noch der Fall war. Aus dem Lautsprecher drang ein unverständliches Stammeln, ein Aufschrei, etwas wie „Hand“ oder „Halt“, nur ein einziges unartikuliertes Wort, ausgestoßen von einer menschlichen Stimme, die so entstellt war, daß sie nicht Klyne zu gehören schien. Der grüne Feuerstrahl aus dem Heck verblaßte im Bruchteil einer Sekunde. Im nächsten Augenblick zerstob er in einem schrecklichen, weißblauen Blitz, und mit dem Schauder, der Pirx von Kopf bis Fuß durchfuhr, war ihm sofort alles klar, so daß ihn die schrille, gewaltige Stimme, die aus dem Lautsprecher drang, keineswegs überraschte.

Ariel... (Schnaufen) *Abbruch des Manövers – Ein Meteorit – Mit vollem Schub axial voraus – Achtung, voller Schub!*

Das war der Automat. Seine Stimme wurde von Schreien untermalt, es hörte sich wenigstens so an. Jedenfalls hatte Pirx die Veränderung in der Farbe der Rückstoßflamme richtig interpretiert: die Borane waren durch die volle Schubkraft der Reaktoren abgelöst worden, und das riesige Raumschiff verharrte – so sah es wenigstens aus –, wie vom Schlag einer gewaltigen, unsichtbaren Faust getroffen, in allen Fugen zitternd in der dünnen Luft, fünf- oder vielleicht viertausend Meter über der Scheibe des Kosmodroms. Es war ein unerhörtes Manöver wider alle Regeln und Vorschriften, wider die gesamte Kosmoslotsenkunde, diese Masse von hunderttausend Kilo zu stoppen, denn zuerst mußte ihre Fallgeschwindigkeit gedrosselt werden, ehe sie wieder in die Höhe schießen konnte. Pirx beobachtete in perspektivischer Verkürzung die Flanke des riesigen Zylinders. Die Rakete hatte ihre senkrechte Lage verloren, sie neigte sich. Ganz langsam begann sie sich aufzurichten, aber sie schlug nach der anderen Seite aus wie ein gigantisches Pendel, und der folgende entgegengesetzte Neigungswinkel war noch größer. Bei einer so geringen Geschwindigkeit war der Verlust der Stabilität in dieser Amplitude nicht mehr auszugleichen; erst in diesen Sekunden vernahm Pirx den Schrei des Chefkontrolleurs:

Ariel! Ariel... Was macht ihr da? Was ist passiert?

Pirx, am unbesetzten Pult neben ihm, brüllte aus voller Lunge ins Mikrofon: *Klyne! Geh auf Handsteuerung! Auf Handsteuerung zur Landung – Handsteuerung!*

Ein gedehntes, nicht enden wollendes Donnergetöse – erst jetzt drang die Schallwelle zu ihnen! Wie schnell mußte sich alles abgespielt haben! Die Leute an den Fenstern brachen in einen vielstimmigen Schrei aus, die Kontrolleure verließen ihre Pulte. Ariel sackte ab wie ein Stein, spie blindlings die Heckfeuer in die Atmosphäre, drehte sich langsam, kraftlos wie ein Leichnam; es war, als senkte sich ein riesiger Eisenturm vom Himmel auf den schmutzigen Wüstenflugsand. Alle standen wie angewurzelt in der dumpfen, schrecklichen Stille, denn es war nichts mehr zu machen; der Lautsprecher gab ferne, undeutliche, krächzende Geräusche von sich, unerfindlich, ob Meerestosen oder menschliche Stimmen, alles verschwamm zu einem einzigen Chaos, während der weiße, in Glanz gebadete, unvorstellbar lange Zylinder immer schneller in die Tiefe jagte; es sah aus, als würde er direkt im Kontrollgebäude einschlagen. Jemand neben Pirx stöhnte auf. Sie zuckten instinktiv zusammen.

Der Rumpf schnitt schräg in eine der niedrigen Einfassungen hinter der Scheibe ein, zerbrach in zwei Teile, und während er weiter barst, so daß die Reste nach allen Seiten geschleudert wurden, bohrte er sich in den Staub. In Sekundenschnelle bildete sich eine zehn Stockwerk hohe Wolke, in der es donnerte, polterte, Feuergarben sprühte. Über den gischtigen Vorhang des aufgewirbelten Sands schob sich der immer noch blendendweiße Bug des Raumschiffs, der vom Rest abgerissen war, und flog ein paar hundert Meter durch die Luft. Sie hörten ein, zwei, drei heftige Aufschläge, die Erdstößen glichen. Das ganze Gebäude wurde erschüttert, es ging hoch und nieder wie ein Boot in der Brandung. Dann erhob sich unter dem höllischen Getöse des berstenden Eisenschrotts eine schwarzbraune Wand aus Rauch und Ruß, die alles verdeckte. Und das war „Ariels“ Ende. Als sie die Treppen hinunterstürzten, dem Ausgang zu, gab es für Pirx – er war als einer der ersten in die

Kombination geschlüpft – keinen Zweifel mehr: Einen solchen Absturz konnte niemand überleben.

Dann rannten sie, von Windstößen gepeitscht; in der Ferne, von der „Glocke“ hr, sah man die ersten Raupenfahrzeuge und Hovercrafts. Aber zur Eile gab es keinen Grund mehr. Pirx wußte selbst nicht, wie und wann er ins Kontrollgebäude zurückgelangt war. Mit dem Anblick des Kraters und des zusammengedrückten Rumpfs vor Augen, fragte er sich, wieso er sich in seinem kleinen Zimmer befand, so daß er erst richtig zu sich kam, als er im Wandspiegel das eigene, grau gewordene, plötzlich geschrumpfte Gesicht erblickte.

Mittags wurde eine Expertenkommission zusammengerufen, die die Ursachen der Katastrophe untersuchen sollte. Noch waren Arbeitsgruppen dabei, mit Baggern und Kränen die Teile des riesigen Rumpfs wegzuschleppen, noch war man nicht zu der tief in den Boden festgekeilten Steuerkabine vorgedrungen, in der sich die Kontrollautomaten befanden, als bereits eine Gruppe Spezialisten von der Großen Syrte angeflogen kam, mit einem der eigenartigen kleinen Hubschrauber, die mit riesigen Propellern ausgestattet waren und nur zum Verkehr in der dünnen Marsatmosphäre taugten. Pirx ging allen aus dem Weg und stellte keine Fragen, denn ihm war nur zu klar, daß die Sache außerordentlich mysteriös war. Während des normalen Landevorgangs, der in erprobte Etappen eingeteilt und programmiert war wie ein tadellos funktionierender Eisenbahnfahrplan, hatte der Hauptcomputer des „Ariel“ ohne ersichtlichen Grund den Boranschub gedrosselt, Signale gegeben, die in Relikten an Meteoritenalarm erinnerten, und auf Startantrieb mit vollem Schub umgeschaltet; die Stabilität, die er während dieses halsbrecherischen Manövers verloren hatte, konnte er nicht mehr zurückgewinnen. So etwas war in der Geschichte der Astronautik noch nicht vorgekommen, und naheliegende Vermutungen – daß der Computer versagt hatte, daß ein Kreis kurzgeschlossen oder durchgebrannt war – entbehrten jeder Wahrscheinlichkeit, denn es handelte sich um eines von zwei Programmen – Start und Landung –, die so gründlich gegen Havarien abgesichert waren, daß man schon eher auf Sabotage schließen konnte. In dem Kämmerchen, das ihm Seyn in der Nacht zuvor überlassen hatte, zerbrach er sich den Kopf über diese Frage und steckte absichtlich nicht die Nase aus der Tür, um nicht gesehen zu werden, zumal er ja in zehn bis zwanzig Stunden starten sollte, und er sah keinerlei Veranlassung, sich in die Kommission hineinzudrängen. Es zeigte sich jedoch, daß man ihn nicht vergessen hatte; kurz vor eins schaute Seyn bei ihm vorbei, begleitet von Romani, der auf dem Korridor wartete. Als Pirx herauskam, erkannte er ihn nicht gleich: der Chef des Agathodaemons sah auf den ersten Blick aus wie ein Mechaniker. Er trug einen schmutzigen, mit nassen Flecken bedeckten Arbeitsanzug, sein Gesicht schien vor Erschöpfung abgezehrt, der linke Mundwinkel zuckte, nur die Stimme war dieselbe geblieben. Er bat Pirx im Namen der Kommission, der er angehörte, den Start seines „Cuivier“ zu verschieben.

„Natürlich . . ., wenn ich gebraucht werde." Pirx war überrascht; er versuchte sich zu sammeln. „Ich muß nur die Genehmigung der Basis einholen."

„Das erledigen wir, wenn Sie einverstanden sind."

Keiner verlor mehr ein Wort darüber, und sie gingen zu dritt zum Haupt„ballon", wo in dem langgestreckten, niedrigen Domizil der Leitung gut zwanzig Experten saßen – einige hiesige, die meisten jedoch von der Großen Syrte. Es war zwar Mittagszeit, aber es ging um Stunden, deshalb bekamen sie kalte Verpflegung aus dem Büfett, und so begannen sie Beratungen bei Tee und Imbiß, was dem Ganzen einen inoffiziellen, fast unseriösen Anstrich gab. Der Vorsitzende, Ingenieur Hoyster, bat zuerst Pirx um eine Schilderung der Katastrophe, und der konnte sich denken, warum. Er war der einzige über jeden Zweifel erhabene unparteiische Zeuge, denn er gehörte weder zum Kollektiv der Flugkontrolleure noch zur Besatzung des Agathodaemons. Als Pirx auf sein eigenes Eingreifen zu sprechen kam, wurde er zum erstenmal von Hoyster unterbrochen.

„Also Sie wollten Klyne dazu bewegen, die gesamte Automatik außer Betrieb zu setzen und zu versuchen, von Hand zu landen. Ist das richtig?"

„Ja."

„Und darf man erfahren, warum?"

Pirx zögerte nicht mit der Antwort: „Ich hielt es für die einzige Chance."

„So. Aber mußten Sie nicht annehmen, daß der Übergang auf Handsteuerung einen Stabilitätsverlust nach sich ziehen konnte?"

„Die war schon verloren. Das kann man übrigens nachprüfen; es gibt ja die Bänder."

„Natürlich. Wir wollten uns zuerst einen allgemeinen Eindruck verschaffen. Und . . . was ist Ihre persönliche Meinung?"

„Über die Ursache . . .?"

„Ja. Denn bevor wir mit den Beratungen beginnen, müssen wir Informationen sammeln. Wir legen nicht jedes Wort auf die Goldwaage, aber jede Vermutung kann sich als wertvoll erweisen, und sei sie auch noch so gewagt."

„Verstehe. Mit dem Computer ist etwas passiert. Ich weiß nicht was, und ich weiß ebensowenig, wie das möglich war. Wäre ich nicht Zeuge gewesen, ich hätte es nicht geglaubt, aber ich war dabei und habe alles gehört. Er hat das Manöver abgebrochen und Meteoritenalarm gegeben, wenn auch nur andeutungsweise. Es klang ungefähr wie ‚Meteoriten – Achtung, mit voller Leistung axial voraus'. Aber da keine Meteoriten da waren . . ." Pirx hob die Schultern und brach ab.

„Dieses Modell, mit dem ‚Ariel' ausgestattet war, ist eine verbesserte Version des Computers AIBM 09", bemerkte Boulder, ein Elektroniker, den Pirx von flüchtigen Begegnungen auf der Großen Syrte kannte.

Pirx nickte.

„Ich weiß. Deshalb sage ich ja, daß ich es nicht glauben würde, hätte ich es nicht mit eigenen Augen gesehen. Aber es ist passiert."

„Und was meinen Sie, Kommandant: Warum hat Klyne nichts unternommen?“ fragte Hoyster. Pirx spürte plötzlich eine innere Kälte und schaute in die Runde, ehe er antwortete. Diese Frage mußte natürlich kommen. Doch er hätte es vorgezogen, sie nicht als erster beantworten zu müssen.

„Das weiß ich nicht.“

„Sicher. Aber Ihre langjährige Erfahrung gestattet Ihnen, sich an seine Stelle zu versetzen...“

„Das habe ich schon versucht. Ich hätte das gemacht, wozu ich ihm raten wollte.“

„Und er?“

„Es kam keine Antwort. Geräusche. Wie Schreie. Man wird die Bänder sehr aufmerksam abhören müssen, aber ich fürchte, daß nicht viel dabei herauskommt.“

„Herr Kommandant“, sagte Hoyster leise, aber ungewöhnlich langsam, als wählte er sorgfältig jedes Wort, „Sie sind über die Situation informiert, nicht wahr? Zwei weitere Einheiten derselben Klasse, mit demselben Steuersystem ausgestattet, befinden sich gegenwärtig auf dem Kurs Terra-Ares. ‚Ares‘ wird in sechs Wochen eintreffen, ‚Anabis‘ schon in einer Woche. Selbstverständlich sind wir den Opfern verpflichtet, aber noch größer ist unsere Verantwortung für die Lebenden. Zweifellos haben Sie während der letzten fünf Stunden über das Vorgefallene nachgedacht. Ich kann Sie nicht dazu zwingen, aber ich bitte Sie, uns Ihre Überlegungen mitzuteilen.“

Pirx fühlte, daß er blaß wurde. Was Hoyster sagen wollte, hatte er schon aus dessen ersten Worten erraten, und der seltsame Eindruck aus dem nächtlichen Traum war sofort wieder gegenwärtig: das Gefühl der wütenden, verzweifelten, stummen Anstrengung, mit der er gegen einen Gegner ohne Gesicht gekämpft hatte, ohne ihn zu besiegen, und danach mit ihm zusammen umgekommen war. Es war nur ein Augenblick. Dann hatte er sich wieder in der Gewalt und konnte Hoyster in die Augen blicken.

„Ich verstehe“, sagte er. „Klyne und ich gehören zwei verschiedenen Generationen an. Als ich zu fliegen anfing, war die Zuverlässigkeit der Automaten bedeutend geringer. Das wirkt sich auf das Verhalten aus. Ich glaube ... er hat ihnen restlos vertraut.“

„Er war der Ansicht, daß der Computer einen besseren Überblick hatte? Daß er Herr der Situation war?“

„Er mußte nicht unbedingt damit rechnen, daß er Herr der Situation war, nur ... wenn der Computer es nicht schaffte, konnte ein Mensch erst recht nicht dazu imstande sein.“ Pirx atmete auf. Er hatte gesagt, was er dachte, ohne den Schatten eines Vorwurfs auf den Jüngeren zu werfen, der nicht mehr am Leben war.

„Gab es denn Ihrer Meinung nach Chancen zur Rettung des Raumschiffs?“

„Ich weiß nicht. Es war sehr wenig. ‚Ariel‘ hatte fast völlig die Geschwindigkeit verloren.“

„Sind Sie je unter solchen Bedingungen gelandet?“

„Ja. Aber mit Raumschiffen von geringerer Masse – und auf dem Mond. Je länger und schwerer eine Rakete ist, desto schwieriger ist es, die Stabilität bei Absinken der Geschwindigleit wiederherzustellen, besonders wenn schon eine Neigung eingetreten ist."

„Hat Klyne Sie gehört?"

„Das weiß ich nicht. Aber er müßte."

„Hat er die Steuerung übernommen?"

Pirx lag die Antwort auf der Zunge, daß dies aus den Aufzeichnungen hervorgehen müßte, aber statt dessen sagte er: „Nein."

„Woher wissen Sie das?" Das fragte Romani.

„Aus dem Kontrollapparat. Die Lampe für ‚automatische Steuerung' leuchtete die ganze Zeit und ging erst aus, als das Raumschiff zerschellte."

„Halten Sie es für möglich, daß Klyne keine Zeit mehr hatte?" fragte Seyn. Seltsam, sie waren doch per du. War plötzlich eine Distanz zwischen ihnen entstanden, Feindseligkeit?

„Die Situation kann auf mathematischem Wege rekonstruiert werden, und dann wird sich zeigen, ob es eine Chance gab." Pirx bemühte sich, sachlich zu bleiben. „So kann ich nichts sagen."

„Aber wenn die Neigung fünfundvierzig Grad überschritten hatte, war die Stabilität nicht wiederherzustellen", beharrte Seyn. „Ist es nicht so?"

„Auf meinem ‚Cuivier' nicht unbedingt. Man kann den Schub über die zulässige Grenze hinaus steigern."

„Eine Steigerung über zwanzig und mehr kann tödlich sein."

„Sicher. Aber ein Absturz aus fünftausend Metern *muß.*"

Damit endete dieses kurze Wortgeplänkel. Unter den Lampen, die trotz des Tageslichts brannten, schwebten flache Rauchschwaden. Sie hatten sich Zigaretten angezündet.

„Nach Ihrer Meinung konnte Klyne die Steuerung noch übernehmen, aber er hat es nicht getan. Ist das richtig?" Damit kehrte Hoyster zum Ausgangspunkt zurück.

„Wahrscheinlich konnte er."

„Halten Sie es für möglich, daß Sie ihn durch Ihr Eingreifen irritiert haben?" warf Seyns Stellvertreter ein, ein Mann vom Agathodaemon, den Pirx nicht kannte. Waren alle Hiesigen gegen ihn? Selbst das konnte er begreifen.

„Ich halte es für möglich. Zumal dort, in der Steuerkabine, die Leute durcheinanderschrien. So sah es aus."

„Nach einer Panik?" fragte Hoyster.

„Diese Frage kann ich nicht beantworten."

„Warum nicht?"

„Bitte hören Sie die Bänder ab. Es war so undeutlich. Geräusche, die man verschieden auslegen kann."

„Konnte die Bodenkontrolle nach Ihrer Meinung noch ihrend etwas tun?" fragte Hoyster mit eisiger Miene. Die Kommission schien in zwei Lager gespalten. Hoyster war von der Großen Syrte.

„Nein, nichts."

„Ihr eigenes Verhalten straft Ihre Behauptung Lügen.“
„Nein. Die Kontrolle hat nicht das Recht, die Entscheidungen des Kommandanten in einer solchen Situation zu beeinflussen. In der Steuerkabine kann die Sache ganz anders aussehen als unten.“
„Sie geben also zu, gegen die Vorschriften gehandelt zu haben?“ fragte Seyns Stellvertreter noch einmal.
„Ja.“
„Warum?“ fragte Hoyster.
„Vorschriften sind für mich nicht heilig. Ich verhalte mich immer so, wie ich es für richtig halte. Dafür bin ich schon zur Verantwortung gezogen worden.“
„Von wem?“
„Vom Tribunal der Kosmischen Kammer.“
„Aber Sie wurden freigesprochen?“ mutmaßte Moulder. Hie Große Syrte, dort Agathodaemon. Das lag auf der Hand.
Pirx schwieg.
„Ich danke Ihnen.“
Er nahm etwas abseits Platz, denn nun berichtete Seyn und nach ihm sein Stellvertreter. Bevor sie fertig waren, kamen die ersten Bänder aus dem Flugkontrollgebäude und telefonische Meldungen über den Stand der Arbeiten am Wrack. Es stand bereits fest, daß es keine Überlebenden gab, aber zur Steuerkabine war man noch nicht vorgedrungen: Sie steckte elf Meter tief im Boden. Das Abhören der Bänder und das Protokollieren der Berichte dauerte ohne Unterbrechung bis sieben Uhr. Dann wurde eine einstündige Pause eingelegt. Die Leute von der Syrte fuhren in Begleitung von Seyn zum Unfallort. Romani hielt Pirx im Vorübergehen auf.
„Kommandant...“
„Ja?“
„Sie haben hier zu niemandem...“
„Bitte, sagen Sie so etwas nicht. Der Einsatz ist zu hoch“, unterbrach ihn Pirx. Der andere nickte.
„Sie bleiben vorläufig zweiundsiebzig Stunden hier. Wir haben das schon mit der Basis abgesprochen.“
„Mit der Erde?“ Pirx war überrascht. „Ich habe nicht den Eindruck, daß ich noch helfen könnte...“
„Hoyster, Rahaman und Boulder wollen Sie in der Kommission haben. Sie sind doch einverstanden?“
Alles Leute von der Syrte.
„Selbst wenn ich wollte, ich kann nicht“, antwortete er, und damit trennten sie sich.
Abends um neun kam man wieder zusammen. Die kompletten Aufzeichnungen der Bänder waren dramatisch, und noch mehr der vorgeführte Film, der alle Phasen der Katastrophe festgehalten hatte, von dem Augenblick an, da der grüne Stern des „Ariel“ im Zenit aufgetaucht war. Danach faßte Hoyster sehr lakonisch die bisherigen Untersuchungsergebnisse zusammen.

„Es scheint wirklich ein Versagen des Computers vorzuliegen. Wenn er auch nicht auf übliche Weise Meteoritenalarm gegeben hat, so hat er sich doch so verhalten, als läge ‚Ariel' auf Kollisionskurs mit irgendeiner Masse. Die Aufzeichnungen beweisen, daß er die zulässige Schubkraft um drei Einheiten überschritten hat. Warum, wissen wir nicht. Vielleicht wird die Steuerkabine weitere Aufschlüsse bringen." (Er dachte an die Registrierstreifen aus dem Raumschiff; Pirx war in dieser Beziehung skeptisch.) „Was in den letzten Augenblicken in der Steuerkabine vor sich gegangen ist, können wir uns nicht erklären. Im Hinblick auf das Operationstempo jedenfalls hat der Computer exakt gearbeitet, denn er hat sämtliche für die Aggregate bestimmten Befehle in Nanosekunden iteriert. Auch die Aggregate haben bis zum Ende ohne Ausfall gearbeitet. Das ist völlig sicher. Wir haben absolut nichts entdeckt, was auf eine äußere oder innere Bedrohung des gesteuerten Landemanövers hindeutet. Von 1.03 Uhr bis 7.07 Uhr ist alles tadellos verlaufen. Die Entscheidung des Computers, das Landemanöver abzubrechen und einen vorzeitigen Start zu versuchen, läßt sich bis jetzt durch nichts erklären. Kollege Boulder?"

„Ich verstehe es nicht."

„Ein Fehler in der Programmierung?"

„Ausgeschlossen. ‚Ariel' ist mit Hilfe dieses Programms mehrmals gelandet – axial und mit allen nur möglichen Abdriften."

„Aber auf dem Mond. Dort ist die Gravitation geringer."

„Das kann sich auf die Kraftaggregate in gewissem Maß auswirken, aber nicht auf die Informationsgruppen. Die Kraft ist aber konstant geblieben."

„Kollege Rahaman?"

„Ich bin mit dem Programm nicht genügend vertraut."

„Aber Sie kennen das Modell dieses Computers?"

„Ja."

„Was kann den Ablauf des Landemanövers unterbrechen, wenn keine äußeren Ursachen vorhanden sind?"

„Nicht."

„Nichts?"

„Höchstens eine unter dem Computer angebrachte Bombe ..."

Endlich war das Wort gefallen. Pirx hörte mit größter Aufmerksamkeit zu. Die Exhaustoren rauschten, vor ihren Ansaugdüsen unter der Decke ballte sich der Rauch.

„Sabotage?"

„Der Computer hat bis zum Schluß gearbeitet, wenn auch auf eine für uns unbegreifliche Weise", bemerkte Kerhoven, der einzige Spezialist für Intellektronik in der Kommission, der ein Hiesiger war.

„Na ja, eine Bombe ..., ich habe das nur so dahingesagt." Rahaman steckte zurück. „Der wichtigste Vorgang, also der des Landens oder Startens, kann normalerweise, also wenn der Computer in Ordnung ist, nur durch etwas Außergewöhnliches unterbrochen werden. Ein Kraftausfall ...«

„Kraft war vorhanden."

„Aber im Prinzip kann auch der Computer eine Unterbrechung herbeiführen?“

Das wußte der Vorsitzende doch selbst. Pirx begriff, daß dies nicht für sie bestimmt war. Er hatte gesagt, was die Erde hören sollte. „Theoretisch ja. In der Praxis nicht. Seit die Raumfahrt existiert, hat es noch nie während eines Landemanövers Meteoritenalarm gegeben. Einen Meteoriten kann man während des Anflugs ausmachen. Dann wird die Landung einfach verschoben.“

„Aber es gab doch gar keine Meteoriten?“

„Nein.“

Das Ende der Sackgasse war erreicht. Ein Weilchen blieb es still, nur die Exhaustoren rauschten. Vor den runden Fenstern war es schon dunkel. Die Marsnacht.

„Wir brauchen die Leute, die dieses Modell konstruiert und die Belastungstests durchgeführt haben“, sagte schließlich Rahaman.

Hoyster neigte den Kopf. Er sah die Meldung durch, die ihm der Telefonist gereicht hatte. „In einer Stunde etwa sind sie bei der Steuerkabine angelangt“, sagte er. Und dann, während er aufschaute: „Morgen nehmen Macross und van der Voyt an den Beratungen teil.“

Man horchte auf. Das waren der Generaldirektor und der Chefkonstrukteur der Werft, auf der die Hunderttausender gebaut wurden.

„Morgen ...?“ Pirx glaubte sich verhört zu haben.

„Ja. Nicht hier natürlich. Sie werden per Fernsehen anwesend sein. Direktschaltung. Das ist das Telegramm.“ Er hob die Meldung hoch.

„Aber ...! Welche Verzögerung haben wir jetzt?“ fragte jemand.

„Acht Minuten.“

„Wie stellen die sich das vor? Wir werden eine Ewigkeit auf jede Antwort warten“, protestierten einige.

Hoyster zuckte die Schultern. „Wir müssen uns fügen. Sicher wird es umständlich sein. Wir werden ein entsprechendes Verfahren erarbeiten ...“

„Die Beratungen werden auf morgen vertagt?“ fragte Romani.

„Ja. Wir treffen uns um sechs Uhr morgens. Dann liegen schon die Registrierstreifen aus der Steuerkabine vor.“

Romani hatte Pirx ein Nachtlager bei sich angeboten, und er war froh darüber. Er zog es vor, Seyn aus dem Wege zu gehen. Zwar verstand er sein Verhalten, doch er billigte es nicht. Die Leute von der Syrte wurden notdürftig untergebracht, und um Mitternacht war Pirx allein in dem kleinen Raum, der dem Chef als Handbibliothek und privates Arbeitszimmer diente. Er legte sich angezogen auf das zwischen Theodoliten stehende Feldbett, verschränkte die Hände unter dem Kopf und starrte an die niedrige Decke, fast ohne zu atmen.

Seltsam, mitten unter diesen fremden Menschen hatte er die Katastrophe als Außenstehender miterlebt, als einer von vielen Zeugen, nicht ganz beteiligt, selbst dann nicht, als er Feindseligkeit und Animosität hinter den Fragen spürte und den in der Luft hängenden Vorwurf der Einmischung in die Angelegenheiten der hiesigen Spezialisten, selbst dann nicht, als Seyn sich gegen ihn stellte.

Es berührte ihn nicht, bewegte sich in den natürlichen Bahnen des Unvermeidlichen, wie es unter solchen Umständen nicht anders sein konnte. Er war bereit, für das geradezustehen, was er getan hatte, aber unter vernünftigen Voraussetzungen, schließlich war er nicht für das Unglück verantwortlich. Er war erschüttert, bewahrte jedoch Ruhe, blieb konsequent der Beobachter, der den Vorfällen nicht ausgeliefert war, denn diese Vorfälle hatten System – bei all ihrer Unbegreiflichkeit konnte man sie analysieren, Stück für Stück, nach der Methode, die der offizielle Verlauf der Beratungen vorgezeichnet hatte. Jetzt zerrann ihm all das unter den Fingern. Er dachte nichts, er rief sich keine Bilder ins Gedächtnis zurück – sie wiederholten sich von selbst, von Anfang an: die Fernsehschirme, darauf der Eintritt des Raumschiffs in die Marsatmosphäre, das Abbremsen der kosmischen Geschwindigkeit, der Wechsel der Schubkräfte. Er kam sich vor, als sei er überall zugleich gewesen, im Kontrollraum und in der Steuerkabine, er kannte diese dumpfen Stöße, dieses Dröhnen, das über Kiel und Spanten lief, wenn die gedrosselte Atomenergie von der vibrierenden Arbeit der Borane abgelöst wurde, den Baßton, mit dem die Turbopumpen kundtaten, daß sie den Brennstoff komprimierten, den Rückschub, das majestätisch langsame Niedergleiten mit dem Heck voraus, die kleinen Seitenkorrekturen und diese Erschütterung, diesen Donner beim plötzlichen Wechsel der Schübe, wenn wieder volle Kraft in die Düsen schoß. Die Vibration, der Verlust der Stabilität, der verzweifelte Versuch, die Rakete abzufangen, die zu pendeln und zu schwanken begann wie ein betrunkener Turm, ehe sie kraftlos, tot, steuerlos absackte, blind wie ein Stein. Dann der Aufprall, die Zerstörung – und er war überall dabei. Er kam sich vor wie das kämpfende Raumschiff, und während er sich schmerzlich der völligen Unzugänglichkeit, der restlosen Verschlossenheit des Geschehenen bewußt wurde, kehrte er zugleich zu den letzten Sekundenbruchteilen zurück, mit der stummen, sich ständig wiederholenden Frage nach der Ursache. Ob Klyne versucht hatte, die Steuerung zu übernehmen, war jetzt schon unwichtig. Im Grunde traf die Kontrolle kein Vorwurf, obwohl sie da ihre Witze gerissen hatten, aber daran konnte sich nur jemand stoßen, der abergläubisch beziehungsweise in Zeiten groß geworden war, da man sich Schnurzigkeit nicht leisten durfte. Sein Verstand sagte ihm, daß daran nichts Unrechtes war. Er lag auf dem Rücken, aber ihm war, als stünde er an dem schrägen Fenster, das auf den Zenit wies, als der grünfunkelnde Stern der Borane von dem schrecklichen sonnengrellen Blitz verschlungen wurde, dieser für die Kernenergie so charakteristischen Pulsion in den Düsen, die schon erkalteten, wodurch es eben nicht möglich war, das ganze Manöver so gewaltsam durchzuführen – die Rakete begann zuerst zu schaukeln wie der Schwengel einer von wahnsinnigen Händen in Schwung versetzten Glocke und kippte dann mit ihrer ganzen unvorstellbaren Länge über. Sie war so riesig, daß sie allein durch ihre Ausmaße, durch die Schwungkraft ihrer Größe die Grenzen jeglicher Gefahren überschritten zu haben schien: Genauso mußten ein Jahrhundert zuvor die Passagiere der Titanic gedacht haben.

Plötzlich erlosch all das, und er kam wieder zu sich. Er stand auf, wusch sich Gesicht und Hände, nahm Pyjama, Pantoffeln, Zahnbürste aus dem Necessaire und betrachtete sich zum drittenmal an diesem Tag im Spiegel über dem Waschbecken – wie einen Fremden.

Er war zwischen dem dreißigsten und vierzigsten Lebensjahr, dem letzteren näher: ein Schattenstrich. Nun mußte man schon die Bedingungen des Vertrages akzeptieren, den man nicht unterzeichnet hatte, der einem ohne Fragen aufgezwungen war; man wußte, daß man nicht anders war als die anderen, daß es keine Ausnahme von der Regel gab: Obwohl sich die Natur dagegen sträubte, man mußte dennoch altern. Bisher hatte der Körper das in aller Stille besorgt, doch nun genügte dies nicht mehr. Man mußte damit einverstanden sein. Das Jünglingsalter hatte die eigene Unveränderlichkeit zur Regel des Spiels erhoben – nein, zu seiner Voraussetzung: Ich war ein Kind, unerwachsen, jetzt bin ich wirklich ich, und so bleibe ich. Dieser Unsinn war schließlich die Grundlage der Existenz. Entdeckte man die Haltlosigkeit dieser These, so bedeutete das zuerst mehr Erstaunen als Erschrecken. Dieses Gefühl der Entrüstung war so stark, als hätte man eingesehen, daß falsches Spiel mit einem getrieben wurde. Der Endkampf mußte ganz anders sein; nach der Überraschung, dem Zorn, dem Widerstand begannen allmählich Verhandlungen mit dem eigenen Ich, dem eigenen Körper, die etwa so aussahen: Abgesehen davon, wie fließend und unbemerkt wir physisch altern – wir sind nie imstande, diesen Prozeß geistig mitzumachen. Wir legen uns auf fünfunddreißig, dann auf vierzig fest, als sollte es bei diesem Alter bleiben, und bei der nächsten Revision stößt die Zerstörung des Selbstbetrugs auf solchen Widerstand, daß der Impetus einen zu großen Sprung bewirkt. Ein Vierzigjähriger versucht sich also so zu verhalten, wie er sich die Lebensweise eines alten Menschen vorstellt. Haben wir uns einmal in das Unvermeidliche geschickt, fahren wir mit verbissener Wut in diesem Spiel fort, als wollten wir nunmehr den Einsatz verdoppeln: Bitte sehr, wenn es so unverschämt zugeht, wenn diese zynische, grausame Forderung, dieser Schuldschein bezahlt werden muß, wenn ich blechen muß, obwohl ich nicht einverstanden war, nicht wollte, nicht wußte, ich geb dir mehr, als meine Schuld beträgt – nach diesem Prinzip, das komisch klingt, wenn man es so ausspricht, versuchen wir den Gegner zu überlisten. Warte nur, ich werde auf der Stelle so alt, daß du aus der Fassung gerätst. Obwohl wir auf dem absteigenden Ast sind, in der Phase, da wir die Positionen verlieren und abtreten, kämpfen wir im Grunde noch weiter, denn wir leisten der Wirklichkeit Widerstand, und diese seelische Anspannung bewirkt, daß wir sprunghaft alt werden. Hier Überlastung, da Versagen, bis wir einsehen, meistens zu spät, daß dieser ganze Kampf, dieses selbstzerstörerische Ringen, diese Retiraden und Boutaden auch unseriös waren. Denn beim Altern sind wir wie die Kinder, das heißt, wir verweigern unsere Zustimmung zu einer Sache, die unserer Zustimmung von vornherein nicht bedarf, da, wo es keinen Platz gibt für Streit oder Kampf – der noch dazu auf Illusionen beruht. Der Schattenstrich ist noch kein Memento mori, aber ein in mehrfacher Hinsicht schlimmer Ort, denn von hier aus kann man bereits sehen, daß es keine unberührten Chancen gibt. Das heißt, das Jetzt ist keine Ankündigung, kein Warteraum, keine Einleitung, kein Trampolin großer Hoffnungen, denn die Situation hat sich unmerklich gewandelt. Das vermeintliche Training war unwiderrufliche Wirklichkeit; die Einleitung – der eigentliche Inhalt; die Hoffnungen – Hirngespinste; das Unverbindliche aber, das Provisorische, das Vorübergehende – alles, was das Leben ausmacht. Nichts von dem, was sich nicht erfüllt hat, wird sich noch erfüllen; und man muß sich schweigend damit abfinden, ohne Angst und wenn es geht auch ohne Verzweiflung.

Es ist ein kritisches Alter für Kosmonauten, kritischer als für andere Menschen, denn in diesem Beruf kann jeder, der nicht vollkommen fit ist, von heute auf morgen zum alten Eisen geworfen werden. Wie die Physiologen bisweilen sagen, sind die Anforderungen, die die Raumfahrt stellt, selbst für solche zu hoch, die körperlich und geistig vollkommen gesund sind. Wenn man nicht mehr zur Spitze gehört, verliert man alles auf einmal.

Die Ärztekommissionen sind rücksichtslos – ein Umstand, der für den einzelnen niederschmetternd, aber unumgänglich ist, denn sie können nicht zulassen, daß einer am Steuer stirbt oder einen Unfall hat. Scheinbar im Vollbesitz seiner Kräfte geht man von Bord und sieht sich plötzlich am Ende; die Ärzte sind an Ausflüchte und verzweifelte Dissimulation so gewöhnt, daß niemand, der dabei ertappt wird, moralische oder disziplinarische Konsequenzen zu fürchten hat. Fast keiner kann über das fünfzigste Lebensjahr hinaus im aktiven Dienst bleiben. Überanstrengung ist der größte Feind des Gehirns. Vielleicht wird sich das in hundert oder in tausend Jahren ändern; im Augenblick ist diese Perspektive während der Monate des Fluges eine Qual für jeden – der im Schattenstrich steht.

Klyne hatte der nächsten Generation angehört, Pirx aber, und das wußte er, wurde von den Jüngeren „Automatenfeind", „Konservatist", „Mammut" genannt. Etliche seiner Altersgenossen flogen nicht mehr; je nach Fähigkeiten und Möglichkeiten hatten sie umgesattelt – die einen waren Dozenten geworden, die anderen Mitglieder der Kosmischen Kammer, sie hatten einträgliche Posten in Werften und Aufsichtsräten, sie bestellten ihre Gärten. Im allgemeinen bewahrten sie Haltung. Sie spielten die Einsicht ins Unvermeidliche nicht schlecht – Gott allein wußte, was das manchen gekostet hatte. Aber es gab auch Fälle von Verantwortungslosigkeit, motiviert durch Mangel an Einsicht, hilflose Renitenz, Stolz und Zorn, durch das Gefühl unverdient erlittenen Unglücks. Verrückte kannte dieser Beruf nicht; aber einzelne Persönlichkeiten näherten sich gefährlich der Grenze der Psychopathie, wenn sie diese Grenze auch nicht überschritten. Immerhin kam es unter dem wachsenden Druck des Unausweichlichen zu Ausfällen, die zumindest grotesk waren. Ja, er wußte von diesen Schrullen, Verirrungen, abergläubischen Vorstellungen, denen sowohl Fremde als auch solche unterworfen waren, die er seit Jahren kannte und für die er, so schien es, die Hand ins Feuer legen konnte.

Süße Ignoranz war kein Privileg in einem Fach, das soviel zuverlässige Kenntnisse erforderte; jeden Tag gingen unwiderruflich einige tausend Neuronen im Hirn zugrunde, und schon vor dem dreißigsten Lebensjahr begann der eigenartige, unmerkliche, aber unaufhaltsame Wettlauf, die Rivalität zwischen dem Nachlassen der von Atrophie untergrabenen Funktion und ihrer Vervollkommnung dank wachsender Erfahrung, und so ergab sich ein instabiles Gleichgewicht, eine in der Tat akrobatische Balance, mit der man leben und fliegen mußte. Und träumen. Wen hatte er in der vergangenen Nacht so oft zu töten versucht? Hatte das nicht eine besondere Bedeutung?

Als er sich auf das Feldbett legte, das unter seinem Gewicht aufstöhnte, kam ihm der Gedanke, daß er vielleicht nicht einschlafen könnte – bisher hatte er nicht unter Schlaflosigkeit gelitten, aber eines Tages war auch das fällig. Dieser Gedanke beunruhigte ihn seltsamerweise. Er hatte gar keine Angst vor einer schlaflosen Nacht, aber eine Unnachgiebigkeit des Körpers, die auf die Verwundbarkeit von etwas bisher Untrüglichem hindeutete, nahm in diesem Augenblick selbst als Möglichkeit fast die Ausmaße einer Niederlage an. Er wünschte es einfach nicht, gegen seinen Willen mit offenen Augen dazuliegen, und obwohl das dumm war, setzte er sich auf, betrachtete gedankenlos seinen grünen Pyjama und hob den Blick zum Bücherbord. Da er nichts Interessantes erwartet hatte, überraschte ihn die Reihe dickleibiger Bände über dem von Zirkeln zerstochenen Reißbrett. Wohlgeordnet stand dort fast die gesamte Geschichte der Areologie; die meisten Bücher kannte er, sie befanden sich auch in seiner Bibliothek auf der Erde. Er stand auf und fuhr mit der Hand über die soliden Buchrücken. Da war nicht nur Herschel, der Vater der Astronomie, sondern auch Kepler mit der „Astronomia nova seu Physica coelestic tradita commentariis DE MOTIBUS MARTIS“ – nach den Forschungen Tycho de Brahes, Ausgabe von 1784. Und weiter Flammarion, Backhuyzen, Kaiser, der große Phantast Schiaparelli, seine Memoria terza, eine vergilbte römische Ausgabe, und dann Arrhenius, Antoniadi, Kuiper, Lowell, Pickering, Saheko, Struve, Vaucouleurs – bis zu Wernher von Braun und seinem Marsprojekt. Und Karten, zusammengerollte Karten mit allen Kanälen – Margaritifer Sinus, Lacus Solis und das Agathodaemon...

Er stand da und brauchte keines dieser Bücher mit den glatten, bretterdicken Einbänden aufzuschlagen. Im Geruch der alten Leinwand, der Heftfäden, der vergilbten Blätter, der etwas Würdevolles und Morsches zugleich an sich hatte, wurden die Stunden lebendig, die über dem Geheimnis verstrichen waren. Zwei Jahrhunderte lang war es erstürmt worden, belagert von einem ganzen Ameisenhaufen aus Hypothesen: Einer nach dem anderen war dahingestorben, ohne die Lösung zu erleben. Antoniadi, der sein Lebtag keine Kanäle gesehen und erst an der Schwelle des Alters die Existenz „gewisser Linien, die an so etwas erinnerten“ zugegeben hatte. Graff, der nichts dergleichen wahrgenommen und statt dessen gesagt hatte, er gebräche ihm an der „Imagination“ der Kollegen. Die „Kanalisten“ dagegen hatten nächtelang beobachtet und gezeichnet, hatten Stunden vor der Linse verbracht und auf einen Augenblick unbewegter Atmosphäre gewartet, um dann auf der nebliggrauen Scheibe ein haarfeines, scharfes geometrisches Netz zu entdecken; Lowell hatte es enger skizziert, Pickering weiter, der aber hatte Glück gehabt mit der „Gemination", wie die erstaunliche Verdoppelung der Kanäle genannt wurde. Hatte man es mit einer Täuschung zu tun? Aber warum wollten sich bestimmte Kanäle nie verdoppeln? Als Kadett hatte er im Lesesaal über diesen Büchern gebrütet, denn solche Antiquitäten wurden grundsätzlich nicht ausgeliehen.

Pirx stand – muß das eigentlich noch gesagt werden? – auf der Seite der „Kanalisten". Ihre Argumente erschienen ihm unumstößlich: Graff, Antoniadi, Hall, die bis zum Schluß ihre Rolle als ungläubiger Thomas gespielt hatten, waren auf die verräucherten Observatorien im Norden angewiesen, mit ewig bewegter Atmosphäre; Schiaparelli dagegen hatte in Mailand gearbeitet und Pickering auf seinem Berg hoch über der Wüste Arizonas. Die Antikanalisten hatten sinnreiche Experimente unternommen: Sie ließen die Scheibe mit unordentlich aufgetragenen Punkten und Klecksen zeichnen, die sich bei größerer Entfernung zu etwas Ähnlichem wie einem Kanalnetz zusammenfügten, und fragen dann: Warum sind sie auch mittels stärkster Instrumente nicht zu sehen? Warum kann man die Mondkanäle auch mit bloßem Auge erkennen? Warum hatten die ersten Beobachter keinerlei Kanäle gesehen? Warum galten sie seit Schiaparelli als zuverlässig existent? Und die anderen hatten geantwortet: Bevor es Teleskope gab, hat auch auf dem Mond niemand Kanäle gesichtet. Große Teleskope erlaubten es einem nicht, mit voller Öffnungsblende zu arbeiten, mit maximalen Vergrößerungen, denn die Erdatmosphäre ist nicht ruhig genug; die Experimente mit den Zeichnungen sind also ein Ausweichmanöver... Die „Kanalisten" hatten auf alles eine Antwort parat. Der Mars, das war ein riesiger, gefrorener Ozean, und die Kanäle nichts anderes als Risse in seinen Eismassen, die sich unter Meteoreinschlägen aufgetan hatten – nein, die Kanäle waren breite Täler, durch die im Frühjahr das Tauwasser floß und an deren Ufern sich dann die Marsflora entfaltete. Die Spektroskopie machte auch durch diese Rechnung einen Strich: Sie förderte zuwenig Wasser zutage. Also betrachtete man die Kanäle nunmehr als riesige Einstürze, als lange Täler, in denen sich vom Pol zum Äquator Wolkenmassen dahinwälzten, angetrieben von Konvektionsströmungen. Schiaparelli hatte niemals zugeben wollen, daß es sich um Schöpfungen eines fremden Verstandes handelte; er nutzte die Zweideutigkeit des Terminus „Kanal" aus. Diese Schamhaftigkeit hatte der Mailänder mit vielen anderen Astronomen gemeinsam; sie nannten die Dinge nicht beim Namen, sie zeichneten nur Karten und veröffentlichten sie; aber Schiaparelli hatte in seinen Papieren Zeichnungen hinterlassen, aus denen hervorging, wie es zu dieser Verdopplung, dieser berühmten Gemination kommen konnte: Wenn in parallel verlaufende, ausgetrocknete Betten Wasser eindrang und anschwoll, dann verschwammen plötzlich die Umrisse, so als füllte man Holzkerben mit Tusche aus... Die Gegner wiederum leugneten nicht nur die Existenz von Kanälen, häuften nicht nur Gegenargumente auf, sondern schienen mit der Zeit einem immer heftiger brennenden Haß zu verfallen. Wallace, nach Darwin der zweite Schöpfer der natürlichen Evolutionstheorie, der den Mars wohl nie durch ein Glas beobachtet hatte, war mit einem hundert Seiten starken Pamphlet gegen die Kanäle und gegen jeden Gedanken an Leben auf dem Mars zu Felde gezogen; der Mars, so hatte er geschrieben, ist nicht nur nicht von intelligenten Wesen bewohnt, wie das Herr Lowell behauptet, sondern er ist absolut unbewohnbar.

Es gab keine Lauen unter den Areologen; jeder mußte sein Credo eindeutig formulieren. Die nächste Generation der „Kanalisten" begann schon von einer Marszivilisation zu sprechen, und die Gegensätze wurden immer größer. Ein lebenerfüllter Raum, der von der Arbeit vernunftbegabter Wesen zeugt, sagten die einen – ein öder, verwüsteter Leichnam, entgegneten die anderen. Dann entdeckte Saheko die geheimnisvollen, in den aufziehenden Wolken erlöschenden Blitze, die für Vulkanausbrüche zu kurz waren und nur bei Konjunktion der Planeten auftraten, was also auch eine Sonnenreflektion im Eismassiv der Berge ausschloß. Das war noch vor der Freisetzung der Atomenergie, so daß der Gedanke an Kerntests auf dem Mars erst später auftauchte... Eine der streitenden Parteien mußte recht haben. In der ersten Hälfte des zwanzigsten Jahrhunderts einigte man sich allgemein darauf, daß Schiaparellis geometrische Kanäle nicht existierten, daß aber trotzdem etwas vorhanden sein mußte, was auf Kanäle hindeutete. Eine Sinnestäuschung konnte nicht vorliegen, denn zu viele Menschen hatten von zu vielen Orten auf der Erde aus dieses Etwas beobachtet. Sicherlich waren es keine offenen Gewässer in den Eisflächen und keine niedrigen Wolkenströme in den Tälern; vielleicht waren auch keine Vegetationszonen vorhanden, aber trotzdem... Dieses Etwas – wer weiß? – war womöglich noch unverständlicher, noch rätselhafter, und es wartete auf die Augen der Menschen, auf die Objektive der Kameras und auf die automatischen Sonden.

Pirx hatte niemandem gestanden, was ihn nach der Lektüre dieser Werke bewegte, aber Boerst, gerissen und rücksichtslos, wie es sich für einen Klassenprimus gehörte, war hinter sein Geheimnis gekommen und hatte ihn für ein paar Wochen zum Gespött des Kurses gemacht, indem er ihn den „Kanalfan" Pirx taufte, der in der beobachtenden Astronomie die Doktrin „credo, quia non est" einführen wolle. Aber Pirx wußte, daß es keine Kanäle gab und daß, was vielleicht noch schlimmer war, nicht einmal etwas Ähnliches existierte. Wie sollte er es auch nicht wissen, war doch der Mars seit Jahren erobert und hielt er ja selbst areographische Kolloquien ab. Er hatte im Beisein der Assistenten nicht nur genaue fotografische Karten angelegt, sondern war auch bei den praktischen Übungen im Simulator auf dem Boden ebendesselben Agathodaemons gelandet, wo er sich jetzt befand, unter der Sauerstoffglocke des Projekts, vor dem Regal mit den musealen Errungenschaften aus zwei Jahrhunderten der Astronomie. Versteht sich, daß er all das wußte, aber dieses Wissen steckte irgendwo völlig abgesondert in seinem Kopf, es war keiner Verifizierung unterworfen, so als wäre diese ein einziger großer Betrug und als existierte weiterhin ein anderer, unerreichbarer, von einem geometrischen Netz überzogener, geheimnisvoller Mars.

Während des Fluges auf der Linie Terra–Ares gab es einen Zeitabschnitt, eine Art Zone, von der aus man mit bloßem Auge – und zwar mehrere Stunden lang – tatsächlich das sehen konnte, was Schiaparelli, Lowell und Pickering nur in den seltenen Augenblicken atmosphärischer Ruhe beobachtet hatten. Durch die Bullaugen konnte man verfolgen, wie sich manchmal an einem, manchmal an zwei Tagen Kanäle mit kaum angedeuteten Umrissen im Boden der schmutziggrauen, feindseligen Scheibe bildeten. Später, wenn man dem Globus näher kam, begannen sie zu schwinden, sich aufzulösen; einer nach dem anderen verschwamm im Nichts, ohne die geringste Spur zu hinterlassen, und die aller scharfen Konturen bare Scheibe des Planeten schien mit ihrer Öde, mit ihrer langweiligen grauen Indifferenz all die Hoffnung zu verspotten, die sie selbst geweckt hatte. Gewiß, nach weiteren Flugwochen tauchte wirklich etwas Definitives auf, das nicht wieder verschwand, aber das waren dann einfach die schartigen Ränder der größten Krater, die wild übereinandergetürmten verwitterten Felsen, die häßlichen Geröllhalden unter dicken Schichten grauen Staubs, die in nichts jener sauberen Präzision der geometrischen Zeichnung ähnelten. Aus der Nähe betrachtet, bot der Planet dieses Chaos schon gefügig und endgültig dar, unfähig, die Erosionsspuren aus Jahrmilliarden zu vertuschen. Dieses Chaos ließ sich mit jener unvergeßlichen, klaren Zeichnung einfach nicht in Einklang bringen, mit jenem Entwurf von etwas, das so intensiv überzeugt und solche Erregung geweckt hatte, denn es war die Rede gewesen von logischer Ordnung, von einem unverständlichen, aber gegenwärtigen Sinn, den in den Griff zu bekommen es eben ein bißchen mehr Anstrengung brauchte.

Aber wo war dieser Sinn, und worauf beruhte diese Täuschung? Auf einer Projektion der Netzhaut, ihrer optischen Mechanismen, des Sehzentrums in der Hirnrinde? Niemand unternahm den Versuch, diese Frage zu beantworten, denn das verstaubte Problem teilte das Los aller überholten, vom Fortschritt über Bord geworfenen Hypothesen: Es war auf dem Kehrichthaufen gelandet.

Da es keine Kanäle gab – nicht einmal etwas Besonderes im Relief des Planeten, was den Eindruck dieser Erscheinung hervorrufen konnte –, gab es auch nichts, worüber man sprechen oder nachdenken konnte. Nur gut, daß kein „Kanalist“ und ebensowenig einer der „Antikanalisten“ diese ernüchternde Enthüllung erlebt hatte, denn das Rätsel war überhaupt nicht gelöst worden, sondern einfach untergegangen. Es gab doch andere Planeten mit unerforschter Oberfläche: Kanäle waren auf keinem entdeckt worden – nie. Kein Mensch hatte sie gesehen, keiner gezeichnet. Warum? Man wußte es beim besten Willen nicht.

Sicher bot das Thema genug Stoff für Hypothesen. Es bedurfte einer besonderen Mischung aus Distanz und optischer Vergrößerung, aus objektivem Chaos und subjektivem Drang nach Ordnung, aus den letzten Spuren dessen, was sich in einem trüben Fleck auf dem Okular gezeigt hatte, was jenseits der Erkennbarkeitsgrenze geblieben und ihr dennoch für Sekunden fast greifbar nahe gekommen war, oder aus einer noch so winzigen Stütze und aus Phantasievorstellungen, die sich ihrer unbewußt bedienten – damit dieses schon abgeschlossene Kapitel der Astronomie neu geschrieben werden konnte.

Mit der Forderung an den Planeten, sich für eine der beiden Seiten zu erklären, im Beharren auf den Positionen eines absolut ehrlichen Spiels waren ganze Generationen von Areologen ins Grab gesunken, im festen Glauben, daß die Angelegenheit schließlich vor das entsprechende Tribunal gelangen und gerecht und richtig entschieden würde. Pirx konnte sich vorstellen, daß sich jeder von ihnen auf seine Weise genasführt und betrogen gefühlt hätte, wäre er Zeuge der endgültigen Aufklärung geworden. Dieses Gegeneinander von Fragen und Antworten, diese im Hinblick auf das rätselhafte Objekt absolut falschen Begriffe waren eine bittere, aber wahrhaftige, grausame, aber bereichernde Lektion, die – so kam es ihm plötzlich in den Sinn – im Zusammenhang stand mit dem, wohinein er jetzt geraten war und worüber er sich den Kopf zerbrach.

Ein Zusammenhang zwischen der alten Areographie und Ariels Havarie? Aber welcher? Und das konnte man mit dieser unklaren, aber dennoch so intensiven Vorstellung anfangen?

Er wußte es nicht. Aber er war völlig sicher, daß er die Verbindung dieser beiden einander so unähnlichen und voneinander so weit entfernten Dinge weder heute nacht durchschauen noch vergessen konnte. Er mußte erst einmal darüber schlafen. Als er das Licht löschte, dachte er noch, daß Romanis geistiger Horizont bedeutend weiter war, als es auf den ersten Blick schien. Die Bücher waren sein Privateigentum, und man mußte um jedes Kilo persönlichen Besitzes kämpfen, das man auf den Mars mitnehmen wollte. Im Kosmodrom auf der Erde hingen überall Konstruktionen, die an die Loyalität der Mitarbeiter appellierten und darauf hinwiesen, daß überflüssiger Ballast auf den Raketen der Sache schade. Es wurde um Einsicht gebeten, und ausgerechnet Romani, immerhin der Chef des Agathodaemons, hatte gegen die Vorschriften und Grundsätze gehandelt, indem er mehrere Dutzend Kilo rundum überflüssiger Bücher hergebracht hatte. Wozu eigentlich? Doch wohl nicht, um sie zu lesen.

Schon im Dunkeln, schläfrig, lächelte er über den Gedanken, der die Anwesenheit dieser bibliophilen Altertümer unter der Glocke des Marsprojekts rechtfertigte. Ganz gewiß lag hier niemandem an Evangelien und widerlegten Prophezeiungen. Aber es erschien angemessen, mehr noch: notwendig, daß die Gedanken der Menschen, die ihr Bestes dem Rätsel des roten Planeten geopfert hatten, nun schon unter völliger Aussöhnung der erbittertsten Gegner auf dem Mars weilten. Das kam ihnen zu, und wenn Romani das begriffen hatte, war er ein vertrauenswürdiger Mensch.

Um fünf fuhr er aus bleischwerem Schlaf hoch, sofort hellwach wie nach einer kalten Dusche, und da er noch ein bißchen Zeit hatte – er gönnte sich fünf Minuten, wie schon des öfteren –, dachte er über den Kommandanten des zerschellten Raumschiffs nach. Er wußte nicht, ob Klyne die Rakete mit der dreißig Mann starken Besatzung hätte retten können, ebensowenig wußte er, ob er es versucht hatte. Das war eine Generation von Verstandesmenschen, die sich den zuverlässig-logischen Gefährten, den Computern, unterordneten, denn es wurden immer größere Anforderungen gestellt – wann wurden sie schon einmal kontrolliert? Einfacher war es, sich blind auf sie zu verlassen. Er hingegen brachte dies nicht fertig, und wenn er es hundertmal gewollt hätte. Dieses Mißtrauen steckte ihm einfach in den Knochen. Er schaltete das Radio ein.

Der Sturm war losgebrochen. Er hatte ihn erwartet, aber die Ausmaße der Hysterie überraschten ihn dann doch. In den Spitzenmeldungen dominierten drei Themen: der Verdacht auf Sabotage, die Ungewißheit des Geschicks der noch auf Marskurs befindlichen Raumschiffe und natürlich die politischen Konsequenzen der ganzen Angelegenheit. Die großen Tageszeitungen hielten sich beim Thema Sabotage sehr zurück, die Boulevardpresse war gerade hier in ihrem Element. Es wurde auch reichlich Kritik an den Hunderttausendern geübt: Sie seien nicht genügend erprobt, sie könnten bekanntlich nicht von der Erde starten und, was noch schlimmer sei, nicht zurückdirigiert werden, denn sie hätten ja nicht genügend Brennstoffreserven an Bord, und schließlich sei es nicht möglich, sie auf den Orbitalstationen des Mars zu entladen. Das stimmte; sie mußten auf dem Mars landen, aber vor drei Jahren war ein Testprototyp, wenn auch mit einem anderen Computermodell, mehrmals erfolgreich auf dem Mars gelandet. Die Experten daheim schienen davon keine Ahnung zu haben. Es war auch eine Kampagne gestartet worden, die darauf zielte, die politischen Verfechter des Marsprojekts mundtot zu machen; man nannte es rundheraus Wahnsinn. Irgendwo mußten auch schon komplette Listen sämtlicher Fehlleistungen in bezug auf die Sicherung der Arbeiten an beiden Stützpunkten vorliegen, in bezug auf die Bestätigung der Projekte und auf die Erprobung der Prototypen. An den Hauptakteuren der Marsverwaltung wurde kein gutes Haar gelassen – es war ein einziger Kassandraruf.

Als er um sechs das Chefbüro betrat, stellte es sich heraus, daß gar keine Kommission mehr existierte, denn die Erde hatte es inzwischen geschafft, dieses illegale Gremium aufzulösen. Sie konnten sich drehen und wenden, wie sie wollten, aber erst nach Herstellung des Kontakts mit der Gruppe von der Erde hatte alles offiziell und legal von vorn zu beginnen. Das demissionierte Gremium befand sich aber offensichtlich in einer günstigeren Lage als am Tag zuvor, denn da es nun über nichts mehr zu entscheiden hatte, konnte es um so ungehemmter Forderungen und Anträge an die höhere, das heißt irdische Instanz stellen. In der Großen Syrte war die Materialsituation ziemlich kompliziert, wenn auch nicht kritisch, für den Stützpunkt Agathodaemon dagegen bedeutete ein Ausfall der Versorgung spätestens in einem Monat das Ende. Von einer effektiven Unterstützung durch die Syrte konnte keine Rede sein. Es fehlte nicht nur an Baumaterial, sondern sogar an Wasser.

Die Lage erforderte ein Regime strengster Sparsamkeit auf Dauer. Pirx hörte nur mit halbem Ohr hin, denn inzwischen war der Registrierapparat aus der Steuerkabine des „Ariel“ eingetroffen. Die sterblichen Überreste der Besatzung waren bereits geborgen; ob man sie auf dem Mars bestatten würde, war noch nicht entschieden. Die Aufzeichnungen konnten nicht gleich überprüft werden, dazu waren einige Vorbereitungen nötig; deshalb wurden Dinge besprochen, die nicht unmittelbar mit den Ursachen und dem Verlauf der Katastrophe zusammenhingen: Konnte man durch die Mobilisierung möglichst vieler kleinerer Raumschiffe den drohenden Untergang des Projekts abwenden, konnte man auf diese Weise in möglichst kurzer Zeit die für ein Existenzminimum erforderliche Versorgung sichern? Pirx erkannte die Berechtigung solcher Überlegungen an, mußte aber zugleich an die beiden Hunderttausender denken, die auf Marskurs waren und die hier überhaupt nicht erwähnt wurden, als stünde von vornherein fest, daß von einer Fortsetzung ihres Fluges keine Rede sein konnte. Aber was sollte mit ihnen geschehen, da sie ja landen mußten? Alle Anwesenden waren bereits über die Reaktion der amerikanischen Presse informiert, und laufend trafen Funksprüche mit den kurzgefaßten Reden der Politiker ein – es sah nicht gut aus: Noch kein Vertreter des Projekts hatte eine Erklärung abgeben können, und schon befand es sich im Kreuzfeuer konzentrierter Beschuldigungen, schon wurde von „Nachlässigkeit“, „verbrecherischem Leichtsinn“ und ähnlichen Dingen gesprochen. Pirx, der sich von diesen voreiligen Schlüssen distanzierte, wollte mit alledem nichts zu tun haben, also verdrückte er sich gegen zehn aus dem rauchgeschwängerten Saal, und die freundlichen Service-Mechaniker des Kosmodroms ermöglichten es ihm, sich mit einem kleinen Geländewagen zum Ort der Katastrophe zu begeben.

Für den Mars war der Tag ziemlich warm und fast heiter. Der Himmel hatte eine lichte, weniger rostrote als rosige Färbung angenommen; in solchen Augenblicken schien auch der Mars auf eigenartige Weise schön zu sein. Es war eine rauhe Schönheit, die sich von der irdischen stark unterschied, eine verschleierte, gleichsam ungeläuterte Schönheit, die in kräftigerem Sonnenlicht urplötzlich unter den Staubwehen und schmutziggrauen Streifen zutage treten wollte, aber derartige Erwartungen wurden nicht erfüllt; das war keine Verheißung, sondern schon das Beste, was der Planet an Landschaft aufzuweisen hatte. Als sie von dem gedrungenen, bunkerähnlichen Gebäude der Flugkontrolle aus ungefähr eineinhalb Meilen zurückgelegt hatten, erreichten sie das Ende der Startrampen, und gleich dahinter wäre der Geländewagen hoffnungslos eingesunken. Pirx trug ebenso wie die anderen einen leichten Halbskaphander, er war lichtblau und viel bequemer als die mit Hochvakuum ausgestatteten. Auch der Tornister war leichter durch das offene Sauerstoffsystem, was sich zwar einerseits auf die Klimatisierung auswirkte, denn wenn man bei schnelleren Bewegungen in Schweiß geriet – man mußte sich durch Flugsanddünen wühlen –, beschlug sofort die Helmscheibe, andererseits war das hier kein Unglück, denn zwischen dem Ring des Helms und dem Oberteil des Skaphanders hingen lose Säckchen, die den Halslappen eines Truthahns ähnelten. In diese Beutel konnte man die Hand stecken und das Glas von innen abwischen – auf eine zwar primitive, aber wirksame Weise.

Der Boden des riesigen Trichters war mit Raupenfahrzeugen vollgestopft; der Graben, den man ausgehoben hatte, um die Steuerkabine zu erreichen, glich der Öffnung eines Grubenschachts; er war sogar an drei Seiten mit Aluminiumwellblech gegen den herabrieselnden Sand abgestützt. Die Hälfte des Trichters nahm der Mittelteil des Rumpfs ein, der wie ein vom Sturm an Land getriebener und zwischen Klippen zerschellter Ozeandampfer wirkte; darunter machten sich etwa fünfzig Menschen zu schaffen – sie und ihre Bagger sahen aus wie Ameisen am Leichnam eines Riesen. Die Spitze der Rakete, die allein achtzehn Meter lang war, konnte von hier aus nicht gesehen werden, sie war ein paar hundert Meter weiter geschleudert worden. Die zermalmende Kraft des Aufpralls mußte schrecklich gewesen sein, denn man hatte Klümpchen geschmolzenen Quarzes gefunden – die Bewegungsenergie hatte sich augenblicklich in Wärmeenergie verwandelt und einen thermischen Sprung verursacht wie ein Meteoreinschlag, obwohl die Geschwindigkeit nicht allzuhoch gewesen war: noch diesseits der Schallgrenze. Pirx gewann den Eindruck, daß die Disproportion zwischen den Mitteln, die dem Agathodaemon zur Verfügung standen, und den Ausmaßen der Zerstörung die laxe Art und Weise der Untersuchungen nicht genügend rechtfertigte; man improvisierte natürlich, aber diese Improvisation hatte etwas Chaotisches, hervorgerufen wahrscheinlich durch die Gewißheit, daß der Schaden so unvorstellbar groß war. Nicht einmal das Wasser war gerettet worden, denn alle Zisternen waren gesprungen und der Sand hatte Tausende Hektoliter verschluckt, bevor der Rest zu Eis erstarrt war. Dieses Eis wirkte besonders makaber, weil es sich in grauen, glänzenden, seltsam geformten Kaskaden von dem über vierzig Meter langen Riß im Rumpf bis zu den Dünen ergoß, so als hätte die explodierende Rakete einen ganzen gefrorenen Niagarafall ausgespien. Es herrschte ja Frost, achtzehn Grad unter Null, und nachts fiel die Temperatur auf minus sechzig. Durch das Eis, das die Flanke des „Ariel" verglaste, wirkte das Wrack seltsam alt, man hätte annehmen können, daß es seit undenkbaren Zeiten hier lag. Um ins Innere des Rumpfs zu gelangen, mußte man ihn zertrümmern und aufschweißen oder versuchen, vom Schacht aus einzudringen. Von dort aus wurden die unversehrten Behälter geborgen und an den Trichterwänden aufgestapelt, aber all das geschah recht unbeholfen. Der Zugang zum Heckteil war abgesperrt; hier flatterten rote Wimpel als Warnung vor radioaktiver Verseuchung. Pirx umging den Schauplatz der Katastrophe am oberen Rand, längs der Absperrung, und er zählte zweitausend Schritt, ehe er sich bei den verrußten Düsentrichtern befand. Er ärgerte sich, als er sah, wie sie vergebens versuchten, die einzige erhalten gebliebene Zisterne mit Antriebsöl herauszuhieven, denn ständig entglitten ihnen die Ketten. Seiner Meinung nach hielt er sich noch nicht allzulange draußen auf, aber da berührte jemand seinen Arm und zeigte auf das Manometer der Sauerstoffflasche. Der Druck war gefallen, und er mußte umkehren, denn er hatte keinen Ersatz mitgenommen. Ein Blick auf den neuen Chronometer sagte ihm, daß er fast zwei Stunden bei dem Wrack verbracht hatte.

Im Beratungssaal hatte sich inzwischen einiges verändert: Die hiesigen Teilnehmer nahmen eine Seite des langen Tisches ein, und ihnen gegenüber hatten die Techniker sechs große, flache Fernsehschirme montiert. Da dennoch – wie üblich – etwas mit der Verbindung nicht klappte, waren die Beratungen auf ein Uhr vertagt worden. Haroun, ein Funktechniker, den Pirx flüchtig von der Großen Syrte kannte und der ihn aus unerfindlichen Gründen sehr schätzte, gab ihm die ersten vervielfältigten Abzüge der Bänder aus der sogenannten unsterblichen Kammer des „Ariel", auf denen die Entscheidungen des Kraftreglers festgehalten waren. Da Haroun nicht das Recht hatte, solche Dokumente inoffiziell aus der Hand zu geben, erkannte Pirx diese Geste besonders an. Er schloß sich in seinem Zimmer ein und begann im Licht der starken Lampe die noch feuchten Plastbänder zu sichten. Das Bild war ebenso scharf wie unverständlich. In der 217. Sekunde des Landemanövers, das bis dahin tadellos sauber verlaufen war, erschienen in den Kontrollschaltkreisen Störströme, die sich in den darauffolgenden Sekunden in einem Rauschen bemerkbar machten. Die nach dem Übergang auf Parallelbelastung doppelt stillgelegten Reserveteile des Gatters waren in gesteigerte Aktion getreten, und danach war das Arbeitstempo der „Wächter" auf das Dreifache der Norm angestiegen. Was er in der Hand hielt, war nicht die Aufzeichnung der Arbeit des Computers selbst, sondern der seines „Rückenmarks", das unter der Regie des übergeordneten Automaten die erhaltenen Befehle mit dem Zustand der Antriebsaggregate abstimmte. Dieses System wurde bisweilen „Kleinhirn" genannt, weil es ähnlich dem menschlichen Kleinhirn, als Kontrollstation zwischen Rinde und Körper, die Korrelation der Bewegungen regelte.

Mit gespannter Aufmerksamkeit untersuchte er die Aufzeichnungen der vom „Kleinhirn" geleisteten Arbeit. Es sah so aus, als hätte es der Computer eilig gehabt, als hätte er – ohne den Vorgang im geringsten zu stören – pro Zeiteinheit immer mehr Daten über die Untergruppen angefordert. Das hatte zu einem Informationsstau und zum Auftreten der Stör- oder Echoströme geführt; bei einem Tier hätte das zu einem übermäßig gesteigerten Tonus geführt beziehungsweise zu einer Störung im motorischen System, der sogenannten Spasmophilie. Er begriff nichts von alldem. Freilich hatte er nicht die wichtigsten Bänder, die die Entscheidungen des Computers enthielten, in den Händen; Haroun hatte ihm nur das gegeben, was ihm selbst zur Verfügung stand. Es klopfte an der Tür. Pirx versteckte die Bänder in seinem Necessaire und ging öffnen. Vor ihm stand Romani.

„Auch die neuen Chefs wünschen, daß Sie in der Kommission mitarbeiten", sagte er. Er war nicht mehr so erschöpft wie am Vortag, sah schon ganz gut aus, wohl unter dem Einfluß der Antagonismen, die in der auf so seltsame Weise organisierten Kommission zutage getreten waren. Pirx hielt es für ein Gebot der Logik, daß sich selbst die untereinander verfeindeten „Marsmenschen“ vom Agathodaemon und von der Syrte verbündeten, sobald die „neuen Chefs“ ihnen eine eigene Konzeption aufdrängen wollten.

Die neugebildete Kommission bestand aus elf Personen. Vorsitzender war weiterhin Hoyster, aber nur deshalb, weil niemand auf der Erde diesem Amt gewachsen war. Die Teilnehmer waren achtzig Millionen Kilometer voneinander getrennt, und die Beratung konnte sonst nicht richtig ablaufen. Wenn man sich zu einer so riskanten Lösung durchgerungen hatte, dann sicherlich nur unter dem starken Druck, der auf der Erde schon herrschen mußte. Die Katastrophe hatte die widersprüchlichsten – auch politischen – Meinungen aktiviert, in deren Brennpunkt das ganze Projekt schon seit langem arbeitete.

Zuerst wurden nur die bisherigen Untersuchungsergebnisse rekapituliert – für die Leute auf der Erde. Von ihnen kannte Pirx nur den Generaldirektor der Werft, einen gewissen van der Voyt. Bei aller getreuen Wiedergabe schien ihm das Farbfernsehbild monumentale Züge zu verleihen; es zeigte die Büste eines sehr großen Mannes mit schlaffem und zugleich straffem Gesicht voll herrischer Energie, umschwebt von Zigarrenrauch aus unsichtbarer Quelle, denn van der Voyts Hände waren verdeckt. Was im Saal gesagt wurde, hörte er mit vierminütiger Verspätung, und erst nach weiteren vier Minuten konnte seine Stimme hier vernommen werden. Pirx fand ihn sofort unsympathisch, denn der Generaldirektor schien allein unter ihnen zu weilen, so als wären die anderen irdischen Experten, die auf den übrigen Bildschirmen zu sehen waren, nur Statisten.

Auf Hoysters Bericht folgten die acht Minuten Wartezeit, aber die Leute von der Erde wollten vorerst nicht das Wort ergreifen: Van der Voyt wollte die Bänder aus der Rakete sehen, die schon vor Hoysters Mikrofon bereitlagen. Jedes Mitglied der Kommission hatte sie vollzählig bei der Hand. Es waren nicht viel, wenn man bedachte, daß die Aufzeichnungen nur die letzten fünf Arbeitsminuten des Steuerkomplexes enthielten. Die Kameraleute nahmen die für die Erde bestimmten Bänder aufs Korn, und Pirx beschäftigte sich mit den seinen, wobei er zuerst diejenigen beiseite legte, die er dank Haroun bereits kannte.

In der 239. Sekunde hatte der Computer beschlossen, das Landemanöver abzubrechen und auf Start zu gehen. Es war kein gewöhnlicher Start, sondern eher ein Ausweichen nach oben, wie vor Meteoren oder vor Gott weiß was, denn es sah aus wie eine verzweifelte Improvisation. Was dann folgte, diese verrückten Kurvensprünge auf den Bändern, hielt Pirx für völlig unwesentlich, denn dort ging es nur noch um die Art und Weise, in der der Computer erstickt war, weil er die Suppe, die er sich selbst eingebrockt hatte, nicht mehr auslöffeln konnte. Wesentlich war jetzt nicht die Analyse der Einzelheiten dieser makabren Agonie, sondern die Ursache der Entscheidungen, die im Endeffekt einem selbstmörderischen Akt gleichkamen.

Diese Ursache war und blieb unklar. Von der 170. Sekunde an hatte der Computer unter gewaltigem „stress“ gearbeitet, er war völlig überlastet gewesen, aber das wußte man jetzt, da man die letzten Ergebnisse seiner Arbeit vor Augen hatte: Seinen Steuerraum, das heißt die Leute des „Ariel“, hatte er erst in der 201. Sekunde des Manövers darüber informiert, daß er überlastet war. Schon da erstickte er an Daten – und forderte ständig neue an. Statt Erklärungen hatten sie also neue Rätsel in die Hände bekommen. Hoyster setzte zehn Minuten für das Studium der Bänder an und bat dann um Wortmeldungen. Pirx hob die Hand wie auf der Schulbank, doch ehe er den Mund öffnen konnte, bemerkte Ingenieur Stotik, ein Vertreter der Werft, der die Entladung der Hunderttausender überwachen sollte, daß man doch warten möge, ob vielleicht jemand von der Erde als erster sprechen wollte. Hoyster zögerte. Es war ein unangenehmer Zwischenfall, zumal er gleich zu Beginn passierte. Romani bat in einer protokollarischen Angelegenheit ums Wort und erklärte, daß weder er noch ein anderer vom Agathodaemon weiter an den Beratungen teilzunehmen beabsichtige, falls eine formale Beachtung der Gleichberechtigung aller Mitglieder ihrem Verlauf zu schaden drohe. Stotik gab nach, und Pirx konnte endlich sprechen.

„Wir haben es offenbar mit einer verbesserten Version des AIBM 09 zu tun“, sagte er. „Da ich fast tausend Stunden mit dem AIBM 09 geflogen bin, habe ich gewisse praktische Erfahrungen in bezug auf seine Arbeitsweise. In der Theorie kenne ich mich nicht aus. Ich weiß nur das unbedingt Nötige. Es handelt sich um einen Computer, der in realen Zeitgrenzen arbeitet und immer die Bearbeitung der Daten schaffen muß. Ich habe gehört, daß dieses neue Modell eine um 36 Prozent höhere Speicherkapazität hat als der AIBM 09. Das ist viel. Auf Grund des mir vorliegenden Materials kann ich sagen, daß es folgendermaßen zugegangen ist: Der Computer hat den normalen Landevorgang eingeleitet, und dann hat er angefangen, sich selbst die Arbeit zu komplizieren, indem er von den Untergruppen immer mehr Daten pro Zeiteinheit anforderte. Das ist etwa dasselbe, als wenn ein Kompaniechef immer mehr Leute aus dem Kampf abzöge, um Melder, Informatoren aus ihnen zu machen – dann wäre er gegen Ende der Schlacht vollendet informiert, nur daß er niemand mehr hätte, mit dessen Hilfe er kämpfen könnte. Der Computer ist nicht erstickt worden, sondern er hat sich selbst erstickt. Durch diese Eskalation hat er sich selbst blockiert, und das wäre auch bei einer zehnmal höheren Speicherkapazität geschehen, sofern er nicht aufhörte, die Anforderungen zu erhöhen. Mehr mathematisch ausgedrückt: Er hat seine Speicherkapazität in potenziertem Tempo reduziert, und infolgedessen hat das ‚Kleinhirn‘ als engerer Kanal zuerst versagt. Die Verzögerungen traten im Kleinhirn auf und gingen dann auf den Computer selbst über. Als er sich in dem Zustand befand, in dem er keine Informationen mehr liefern konnte beziehungsweise aufgehört hatte, eine Maschine mit realen Zeitgrenzen zu sein, betäubte sich der Computer gewissermaßen selbst und mußte eine radikale Entscheidung treffen. Er traf also die Entscheidung zum Start, das heißt, er interpretierte die eingetretene Störung als Folge einer drohenden Kollision.“

„Er hat Meteoritenalarm gegeben. Wie erklären Sie sich das?“ fragte Seyn.

„Wie er von dem Hauptprozeß auf einen Nebenprozeß umschalten konnte, weiß ich nicht. Ich kenne mich im Aufbau dieses Computers nicht aus, wenigstens nicht genügend. Warum er diesen Alarm gab? Ich weiß es nicht. Jedenfalls steht für mich fest, daß er allein schuld war."

Nun mußte man wieder auf die Erde warten. Pirx war sicher, daß van der Voyt ihn angreifen würde, und er irrte sich nicht. Das schwere, fleischige Gesicht schaute ihn durch eine Rauchwolke an, weit weg und zugleich sehr nahe. Als van der Voyt zu sprechen begann, war sein Baß freundlich, und die Augen lächelten wohlwollend, mit der allwissenden Gutmütigkeit eines Lehrers, der sich an einen wacker parierenden Schüler wendet.

„Also der Kommandant Pirx schließt Sabotage aus? Welche Anhaltspunkte hat er dafür? Was bedeuten die Worte ‚er ist schuld'? Wer – ‚er'? Der Computer? Der Kommandant Pirx hat doch selbst festgestellt, daß der Computer bis zum Schluß funktioniert hat. Und das Programm? Es unterscheidet sich in nichts von den Programmen, mit deren Hilfe der Kommandant Pirx mehr als hundertmal gelandet ist. Haben Sie in Erwägung gezogen, daß das Programm manipuliert worden sein könnte?"

„Ich habe nicht die Absicht, mich zum Thema Sabotage zu äußern", sagte Pirx. „Das interessiert mich vorläufig nicht. Wären der Computer und das Programm in Ordnung gewesen, dann stünde Ariel jetzt unversehrt hier, und wir brauchten uns nicht zu unterhalten. Ich behaupte, gestützt auf die Bandaufzeichnungen, daß der Computer exakt und im Rahmen des richtigen Manövers gearbeitet hat, aber mit einer übertriebenen Perfektion, so als genügte ihm keine der erreichten Leistungen. Er hat mit wachsendem Tempo Daten über den Zustand der Rakete angefordert, ohne die Grenzen der eigenen Möglichkeiten und die Kapazität der äußeren Kanäle zu beachten. Warum er das machte, weiß ich nicht. Aber er hat es gemacht. Mehr habe ich nicht zu sagen."

Keiner der „Marsmenschen" entgegnete etwas. Pirx nahm mit steinerner Miene die Genugtuung zur Kenntnis, die in Seyns Augen aufblitzte, und auch die stumme Befriedigung, mit der Romani sich im Sessel aufrichtete. Acht Minuten später sprach wieder van der Voyt. Diesmal wandte er sich weder an Pirx noch an irgendein anderes Kommissionsmitglied. In einem einzigen Redeschwall schilderte er den Weg, den jeder Computer vom Montageband bis zur Steuerkabine eines Raumschiffs zurücklegte.

Die Aggregate wurden von acht verschiedenen Firmen aus Japan, Frankreich und Amerika gebaut. Dann reisten die durch und durch leeren, wie Säuglinge „unwissenden" Elektronengehirne nach Boston, wo sie in der Syntronics Corporation programmiert wurden. Daraufhin unterzog man jeden Computer einer Prozedur, die in etwa einem aus der Vermittlung von „Erfahrungen" und der Abnahme von „Examina" bestehenden Schulunterricht entsprach. Auf diese Weise wurde jedoch nur die allgemeine Leistungsfähigkeit erprobt; „Spezialstudien" nahm der Computer erst in der anschließenden Phase auf. Nun erst wurden aus den Universalautomaten die Steuerwerke für die Raketen vom Typ „Ariel". Und schließlich kamen sie in einen Simulator, der unzählige Folgen von Vorkommnissen imitierte, wie sie bei einer Raumfahrt möglich waren: unvorhergesehene Havarien, Defekte in den Maschinensätzen, schwierige Manöversituationen auch bei nicht funktionierenden Antriebssystemen, Begegnungen mit anderen Raketen auf kurzer Distanz, mit fremden Körpern, wobei jeder Fall in unzähligen Varianten durchgespielt wurde. Einmal wurde ein beladenes Raumschiff zugrunde gelegt, dann wieder ein leeres, mal ging es um Bewegung im Hochvakuum, mal um Eintritt in eine Atmosphäre, und all diese vorgetäuschten Situationen wurden Stufe um Stufe komplizierter, bis es sich um schwierigste Probleme bei gleichzeitiger Anwesenheit vieler Körper in einem Gravitationsfeld handelte, deren Bewegungen die Maschine vorausberechnen mußte, um den Kurs des eigenen Raumschiffs sicher zu steuern.

Der Simulator, ebenfalls ein Computer, spielte die Rolle eines „Examinators", und zwar eines perfiden, der das eingangs fixierte Programm des „Schülers" sozusagen weiterbearbeitete, das heißt auf Ausdauer und Leistungsfähigkeit prüfte. Obwohl also ein solcher elektronischer Steuermann niemals wirklich ein Raumschiff gelenkt hatte, besaß er, wenn er schließlich an Bord einer Rakete montiert wurde, mehr Erfahrung und Fertigkeiten als alle Menschen zusammengenommen, die sich jemals mit der Navigation im Weltraum beschäftigt hatten. Der Computer hatte auf dem Simulatorstand so schwierige Aufgaben zu lösen, wie sie in Wirklichkeit niemals vorkamen, und um hundertprozentig jede Möglichkeit auszuschließen, daß ein unvollkommenes Exemplar durch dieses letzte Netz schlüpfte, wurde die Arbeit des Pärchens „Steuermann – Simulator" von einem Menschen beaufsichtigt, einem erfahrenen Programmierer, der darüber hinaus langjährige Flugpraxis haben mußte, wobei Syntronics sich nicht damit begnügte, einfache Piloten für diesen verantwortungsvollen Posten zu engagieren: Es arbeiteten dort ausschließlich Kosmonauten vom Navigator an beziehungsweise solche, die mehr als tausend Stunden bei der Durchführung der wichtigsten Manöver nachweisen konnten. In letzter Instanz hing es also von diesen Leuten ab, welchen Tests aus dem unerschöpflichen Katalog der einzelne Computer unterworfen wurde; der Fachmann bestimmte die Ausmaße der zu meisternden Schwierigkeiten, und während er den Simulator überwachte, fügte er den „Examina" zusätzliche Komplikationen hinzu, täuschte er im Verlauf der Aufgabenlösung plötzliche und schlimme Überraschungen vor: Kraftausfall, Dekonzentration der Schübe, Kollisionen, Schäden am Außenpanzer, Unterbrechung des Funkkontakts mit der Bodenkontrolle während der Landung, und er hörte damit nicht auf, bevor hundert Stunden Standardtests absolviert waren. Ein Exemplar, das die geringfügigste Unzuverlässigkeit aufwies, wurde in die Werkstatt zurückgeschickt wie ein schlechter Schüler, der eine Klasse wiederholen muß.

Nachdem van der Voyt die Arbeit der Werft dergestalt über jeden Zweifel erhoben hatte, bat er, um den Eindruck einer Verteidigung zu verwischen, die

Kommission in schön formulierten Sätzen um eine kompromißlose Untersuchung der Katastrophe und ihrer Ursachen. Nun meldeten sich die Spezialisten von der Erde zu Wort, und sofort versank die Angelegenheit in einem Schwall gelehrter Terminologie. Auf dem Bildschirm erschienen Ideenskizzen, Blockdiagramme, Formeln, numerische Aufstellungen, und Pirx sah mit Bestürzung, daß sie sich auf dem besten Weg befanden, aus dem Vorfall einen verworrenen theoretischen Casus zu machen. Nach dem Chefinformationstheoretiker sprach der Experte für Datenverschlüsselung vom Projekt – Pirx hörte schon nicht mehr hin. Ihm lag nichts daran, sich durch Wachsamkeit einen milden Ausgang des nächsten Zusammenstoßes mit van der Voyt zu erkaufen, falls es überhaupt dazu kam. Es war immer weniger wahrscheinlich; denn niemand ging auf seine Darlegungen ein, als habe er sich einen Fauxpas geleistet, den man möglichst schnell vergessen wollte. Die nächsten Sprecher erklommen bereits die oberen Etagen der allgemeinen Steuerungstheorie. Pirx unterstellte ihnen keineswegs böse Absichten: Sie blieben einfach wohlweislich auf dem Terrain, auf dem sie sich stark fühlten, und van der Voyt lauschte ihnen mit vertrauensseliger Hingabe, denn er hatte sein Ziel erreicht: Die Erde hatte in den Beratungen den Vorrang an sich gerissen, und die „Marsmenschen" spielten nur mehr die Rolle passiver Zuhörer. Übrigens hatten sie auch keine großartigen Neuigkeiten anzubieten. Der Computer des „Ariel" war elektronischer Schrott; es lohnte sich nicht, ihn zu untersuchen. Die Aufzeichnungen gaben in groben Zügen wieder, was geschehen war, aber nicht, warum es geschehen war. Sie registrierten nicht alles, was im Computer vor sich ging, dazu wäre ein anderer, größerer Computer vonnöten gewesen, und um festzustellen, daß auch dieser defektanfällig war, hätte man den nächsten Überwacher haben müssen, und so konnte es ad infinitum weitergehen.

Man bewegte sich also in den weiten Gefilden der abstrakten Analyse. Die Stabilisierung eines solchen Riesen beim Anflug auf einen Planeten war schon vor so langer Zeit von den Menschen an die Automaten übergegangen, daß dies als das Fundament, als die unerschütterliche Grundlage allen Handelns galt – eine Grundlage, die nun plötzlich unter den Füßen weggerutscht war. Keines der weniger abgesicherten und einfacheren Modelle hatte je versagt, wie also konnte dies einem so vervollkommneten und mit allen Sicherheitsvorkehrungen versehenen Exemplar passieren? Wenn das möglich war, dann war alles möglich. War erst einmal ein Zweifel an der Zuverlässigkeit der Anlage aufgekommen, so ließ sich das Mißtrauen nicht mehr eindämmen, und alles ging im Ungewissen unter.

Inzwischen näherten sich „Ares" und „Anabis" dem Mars. Pirx saß da, als wäre er völlig allein, er war der Verzweiflung nahe. Gerade war ein klassischer Streit zwischen den Theoretikern entbrannt, der sie immer weiter von dem eigentlichen Geschehnis mit „Ariel" wegführte. Als Pirx in das fette und massige Gesicht van der Voyts schaute, der gutmütig die Beratungen leitete, entdeckte er in seinem Ausdruck gewisse Ähnlichkeiten mit der Physiognomie des alten Churchill: die gleiche scheinbare Zerstreutheit, die aber Lügen gestraft wurde durch das Zucken der Lippen. Sie verrieten ein inneres Lächeln, das einem unter den schweren Lidern verborgenen Gedanken galt. Was gestern noch undenkbar war, wurde jetzt wahrscheinlich – nämlich der Versuch, die Beratungen auf ein Verdikt hinzulenken, das alle Verantwortung einer höheren Gewalt zuschob, vielleicht gewissen bisher unbekannten Phänomenen, vielleicht einer Lücke in der Theorie, mit der Schlußfolgerung, daß in großem Maßstab und auf Jahre geplante Untersuchungen in Angriff genommen werden müßten. Er kannte ähnliche Fälle, jedoch von kleineren Ausmaßen, und ihm war klar, welche Kräfte die Katastrophe mobilisiert haben mußte. Hinter den Kulissen waren schon hartnäckige Bemühungen um einen Kompromiß im Gange, zumal das im ganzen so bedrohte Projekt zu mehr als einem Zugeständnis bereit war um den Preis, Unterstützung zu erhalten. Und die konnte eben einzig und allein von den vereinigten Werften geleistet werden, sei es auch nur durch die Bereitstellung einer Flottille kleinerer Raumschiffe zu günstigen Bedingungen, damit die laufende Versorgung gesichert blieb. Verglichen mit der Höhe des Einsatzes – denn es ging bereits um die Existenz des ganzen Projekts –, wurde die Katastrophe zu einem nichtigen Hindernis, falls es nicht möglich war, sie unverzüglich aufzuklären. Andere Affären waren schon des öfteren einfach vom Tisch gewischt worden. Er, Pirx, hatte jedoch einen Trumpf in der Hand. Die Leute von der Erde hatten ihn akzeptiert, sie hatten ihr Einverständnis zu seiner Mitarbeit in der Kommission geben müssen, denn er war hier der einzige, der engere Beziehungen zu den Raketenbesatzungen hatte als irgendein anderer Anwesender. Er machte sich nichts vor: Das verdankte er weder seinem guten Namen noch seiner Kompetenz. In der Kommission wurde einfach unbedingt ein aktiver Kosmonaut gebraucht, ein Fachmann, der eben von Bord gegangen war. Van der Voyt rauchte seine Zigarre. Er wirkte allwissend, denn er schwieg wohlweislich. Sicherlich hätte er lieber jemand anderen an Pirx' Stelle gesehen, aber den hatte der Teufel hergeführt, und es gab keinen Vorwand, ihn loszuwerden. Hätte er also bei einem nicht eindeutigen Verdikt sein Votum separatum abgegeben, würde er Aufsehen erregt haben. Die Presse witterte Skandale und lauerte nur auf eine solche Gelegenheit. Der Pilotenverband und der Klub der Transporter stellten zwar keine Macht dar, aber vieles hing von ihnen ab – die Leute hatten doch Verstand. Also wunderte sich Pirx keineswegs, als er in der Pause erfuhr, daß van der Voyt mit ihm sprechen wollte. Der Freund mächtiger Politiker eröffnete das Gespräch mit der launigen Bemerkung, dies sei ein Gipfeltreffen zweier Planeten. Pirx hatte zuweilen Einfälle, über die er sich hinterher selbst wunderte. Während van der Voyt seine Zigarre rauchte und sich die Kehle mit Bier befeuchtete, bat er um ein paar belegte Brote aus dem Büfett. Er hörte also dem Generaldirektor essend im Funkraum zu. Nichts war besser geeignet, sie einander gleichzustellen.

Van der Voyt wußte nichts mehr davon, daß sie kurz zuvor aneinandergeraten waren. So etwas war einfach nicht passiert. Er teilte seine Sorge um die Besatzungen von „Anabis“ und „Ares“; er vertraute ihm seinen Ärger an. Die

Verantwortungslosigkeit der Presse, ihr hysterischer Ton regten ihn auf. Er bat Pirx, eventuell ein kleines Memorial in Sachen künftiger Landungen auszuarbeiten: Was konnte man für die Erhöhung ihrer Sicherheit tun? Er gab sich so vertrauensvoll, daß Pirx um einen Moment Entschuldigung bat und den Kopf aus der Kabinentür steckte, um sich Heringssalat zu bestellen. Van der Voyt war wie ein liebender Vater zu ihm, bis Pirx plötzlich sagte:

„Sie haben vorhin die Fachleute erwähnt, die die Arbeit der Simulatoren überwachen. Können Sie mir die Namen nennen?"

Van der Voyt staunte mit acht Minuten Verspätung, aber das dauerte nur einen Augenblick.

„Unsere ‚Examinatoren'?" Er lächelte breit. „Lauter Herren Kollegen, Kommandant. Mint, Stoernheim und Cornelius. Die alte Garde ... Für Syntronics haben wir sie sicherlich."

Sie konnten sich nicht weiter unterhalten, denn die Beratungen wurden fortgesetzt. Pirx schrieb einen Zettel und reichte ihn Hoyster mit den Worten: Sehr dringend und sehr wichtig. Der Vorsitzende verlas also zuerst folgenden, für die Werftleitung bestimmten Text: 1. In welchem Schichtsystem arbeiten die Chefkontrolleure Cornelius, Stoernheim und Mint? 2. Inwieweit tragen die Kontrolleure die Verantwortung, falls sie Funktionsfehler oder andere Mängel in der Arbeit des überprüften Computers übersehen? 3. Wer hat beim Testen des Computers von „Ariel", „Anabis" und „Ares" die Aufsicht geführt?

Das rief Bewegung im Saal hervor: Pirx wagte sich ausgerechnet an Männer heran, die ihm näherstanden als irgendein anderer, an ehrenwerte, verdiente Veteranen der Weltraumfahrt! Durch den Mund des Generaldirektors bestätigte die Erde den Empfang der Fragen; die Antworten sollten in zehn bis zwanzig Minuten gegeben werden.

Während er darauf wartete, überkamen ihn Gewissensbisse. Es war nicht gut, daß er diese Informationen auf so offiziellem Weg angefordert hatte. Damit konnte er sich nicht nur die Feindschaft der Kollegen zuziehen, sondern auch die eigenen Positionen im Endkampf schwächen, falls es zu einem Votum separatum kam. Konnte das Experiment, die Untersuchungen über die rein technischen Belange hinaus auf diese Männer auszudehnen, nicht so ausgelegt werden, als gäbe er dem Druck van der Voyts nach? Wenn er darin ein Interesse der Werft sah, würde der Generaldirektor ihn unverzüglich vernichten, er brauchte nur der Presse entsprechende Hinweise zu geben. Er würde ihr Pirx als ungeschickten Bundesgenossen zum Fraß vorwerfen ..., aber er hatte keine andere Chance gehabt, als diesen blind abgefeuerten Schuß. Es war zuwenig Zeit, sich auf privaten Umwegen zu informieren. Freilich hegte er keinen bestimmten Verdacht. Wovon hatte er sich also leiten lassen? Von ziemlich trüben Ahnungen gewisser Gefahren, die weder nur von den Menschen noch nur von den Automaten ausgingen, sondern von ihrem Berührungspunkt – von dort, wo sie miteinander Kontakt hatten, denn die Art der Verständigung zwischen Menschen und Computern war so unvorstellbar mannigfaltig. Und dann war noch das, was er vor dem Regal mit den alten Büchern empfunden hatte und was er nicht in Worte zu kleiden vermochte. Die Antwort kam schnell: Jeder Kontrolleur betreute seine Computer vom Beginn der Tests bis zu ihrem Ende, und wenn er seine Unterschrift auf den Akt setzte, der „Reifezeugnis“ genannt wurde, übernahm er die volle Verantwortung für übersehene Funktionsmängel. Den Computer von „Ares“ hatte Stoernheim überprüft, die anderen beiden Cornelius. Pirx hätte am liebsten sofort den Saal verlassen, doch das konnte er sich nicht erlauben. Er spürte ohnehin schon die wachsende Spannung.

Um elf Uhr waren die Beratungen beendet. Pirx tat, als bemerkte er die Zeichen nicht, die Romani ihm machte, und rannte aus dem Saal, als nähme er Reißaus. Nachdem er sich in seinem Kämmerchen eingeschlossen hatte, sank er aufs Bett und hob den Blick zur Decke. Mint und Stoernheim kamen nicht in Betracht. Blieb also Cornelius. Ein rationell und wissenschaftlich denkender Kopf hätte bei der Frage begonnen, was ein Kontrolleur eigentlich übersehen konnte. Die sofortige Antwort, die da lautete: absolut nichts, hätte auch diese Linie der Nachforschungen abgeschnitten. Pirx jedoch war kein wissenschaftlich denkender Kopf, und eine solche Frage kam ihm gar nicht erst in den Sinn. Er versuchte auch nicht, über den Testvorgang selbst nachzudenken, als spürte er, daß auch das mit einer Niederlage für ihn enden würde. Er dachte einfach an Cornelius, so, wie er ihn kannte, und er kannte ihn recht gut, obwohl sich ihre Wege vor vielen Jahren getrennt hatten. Sie hatten ein schlechtes Verhältnis zueinander gehabt, was gar nicht erstaunlich war, wenn man bedenkt, daß Cornelius der Kommandant des „Gulliver“ war, er dagegen nur der Konavigator. Dennoch war ihr Verhältnis noch schlechter gewesen, als es bei einer solchen Konstellation üblich war, denn Cornelius war ein Monstrum an Akribie. Er wurde Quälgeist, Kleinigkeitskrämer, Graupenzähler, Fliegenfänger genannt, denn er bekam es fertig, die halbe Besatzung zu mobilisieren, um eine Fliege an Bord zu fangen.

Pirx lächelte bei dem Gedanken an seine achtzehn Monate unter dem Kleinigkeitskrämer Cornelius; jetzt konnte er sich das erlauben, aber damals war er aus der Haut gefahren. Was für eine Nervensäge war er gewesen! Trotzdem war sein Name im Zusammenhang mit der Erforschung der äußeren Planeten, vor allem des Neptun, in die Enzyklopädie eingegangen. Klein, fahlgesichtig, ewig sauer, verdächtigte er jeden, ihn hintergehen zu wollen. Seinen Behauptungen – daß er seine Leute einer Leibesvisitation unterzog, weil sie ihm Fliegen an Bord schmuggelten – glaubte keiner, aber Pirx wußte sehr wohl, daß das keine Erfindung war. Es war ihnen natürlich nicht um die Fliegen gegangen, sondern darum, den Alten zu ärgern. Er hatte eine Schachtel mit DDT in seiner Schublade und bekam es fertig, mitten im Gespräch mit erhobenem Zeigefinger zu verstummen (wehe dem, der auf dieses Zeichen hin nicht erstarrte!) und einem Geräusch zu lauschen, das ihm wie ein Summen vorkam. Stets trug er ein Senkblei und ein Stahlbandmaß mit sich herum; eine von ihm durchgeführte Ladekontrolle glich einem Lokaltermin am Ort einer Katastrophe, die zwar noch nicht passiert, aber im Anzug war. Er hatte noch den Schrei „Der Rechenschieber kommt, Deckung!" im Ohr, auf den hin die Messe verwaiste; er erinnerte sich an den sonderbaren Ausdruck in Cornelius Augen, die nicht an dem teilzuhaben schienen, was er gerade tat oder sagte, sondern die Umgebung auf unordentliche Stellen absuchten. Alle Menschen, sie seit Jahrzehnten flogen, wurden nach und nach sonderlich, aber Cornelius hielt in dieser Beziehung den Rekord. Er konnte es nicht ertragen, jemanden in seinem Rücken zu haben, und wenn er zufällig an einen Stuhl geriet, der noch die Wärme des vorherigen Benutzers ausstrahlte, sprang er auf wie von der Tarantel gestochen. Er gehörte zu den Menschen, von denen man sich nicht vorstellen konnte, daß sie einmal jung gewesen waren. Der Ausdruck der Indignation angesichts all der Unzulänglichkeit in seiner Umgebung verließ ihn nie; er litt, weil er keinen zu seiner Pedanterie bekehren konnte. Mit dem Rotstift in der Hand kontrollierte er zwanzigmal hintereinander...

Pirx erstarrte. Dann richtete er sich so vorsichtig auf, als wäre sein Körper aus Glas. Seine Gedanken, die inmitten wirrer Erinnerungen umherirrten, waren gegen ein unsichtbares Hindernis gestoßen, und das war wie ein Alarmsignal. Was eigentlich? Daß Cornelius niemand hinter sich ertragen konnte? Nein. Daß er seine Untergebenen piesackte? Was besagte das schon! Nichts. Aber irgendwo in dieser Richtung... Er war wie ein kleiner Junge, der blitzschnell die Hand geschlossen hat, um einen Käfer zu fangen, und er jetzt die geballte Faust vor der Nase hält, voller Bangen, sie zu öffnen. Langsam. Allerdings war Cornelius für seine Kulthandlungen berühmt. (War es das...? Er hielt sich probeweise bei dem Gedanken auf.) Wenn irgendwelche Vorschriften, ganz gleich welche, verändert wurden, dann schloß er sich mit dem amtlichen Schreiben in seiner Kajüte ein und verließ sie nicht, ehe er sich alle Neuerungen ins Gedächtnis gehämmert hatte. (Das war jetzt wie das Kinderspiel „heiß – kalt". Er spürte, daß er sich vom Ziel entfernte...) Vor neun, nein, vor zehn Jahren hatte er ihn zum letztenmal gesehen. Er war irgendwie untergetaucht, seltsam plötzlich, auf dem Gipfel des Ruhms, den er der Erforschung des Neptun verdankte. Es hieß, er würde nur vorübergehend als Dozent für Navigation arbeiten und dann an Bord zurückkehren, aber er war nicht zurückgekehrt. Ganz natürliche Sache, er war fast fünfzig. (Wieder nicht das Richtige.) Der anonyme Brief (dieses Wort war wer weiß woher aufgetaucht)... Was für ein anonymer Brief? Daß er krank war und dies zu verheimlichen suchte? Daß ihm die Entlassung drohte? Woher denn! Dieser anonyme Brief war eine völlig andere Geschichte, die eines anderen Menschen – nämlich Cornelius Craigs –, hier war es der Vor-, dort der Familienname. (Habe ich sie verwechselt? Ja. Aber der anonyme Brief wollte nicht verschwinden. Seltsam, er konnte sich nicht von diesem Begriff befreien. Je energischer er ihn fortschob, desto hartnäckiger kam er wieder.) Er saß zusammengesunken, im Kopf ein einziger Brei. Der anonyme Brief... Jetzt war er schon fast sicher, daß dieser Begriff einen anderen verdeckte. So etwas kam vor. Ein falsches Signal drängte vor ein richtiges, und es war nicht möglich, es wegzuschieben. Der anonyme Brief.

Er stand auf. Ihm war eingefallen, daß zwischen den Marsbüchern auf dem Regal ein dickes Lexikon stand. Er schlug es auf gut Glück bei „AN“ auf. Ana ... Anakantik. Anaklastik. Anakonda. Anakreontiker. Anakrusis. Analekten (wie viele Wörter man doch nicht kannte). Analyse. Ananas. Ananke (grch.): Schicksalsgöttin. Das...? Aber was hatte eine Göttin...? Übertr.: Zwang.

Nun fiel es ihm wie Schuppen von den Augen. Er sah ein weißes Sprechzimmer vor sich, den Rücken des telefonierenden Arztes, ein offenes Fenster und Papiere auf dem Tisch, die von der Zugluft durcheinandergeweht wurden. Eine gewöhnliche ärztliche Untersuchung. Er versuchte nicht einmal, den maschinengeschriebenen Text zu lesen, aber seine Augen fingen die Buchstaben von selbst auf; schon als kleiner Junge hatte er eifrig gelernt, Spiegelschrift zu lesen. „Warren Cornelius. Diagnose: ANANKASTISCHES SYNDROM.“ Der Arzt bemerkte die Unordnung auf dem Tisch und verstaute die Papiere in seiner Aktenmappe. War er nicht neugierig gewesen, was diese Diagnose bedeutete? Das wohl, aber er hatte gespürt, daß es sich nicht gehörte, danach zu fragen – und dann hatte er es vergessen. Wie lange war das her? Mindestens sechs Jahre.

Er legte das Lexikon beiseite, erregt, innerlich angeheizt, aber zugleich enttäuscht. Ananke – Zwang, also vermutlich so etwas wie Zwangsneurose.

Zwangsneurose! Schon als Junge hatte er darüber gelesen, was er nur auftreiben konnte, es gab da so einen Fall in der Familie ... er wollte wissen, was das bedeutete, und sein Gedächtnis lieferte schließlich die Erklärungen, wenn auch nicht ohne Widerstand. Man konnte sagen, was man wollte, aber sein Gedächtnis war noch in Ordnung. In kurzen Aufblendungen kamen die Sätze aus der medizinischen Enzyklopädie wieder und beleuchteten schlagartig Cornelius' Persönlichkeit. Jetzt sah er ihn völlig anders als bisher. Es war ein beschämender und zugleich kläglicher Anblick. Deshalb also wusch er sich zwanzigmal am Tag die Hände und *mußte* den Fliegen nachjagen, deshalb bekam er eine Wutanfall, wenn ihm ein Lesezeichen abhanden kam, und deshalb hielt er sein Handtuch unter Verschluß und konnte auf keinem fremden Stuhl sitzen ... Eine Zwangshandlung gebar die nächste, so daß er ganz von der zahlreichen Nachkommenschaft umwimmelt war und sich zum Gespött machte. Das war am Ende auch den Ärzten nicht entgangen. Sie hatten ihn von Bord genommen. Als Pirx sein Gedächtnis anstrengte, glaubte er, am unteren Rand der Seite ein gesperrt geschriebenes Wort gelesen zu haben: *fluguntauglich.* Und weil der Psychiater nichts von Computern verstand, hatte er zugelassen, daß Cornelius bei Syntronics arbeitete. Sicher hatte er angenommen, daß das genau der richtige Posten für so einen Kleinigkeitskrämer war. Was für ein Betätigungsfeld für Pedanterie! Das mußte Cornelius wieder Mut gemacht haben. Eine nützliche Arbeit, und was am wichtigsten war – sie stand in engstem Zusammenhang mit der Weltraumfahrt ...

Er lag da und starrte an die Decke und brauchte keine sonderliche Mühe aufzuwenden, um sich Cornelius bei Syntronics vorzustellen. Was machte er dort? Er kontrollierte die Simulatoren, die die Belastungsproben mit den Raumschiffcomputern durchführten. Das heißt, er machte ihnen die Arbeit schwer, und er war in seinem Element, wenn er jemanden Mores lehren konnte. Auf nichts verstand er sich besser. Dieser Mann mußte in ständiger Verzweiflung gelebt haben, weil man ihn vielleicht für verrückt hielt, was er nicht war. In wirklich kritischen Situationen verlor er nie den Kopf. Er war mutig, aber sein Mut für den Alltag war allmählich von den Zwangsvorstellungen aufgefressen worden. Zwischen der Besatzung und seinem verdrehten Innenleben mußte er sich gefühlt haben wie zwischen Hammer und Amboß. Er sah leidend aus, nicht weil er diesen Zwangsvorstellungen erlag, nicht weil er verrückt war, sondern weil er dagegen ankämpfte und unablässig nach Vorwänden und Rechtfertigungen suchte, er brauchte diese Regulative als Entschuldigung, daß das gar nicht er war, daß dieser ewige Drill nicht seine Schuld war. Er hatte nicht die Mentalität eines Feldwebels – hätte er sonst Poe gelesen, diese makabren und unglaublichen Erzählungen? Vielleicht hatte er darin seine Hölle gesucht? So ein Drahtgeflecht aus Zwängen in sich zu haben, solche Stangen, Hebel, und ständig gegen sie zu kämpfen, sie zu zerbrechen, immer wieder von vorn... Unter alldem lauerte in ihm die Angst, daß etwas Unvorhergesehenes passieren könnte, und dagegen rüstete er sich ständig auf, deswegen exerzierte und trainierte er, deshalb seine Probealarme, Visitationen, Kontrollen, das ruhelose Herumkriechen auf dem ganzen Raumschiff, großer Gott, er wußte, daß sie sich heimlich über ihn ins Fäustchen lachten, vielleicht war ihm auch klar, wie nutzlos das alles war. Konnte es sein, daß er sich jetzt an den Computern rächte? Daß er sie Mores lehrte? Wenn es so war, gab er sich wohl keine Rechenschaft darüber. Sekundäre Rationalisation nannte man das. Er entschuldigte sich damit, daß er verpflichtet war, so vorzugehen.

Die Kombination der medizinischen Terminologie mit dem, was er schon vorher wußte, was ihm in Form einer Reihe Anekdoten in ganz anderer Sprache bekannt war, gab den Ereignissen einen erstaunlich neuen Sinn. Er konnte in die Tiefe blicken, und dazu benützte er den Dietrich, den ihm die Psychiatrie geliefert hatte. Der Mechanismus einer anderen Persönlichkeit trat nackt zutage, komprimiert, reduziert auf eine Handvoll unglücklicher Reflexe, vor denen es kein Entfliehen gab. Der Gedanke, daß man Arzt sein und Menschen so behandeln konnte, selbst zu dem Zweck, ihnen zu helfen, kam ihm unheimlich abstoßend vor. Zugleich verschwand die durchsichtige Aureole der Narrheit, die die Erinnerung an Cornelius wie ein schmaler Ring umgab. In dieser neuen, überraschenden Sicht war kein Platz für den hinterhältigen, boshaften Humor, der aus der Schule, den Kasernen und von Bord stammte. An Cornelius gab es nichts zu belächeln.

Die Arbeit bei der Syntronics Corporation? Man hätte meinen können – ideal für diesen Mann: belasten, fordern, komplizieren bis zur Grenze des Erträglichen. Endlich konnte er die in sich gefesselten Zwänge befreien. Für einen Uneingeweihten sah es vortrefflich aus: ein alter Praktiker, ein erfahrener Navigator gab sein bestes Wissen an die Automaten weiter, nichts besser als das. Er aber hatte Sklaven vor sich und brauchte sich nicht zu mäßigen, da sie keine Menschen waren. Der vom Fließband kommende Computer war wie ein Neugeborenes: zu allem fähig, aber unwissend. Die Aufnahme des Lernstoffs bedeutete ein Anwachsen der Spezialisierung und zugleich den Verlust der ursprünglichen Undifferenziertheit. Auf dem Prüfstand spielte der Computer die Rolle des Gehirns, während der Simulator den Körper imitierte. Ein dem Körper unterworfenes Hirn, das war die Analogie.

Das Hirn muß den Zustand und die Reaktionsfähigkeit jedes Muskels kennen. Ähnlich der Computer – er mußte über den Zustand der Einzelbestandteile eines Raumschiffs informiert sein. Er sandte auf elektrischem Weg Schwärme von Fragen aus, als schleuderte er Tausende von Bällchen auf einmal in alle Winkel des metallenen Giganten, und machte sich aus den Echogeräuschen ein Bild der Rakete und ihrer Umgebung. In diese Unfehlbarkeit hatte ein Mensch eingegriffen, der an Furcht vor dem Unerwarteten litt und sie mit zwanghaften Kulthandlungen bekämpfte. Der Simulator wurde zu einem Werkzeug des Zwangs, zur Verkörperung seiner Angstdrohungen. Cornelius hatte in Übereinstimmung mit dem Hauptprinzip Sicherheit gehandelt. Sah das nicht aus wie lobenswerter Eifer? Wie mußte er sich abgemüht haben! Einen normalen Arbeitsablauf hielt er wahrscheinlich für nicht sicher genug. Je schwieriger die Situation des Raumschiffs war, desto schneller mußten die Informationen darüber eintreffen. Er hatte vor Augen, daß das Tempo der Kontrolle über die Aggregate mit der Wichtigkeit des Manövers in Einklang stehen mußte. Und da das Landemanöver das wichtigste war... Hatte er das Programm geändert? Genausowenig, wie jemand die Vorschriften für Autofahrer ändert, der seinen Motor jede Stunde überprüft statt einmal am Tag. Das Programm konnte ihm keinen Widerstand leisten. Er strebte in eine Richtung, in der das Programm keine Absicherung hatte, weil so etwas keinem Programmierer in den Sinn kam. Wenn ein derart überforderter Computer versagte, schickte Cornelius ihn in die technische Abteilung zurück. Gab er sich Rechenschaft darüber, daß er sie mit seinen Zwangsvorstellungen ansteckte? Wohl nicht, denn er war ein Praktiker und kannte sich in der Theorie nicht aus. Ein Sicherheitsfanatiker war er, und genauso erzog er auch die Maschinen. Er überforderte die Computer, na und...? Sie konnten sich ja nicht beklagen. Es waren neue Modelle, deren Verhalten dem von Schachspielern glich. Ein solcher Computer-Schachspieler konnte jeden Menschen besiegen – unter der Bedingung, daß sein Ausbilder nicht Cornelius war. Der Computer sah zwei bis drei Züge seines Gegners voraus; sobald er aber versuchte, zehn vorauszusehen, erstickte er an einem Übermaß möglicher Varianten, denn sie vervielfachten sich in potenzierter Form. Um die Möglichkeiten für zehn aufeinanderfolgende Schachzüge vorauszuberechnen, genügte nicht einmal eine Trillion Operationen. Ein Schachspieler, der sich solcherart selbst lahmlegte, würde bei der ersten Partie eine Niederlage erleiden. An Bord der Rakete war das nicht sofort zu erkennen, man konnte nur das Ein- und Ausgabewerk beobachten, nicht aber das, was sich im Innern tat. Innen kam es zu einem Stau, außen lief alles normal – eine Zeitlang. So hatte er sie eingerichtet, und die entsprechende Reaktion auf diesen Geist, der mit realen Aufgaben nicht fertig wurde, weil er sich fiktive schuf, erfolgte am Steuer der Hunderttausender. Jeder dieser Computer litt an einem anankastischen Syndrom, das heißt an zwanghafter Wiederholung der Operationen, an der Komplikation einfachster Vorgänge, an Manierismus und Ritualität, an dem Komplex, „alles auf einmal" berücksichtigen zu müssen. Natürlich simulierten sie nicht die Angst, sondern nur die Struktur der ihr eigenen Reaktionen. Die Tatsache, daß es neue, verbesserte Modelle mit erhöhter Kapazität waren, stürzte sie paradoxerweise ins Verderben, denn sie konnten trotz der allmählichen Erstickung der Kreise durch Signalstau weiterarbeiten. Im Zenit über dem Agathodaemon hatte jedoch ein letzter Tropfen den Becher zum Überlaufen gebracht: Vielleicht waren es die ersten Windstöße gewesen, die blitzschnelle Reaktionen nötig machten, der Computer jedoch, verstopft durch die Lawine, die er in sich selbst entfesselt hatte, besaß nichts mehr, womit er steuern konnte. Er hörte auf, eine Maschine realer Zeit zu sein, er konnte keine wirklichen Vorgänge mehr modellieren – er versank in Trugbildern ... Er sah sich einer riesigen Masse gegenüber: der Planetenscheibe, und sein Programm erlaubte es ihm nicht, auf die Fortsetzung des einmal eingeleiteten Vorgangs zu verzichten, obwohl er zugleich nicht imstande war, ihn fortzusetzen. Er nahm also den Planeten als einen Meteor, der auf Kollisionskurs lag, denn das war das letzte offene Türchen, diese einzige Eventualität ließ das Programm zu. Das konnte er der Besatzung in der Steuerkabine nicht sagen, denn er war ja kein vernunftbegabter Mensch. Er rechnete bis zu Ende, kalkulierte die Chancen: Ein Zusammenstoß war der sichere Untergang, eine Flucht nur zu neunzig Prozent, also wählte er die Flucht: Havariestart.

All das fügte sich logisch zusammen, nur gab es dafür nicht den geringsten Beweis. Niemand hatte bisher von so einem Vorfall gehört. Wer hätte die Vermutung bestätigen können? Bestimmt der Psychiater, der Cornelius behandelt und ihm geholfen oder vielleicht nur erlaubt hatte, diese Arbeit zu übernehmen. Aber er würde mit Rücksicht auf die ärztliche Schweigepflicht nichts sagen. Um sie brechen zu können, brauchte man ein Gerichtsurteil. Aber in sechs Tagen mußte „Anabis" ...

Blieb also Cornelius selbst. Ahnte er es? Hatte er jetzt begriffen, nach alledem, was geschehen war? Pirx konnte sich nicht in die Situation seines ehemaligen Chefs versetzen. Er war unantastbar wie hinter einer Glaswand ... Selbst wenn gewisse Zweifel in ihm aufgekommen waren, würde er sie sich nicht eingestehen. Er würde sich gegen solche Schlußfolgerungen wehren, das war wohl klar ...

Dennoch würde es herauskommen – nach der nächsten Katastrophe. Wenn dazu noch „Ares" unversehrt landete – mußte die rein statistische Berechnung, daß die Computer versagt hatten, für die Cornelius verantwortlich war, den Verdacht auf ihn lenken. Man würde jede Einzelheit unter die Lupe nehmen und den Spuren folgen, bis man zur Quelle gelangte. Aber er, Pirx, konnte nicht einfach die Hände in den Schoß legen und warten. Was tun? Er wußte es genau: Man mußte den ganzen Maschinenverstand des „Anabis" lahmlegen, über Funk das Originalprogramm übermitteln, und der Informatiker des Raumschiffs würde damit innerhalb weniger Stunden zurechtkommen.

Um mit so etwas auftreten zu können, benötigte Pirx Beweise. Und wenn es nur einer war, nur eine einzige Spur. Aber er hatte nichts. Einzig die Erinnerung an eine Krankheitsgeschichte, vor Jahren flüchtig in Spiegelschrift gelesen ... Spitznamen und Klatsch ... Anekdoten, die über Cornelius erzählt wurden ... den Katalog seiner Schrullen. So etwas konnte er der Kommission als Beweis für die Krankheit und als Ursache der Katastrophe nicht vorlegen. Selbst wenn er ohne Rücksicht auf den alten Mann eine solche Anklage aussprach, blieb immer noch „Anabis". Setzten die Operationen ein, würde das Raumschiff binnen einer Stunde wie blind und taub sein, so als hätte es keinen Computer mehr.

Die Hauptsache war „Anabis". Pirx erwog schon die verrücktesten Möglichkeiten: Da er offiziell nichts tun konnte – warum sollte er nicht starten und „Anabis" von Bord aus das Resultat dieser Überlegungen und die Warnung übermitteln? Die Konsequenzen interessierten ihn nicht, aber es war zu riskant. Er kannte den Piloten des „Anabis" nicht. Hätte er denn selbst den Rat eines Fremden befolgt, der sich auf solche Hypothesen stützte? Wohl kaum ... Blieb also einzig Cornelius selbst. Er kannte seine Adresse: Boston, Syntronics. Aber wie konnte er einen so mißtrauischen, pedantischen und übertrieben gewissenhaften Menschen zu dem Eingeständnis bewegen, ausgerechnet das getan zu haben, was er sein Leben lang zu vermeiden versucht hatte? Vielleicht würde er in einem Gespräch unter vier Augen, wenn man ihn auf die Gefahr aufmerksam gemacht hätte, in der „Anabis" schwebte, Einsicht zeigen und die Warnung unterstützen, denn immerhin war er ein redlicher Mann. Aber in einem Gespräch zwischen Mars und Erde, mit achtminütigen Pausen, konfrontiert mit einem Fernsehschirm statt mit einem lebendigen Menschen – sollte er so einem Wehrlosen eine solche Anklage ins Gesicht schleudern, verlangen, daß er sich zu dem – wenn auch unbeabsichtigten – Mord an dreißig Leuten bekannte? Unmöglich.

Er saß auf dem Bett mit gefalteten Händen, als betete er. Es kam ihm unglaublich vor, daß so etwas möglich war: alles zu wissen und nichts unternehmen zu können. Er ließ den Blick über die Bücher auf dem Regal wandern. Sie hatten ihm geholfen, durch die eigene Niederlage. Sie alle hatten verloren, weil sie sich um die Kanäle gestritten hatten beziehungsweise um das, was auf einem fernen Fleckchen in den Linsen der Teleskope so aussah, aber nicht um das, was in ihnen selbst war. Sie hatten um den Mars gestritten, den keiner von ihnen je gesehen hatte. Gesehen hatten sie auf den Grund der eigenen Seele, die heroische und fatale Bilder ausbrütete. Sie hatten ihre Phantasiegebilde in einen Raum von zweihundert Millionen Kilometern projiziert, statt über sich selbst nachzudenken. Und auch jetzt und hier hatte sich ein jeder vom Kern der Sache entfernt, der sich in das Dickicht der Computertheorien begab, um dort nach den Ursachen der Katastrophe zu suchen. Die Computer waren unschuldig und neutral, genauso wie der Mars, an den er selbst gewisse unsinnige Ansprüche gestellt hatte, als wäre die Welt verantwortlich für die Trugbilder, die der Mensch ihr aufzudrängen versucht. Aber diese alten Bücher hatten schon alles getan, was sie vermochten. Er sah keinen Ausweg.

Auf dem untersten Bord des Regals gab es auch Belletristik. Zwischen den bunten Rücken ragte ein blauer Band mit Erzählungen von Poe heraus. Also auch Romani las ihn? Er selbst mochte Poe nicht, wegen der manierierten Sprache, wegen der Gewähltheit der Visionen, die so taten, als wären sie nicht aus Träumen geboren. Aber für Cornelius war Poe so etwas wie eine Bibel. Gedankenlos griff er das Buch heraus, es öffnete sich auf der Seite mit dem Inhaltsverzeichnis. Er las einen Titel, der ihn betroffen machte. Cornelius hatte ihm das einmal nach der Wache gegeben und ihm diese Erzählung empfohlen, in der ein Mörder auf phantastische, unglaubliche Weise entlarvt wurde. Nach der Lektüre hatte er ein verlogenes Lob aussprechen müssen, natürlich, der Chef hat immer recht...

Zuerst spielte er nur mit dem Gedanken, der ihm gekommen war, dann begann er ihn auszuspinnen. Er ähnelte ein bißchen einem Schülerstreich, aber zugleich auch einem heimtückischen Stoß in den Rücken. Roh, unerhört, grausam, doch wer weiß, vielleicht gerade in dieser Situation wirksam: diese vier Worte zu telegrafieren. Vielleicht waren all diese Verdächtigungen barer Unsinn, vielleicht bezog sich die Krankheitsgeschichte auf einen anderen Cornelius, während jener die Computer genau nach Vorschrift getestet hatte und sich keiner Schuld bewußt war. Wenn er dann ein solches Telegramm erhielt, würde er die Schultern heben mit dem Gedanken, sein früherer Untergebener habe sich einen idiotischen, höchst abstoßenden Scherz erlaubt, aber mehr würde er nicht denken oder tun.

Wenn die Nachricht von der Katastrophe jedoch Unruhe, unklare Zweifel in ihm geweckt hatte, wenn er schon ein wenig über den eigenen Anteil an dem Unglück nachdachte und sich gegen diese Gedanken wehrte, dann würden die vier telegrafierten Worte wie ein Blitz einschlagen Er würde sich augenblicklich in einer Sache, die er selbst nicht konsequent zu formulieren wagte, durchschaut und zugleich schuldig fühlen: Dann konnte er dem Gedanken an „Anabis" und an das, was ihn erwartete, nicht mehr entfliehen; und selbst wenn er sich dagegen sperrte, das Telegramm würde ihm keine Ruhe lassen. Er würde es nicht fertigbringen, die Hände in den Schoß zu legen und in Passivität zu verharren; das Telegramm würde ihm unter die Haut gehen, sich in sein Gewissen einschleichen – und was dann? Pirx kannte ihn gut genug, um zu wissen, daß sich der Alte nicht bei der vorgesetzten Dienststelle melden würde, um ein Geständnis abzulegen, ebensowenig aber würde er versuchen, sich zu verteidigen und der Verantwortung zu entfliehen. Wenn er einmal eingesehen hatte, daß ihn die Verantwortung traf, dann würde er ohne ein Wort das tun, was er für richtig hielt.

Aber trotzdem – so konnte man nicht vorgehen. Noch einmal spielte er alle Varianten durch – bereit, sich in die Höhle des Löwen zu begeben, ein Gespräch mit van der Voyt zu verlangen, wenn das irgend etwas nützte ... aber kein Mensch konnte ihm helfen. Niemand. Alles hätte anders ausgesehen, wären nicht „Anabis" und diese sechs Tage Frist gewesen. Den Psychiater zur Aussage zu bewegen, die Art und Weise zu überprüfen, in der Cornelius die Computer testete, den Computer des „Anabis" umzuprogrammieren – all das erforderte Wochen. Also? Den Alten erst einmal vorbereiten, durch irgendeine Nachricht, die ihm sagte, daß ...? Aber dann würde alles fehlschlagen. Cornelius würde in seinem anormalen Geisteszustand Ausflüchte finden, Gegenargumente, schließlich hat auch der redlichste Mensch der Welt so etwas wie einen Selbsterhaltungstrieb. Er würde beginnen, sich zu verteidigen, oder, was ihm ähnlicher sah, verächtlich schweigen, während „Anabis" ...

Pirx hatte das Gefühl zu versinken, von allem zurückgestoßen, wie in jener anderen Erzählung von Poe, Grube und Pendel, wo die leblose Umwelt den Wehrlosen Millimeter für Millimeter einzwängt und auf den Abgrund zuschiebt. Konnte es eine größere Wehrlosigkeit geben als die eines Leidens, das einen betroffen hat und für das man nun bestraft werden soll? Konnte es eine größere Niedertracht geben? Es bleibenlassen? Das wäre sicher das einfachste gewesen. Niemand würde je erfahren, daß er alle Fäden in der Hand gehalten hatte. Nach der nächsten Katastrophe würden sie der Sache von selbst auf die Spur kommen. Einmal in Gang gesetzt, würde die Untersuchung schließlich bei Cornelius landen, und ...

Aber wenn es so war, wenn er seinen alten Chef nicht einmal retten konnte, indem er den Mund hielt, dann hatte er dazu kein Recht. Er hörte auf zu grübeln und begann zu handeln, als wären alle Zweifel von ihm genommen.

Im Erdgeschoß war es leer. In der Laserfunkkabine saß nur der diensthabende Techniker: Haroun. Er gab folgendes Telegramm auf: Erde, USA, Boston, Syntronics Corporation, Warren Cornelius. THOU ART THE MAN. Und er setzte seinen Namen darunter mit dem Zusatz „Mitglied der Untersuchungskommission betr. Ariel-Katastrophe". Das war alles. Er kehrte in sein Kämmerchen zurück und schloß sich ein. Dann klopfte jemand an die Tür, Stimmen waren zu hören, aber er gab kein Lebenszeichen von sich. Er mußte allein sein, denn nun überfielen ihn die quälenden Gedanken, die er erwartet hatte. Dagegen war nichts mehr zu machen.

Spät in der Nacht las er Schiaparelli, um sich nicht in hundert Varianten vorstellen zu müssen, wie Cornelius, die struppigen grauen Brauen gewölbt, das Telegramm mit dem Absender vom Mars zur Hand nahm, das raschelnde Papier auseinanderfaltete und von den weitsichtigen Augen abhielt. Er las, ohne ein Wort zu begreifen, und als er die Seite umblätterte, stieg maßloses Staunen, gemischt mit fast kindlicher Reue in ihm auf: Was denn, also ich? Ich habe das fertiggebracht?

Er hatte sich doch nicht geirrt: Cornelius steckte in der Falle wie eine Maus, er hatte keinen Spalt, keine Ritze zum Entrinnen, das ließ die Situation in der

Gestalt nicht zu, die sie durch die Anhäufung der Ereignisse angenommen hatte; also warf er mit seiner spitzen, leserlichen Schrift ein paar Sätze aufs Papier, aus denen hervorging, daß er in gutem Glauben gehandelt habe, jedoch alle Schuld auf sich nehme; er unterschrieb und jagte sich um drei Uhr dreißig – vier Stunden nach Empfang des Telegramms – eine Kugel durch den Kopf. Das, was er geschrieben hatte, enthielt kein Wort über seine Krankheit, keinen Versuch der Rechtfertigung, nichts, so als billigte er Pirx' Vorgehen nur, soweit es die Rettung von „Anabis" betraf, zu der er selbst beizutragen bereit war. Mehr nicht. Als hätte er ihm Beifall in der Sache gezollt und zugleich abgrundtiefe Verachtung für den derart versetzten Todesstoß.

Vielleicht irrte sich Pirx übrigens. So unangemessen das erscheint, ihn störte an seiner Tat besonders der stelzig-theatralische Stil, der von Poe stammte. Er hatte Cornelius mit seinem Lieblingsschriftsteller und in dessen Stil zu Fall gebracht, der ihm falsch klang, der ihm auf die Nerven ging, denn er hatte nicht das Entsetzen über das Leben in der Leiche gesehen, die aus dem Grab aufstand, um mit blutigem Finger auf den Mörder zu zeigen. Dieses Entsetzen war nach seiner Erfahrung mehr höhnisch als malerisch. Es begleitete seine Gedanken über die veränderte Rolle, die der Mars spielte, seit aus dem unerreichbaren rötlichen Fleck am nächtlichen Himmel, der undeutliche Spuren fremder Vernunft aufwies, ein Terrain normalen Lebens geworden war, also mühseligen Ringens, politischer Ränke und Intrigen, eine Welt voller lästiger Sturmwinde, Abfallhaufen, zerschellter Raketen, ein Ort, von dem aus man nicht nur das romantisch blaue Leuchten der Erde sehen, sondern auch einen Menschen tödlich treffen konnte. Der makellose, weil nur halb erforschte Mars der frühen Areographie war verschwunden und hatte lediglich die griechisch-lateinischen Runen hinterlassen, die wie alchemistische Formeln und Beschwörungen klangen, und auf deren materieller Gestalt trampelte man mit schweren Stiefeln herum. Die Epoche der hochtheoretischen Debatten war unwiderruflich hinter dem Horizont versunken und hatte erst im Untergehen ihr wahres Gesicht gezeigt – das eines Traums, der sich von der eigenen Unerfüllbarkeit nährte. Geblieben war nur der Mars der mühsamen Arbeit, der ökonomischen Berechnungen, der Tagesanbrüche, die so schmutziggrau waren wie der, durch den er mit dem Beweis in der Hand zur Sitzung der Kommission ging.

Worterklärungen

Albedo	Rückstrahlvermögen von zerstreut reflektierenden Körpern
Annihilation	Vernichtung
Camouflage	Tarnung, Vortäuschung
Chromosphäre	rötlich gefärbte, stark wasserstoffhaltige Schicht in der Sonnenatmosphäre
Container	transportabler Großraumbehälter
Engramm	Spur geistiger Eindrücke (in der Großhirnrinde)
Ferrometer	Eisengehaltmesser
Hibernation	Einfrierung, Überwinterung
Inhaustor	Ansauger
Nekro...	(in Zusammensetzung) Todes..., Toten...
Nova	Fixstern mit stark ansteigender Leuchtkraft
Occam, Wilhelm von	englischer spätscholastischer Philosoph (um 1290 bis 1349), forderte Trennung der Philosophie und der Wissenschaft von der Theologie
Petechien	punktförmige Hautblutungen
präagonal	kurz vor dem Tode
sensorisches Sprachzentrum	liegt im linken Drittel der oberen Schläfenwindung, dient der Wortklangbildung und dem Sprachverständnis; das Wortklangbild wird dort bewahrt
Sulcus Rolandi	Zentralfurche des Großhirns
Superkopter	ein Flugzeug
Supernova	plötzlich aufflammender Stern mit ungewöhnlicher Leuchtkraft
Symbiont	Lebewesen, das mit einem anderen in Symbiose lebt (Symbiose: Zusammenleben von Organismen verschiedener Art zu beiderseitigem Nutzen)

Inhalt

Spektrum Programm '90

Albert Camus (Frankreich)	Caligula / Das Mißverständnis / Die Gerechten Stücke
Raymond Carver (USA)	Wovon wir reden, wenn wir von Liebe reden Kurzgeschichten
Erich Hackl (Österreich)	Auroras Anlaß Erzählung
André Heller (Österreich)	Schattentaucher Prosa
Ephraim Kishon (Israel)	Zieh den Stecker raus, das Wasser kocht Fernsehspiel
Kazimierz Brandys (Polen)	Der Einfall Roman
Vladimir Nabokov (USA)	Der Zauberer Erzählung
Juri Nagibin (Sowjetunion)	Steh auf und geh Novelle
Cees Nooteboom (Niederlande)	In den niederländischen Bergen Roman
Marek Nowakowski (Polen)	Skandal im Städtchen / Noch mal Hochzeit Erzählungen
George Orwell (Großbritannien)	Farm der Tiere Ein Märchen
Warlam Schalamow (Sowjetunion)	Schocktherapie Kolyma-Geschichten

Verlag Volk und Welt Berlin

„ex libris Volk und Welt“

Eine Sammlung klassischer Texte der Weltliteratur des 20. Jahrhunderts

Programm ’90

Alfred Andersch (BRD)	Efraim Roman
Milán Füst (Ungarn)	Die Geschichte meiner Frau Roman
Ilja Ilf/Jewgeni Petrow (Sowjetunion)	Das goldene Kalb oder die Jagd nach der Million Roman
Ephraim Kishon (Israel)	Der Blaumilchkanal Humoresken und Satiren
Bulat Okudshawa (Sowjetunion)	Begegnung mit Bonaparte Historischer Roman
Anatoli Pristawkin (Sowjetunion)	Schlief ein goldnes Wölkchen Roman
Manuel Puig (Argentinien)	Der Kuß der Spinnenfrau Roman
Charles Ferdinand Ramuz (Schweiz)	Aline / Die Trennung der Rassen / Farinet oder das falsche Geld / Derborence Vier Romane
Joseph Roth (Österreich)	Radetzkymarsch Roman

Verlag Volk und Welt Berlin

Lyrik international in der Weißen Reihe

Programm '90

Anna Achmatowa (Sowjetunion)	Ein niedagewesener Herbst Gedichte
Ernesto Cardenal (Nikaragua)	Nur der Wind ist derselbe Gedichte
Ştefan Augustin Doinaş (Rumänien)	Der blaue Pfau Gedichte
Boris Pasternak (Sowjetunion)	Initialen der Leidenschaft Gedichte
Vasko Popa (Jugoslawien)	Die Botschaft der Amsel Gedichte
Arseni Tarkowski (Sowjetunion)	Auf der anderen Seite des Spiegels Gedichte
Judith Wright (Australien)	Schweigen zwischen Wort und Wort Gedichte

Verlag Volk und Welt Berlin

Buch-Tip aus dem Verlagsprogramm '90

Arkadi Adamow
Fahndung läuft

Kriminalroman
Aus dem Russischen von Helga Gutsche
2. Auflage · K-Reihe
368 Seiten · Paperback · 7,40 M

Vom Fabrikhof rollt ein Lastwagen, dessen Ladung aus gestohlener Zitronensäure besteht – einem wichtigen Rohstoff bei der Süßwarenherstellung. Als der alte Wächter Verdacht schöpft und versucht, den Lkw aufzuhalten, wird er jedoch rücksichtslos überfahren. Kurze Zeit später läuft die Fahndung nach dem Fahrer auf vollen Touren …
Der namhafte, 1920 geborene sowjetische Kriminalschriftsteller Arkadi Adamow schildert auch in seinem neuesten Krimi die harte und gefährliche Arbeit der Moskauer Kriminalmiliz. Diesmal ist es eine raffiniert und skrupellos vorgehende Schieberbande, der es das Handwerk zu legen gilt.

Verlag Volk und Welt Berlin

Buch-Tip aus dem Verlagsprogramm ’90

Marcus Clarke
Lebenslänglich

Roman
Deutsch von Karl Heinrich · Mit einem Nachwort von Anselm Schlösser
17. Auflage
378 Seiten · Broschur · 8,20 M

Elegant und charmant, zum Nichtstun erzogen – so kennt die bessere Gesellschaft Londons den jungen Richard Devine. Durch eine Verkettung unglücklicher Umstände wird er als Mörder seines Vaters unter dem Namen Rufus Dawes zu lebenslänglichem Kerker verurteilt. Australien, damals britische Strafkolonie, nimmt ihn auf. Die tragischen Verwicklungen, die ihm zum Verhängnis werden und auch das Schicksal des Mädchens Sylvia bestimmen, sind nicht die einzigen Spannungselemente dieses abenteuerlichen Buches. Der englische Schriftsteller Marcus Clarke (1846–1881), der den größten Teil seines Lebens in Australien verbrachte, versteht es meisterhaft, seine Leser von Höhepunkt zu Höhepunkt zu führen.

Verlag Volk und Welt Berlin

Buch-Tip aus dem Verlagsprogramm '90

Bernhard Kellermann
Das Blaue Band

Roman
7. Auflage
352 Seiten · Leinen · 8,90 M

„‚Cosmos' racing for the blue ribbon of the Atlantic – die ‚Cosmos' hat das Rennen um das Blaue Band des Atlantiks aufgenommen!" Warren Prince, ein amerikanischer Reporter, hat diesen Funkspruch von Bord des Luxusdampfers abgegeben, dessen Jungfernfahrt er miterlebt. Aus Beruf und Neigung versucht er möglichst viel über die Vergangenheit und Gegenwart der Passagiere zu erfahren, von denen viele der High-Society angehören. Das Wettrennen ist den meisten nur ein angenehmer Nervenkitzel. Ihr hektisches Treiben gleicht dem Tanz auf einem Vulkan: Mit höchster Geschwindigkeit steuert die „Cosmos" einer Katastrophe entgegen ...
Bernhard Kellermann (1879–1951), Autor des weltberühmten Buches „Der Tunnel", schrieb diesen spannenden Roman 1938.

Verlag Volk und Welt Berlin

Buch-Tip aus dem Verlagsprogramm '90

Valentin Rasputin
Leb und vergiß nicht

Novellen und Erzählungen
Aus dem Russischen
Mit einem Nachwort von Herbert Krempien
3. Auflage
656 Seiten · Leinen · 11,40 M

Eine Chance hat Maria, durch Gutmütigkeit und mangelnde Qualifikation in ein Manko von tausend Rubeln gestürzt: Wenn sie die Summe binnen fünf Tagen aufbringt, entgeht sie dem Gefängnis. Auf verzweifelten, erniedrigenden Bittgängen durch das Dorf begegnet ihr Mann Kusma echter Freundschaft, aber auch Egoismus, Geiz und hämischer Schadenfreude ... „Geld für Maria", 1967 erschienen, ließ die literarische Welt aufhorchen und brachte dem damals jungen sibirischen Autor internationale Anerkennung. In den zwei folgenden großen Novellen „Die letzte Frist" und „Leb und vergiß nicht" fand Rasputin zu seinem Thema: Mit beeindruckender dichterischer Gestaltungskraft zeichnet er Menschen und Geschicke, welche von einer Umbruchsituation zwischen Tradition und neu zu gewinnenden Lebensnormen bestimmt sind.

Verlag Volk und Welt Berlin

Buch-Tip aus dem Verlagsprogramm '90

Wassili Schukschin
Ich kam euch die Freiheit zu bringen

Historischer Roman
Aus dem Russischen von Thomas Reschke
Mit einem Nachwort von Lola Debüser
4. Auflage
492 Seiten · Leinen · 10,40 M

Auf einem Eiland im Wolgadelta ruht das Heer des Atamans Stenka Rasin von den Strapazen eines zweijährigen Raubzugs nach Persien aus. Mit Beute beladen, haben die Kosaken nur einen Wunsch – heimzukehren an den Don, zu ihren Familien. Doch Rasin hat Pläne: Im nächsten Frühjahr will er eine Volkserhebung gegen die Bojaren auslösen, er will dem Volke die Freiheit bringen ...

Wassili Schukschin (1929–1974) versucht, die historische Gestalt Rasins neu zu deuten. Die Gestaltung seiner Person, seiner Zeitgenossen und seiner Zeit gerät dem sowjetischen Autor zu einem Sittenbild Rußlands im 17. Jahrhundert von großer künstlerischer Eindringlichkeit, die den Roman zu einem unvergeßlichen Leseerlebnis macht.

Verlag Volk und Welt Berlin